玄武是一个庞大而混沌之物。

有人说，它给人一种老实、迟缓、顽固、睡不醒的感觉。

然而，真是这样吗？

在当今农村，一些更深刻的蜕变正在发生……

玄武

新乡土小说三部曲

凸凹 著

上册

北京日报报业集团
同心出版社

图书在版编目（CIP）数据

玄武 / 凸凹著. -- 北京 ：同心出版社，2014.1
（新乡土小说三部曲）
ISBN 978-7-5477-0979-5
Ⅰ. ①玄… Ⅱ. ①凸… Ⅲ. ①长篇小说-中国-当代
Ⅳ. ①I247.5
中国版本图书馆 CIP 数据核字 (2013) 第 303578 号

玄武

出版发行：同心出版社
地　　址：北京市东城区东单三条 8-16 号 东方广场东配楼四层
邮　　编：100005
电　　话：发行部：（010）65255876
　　　　　总编室：（010）65252135-8043
网　　址：www.beijingtongxin.com
印　　刷：北京昌联印刷有限公司
经　　销：各地新华书店
版　　次：2014 年 1 月第 1 版
　　　　　2014 年 1 月第 1 次印刷
开　　本：880 毫米 ×1230 毫米　1/32
印　　张：23
字　　数：550 千字
定　　价：48.00 元（上下册）

目录

上册

下册

第一章

龟蛇交尾

老爷儿[1]愣在头顶上，白辣辣的，一动不动。

池塘里最后的一层表水，霎时就渗光了。裸露的淤泥，扭曲着丑陋的斑纹，类似老人卵蛋上的皱褶。

在皱褶里，一尾尾从来没长大过的小鱼，拼命地挺了挺身子，终于长大在死亡中。

一股股呛人的鱼腥味，像无形之水，在池塘上空打着旋儿。

一只碗口大的龟，扯裂了淤泥的封口，蹦了出来。随之而出的，还有一条翠皮蛇，蛇齿就衔在龟尾之上。

它们拼命地纠缠着，身上的泥斑纷纷脱落。它们裸露得光光灿灿的。

“龟蛇交尾哩。”塘边的枯树墩上，靠着一个死尸一般的老人，这时却从牙缝里送出一声叹息。

---

[1] 老爷儿：京西方言，即太阳。

这时，池塘东头的破庙里，也传来龟蛇打挺的毕剥之声。那里立着一块不明年代的玄武碑，碑面上雕的正是“龟蛇交尾”的图案。图案突然就缓缓地拱了起来，像伤疤愈合之后结痂的创面，皴出细细密密的一缕缕缝隙，几经商量，终于毕毕剥剥地脱落了。

土瓮无声无息地坍了下来。

旺儿被埋在里边。“完了！完了！”旺儿失声叫着。等适应了眼前的黑暗，他的手开始向四周摸索。终于抓到一团软软的东西，浑身哆嗦起来。

“哆嗦个啥？我还没死哩。”一个女人平静地说。

旺儿嘿嘿笑了两声。

其实土瓮是应该被闲置的。可是入夏以来，老爷儿晒得太歹毒了，晒得池塘都要干了。烧砖的土坯是应该慢慢地干的，暴干暴燥的，一上窑就散了。窑主孙成才便让工人把几十万土坯揎进土瓮里，慢慢阴干。

旺儿就是那个看坯的。瓮里且热且闷，土坯整日里窣窣地响。旺儿的心从此就不舒展：“早晚得塌鸡巴的了。”然而王秀珍还整日里往瓮里跑，她欺哄[1]着旺儿哩。

王秀珍是村长王立平的妹子，高中毕业后就在家里慎[2]着好人家儿，慎来慎去把自己慎成了老姑娘。她瞄准了旺儿那天，挽起袖子让旺儿看她的胳膊肘子，瓮声瓮气地说：“你看，这是老年斑。”

旺儿咧了咧嘴，表情暧昧。因为他知道，老年斑代表着王秀珍坚定的意志。

---

[1] 欺哄：京西方言，有靠近、亲近、痴迷、贪恋等含义。

[2] 慎：京西方言，既有等待、期待的含义，又有筛选、挑选的含义。

（时间：20世纪50年代末，著名的三年困难时期。）

家里又断粮了，父亲让母亲去借粮。

“你为什么不去？”母亲反感地问道。

父亲嘻嘻一笑，说：“因为你是女的，人家给面子。”

粮终于借回来了。由于喜悦，母亲忽略了一个细节，她对襟的扣袢系错了扣眼，参差相吊，露出一小角肚皮。父亲脸色青灰，试图庄重一些，但母亲的脸色比他还庄重，他身子就渐渐地矮下去，蹲在地上。

“你这个人真鸡巴的操蛋，借粮就借粮，干啥让人摸奶子？”

“你这个人更鸡巴操蛋，粮食又不是大风刮来的，不让他摸奶子，他凭啥借你？”

父亲想了想，自己竟惭愧地摇摇头:“懒得跟你置气。”

饭吃饱了，父亲百无聊赖地在村街上踅了几遭，再进屋时，表情很平静。油灯吹熄了，俩人像什么都没发生似的，又纠缠在一起。

“你这人咋这么没脸没皮？”倒是母亲不情愿地嘟囔了一声。

“你又没缺斤少两。”

油灯啪地爆了一声。虽然已熄了很长时间，灯捻里残聚的热量好像刚刚才释放出来。

池塘边躺倒的老人叫万明全，老爷儿刚露火屁股的时候，他去了一趟乡政府。

管治安的副乡长于宝力对他说：“你别鸡巴瞎告了，人不是没死吗？没死就将息着吧，大热天的，谁的心里都烦。”于宝力是在暗示乡长的态度，叫他识相点。

老爷子喉咙哽咽了一下，对于宝力说：“你先甭说别的，先给我点水喝。”

桌上正有半杯白开水，于宝力看了一眼，万明全也看了一眼。

于宝力和气地笑了一笑，把水杯端了起来。万明全浑浊的眼神有了点儿亮光。

于宝力潇洒地拧了一下腕子，把水倒在了地上，然后把杯子重重地蹾在桌上。

“我这儿哪儿来的水，拿什么给你喝！”于宝力的表情还是那么温和，甚至有几分斯文。

万明全默默地站了起来，又默默地走出乡政府大院。虽然院里有好几个人跟他打招呼，但他都视而不见——他的两只耳朵突然吱吱地叫了起来，脑袋肿胀得要炸了。

果然就炸了，咣咣地，炸弹一颗接着一颗。身边的司号员脑袋给炸飞了，脖腔里紫黑紫黑的血，毫不吝惜地喷着，血腥让人都窒息了。万明全给吓坏了，身体直直地挺出了掩体。他不是被突然的死亡吓坏的，而是惊异于一个人的肉身子里怎么会有那么多的血！

是战友把他硬拉进掩体的，并在他脸上重重地打了几个耳光。他从此落下了耳鸣的毛病。情绪一激动，双耳就吱吱地叫，战斗力几乎就全部丧失了。因此，到朝鲜还不到一年，便不得不从战场上退下来。刚一踏上回国的火车，他的耳朵就又开始叫，整整叫了一路。他自言自语地说：“我有好事了。”

恍惚中，他老婆大菊就站在他身边，厚嘴唇向他努一努：“可不是咋的，我给你生了一个儿子。”

“有名儿了没？”

“就等你起哩。”

“那就叫援朝，万援朝。”

进了自家的院门，他就上气不接下气地喊大菊。掀帘子走出的大菊，怀里果然就抱着个婴儿。

“是不是咱家万援朝？”他急迫地问。

“你咋知道孩子叫援朝？”

“在火车上就知道了。”

瓮里的砖坯商量着往下坍啊。

一块酥碎了，另一块也酥碎——正如丧了意志的人群，像在一个时刻里均被抽去了筋骨，比着颓下去。四周便是一片碎裂的声音，像数不清的蛇拥挤着爬出洞来，在寂静之夜，蹿拥于枯叶之上。

旺儿把灌进耳朵里的土挖出来，听清了王秀珍粗重的呼吸声。

“得赶快踅摸着出去，不然就真的被活埋了。”旺儿的声音颤抖着。

王秀珍却笑，乖戾得让旺儿感到有一股寒气。他极恼火，拼命地舞动着双臂，试图掘出一条通道来。但他挖过一抔黄土，另一抔黄土就又补充过来了——就像在活水中下瓢，没办法舀断水流。

“你要是想活着出去，就老老实实忍[1]在这儿。”王秀珍说。

女人道出了残酷的事实，旺儿恨恨地叹了口气，说：“全娘的赖你，瓮里根本就不能进女人！”

话一出口，旺儿自己也觉得没劲；但不这么说又咋说？上下连三村，上下数百年，窑行里都有这个禁忌——女人是不能进窑口的。

---

❶ 忍：京西方言，根据情境的不同，有多种含义，（一）坐在那儿，待在那儿；（二）静养，休憩；（三）不乱动，不蛮干，不冒昧。

王秀珍伸出手去，触到了一团热气，知道旺儿就在她伸手可及的地方，心里便不禁一动。

“说什么都晚了，你就说咱眼巴前儿[1]，该干点儿啥？”

“等死！”旺儿有点儿恨她。

王秀珍捉到了他的一只手，把它放到自己的胸脯上，并且意味深长地摁了摁：“我就不相信，我哥会不带人来救咱。”

旺儿的手像被热油溅了，拼命地往回抽缩，但王秀珍有防备，把它钳牢了。

“都啥时候了，你还有那心思？你的脸皮可真厚。”他说。

“你可知道，到今天我可还是个黄花儿大姑娘，就这么去了，真是可惜了。”

“那就更不敢造次了，万一被你哥他们挖出来，还以为我就是为了日捂[2]你才落到这步田地的，我心里凄惶[3]。”

“你的话说得可真难听。”

“本来就是嘛。”

“你把声音调大一点儿。”王立平斜倚在躺椅上，一边搓着脚，一边命令着他的胖老婆。因为他捕捉到了人物的一个非常的眼神，知道下边一定是一场激情戏：探员乔把逃犯掼进警车之后，一回头看见他的搭档珍妮正低头整理她的胸扣，或许是胜利的喜悦膨胀了她的乳峰，反正

---

[1] 眼巴前儿：指眼前，当下，现在。

[2] 日捂：京西方言，（一）欺辱，辱骂；（二）窝囊，憋屈；（三）男女性事；（四）搞死，干掉。

[3] 凄惶：京西方言，（一）惶恐不安，惶惑不解；（二）悲伤，悲苦；（三）不踏实，不安心；（四）不甘心，不认命。

是大得惊心动魄，以至于小小的纽扣从扣眼里惭愧地退了出来。珍妮抬起头来，与乔的眼神碰在一起，她居然嫣然地笑了一下。

接下来，珍妮果然同乔进了一个莫名其妙的房间，在床上起伏起来。珍妮恬不知耻地叫着，很夸张。

“再大一些。”王立平说。

“你就不怕被邻居听见？”他的胖老婆说。

“你这个人真鸡巴的操蛋，她都敢叫，我有啥不敢听？”

王立平一边听着洋女人叫床，一边更意气风发地搓他的脚气，皮屑争竞着飘到地上，白花花一片。

头上的土哗地落下来，弄得两人都不敢睁眼。因为王秀珍刚才来了一个激烈的动作，把旺儿的头揽进了自己敞开的胸膛。胸膛里的一股热烘烘的干草味儿，逃生一样钻进旺儿的鼻孔和口腔里，引发了他的呼吸障碍。他干咳了一声，推了王秀珍一把，头上的土便铺张着落了下来。

“王秀珍，你他娘的找死啊？”旺儿吼了一声。

“可是，可是，我真的不想死啊。”王秀珍呜呜地哭了起来。

那声音真是丑陋，让旺儿感到一丝惭愧。

第二章

撕抻他们的心肝肺

鸡唱了三遍了，父亲还没有起炕。

往日鸡一醒，父亲就醒，醒来就坐在炉坑前擦枪，摁牢松动了的火炮子（火枪的引信）。

鸡叫第二遍的时候，他抬腿就往门外走。他身后的门虽然已关了很久，破门而入的早寒，还呈雾状在家人的睡脸之上起起落落着。

鸡叫三遍的时候，父亲又破门而归，火枪的枪筒上挂着他的猎物——通常是三两只松鼠和数只家雀，有的时候是山鸡、猪獾和野鸽子。打到狐狸和夜狸子的时候，他一般不往屋里拿，因为那腥臊的气味儿，很让母亲腻歪，她只闻上一鼻子，身上就起一层细密的鸡皮疙瘩，便消减了对父亲的敬意和赞美。

父亲打猎是他的日课，他从不偷懒。因为他打的猎物大多都属“四害”之列，生产队是给报酬的。他只要把家雀的头和松鼠的尾巴提到队部去，记分员就会主动给他过数，往工分簿上记工分。一只松鼠尾巴，两分；一颗家雀头，也是两分。大部分猎物的肉都可以留着吃。

然而为了几粒粮食，自家的女人却成了别人的猎物，他没有理由再闻鸡而动，去表现他对日子的勤勉和忠诚。

“他爹，你今儿是咋的了？”母亲往他身边欺哄了半尺，小心地问。

父亲恨恨地翻了一下身，说：“我且问你，你昨天到哪个王八蛋家借粮了？”

“你要做啥？”

“我他娘的一枪崩了他！”

母亲咧一咧嘴：“要崩，你就先崩我吧。”

父亲咳了一声，不再吱声，然后默默地起炕，默默地坐在炉坑前抽旱烟，面无表情。

母亲小心地给他弄了一碗热粥：“他爹，难得你今儿个没打猎，就喝碗热的吧。”

父亲像遇到了陌生人，疑惑地看了母亲一眼，没有去接母亲手里的碗。母亲端得很尴尬，就把碗放在父亲眼前的炕沿上。

“把碗端走。”父亲木木地说。母亲呵呵地笑。

“听见没？把碗端走！”声音兀地就凌厉了。母亲依然呵呵地笑。

父亲终究没有豁达起来，抄起粥碗便朝母亲砸去。母亲下意识地朝后退了一步，粥碗在她脚下摔碎了。一块碎片优雅地在母亲的脚面上画了一条弧线，随即洇出血来，不久就汩汩地流欢畅了。

母亲知道自己受伤了，但她仍一动不动地站在那里，还是呵呵地笑着。

饥饿的蚂蚁成群地从角落里爬了出来，转眼的工夫就把零落在地上的粥食啜干净了，然后又爬上母亲的脚面，啜饮她的血。

父亲皱了一下眉头，起身摘下墙上的枪，毫不犹豫地朝门外走。

“他爹，求你别走哩！”在他身后，传来凄婉而清晰的一个声音。

他蓦地站住了。

蚁群悄悄地爬走了。

万援朝喉咙里卡了一块痰。他的眼睑剧烈地抽搐一阵之后，两只眼球便骇人地凸出着。

他的媳妇王小翠掰开他紧咬的牙齿，把吸痰的管子准确地顺进去。然后，就开始用嘴作业，没有丝毫的犹豫。

蹲在一边抽烟的万明全恨恨地骂了一句：“操他个奶奶的！”他觉得自己的儿媳妇太仁义了，不该遭这个罪。

万援朝刚卖完一车西瓜回来，熄了火的三蹦子[1]还没停止最后的喘息，村里的电工王大伦就在门外吼：“万援朝，村长让你立马就到村部去，他等不及了！”

“知道哩，我擦把脸就去。”

“擦你娘的屁股，就你那张驴脸，咋擦都是黑的。”

王大伦的讥讽首先让屋里的王小翠听见了，她挑帘子伸出一张脸。这张脸又白又媚，万援朝抬眼皮瞅了一眼，嘴角的肌肉便不自觉地哆嗦了一下。他迎着王大伦走了出去。额上的汗流进眼里，用衣角擦了又擦，睁起来还是很困难。眼皮不停地跳。

进了村部，见到王立平一张阴沉的脸，万援朝便有些惶恐，下意识地堆出谄媚的笑，讨好地点点头。

“卖瓜去了？”

---

[1] 三蹦子：农用三轮摩托车。

“是。”

“行情不错？”

“嗯，还凑合。”

“既然是这样，你把电费交了。”

万援朝困惑地眨眨眼。他记得前不久他刚刚交过电费的，上半年一共交了八十六块两毛两分。

“现在是几月？”他问道。

“七月。”王大伦不假思索地答道。

“既然是这样，交下半年的电费得到年底呀。”

王大伦欲言又止。

王立平响亮地啜了一口茶，吱的一声，十分突兀。因此，他凝聚了屋里所有人的目光。

“废话，村里哪儿敢收你下半年的电费，收的就是你上半年的。”王立平低垂着眼皮说。

“可是……”

王立平不耐烦地摆摆手：“就王大伦这鸡巴人你还不知道？睡觉都走错了门，他把电表看错了。”

万援朝被蜇了一样，倏地站了起来，说：“我和他一起看的电表，不会错的。”然后他讨好地笑笑，补充道：“我相信自己的记性。”

王立平也站了起来：“万援朝，你知道我讨厌你啥？讨厌的就是你这个好记性！”

“那是您对我有成见。”

“你是荣军家属，咱哪儿敢有成见？你说的净是废话！”

万援朝明白了，这是个既定的阵势，他没有逃脱的余地。“我要补交多少？”他决定息事宁人。

王立平对王大伦说：“把收据给他，让他自己瞧。”

人家把收据都开好了！万援朝心里咯噔了一下，他庆幸自己的精明，庆幸自己是个识时务者。但他接过收据一看，心头的凝聚就再也化不开了。上边的金额是个莫名其妙的数字：一百八十九元两角两分。他开始紧急思忖。他家所有的家用电器就明明摆在那儿：一台十七英寸的黑白电视，客厅和卧室各一只二十五瓦的白炽灯。别人家茅房里还安一只，可精明的他，给节俭掉了。

“这咋可能呢，就是重交一回也就是百八十块啊。”他怯怯地申辩道。

“这咋不可能呢，就是跟你老婆行房事，你不都是开着灯嘛。”王大伦说完，自己笑得蹲在了地上。

“你真无耻！”万援朝脊椎里生起来一股血气。

王立平并不笑，他依然阴着脸说：“话糙理不糙，万援朝，请你交钱吧。”

“不交。”

“凭啥？”

“我没钱。”

“你不是刚卖了西瓜吗？”

“那也不交，你们这是乱收费！”

王立平愣了一下，很快就恢复了常态：“啥是合理收费，啥是乱收费，村里有标准。哪个爷们儿的裤子扣没系紧，露出你这么一条驴圣[1]？”

“跟你们这号人讲不出理来，咱们到乡里去说。”万援朝转身就朝门外走。

“王大伦，你他娘的把他给我拦住，把他的西瓜钱抠出来再说。”

王大伦吱溜一下就蹿到万援朝前面，身体挡着，伸手就去掏还未被体温焐热的钱。

万援朝一下子攥住了他的手，狠狠地扭了一下。万援朝是个身高力大的汉子，只要一出手，便有超人的力度。王大伦疼得跳了起来，满口秽语。

万援朝愤怒地瞪了他一眼，还是毅然决然地朝前走了。但是，他的后脑勺遭到沉重的一击，轻轻地哼了一声，就轰然倒下了。

王秀珍的哭声让旺儿的鼻子泛酸。因为这哭声的质地，就像这头上的土坯，干燥、粗糙，带着毛茬儿。它只属于农村的女孩儿。

他往前靠了靠，把王秀珍抱进怀里。王秀珍真是富饶，塞得他满怀都是肉。他不禁叹了一口气。王秀珍立刻变得很温顺，一只手在他后背上抚弄着，给他一种妻性的温痒。

一座石板房，安静地躺在易水河的一条臂弯上。两只硕大的铜门环，发黑、发暗，斑斑驳驳，刻着岁月的沧桑。门环突然哐啷哐啷响了起来，既没有人的触动，又没有风的吹弄。在屋里，炕上那个黑瘦的女人停下了手中的针线，将耳朵直直地竖了起来。门环的声音还是响个不停，她干脆

[1] 驴圣：京西方言，即雄驴的生殖器。

扔下针线，滚下炕来。

“二丫儿，像是有事儿哩。”她喊道。

随着她的喊声，炕角里破包裹样的一团东西动了一下，然后懒懒地舒展开，原来屋里还窝着一个人。“别惊惊乍乍的，大好的天儿，能有啥事儿！”女孩子不耐烦地说。

“肯定有事儿，是你爹有事儿了。”

女孩子困懒懒地坐了起来：“他能有啥事儿？正跟相好的鬼混呢呗。”

地上的女人朝女孩子嘘了一声，轻声说：“鬼。”因为这时，那门铃响得更繁密了，像一队骆驼，鬼鬼地从门前过。解放前，他们村里有过一个驼队，可是连骆驼带赶骆驼的都早变成骨头渣儿了，还打门前过，不是鬼是啥？

“是爹常在外边跑，你的疑心重，癔症了。”女孩子感到她娘好笑，又躺下了。

突然一阵颤抖，哐的一声，屋里的地陷下了偌大的一个坑。

“二丫儿，你快瞧哩！”女人大吃一惊。

二丫儿不情愿地爬起来，探头一瞧，整个人也就跳下地来，拽着她娘的衣角，瑟瑟发抖。

“旺儿啊，你可别真的有事儿啊！”

“咱们不会有事的。”旺儿把王秀珍的肉身子往紧了抱了抱，像个男人似的安慰道。

“有事儿也不怕，只要有你。”灾难面前，王秀珍感到了非凡的安定和幸福。

“王秀珍，我问你，你到底看上了我啥？”

“我不想说。”

“这也许是最后的机会了，可别把话烂在肚子里。”

“你眼窝深，肉皮儿白，干再脏的活儿也显得干净，长得像外国人。”

“说正经的。”

“我说的就是正经的。”

“你可真怪。”旺儿嘿嘿笑了起来，他感到王秀珍忒傻，一点儿也不像一个高中毕业生。

“就知道你不相信，还不如不说。”她在旺儿的后背上掐了一下。

黄土又落下来一层，呛得两人不能继续说话。尘屑平复了，旺儿还在那儿咳个不停，王秀珍说：“让我给你清清鼻子眼儿里的土。”

“还是清你自己的吧。”

“不，我鼻子眼儿大，不用清。”

王秀珍从头上摘下一支卡子，摸索着给旺儿清理，虽然光线不足，但她下手很准。王秀珍的呼吸很重，热气都能扑到他的脸上，甚至直接扑进他的鼻孔里。那热气有一种强烈的气味儿，与从她胸膛里发出的气味儿一样，都是热烘烘的干草味。他觉得这种味道很下贱，但又很好闻，很适合他。虽然王秀珍在太阳底下胖得很不入眼，但在这死亡的黑暗中，她却有着诱人的生机，就像一棵青翠秀美的草。

他想吻她一下。这时，他眼前出现了一个人影，黑瘦的一团，虽然看不见人，但两只眼睛发着灼灼的光，使他确认，那的确是一个人。他有些迟疑了。

“你怎么不理我呢，我是你媳妇毛品英啊。”

“你怎么来了？”

“我是特意找你来了，咱家的地好好的就塌了一个大坑，我以为你出事儿了。”

“你就不盼我点好！”他很生气。

毛品英幽怨地看了他一眼，说：“你是嫌我了。”

“你先回去吧，等我把砖坯出了窑就回去。”

“你既然没事儿我就回了，二丫儿让我给你捎信，她也想你哩。”

他心里很烦，不耐烦地挥挥手。那个影子转眼就消失了。他迷惑地摇摇头。

“别乱动，小心捅破了鼻子。”王秀珍叮嘱道。

旺儿睁开眼，越来越迷惑了——明明是王秀珍，咋好端端地就冒出个毛品英？毛品英的眼神、动作，甚至气味儿，真真切切就留在他的感觉里，不会错的。

“我媳妇来过了。”旺儿说。

“你是不是被吓傻了，开始说胡话了？”王秀珍有些生气，把卡子插回了发髻。

“不，她真的来过。”

王秀珍身子抖了一下，她有些害怕了。因为老人们讲过，人在临死之前，能看到百里之外的地方，身体好的还能看得更远。这是一种不祥的征兆。她死命地抱紧了身边的男人，恶狠狠地说：“别熬时候了，让我们快死吧。”

话音刚落，更厚的一层干土覆盖下来。

一块巨石从两人高的崖壁上凭空伸展而出，因为它太像老人脖子上的瘿袋，所以，这块巨石叫瘿袋石。河川小道必须从它的欺压之下走过。人每次经过瘿袋石时，耳根都要下意识地竖起来，担心它一旦不高兴，会恶作剧地坍下来。

晨雾还似有似无地披挂着，瘿袋石像在微微地动。翁大宝怯怯地朝它迈去，希望它在他走到它身下之前，提前塌下来。走到它跟前时，他不禁站住了，仰头看看它，观察一下它的心情。它的皮肤上长着一棵小矮树，是一种特殊乔木，枝干紧凑、虬曲而多刺，人称麻栎（麻藜）。它的块根是一种珍贵的质材，可做烟斗。如果不是长在瘿袋石上，人们早挖去了；就因为长在它身上，怕招惹它记恨，人们多情地看两眼，叹而作罢。（事实上，它身上的一草一木都是不敢动的。）一只松鼠，正攀缘在这棵麻栎树上，从东枝游荡到西枝，对行人视而不见。他因此很气恼：你如此神气，凭什么呢？松鼠好像感觉到他在注视它，便干脆倚坐在一个杈处，冲他撒了泡尿。他很生气，也掏出自己的小家伙，冲它尿了一泡。它愣住了，然后吱溜一下跳下枝干，跑没影了。

他心情很好，觉得瘿袋石的心情一定也很好，于是放开腿子，从它的身下走过去了。走过去之后，生出一个念头：等我大了，有能力了，一定要放几管炸药，把它炸了。

现在他真不想从它身下走，但父亲逼着他走。从父亲把母亲的脚弄破了那天起，足足有半个月的时间，父亲整天都阴着脸。不仅对人，对猪狗也阴着脸。所以，翁大宝那些日子很乖，知道父亲从里到外都别扭，不是像往常一样装样子。

那天，来了一个该死的来招生的老师。父亲突然就绽开了莫名其妙的笑，对翁大宝说：“你去给我上学。”

翁大宝一愣，说：“我还差一岁哩。”

“差一岁也去。”

“我不想去。”他嘟囔道。

父亲脱下一只鞋说：“再不听话，小心我揳你！”

所谓揳，就是拿鞋底子抽脸。翁大宝挨过一次揳，是偷了父亲一些火药，捻成纸捻，点着了往屋后的老鼠洞里扔。没想到老鼠洞里有许多易燃的刨花儿、杂草、破棉絮，一点就着大发了，火绕过山墙，钻进屋里去了。父亲老鼠一般窜到他面前：“你娘的脚，你偷我的火药了？”

“没偷。”

“你听听[1]这烟味，不是火药我管你叫爹。”

“叫爹也不是。”翁大宝死活不承认，因为父亲曾反复叮嘱过，千万不能玩火药，一不留神不是把自己炸死了，就是把眼睛嘚[2]瞎了。这是一种不可饶恕的禁忌。

父亲嘿嘿冷笑了两声，开始拿鞋底子揳他，揳得他脸子黑黑肿肿了半个月，留下了不灭的记忆。

于是，翁大宝说：“你也甭揳了，我去就是了。”

这真不是一句轻巧的话，因为村里没学校，要走十里山川，到一所中心校。所以，应过父亲之后，翁大宝便躲到屋后，忍不住地抹泪。

起早。贪黑。过令人战栗的瘿袋石。他好长一段时间不理父亲，觉得自己有资格阴沉一回。

一天晚上，他刚把脚伸进热水里，父亲就蹲在他的身边：“你连个脚都不会洗，洗来洗去还垢着厚厚的一层皴。”一边说着，一边捧起他的脚，帮他搓洗。他下意识地把脚缩回来：“不用你。”

---

[1] 听：京西方言，即“闻”。这个地区的人很有意思，闻味不说闻味，而说“听”。所以，我读到钱钟书《论通感》一文时，不禁哑然失笑。

[2] 嘚：京西方言，动词，相当于崩、炸、撞。

父亲嘿嘿一笑："真鸡巴的长大了，脸儿有些挂不住了。"他不容商量地把儿子的脚拕回来，耐心地搓洗，一寸也不含糊。

翁大宝心里很不舒服，感到父亲真会折磨人。毕竟未到能够撑持的年龄，眼泪夺眶而出。

父亲说："咱家是个普通人家儿你知道不知道？普通人家儿就是草民你知道不知道？草民就是没吃没穿谁都敢欺负的人你知道不知道？所以，你得念书，你得好好念书。甭说将来当个什么官儿，就是当个兽医，你劁的虽说是他们家的猪，撕抻的却是他们的心肝肺。"

翁大宝大吃一惊。

"知道你现在啥也听不进去，我也不想给你讲什么大道理，只告诉你一句话：你现在不备[1]点儿委屈，你会备一辈子委屈。"

虽然翁大宝一句话也不说，但父亲却无一丝恼，他把翁大宝抱到炕上，帮他擦干了脚。"瞧，咱给你洗得多干净。"他嘿嘿笑着，显得很得意。

翁大宝就要进入梦乡了，恍惚间，听母亲说道："你是折磨完我，又折磨孩子。"他真是困惑不解。

过了瘿袋石之后，翁大宝真想跑啊。但刚踮起腿来，就听到了不祥的碰击之声，只好把步态重放平稳。因为他手提的尼龙网兜里，又多了一个饭盒。两个饭盒摆在一起，里面盛的都是稀粥。

情急之下，王大伦用他的工具包，在背后狠狠地击了万援朝一下。那工具包里装的都是一些可夺人性命的东西：钳了、扳子、改锥、手锤……

---

[1] 备：京西方言，受，承受，经受。

万援朝被击倒之后就再也没有爬起来。他性命虽然保住了，但却成了植物人。

王立平被迫到万援朝家里去了一趟。他被哀哀哭的王小翠弄得很不自在，咧了咧嘴，轻蔑地说："这有啥，村里养着他就是了。"

王小翠瞪了他一眼，叫道："你还我一个大活人！"

"如果还不成，连你一起养，"王立平觉得自己很大度，又补充了一句，"谁让咱稀罕你呢。"

万明全啐了一口浓痰："事儿可没那么轻巧，你得给个说法。"

"啥说法？"王立平一愣。

"最起码得把王大伦判了。"

王立平嘴里像吃了一只苍蝇，极为厌恶地撇撇嘴说："这哪儿可能？王大伦是在执行公务。"

"请问王立平，他执行的是哪门子公务？"

王立平很不习惯这种指名道姓的质询，嘿嘿一笑："咱也不跟你玩儿弯弯绕，王大伦是我侄子，你想，我能判他吗？"

万明全的脸立刻就肿胀了，青筋蠕动着说："那我就去告，连你一块儿告！"

"这你就有点儿过分了，"王立平吸了一口气，收敛了笑容，"咱抬头不见低头见的，你不觉得别扭？"

"兔子急了还咬人呢，何况人！"万明全拿出了老军人的耿直。

"这可不是朝鲜战场，打没有硝烟的战斗，你不成。"王立平嘲笑道。

"王立平，你甭威胁我，我知道你道行深，但有一条，不管打什么仗，都怕短兵相接，刺刀见红！"万明全毫不示弱。

王立平欲言又止，别有深意地注视着对手那张饱经沧桑的老脸，眼里起了一层雾。“我真不理解。”甩下这么一句话，摇着头走了。

万明全别有深意地瞥了一眼儿媳妇那张因哀怨而更加凄美的小脸：“我真是该你的哩。”

炕上的活死人适时地嗝儿了一声。

刚一进门，于宝力就站起身来说：“我正等你哩。”

万明全一愣：“你咋知道我要找你？”

“咳，屁大的一爿儿地儿，公狗配母狗都能听见声儿，更甭说人事儿了。”

“那好，省得我废话了，你是领导，你看咋办吧。”

于宝力是有准备的，他说：“你这事儿比较大，我做不了主，我带你去见乡长。”

乡长刘文存居然也在办公室里候着万明全，等他一进门，便翻身离座，迎上去，紧紧握手：“哈哈，老万啊，你是咱乡的荣誉军人，早该拜访的，可是头绪太多，头绪太多啊。”

意外的热情弄得万明全不知所措。他站在那里一动不动。他听人说过，乡长的房子里铺着血红的地毯，农民要见乡长，都要隔着门说话——乡长不怕百姓啰唆，就怕百姓两脚上的泥。可眼下，他的脚上，正沾着池塘边带腥味儿的泥哩。

他是被推搡着在乡长办公室的大沙发上落座的。那沙发大得像老海龟的盖子，稍一欠屁股，就膨胀出一团气体，就真像坐在海龟的身上。万明全直直地看着乡长，眼神扭捏，终于说出一句话：“乡长，你有不用的报纸没？”

乡长很疑惑，看了在一旁候着的于宝力一眼：这老爷子要干啥？于宝力又把疑惑的目光回敬回去：乡长，我真的不知道老爷子到底要干吗。

于是，乡长不敢怠慢，把公务员刚放在桌上的一摞新报纸统统抄在手上，恭恭敬敬地递给老爷子："这些报纸都没用。"

万明全小心地拿了最上边的一张："嘿嘿，有一张足够了。"他把两只脚抬了起来，把报纸放在蹬过的地方，再把脚放上去，然后把两只膝盖规规矩矩地并拢着——他把自己嵌在那里。

于是，居高临下的心理优势又回到了惶恐的刘文存乡长身上："老万啊，没关系的，随便踩，随便踩。"

万明全嘿嘿地笑，膝盖并得更紧了。他偷偷地觑了一眼地板，仅目光所及的一小块，就把老眼耀花了。地毯真红啊！比从司号员腔子里喷出的血要红得多。啐，他那哪儿叫红，他那是黑。万明全心里很感动。乡长敬着咱哩！

"老万，我知道你为什么而来，对万援朝同志的事，乡里开过会了，让王立平作出深刻检查，并妥善做好善后工作。村里要把万援朝同志及家属养起来，"乡长又做出垂询状，"您老看如何呀？"

"乡长想得周到，乡长想得周到。"

在感激的慌乱中，万明全尚有一点清醒，嗫嚅道："对王大伦咋处理？"

"您老的意见呢？"乡长笑着问。

"王大伦仗势欺人，无法无天，应该把他判了。"既然乡长给了说话的机会，万明全觉得不能不说。

"判是应该判。"乡长一边说着一边连座椅带人凑过来。乡长的座椅比较宽大，乡长的人比较胖大，往前一凑，就像一座山倾斜过来，万明全吓了一跳。“老万，咱们商量商量看，”乡长的口气很亲切，“你看，老万，王大伦是王立平的侄子，你判王大伦，就等于判王立平。要不是王立平就好办了，该咋办咋办。但王立平是村长兼支书呀，还有一个维护领导威信的问题。咱把王立平整得一点儿威信都没有了，说话不占分量了，村里的事儿还咋调理？不是说他王立平多么重要，你寻思寻思，你们村除了他，还有谁能干这个差事儿？千军易得，一将难求，草头王就更难找。你也是在过组织的人，你看我说的在理不在理？”

“在理是在理，可支书就可以无视王法？刘青山、张子善还是高干呢，不照样让毛主席他老人家给毙了？”万明全毕竟是见过世面的，心里比他那代土里刨食的庄户人多长了一双眼睛。

刘文存的眼里霍地起了一层阴翳，但片刻之后就自己消散了。他堆出笑容：“老万，你说的也在理。”他看了于宝力一眼，立刻就收了笑容，厉声说：“于乡长，你去叫派出所把王大伦拘起来，拘他半个月，杀杀他的邪气。”

刘文存本以为万明全应该做出积极的反应，但老爷子木木地坐在那里，一句话不说。万明全本能地感到，事情不应该是这个做法。刘文存意识到了这一点，说：“老万，你老就给我点儿面子好不好？”

乡长的姿态让万明全难以承受，久久的沉默之后，不情愿地点点头。

窗外，突然有风呼号起来，乡长的窗子被吹开了一扇，偌大的一团干土趁机而进。

“我该走了。”万明全站起身，决绝地朝前迈去。刚迈了两步，竟打了一个软腿。他很懊丧——朝鲜金刚山的乱石头上他都能箭步如飞，可平地里居然要栽跟头。是自己真的老了，还是乡长的地毯太软了？

孙成才陪着王立平喝酒，喝得昏天黑地。

虽然是酷暑时节，他们喝的却是一种烈性白酒。这种白酒的生产厂家，在中央电视台花了两亿多元买了黄金段的广告，因而他们觉得喝这种酒显得时尚，跟得上趟儿。只要他们的酒杯一放到桌上，就有成群的蝇子聚在杯沿上，赶都赶不走。王立平也懒得轰它们，干脆调侃道："这群四条腿的娘儿们！"

王立平喝得身子已经坐不稳了，索性仰在椅背上，松开了腰带，露出了和尚肚。忘形之下，小腹上的毛丛时隐时现，极大地刺激了他的兴致，便不时地捋一把，在鼻子底下闻一闻："这年头儿，连他娘的鸡巴毛都想喝酒，爽！"

村里的砖厂名义上是孙成才的，其实真正的主人就是他王立平。孙成才是他的大妹夫，忠厚颟顸，把他当个稻草人在前边戳着，他永远也猜不出人的心机，所以，王立平极为放心。因为放心，便有些宠爱，总是把孙成才拢在身边，吃吃喝喝。外人虽然把他说成是王立平豢养的狗，但孙成才心满意足，不以为卑。小学都没毕业的自己，能混得整天花天酒地，真是修来的福气。

这还不够。他老婆王秀玉真是名副其实。人长得白白胖胖，光身子时就显两个大奶子，白晃晃两团之上，两颗小巧的奶头像两颗红樱桃，他得机会就吮两口。一边忘情地吮着，一边管王秀玉叫妈。

他也真这么想。他打心眼儿里承认他们王家就是他的奶袋子，是他的衣食父母。所以，他唯一要付出的劳动，便是忠诚。

村街两边有两排装饰花卉，是适宜栽在庭院里的米兰。但王立平觉得整个村就是他的，米兰栽在哪里，都是长在自家院里。再说，县、乡两级领导都喜欢抽冷子到乡村检查村容村貌，他觉得有粉儿得搽在脸蛋儿上。老爷儿的光线很刺眼，米兰蔫塌塌的，一点儿也不精神，但暗暗流动的幽香，弄得他心醉神迷。迷蒙中，他见前边袅动着一个好看的身影，眼神便钉子一般把她盯牢了。女人的步态真是令人稀罕，脚弓一跳一跳的，臀胯一提一提的，风情万种。乡下女子哪有走得如此惊心动魄的？他以为是城里走失在乡间的尤物，可以打一打牙祭。但那女子闪身进了万援朝的庭院，让他迷惑不解。他紧跟着也进了院子，那女子猛地转过身来，却是万援朝的媳妇王小翠。

真是见鬼了！王小翠啥时候变得这么有风韵了，自己怎么一直不知道？

“叔。”王小翠见王立平直勾勾地看着自己，含羞地叫了一声。

王立平才感到自己有些失态了，王小翠是他的堂侄女：“啊，哈哈，我是来看援朝在不在家。”

“援朝到瓜地去了，你们[1]找他有事儿？”王小翠低头问道。

“啊，没事儿，没事儿。”王立平一边说着，一边逃出了大门。他不能多待，这娘儿们让他心跳不止。

“王小翠啥时候变得那么风骚了？”晚上，他抽冷子问孙成才。

“咋？大哥你才知道？她从小就妖娆，跟别的丫头不同。”

听了孙成才的话，他痛惜不已，一晚上都很忧郁。

终于有一天，他又有机会盯着那好看的身影进了那家庭院。他在一个适当的时刻，在王小翠的翘屁股上如愿以偿地捏了一把。

王小翠吃了一惊，失声叫了一声“叔”。

王立平板着面孔说：“你别怪罪，这是万援朝欠我的。”

王小翠迷惑地看着他，不知所措。王立平趁机又捏了几把。

王小翠报以泪水。她虽然羞恨，但毕竟不知如何应对这突如其来的局

---

[1] 你们：京西方言，系尊称，即您。从这里可以看出，京西方言，是京城官话与地方土话相融合的产物。

面。

“希望你不要对万援朝说，”王立平胸有成竹地说，“你有工夫就候着我，我会经常来的。”

但当他再次兴冲冲地跟踪那好看的身影进了院子之后，那个身影却变成了肃然而立的万援朝。

“王立平，请你自重些，你可是小翠的长辈。”

“她跟你说了我啥？”王立平下意识地问道。

“她啥也没说。”万援朝很给这个长辈面子。

“那好，那好。”他识趣而退。

酒杯上又落了一层蝇子。王立平笑眯眯地盯着。

“这些四条腿娘儿们，就是比两条腿的强，它们不知道醉哩。”孙成才凑趣道。

王立平的笑脸突然就凝固了，抄起酒杯，狠狠地摔在地上：“你他娘的懂个啥！”王立平真的醉了。

孙成才吓得不敢吱声，又不敢做别的举动，便蹲下身去，捡脚下的碎片。

“咳！她王小翠只要有一点点像你就好了。”王立平泪光闪闪地叹道。

砖厂看门的老头儿趔趔趄趄地跑进来，叫道：“不好了，窑瓮塌了！”

“有人捂在里头没有？”孙成才问。

“有，是那个河北侉子。”

“是不是还有一个？”王立平站起身追问。

“是哩，是秀珍。”

“真他娘的把人丢尽了！”王立平撑持不住，又颓然坐下了。这时他感到了，他的眉毛上，也落着几只蝇子。

第三章

醉鬼子

在十里外的学校上学是要带干粮的，而靠借粮度时日的家庭，能带啥干粮呢？只能是稀得能照出人影的稀粥。（上到高中时，有一定写作能力了，在一篇回忆性的作文中，翁大宝用了这样一个文词：稀可鉴人。）

翁大宝备下一个网兜，平摆摆地放上铝质的饭盒，一只手小心翼翼地提着。这个姿势他保持了多年，以至于到了现在，右膀子也比左膀子低。

中午，学生们簇拥在学校旁的一个水泥桥下，打开饭盒啜稀粥。哧溜哧溜一片山响，透着一派穷气。然而还笑，还打闹。然后把空饭盒当枕，在桥下的鹅卵石上，挺直了身子睡一觉。那个年龄不怕饿，就怕困，每日里顶着晨星便上路，瞌睡虫一直跟着。

今天他还没睡去，一直睁着眼睛盯着一个人。那个人就在不远处徘徊，眼光流盼，像在寻找丢失的什么。

那个人是个初三的学生，个子高出翁大宝半头。他的头发梳得很光鲜，用小学生们的话说，就是蝇子落在上边也会劈叉。在别人不注意的时候，会从兜里掏出一块圆形的小镜子，迅速地照一照。

他不是别人，是翁大宝的老叔。

翁大宝知道老叔现在的心思，他是恼于饿饭之苦。但翁大宝有些瞧不起他，因为他是自作自受，因为他太虚荣了。本来家境是不好的，却要撑面子，以喝稀粥为耻。那时的精食，是不掺杂菜叶、麸皮、薯面、榆钱和其他配料的玉米面窝头和贴饼子。这样的精食是配给家庭中卖重体力的成员的，女人和孩子往往是不能享用的。但每天晚上，老叔都要逼着奶奶做这种精食，且是放了糖精的烙得又黄又脆的玉米贴饼子。这是他第二天要向同学们大肆炫耀的干粮。尤其是见了女同学，他要把食物高高地举到额面上去。

可是昨天，断粮的事实残酷地剥夺了他的这种荣耀。不管他如何撒泼使性，奶奶都无动于衷。清晨，奶奶满面愧疚地把一盒稀粥递给他，他瞧都不瞧一眼，拔腿就走。

奶奶在他身后喊："你就不嫌饿？"

"饿死也不吃！"他决绝地走远了，但肩膀还是一耸一耸的。奶奶便扭过身去，抹自己的眼泪。

翁大宝真是看不下去，对奶奶说："把老叔的饭盒给我吧，我给他提着。"

奶奶点点头，对他说："你且记着，你大了肯定比他有出息。"

"老叔，你过来！"翁大宝冲那个逡巡不止的人喊道。

"啥事儿？"他走了过来。

翁大宝涎着脸子把饭盒举给他："我给你拿饭了。"

以为他会感激的，却看他虎起了面孔："谁让你拿饭了？"

翁大宝愣了一会儿，说："横竖是拿来了，你就凑合着吃吧。"

“我不凑合，愿吃你吃。”

翁大宝的脾气也是倔强的，当着他的面把稀饭啜了。翁大宝啜得很慢，故意给他一把钝刀子。

“你也不怕撑死喽？”他果然予以回报。

翁大宝嘿嘿一笑：“不过是两泡尿的事儿。”

他狠狠地瞪了侄子一眼，悻悻地走了。

第二天，奶奶又把饭盒给了翁大宝，他犹豫了一下，还是把它装在网兜里。

中午老叔彳亍地踅到他跟前，别有深意地看着他。

“老叔，有事儿？”他明白老叔的心思，但是故意做出迟疑状。

“我的饭呢？”老叔低声问。

“没给你拿。”

“为啥不拿？”

“是你不叫拿。”

“我不叫拿你就不拿？”

老叔很恼火。“你以后别鸡巴叫我叔。”他甩下一句转身就走，然而翁大宝还是叫了他一声叔，笑着举起饭盒，把谜底揭开了。

老叔应声回过头来，眼睛一亮，下意识地踅回来。走到跟前，眼睛里竟堆起一团迷茫：“连你一个小孩崽子都会欺负人，说啥也不吃了。”

翁大宝遗憾地摇摇头：“既然这样，还是我替你吃了吧。”

“你？”老叔索性蹲在地上，“算了，还是我自己吃吧，省得把你撑坏了。”他左右张望了一下，把饭盒抢到手上，深深地埋下头去，转眼之间，饭盒就空了。他把饭盒扔到地上：“这是鸡巴的什么日子！”

“就是这种日子。”翁大宝说。

老叔瞪了他一眼：“你懂个屁！”

万明全是个知足常乐的人。

儿子虽然那样了，既然乡政府做主给了一个说法，他也就不耿耿于怀了，况且儿媳妇对病人很有耐心。看到他们的恩爱，感到自己的寂寞伶仃，他便想把一切都抛到脑后，安心过一过自己的日子。儿子出事之后，他就没沾过酒。因为他一沾酒准醉，醉了之后便神情恍惚，丢乖露丑，人称“醉鬼子”。

现在，他又开始喝酒。酒醉之后，两只脚就不听使唤，牵着他就往池塘走。到了塘边，就倒靠在一个枯树墩上，进入慵懒的朦胧状态。他听到了水蒸发的声音，嗞嗞的，像手榴弹的引信在燃烧。“炸，炸，炸鸡巴的！”他牙齿里咬着莫名其妙的恨，他心里有很深的悲苦。

半夜里，媳妇大菊推了推他。他不情愿地呜哝道：“干啥？”

“你醒一醒，咱说会儿话儿。”大菊说。

“半夜三更的，说的哪门子话，明天吧。”他依然沉睡过去。

不知过了多久，他听到断断续续的抽泣声，便惊异地醒了，问：“大菊，是你吗？”

“我咋了？”大菊过了半天才吱声。

“好像有人在哭。”他迷惑地说。

“我咋没听见？是你睡癔症了。”

他伸手去摸大菊的脸，感到有些湿润，便说：“不是你是谁？”

大菊说："你别疑神疑鬼的，那是盗的汗。"

他还是疑惑，说："你去把灯点上。"

"灯里没油哩。"大菊推辞道。

他欠起身子想亲自去点，被大菊摁住了。"明全，你媳妇好不好？"大菊突然问道。

"你这人咋这么怪，不好能在一块儿睡吗？"

"也是，"大菊反复地翻身，最后说道，"明全，你再要我一次吧。"

"头睡下不是要过了吗，为啥还要呢？"

"这次是我想。"大菊说。

媳妇从来没主动提过这种事儿，他怕臊了妇人的脸面，便答应了。大菊的脸反复在他的脸上摩挲，缠绵极了，然后把奶袋子堵在他的嘴上，怂恿他吮。她不迭地叫着，陌生极了。他激动过了，要翻身下马，大菊不肯，乞求道："你就再好好压压咱吧，这个身子不怕压。"虽然觉得有些异样，但他实在是累了，就那样按照妇人的愿望睡去了。

等他再醒来时，老爷儿已晒了人的半个屁股了。他发现自己是摊成大字仰躺在炕上的，怀疑夜里竟发生了那样的事。他看见小儿子万援朝正在地上的小饭桌前吃东西，那上边有几样很难见的好吃食。孩子吃得很投入，不理会炕上的人已经醒了。

"你娘呢？"他问。

孩子吓了一跳，摇摇头。

他感到一切都怪怪的，太阳穴发胀，木木地穿衣服。喤地震响了一声锣，吓了他一跳。他伸出颈子向外望去，见老支书罗贯廷头戴着高高的纸帽子，被一群人用绳子牵着在游街。

“打倒反革命分子罗贯廷！”有人带头喊了一声口号。

“打倒反革命分子罗贯廷！”众人呼应着。

万明全并没往心里去。这个阵势延续很久了，罗贯廷已被打成“死老虎”了，人心都疲沓了。但他还是摇了摇头，低声嘟囔了一句：“罗贯廷，你让王凤琨那孙子这样整你，冤不冤啊。”

罗贯廷当然冤。他是三八式的老党员，家里三个儿子都是烈士，家里的两间祖业产房子也贡献出来做了大队部。他一心都扑在众人的事情上了。但是他太耿直，常因为公事而得罪私人。他得罪得最苦的就是王立平的父亲王凤琨。王凤琨贪小便宜，偷拿了队里的两根木料，罗贯廷让他扛着木料游街，在众人面前丢尽了颜面。但罗贯廷嘴碎，遇到想不通、看不惯的事儿爱耍闲篇儿，常给人家留下话把儿。他对在农村大炼钢铁有意见，牢骚道：“砸儿只锅就能炼出铁？屁，只能炼出个屌！”这话被王凤琨听到耳里，他阴损地一笑：“老东西，这次我该叫你游街了。”在工作队下乡的那一天，王凤琨突然就“革命”了，揭发了罗贯廷，成了运动领袖。

噹地又一声锣响，游街的又过来一拨，以为是罗贯廷又踅了回来，万明全懒得抬眼看。但队伍走到他的房前停下了，一阵喧哗。他只有注意一下。一上眼不得了，那个戴纸帽子的极眼熟，揉了揉眼再看，他惊呆了！那个人竟是自己的恩爱媳妇大菊！

几乎是在同时，大菊也看见了他。大菊朝他凄然一笑，很快低下了头。他冲出门去，向着人群喊：“她是一个老娘儿们，能有啥政治问题，你们干啥斗她？”

王凤琨闪出人群，叫道：“万明全，你懂个屁！”然后挺着身子逼近万明全，继续说道：“干啥斗她？她是双料分子——现行反革命，加上保皇派。”

在当时，这是两顶最吓人的帽子。万明全不禁愣在那儿，脑子里一片空白，只是感到有人推了他一把，并说：“我劝你还是老实点儿为好。”

“打倒双料分子楚大菊！”

“打倒双料分子楚大菊！”

……

人群闹哄哄地走远了。

他挪回了屋子，一屁股坐在杌凳上，不明白到底发生了什么。他的小儿子万援朝仍开心地吃着。在他眼里，只有食物。楚大菊是他万明全的屋里人，是这个只知道吃东西的孩子的娘，他不能坐视不管。

他挨家挨户地问老乡亲：“大菊她咋好不当当的[1]就成了双料分子哩？”

众人均面色惊慌，不是摇头，就是想办法支开他，如躲瘟疫。他只有等大菊回来，问问她本人。但自从早晨仓皇地见了一面之后，大菊就再也没回来。再次见到她的时候，是在池塘边上。在池塘中央，大菊臀子朝上，自己把自己溺死了。

万明全呼出一口酒气，把身子往下移了移，他试图躺得舒服一些。

池水蒸发得更厉害了，那个咝咝的声音，居然把他的那两只因耳鸣而有些发背的耳朵弄得直痒。

他突然嘿嘿笑了起来：“好你个大菊，真他娘的有气性，那么浅的水，生生把自己窝巴死了。”他为大菊那朝天耸着的臀子感到难为情。那个臀爿儿过于肥大，丑死了。“咋个死法不成，非弄得那么丢人现眼？”

---

[1] 好不当当的：京西方言，意为好好的，无缘无故的，突如其来的，出乎意料的。

因为那个部位是他的私人财产哩。

“你倒会躲心境哩，明全。”楚大菊埋怨道。

“大菊，你不是死了吗？”他吓了一跳，猛地睁开了眼。眼前仍然是枯树、池塘，连个人毛都没有。他困惑了好一会儿，终因满腹的酒热，眼皮又沉沉地合上了。

楚大菊又出现了。

“你媳妇死得冤哩。”她说。

“我知道你冤，可咋个冤法，你又没跟咱说过，咱咋替你伸冤哩？”

“咳，这事儿很难说出口啊。”

“咱又不是旁人，是你自己的男人哩。”

楚大菊满面是泪，幽怨地看着他，还是不说话。

他觉得楚大菊一定有难言之隐：“莫非王凤琨他，真，真……”

楚大菊狠命地点头：“乡亲们议论得对啊，王凤琨那畜生把你媳妇糟踏了。”

“到底是咋回事儿？”

楚大菊说，其实，王凤琨早就打她的主意了，但她一直不给他下手的机会。那天他组织人在老戏台上斗老支书罗贯廷，她也在人群里看热闹，不期被他发现了。他洇出一丝特别的笑，批斗的情绪立刻就疯狂了。他用鞭子抽老支书的脸，还不允许叫出声来。老支书被反绑着，没法反抗，便大声地叫喊，弄得台下一片唏嘘，人们都为老支书痛惜。王凤琨感觉到了，叫台下的群众上来，自觉地采取革命行动。但无论他怎么鼓动，台下都无动于衷。他恶毒地点了楚大菊的名。她转身想逃，被王凤琨的喽啰生生给捉上台去。王凤琨朝她意味深长地笑笑，对台下的人说：“罗贯廷一贯欺男霸女，你们瞧，这就是被他糟踏过的革命妇女。”台下一片喧哗。

王凤琨把鞭子塞给楚大菊："是你向反革命分子讨还血债的时候了。"楚大菊站在那里，一动不动。事情出现了意外，台下立刻静了下来。

"楚大菊，你要想明白哩，这可是个立场问题。"

被逼无奈，楚大菊说："我一点儿也不糊涂，可是淘生[1]个人，不能昧了良心。"

"你这个人长贱肉了是不？天生就喜欢被人日捂？"王凤琨有些沉不住气了。

楚大菊被伤害了，她脱口说道："那是你。"

虽然这是个柔弱的声音，但静静的台下，每个人都听得一清二楚。

"就是。"台下有人小声呼应着。

王凤琨陷入尴尬，只得草草收场。但是他恼羞成怒，叫人把楚大菊捆了，囚禁到戏台后的化妆间里。等人走散了，王凤琨狞笑着走进来，说："楚大菊，问题的性质变了你知道不知道？就是说，你完蛋了知道不知道？也就是说，从今儿个开始，我可以任意处置你知道不知道？"他一边振振有词地说着，一边用他的下半身把她处置了。完事以后，他得意地说："楚大菊，你这能怨谁哩？是你自己成全了我。"

楚大菊一边整理着凌乱的衣服，一边哭着说："我要去告你！"

王凤琨笑着摇摇头："我现在不怕你出去乱说乱咬，专政的主动权在我手里。"

见楚大菊抽泣不止，王凤琨不耐烦地挥挥手："你可以走了。"楚大菊刚站起身，王凤琨又补充道："不过，事儿还没完呢；你听好了，明天一早你要到大队部报到，主动接受批斗，不然的话，我把你一家子都打成

---

[1] 淘生：有多重含义，（一）孕育生产；（二）投胎转生；（三）造化。

反革命！”

“王凤琨他好歹毒哩！”内心的震惊，使万明全彻底清醒了，他猛地从枯树墩上站了起来。

他环顾了一下空旷的池塘，喃喃地说：“是大菊给咱托梦来哩。”

梦虽然醒了，但他确信，梦中的一切，都是真的。

旺儿睁开眼，一股强光针一样扎进眼球，他失声叫了一声，又闭上了。

他很诧异，明明是厚厚的一层土铺天盖地压下来哩，咋会有亮光？听说鬼蜮是有亮光的，那么，自己是死了。但伸一伸腿，是阳世的沉重；再掐一掐，是肉的疼痛。便确信，自己还未变成鬼，鬼是无体的魂儿，是一股烟儿。

他的屁股被人重重地揍了一下。“别娘的装蒜了，快睁开眼。”睁开眼之后，眼黑了一阵子；渐渐地，能迷迷糊糊地看见东西了。他见到的第一件东西，是他的雇主孙成才那张总也舒展不开的蒜皮子脸。

“厂长，瓮塌了。”这是他说的第一句话。

“它早该塌哩。”

孙成才的话让他感到莫名其妙，不知道自己到底算功臣还是罪人。他只能把眼光移开，不敢再看那张脸。一声轻轻的门响，进来一个人。他虽然背对着，但他感到了，那一定是个人。因此，他觉得，不管咋样，有一件事儿是值得庆幸的：自己还活着。

“大夫，这小子有事儿没事儿？”孙成才问。

“他只是因缺氧而造成的暂时性昏迷，没有任何器质性创伤，休息休息就可以出院了。”那个人回答。

他的屁股又重重地挨了一下："快他娘的给我起来，走人！"

王立平和孙成才来到坍塌现场，看到整个瓮都塌架了，便交换了一个眼色，意思是说，里边的人算是没希望了。

"咋办？"孙成才问。

"砖厂不是有铲土机嘛，开过来，铲。"王立平说。

"那里边的人还不被铲成泥？"孙成才有些犹豫。

王立平白了他一眼："你以为他们还是整的啊，他娘的铲吧。"

铲土机毫不顾惜地铲着。到了一个时候，铲土机那无情的铁铲居然把两个人完整地铲了出来。在众目睽睽之下，两个人紧紧地抱成一团，像一对恩爱夫妻一样，甜蜜在梦乡之中。

王立平皱紧了眉头："操你个河北侉子！"

孙成才却忍不住乐了："哥，你看人家！"

王立平怒了："你还觉得不够瞧啊，快娘的给我分开！"

分开两个人真是困难，因为两个人抱得死死的，指甲都抠进对方的肉里。草草地检查了一下，俩人居然都活着。

"哥，把这小子就势日捂死得了，横竖就是给俩钱儿的事儿，省心。"孙成才看到自己的小姨子被一个河北贱坯那么香艳地抱着，他心里泛酸。

"不，留着他。"王立平说。他的眼光一直盯着自己的妹子。他发现妹子胸前的扣子是解开了的，两个大奶袋子不知羞耻地露出了大半个，他觉得这里面有情况。这可是他王家的奶子啊！他心里油然升起一种暧昧的情绪，瞬间就凝聚得化不开了。他得求助于这个可恶的河北侉子。

旺儿被带进了一家饭店，进了一个豪华的包间，王立平正笑眯眯地等着他。

“村长！”他得救般叫了一声。

“旺儿，让你受惊了，快坐吧。”村长体贴地说。

旺儿刚要坐下，却突然紧张起来，问：“村长，秀珍她咋样了？”

“她挺好，你就放心吧，”村长依然是笑眯眯地看着他，指了指桌子，“给你压压惊。”

桌上备了一世界高档菜肴，一股又一股的香味交叉着钻进他的鼻子，他感到很陌生。

孙成才给他倒上一杯茅台酒。他受宠若惊地看着那只小脚大屁股的杯子，就是不敢端。

“旺儿，你就多喝两杯，千万别客气。”村长说。

怯怯地喝了两杯之后，旺儿身上凝滞的血脉渐渐地通畅起来，竟有了一点儿勇气，说：“村长，我敬你一杯。”

村长爽快地应承了这敬意，一仰脖干了。

旺儿又转身面对孙成才：“厂长，我也敬你一杯。”

孙成才不正眼瞧他，而是把目光探寻到村长脸上。村长耸了耸眉毛。“好，好。”厂长也一仰脖干了。然后朝旺儿嘿嘿地笑，透着憨朴的亲切。

旺儿也嘿嘿地笑，他觉得厂长那张蒜皮子脸，亲切起来其实也是很受看的，便你一杯我一杯地喝下去，转眼之间，酒瓶就空了。旺儿瞥见了，他知道，那酒是很贵的，便说：“不喝了，不喝了，再喝就醉了。”

王立平知道他的用意，吩咐孙成才再上两瓶：“旺儿，好不容易咱们在一起喝顿酒，要尽兴才是。”

他说得一点儿都不错。平日里，他们的场面，一个外地工是根本傍不上前儿[1]的，今天的这点平等，是他拿生命换来的。再贵的酒，能贵得过一条命？喝！

三晃两晃，三瓶茅台酒就都见了底。

这时的旺儿也真的很飘忽了，他甚至觉得那瓮塌得好哩。

“旺儿，你觉得村长对你咋样？”王立平突然问。

旺儿脱口应道：“好哩。”

“那么，村长要问你点事儿，你要说实话。”

“你们问。”

“在瓮里，你跟秀珍是不是那个了？”

旺儿很诧异：“啥？”

王立平不知咋说才好，用两个大拇指做出接触状：“明白吗？”

旺儿真的不明白，摇摇头。

孙成才不耐烦了，说：“你装啥糊涂，是问你，在瓮里你是不是把秀珍日捂了。”

旺儿这会儿听明白了，他一下子站了起来：“你们可别瞎想，咱可不干那伤天害理的事儿。”

王立平依然笑着，说：“你没跟村长说实话。”

“天地良心，”旺儿急了，拍着胸脯说，“咱要是撒谎，就让瓮把咱砸死！”

“你是恨我的瓮塌得还不够啊，”孙成才紧追不舍，“你们外地人一

---

[1] 傍不上前儿：不能靠近，不能参与，不能沾边。

个个贼眉鼠眼的，你能那么老实？”

酒热使人刚，旺儿拍了一下桌子，说：“孙厂长，咱可都是在场面上混的人，你要嘴下留德！”

一个整日里猥猥琐琐、低声低气的人，突然昂扬起来，令孙成才不知所措。

“算了，我只是随便问问。”王立平打了个圆场。

虽然酒力给了旺儿忘我的力量，但他还是颓然地坐下了，委屈的泪水滚滚而下。

“你回去好好歇一歇，明儿一早到村部来找我。”

王立平的语气虽然还是那么温和，但旺儿心里还是微微颤了一下。他有一种不祥之兆。

翁大宝学习很刻苦，根本不用父亲督促，成绩贼好，总是位居全班第一。没有复杂的原因，就是因为整天吃粥。他想，每天跑到十里之外的地方，喝一顿粥，图啥？就只有往好了学习。

一个叫李金橘的女孩儿，跟他同村、同班、同桌，可是他们之间却很少说话，因为她父亲是村里的支书，她总是做出高傲的表情，他受不了。上下学的路上，他很少跟她一起走。有时看到她孤单的小肩膀，也有些怜惜，但一想到她满脸的自以为是，也就算了。

一天在放学的路上，她突然追上他，从后边拽住他书包的带子：“你听我说两句话好不好？”

“你想说啥？”他依然没有停下脚步。

“你干啥学习那么好？我有压力。”她竟说。

她可真稀罕！你可以穿好的，吃好的，为啥学习也必须比别人好？

“那是我自己的事儿，跟你有啥关系？”他说。

“自然有关系，”她把翁大宝的带子拽得更紧了，说，“人就怕比。”

“我可啥都没跟你比。”他感到不公平。

“这我不管，我只希望你答应我一件事儿。”

“啥事儿？”

“希望你跟我一样。”

他感到她很可笑，对她说：“你把手给我松开，你这样拽着，我走不动。”

她甩了甩头上的小辫儿，说：“你不答应我，我就不松开。”

他便动了力气，用力掰开她的手，且推了她一把，还说了一句当时小喇叭里总说的一句话：“你这是痴心妄想。”

她没防备他会来这么一手，她的身子往后退了两步，一屁股坐在了地上。可能是摔疼了，她半天不起来，紧咬着嘴唇，一副似哭不哭的样子。她爬起来之后，狠狠地瞪着他说：“翁大宝，咱们走着瞧！”

本来想说句歉意的话，但她的态度让他感到那真是没有必要，便决绝地朝前走了。久久见没有动静，他禁不住回了一下头，见她走路的姿势很不正常，一跛一跛的，像个受了伤的山麂子。

山里的天黑得快，暮色已有些沉重了。他便每走到拐弯儿处看不见她的地方就停下来，等着她；待她一露头，他又大步朝前走，不让她感到他的用意，他对她真是又气又怜。那一刻，他突然萌发了男人意识，觉得自己挺没意思，大人说过，男不跟女斗嘛。

老叔已经不再以喝粥为耻，中午一到了大桥下面，便冲翁大宝喊：“侄子，把叔的粥拿出来。”但他的饭盒依然由翁大宝来提，他觉得这是他的侄子应该做的。翁大宝也不计较这点儿辛苦，觉得让有那么一头油光发亮头发的人干这种差事，的确有点儿那个。

老叔一边喝着粥，一边问侄子：“你们班主任隗老师到李金橘家干啥？”

翁大宝一愣，反问道：“他去了李金橘家吗？”

“咋，你还不知道？”

翁大宝点点头。老叔呃了一声便把话题放下了，但翁大宝却隐隐地感到，隗老师到李金橘家，跟自己是有关系的。

不久就期中考试了，翁大宝本能地动了一点儿心计，留意了下李金橘的答卷。单她的算术答案就有三四道题是错的。他偷偷给她算了一下，她算术顶多能得八十分。但是，当公布答案的时候，她却得了满分，而他却只得了九十分。总成绩排名，李金橘第一，他第二。

隗老师在讲台上公布成绩，李金橘在翁大宝一侧用余光瞥他，且绽着猩红小嘴微微地笑。翁大宝觉得她的嘴像猫吃了死耗子，忒恶心，气愤地脱口而出：“真卑鄙！”李金橘当然明白他的意思。“卑鄙多少钱一斤？”她回敬道。

从这天起，他对隗老师很轻蔑，对李金橘很仇视，一句话都懒得跟他们说。然而李金橘还每天唱歌，故意在他身边唱。他很恼火，决定让她付出代价。

一天，她专心地在课桌下看一本小人儿书，他偷偷地把她的辫子拴在座椅背上，然后若无其事地看课本，期待着下课的钟声。终于听到了期待的声音，他的心立刻就亢奋起来，怦怦直跳。

隗老师说：“下课！”班长便喊：“起立！”然后就听到了一声刺耳的尖叫声。同学们都被吓了一跳，眼光齐刷刷地扫过来。隗老师太精明了，一来到他们的座位前，马上就知道是咋回事儿了。他提着翁大宝的耳朵就把他拽上了讲台，当着全班同学的面，给了他一耳光。这一下，把他打晕了，情急之下，他啐了隗老师一口。

意外的反抗，让隗老师愣了片刻，但很快，又打出了第二个耳光。

“你等着！”翁大宝撂下这么一句，就哭着跑出了教室，去找自己的老叔。不仅因为老叔是自家人，而且他还觉得，就凭自己每天给他提饭盒的情谊，他也应该帮助自己。但听完自己的陈述，老叔却说：“你活该。”

到了这一步，翁大宝真的晕了，蹲在地上哇哇大哭。老叔反而踹了他一脚：“你真他娘的给咱翁家丢人现眼！”说完，转身就走了。

上课铃响了，他成了无所适从的人。思忖了很久，最后选择了回家。

母亲问：“咋回得这么早？”

“老师他娘死了。”他竟脱口而出。

后来，他就候在村口，等李金橘出现。李金橘真的出现了。他浑身热血沸腾，迎着她走上去。以为她会躲避的，但她却也迎着他走过来，且嘴唇紧紧地咬着，目光很坚定。他又不知所措了，站在那里，紧急寻找对策。

“翁大宝，我知道你会报复的，躲也躲不开的，索性就把自己交给你。”她说。

他久久地瞪着她，希望她软弱下来。她却并不躲闪他的目光，也一直看着他，嘴角甚至还有一丝不易察觉的笑。这是他第一次很专注地看一个女孩，竟是在这样的情形下。他发现，她的脸，很清秀，很细腻，很白皙，全不像别的女孩子那样通红而粗糙。就是脸盘小了一些，因而清秀得可怜而无辜。所以，本来是要回报她两个巴掌的，却不忍心再出手。他泄气地挥挥手：“你走吧，我懒得跟你置气。”

她点点头，说："翁大宝，你这个人还不坏。"当她从他身边平安地走过去之后，他心里很空。是一种莫名奇妙的轻松。然而，竟来自无奈之下的宽容。

"娘的！"他对自己感慨了一声。

对那个梦境，万明全久久不能释怀，便决定去找罗贯廷。

罗贯廷住在村西头的五道庙里。庙与村子是隔开的，他也与人群隔开了，多年来，他寂寞地活着。

被打倒之后，他被造反派轰到庙里。王凤琨这样做，是避免他与群众发生联系，彻底消除他的影响。那时的寺庙被划入了封建迷信之列，是要砸烂和铲除的。所以，庙的破败程度是可想而知的。但他安心住在四面漏风的破庙里，因为在这里，世俗的灾难离他远了。

人们也渐渐把他忘了。在这种被遗忘中，他很自尊地雕刻着自己的生命形象——

他靠在被老爷儿晒得发烫的石柱上，有一搭无一搭地敲打着青石头的边茬，把它修得规规整整。他一块一块地修理着，从不着急，甚至有些懒洋洋的。因为他知道，虽然自己啥都没有了，但有的是时间，他没必要做得那么匆忙，只要不停地做，就是哩。

被罗贯廷敲打规整的石头一天比一天多起来。直至有一天，摞起的石头把他眼前的阳光遮住了，他才把石头垒到庙墙的缺口上去。他垒得很慢，因为他要把每块石头垒在最适合的位置，既实实在在地受力，又外形美观。寺庙的墙，咋能不美呢？有时一堵墙都垒完了，他觉得有点儿不顺眼，便拆了重垒。苛求得近乎在折磨自己。假以时日，偌大个寺庙的残墙断壁居然被他完全修复了。一切都在不知不觉之间，他甚至自己都怀疑，这是出自自己之手么？接下来，就是要修补残破的门窗。他只有很初级的木匠手艺，但慢工出细活儿，加上他自我折磨式的钻研，每根窗棂都安置得精当而妥帖。

世事更迭。人们又开始烧香拜佛了，便想到了这座被废弃的寺庙。人们推开庙门，都惊呆了——整个五道庙，如同新生，没有一点岁月的皱纹，没有一点沧桑的剥蚀，比原来的那个庙，更像一个庙。那个幽灵一般的长者，就立在门内，白髯飘飘，冷眼逼人。他双手一摊，冷冷地说："本寺不接待香客。"

当时的村干部去做他的工作，说："老支书，你就把庙门开了吧，乡亲们烧个香还个愿，图个吉利。"

"你们啥时真信过佛？"他反问道。

"现在不是兴这个嘛。"村干部说。

他摇摇头："那也不成哩，现在这个地儿，不是官庙，而是私宅。"

村干部很敏感——老爷子原来的几间大瓦房被充公了，后来在村政规划时给拆了，从落实政策的角度计，也应该给他安置个住处，便征询道："给你老盖几间新的咋样？"

"我哪儿也不去了，就老死在这儿了。"他说。

村干部就没脾气了。因为庙是他修缮的，老人又在大悲大苦中熬到现在，再赶人家一次，实在于心不忍，于是作罢。后来王立平主了政，想跟老爷子叫一下板。

他带人来到庙里，说："罗贯廷，请你搬出庙去。"

"不搬，"罗贯廷平静而坚定地说，"人在庙在。"

"那我就给你鸡巴的砸了。"王立平威胁说。

他不为之所动，平静地说："悉听尊便。"

王立平嘿嘿一笑："那就不客气了。"

但他们一行人在庙里转了一遭之后，气焰黯淡了。因为庙里规制整齐，气度肃穆，冷香沁脾，本身就具有不可欺辱的威仪。他们不禁倒吸了一口凉气。他们毕竟是教化不深的农民，骨子里愚昧和迷信是纠缠不清的，庙门里的那团化不开的神秘，便让他们不敢轻举妄动，他们怕触霉头。

"看在佛的面上，我们走。"王立平对手下人说。

"不送。"罗贯廷揶揄地说。

"量你也活不了几天了，我懒得跟你置气。"王立平找补了一句。其实他这句话，与其说是甩给罗贯廷，不如说是甩给手下人；因为他刚刚上台，需要树立威信。

等天黑了，万明全才走出家门，他不想让人看见。脚下暴晒了一天的土还热着，因此就没分量，一踏上去，立刻就纷扬得障眼。"要不，这人间咋叫凡尘哩！"他感慨道。

他觉得走了漫长的路才到庙前，因为他喘得很厉害；但他还是急急地朝台阶迈去，他急着要见到罗贯廷。刚迈了两层台阶，脚下就被绊了一下，身体圪蹴不稳，差一点儿摔倒。停住了，定神一瞧，发现在一层一层的台阶上，七零八落地放着许多烧香用的罐子，残香和纸钱散落得一塌糊涂，就像枯枝败叶被狂风吹过一样，还惊魂未定，瑟瑟发抖。隐隐约约地好像还有几个牌位，模模糊糊地好像写着天地君亲师的字样。

他一下子明白了：这是被罗贯廷拒之门外的香客，把寺庙的台阶当龛位了。

人们从啥时起变得这般虔诚了？没吃没喝的时候，不求香拜佛，有吃有喝了，反而倒凄惶了，以至于六神无主求佛保佑了？他觉得好笑：“操，还是他娘的咱活得明白，天天晕两口酒，自己就是神仙。”

他磕磕绊绊爬到门前，手伸出去，刚要敲门，门自己就开了。偌大的庙门，开得是那么飘忽，一点儿声音都没有。他吓了一跳，浑浊地哼了一声。

“呵呵——”门后传出的是人的笑声，“快请进，知道你要来，我正等你哩。”

“旺儿，别局促啊，请坐，请坐。”

王立平的办公室真是阔大，大得令旺儿不敢喘粗气。旺儿拘谨地坐下，手不知往哪儿搁。但一会儿的工夫，他不那么紧张了，手的触动，给了他一份安宁。那么豪华的真皮沙发上，竟不露声色地积着一层土，手一放上去，就留下五个指头印儿。王立平豪华的皮囊之内，也不会装多少精致玩意儿，跟自己一样，土得掉渣儿。

“旺儿，听说你已经有半年不回家了，我让孙厂长把工资给你开了，回家去看看。”

旺儿欠起身来，鞠了一躬。雇主拖欠雇工的工钱，像传染病一样，走到哪儿都一样。所以，孙成才不给他开工钱，他也不敢要；也正因为他拿不到工钱，他不能回家。毛品英不爱说话，但她的眼睛会说话，你这么两手空空地进了家门儿，她那副既渴望又凄惶的眼神儿，你咋对付？

不一会儿，孙成才来了。手里真的拿着旺儿的工钱。孙成才看了一眼王立平，问：“村长，这就给他？”

王立平点点头。虽然他让旺儿来别有深意，但以工钱要挟他，他觉得也太小人了。

旺儿接到那个装钱的纸袋儿，像担心被人抢了去一样，紧紧地捂在胸口，目光炯炯地望着前方。眼前真是一片空，既没有王立平、孙成才，也没有他自己。

从天上落下来一层土。土把人的眼眯了，天色立刻就黑了，都摸索着往前走。有人落进井里，有人跌进河里，有人滚下山去，而他却掉进瓮里。瓮里很黑，但很温暖，身边还有一个肉乎乎的姑娘在耳边吹着热气，他真是幸运，幸运得眼都黑了。

“旺儿，一共是两千块，半年工资一千八，再加上村长赏的二百，你好好点点。”孙成才的话把旺儿从空蒙中唤回来：“是，是哩。”他蘸足了唾沫，一张一张地点，点得口涎都出来了，但还是点乱了。自己羞愧地笑笑，又重新点。

孙成才嘴一咧：“你他娘的没见过钱咋的，甭点，错不了。”

旺儿抱歉地欠了欠身，依然还是点，终于点出了应有的数目，兀自呵呵地笑了起来。王立平和孙成才居然被他感染了，也跟着呵呵笑。

笑声落后，孙成才已不见了身影，屋里只剩下了村长和旺儿。旺儿凭空就紧张起来。他最大的愿望，就是村长发话让他走。但村长却说：“旺儿，就剩咱俩了，你跟我说实话，在瓮里，你跟秀珍那个了没有？”

“村长啊，我跟秀珍啥都没有哩！你们想想，被压在瓮里，是死是活自己都做不了主，只能迷迷糊糊地捱着，还能有啥？”

“有啥也没关系，我只是想从你嘴里听到真话。”

从村长的话里，旺儿感到，无论他咋个说法，村长也是不相信的，他急得滚下汗来。

“你这个人就是贱，好地儿有的是，你干啥偏偏跑到瓮里，差点为侉子陪了葬。”王立平说。

王秀珍觉得这话真是难听，赌气道：“真的死了倒好了，省得让人戳戳点点。”

“你可不能死，你是一块肥肉，我还指望你钓大鱼呢。”王立平调笑道。

“我知道你的意思，你是想让我给你那有权有势的朋友当小。”

“那有啥，城里人叫时尚，咱乡下人叫赶趟儿，你能赶上这个趟儿，是你的造化。”

“你倒是赶上趟儿了，弄得跟我嫂子整天价吵吵闹闹，合不合离不离，人不人鬼不鬼。”

王立平在外是包着“二奶”的，所以，他被妹子的抢白剥去了那装出来的正经，心中的标尺刷地就落了下来：“你懂个屁，这叫‘家里红旗不倒，外边彩旗飘飘’，把一辈子活出两辈子。”

“哼，你这叫把自己的幸福建立在别人的痛苦之上，从小处说，是自私，从大处说，是道德败坏。”

心中既然没了标尺，王立平就不再恼火：“王秀珍，我劝你以后出去别用这种口气说话，省得一张嘴，人家就知道你是柴禾妞，卖不上价儿。”

“我从来就不想出卖自己，只是想寻个可心的人家儿踏踏实实地过日子。”

“王秀珍，你真可怜，寻来寻去都寻出满脸褶子了，居然寻了一个外地的侉子，你可真了不起。”

“我乐意。”

“你说人家自私，道德败坏，可那个侉子也是有妇之夫哩，你还咋说？”

“那是两码事儿。”

“秀珍，咱不打嘴仗好不好。我问你，你到底看上了他啥？”

“他人长得好看，实在，能干。”

“村长，我实话实说吧，我根本就没看上秀珍，咋会对她动心思哩。”

“旺儿，你这么说我就不明白了，既然没看上她，为啥整天在一起欺哄？”

“那是她的心思，我躲不开哩。”

“旺儿，你这么说可真让我糊涂了。你也知道，一个外地工，本地姑娘是根本看不起的，更甭说秀珍了。”

“村长，那我就真的说不清楚了。”

“秀珍，好歹我是你哥，你跟我说实话，你跟那个外地侉子是不是那个了？”

“就知道你没憋好屁，瞧，邪味儿出来了吧？”

“我是跟你说正经的呢，少打岔。”

“那我就正正经经地告诉你，我们之间啥都没有。”

“这我就不明白了，把你铲出来的那天，你的半拉胸脯子都露在外边，不被人撕扯，它能自己跑出来？”

“我知道你动邪心了，咋也跟你说不清楚了，你爱咋想就咋想吧。”

“旺儿，这有啥说不清楚的，问题就在那儿明摆着，就要你一个态度。”

“村长，你们这是啥意思？”

“啥意思？你要是态度好，咱既往不咎；你要是态度不好，就另说了。不是吓唬你，你也知道咱是啥人，即便是一条臭虫，只要咱看着不顺眼，也休想从脚底溜走！”

“秀珍，你是我妹子，我还能把你往坏处想？一定是那个外地侉子癞蛤蟆想吃天鹅肉，对你下了黑手。”

“你可别冤枉人家，人家可是个老实巴交的正经人家，放在嘴边的肥肉，如果不是自己的，也不会动筷子。”

“操，他能那么正经？”

“你以为呢？”

“村长，我知道，咱的小命就攥在你们的手里，是捏是踩都由着你们的兴致。但我不能说昧心话，秀珍可还是个大姑娘，姑娘的名誉比性命还重。”

“旺儿，你以为你是谁，敢来教训我？秀珍她自己都承认了，你还嘴硬，你想干啥？”

“她承认了啥？”

“她承认那天在瓮里，你把她日捂了。”

“秀珍，你这么护着他，真想嫁给他呀？”

“那当然！”

“我不允许。”

“这是我自己的事儿，父母都无权干涉，甭说你个做哥的。”

“那我就把他开了。”

“那我就跟他到他老家去。”

“那我就把他整残了。”

“你打瞎了他的眼，我就当他的眼珠子；你打折了他的腿，我就当他的拐棍儿。”

“村长，你们别诈我，秀珍她不糊涂，不会自己往自己头上扣屎盆子。”

“咳，这叫啥屎盆子？都啥年代了，男女之间的事儿早娘的稀松二五眼了。”

“可我不这么看。”

“行了行了，趁我没恼之前，赶紧滚出去，不然你就走不了了。”

“村长，我不能就这样走，你们也跟我说句实话，干啥这样没完没了地逼问我？”

“我就是想知道知道。”

“还有这样的人？”旺儿心里疑惑着，所以走到门口又踅回来了，“村长，我跟你们打个招呼，我回去就不来了。”

王立平吃了一惊：“为啥？”

“你们已经把我当小人看了，在这儿，我没法再待了。”

“你敢！”王立平站了起来，“小心我追到你们易县，把你的家砸了！”他担心他那个不知深浅的妹子真的跑到易县去，把他王家大户的脸面丢尽了。

“那个侉子招了？”孙成才问。

“你让他招个啥？”王立平反问道。

孙成才被弄糊涂了，疑惑地看着他。

“那天，真不如听了你的，就势把他日捂了。”他说。

第四章

枯萎之花

老叔初中毕业后就不想再念书了，他说：“连顿饱饭都吃不上，还念个鸟。”他是被稀饭稀得没耐性了。

他想去当兵。那时，农村青年要改变命运，只有两条出路：首选是招工，其次是当兵。可想而知，要实现自己的愿望，他将面临着怎样的竞争。他从报名的那天起，就终日闷闷不乐，竟还学会了抽烟。

翁大宝的父亲看在眼里，不停地摇头。然后就一头扎进山里，整整转了两天，到底是打了一只山羊。那只山羊还带着活气儿，他对老叔说：“你赶紧扛到支书家去吧，等死了就没意思了。”因为支书是喜欢吃鲜活物的人。

“就是喂狗，也不送他哩。”翁大宝说。老叔明白他的意思，难为情地看了他一眼。因为那个支书，正是李金橘的爹。

“操，你这个人咋那么爱记仇？都是孩子哩。”老叔说。他的含义是说，无论如何，李金橘也不过是个孩子而已，若斤斤计较便没度量了。

翁大宝很反感老叔的话，学着他那天的表情，回敬了一句：“活该！”

老叔并不与他计较，厚着脸皮扛起山羊，奔支书家去了。翁大宝恨啊！恨得一边跺脚一边尾随着他。刚躲过翁大宝父亲的视线，翁大宝就抄起路边的一块石头狠狠地砸在了羊的头上。羊呜哝了一声，耿直的头，终究是垂软了。

老叔把死羊扔在地上，怒怒地瞪着他：“你脸蛋子又痒了不是？”

他把脸子递上去：“痒了，愿抽你就尽管抽哩。”这时的他已经心花怒放，皮肉之苦已不在话下。

老叔到底不是那个隗老师，高扬的手掌颤了几颤无奈地垂下了，他“唉”了一声，蹲在路边抽烟。他刚刚十八岁，可抽烟的姿势和脸上的愁苦都像个七老八十的老汉。于是，翁大宝甚至有些后悔。

烟呛得老叔咳了起来，他指着翁大宝说：“你这孩子，一点儿也不让人记念你的恩德，你一年多的饭盒算是白提了。”原来他那个巴掌没有打下来，是记念侄子对他的好。

翁大宝真的有些难受了，为了掩饰，他嘿嘿地傻笑起来。老叔把烟屁狠狠地往地下一扔，说：“走，咱们回。”他坚定地打了一个手势。

回到家里，父亲见他们又把羊扛回来了，而且还是一只死羊，问：“你们这是咋搞的？”

“咳，这羊的脾气太大，从我的膀子上挣脱了就往石头上撞，生生把自己撞死了。”

父亲说：“这倒像山羊的脾气。”

老叔说：“啥当不当兵的，咱先痛痛快快地打一回牙祭再说。”

父亲拍一拍他的肩膀：“这倒像我的兄弟。”

大锅上灶，炖了一只全羊。到底是鲜羊，羊腥扑鼻，人的胃口扑扑地自己就往肚皮上撞。

“羊肉，吃的就是这口腥哩。”父亲对翁大宝说。

老叔说：“哥，你今天可别拦我，我也要喝几口酒。”

父亲说：“我拦鸡巴你干啥，你都十八了，也大人秧儿了。”

老叔跟父亲一起，大口吃肉大口喝酒，没有一点儿愁苦的影子。可翁大宝却很愁苦，老叔越是表现得无所谓他越是愁苦。老叔塞给他一只整羊腿：“大宝，别跟自己过不去，难得开一回荤，不吃白不吃。”老叔豁达得让人陌生。不久他就醉了，戳点着侄子说：“大宝，你小子听着，老叔给你唱一段酸曲儿。”

哥找个妹子她姓毛
妹嫁个哥哥也姓毛
羞答答睡下背靠背
半夜里翻身毛对毛

这个老叔在学校里油光水滑地很板正的，咋一下子就放诞了？翁大宝愣在那里。

老叔看了他一眼，自己就笑得人仰马翻了，弄得板正的父亲也笑得喘不过气儿来，喷过一口酒之后，说：“你真是我弟弟。”

父亲的兴味儿被老叔挑逗起来了：“到底是毛嫩哩，你那酸曲，酸得忒寡淡。咱也给你来一曲，让你见识见识。”

母亲拧了他一把：“有大宝在哩，你且省省[1]吧。”

---

[1] 省省：（一）歇息，停止，放弃；（二）节省，节俭，节制。

父亲看了儿子一眼，笑着摇摇头，作罢了："这个爹当的，忒累。"他累于做父亲的那最后的一点矜持。

李金橘看了翁大宝半天了，期望能引起他的注意，她好像有话要说。他不想给她机会，装作啥也没察觉。

"翁大宝，你们家的人忒实在。"她终于不再矜持，自己开腔了。

"当然，我们家的人还没学会卑鄙。"他说。

"翁大宝，你其实没必要这样说话，我既不是黄世仁，你也不是杨白劳，别把自己弄得那么苦大仇深。"

她一脸无辜的样子，弄得他不忍心再促狭下去："李金橘，你想说啥就说，莫绕弯子。"

"你老叔是不是想当兵？"

"是哩，"脱口回答之后，他立刻警觉起来，"你问这干啥？"

"那为啥不去找找我爹？想去的人那么多，找都不一定成哩，甭说就在一边傻等着。"

"所以你说我们家人忒实在？"

"说实在是怕伤害你，其实是窝囊。"

他很生气，说："你是想让我们家给你爹送礼，呸，办不到！"接着告诉她，"父亲和老叔是想给你爹送礼来着，而且是一份重礼，一只全羊，是我气不过，把它处理了。"

"你可真了不起，"她遗憾地笑笑，"可惜，你把你老叔害了。"

她戳到了他的隐痛，他掩饰道："当个兵有啥好，说不定正赶上打仗，一颗枪子儿打过来，就把人撂了。"

"你这人真没意思，就会说气话。"

他还想回敬她一下，但咋也找不到合适的词句，索性就沉默了。

“翁大宝，我给你通个信儿：今儿晚上大队就在我家研究这事儿，你们家应该抓紧找找人。”听得出来，李金橘的提醒是善意的。他明白，事情已经有点儿来不及了，正如土话所说，现上轿现扎耳朵眼儿，戴不得金耳环。

“我们谁都不找！”他气哼哼地说。

“我算是服你了。”

一整天他都心情烦躁，一声不吭。但他发现，李金橘的心情好像比他还沉重，总是偷偷地看着他，一旦与他的眼神碰上，便凄然一笑。她到底是咋了？

结果竟出人意料，老叔顺利地当了兵。老叔喜得只会嘿嘿地笑，他说：“这是我命中注定。”

再见到李金橘的时候，她的两只小眼睛亮闪闪的，目光肆无忌惮地往他脸上撩，好像他是那个姓毛的哥哥，她是那个姓毛的妹妹。他感到有些不自在，说：“你美个啥？”

“就美！”她的眼睛像两只小狗眼儿，转得人心里毛毛的，痒痒的。

她美，翁大宝可不美，他感到这里边有文章。他还是琢磨老叔的事儿，他顺得太蹊跷了，像捣鬼所得。他突然悟到了什么，问李金橘：“我老叔的事儿，是不是你跟你爹垫了话儿[1]？”

“不是我，能是谁？”她很得意，眼神儿像要烧起来。

“你咋垫的话儿？”

“我说，得让翁大宝的老叔去当兵，因为翁大宝跟我是同桌。”

---

[1] 垫话儿：替别人解释，替别人游说，替别人说好话，替别人进言。

他极惊罕："能这么简单么？"

"你以为呢？"李金橘反问道。

庙门无声地开了，罗贯廷把万明全迎了进去。

庙里和庙外好像两个世界。在外边，只要一想到"热"这个词，就热得心中焦躁；而在庙里，凉风扑面，让人安静。

罗贯廷的房间，除了墙上挂着一张发黄的关公像之外，只有一桌、一凳、一榻，简朴得透着一股清气。桌上点着一盏油灯，灯焰很瘦，很静，好像不是它给人间播送的光明。

"都啥时候了，你也不弄盏电灯？"

"弄了那玩意儿，还叫庙么？"

罗贯廷都七十多了，面色清爽，身板坚挺，像庙里的人物。他打坐在榻上，把凳让给万明全："我知道你来的用意，不过，我啥都不想说。"

"啥？那可不成，我就是想听一听哩，不然我就憋屈死了。"

"都过去二十多年了，你不是活得好好的么？"

"心不静，夜里总做噩梦。"

"那是你对眼下焦虑，啥事儿都要想开些为好。"

"王立平他忒霸道。"

"他爹王凤琨不比他还霸道？早鸡巴的翘辫子了，可咱们还活着。"

"可是总他娘的恶人当道，好人没一天不凄惶。"

"咳，你凄惶个啥？就当是现世的'业'，不受点儿尘世之苦，你能事事受用[1]？”

“我不想事事受用，只求过得去就得。”

“那你就更不应该凄惶了，这日子你少过一天了么？”

万明全困惑了，他觉得这老爷子被“尘世之苦”弄神经了，跟一般人想的不一样了。

“都要像你这样想，就不会争了，可都不这样想哩。”

“你甭管别人咋想，你自己这样想就是了，受用不受用旁人替不得。”

“可王立平不让咱受用，好端端的援朝就那样废了，忍不下哩。”

“忍不下咋办？”

“也不让他受用。”

“你是在自己找罪受。”

“啥意思？”

“就王立平个人来说，他算个屁，但是他头上顶着一个‘官’字，这就像和尚打着一把伞。”

“伞？”

“对，伞。”

万明全马上看到了乡长刘文存的那张笑脸。那张脸他琢磨了好久了，总觉得在热络中藏着一股寒气，让人的心发皱，不敢轻易舒展。“咳，忍忍看吧。”他叹了一口气。

期望着与罗贯廷见上一面，真见了，却不是期待的那个模样，他有些

[1] 受用：（一）顺心，如愿；（二）痛快，愉悦，舒坦；（三）心甘情愿，甘于承受。

忧伤，说："大菊总是给我托梦，她告诉我，她是被王凤琨那老王八蛋害的。你知道内情，你说是不是？"

罗贯廷并不正面回答："被王凤琨害的人家，又不只她大菊一个。"

"就请你明明白白告诉我，是还是不是？"

罗贯廷平静地笑笑："我只能告诉你，大菊是个又贞节又仁义的好女人，你只有好好敬她才是。"

一个当年血气方刚响当当的人物，在庙里待了这么多年，居然变得这般灰冷，这般世故！万明全从忧伤变成了愤怒："你这是他娘的一座啥子庙？拆了才解气哩！"

"不过是一座普通的村庙而已，这种庙在咱们京西差不多村村都有，"罗贯廷依然是平静地笑着，调侃道，"明全啊，这庙可拆不得。你拆了，让我往哪儿住呢？哈哈，哈哈……"

万明全正低头走着，一个黑影擦肩而过。他闻到了浓浓的酒味。他摇摇头："这年头儿，都跟酒摽上哩。"

那个黑影又踅回了，故意撞了他肩膀一下。

他正迟疑，那人说："明全老汉，你不认识我了？"那个人呵着酒气欺哄到他的脸前。

他厌恶地看清了，是王大伦。

"真是冤家路窄啊，万明全，没想到是我吧。"

"你不是在局子里吗？咋？"

"屁！你也不看咱是谁，哪个敢关咱？"

"吹牛也是要上税的，我是眼见着你被抓的。"

"知道你智商有问题，做个样儿哄哄你。"

“刘乡长，咱们可是哥们儿，你咋真的抓咱呢？”临上车前，王大伦迷惑地对送他的刘文存说。

刘文存往车上推了他一把：“本乡长也是没办法，你先上去再说。”

进了局子，身后的大铁门哐地响了一声，王大伦的身子不禁颤了颤。他被引进了一间小号儿，进退间踢倒了一只尿盆，他的心抽搐了一下。小号儿的门关上之后，他狠狠地抻了抻手上的铐子，骂道：“刘文存啊刘文存，你是个吃肉不吐骨头的大水贼！”委屈的泪水簌簌地流下来。他感到，再壮的汉子，一进到这里，就变得跟一只耗子差不多。幸亏他那下子打得还不够狠，人要真的呜呼了，自己就不是蹲小号儿的问题了。关键的时候，谁顾谁呢？他顿悟道。

在凄惶中，他终于捱到天黑。小号儿里是分不出天白天黑的，是他感觉着天黑了，因为他的肚子饿了。他有个造肉造酒的好胃口，即便是整天泡在酒池肉林中，到时候就饿。他便弄不清楚，是否要感谢这时运：原来每天只能吃上几只玉米面窝头，肚子都没有饿的感觉，现在大鱼大肉了，倒饿得难以忍受了。

“这鸡巴人！”虽然是极低级的感慨，但他是由衷的。

“谁要是第一个把烧鸡给咱送来，咱就管他叫爹。”他心里说。

吱啦一声铁门就开了。先闪进来一个民警，后闪进来一个王立平，虽然后边还有几个，已经不重要了。

“村长！”他得救般叫了一声，便泪流满面。

“大伦，你这叫干啥，跟真的似的。”

那个民警笑了笑，给他开了铐子，然后又笑眯眯地走了。王立平朝身后一挥手，那几个人把硕大的几个包状物提上前来，摊在地上，竟是烧鸡、酥鱼、猪脚、火腿、腊肠、牛肚，还有花生米、生菜团儿、大蒜瓣儿，还有一罐罐筒啤、一瓶瓶白酒，当然还有几条万宝路香烟。

“村长，你是咱的爹哩！”大喜过望之下，他下意识地叫道。

王大伦把所有的吃食都拢在自己的身边，奋不顾身地吃着喝着，悲壮得惨不忍睹。

“大伦，你慢慢吃啊慢慢吃，”王立平爱怜地抹了抹王大伦脸上的泪痕，“照这样儿，叔我天天给你送。”

王大伦立刻就平静了，而且，很快就露出几分羞愧：“嘿嘿，嘿嘿……”

几个人围着他坐下，看来没有马上走的意思。

“大伦，这可不像你，你也不让让大伙儿。”王立平笑着提醒道。

王大伦立刻就来了豪气，啪啪地一连打开了好几罐啤酒：“哥儿几个喝。”

“我们要喝白的。”其中一个说。刚才王大伦饥不择食，灌下了好几罐啤酒，人家一提醒，他才发现那一瓶瓶的白酒是一水儿的五粮液。

“喝，喝，干啥不喝！”他照应着哥儿几个喝白酒。一次性的纸杯，他给自己倒得满满的。

“你就少喝点儿吧，你刚才已经喝过了。”王立平提醒他。

“嘿嘿，只是刚刚垫了垫底儿。”

几个人喝得人仰马翻（自然包括王立平），感到别有风味。几个人造完酒之后，神情异常亢奋，嚷嚷着诈金花儿[1]。

王立平说：“诈就诈，不过咱得说下，不许该账。”

几个人说：“谁该账了？只有村长你啊。”

“你们几个猴崽子，给脸就上墙。”王立平心情贼好，佯怒之后，自

---

[1] 诈金花儿：一种用纸牌进行的赌博活动，近似传统的“说瞎话”，赌的是诈术的高低。

己就乐了。

金花儿诈得很蹊跷，王大伦总是得手，纸币一张张朝他腋下飞。他已经有几千元的收入了。

他们的喧哗惊动了一个民警，他狠狠地敲着小号儿的门：“你们安静点儿好不好？”

王立平很纳闷。“你是不是新来的？”他问。

“这你甭管，”那个民警鄙视地看了他一眼，严肃地说，“你们太过分了！”

意外的严正，让几个人不知所措，便不吱声了。那个民警走了很久，王大伦惊惧的脸还凝聚着，腋下的钱一张张地落了下来。王立平像是安慰王大伦又像是安慰自己：“这家伙不知深浅，赶明儿个咱们换个号儿。”

一干人马知趣地从小号儿里撤了。惊惧的王大伦一夜没有睡觉，他反复点他赢来的纸币。天快亮的时候，他整个人都迷糊了，开始一张一张地撕。

撕到最后一张的时候，门又一次响了。走进来的是王立平。看了一眼屋里的情景，他愣了一下，然后说：“大伦，收拾收拾东西，咱们走。”竟带着王大伦走出了看守所的大门。

“说是装装样子的，他们还当真了，甭管大号儿还是小号儿，咱们哪个也不蹲了。”王大伦彻底服气了，他们村长真有通天之道。

“我是看透了，像你们这些东西，全鸡巴的是酒囊饭袋，啥也经受不住！”甩下这么一句，王立平气鼓鼓地朝前走了，把王大伦落下好大一截。

王大伦羞愧得不成，急急地追赶着：“村长，你听我说。”

“你要说啥？”

“大丈夫知恩图报。”

毛品英后来才知道，不仅她家的炉坑塌了，许多人家也有坍塌，或房顶落了架，或山墙裂了缝……原来这个地区地震了。所以，她紧悬着的心，一下子就妥帖了：炉坑的坍塌，与他们家旺儿是没关系的。

没过几天，旺儿本人就出现在了她的面前。

“我的个冤家唉！”毛品英叫了一声，把旺儿紧紧地抱住了，她浑身颤抖，泪水婆娑，“以为你出啥事儿了，再也见不着了。”

“你咋知道我出事儿了？”惊异之下，旺儿脱口而出。

“这么说，你果然出事儿了？”

“真的差一呼吸儿[1]就见不到了，我被瓮捂在里边哩。”

“我的个冤家唉！”毛品英又叫了一声，手开始在旺儿身上游走，从头发一直摸到脚趾，“咳，你还是个囫囵身子哩！”自己的丈夫从头到脚完完整整的，她的顶梁柱还是一根没有绽儿[2]的原木！她想笑一笑，却咧开嘴哭了。

普通人家的女人就是这样哩，啥也经不得。旺儿在心里叹道。

“你快跟我们娘儿俩说说，你咋就被瓮捂着了呢？”

“赶明儿再说吧。”他不想在亲情饱满的时候，说那种晦气的事儿。

旺儿买回来许多好吃食，一家人情绪饱满地吃了一顿团圆饭。“咱家这是过年了。”毛品英说。

“你爹他累了，咱早点儿歇吧。”毛品英对二丫儿说，二丫儿懂事地

---

[1] 差一呼吸儿：京西方言，即差一点儿。

[2] 绽儿：京西方言，破绽，裂缝，伤损，伤痕。

点点头。

在黑暗中，旺儿试探着伸出一只手，不期那个人的一只手也试探过来，就碰到一起了。两只手就都羞愧地缩了回去，同时发出一声叹息。

旺儿有些不甘心，又把试探的手伸了过去。那个人早就预备好了，手一伸过来，就用双手牢牢地攥了，她不想让他再试探了。她把那只手径直放在自己的胸脯上。那只手一下子就放纵了，紧急地揉捏，根根梢梢的一寸都不放过。后来就抓，劲儿那个大啊，像要把一只奶子整个儿地薅下来。她受用着这令人晕眩的疼痛，紧紧地咬住嘴唇。

一瓮土哗地覆盖下来。她满眼迷蒙，受用着这种覆盖。再来一瓮！再来一瓮！她内心不停地呼唤着。她渴望着快一点儿死过去。她终于如愿以偿了，失声抽泣。

他捂住了女人的嘴。他知道，女儿其实并没有真的睡去。

生命的仓皇过后，他获得了一种彻骨的平静。他平静地躺在那里，偷偷地笑着，他为自己的仓皇感到难为情。

“你笑个啥？”虽然笑得无声，但女人能够感知他在笑，在他耳垂下，轻声垂询。

还在笑，竟至不能控制，放出声来。“你神经哩。”女人嗔道。

他的手又放在了女人的胸上。他有了从容的心境，他要从容而细致地再品味一遍。女人的奶子真小，女人的胯骨也真小，处处都小。但是，因为是自己的女人，是一块可以坦然经营的自留地，便处处都丰盈。在从容的品味中，他突然感动起来，因为他切切实实地感到：他爱她。

他想把自己的感动告诉她。他想了几个温柔的词儿，但哪个字眼儿他都说不出口，便又要了她一次。因为要得从容，所以，比上一次绵长、深刻。女人狠狠地咬着他的肩头，告诉他，她要活不了了。

王秀珍觉得这夜色忒黑，黑得让人烦躁，便把床头灯开了。

兀然洒下的光线，刺得她睁不开眼，感到更深刻的黑暗。“他娘的！”她忧伤地骂了一句。之后，光线渐渐地可以接受了。

她不想再忍受黑暗，所以，她把身上盖的完全揭去了，把自己完整地袒呈在光线之下。她看到了自己的身子。那身子光华细腻，像华丽的绸缎，且白得耀眼，把灯光折射回去。

她生出一种仇恨。为了平复这种仇恨，她开始想旺儿，连带他那面黄肌瘦的老婆。虽然她没有见过旺儿的老婆，也没听他描述过，但她确信，他的女人一定是一朵枯萎之花。像阴坡里的地丁，花虽然开着，却呈死亡之状。

旺儿那个深眼窝生得奇特，眼珠就显得很幽深，像是专门勾引女人的陷阱。肯定是这样哩，因为她自己每专注地看一次，都要怦然心动，生出一些很不正经的想法。都说自己的鼻子长得好，这个鼻子要是放在他眼窝那个地方，一定会严丝合缝，如胶似漆。旺儿是干体力活的，但腰板却不见塌相，腰部很细，是典型的水蛇腰。女人要是长一个水蛇腰，会犯浪；男人长了水蛇腰，对女人一定很缠绵，会变着花样儿满足她。她看见那个枯萎的女人，正紧紧地匝着他的水蛇腰，摇摆着身子犯浪呢。旺儿则紧皱着眉头，喝斥道：“你能不能正经点儿？”他的话，王秀珍听得真真的，她很赞赏地哼了一声。自己相对于他那个瘦婆娘，是一朵饱满而鲜艳的野花儿，在瓮里自己那么用心地向他招摇，他都没动心思，更何况对一个十分家常的女人。

王秀珍情不自禁地笑了起来，因为她看到旺儿撇下那个瘦女人向自己投奔过来，当着那个女人的面，紧紧地抱住了自己。旺儿的力气可真大，把她抱得喘不过气来，饱满的胸部都被压瘪了。他把自己抱进瓮里。那个瓮好好的，一团黑，只有通气的天窗闪进来几缕光线，因而就更显得黑。黑暗像包裹，把他们二人包得严严的，因而他们被感动得谁也不想松开谁。旺儿借机抚弄她的胸，一点儿也不温柔。但是她喜欢这样，因为她的胸忒饱满，不用些力气，是捏不透的。女人的胸必须被男人捏透了，才感到自己做女人的好。她被旺儿捏得热起来，乳头都支棱了，那个不要脸的乳头啊！她臊着，恨着，自己就叫了，叫得自己都很纳闷：这还是那个王秀珍吗？于是她再也收束不住自己，扳过旺儿的细腰用力地在自己的腰部搓弄，搓得瓮顶的土又哗哗地流下来。她一点儿都不害怕，她渴望在这个时候，凡尘彻底把他们掩埋了，他们好固定在这个忘情的姿态。一股热流带着咝咝的烟气钻进了她的腹腔，左右冲撞，把她整个人都煮熟了。

她僵了。

她复苏之后，困难地睁开眼。身边并没有那个旺儿，只有床头灯寂静的光线孤冷地照着，照见放在自己私处的一只无耻的手。因为自己的无耻，她恨恨地坐了起来。然后她打开了卧室里所有的灯，在梳妆镜前站住了。她要看一看，自己到底无耻到啥个地步。

她的眼睛血红血红的，眼睑肿胀，更显眼睛的狭小；脸肉也红透了，放大了白天不易察觉的细密的皱纹。原来自己这么丑啊！

她的身子如此的华丽，她的容颜却是如此的卑微，上天欺我哩！王秀珍愤怒了，狠狠地挥了一下手。供奉给她真实的那块无辜的镜片，顷刻间碎了一地。

她把自己扔在床上，失声而泣。那个声音被压抑着，所以很尖，也很扁，因而穿不透墙壁，却足可以穿透她自己的心。她突然想起了什么，又翻身而坐，直勾勾地盯着枕边那个小小的绢人。那个绢人很精美很洋气，是她寂寞中的把玩。她凄然一笑，寻出了几枚钢针，恶狠狠地向绢人的身上刺去。一针比一针深刻，她念着一个她听来的名字：毛品英。

毛品英的肚子针扎一般疼，她忍了再忍，终于忍不住，只好坐了起来。

身边的男人睡得很沉，鼾声很停匀。她体贴地看了一眼，紧紧佝偻了下身子，她必须忍。疼痛来得越来越密了，不呻吟无以获释，便自责地小声哼唷了。

“你咋了？”男人到底是醒了，问道。

“真是邪了，好不当当的就肚子疼了，板也板不住哩。”女人说。

男人摸了灯绳，把灯拉亮了。

“好像有血。”

“哪儿哩？”

“还能是哪儿，”女人笑笑，“还有几天哩，咋提前就来了？”

“你是不是例假不准？”

“准准的哩。”

“那咋回事儿？”

“都赖你，你没死没活地捣鼓，给捣鼓提前了。”

“嘿嘿，嘿嘿……”男人歉疚地傻笑。

“没啥事儿，你且睡吧。”女人说。

“没事儿也睡不着了，咱就说会儿话儿吧。”男人觉得自己埋头睡去显得不厚道，决定陪她一会儿，便把他捂在瓮里的事儿挑挑拣拣地跟她讲了。他没讲到王秀珍。

“你看，可有多悬，你就不能多长点儿眼？”

“咳，不是长不长眼的事儿，都是活该。活该咱倒霉，也活该咱活着。”

“那咱就换个地儿吧，干点儿心明眼亮的活儿。”

“那哪儿成，从厂长到村长，人家都对咱好哩，哪儿磨得开面子。”

“好啥好，他们专会使唤老实人。”

王秀珍把自己折腾累了，她放荡地把自己摊在床上，莫名其妙地笑着。

她在想，凭啥让我独自忍受寂寞，凭啥连个外地工都笼络不住？一是心眼儿太实，二是心眼儿太软。是哩，是哩，街面上不是常有人说，女人不坏，男人不爱，咱决心坏一把哩。

旺儿，除非你不回来，你一旦回来，就再也不放过你了！

第五章

岭西情事

这个地方叫岭西。

山体峭拔，山路崎岖，大晴的天，山腰上都有碎密的云朵缠绕。奇怪地，山顶上竟是偌大的一块平地，山腰上还有呼啸的风声，到了这里，居然无一丝响动，静得让人害怕。还有一簇簇秀竹，就更奇了。

把岭西之奇放大了的，是一个戴晶白眼镜的先生，叫吴克利。

他是个南方人，教着初中的历史，因为看不惯北方女性的粗直，三十好几了，尚独身。每到星期天或节日，不愿在校园里被寂寞蚕食，便钻山爬岭，巡幽猎奇。猎到岭西时，他惊呆了。醒过神来之后，便惊呼："井冈山！"他感到，从地形、地貌，到气候、植被，这个地方都酷似革命圣地井冈山。

这是个重大发现，他急迫地上报给学校、公社，直至县革委会。

轰动哩！

正逢落实教育要走与工农结合号召，很快岭西便被定为教育基地。所以，一上初中，翁大宝他们就搬到岭西去了。在“勤工俭学”的旗帜下，他们半天劳动，半天学习，且同吃同宿，过一种军营式的生活。

他们有一种莫名的兴奋。父亲却兀自犹豫着：“这也叫上学？”他有希望破灭之感。

翁大宝幸灾乐祸地笑着，不以为将来回乡当个农民有啥不好。

李金橘和他，虽然不再同桌了，可还是分在一个学习小组（也是劳动小组），与她的恩恩怨怨，依旧延续下去。

在岭西，他们有创业者的味道。第一项任务是开荒。于是，每天的日课，很少在书桌上，更多的是在荒野里。他们挥镰斩棘，放火燎荒，敲开蛮土，点稼种禾，搭建民居。他们住的是临时帐篷，吃的是临时划拨的一点儿战备粮。校长对上保证过，不出一年，他们通过自力更生，达到自给自足。

他们的文化课，基本是服从劳动的需要。为了建房子，他们学习三角几何，为了鼓舞士气，他们朗诵几首领袖诗词。其中最让他们亢奋的，是那首“鸟儿问答”，因为他们谁也不想当“蓬间雀”。

所以，虽然都是些十二三的孩子，好像在一夜之间都长大了，都已树立了“凌云之志”。小脸儿黧黑，小眼儿烧灼，号子震山谷，豪气冲云天。他们到底是住上了自己盖的房子，吃上了自己种出的粮食，虽然只是几穗红头高粱，几捧黑皮荞麦。翁大宝内心的喜悦是由衷的，因为在这里他看到了真正的平等。谁都要在阳光下劳动，懒惰无从遮蔽；谁都要到饭堂里吃饭，高粱荞麦无一例外。

他欢喜地看着李金橘，李金橘回以凄然的笑。他知道，过不了多久，她就要有好瞧的了。

果然，一天晚上，李金橘悄悄地拽了他衣角一下，小声说：“翁大宝，你跟我出去一下。”

“去哪儿？”他问。

“你跟着我就是了。”

她埋头在前边走，并不照应他，她自信他一定会跟上她，居然就走到了一簇背人的竹丛之中。她靠在一竿竹上，目光忧郁地看着他。

“你想说啥？”他还在迷惘之中。

“翁大宝，你能不能离我近些。”她的口气近乎乞求。

他警惕地离她近了。她居然就给他掉下了眼泪：“你看看我的手。”

她居然一下子提出这么一个一点儿距离都没有的要求，让他不知所措。

她不容商量地把手送到他的眼前：“你就看哩。”

她的手上打满了血泡，且有几粒已经破了，淌着红黄的脓水。他皱了一下眉头，不以为然地说：“这有啥，我的手上也有哩。”便也向她展览自己的手。

“可是，你是男人。”她说。

没想到她会这么说，一些早预备着的慷慨词句便不好说出口，便沉默。

“大宝，早知道会这样，咱干啥要争那个成绩，把人都弄得生分了。”她说。

他真的不知说啥好，冲着她傻笑。

“你就知道傻笑。”

“你让咱咋办？”

她咬咬嘴唇，说：“我要你疼咱。”

过了很多天了，母亲脚面上的伤口已开始愈合了，父亲的心境也好了些。在被窝里，他抚着母亲的伤口，问：“还疼么？”

“疼些。”

“你别计较咱，咱是个粗人。”

“还用你说，”母亲朝父亲怀里欺哄了一下，接着说，“不过你那赖脾气也得改改，咱是你的女人，你真的把我打残了，遭罪的还是你。”

“嘿嘿，改就是哩。”

“光改还不成。”

“咋？”

“我要你疼咱。”

“我咋不疼你哩？”

“我要你真真地疼。”

翁大宝愣愣地看着李金橘，心中一点浮华都没有了，因为他懂这个“疼”的含义，她是把自己托付给他了。

他们是邻居乡亲，也曾是同桌，还是小恩仇的纠缠者，在这个特殊的情景下，都是她信赖他的理由。在这个被暗夜笼罩的空阔的荒野，她显得那样小；即便是一枝金橘，也是刚钻出地表的几乎显不出形影的芽胚，丑丑的，无一丝光华。

她幽幽的眼神一直盯着他，他无处躲闪，便说：“再干活儿的时候，你跟着我。”她点点头，舒心地叹了一声。劳动的时候，是有定额和进度的，跟翁大宝在一起，他可以帮衬她一下。

回到宿舍，他横竖也睡不着。他第一次感到，一个人活着，竟不只是自己的事儿，还有别人。这些东西来得太早了，毫不体贴地硬塞给了他，让他措手不及。

第二天，是点种玉米。这种活儿，是要两个人配合的，一个人招掩，一个人下籽。想到李金橘的托付，他主动地与她搭伙。招掩是个力气活儿，对女孩子来说，便是一桩苦事。他一直招掩，从不让她替换。虎口都震出血来，他用土沫敷上，不愿让她发现。他本能地感到，“疼”别人，就放在心上，别摆在浮表。李金橘显得很快乐，她打了赤脚，且把裤管儿挽到膝盖之上。热的土，金黄的种子，都给她以快感。她的快乐感染了他，他不时拄着铁镐的木柄回头看她。她的脚真是小，精致的脚趾头真像一粒粒菊花的花瓣儿。这还不算数，最动人的是她的两条小腿，白生生的，腿肚子上的两块肌肉圆圆的、跳跳的，像两只调皮的小白兔，一直挠到人的心尖儿上。

李金橘原来是个很精致的女人！这是一个十二岁男孩儿的想法。他不再感到虎口的疼痛，觉得他应该疼她。

这年头是咋了，连国法都儿戏了，那个王大伦说放就放哩。万明全咋也想不通，第二天一早就去了乡政府。

乡长刘文存正要出门，见了万明全，先是愣了一下，不过，很快就堆起了笑容。但这一次没有让老汉进屋的意思，他保持着一脚门里一脚门外的姿势，让万明全陈诉来由。

万明全说完之后，他说：“王大伦的确是抓了，也的确是从号子里出来了，这是个法律允许的环节，叫取保候审。”

万明全说：“这我就不明白了。”

刘文存说：“这一时半会儿我也给你老讲不清。不过，我只告诉你一点，他从号子里出来，并不意味着他没有罪错，是你们村里把他保出来，让他干点儿事体，公安局可以随时传唤他。”

“还可以这样？”

“可以这样。”

既然局子里可以这样，他就不好纠缠，再纠缠就显得自己不识趣，便悻悻地回了。

“村里保他了，哼，还不是王立平。”

明全老汉的愤怒窝在心里。

因为王立平答应把援朝还有小翠都养起来，便不能把事情弄僵了。他还要看一看。

然而，事情就是不让他遂心。王立平的话虽然后来兑现了，却不是按工伤那样养，而是把援朝一家列为低保户，每人每月只能领到一百四十元的困难补助。

先甭说这钱少得根本就不能维持援朝的医疗、吃用开支，一接受这个养法，问题的性质就变了：他们家领的不是抚恤，而是救济。受害者的公理，还在迫害者手里。

“王立平，原来你就是这个养法？”万明全质问道。

“你说咋个养法？”王立平讪笑着反问。

“你自然知道。”

“我不知道。”王立平已做好了应对的准备，口气一点儿也不亲切。

“难道说，打人的人还有理哩？”

“我可没那样说。”

“你都做出来了，比说还歹。”

“话可不能这样说，他万援朝就没有责任？”

“他有啥责任？”

“他拖欠电费，逾期不交。”

“那是你们额外的乱收费。”

“啥额外？电表上有字儿。”

“王大伦他就是电工，电表上的字儿能准？”

“你的意思是说王大伦搞鬼？”

“不只是他。”

王立平有点儿不能克制了，明白万明全的矛头是冲着他来的，便板着面孔说：“你可不能红口白牙说胡话，现在可是法制社会，一切重证据。”

万明全是拙于言辞的，情急之下，说道：“你鸡巴的那是啥证据，是见不得人的鸟！”前置词和后置词都是一个意思，重复表达着对王立平人格的轻蔑。

“做人不能不识好歹！”王立平摇摇头，“念你是荣誉军人，念我们横竖还是亲戚（指王小翠），我对你够仁义的了，换了别人犯在我手里，他可成！”

龙二成刚跑车回来，正用湿毛巾擦汗。王秀珍隔着墙喊他：“二成，你出来一趟。”

龙二成一边擦着汗，一边走到门外，问：“干啥？”

“跟我到果园去一趟，我跟你说点儿事儿。”王秀珍对他闪了一下眼儿。

“好，你先走，我去换件衣裳。”

龙二成体味着王秀珍的那个眼神，感到里边骚骚的，很那个。“她到底纳过闷儿来了。”他笑着，仔细挑一件衣服。

龙二成是个直肠子，你说得对，他脸红，你说得不对，他也脸红。前边的脸红，是他惭愧，后边的脸红，是他的不平，预示着他马上就要跟你理论了。所以，跟他在一起，谁要是说了错话，发现他脸红了，就赶紧服软，否则他会针针见血，弄得你下不来台。所以，王立平也憷他几分，因为他敢跟自己公开叫板。因为他跑出租，王立平就收他个体运输管理费。村部催了他好几次，他就是不交，他说，乡里发的减轻农民负担卡上，是没有这一项的。王立平就让人给他捎话儿，说这个地盘儿可是他王立平的，到底交不交，要他好好掂量掂量。

“他鸡巴的吓唬谁呀，”龙二成不以为然地说，“这块地儿是他的，马路可是国家的，我交完养路费，交完公司的份儿钱，我撒开了跑，谁也拦不住哩。”

龙二成虽然看不上王立平，却不知咋的看上了他的妹子王秀珍。他约了几次王秀珍，王秀珍因为急着要把自己嫁出去，龙二成又有一个不错的营生，也就痛痛快快地去赴约。一接触，王秀珍不喜欢他。因为他除了说直理以外，并没有更深刻更丰富足以让女孩子动心的东西。而且，与直肠子相伴的是掩饰不住的粗俗，让王秀珍不能忍受。

但与之相反，龙二成愈发喜欢上了王秀珍，刚见面两次他的目光就凝固在王秀珍的颈窝上。他觉得，王秀珍虽然长得丑，但肉皮子却是农村姑娘少见的白，身子肉肉的，很能留住男人的眼光。况且，她的屁股出奇的大。“大臀子女人地儿肥，金童玉女谷成堆。”这样的农谚他从小就熟知的，跟她生活在一起，生男是金童，生女是玉女，而且满屋的谷物，丰厚的收成。况且那么大的臀座儿，是男人的受用哩！每一想及，他有个部位就茁健成长。

他的目光其实是暂时凝固在王秀珍脸上，王秀珍只要一猫腰，他的目光就下滑而去。她的乳沟深哩，忽隐忽现的奶子，像两只大兔子挤在一起。他澎湃着一股激情，要把兔子捉到手里。

最后一次见面，王秀珍很憨厚地冲他笑了笑。因为她要宣布分手了，乡里乡亲的，她感到很难为情。憨厚的东西，往往是致命的东西。龙二成被这憨厚的笑所激发，他冲动地把王秀珍抢进怀里，在抵抗的诱引之下，他的手果断地伸进她的领子里，牢牢地捉住了那两只大兔子。兔子的主人被吓坏了，她一下子咬住了男人的臂肘，狠狠地下了牙齿。

龙二成疼得跳到一边，困惑地说："我以为你愿意哩。"

"你娘才愿意呢！"

他更困惑了，这么憨乎乎的一个女孩子，咋骂得这么不含糊哩？"你以为你是天仙啊。"他本来是想说，就凭你那丑丑的长相，金贵个啥？

王秀珍懂得他的意思："要是天仙，能跟你在一起？废话！"说完狠狠地瞪了他一眼，果断地走了。

他看着那个渐渐远去的臀部，感到既美且丑。直率的人，第一次心情复杂起来。

龙二成到底是单纯的，王秀珍一叫他，心就毛躁了，慌乱地换了一件上衣，就跟出去了。

天色已经暧昧了，王秀珍的背影有些模糊，到了果园他们每次约会的那棵苹果树底下，这个模糊的背影也不见了。刚才，她明明是站在这棵树下的，还向他招了招手哩。

"王秀珍！王秀珍！"他低声地叫道。没有王秀珍的回声，却听到在不远的一个地方有嗤嗤的笑声，细听一下，又不像人笑，倒像地狸子扫尾的声音。这王秀珍搞的啥名堂？

"王秀珍！"再叫。仍不见回应，便在树下踅摸，果然就惊动了一只地狸子，烟一般刷地从他脚下蹿过去。难道王秀珍真的变成地狸子了？

正犹疑间，他的头被什么碰了一下，惊恐地朝上看了一眼，是一只硕大的青苹果。他随手就把它摘了下来，在胯上蹭了蹭，就啃了起来。他刚进家门，连口水还没来得及喝，的确有些渴，青苹果就咀嚼得很响脆，转眼之间就都下到肚里，随手又摘下一个。“这个王秀珍，是不是在玩儿我？”他的心情又复杂起来。

这时，头顶竟发出了一片碎音，像万千个老鼠在磨牙齿。惊异间，苹果竟一个个争相自己落下来，打在他的头上、肩上、背上，惊愕中，脚下已落了一层。他被吓出了一身冷汗。

这个果园，原来是一座坟场，殡葬改革时把它平了，栽上了果树。“莫不是闹鬼哩？”他再也不敢待了，拔腿就往外走。

突然就蹿出几条黑影：“龙二成，你站住！”这黑暗中的猝然之音，更让他惊慌失措，下意识地跑了起来。一条黑影运动得比他要快，超前他半步，绊了他一下，他栽倒了。这之后，他就再也爬不起来了，因为一阵密集的打击带着风声从天而落。

在村街上，人们再见到他的时候，他已成了半截人。臀下捆着一张草垫子，双手撑着两只小杌凳，艰难地往前挪，挪累了便坐在草垫子上歇着，脸上堆着茫然的笑。

村里人得到的信息是这样的：龙二成摸黑去偷果园的苹果，不幸被村联防队发现，不幸发生了格斗，不幸就站不起来了。而且，这事儿不幸就发生在严打期间，不合情不合理的细节就非常合法了，他投告无门。

王秀珍对派出所的人说：“龙二成是啥样的人？是啥情理都不懂的人，我能跟他约会儿？”

“是啊，是啊。”派出所的人相信她。

万明全和一大批万明全却不相信她，他们明白那无辜的小伙子是被人暗算了，但他们却找不出证据。无证据的同情就是草头的风，吹也就吹了。所以，王立平一说到“现在可是法制社会，一切重证据”时，万老汉的心咯噔了一下。再说到“做人不能不识好歹”时，又咯噔了一下。

司号员脖腔里喷出的血，是紫黑紫黑的。可是他喷得有些冤枉，本来是可以不喷的——当时他并没有司号任务，他的头是可以不伸出掩体的。但是，他面对的是仇恨啊！

万明全的耳朵又叫了起来。

旺儿在家中待的日子，超过了预定时间。

他既不是为了照顾毛品英，因为她的腹痛说好就好了，正如它说来就来一样；也不是为了躲避王秀珍，因为他一回到家里，就把她忘了。他是为了他的土地，那几块瘦瘦的堰田。

在外边打工的时候，他心里感到凄惶，整日里都像浮云一样飘。可一踏进村里分给他的那几亩山地，他的心咯噔一下就放妥帖了，他脸贴在地上，闻着青涩的土味儿，泪流满面。自己是个农民，只有在这里，他才得到一种心理上的确证。

他常年在外，挣到了土地从来也给不了他的数量可观的现钱，他有条件吃上商品粮。而且妻子的身体又是那么羸弱，侍弄土地是一件极为艰苦的事儿。她建议旺儿把地转包出去，因为他们可以像城里人那样甩着手生活，饿不着了。

“没有地，咱算啥农民？”他坚决反对。

“真是个死心眼儿，一辈子的土命。”妻子说。

“土命有啥不好？没有这个土命，咱啥命都没有哩。”他不能听妻子的。她没有那个体会：在别人的土地上游走的时候，自己啥都不是。

已逢暑期，正是秋种季节。农谚云：头伏萝卜二伏菜，三伏过后种荞麦。萝卜、白菜、荞麦，还有红薯、倭瓜，都呼唤着他种哩。别看堰田的土质很瘦，种小麦和玉米没多少产量，但只要一种瓜菜和小杂粮，竟邪乎乎地产哩。就如这土地上的人，越是在贱处，越是活得旺！

每到秋后，旺儿都要把山地上产出的瓜菜拉到农贸市场，去换取口粮、添置用品。虽然市场伤农，自己的产品卖价很低，但该换的都换回来了，低些就低些，谁还指望用土地发大财？况且明年还种哩，明年还产哩，只要肯下力气，地不欺人。

他认为，一个够格的农民，决不应该拿钱去买粮食。手里的现钱，应该是攒着，再攒着，攒给儿女，攒给荒年，甚至攒给病灾。土命的人经不住磕碰，也经不住瞎造，就像土罐子得轻拿轻放，里边还得总是放些水，不能暴晒，一暴晒，准裂纹。农民的这点积攒，就是土罐子上的提手和润在里边那点儿水。有多少红火的家庭，说败就败了，就是因为他们热昏了头脑，忘了自己的土命。

旺儿只穿着一件小小的裤头，忘我地挥动着手中的铁镐。他开出沟垄，调出片畦，低一声高一声地唤着毛品英："籽儿要下得快一些哩！"

"急啥，地里的活儿得慢慢地做哩。"毛品英笑着说。嘴上虽然这么说，但毛品英手下却加快了节奏。那个精壮的旺儿，满身跳动着鼓起的肌腱，因淋着一层油汗，亮闪闪的，她不知咋形容才好，只是热烘烘地感动着，命令自己赶上去。

在毛品英埋头忙活的当口儿，旺儿停下来歇一歇，便把目光端详在女人身上。女人身上的短衫都被汗水浸透了，湿淋淋地贴在身上，把她的身坯勾勒得更加精小。但她的动作是那样的灵活，一招一式都有少女般的妩媚，真不像已做了十多年母亲的婆娘。他突然觉得，像她这种人得长寿：她从不叫苦，从不喊累，也从不挑肥拣瘦、挑吃挑喝，你给她个啥她就受用个啥，从不给他找麻烦，也从没埋怨过他一句。

他兀自笑了起来，因为有一个想法让他感到好笑。他觉得这老天爷就是会配，在啥地界儿，就配啥物件儿。比如在他家，就给他配几亩薄地、一头毛驴和毛品英这样的女人。不过挺好，因为配给他的东西他都使着很顺手。想着想着，竟笑出声来：“嘿嘿，嘿嘿……”

毛品英看他：“你笑个啥？”

旺儿有些不好意思，说：“天儿是真热哩，我去冲个澡。”

没等毛品英接话儿，他已一溜烟儿似的，沿着山间小径出溜到小河边，一个鱼跃，扎进水里了。

“这个蛮子！”毛品英甜蜜地说。

“这个该死的侉子！”王秀珍烦闷地说。

她烦得心焦啊！旺儿在家多待一天，她的烦闷就增加一分，她甚至想马上就动身，到老家去找他。

“这两天我看你咋这么不顺眼？”王立平说。他能感觉到自己妹子身上的那种毛躁与不安。

“我看你还不顺眼呢！”王秀珍认为，旺儿的迟迟不归，与他有关。

“那是你心里有邪火，没处发哩。”

王立平不愧是个老于世故的人，像个中医老手扎针，扎得准，因而妹子的心就更疼。“你就不能闭一闭嘴，你啥也不说，也知道你是人精。”她揶揄道。

“农建集团的顾总想跟你交个朋友，他新建了一个温泉度假村，休闲娱乐设施，样样俱全，邀你去玩儿几天哩。”

“不去。”

“干啥不去？就你这个样子，正好散散心。”

“他憋的啥屁，你还不知道，你是成心往狗嘴里扔肥肉。”

“然而他真有钱啊！能傍上他，是你的造化。”

“就他那两颗毛狸子似的大板儿牙，看着就恶心。”

“凭啥笑话别人，你也不看看自己的长相。”打人不打脸，更何况在人家心烦的时候。所以，王立平的话一出，王秀珍的眼神儿就发散了，几步就跑进内室，翻出一个药瓶子，把里边的药片子全倒在手上，冲着王立平幽怨地一笑：“我让你彻底如愿以偿。”然后，手漂亮地一挥，药片子全塞进嘴里。

王立平的反应也出奇的快，在她即将下咽的那个瞬间，沉重的耳光接连不断地抽在她那胖大的脸上。噗的一声，药片子自己就吐了出来。片刻的愣怔之后，王秀珍訇然倒地，打着滚儿，号啕大哭。

“我不想活哩！不想活哩！”在滚动中发着不迭的誓言。

王立平迅速地扫了一下那个药瓶子，是一种新型的安眠药。他知道，自己的妹子这几天正经受着不眠之苦。他心里很不是滋味儿，颓然地跌坐在沙发上，呆呆地看着地上的滚动。他想上去把她搀扶起来，但这不是他的做派，便羞于去做。他真希望这时能进来一个旁人，替他去做。可是没人进来。

其实，他的老婆就在门外的，但她不敢进来。她感到，这个男人越来越让人不明白了，在他身上啥事儿都可以发生，而且是恶狠狠地发生，不容别人有些许的反应，因而是动辄得咎。儿女、佣人还有司机，也闻声来到门前，且面面相觑。他的老婆挥一挥手，让他们迅速离去。然后，她也悄悄地回到自己的房间，阴郁地笑笑，装作睡去。

王立平的父母都已过世了，他接替他们坐上了这个家庭的独尊的地位。家人都怕他，为的是能得到他的撑持和体恤。眼前这个妹子更需要他给她做主，然而他不知道咋给她做主，她有自己的个性，是一个特殊的存在。但是，她毕竟是个农村姑娘，关键的时候，也无非像现在这样自我作践而已。因此，他是又恨又怜，既不想去搀扶她，又不忍就此离去，兀自坐在那里，心渐渐酸涩起来，直至淌出泪水。

王秀珍终于平息了，平展展地躺在地上，表达着一种特殊的矜持。她期待着有人搀她一下，哪怕是说一句简单的劝慰的话，那么，她也会毫不扭捏地从地上爬起来。

两人僵持着。

“啪！”猝然的一声爆裂，是从屋顶传来的。屋顶是一盏时髦的莲花状吊灯，五个花瓣儿五盏灯，其中一盏灯碎了。两个人都吓了一跳，但依然不肯首先动作，都呆在原处。“啪！”又一盏灯爆了，王立平疑惑地看了一眼。接着又响起第三声爆裂，王秀珍睁开了眼。“啪！啪！”连着两声响，顶灯彻底灭了，屋里陷入完全的黑暗。王立平摸索着去开壁灯，刚走了两步，脚下被绊了一下，听到王秀珍哼了一声，他踩到妹子的胖腿上了。他羞愧地摇摇头。等他把壁灯打开，地上已不见了妹妹的身影。难道她地遁了？他下意识地看了一下屋门，两扇门还一前一后地忽闪着。

“喵——”随着一声叫，王秀珍的宠物猫从门缝挤进来，趔乎[1]了王立平两眼之后，跳到王秀珍的头前，伸出舌头舔她脸上的眼泪，舔得她心里很温暖。之后，又去舔她的耳朵，舔得她痒痒的，真想笑出来。然而她压抑着，心中说：“这人还不如动物哩。”见她仍不起来，猫便跳到王立平身上，撕他的手。他当然懂得猫的意思，但他仍无动于衷，心想：“我一个大活人，咋能听畜生的，也太丢人哩。”猫便更用力地撕他的手，试图达到自己的目的。王立平好像被猫撕疼了，一巴掌把猫打翻在地。凄厉的一声猫叫，刺痛了地上的王秀珍，她愤怒地爬了起来，怜惜地把猫抱进

---

[1] 趔乎：京西方言，（一）怒视，鄙视；（二）一瞥，斜视，睥睨，相当于口语中的“不拿正眼瞧”等。

怀里。“你还有点儿人性没？连动物都不放过。”斥责了一句之后，抱着猫愤愤地离去。门在她身后忽闪不止，播送着她不平的余波。

前者是王立平想的，后者自然是王秀珍所想，但都没有发生。

真实的结局是——

在久久的僵持之后，王秀珍偷偷地觑了王立平一眼，发现他竟在偷偷地掉眼泪，心中不禁一动。毕竟是自己的哥哥，像刚下炉的烧饼，心儿里还热得很哩。自己总该给他个面子，别逼着一个豪横[1]惯了的大男人下不来台。王秀珍左右看了看，自己爬了起来。“哼，摊上你这么一个哥哥，算我倒霉！”她用斥责的言语给自己制造了一个台阶，愤愤地躲进内室，躺到松软的床上去了。

又过了很久，见里屋没动静，王立平在内室的门前听了片刻，确认没有可疑之处之后，说：“秀珍，你歇吧，我走了。”见没有回音，他又说：“秀珍，我真的走了，我回去帮你琢磨琢磨旺儿的事儿。”他觉得那个河北侉子是妹子关注的焦点，自己这么说，是在给她一个暗示：你可别往短处想，你的事儿，哥给你记挂着哩。

仍没有回声。王立平就迟疑起来。他在地上徘徊了几遭，索性又回到了沙发上。

这一夜，他睡在了妹子的客厅里。

岭西的学校到了第二年，不知为啥，大部分的班级都撤回去了，就留下翁大宝他们班作为样板，留守着，且起了一个光辉的名字：抗大班。

吴克利的豪情不减，经常作诗。翁大宝现在还记得其中的一首——

[1] 豪横：京西方言，蛮横，凶恶，霸道。也用于说话的语气，相当于“气汹汹”“不容分说”等。

天苍苍，野茫茫
革命要吃红军粮
啃咸菜，就窝头
凌云壮志震五洲

天皇皇，地皇皇
抗大精神放光芒
书和本，犁和耧
井冈传统不能丢

他的诗，总的说，革命的浪漫主义远大于革命的现实主义。“啃咸菜，就窝头”，就很不符合实际，应该是：“一天三顿稀面儿粥。”校长向上边保证过，一切要自给自足，为撑面子，就断了外援。但新开垦的几块荒地，还属生番，产量是很低的，大部人马撤走时，所剩无几，在这青黄不接的季节，就像一个贫穷的家庭一样，要算计着过日子，学生的饭食是三顿稀粥就咸菜。“书和本，犁和耧”是陶渊明“半藏农具半藏书”式的旧文人情怀，他中毒太深，把只耕不读的现状诗意化了。他们班改称“抗大班”后，黄帅的“反潮流”就流传过来了。在正常编制的学校，学生造老师的反，都忙于写大字报，开批判会，本来已经很薄的课本也被抛至脑后，更何况他们是一种特殊的存在，劳动变成了斗争的同义词，书本更成了摆设。

吴克利的另一首诗倒是很符合实际的——

反潮流，逐浪高
岭西岂容长荒蒿
好逸恶劳害家小
广阔天地呈英豪

反潮流，逐浪高
岭西学子乐陶陶
劳动竞赛天天搞
革命激情似火烧

但是，革命的激情背后，是暗夜中的幽哭，学生们面黄肌瘦，饥肠辘辘，敢叹而不敢言，把头捂在脚臭杂以汗腥的脏被窝里，偷偷抹泪。

翁大宝是能承受稀粥的人，但是他却难以承受裤裆里的虱子。在劳动的时候，感受不到它们的关怀，只要一静下来，它们边急切地蠕动，边不失时机地叼咬，皮肤上像骤然起了万点皮疹，瘙痒难耐。几乎每寸布缝里都有它们的存在，扪是扪不迭的，便在入睡前，烧一捧干柴，把衣服翻过来，在火上烤。虱们喜热，遇到温度便从布缝的深处爬出来，以为好皮肉就在眼前了。他便得意地一笑，恶狠狠地把衣服抖动了，它们便纷纷跌进火焰之中，均在瞬间烧爆了，啪啪的一片繁密的锐响。

翁大宝开心地笑了，弄得同学们羡慕不已。他们同样经受着虱咬之痒，便也纷纷学翁大宝的模样，在那堆火焰上抖出他们的喜悦。这才是岭西的革命浪漫主义的真实样貌。

李金橘又来叫翁大宝："你能不能跟我出去一下？"

他毫不犹豫地就跟她出去了。

又来到那簇竹林之下。站定之后，她不停地四处张望，双手紧紧地捂着衣襟，神神秘秘的。

"你干啥？"他问。

"不干啥。"一边说着，一边松开衣襟，变戏法似的弄出个纸包来。

"你蹲下身子好不好？"她说。

"干啥？"

“叫你蹲你就蹲哩，别大声说话。”

几乎是与他同时，她也蹲下身子，小心地展开纸包，是一只玉米饼子，看上第二眼，玉米饼子里竟还夹着东西，是咸菜炒黄豆。他眼睛一下子就亮了。玉米饼子固然是坚实的诱惑，更让人心动的，是那咸菜炒黄豆。因为里边浸着一个“油”字。寡淡的日子啊！

“是给我的么？”

“还能给谁？”

“咋来的？”

“上午我姐来了，日子久了，家里不放心，”见他仍在迟疑，她急急地塞进他的手里，“快吃哩，别让人看见。”

他埋下头去，一阵狼吞虎咽。香，真他娘的香！长这么大，还没有吃过这么香的东西！虽然并不是啥稀罕食物，只因吃的方式不同：偷吃。

“嘿嘿，嘿嘿。”饱餐之后，他难为情起来，不敢看她。看到肘窝处，有一粒饼渣儿，便十分珍惜地捻起来，准备送进口里。送到嘴边，却发现是一枚饱满的虱子，便皱了一下眉头。见李金橘没有察觉，偷偷一笑，顺手就放进她的脖领。

“真是多此一举，咱身上也有，还想送你一只呢。”她说。

她其实啥都看见了，却那样不露声色，一个鬼丫头啊。他顿时无限地喜欢上她了，情不自禁地把双手搭在她的肩上，颤颤地笑。她也笑，笑得是那样天真无邪，却又风情万种。

暮色温柔地包裹着他们，他们感觉不到愁苦。

万明全被王立平又羞辱了一番之后，他做人的信念开始动摇：难道真是自己的错？

他踽踽地在街上走着，听到背后有人喊了一声："明全老汉！"

回头看时却没有人。顺着余音往下瞧，到底是有个人在背后的，是撑着两个杌凳，坐在草垫子上的龙二成。见到这个矮在地上的人，万明全不禁皱了一下眉头。

"你应该接着告他。"龙二成开口就说。

万明全最烦别人一下子就能看穿自己的真实处境，便说："你咋不告？"

"我的事儿跟你的不一样，说不清楚。"

"我的就能清楚么？"

"唉！"

"唉！"

两个受害者心照不宣地相伴而叹。

"不过，明全老汉，我跟你透个底：我是不会就这样放过他的。"

万明全疑惑地向下看着，那两个刺眼的杌凳，使他感到，这个说话的人真是滑稽。

"真的。"龙二成又强调了一下。

被龙二成刺激之后，万明全又去了一趟乡里，在于宝力那里连口水都没喝上，就被人家挡回来了。他一路上都在纳闷儿：咱真的不是无理取闹，政府咋就烦咱了呢？于宝力把水倒掉的那个情景总是在他眼前回闪——

于宝力潇洒地拧了一下腕子，把水倒在了地上，然后把杯子重重地蹾在桌上。"我这儿哪儿来的水，拿什么给你喝！"

"不应该哩！不应该哩！"他不迭地絮叨着。于是他就喝了一顿闷酒，把自己弄迷糊了，躺在池塘边上。

竟看到了龟蛇交尾。

他心中一动。这是天地异象哩，要有大的变数了。他听老辈子人说，遇到龟蛇交尾的年景，必有战乱，其结果是，群雄争霸，恩仇百结，皇上登基，百姓遭殃。

可是，眼前乾坤朗朗，百业繁兴，咋就独独让自己看到龟蛇交尾？这是啥兆头哩？他不敢再想。

酒力发作了，他只好沉沉地把身子躺下去。不都叫我醉鬼子么，我是醉鬼子我怕谁，横竖就一条命，大不了，用命了哩。

“我那先人唉！”他叹了一声，意识渐渐缥缈了。

一个身形弯曲的年轻人兴冲冲地往家走。他担子里的豆腐都卖了，有了几枚碎银子。他合计着，今天有几枚碎银子，明天有几枚碎银子，后天再有几枚碎银子，渐渐地自己就是财主了，小茹子也就是阔太太了，生个儿子也就是少爷了。他没理由不高兴哩。

小茹子是他师傅的独生女儿。师傅教会了他豆腐手艺，就一病不起。临终前，师傅把他和小茹子叫到床前。“按咱乡下的规矩，手艺一般是不外传的。”师傅说。

一听这话，小茹子立马脸就红了。

果然，师傅接着说：“你们俩就在我面前磕个头吧，以后在一起拉扯着过日子。”

师傅过世之后，他把小茹子既当老婆又当妹子，疼得很哩。小茹子心甘情愿地跟他一起做豆腐。一个断了根的浮萍一样的农家女儿，能跟一个知根知底靠得住的人过日子，足够了。

但是，不知从啥时候起，一个白脸儿长身的男人总是在他不在的时候，出现在小茹子的面前。

那个男人是地盘上有身份的人，养着三妻六妾。但是，总是喜欢寻花问柳。他对小茹子说：“你知道西施么？西施也是做豆腐的。这豆腐真是养人，你看，你就长得跟西施一样，都是豆腐美人儿。”

小茹子自然明白他的用意，说：“先生，您身边是不缺女人的，您就行行好放过我们，我们豆腐人家的日子经不住磕碰。”

先生说：“你说的倒是在理，但是我有个毛病，就是管不住自己，看看再说吧。”

这之后，青年再出门之前，小茹子总是说：“你带我一块儿去卖豆腐吧，你把我一个人放在家里，待得凄惶。”

青年说：“瞧你说的，哪儿有女人在外边抛头露面的？再说，那市面儿上乱哄哄的，啥鸟儿都有，带你出去，你不凄惶了，我倒凄惶了，你且在家忍着吧。”

小茹子凄然一笑，啥也不说了。

晚上，青年兴冲冲地进了家门，把碎银子捧到小茹子面前，说：“你且数一数。”

在往日，小茹子一定会眼里放光，笑容饱满地数一数的。可这一次，她凄然一笑，神情懒懒地说：“知道你已数过了，我就算了。”

“不成不成，你且数你且数哩。”青年亢奋地坚持道。

小茹子便懒懒地数了一过，叹了一口气，说：“咋数也数不成财主的。”

“鸡巴的谁愿意当财主，财主有几个是好东西？”万明全在昏沉中嘟囔了一句。

青年说：“那可不一定，哪个财主不是从数碎银子起家的，咱得有耐心。”

为了青年的那份热情，小茹子每天都坚持着帮青年数一遍碎银子，尽管她心里有些东西比碎银子还碎。

直至有一天，青年进了门之后，见小茹子懒懒地躺在床上，面色青白，不忍心让她数碎银子了，问：“你是不是病了？”

“早就病哩。”小茹子的泪水就扑簌簌地下来了。

青年心疼极了，说：“明天我就不去卖豆腐了，陪你。”

小茹子点点头。夜里，对青年，小茹子出奇地温存，且往死了温存。

青年说：“我就是你的豆腐挑子，一辈子都放在你的肩上，你且病着，悠着点儿哩。”

第二天一早，青年在屋里屋外游移不止，豆腐担子该在肩上的时候却放在一边，他心里凄惶。小茹子在暗处看得真切，不停地摇头。终于发出话来：“你且去吧，我好些了。”

“真的好些了？”

“嗯。”

青年便迟迟疑疑地走了。

“好人就是他娘的缺心眼儿，过不迭的日子，还缺那几个碎银子？真是的！”万明全翻了一个身，愤愤地说道。

在市集上，青年的眼皮总是跳，心就不安起来，便把担子里的豆腐底价趸给了身边的一个同行，提前回了。他心中一直是怜惜着自己的女人的。

他一边喊着小茹子，一边推开了自己的屋门。可屋里的情景让他万分困顿——小茹子以温存的样子跟那个白脸儿长身的有身份的人物在一起。那个人物他是认识的，但一直没跟他说过话。他觉得有那样长相的人，心中一定很不地道，横竖也不会跟他发生关系，敬而远之为好。

青年像一根木头一样戳在那里。

那个人物很绅士，首先表示出客气，对青年笑笑，说："掌柜的，你回来了。"

这本来应该是小茹子的称呼，但小茹子却一声不吭。他对那个人物说："你走吧。"

那个人物很识趣地走了，就剩下了不识趣的女人。青年问："你给我说说，这是咋回事儿？"

小茹子幽怨地看了他一眼，说："我啥也不想说。"

一种原始的羞辱之感就变成了冲天的怒火。"贱人哩！"青年一边喊着一边把连绵的耳光提供给那张不知羞耻的脸。而后，他喊了一声："师傅唉！"便咕咚一声跪在地上，把更连绵的耳光赏给自己。然后，两个人就都挺挺地躺在床上，几天没有炊烟。

好端端的一副豆腐担子，说撂就撂了。

"唉！一个草民，能经得住啥？可不是说撂就撂了。王八蛋的王立平！"在酒魇中，万明全竟也触景生情。

后来，还是女人还原得快，灰着脸儿坐在了灶台前。她把饭给青年端到床前，无论咋样央求，他连眼都不睁一睁。"看来，你是不会回心转意了，我只有去死了。"小茹子说。

青年猛地坐起来，说："你且住嘴吧，就你个贱人，还配说死！"他是想到了恩德在上的师傅。师傅把女儿托付给自己了，不管咋样，他都是有责任的。所以，首先就不能让小茹子想到死。

炊烟虽然正常地冒起来了，但人的心却焐不热了。青年整日里脸子阴沉着，身边的女人令人厌弃哩。他们整天一句话都没有，像暗夜里的两个幽灵。压抑得久了，青年的脾气变了，他变着法子找茬子，一有茬口就大打出手。女人均默默承受着，因为皮肉之苦，到底是能换来一点儿内心的坦然的。

一天，男人出手忒重了，女人实在招架不住了，便说：“你莫打我了，我已经有了。”

男人果然住了手，惊异地问：“谁的？”

“我也说不清哩。”女人说。

青年便站在了那个白脸儿长身的人物面前：“她已经有了，你说，咱们咋个了断？”

人物愣了一下，很快就恢复了平静，说：“咋就一定是我的？”

“错不了，我跟她这么久了，要有早就有了。”青年说。

那人沉吟了一会儿，取出两吊大洋，说：“这你拿回去，把她好好安顿安顿。”

“你想得忒简单了吧，几个钱就了了？”

“你说咋办？这事儿责任又不单单在我一方，是两厢情愿。”

“她的为人我知道，她不会那么贱。”

“嘿嘿，那你就错了，女人有女人的弱点。”

“你啥意思？”

“你看，你整天背着一个罗锅儿，女人嘴上不说，心里难免有别的意思。”

青年的心一阵剜痛，说：“那你就更显得歹毒了，这事儿就更不好了断了。”

“难道你非要经官不成？不过，你告不倒我：一你手里没钱，二你场面上没人。”

"你想错了，我不会去告你。"

"你想要啥？"

"要你的命！"

"痛快！"万明全大叫了一声，痛快地翻了一下身。

也因为此，他不愿从睡乡中醒来。

旺儿一回到砖厂，便吃了一惊。

孙成才竟安排他去看砖厂的大门。看大门是个肥差，如果跟掌权人不沾亲带故，没有铁打的关系，是连想都不敢想的。别小瞧这个小小的门卫，他是个准特权阶层：在工作上，清闲体面；在人事关系上，体现着管理者对其特有的信任——对原料进入、产品销出，门卫都负有检查监督职能，如果不是厂长的亲信，如何了得。

自己是厂长的啥？啥也不是哩，却得了这桩肥差！旺儿真是诚惶诚恐。

老家有个说法，一个普通人家儿，千万别捡天上掉下来的馅儿饼，那不是好事儿，多半儿是灾异。如果只是个说法也就算了，可生活中就有应验的例子。邻居老金头，是个游街走巷捡破烂儿的，有一年竟意外地从一个寺庙的废墟上捡了一尊金佛。文物部门知道后，给了他两万元，予以收购。他大喜过望，两万元对一个捡破烂儿的来说，是个天文数字，大发哩。他觉得自己姓金，活该有金命。然而不久，他的两个在外打工的儿子几乎是同时得了同一种怪病，全身关节坏死。为了治病，那两万块钱不仅都花进去了，还欠了一屁股债。然而并不见好，最后都瘫在炕上，成了废人。老金头就疑应到金佛身上，见庙就烧香，仍然无济于事，儿子照样站不起来。有人便说："你花了金佛的钱，佛爷已然是得罪了，做啥都晚了。"

决不能做第二个老金头。旺儿找到孙成才，乞求道："厂长，你们还是让我回瓮里吧，咱重活干惯了，猛地轻下来，心里凄惶。"

"你真是扯鸡巴蛋！"孙成才骂道。

"我不是不识好歹，是怕别人咬应[1]，"旺儿谄谄地一笑，"咱一个外乡人，一被咬上，就不好混哩。"

"咬应个啥？谁不服气，也让瓮日捂他一回！"孙成才说。

旺儿愣了一下："既然是这样，恭敬不如从命，那咱就谢了。"

孙成才的话，给了他一种心理平衡——他当门卫，并不是天上掉馅儿饼，而是因为被瓮日捂了一回。平头百姓做事儿，都讲究忖一忖这盐打哪儿咸、醋打哪儿酸，既然咸得酸得有道理，他认了。

"这还差不多。"孙成才说。

王秀珍是越来越讲究穿了，她每天都换新的式样，而且每天都穿着时髦的衣服坐到门卫室里去。她问旺儿："这件衣服咋样？"

旺儿不敢看她的鲜亮衣服，低着头说："好看。"

"咋个好看法？"

"好看就是哩。"

他心里很紧张，他受不了她穿这么鲜亮的衣服欺哄在他身边，还有她那刺鼻的脂粉味儿。

那天，她居然只穿了一件刚刚把臀尖儿遮过来的短裙，而且一坐在他身边，就把双腿翘在桌子上。她偷偷地观察旺儿。

旺儿把目光全部投放到门外："今儿个我得盯紧点儿，有两个外地人

---

[1] 咬应：京西方言，（一）妒嫉，嫉恨；（二）攀比，攀评；（三）非议，议论。

来拉砖，他们忒贼骨[1]哩。”

“至于吗？就几块破砖。”王秀珍不以为然。

旺儿感觉到她有些不快，但还是目不转睛地盯着门外。

“旺儿，你看看这丝袜咋样？人家城里人穿着得得[2]的，我咋就穿不惯？”

旺儿冲着门外说：“穿不惯就甭穿呗，穿衣服是为了妥帖，而不是为了受罪。”

“你知道我干啥要受罪？”

“我哪儿会知道？知不道。”

“装啥蒜呢旺儿，我就是要你看，你到底看不看！”

旺儿不得不转过头来。王秀珍的那两条腿翘得真是惊心动魄，以至于眼皮底下啥都没了，就明晃晃的两条大腿，肥肥的，白花花的，哪里还看得出穿没穿丝袜。

“饶了我吧，别让人看见。”旺儿只剩下哀求的份儿了。

“你怕啥？这屋里又没别人。”

正是没有别人，旺儿愈是感到危险，自己看了不该看的东西，很不正经，要害眼。“我出去一趟，那儿好像有车开过来了。”本分的旺儿这时表现得很精明，给自己找到了一条退路。

站在门外，他长长地出了一口气。然而一直没有车过来，他既尴尬又恨：这鸡巴的人，该希望他们露头的时候他们就是不露头，你不希望他们

---

❶ 贼骨：京西方言，狡猾，狡诈，过分精明。旺儿虽是河北易县人，但易县与涞水、保定、涿州等地一道，古时同属燕京之地，即解放后所称的京西，所以，民俗风情，生活习惯，包括语言，大都与北京西南部、西北部的广大地区相同。

❷ 得得：得，读děi，京西方言，有惬意、舒适、妥帖、合体等多种含义。

露头的时候，他们争着露头，跟他娘的王八似的。门卫室里突然就爆发出宏阔而放浪的笑声，刺耳的程度，似要把人的神经扯断。

旺儿紧皱了眉头，他明白了，他到底是捡了一张从天而降的馅儿饼，自己将来的命运比老金头不会好到哪儿去。

不久，王秀珍就明明白白地向他摊牌了。

那是一天晚上，王秀珍约他出去吃饭。怕在众人面前发生口角，所以她在门卫室里对他说时，他啥也没说。那天他当的是白班，一等到下了班，便像白天的老鼠一样，急急地溜回他昏暗的窝棚。他支起锅灶准备晚炊，但王秀珍却影子一般追随而来，望着他锅里翻着气泡的沸水，阴沉地说："旺儿，小心我把你的锅砸了！"屋里还有旁的人，遇到这样的场景，大家都小心地退出去了。

"你真不给我面子。"旺儿痛苦地说。

王秀珍也不说话，只是幽怨地看着他。锅里的水兀自沸腾着，屋里一片雾与青涩。后来王秀珍就哭了，弄得旺儿手足无措。

"这是干啥哩。"他心里咕哝着一个声音。他觉得他们俩都有些可怜。眼睛里就起了一层雾，那是瓮顶上的土，又簌簌地覆盖下来。他俩紧紧地抱在了一起。他闻到了从她阔大的胸膛里散发出的热烘烘的干草味儿。

他注定躲不开这个女人，他们有一种非常的缘分，用老辈子的话说，他们之间有一种孽缘。这种缘分得慢慢地解，像不小心系成的死疙瘩，越是急火攻心，越是死得没救。瓮上的土，你不让它往下掉，它也掉哩。他睁开眼，说："不就一顿饭嘛，走哩。"

一出了窝棚的门，王秀珍的脸上立刻就洇出了笑，一只手很自然地搂到旺儿的腰上。旺儿后悔已经来不及了。因为那几个刚才退出的伙计，就直直地望着他们，表情里，既有疑惑，又有稀罕。好像他们俩是一对闹别扭的夫妻，前一段是云雨，后一段是阳光。这是一种说不出的境地，腰间王秀珍的那只手，推着他糊里糊涂地朝前走。

他们到的那个酒店，旺儿是熟悉的，正是孙成才和王立平给他压惊的那一家。在走廊里，居然又遇见了王立平。更让他感到奇怪的是，他与王秀珍用那个样子一起走进来，王立平竟一点儿也不吃惊。他招一招手："是旺儿呀，这个酒店不错，是应该常来坐坐。"说完，意味深长地笑笑，进了自己的包间。

一天晚上，在那簇竹林之中，一向不知愁苦的李金橘竟一下子扑进翁大宝的怀里，放声大哭："我爹他快死了！"

她的父亲得了严重的肝病，口吐黄水，卧床不起。他们父女的感情是深的，不然他不会为女儿的一点儿小小的虚荣心去贿请学校的老师，也不会因女儿一个很幼稚的理由同意她同学的老叔去当兵。

虽然他有令村民不满的诸多特权，但他的支书当得凄苦，他是累病的。上边号召学大寨哩。一个只有几百亩贫瘠的山坡地、一条乱河滩的小山村咋学大寨？他想不出办法来。

公社来人勘察一番后，说："你就闸沟垫地，开发荒滩，在乱河滩里种小麦呗。"

他想了想，说："这恐怕不成。"

"咋不成？"

"这个乱河滩的脾气我知道：旱季里蛤蟆翻身，蝗虫满天；一进入雨季，山洪暴发，把河床里的石子儿都冲走厚厚一层，河床里的小树都会被连根拔走。你想想，这个千百年来，自行泄洪的河滩，你硬是给它闸成堰田，除非不下大雨，一下大雨，便被冲得稀里哗啦。这还不算，连岸边上的人家儿也待得悬了，闹不好会出人命。"

“李万成，你咋就死脑筋哩，堰田底下不兴发瓮，给鸡巴的留下排水的地儿还不成？”

“那恐怕也悬。”

“悬啥？”

“你想想，洪水一来可就泥沙俱下，那瓮很可能一下子就堵了，便是聋子的耳朵——摆设。”

“李万成，你鸡巴的哪来的这么多俏皮话？你是缺乏革命积极性。毛主席他老人家说啥来着？与人斗其乐无穷，与天斗其乐无穷。蒋该死的八百万军队都让咱共产党摧枯拉朽了，甭说你个小小的乱河滩。所以我问你，你走不走毛主席的革命路线？”

李万成被吓坏了，忙不迭地说：“走，走哩！”

“那不就结了？真是的。”

公社来人言犹未尽，说：“李万成，你想想看，这河滩地界宽阔，弄成连片的堰田是啥气象？是大寨气象。这河滩地便于耕种，往远处看是啥前景，共产主义前景。这你还不明白，山坡地不能灌溉，只能产几只干巴巴的老玉米；在这平展地里，水开渠就能进畦，产的是啥？是白花花的麦子。你李万成要是能让队里的社员吃上麦子，就是让咱山里人跑步进入共产主义哩，你光荣不光荣？”

“光荣，光荣哩！”

李万成不仅被说服了，也被感染了，他心中涌动着一股激情。他连夜召开了全大队（全村）的动员会。

决定刚一公布，台下就炸了锅——

“李支书，你这是逼着龙王改道，要招天灾人祸哩。”

“李万成，你也许是好心，但好心办坏事，是念你恩德呢，还是清算你罪孽呢？”

李万成心中不禁一动，激情就黯淡了几分。乡亲们都是善良之人，讲的都在理哩。但已经向上边保证了，就骑虎难下了。咋办呢？得赢得百姓们的认同，为日后留一点儿退路。他便学着公社领导的语调做思想工作——

“大家想想看，这河滩地界宽阔，弄成连片的堰田是啥气象？是大寨气象。这河滩地便于耕种，往远处看是啥前景，共产主义前景。这你们还不明白，山坡地不能灌溉，只能产几只干巴巴的老玉米；在这平展地里，水开渠就能进畦，产的是啥？是白花花的麦子。咱全大队的社员要是能吃上麦子，就是让咱山里人跑步进入共产主义哩，你们说咱光荣不光荣？咱幸福不幸福？”

纷嚷渐渐平息了。社员们被他煽乎起一种热乎乎的憧憬，谁不想过好日子哩。

“出水才看两脚泥哩，倒霉的事儿咋就偏偏让咱赶上？”

“是哩，是哩！”

“李万成也是咱庄户人，他吃的也是跟咱一样的白薯稀饭，他会成心害咱？”

“不会哩，不会哩！”

“那就跟着他干？”

“干，干啥不是干哩。”

李万成见火候已到，便问：“大伙儿说，咱到底干不干？”

“干！”台下的喊声颇具规模。

虽然得到了大家的认同，但李万成心中还是有一种隐隐的不安。便不像别的工作那样，只限于安排、部署、监察、督促，而是起身投入，起早贪黑地跟社员们一起干。在工地上，他戴着一顶破草帽，光着膀子抡锤破石，抹着汗泥挥锨铲土，外人看去，他只是一个跟大家一样的卖苦力的，而不是啥支部书记。

事实上，他虽然是个支部书记，但他毕竟是一个再普通不过的农民，他心中有个最朴素的想法：即便那个结局不尽如人意，自己真的成了社员们的罪人，但也是个最辛苦的罪人。辛苦是一种资本，是一种理由，可以换取同情、理解和宽恕。因为，他面对的，不是外人所说的所谓刁民，而是老实巴交、善良温厚的父老乡亲。

那两年的夏天可真热，河滩里的石头都烫手，衣服上的汗碱洗都洗不掉。泉水井都见了底，要把人系下去，一瓢一瓢地往桶里舀水。舀上的水都不敢大口喝，因为干活的人多。

李万成喝得更少，他的嘴唇便整天干裂着，唾沫粘在嘴里，吐都吐不出去。但他的脸上却不缺少笑容，因为他的乡亲都在埋头干活，没有耍闲篇儿[1]的，更没有偷懒儿的。他心中多少有一些苦涩，因为他的宝贝女儿，也是在烈日下做最原始的劳动，且手上打满了血泡。

女儿无助的声音，在李万成耳畔不停地回旋着，他凄然一笑，心中说道："翁大宝，你要还是个爷们儿，就给我好好疼她！"

那个河滩造田工程虽已接近了尾声，但李万成快撑不住了，他的肝疼得厉害，半宿半宿睡不着觉。他有些瞧不起自己——都是这个支部书记闹的，当甩手掌柜当惯了，把身体弄得娇气了，一遇到硬碰硬的时候，就他娘的现形了。

他瞒着大伙，依然在工地上卖大力气。九叩十八拜都拜了，就剩下最后一哆嗦了，一定要坚持住。他不知道有个非常壮阔的大词：艰难困苦，

---

[1] 耍闲篇儿：发牢骚，说怪话，私下议论。

玉汝于成。他只知道，不把最后那“一哆嗦”的动作完成得漂亮一些，是很没面子的。这是山里人的性格使然。

终于到了竣工的那一天。他们把一块几丈高的石碑立在最后一块堰田的墙上，上边写着四个惊心动魄的朱红大字：人定胜天。

李万成往碑座上培完最后一锹土，仰头而望，心潮起伏，豪情万丈，哈哈大笑。但笑着笑着，蓦地就没了声音。人们看时，见他僵在那里，脸上的笑容久久地凝固着。

“李支书！”人们骇异地大叫。

他似乎听到了人们的喊声，他动了一下，但接下来就喷出了一口腥腥的血水，直挺挺地倒下了。

第六章

拒马河的鱼虾

听到“要你的命”这句话，那个白脸儿长身的先生霎地就呆住了。

青年轻蔑地笑了笑，决然地走了。

第二天，那位人物差人把钱又给他送来了，而且又加了两吊。

青年对来人说：“先生辛苦了，但我不难为你，你也别难为我，请你啥话也别说，把钱拿回去。”

来人看到青年猥琐而耿直的做派，知道他的伤口很深，也只有猛药能治了，便叹了口气，带着巨大的悲悯回去了。

见了那个先生，他说：“很遗憾，看来你只有接受挑战了。”

但久也不见青年露面，他心中很仓皇，就带着两个打手，去了青年的家。青年正在灶间忙活，见了来人，平静地一笑，说：“知道你等不及了，但眼下我还顾不上你，小茹子就要生了，我得先照顾她。”

人物看了一眼炕上的孕妇。孕妇的脸上很净洁，表情很庄肃，好像一切荣辱与她无关。

他心中既仓皇，又羞愧，对青年说：“我已经没有耐性了，咱今天就了断吧。”

青年忧郁地一笑，说：“说真的，我比你还没有耐性，但一朝分娩，得十月怀胎哩。”

“这你别担心，你不在了，还有我，我会把她照顾好的。”

青年很愤怒，破口说道：“我恨不得现在就宰了你！”

“那好，我们就开始吧。”

可是青年很快就收敛了愤怒，恢复了既有的平静，说：“她是我老婆，凭啥让你照顾，可惜你还是个场面上的人，咋一点儿道理都不懂？”

人物再也不能忍受青年的漠视和讥讽，对两个打手说：“给我上。”

青年猛地站了起来，抢了一把菜刀握在手中，喝道：“且慢！”菜刀的闪光让两个打手畏惧，他们本能地向后退了两步，迟疑地看着他。

青年沉稳地来到砧板面前，抬起另一只手晃了晃，说：“你们看，这是不是肉长的手？”

话音未落，手起刀落，青年已把自己的两截指头裁了下来。那两截断指竟相蹦到人物面前，他倒吸了一口冷气。

青年苦笑了一下，对人物点点头，平静地说：“你看，我连自己都不放在眼里，更甭说你。念你是个有身份的人，今天就给你留点儿面子，你还是走吧。”

这之后，白脸儿长身的人物彻底失去了平静，整日里心惊胆战、神魂不安，生活只有一个目标，就是盼着那个青年下手。

终于不见动静，灾难笼罩的仓皇中，他又去了青年的家。这一次，他只身一人。他明白，所谓情仇，是被人看不起的，上次他从两个打手的眼神里读出了这层意思。而且，这不仅是体力上的竞争，更是神智上的较量，因而牵扯着一个人格的问题。必须自我了断。

他一进青年的院门，一幅图景让他大大地吃了一惊：那个青年就坐在当院的地上，身子倚着房子的山花，怀里抱着一个婴儿，婴儿的眼睛很大，无声地转动着，很乖。青年合着眼，感受着脸上灿烂而温暖的阳光。他的大腿上就躺着那个妇人，懒懒的，像只睡猫。

青年听到动静，懒懒地睁开了眼睛。看到是他，露出吃惊的样子："是你？"

人物说："是我。"

"你来干啥？"

人物很纳罕，说："你说干啥？是该了断的时候了，不然，咋过今后的日子？"

青年哦了一声，说："你走吧，我已经看淡了，跟你这样的人计较，不值。"

妇人也睁开了眼，漠然地看了他一眼，说："咋进来一条狗？"

青年说："待会儿我把院墙修一修，狗就进不来了。"

"这么说，咱们之间的事儿，就算了了？"人物说。

"唉，我可没这么说。"

人物被粘在那里，进退两难。这时，他又看了一眼那个婴儿，果然长得像自己，一种奇怪的感觉爬满了全身。他突然冷笑了一声，说："做人得有个原则，偏了这个原则，就没啥意思了。"

青年困惑地看了他一眼："你这是啥意思？"

人物说："我明确地告诉你，不光你改变了主意，我的主意也变了！从现在起，不是你放不放过我的问题，而是我放不放过你的问题。今天看在孩子的情面上，我先不理睬你，如果你再迟迟不动手，我就不客气了！”说完，扬长而去。

这一去，就是两年。虽然谁也不理睬谁，但都能感受到对方的存在，谁的心也没安宁过。

这时的青年，好像变了一个人，每到晚上，他不能入眠，睁着眼在土炕上蜷缩着，浑身颤抖。他已经害怕那个日子的到来。

他喜欢孩子身上的奶香，也喜欢妇人懒懒地躺在身边的模样，他对日子有了一种贪恋。对一个草民来说，能有啥比完满的家庭、家常的日子更重要的呢？情仇算啥？不过是一口气而已。吃五谷杂粮的人，啥气不都得受着？且当做一个屁放鸡巴的，放过了，肚肠子就又轻快了。

他失去了复仇的激情，但恐惧和不安却接踵而来。这一切，妇人都感觉到了。在青年经受着不眠之苦的那些夜晚，她的眼也一刻都没合过，她把叹息吞咽到肚里。

一天，妇人对他说："孩子已满地跑了，也知道饿了；你没看见，咱那成方的白豆腐，有时总是缺一块儿？那都是他偷偷掰的。他能够跟着你了，我的日子也就到了。"

"你的啥日子？"青年不解地问。

妇人只是怪怪地笑，啥也没说。

万明全重重地拍了一下大腿："你他娘的就是傻子，嘿！"

两只鸡雏以为这是一堆死物，正在安静地觅食，不期爆出巨大的一个响动，吓得吱吱两声锐叫，跌滚着跑了。

等到青年明白的时候，妇人在身上捆绑了石头，自己沉到一口井里去了。他同时还知道，正如自己轻蔑那个人物一样，妇人的心里，也是轻蔑他的。

就像种子种到土里就要发芽，卤水下到豆浆里就要发酵，就要凝聚成豆腐一样，该了结的必须了结。他终于行动了。他把孩子托付给一个姓万的老人，做了决死的准备，未曾有一丝犹豫，连夜上路了。

摸进仇人的家里，一切都是静悄悄的，他感到要得手了。进了那人的客厅，灯自己就亮了。他吓了一跳，用力攥了攥手中的刀。

“知道你要来，我已等你多时了。”那人一动不动地坐着，平静地说。

青年怕里边有埋伏，一个跳跃近了那人的身子，锋利的刀尖儿顶在了他的胸膛之上。那人下意识地抖了一下，很快就又恢复了平静。他说：“这一天你让我等得好苦啊，伙计，你真的不够意思。”

“少废话，你还有啥要说？”由于紧张，青年的刀锋进到了那人的肉里。

那人咧了咧嘴，说：“情债难还啊，你杀了我，算是成全了我。不过，从你杀我的那一刻起，你就再也没好日子过了，小茹子的鬼魂和我的鬼魂会整天纠缠着你。”

青年的刀子抖了起来，他有些犹豫。正在这时，仇人用力拽了他一把，帮着他把刀子插进自己的胸膛，然后大笑不止。笑到最后，身子一挺，不动了。但是，他的眼睛却大大地睁着，目不转睛地看着他。

青年被吓坏了，扔下刀子落荒而逃。小茹子凄哀的笑和那人大大睁着的眼睛，在他眼前不停地闪回着，让他困惑不止，心惊肉跳。

他不知要跑向哪里，他失去了方向。懵懂中，他掉进一口井里。在本能的挣扎中，他分辨出，这正是小茹子跳下去的那口井。他得意地笑了，然后心甘情愿地沉了下去。这回，咱的魂灵和咱女人的魂灵算是合在一起了。他认定，那个人算是彻底完蛋了。

万明全也彻底醒了。

他猛地坐了起来，重浊地喊了一声：“爹唉！”然后，放声大哭。

旺儿觉得，不是自己在吃那些高餐大菜，而是那些汪着油的东西在吃他。

最初几口还有新异的味道，再吃下去，就让鼻子昏沉，只剩下“油腻”二字。他很少动筷子。心情和口味都不清爽。

终于把那几亩堰田侍弄完了，旺儿的身上也脱了一层皮，但他的肌肉更紧绷了，感到跟他这个人很般配。

毛品英的笑很阳光，自然地喷洒在自己男人的眼上、脸上、手上、脚上，甚至一些不易见到阳光的旮旯和皱褶。她精心而不露声色地给他准备了一桌好吃食，是拒马河的鲜虾，拒马河的小鱼，拒马河的水菜。

所谓拒马河，就是他一猛子扎下去的那条小河。拒马河是一条中外闻名的河。外人看到的，是她下游浩浩汤汤的壮阔；听到的，是与抗战有关的大事件。而往上追溯，都是村姑一样无声无息的小河，除了网罟鱼虾，就是一些俚曲，平平凡凡，但也都叫拒马河。所以，人一走到大地界去，被问到大将军杨成武、肖克，大英雄赵然和狼牙山五壮士，竟有些懵懂。后来从学生的课本里知道了一些拒马河的豪迈与悲壮，作为拒马河人，不禁生出羞愧。

民众的历史是无名的，就像土地，植株在身上生长着，便拼命提供滋养，收获了，果实成了供奉，便与自己无关了。然而这种无名，却给他们的生活以自然的滋润，给生命以本性的自由，包括他们的口味。

拒马河的虾，游得很懒，网罟临头也不知躲闪，因为没有仓皇，所以腹腔里没有泥沙，吃在嘴里鲜爽无碍。拒马河的小鱼，因为没有名利之心，所以不忙着生长，终其一生也不过巴掌长，养分便积聚得凝厚，肉质细腻，不欺人一分。拒马河的水菜，因为有着自由生长的空间，便由着自己的性子生长，虽然种类繁杂，外貌各异，名字不同，但品质都脆爽，生吃、凉拌、热炙，都满口生香。所以，它们作为吃食，既平凡又精致。

但即便是在身边的河里遍布着，因为人们都勤劳，整日都忙在田里，不会为口腹之欲专门动心思，饭桌之上也不常见它们的身影。也像普通人的家当，因为自己有，反而不去惦记，想用的时候，用就是了。

自己的男人就要走了，对河里的精致就要专门动一下心思，目的是让这种殷殷的心思附着在男人的身上，延续到他走到的任何地方。时时提醒他，他们是拒马河边的鱼水夫妻。毛品英便自己下了网罾。网罾之事，男人自然比她熟练，但哪儿有自己犒赏自己的？娇儿得要娘来喂，亲汉子得需婆娘陪。

望着满桌的拒马河的鲜虾，拒马河的小鱼，拒马河的水菜，旺儿会心地笑了。婆娘懂他哩。咱的腔嗓，就是顺滑拒马河的吃食！他吃得酣畅，忘情，满头满脸汗津津的。

毛品英一边给他擦着，一边说："你且慢点儿吃，又没人跟你抢。"

"那可说不定，"旺儿憨憨地一笑，说，"都知道，这兔子一瘦了，胃口就大，恨不得把整窝的草都搂在怀里。"

毛品英知道他是在撩拨自己，笑着撇一撇嘴："你是说错了，兔子可不吃窝边草哩。"

两个人就都笑，咯咯地，恨不能把对方马上就送进嘴里。

饭吃得很快意，意犹未尽。旺儿便给了女儿几张散票子，打发她去买泡泡糖。

毛品英说："还不知道你那点儿花花肠子，你又想吃窝边草。"

"既然知道，就快点儿哩。"旺儿催促道。

“不价，白晃晃的老爷儿照着，你不嫌寒碜，咱还嫌寒碜哩。”

“你就莫废话了，咱走到那么远的地方，老久老久[1]吃不上草，凄惶哩。”

“瞎说，你咋吃不上草？外边有更好吃的草，骨朵大，叶儿肥，水儿多。”

“外边的草有腥味儿，咱不乐意吃。”

两人便狠狠地夫妻了一场。

送他出门，毛品英虽然装着满眼幽邃的依恋，但她啥叮嘱的话也没说。她知道自己的男人，啥话也不用说。

旺儿的目光被王秀珍的吃相粘住了。

她在跟一条焦黄的红烧鸡腿斗狠。王秀珍脸盘子虽然大，嘴却很小，那个鸡腿就显得异常壮硕，她噙不住它，便暗暗用力，咯吱咯吱的脆响便从她的牙齿逢里挤出来。

他皱了一下眉头。她整个人都肥美得没有缝隙了，干啥还稀罕一条鸡腿？

她终于把鸡腿斗败了，把几块碎骨头扔到桌上，得意地冲他笑。整张嘴油汪汪的，眼睛亮亮的。

“你也吃嘛。”王秀珍用眉毛挑了挑他，予以必要的关怀。

他拿起了筷子，但他不知道该夹哪块肉才好，便迟疑了一下，又放下了。好在王秀珍并没有专注地盯着他，一只大号儿的螃蟹又把她的半张脸遮住了。他开始思念他的河虾。那清爽的口味爬上了他的舌尖儿，他咂了

---

[1] 老久：长久，久久。

咂嘴。

王秀珍吞下那只螃蟹之后，卖娇地一笑，说："不好意思，这女人真是没办法，一见好吃的就管不住自己。"

旺儿哼了一声。

"明人不做暗事，我的心思你也知道，就是想让你跟我好。"

这是旺儿最担心的话题，王秀珍在满足了口腹之欲之后，终于把话题挑明了。

旺儿哆嗦了一下，困惑地看了一眼对面的女人，把头低下了。这个女人的胃口忒大，也要把他作为一只螃蟹，或红烧羊腿，吞噬了。"但是，我的骨头比它们要硬，小心硌了你的牙。"

"嘻嘻，不知秀珍把那个侉子拿下马没有，咱是不是过去看看？"孙成才咕哝着满嘴的食物，对王立平说。

"拿不拿下有啥意思，做个宠物养着，都不够资格；我就纳闷儿，秀珍咋就偏偏看上了他。"王立平不以为然地说。

"咳，有爱孙猴儿的就有爱猪八戒的，人各好一口儿哩，你是拦不住的。再说，你不是已经认头了吗？"

"不认头行吗，你没见她寻死觅活的样子，传出去，非得把老王家的脸面丢尽了不可。咳，我惹谁了我！"

"这你谁也甭怪，都是风气不好。"

旺儿正跟王秀珍木着，门自己就开了。孙成才和王立平端着酒杯进来了。旺儿刷地一下就站了起来，愣在那里不知所措。

"旺儿，我们哥儿俩敬你一杯。"孙成才说。

酒王秀珍是预备了的，因为特别的防备，杯中的酒就静静地放在一边，旺儿一口没动。这时，他不得不端了起来，机械地跟他们碰了一杯。

见旺儿愣在那里，孙成才说：“你这可不对，说啥也得回敬我们哥儿俩一杯呀，不然我们咋出这个门哩。”

旺儿只好满酒，回敬。“这还差不多，”孙成才打趣道，“赶明儿真成了一家子，这样的场面少不了。”

“嘻嘻……呵呵……”

摔倒之后，李万成一病不起。

公社来人要举行一个极为隆重竣工仪式。本来李万成也是要参加的，被人搀出门口之后，来了一股裹挟着黄尘的热风，便对人说：“算了。”他预感到，黄风之后，必有暴雨，堰田的命运是个不定数，他回避一下好。这是一个农民的小狡黠。

但这一年，意外的情况并没有发生，根据公社的要求，抢种了秋小麦。就京西的气候来说，只适宜种春小麦。但急迫的公社领导说，毛主席他老人家不是说了吗，一万年太久，只争朝夕，咱当年就得见成果。即：要马不停蹄地种秋小麦。到底是有些疑惑，便请人来号脉。来人正是岭西的历史老师吴克利。他说：“别看我是教历史的，在大学的时候，我学的却是农业种植，小麦的事儿，我懂。”

他转了一遭，坚定地说：在这个地方，种秋小麦是完全可以的，因为地处河套，是典型的山间暖区，温度够。

“那么光照呢？”来人中，有个人嘀咕了一句。这个人是个明白人，他知道光照长短也是个重要的种植指数。

吴克利皱了一下眉头，反问道：“什么光照？”

那人咧一咧嘴，小声说：“你应该懂。”

“我当然懂。”吴克利捡过话头，手一挥，提高了嗓门儿说：“伟大领袖毛主席是一颗永远不落的红太阳，而且是一颗最红最红的红太阳，他的光芒，把最阴暗的人心都能照亮了，甭说几垄秋小麦！”

那人苦笑了一下，连连点头：“就是，就是。”

那么就种。但种子是个问题，大队没钱买种子。公社领导一摇头，说：“这算鸡巴的啥问题，由公社调拨。”

小麦齐刷刷地长了出来。而且，因为是生土地，因为是第一次长麦子，秧苗也尽如人意，急火火地望高处长，像疯狂的激情。老天爷也体贴，从暑到秋，天晴日丽，风调雨顺，转眼之间，竟有了“喜看稻菽千重浪”的大好景象。

李万成被人搀着，在麦垄间走个不停。他心里深刻地批评自己：“迷信啊，迷信！保守啊，保守！”他那个病歪歪的身子，立刻就轻松了许多，挺拔了许多。

市电台的记者很快就来了——

记者：李书记，您是不是世世代代都住在这个村子？

李万成：不住这儿住哪儿？

记者：以前这里是不是一条乱河滩？

李万成：不是乱河滩能是啥？

记者：从一条不长庄稼的乱河滩变成一条麦浪滚滚的米粮川，你们靠的是什么？

李万成：你说靠啥？干哩！

记者：是怎么干的？

李万成：你说能咋干？玩儿命干哩。

记者：靠的是不是毛泽东思想的光辉指引？

李万成：哦？是哩，是哩！

记者：靠的是不是学大寨的革命东风？

李万成：啥？是哩，是哩！

记者：靠的是不是人民公社的正确领导？

李万成：哦？哦，是哩，是哩！

记者：你们……

李万成：记者同志，咱还没说完哩。说到这儿，咱得多说两句：要是没有公社领导的政治教育、耐心开导，咱的脑筋还不开窍哩。呵呵，你说，你说。

记者：你们这里的老百姓是不是从来没有吃过麦子？

李万成：你说对了，甭说麦子，就是老玉米要是能天天吃上糨（稠）的，就鸡巴的烧高香了。

记者：吃上麦子，有什么感想？

李万成：能有啥感想？一个就是好，一个就是高兴。

记者：是不是要感谢党、感谢毛主席，沿着农业学大寨的革命道路永远走下去？

李万成：是哩，都是哩！

记者：您还有什么要说的？

李万成：千言万语变成一句话，敬祝毛主席万寿无疆！

……

不久，这次专访就播出了，小小的山村，一夜之间就名冠京西。

紧接着，参观的人就陆续来了。来的人中有个著名人物，就是家住本县的全国劳动模范徐宝法。

徐宝法不听公社给李万成编好了的经验介绍，光问一些数目字：你们新造的地有多少亩？用了多少种子？花了多少人工？总产量是多少？这都出乎李万成的预料，便来不及思忖，把实际数字都随口告诉了他。徐宝法在整条川的堰田上走了一遭，然后蹲下身去，用一支木棍在地上划来划去。他缓缓地站了起来，见身边围的人多，他把李万成拽到一边，说："万成，我只跟你说，你们这样做，一点儿都不划算。"

李万成下了一跳，说："老徐，那你得好好跟我说说。"

徐宝法说："你看，先甭说人工，就说种子，你们一亩地下了一吨种子，可产量是多少？只是每亩二百一十斤。要是这样，你们还真不如直接吃种子合适。"

徐宝法的计算，又大大地吓了李万成一跳，他说："是哩，是哩！"

徐宝法又告诉他："跟你说句实话，你们这里根本就不适合种小麦，温度低，光照少，小麦光长秆儿不分蘖，好看不中用。咱庄稼人种地干啥？图的就是实打实地打粮食，可不能打不着兔子只抓两手毛，瞧好看。我说的都是家里话，你自己好好琢磨琢磨。"

"可是，这上边？"李万成忧虑道。

徐宝法说："咱们讲究个实际，也不是不革命；要紧的是，革命也要琢磨出点儿艺术来。"

徐宝法又说："万成，我看你就是个老实人，不会出卖人，所以才跟你说了这些话，你千万记住，别跟风。"

见公社领导走过来，徐宝法对李万成使了一个眼色，意味深长地笑了笑，融入人群中了。

公社领导问："他都跟你说了啥？"

李万成说："他跟我说了些种植技术的问题，希望咱提高产量。"

公社领导赞许地点点头，说：“到底是劳模。”

社员们都喜笑颜开地吃着白面饺子，只有李万成紧紧地皱着眉头。在上级号召和客观规律之间，咋才能找到一个两全其美的办法呢？

他苦苦思忖，就是找不到办法。咱只不过是个农民，哪有那么高的道数呢？他的肝疼得越来越厉害了。

他恨恨地想：咱还能活哪三天两早，想鸡巴这么沉重的问题干啥？听天由命吧。

他甚至产生了一个连自己都感到害臊的念头：不如明年发大水把那些地都冲鸡巴的了，费几个人工不算啥，庄稼人的力气本来就贱；糟踏成吨成吨的种子可真让人心疼，那是贼金贵的粮食啊，不如吃进嘴里。

咱一个平头百姓，从来是安分守己，不招事惹事；即便被人招惹了，也从来是得过且过、息事宁人。咱一怕花钱（没钱），二怕见官（说不上话儿），三怕麻烦（冤家易结不易解）。咱小本人家，哪项都担当不起哩。但就怕例外，就怕别人骑着脖子拉屎，被人日捂了还不许嚷疼。老鼠被踩了尾巴还吱吱两声哩，地狸子被活扒了皮，还得扑腾两下，更甭说人！就说咱援朝的事儿，对他王大伦咱也不要求重判，该咋判就咋判也就齐了；对王立平，咱也不想顺势讹一把，能让两口子体面地活下去也就结了。可是，真他娘的烦人哩！可是，就连这最起码的人之常情，他们也不顾及，还凶，还反咬，还吓唬，不是逼着好人上吊，走绝路吗？所以，就得找乡里。咱平头百姓，遇到过不去的事儿，可不就得找领导；咱是一伙无权无势的人，不找领导找谁？政府就是给老百姓做主的。再说，解放这么多年了，政府叫咱干啥咱就干啥，咱从没有二心过，政府就是咱的娘，咱已一下子靠在娘怀里了。可是，真他娘的烦人哩！可是，那个于宝力，不但不给咱做主，还憎心[1]咱，连口水都不给咱喝，这叫个啥？还叫咱老百姓活不活？难道咱打老美白打了，咱的血白流了？实在不成，咱也自行了断？

一想到这儿，万明全呼吸急促、心跳加快，不停地喘了起来。

那个罗锅青年，不是别人，正是他的生身父亲。那个姓万的老汉临终前把一切都告诉了他，并对他说了一句话："你赶上好年头了，要好好活人哩。"

万老头儿养育了他，说话在他心中占分量。因此，他积极报名参军，写请愿书赴朝作战。因为是新社会给了他做主人的权利，不会再被人任意宰割欺辱。那个白脸儿长身的人，不过是商会的一个副会长，也算不得啥了不起的人物。但他为啥敢那样？不就是咱老百姓没地位，没人放在眼里，跟草一样轻贱吗？

父亲是没辙了才走的那条路，用生命讨了一把生命的尊严。但走到那一步，也实在是难啊！走到中途，几乎就要放弃了，孩子老婆欺哄在身边，就像被子盖在身上，虽然有虱子时不时地咬两口，但是暖哪，不忍心揭哩。再说，这个拿命抵命的法子，也真的不值：你要了人家一条命，可你呢，弄了个家破人亡。好死不如赖活着哩。

可是，俗话说，这人活一张脸，树活一张皮——王八好当，气难受哩——真要是那样，自己心里凄惶不算，被亲朋好友、街坊邻居在背后戳脊梁骨的那个滋味儿，还不如死去的好哩。人间的事儿，咋这么邪行呢？心里的矛盾，使万明全做不出自行了断的决断。

最关键的一点就在于：他觉得，那是旧社会才有的现象，在如此开明的新社会，老百姓一定还有别的路可走。

---

[1] 憎心：京西方言，憎恶，嫌弃，厌弃，厌烦。

于是，他到地区法院去咨询。法官告诉他，他们的事情根本就没立案，所以说，还不能叫案件。

万明全说：“人不都拘起来了吗，咋不叫案件？”

法官问：“谁让拘的？”

“我们乡刘文存刘乡长。”

“照您说的这种情况，这应该是一起刑事案件，你们乡长有什么权力捕人？”

“他咋没权力？他啥事儿都管。”

法官不置可否，只是笑笑，接着问：“那个王大伦最后怎么样了？”

“放出来了，说是啥子取保候审。”

法官表示怀疑：“这个案子既没立案，又没公诉人（既然是乡长让拘的，乡政府应该做公诉人的，可乡政府根本就没捡这个茬儿），更谈不上开庭，哪来的取保候审？”

“这么说，是乡长糊弄咱哩？”万明全大吃一惊。

“可不能这么说，或许是乡政府做了民事调解。”法官说。

“调解个啥，我就是当事人，我咋不知道？真是新鲜了。”万明全说道。

“那您再回去问问乡政府？”

“咋？问乡政府？”万明全下意识地摇摇头。他真想说，连口水都不给喝，还乡政府呢。但话到嘴边，又觉得不合适。因为乡政府又不是他于宝力一个人的，刘乡长虽然……可也总是笑眯眯的，让你不忍心说乡政府不好，只好说：“哦，我不想再麻烦乡政府了，乡领导忒忙哩。”

“也是。”法官意味深长地笑笑。

“要是通过法院难不难？”万明全试探着问。

“按道理说，不应该难吧。”法官说。

法官告诉他，他自己就可以起诉，一旦起诉就要立案，一套法律程序便自然启动了。

“都啥程序？”

法官介绍说，调查取证，人证物证；法庭辩论，原告被告；最终宣判，胜诉败诉。

“就是说，咱即便是起诉，官司也不一定就打得赢？”

“是这样。”法官说。

万明全心中一皱，身子变得更加猥琐了。

“您是不是要起诉，我立刻就给您受理，”法官热情地说，“我知道您大老远的来一次不容易，我会尽力而为的。”

万明全很是感动，连声称谢，可是身子却站了起来，说：“我只是随便问问，随便问问。”

“没关系，有事儿您可以随时找我。”法官依然保持着令他感动的热情。

万明全老汉像逃似的离开了这个热心肠的人。一出法院的大门，他长长地嘘了一口气。

人证物证？就王立平的那个霸道劲儿，有谁敢给咱当人证？咱就一个瘫在床上的残人，连话都不会说，当得了啥人证？只能冤在心里哩。至于物证，打人的凶器，被更改了的电表数字，都掌握在王大伦那王八蛋的手里，你告的就是他，还能指望他给你提供物证？除非是个实傻子。法庭辩论？就是得请律师。现在的律师可不是一“请”就到，得花钱雇，人家跟你不沾亲带故的却要给你吐着白沫子费口舌，得花多少钱？再说，王立平那帮人不比你能忽悠，活人忽悠死，死人忽悠活，高人忽悠矬，短人忽悠长，忽悠到最后，你有理也变得没理哩。胜诉败诉？只有败诉。听说还有啥诉讼费，还要败诉的一方出，那又得多少钱？过去常说，衙门口朝南开，有理没钱别进来——那是明着告诉你，你要是穷人就别打官司。现在是衙门口往北开，有理没钱也进来——这也是在暗中提醒你，你要是穷人必须有充足的底气。这底气从哪儿来？还是一个“钱”字。不同的是，从前穷人连梦都不敢做，现在可是撒开了做梦，但梦总归是梦。

万明全泄气地蹲在地上，脸拉得很长很长。“咱家里要是有个当官儿的就好了。”他哀叹道。

村里有个靠倒腾菜发了家的人，叫韩老五，是个有脾气的人。在乡下，只要说到谁谁有脾气，就是说，这个人不好惹。韩老五发了家以后，就忙着盖房子，盖一座二层小楼。其实有人劝过他，既然有钱了，莫不如到居民区买套现成的单元楼房，有人供暖，有人打扫卫生，跟个城里人似的，体体面面，潇潇洒洒。他不以为然。他说：“咱是个农民，就得守家在地儿[1]，有自己的宅子，阔绰的宅子，是身份的象征。你看，以前的财主哪个不是这样？”

可现在土地吃紧了，新批宅基地很困难，他就得在老宅基地上翻盖。他要盖楼房，老地基就显得小，他就偷偷地往外扩。占用公共空间，没人干涉，即便是乡亲们心中有意见，但考虑到他是有脾气的人，也就睁一只眼闭一只眼了。这就怂恿了他的扩张野心，他竟把地基扩到别人的私宅上了。这户是他的西邻，一个一工一农户。男的姓张，在外边当工人，女的在家种二亩口粮田，是个不声不响、不与人争、埋头过日子的家庭。因此，韩老五没把他们放到眼里，径直就把地基扩到人家的屋檐下，把人家

[1] 守家在地儿：京西方言，居家自守，不离故土。

的赞水[1]占了。人家来交涉，说："你扩宅子咱不管，可你不能欺人家赞水呀。赞水不通，房子被水沤了，我们小门小户的，可打理不起。再说，你紧的往我家欺哄，咋也得有个话儿吧？"韩老五却说："这赞水可没写你们家的名字，也是公家的地儿，凭啥要跟你打招呼，你事儿不事儿啊？"这可真的不讲道理了。

在农村，私宅的赞水约定俗成地就是房子的一部分，旁人根本不能动心思。这个人觉得韩老五太浑，不愿跟他发生争执，就找到村委会。

王立平说："你们这纯属民事纠纷，村里不好插手，你们就协商解决吧。"

韩老五的为人他是清楚的，他也不愿意得罪，况且韩老五也会做事儿，逢年过节都要请王立平他们喝喝酒。而姓张的，常年在外，虽说只是个工人，但也是个带翅膀的[2]，背景不明，也不能明着得罪。所以，王立平选择了耍滑头。

韩老五就明目张胆地扩了。看着他的人锹锹镐镐地往人家张姓的赞水上动作，周围邻居气不过，对姓张的说："你得想个办法哩。"姓张的工人说："我能想啥办法？"

可是，事情突然就有了转机——乡里分管房屋土地的副乡长于宝力亲自带人出现了。

于宝力在宅基地上来回走了两遭，阴沉地一笑，冲着韩老五说："你就是韩老五？"

"是，是哩，哥们儿就是韩老五。"

于宝力脸一沉，说："你甭鸡巴的跟我套近乎，把准建证拿出来。"

---

[1] 赞水：京西方言，指房子四周的排水沟，也指屋檐下滴水的地方。

[2] 带翅膀的：系京西农村对"非农业户口"人员的戏称。

“有，有。”韩老五连连应着，把准建证拿出来，涎着笑脸送上。

“你的准建证被没收了。”于宝力说。

“为啥？”

“我懒得跟你废话，你明天到乡里来一趟。”

准建证一旦被没收，就意味着这房子不能再翻建了。韩老五哪里还能等到明天，骑上摩托，尾随着乡长座车的烟尘就跟到乡里。回来之后，他的态度就变了，立马带着可观的礼品去拜见西邻。不知他们都说了些什么，反正过了不久，他的邻居就坐在了他摩托车的后座上，跟他到乡里去了。

姓张的工人对于宝力说：“给你们添麻烦了。”

“别客气，纠正违法建设是我们应该做的，”于宝力说，然后转过身去问韩老五，“你打算咋办？”

韩老五乞求地看着自己的邻居。那个邻居对于宝力说：“乡长，你们看，盖房子对乡下人来说，是件顶天的大事儿，很不容易哩。所以，他只要把赞水让出来，还是把准建证还给他吧。”

于宝力沉吟了片刻，对韩老五说：“看在老张的面子上，我也不难为你。不过我得提醒你，你以后办事儿别那么牛×烘烘；你以为你是谁，不过就是个卖菜的，再牛×也是一只土里鳖，只不过肚子大点儿而已。”

“是，是哩。”

于宝力好像想起了什么，对韩老五的邻居说：“老张，我这个人办事儿不留后遗症，所以，我得提醒你老张。”

“您说。”

于宝力说：“你的房子是低矮的平房，韩老五的可是高大的楼房，一盖起来可就把你整个儿遮了。我也是农村出来的，知道农村最忌讳的就是这个，他挡了你的风水了。所以，你要是不同意他盖，他鸡巴的还真甭盖。”

韩老五头上的汗刷地就下来了，他真想跳起来说：“我他妈的有合法的准建证，在法定地基上，盖平房还是楼房，那是我自己的事儿，你鸡巴的当乡长的也管不着！”

但是，他心中的愤怒还是很快就熄灭了。他虽然只是个卖菜的，但也是个市面上的人，他知道政府的厉害。在街面上菜摊子摆得好好的，市容大队只要一瞧着你不顺眼，说抄你就抄你。你还甭对囔[1]，一对囔，他们会把一大堆这个法规那个条例的甩给你，弄得你一点儿理都不占。到后来甭说菜了，连花了一两年血汗置备下的菜车也给你扣了，你一点儿脾气都没有。所以，咱还真的啥鸡巴都不是。再霸道的百姓，也只是一介可怜的草民哩！他心中哀叹道。

他的邻居想了想，说：“谢谢乡长的提醒，农村的讲究我还是清楚的，但我不太信那个，迷信哩。”

“这可不是迷信，灵验得很。”于宝力打断了他的话。

邻居笑了笑，说：“你们说的也是。但我也知道另一个讲究，就是邪不压正，寡不敌众。”

“什么意思？”于宝力和韩老五都很吃惊，茫然地看着他。

姓张的说：“乡长你们看，韩老五周围都是些啥人？都住的是啥房子？都是不如他的人，都住的是低矮的平房。只有他一户盖起了高大的楼房，把众人的风水都占去了。所以，虽然人们嘴上都不说，但心里对他咋看？众人的诅咒不比一个人烧香更灵验？再说，四周都洼，就他一户高，就像一条扁担，要挑八方的分量，他挑得起来吗？压不死他才怪哩。众人

---

[1] 对囔：京西方言，（一）分辩，解释；（二）反抗，抗争；（三）争执，纠纷。

是坐享其成的菩萨，他反而是战战兢兢挑担子的小鬼儿。乡长，你们说，谁不愿做菩萨，而做小鬼儿呢？”

于宝力哈哈大笑，连说：“你说的有道理，有道理。”

准建证便又回到了韩老五的手里。

回去的路上，韩老五问他的邻居：“老张，你真相信你说的那些？”

邻居说：“我相信啥？那是我临时想起来的。”

“哦？不像。”

“咋不像？我要是不那样说，他还能把准建证给你？”

“你跟那个乡长是啥关系？”

“没啥关系。”

“不像。要是没关系，他会那么向着你？”

“人家是领导，按规矩办事儿。”

他的邻居不想把实底儿告诉他，留点儿神秘，好让韩老五在乎他。

实际上，姓张的工人在情急之下，想到战友的儿子就在县里当办事员，便试着去找他。战友的儿子还认识他，寒暄两句之后问他：“张叔，您找我有事儿？”

姓张的工人便把事由跟他说了。听了以后，小伙子面带难色，说：“您要是找张电视票、自行车票和煤气票什么的，我还能办，这事儿我恐怕办不了，我只是县委秘书科一个写材料的，谁能给咱那么大的面子？”

“这么说，你就眼睁睁地看着那小子骑在你张叔脖子上拉屎？”

“您别这么说，张叔。”

“不这样说又能咋说呢？”姓张的工人忧伤地说道，“你爹那人是很仗义的，要是有他在，他绝对看不下去。可惜他不在了，唉！”

说到这儿，他有些动容，眼角里居然有泪花儿一闪一闪的。他看小伙子有些被打动，便说："张叔求你了，你一定得给咱想想办法。"

小伙子沉默了一会儿，说："那我就试试吧。"便给乡政府的刘文存乡长打了一个电话。

在电话那边，刘文存乡长先是感到惊诧："啥？你是李秘书？"

"上次我跟大书记（县委书记）去过你们乡，您应该认识。"

"哦，想起来了，想起来了，你就是那个戴眼镜的小李同志啊。"

李秘书一笑，他眼睛挺好的，是从来也没戴过眼镜的，可嘴上却说："您记性真好，我就是那个小李。前两天咱大书记还问我，你看那个刘文存他人咋样？我说，他人挺好的，作风比较扎实。"

"哦，多谢美言。我说，李秘书你有啥吩咐？"

"看您说的，哪儿敢吩咐您大乡长啊，不过还真有点小事儿得麻烦您。"便简单地把事情说了。

刘文存听了，竟没一丝犹豫，说："李秘书，你这事儿就交给我吧，咱啥刁民没见过，小事儿一桩哩。"

这么棘手的问题，在李秘书这儿就变得这么简单！姓张的工人唏嘘不止。

临出门的时候，李秘书说："这事儿您千万别声张，别说认识我。"

姓张的工人以为小伙子是厌烦自己给他找了麻烦，心里有点儿不是滋味儿。可那小伙子像突然想起了什么似的，说："张叔，您先等等。"竟然从抽屉里拿出两条红塔山，说："人家给的，我又不抽烟，您拿回去抽吧。"

"这咋使得？咱给你添麻烦都啥也没带，反而还抽你的烟，使不得，使不得。"

“这您就见外了，谁让您跟我父亲是战友呢。”

他很感动，在官场里并不都是势利眼！便脱口说道：“侄子，你很有前途！”

李秘书很受用，笑着说：“瞧您说的。”

从乡政府回来之后，韩老五的工地先是几天没有动静，后来看见他把地基改了，没有再建楼房，而是建了一座仿古的四合院儿。竣工的那天韩老五主动请他的邻居喝喜酒，弄得姓张的工人很纳罕。“你咋不盖楼房了？”他忍不住地问。“张哥，这得感谢你了，是你的那番话让咱改了主意。”韩老五说。

“我那只是随便说说，我都不信，你动哪门子真？”

“你不信，可是我信。我越琢磨，越觉得哥们儿你说得有道理——咱一个肉身子，哪儿挑得起那么多的菩萨，自己找倒霉哩。”

“没想到你还真的那么迷信。”

“不只是个迷信不迷信的问题，”韩老五说，“我琢磨了，这左邻右舍是啥？是咱做人的见证，是咱活人的根脉，你躲得过土匪流氓、贪官污吏，可你躲不过老邻居。老邻居要都说你好，见面好说话儿，你活着就喜兴；要都背后戳你手指头，倒霉的时候，连个同情你的人都没有，你说凄惶不凄惶？所以，做人的根本，还是那句老话，你想往好了活，也得让别人活得好。”

“没想到你韩老五并不是真的浑。”姓张的工人笑着说。

“谁说咱浑了，其实咱心中仗义着呢，都是被别人吓怕了，不横点儿谁都敢欺负。”

这倒也是。

后来他们成了好邻居，人来客往，走动得很勤。

王立平很不理解，这个鸡巴韩老五是咋回事儿呢？万明全心里却很清楚。他与那个姓张的工人因为都当过兵，共同语言多，私下里有很深的交往。尽管李秘书不让张叔对别人说他们之间的关系，但情动之下，他的张叔还是跟万明全和盘托出了。好心情他们俩之间总是共同分享。

这天晚上，万明全叩响了张家的大门。

他心中的痛苦也不愿独自揣着。

第七章

大雨落幽燕

旺儿可以提防王秀珍，却提防不得权势人物王立平和孙成才。在他们蓄意布下的酒阵中，可怜的外地人在浑然不觉中就败下阵来。

旺儿喝多了。骨子里的倔强让他从酒桌上坚定地站了起来，刚迈出两步，就扑倒在地，意识也随之渐渐漫漶。

两个权势人物冲王秀珍笑笑："下边，就瞧你自己的了。"

"二丫儿，你爹肯定是又喝多了，不然咱家里咋有那么大的酒气呢？"两百多里外的拒马河畔，那个孤独的小屋里有个女人说道。

"屋里哪儿来的酒气呢，别装神弄鬼的，让人害怕。"二丫儿说。

毛品英吸溜了两下鼻子："有酒气，就是有酒气哩。"她更加确信不疑了。

在墙角里，老鼠把一个空酒瓶弄倒了，残留的酒液，滴出了几滴。娘儿俩都没有察觉。

“二丫儿，我跟你说，你爹将来毁就毁在酒上，他喝不了多少酒，一喝准多。”毛品英絮叨着。

“不行你就跟着他，他走到哪儿你跟到哪儿。”二丫儿讥诮地说。

“你甭气我，你知道咱又没长着翅膀，咋办得到哩。”

“那就别说。”

毛品英虽然不再絮叨了，但心却一直跟着那个人。

王秀珍把旺儿拖到就近的一个房间里，一边喘着气，一边笑。你到底是不会多长心眼儿，轻易就被咱拿下了。她很得意。

旺儿虽然昏睡着，但牙齿却咬得咯嘣咯嘣响，像咬嚼着难言的痛苦。

王秀珍觉得自己多少有些过分，心里有些羞愧，便用湿毛巾不停地给他擦额角的汗。即便有些疲惫，也不停歇。她很欣赏自己，觉得自己做得还真是那么回事儿。

“哪个女人不会照顾男人呢？是没给她机会。”她发着温馨的感慨。这种感慨更加诱发了她潜藏多年的母性，她开始给他脱衣服。

自然是先脱男人的鞋。

一摆脱了鞋子的遮蔽，男人脚上的气味儿立马就喷发得恣肆，不禁使那个温馨的女人掩了一下鼻子。

“真是臭男人！”一个高鼻凹眼的清秀男人，咋也跟街上的混沌货色一样哩？她简直有些不能相信自己的鼻子。然而臭味儿的弥漫是真实的，由不得她美好的幻想。由于失去了幻想，她反而有一种隐隐的快意，她清楚地感觉到：她对他的感情也是真实的。她毫不犹豫地就打来一盆热水，毫不憎恶地就把男人的汗脚揽进怀里，很精细地揉洗起来。

对异性，她从来没有过这么精细的动作，在一个特殊的时刻，她走出了平生的第一步，所以，她不免有些激动，甚至把一只脚轻轻地在面颊上贴了贴，身体里立马就产生了一种酥软的东西。

紧接着是脱男人的上衣。

男人的肩胛真结实，肚腹紧绷绷的，没有一点儿坠肉。然而还是有些气味儿，浓浓的汗腥味儿从他的腋下悠长而不间歇地传出来。然而她却笑了，她进一步验证了自己对他感情的真实性，因为她居然喜欢这种气味儿，而且还深深地吸了几口。这是令人心绪踏实的家常味道，她一直不曾拥有，所以平日就凄惶。

她柔情万端地把脸贴在男人结实的胸脯上，她听到了铿锵动人的心跳声。这种毫无杂音的心跳意味着个啥？不仅意味着力量，不仅意味着长寿，不仅意味着心地纯正，不仅意味着……意味深长。

她居然流下了眼泪。自己的心跳是那样的凌乱和孤寂，寸心哪有几人知哩！

“该死的外地侉子，你把我害苦哩！”一瞬间，她有了深刻的自怜，像与生俱来。

她看了一下男人的下部，犹豫起来。她不知道自己该不该把它脱下来。

不是有没有资格的问题，也不是有没有勇气的问题，也不是羞臊不羞臊的问题。而是，她不乐意在这种情形下给男人脱裤子，因为这也是她平生第一次。这种仪式是应该搞得隆重一些，庄重一些，光明正大一些，理直气壮一些。而现在的环境太暧昧。她不太甘心。

她忧伤地看着他，希望他能够醒来。好像听从她召唤似的，男人居然翻了一个身，嘴里嘟囔道：“品英，咋这么热哩！还不把咱的裤子解了。”身体的黏着使男人下意识地就有了解放的欲望，然而他呼唤的解放者，不是她，而是另外的一个人。

像一池温柔之水中，猝然扔进一块生冷的石头，王秀珍的心中，被激起了一波一波的疼痛。她无边荡漾的妻性瞬间就降低到了最低点，那身令她动心的好看的肌腱也无非是一堆臭肉而已。

她从床头离开，坐到一边的座位上，当一个冷冷的旁观者。她觉得只有这样，对自己才公平。

男人辗转着，并且嘟囔出一个无助的字眼儿："水。"

王秀珍本能地看了一眼房间里的暖水瓶。

但男人却又嘟囔出更复杂的一些字眼儿："品英，水。"

农谚形容一个人的不识趣时，常用的一句话就是：你这人，咋哪壶不开提哪壶呢？这个昏沉中的侉子就是哪壶不开提哪壶，他把女人最柔弱的部分反复揉搓。

王秀珍被揉搓出眼泪来。但因为心痛反而清醒：这个男人从骨子里是不属于她的，她还有一个漫漫的征途。就是说，她还不能过于心急——操之过急，会把事情弄糟——她既想要捕获他，又想以温软的感情的方式——她给自己出了个大难题。

现在，她失去了刚才的温柔心境，既不想像妻子那样耐心地服侍他，又不忍看他酒醉中的干渴与焦灼，她遗憾地看了一眼她的猎取对象，走出了房门。

"咋样，把你那个心肝宝贝儿拿下了？"王立平不无揶揄地笑着。

"你咋一点儿正经的都没有？"他的妹妹冷冷地说。

竟是一个苦夏。

树生得呆哩，从根儿到梢儿，一点儿动静都没有。闷闷的热，让那个地界儿都成了蒸笼，人无处安身，坐立不宁；可一条不知从哪儿跑来的花斑狗，静静地伏在竹丛之下，弄着停匀的鼾声。

人不如狗。翁大宝想。

李金橘的手上结满了老茧，且黑且粗糙，已不像一个少女的手。在酷热之下，她的老茧发干发胀，有些难以忍受。

“翁大宝，你给咱看看手。”

他知道，她所说的看，是让他给她摩挲摩挲，那样，血液可以流得畅快些。他靠在离她不远的一竿竹上，正在犯懒。他从狗那里得到启发，要想舒服一些，最好是坐着不动，便不想给她看。

见他久久不动，她说：“翁大宝，我看了，你这个人不适合娶老婆，一点儿也不会心疼人。”

她所说的那个“人”，其实就是指她自己，所以翁大宝说：“凭啥我非得心疼人？”

她白了他一眼：“算了算了，别那么多话。”她对他有些厌烦。

岭西现在也像一条狗，一切都停歇了，包括学习、劳动，还有集合。天热得人啥心思都没有，况且种子也不发芽，小苗蔫在地里也不生长，做啥也没意义。最关键的是，校方怕出事儿，对学生说：“只要你们没中暑的，爱做啥就做啥吧。”

李金橘和翁大宝就坐在那簇竹丛下，因为体己话都说得差不多了，话茬儿就有一搭无一搭的，后来就干脆无言地坐着。但都能感觉到对方的存在，心里充实着。

“翁大宝，我可真受不了你。”李金橘没话找话。

他一笑，知道她是在埋怨他不给她“看”老茧。到底是对她有几分怜惜，他还是懒懒地挪过去，靠在她身边的竹子上。因为靠得重了些，竹子发出干燥的声响，几片发焦的竹叶落了下来。

“你这个人干啥都那么毛糙，就不能轻一点儿？”她说。

她这个人真是可笑，跟谁的婆娘似的，啥都要管一管。他便故意去摇那竹子，竹叶哗哗地落了下来，落了她一头一脸。

“真是小性子。”她说。

是哩，这么热的天儿，谁的心眼儿也宽绰不到哪儿。他心里说。

那只狗被惊动了，困惑地看了他们俩一眼，不情愿地站起身子，摇摇尾巴走了。他发现，它是一只纯黑的狗，身上的花斑，是竹影儿筛的。但是他感到，无论它是花斑也好，还是纯黑也好，它都很美。因为它是个活物儿，在恶毒的阳光之下，能喘着个活物儿，能给人一点儿安慰。

“老辈人说得有多好，‘十三四的小子讨人嫌’，看见没，连狗都不待见你。”李金橘终于找到了出气的机会。

“算了算了，我不会跟你计较，快把手拿过来吧，让咱给你看看。”他说。

“不看了。”

“为啥？”

“争来的果子不甜。”

“屁，咋来的果子都甜，除非它不是果子。”

李金橘咯咯地笑了起来，翁大宝便给她“看”老茧。摩挲时，他感到她手上的老茧比他的还硬，真诚地说：“你真可怜。”

“可不是，就凭这一手的老茧，这辈子恐怕很难嫁出去了。”她悻悻地说。

“你担的哪门子心，你没听老人说：‘剜到篮子里就是菜’。有多少娶不上老婆的老光棍儿呢，他们有菜就成哩。”

她把自己的手从他的手中抽出来：“翁大宝，你咋这么缺德哩，我不跟你好了。”

看她真的生气了，他忙说：“大热天儿的，你千万别生气，你没听老人说：‘有剩男没剩女’。我是想给你开开心。”

李金橘的手就又重新回到他的手里。

“李金橘，其实你真不用担心，实在不成，我认点儿倒霉，行不？”

“你想得倒美，你看你，十几岁就已长了满脸六十岁的褶子，谁能跟你？”

“我这不是晒的吗，就像小葱似的，只要一遇到雨水，立马就会变得青俊儿青俊儿的哩。”

“那也不成，我太清楚你了，你缺点太多。”

“那我就拼命追你，直到把裤子追掉了，行不？”

她很受用，连浅浅的忧伤都没有了：“翁大宝，你真没皮没脸。”

就这样，酷暑竟不知不觉地熬淡了，接踵而来的是雨。

第一场雨是随着两朵浮云来的，它们飘到哪儿，哪儿就滴答几个雨点，像半大小子撒尿。雨点打到地上，凝聚成混浊的硕大的水珠，冒着热气滚来滚去，不久就没影了。地面被旱得板结了，不接受这过于平淡的感情。

可是后来就不这样了，雨连绵不断，且越下越急骤。地狸子和老鼠被从深深的洞穴里灌了出来，在腾空而起的雨雾中尖利地叫。不远处的一处山体缓缓地蠕动了，最后轰隆隆地坍到山谷里。

翁大宝和李金橘挤在宿舍的门口看雨景，这个过程，便被他们全程目睹。他们被吓坏了。吴克利老师却立在雨柱之中，大叫着抒发感慨。他被浇透了，衣服贴身似无，瘦肩胛惊心动魄地显露在天空下。他好像用的是他老家的语言，因为他们听不太懂，怪怪的。

他叫——

一拳打出眼（烟）火
对面睇见牙烟（眼）
剩的两片胡许（须）
此后唔（不）知点算好
养成一生（身）懒骨
于今省（伸）展未为迟
四面云山谁做主
一头雾水不知宗
风龙（轰隆）！

他们觉得他怪，怪就怪在这个时候最应该朗诵“大雨落幽燕，白浪淘天”和“问苍茫大地，谁主沉浮”的豪言壮语，却弄出些个含混绵软的句子，滑稽得令人难以理解。可能是他身上的水分都被蒸发掉了。后来就更怪异了，他连含混的感慨都懒得发了，索性号啕而哭。雨水、泪水、鼻涕，均恣肆交迸，不知他为啥而哭。

后来，是一个同样有着一副瘦肩胛的女老师奋不顾身地钻进雨里，把他拉回去了。

他站的那个地方一片空茫。

翁大宝和李金橘的心很凄惶。不是为了那疾雨无时，只是有了一种莫名其妙的虚。

远处又一处山体滑坡了，各宿舍都插进来一位老师。老师说：“同学们，没啥可怕的，有老师在哩。”这时的老师，学生们感到他们特别像自己的父母。

“大宝啊，你就好好地跟老师在岭西待着吧，咱这儿发大水了，新闻的地都被冲垮了。”耳边居然有母亲的叮嘱声。

翁大宝的心魂就被这一声叮咛勾走了，穿过雨障，打着回旋，回到了家乡的上空。他看见整条“米粮川”已被冲得七零八落，沟畔的几户人家也浸在水中了，只隐约地露出几处青黑的屋顶。洪水还在上涨，连缀成一个接一个的巨大的漩涡，漩涡的中心，有纠结在一起的庄稼的秸秆，有羊和猪的缓慢的挣扎，还有散落的仓板和完整的棺木……甚至还有人影不停地浮沉。

那些巨大的旋涡生成的地方，一眼就可以看得出，那是堰田的残墙断壁暂时把洪水拽住了。几经较量之后，洪水积聚了能量，变得更加暴戾了，恶狠狠地撕开了新的裂口，咆哮着奔涌而去。

一川黄浪，风雷滚滚，浩浩汤汤。洪水过后，翁大宝放假回家。父亲竟窝在屋里，见了他也没有表情，只是懒懒地看了他一眼，说：“全鸡巴的冲了，还死了人哩。”

翁大宝点点头，说：“知道了。”

见儿子一点儿吃惊的样子都没有，父亲便问：“连死人的事儿你都知道？”

“当然知道。”儿子告诉父亲，雨下得最大的时候，他就在天上转遭遭呢。

“你他娘的净胡说，你又不是神灵，咋能飘到天上去。”

你可真笨，这点儿事儿，还用亲自去看，只要稍一想象，就猜它个八九不离十哩。翁大宝心里说。

姓张的工人大号儿叫张家瑞，是从铁道兵四师转业到地方当工人的。

他当兵时是很有血性的，但一到了地方，性格就变了，因为他发现，地方的事儿太复杂，血性反而是一个大的缺点，便慢慢收敛了。直到结婚都十几年了，居然还没有子嗣，性情就再也阳刚不起来了。就像和尚怕骂秃，没有子嗣的人就怕人骂绝户，所以他努力躲避着是是非非，怕人家骂出那个难听的字眼儿。

为啥在关键的时候，他还能给韩老五一点儿怜惜，因为韩老五再浑，到底是没骂出他害怕的那个字眼儿，他觉得这小子骨子里还有一点儿人味儿。

这时，他在咂啤酒。

他其实不太喜欢喝啤酒。因天儿太热，妻子龙超敏不许他动白酒，也就只好作罢。但他用精致的小酒杯咂白酒咂惯了，喝啤酒的时候也就用小酒杯咂。咂白酒是品，咂啤酒是糊弄。但有时候，人就得自己糊弄糊弄自己，太明白了没味儿。因此，他咂得自己都想笑。

由于没有子嗣，妻子就把他当做自己的孩子，百倍耐心、百般疼爱地伺候着。就说吃食，她每顿都不糊弄他，总是弄三五个小菜，有凉有热，合理搭配。由于人口少，又懂得珍惜，便置备了小碟子，巴掌大小的小碟子。

眼下的饭桌上有六样小菜：两块炸凤尾鱼算一小碟，二十几粒煮花生米配几段清白芹菜是一碟，一只卤水鹅头充一小碟，三寸长的腊肠被烂蒜熘了也是一小碟，还有一小碟渍酸菜和一小碟红烧豆腐。所有菜肴加起来，要是放在一个粗汉子那里，也就两口的事儿。但那精细的做工，足可以照料十个人的吃食。

龙超敏烧菜时，讲究得让人神经过敏：放香油，用“点”（点两滴，点多了怕味儿厚）；洒味精，靠“捏”（捏几粒，怕洒不准，失了原味儿）；烧豆腐，要“淋”（淋出豆腐里的水分，味儿醇而甘）；炸凤尾鱼要“钓”（用鱼钩钓着鱼段在热油里炸，黄而不焦）。

她的讲究，透着对男人咋样的爱哩！见过的人，无不咋舌而叹。

有这样精致的日子让他受用着，张家瑞失了争竞之心。所以，他不是被动地躲避是非，而是打心眼儿里不愿意招惹是非。他认为，人这一辈子无所谓荣辱得失、阴晴圆缺，关键是有没有让你心甘的日子。既然有了，就要小心地笼着，莫要烧包。

啤酒咂得渐渐得意，门忽然就开了。

是万明全。

京西的村子里串门，很少敲门的，顶多是在院里咳一声，或散漫地搭讪一句，给屋里一个信号。万明全心事重重，连这个也省了。

“啊，老万啊，快请坐。”张家瑞连身子也不欠，用筷子点了点饭桌旁的另一只凳子。这是龙超敏坐的，这时她上灶间去下面了，张家瑞爱吃面，酒后总是要用一小碗刀削面压底儿。张家瑞的动作万明全是会意的，是让他坐下来喝两杯。

“不喝，不喝，咱今天心情不好。”

张家瑞一笑，说：“你充啥人灯啊你，就你个见酒就走不动道儿的人，会不喝？”

“说不喝就不喝，咱今天有事儿找你。”

“那正好边喝边聊。”

“不好，咱是有名的‘醉鬼子’，怕酒后挟缠，说不清哩。”

张家瑞就只好作罢，问：“啥事儿？”

“你县里是不是有熟人？”

“你咋知道的？”

“是你自己显摆的哩。”

“有熟人咋的？”

“用一用。”

张家瑞的酒也喝不下去了，他最怕求人的事儿：“有鸡巴啥大不了的事儿，非求到县里去？”

“张家瑞，我万明全的事儿不是明摆着吗，你咋会不知道？别遇事儿就装。”

“你不是告到乡里去了吗？”

“乡里不管哩，”万明全鼓突着眼睛说，“你说不求县里，求谁？”

“也是。”

张家瑞舒展的脸庞瞬间就皴起了一层皱——人间的是非不是说躲就躲得了的，它自己会找上门来。

万明全告诉张家瑞，上次一听说他与李秘书的关系，他的心就动了，但碍于面子，便把到了嘴边的话咽下去了。今天是不说不行了，好汉的脾气再耿直，也解决不了现实问题。

万援朝身上长满了褥疮，高烧不止，两只眼睛睁得大大的，久久地盯在一处。这种眼神让人惧怕，谁与之相遇，都有被穿透的感觉。

王小翠跟万明全商量：“爹，咱是不是得把援朝送医院，再拖，恐怕这人就完了。”

万明全毕竟是做父亲的，儿子的安危，当然要牵动他的每一条神经。但他还是咧了咧嘴：“话好说，可是钱呢？”

“你老人家就没有一点儿积蓄？”王小翠的声音怯怯的，怕一不小心触动了什么。

但敏感的万明全还是被触动了：“咱要是有钱，能眼见着自己的儿子等死？”

万明全是有点儿抚恤金的，但他的耿直，使他一直不肯依赖儿女的赡养，他独立地养活自己。他还有个爱喝两口儿的嗜好，那眼珠子似的[1]几个钱，还能剩下几个大[2]？

他活得既节俭又奢侈，既坦然又羞愧。所谓节俭，是他所需不多，一日三餐不挑不拣，混个肚圆就成；所谓奢侈，就是顿顿有酒。他坦然之处，是没给儿女添麻烦；羞愧在于，他也不能给家庭有所贡献。

万援朝出事儿之后，一个风烛残年的人，突然成了家庭支柱，而他的双肩已担不起这份重量，焦虑和羞愧弄得他更加烦躁。

“那你老人家也要想想办法啊。”王小翠壮着胆子说。

他厌恶地看了一眼王小翠，斥责道：“就会说现成话。”

王小翠眼圈儿一红，掩面而去。万明全心里有一种刻薄的快意。最近，他一直看王小翠不顺眼，很想刺激她一下，但苦于公爹的身份，他忍耐着。自己的男人都瘫在床上了，王小翠还整天把自己捯饬[3]得很精致，头梳得很光，粉搽得很匀，衣裳穿得很整齐，即便是在家里伺候病人，趿着拖鞋，也要穿双丝袜。臭美个啥？他感到自己的儿媳妇很妖，家庭的不幸，全是因为她的妖。

他找到王立平，说万援朝的身子都烂了，村里不能不管。

“咋管？”

“送医院。”

---

❶ 眼珠子似的：零星，稀少，极其有限。

❷ 几个大：京西方言，多少，几个，一般用来形容很少。

❸ 捯饬：（一）梳妆打扮；（二）收拾整理；（三）运筹，运作。例：这个人真有两下子，刚参加工作两年，就给自己捯饬了个科长当。

“送就送呗，又没人拦着你。”

“村里得出钱。”

王立平笑笑，说：“你以为村委会是一头老母猪啊，奶头儿多得谁想嘬两口就嘬两口？”

他的调笑让万明全感到很不舒服，但仍旧克制着，说：“咱可没那么贱，只是提一点儿合理要求哩。”

“你别净拣好听的说，”王立平不以为然地说，“合理个啥？他万援朝两口子都被村里养起来了，上个医院瞧个病，还不自己担当点儿？”

哼，那也叫养？几个眼珠子钱，寒碜人哩！万明全心里这么说，但说出口的，却是气咻咻的话：“咱又不是凭空讹人的浑人，该担当的不会麻烦旁人；不该担当的，冤有头债有主，明细账分得清哩！”

王立平收敛了笑容：“我可不是谁的债主，也不买谁的明细账。”

“是你的人打人致残，你不买谁买？”

“万明全，你甭跟我叫板好不好，我这个人跟你一样，也是吃软不吃硬——好说好道，还给你一口奶吃，惹急了，就彻底断奶哩！”

这已经近乎威胁了，万明全当然不会再容忍，高亢地说：“王立平，村委会也不是你们家开的，也不能你一手遮天！你要是还有一点儿仁义的话，就召开村民代表大会，让大伙儿论断论断。”

“万明全，你以为你是谁，想开会就开会？明确告诉你，有我王立平在，没人会替你说话。”

“哼，自然有说话的地方。”

“那你就去告啊，你不是总到乡政府去吗，结果咋样？”

一提到乡政府，万明全瞠目结舌，他泄气地蹲在地上，陷入沉默。虽然对乡政府他有一肚子怨气，但当着这个刻毒的人，他啥都不能说，他不愿被他抓住把柄，陷入更加被动的局面。

万明全突然莫名其妙地笑了起来，因为他心中有巨大的悲哀。王立平被他笑糊涂了，吃惊地看着他。

这老爷子肚里在憋啥宝哩？他毕竟打过仗，见过世面，不能挤对得太狠，谁知道他还有啥招数？

但万明全站了起来，并没有出招，看都不看他一眼，挺着身板走了。

王立平有些疑惑，冲着那个背影，说了一句：“要想看病也可以，让王小翠来找我。”

那个背影顿了一下，还是倔强地走了。

回到家里，看到儿媳妇期待的眼神，他心情复杂，黑着脸不说话。他看到身边啥都别扭，遇到凳子扔凳子，碰到碟子摔碟子，弄出一片破碎之声。

王小翠被吓坏了，忍不住哭了起来。万明全终于失去了耐性，说出了刻薄的话：“哭个啥，假惺惺的，王立平他稀罕你，等着你去说话儿哩。”

甩完一番话之后，还觉得不过瘾，补充道：“怪不得一天价弄得那么骚性，原来有旁的念想。”

王小翠一下子愣了。自己一向敬重的老人竟然说出这样的话，她是咋也没想到的。她止住了哭泣，狠狠地抹了一把眼泪，那张粉白的小脸，立刻就变得斑斑驳驳，表情冷冷地对万明全说：“爹，我知道你心里凄惶，但再凄惶也不能拿家里人出气啊！”

渠口一经打开，长久的郁积便奔腾得不可阻挡了。王小翠说了长长的一串话：“爹，知道你瞧咱不顺眼，也知道你是焦心焦的，咱就一声不吭地忍着。今天你竟说出这样的话，咱就再也不能忍了，这牵扯着一个人的人品，不说清楚咱就没法做人了。援朝出了事儿，受打击最大的是谁？是他的媳妇儿！我们俩的感情咋样，你是最清楚的。援朝要是还明白，你这样糟践咱，他也是不会干的。王立平是个啥东西，你比咱还清楚，他要是成心找寻[1]谁，你能躲得过？他稀罕咱不假，可村里哪个好看的女人他不稀罕？他把咱的援朝弄成这样，我心里恨哩，恨不得把自己变成一把刀子扎烂他的狼心狗肺！可是咱毕竟是个女人家啊，恨能解决得了啥？家里是败了，但你弄出个败相他就怜惜你了吗？他会更觉得你软弱可欺。咱偏不露出败相，咱偏把自己弄得整整齐齐、精精致致。我是要让他知道，再精致的女人也是属于万援朝的，万援朝再不省人事也拥有一个精致的女人，他就是有这份福气！他就是有这份造化！而你王立平没有，你机关算尽也还是不会有，气死你！气死你！”

说到动情处，王小翠哽咽了，脸色通红，眼睛发直。她看了一眼人事不知的万援朝，扑倒在他的身上，大叫一声援朝，然后放声大哭。

万明全一阵晕眩，耳朵又嗡嗡地叫了起来。昏蒙中，那个司号员的断颈又出现了——脖腔里紫黑紫黑的血，毫不吝惜地喷着，血腥把人的呼吸都窒息了。

亲情似血，也会把人憋死哩！

旺儿虽然是一个纯朴的农民，但他并不缺乏最基本的判断，他觉得，王秀珍跟王立平和孙成才不一样，她是个好人。所以，对王秀珍的那份感情，他真的很害怕，因为他不知道咋处置才好——既能安全脱身，又不给她造成伤害——这个两全之策，他暂时还没找到。

他只是更加敬业——让王立平知道，他是感恩的；让王秀珍感到，他

[1] 找寻：找茬，招惹，算计。

不是吃软饭的。但是，他越是敬业，越是陷入更为难堪的境界——他得罪了不少客户。因为每个客户，都是想谋取更多的利益——他一块砖也不让人家多拉出厂外，人家还有啥甜头可尝？

他最直接打交道的，是那些开车的司机。他检查得越仔细，那些司机的脸色就越难看，他们甚至有些恨他。后来，拉砖的车反而比以前少了。

他正在困惑的时候，孙成才找他谈话了。

孙成才对他说："旺儿，我知道你对砖厂好，但是你得明白这么个道理：你要想让人家给你打两桶油，你必须让他能拐一瓶醋，不然，他哪来的积极性？"

旺儿很纳罕，心里想：你是厂长，你居然要眼睁睁地让他们占便宜？但他不能眼对鼻子地指责厂长，他只是说："咱凭啥让他们占便宜？"

"就凭他们买咱的砖。"孙成才说。

旺儿很不理解，说："要是这样，咱的活儿就不好干了，莫不如再让咱回到瓮里。"

孙成才脸一沉，说："你以为我就稀罕你，这是村长的主意。不干也可以，你去找村长说哩。"

旺儿真的就去找王立平。

王立平说："旺儿，你这个人真的很实在，实在得都有点儿傻，这可不好，会让人看不起哩。"

旺儿更为纳罕：实实在在做人，老老实实做事，对人忠诚，反而成傻子了，这是啥年头哩？

"咱是傻，所以，门房那地方咱待得凄惶，不如让我回瓮里去。"

王立平一笑，说："那你得去问秀珍，看秀珍同意不。"

"可是，你们是村长哩。"

"她就是管村长的。"

旺儿知道，王秀珍的那一关肯定通不过，便低着头木在那里。

王立平觉得这个外地侉子真是可怜，有福居然不能消受，难找。可是王立平心里却有几分喜悦，他开始有些理解，为啥自己的妹妹能够喜欢这个人。她的先天条件比较困难，条件好的男人不会看上她；而看上她的人，都是别有企图，都靠不住。从个人的生活幸福方面考虑，就得像旺儿这样的人才踏实。只要能把他的心拴住了，他会死心塌地地跟你好。

于是，王立平心中升起一股温柔的感情，对旺儿说："你还是好好在门房干吧，别亏待了秀珍对你的那份心意。"

没想到他会这么说，旺儿不由得抬头看他。

王立平又说："再说，村长的妹夫，咋能待在瓮里，让村里人咋看？"

王立平的话，把旺儿吓坏了——

他可是堂堂的一个村长哩！在乡下，村长是啥人？是说一不二不能反对的人。他都把自己当妹夫看了，他是插翅难逃了。哎哟，孩儿她娘哦！

"村长，你们可千万别吓唬我，我可是有家有业的人，不敢有那种念想。"

"人往高处走，水往低处流，都啥年代了，有啥念想不成？你看你的那些同乡，谁不是削尖了脑袋往阔处走？"

"咱做不出来。"

"这有啥难的，不就是离婚嘛，给她一笔钱不就齐了？"

旺儿愕然。

"是给她十万还是二十万，这个钱我出。"王立平补充道。

旺儿不敢再待下去了，因为他觉得这些人心眼儿都坏了，再待下去他会难过地哭出来，便说："我先走了。"

王立平以为他动心了，也就不挽留："你回去再想一想，我不逼你。"

在这个时候，王秀珍也在动着心思。她觉得，快"十一"了，要想办法约旺儿出去转一遭。最好是去苏杭和上海那些地方。那些地方的景美、人美，风气也开放。在那些地方转一转，会给他一些熏染，让他开开窍，并且结伴在好地方转，会自然而然地培养起感情。那些地方的服装也很时髦，给自己买几件，也给他买几件。把自己捯饬得光鲜一些，好让他看着顺眼；把他打扮得洋气一些，好让村里人不小看。你别看，这个旺儿土是土点儿，可他天生就是个衣服架子，只要好衣服一上身，绝对是个人物似的。那个相貌，那个做派，那个气质，孙成才咋能比？只要是人过的日子，啥事儿不能发生？关键是得动心思。

王秀珍美美地想着，竟被旺儿抱进怀里了。

旺儿说："你身上的味儿真好听。"

王秀珍心里说，咋能不好听呢？我昨天去的北京，在王府井商厦买了几瓶法国香水儿，蛋子儿大的一小瓶，就一千多块哩。这是咱的小秘密，就是不让你知道。"你刚知道咱好听？好听的地方多着哩。"说完，她感到自己脸上臊得慌。

旺儿把她抱得更紧了。

"死鬼，你就不能轻点儿，人家都喘不上气儿了。"

"你这身子圆乎乎的，光溜溜的，谁不稀罕？不抱紧点儿，就跟别人跑了。"

"你才知道咱光溜？哼，你真得小心点儿，惦记咱的人有的是。"

旺儿又用力地咂了一下，说："那咱现在就把你要了，生米煮成熟饭，让他们瞎惦记。"

"你胆子可不小，不怕我哥揍你！"

"你哥才不揍咱哩，他巴不得咱要你呢。"

"瞎说。"

"不瞎说哩。"

旺儿毛茸茸的手就伸进她的衣领里。她心头一震，一股热热的、痒痒的感觉涌上来。她的身子自己就蠕动了，伴以不可压抑的喘息。

就在这时，她的裤腿儿被啥东西用力地拽了一下。她打了一个激灵，睁开眼睛，发现攀在腿上的，是她的那条宠物狗。才知道，刚才自己是癔症了。她狠狠地踢了狗一脚，然后紧紧地捂住了自己发烫的脸。

"真不害臊！"她骂了自己一句。

在大雨连绵的时候，也是李万成肝疼得最厉害的时候。咋摊上这么一个富贵病哩？

肝病是富贵病，药贵得用不起。他老婆说："你去问问，人家有的干部吃药是不花钱的。"

李万成说："这我知道，这叫公费医疗。但得有一定级别，一个支部书记算鸡巴的什么官儿，也想往那人堆儿里挤，没门儿！"

"你瞧你这肚子大的，能当鼓敲哩。"他老婆说。

"那你就敲敲，真要是敲出鼓的声音，咱就是奇人了。你知道奇人咋着？一是奇人，国家便养起来了。"

"像你这样拼命地为公家卖命的人，国家就应该养着。"

"屁，像我这样的人多了，大队干部鸡巴的也就是拉头套的牲口，先使劲儿的是你，先挨鞭子的也是你。”

“像你这样的人，就应该出出主意，定定盘子，坐在家里就挣工分，一天到晚地吃香的喝辣的。不价，干啥比别人多操心？”

“眼下，国家不是穷吗？兴许再过十年、二十年，生产搞上去了，老百姓富裕了，大队干部也就能坐在家里了。但是，那一天，我是赶不上了，唉！”

他突然有了食欲，对老婆说：“你能不能弄点好吃的？这个富贵病就得有好吃食伺候着，不价，哪儿有个好？”

“这我还不知道？但咱家里除了两口袋玉米豆儿，就是几把陈年小米儿，连个面星儿都没有，你让我拿啥给你做好吃的？”他老婆忧伤地说。

“那就再熬点儿小米儿粥。”

“整天价熬小米儿粥，你也不腻？”

“总归比翁大宝家一天到晚喝稀面儿粥强。”

小米粥熬好了，外边的雨更大了，像用水盆子一盆子一盆子向下浇。粥碗虽然端在手里，李万成的眼神却直勾勾地盯着门外。

“快吃吧，这陈年谷子熬的粥，就得趁热吃，凉了就腥气了。”他老婆催促道。

“吃鸡巴什么吃，你听听这雨。”

“这雨咋了？”

“咋了？瞧这个阵势，新闸的一河沟子地，准他娘的完。”

“天要下雨，娘要嫁人，你能有啥办法？”

“焦心哩！”

“你可别焦心，一着急一上火，还要不要你的肝？”

“死鸡巴的算了，眼不见心不烦。”

说话的工夫，李万成额头上沁出一颗接一颗豆大的汗珠，转眼之间就汇结成汗水，在脸上汩汩地流。肝区一阵一阵地锐疼，绞得他快要撑持不住了。他真想叫出来。但是，他强忍着，他觉得这个时候叫出来，让人感到羞耻。他大汗淋漓，满面青苍，乖戾得怕人。他老婆不忍看下去，转过脸去。

沉闷的空气中，他们都等待一个时候。这个时候，他们怕它来，但又都知道，它一定会来。

果然听到了一阵接一阵轰轰隆隆的声响，从远及近，从近及远。李万成脸上露出怪异的笑，对他老婆说：“拿咸菜来，我要喝粥。”

他老婆转过脸来，抹了一把脸上的泪水，指了指他的身边，说：“你是不是糊涂了，那不就在你跟前儿呢嘛。”

他的粥喝得很慢，一小口一小口地啜，好像在做极精细的品味，直喝到雨停了。

雨一停，他对老婆说：“去，给我拿一身合体的衣裳。”

“要上公社吗？”

“上他娘的哪门子公社，我要到地里去。”

他穿了一身只有到公社开会时才穿的最上眼的衣裳，迈着稳稳的步子，出了家门。

街筒子里已经站满了人。

“支书，沟里的地全冲了。”

“知道。”他平静地说。

“还冲走人哩。”

“知道。”他虽然肩头微微一震，但还是平静地说道。

“支书，你说咋办哩？”

他手一挥，坚定地说：“先救人！”

李万成那身衣服，给了惊慌、恐惧、凄惶的人群一个特别的心理暗示：你们怕啥？不是还有我吗！他目不斜视地朝前走着，身后，全村所有的青壮劳力，包括身体健康的家庭妇女，都自觉地聚拢了，紧紧地跟随着他。人们手里，都拿着他们认为应该拿的农具。

他给了自己一个微笑，然后跑了起来。人们跟着也跑了起来。许多人很快就跑到他的前面，他们都知道：救灾如救火哩，不能有一丝迟疑。李万成毫不犹豫就跳进浑黄的水里。面对滔滔的洪水和凄惶的人群，他别无选择。

人们虽然不再看到支书的身影，但他们已经有了坚定的意志和自救的信心，因为他们知道，李万成就在他们中间。

冲走的人都捞回来了，包括尸体；冲走的牲畜都捞回来了，包括尸体；冲走的家庭财产都捞回来了，包括散落的仓板；冲走的庄稼都捞回来了，包括秸秆——他们捞回来了他们能捞回来的一切。他们安葬了死者，安置了灾民，修复了倒塌的房屋，捡回来每一粒粮食和每一个瓜果，因为他们还有来年。

李万成坐在“人定胜天”的残碑上，捂着肚子，大喘不止。他面色惨白如纸，但更增添了几分庄严。人们静静地看着他，除了心疼，没有一声抱怨。

他看到人群中的翁大宝，终于笑了，无力地招招手：“大宝，你过来。”

翁大宝迟迟疑疑地走过去。因为，他一直对李万成是有偏见的。但这个时候，看着坐在石头上的这个佝偻着身子的老人，他有些不好意思。

“大宝，我问你，金橘她咋没回来？”

翁大宝说：“她不敢回来。”

“为啥？”

“我们都知道家里肯定是被冲了，她不忍心看哩。”

李万成笑着摇摇头，说：“她真应该回来看看，好知道啥叫日子。”

李万成咳嗽了两声，忧伤地说：“再说，他的老爹又病着。”

知道了万明全的真实处境，张家瑞唏嘘不已。

那个浑身长满了褥疮的青年人，可比他的赞水重要多了——那是一条人命，人世间还有啥比人的命更重要的?

所以，虽然自己害怕招惹是非，但是，这个是非是非得招惹了。不然，愧对于他的军人出身。

一条涵洞刚刚凿通，尚未来得及起瓮，洞顶还不时地往下掉石头。然而当地的百姓，咋也不听劝告，总是偷偷地钻来钻去。他们被大山阻隔了世世代代，到山那边的农田去干活，得绕半天的路。终于有了一条近道，那种危险中的兴奋，给他们足够大的诱惑。而且，他们几经穿行，竟啥也没发生，人心就疲沓了，包括铁道部官兵。

有一天，危险到底是降临了。

一个半大小子背着一捆谷草，正在涵洞里低头走着，顶上突然掉下来几块碎石。那石头就落在他的眼前，他先是一惊，紧接着就笑了起来。他不知道危险将至，只觉得几块碎石头不能把他咋样，便仍然不慌不忙地走着。这一切被巡道的两个战士发现了，立刻大声喊叫。可是，那孩子仍傻傻地笑着，似乎啥也没听见。孩子的草背子太大了，走动时自身忽闪起来的响动，幽闭了他的听力，他只觉得那两个比比划划的人很好笑。

两个战士便奋力朝他跑去。到了他的身边，喝斥他快放下谷草，赶紧出洞，可那孩子死活不放下草背子，他说："不能哩，大队干部该骂咱了。"一个战士说："你放下就是了，这是特殊情况，谁也不会怪罪你。"他说："我从来没有特殊情况，只有老老实实地接受改造，决不许乱说乱动。"说完，紧紧地护着草背子，抠紧背绳的手，战士掰都掰不动。战士明白，他肯定是"四类分子"的孩子。草捆子背在身上，是走不动的，情急之下，两个战士只好架着他往外跑。眼见着就要出来了，顶子整个地坍了下来，三个人虽然都没有生命危险，但一个战士的腿被飞石砸断了。

大队干部去医院探望这个战士，说："你救他干啥？他是地主的狗崽子。"

战士很是生气，说："我不管他是人崽子还是狗崽子，在我眼里，他只是一条活生生的人命，你知道不知道！"

大队干部难为情地一笑，说："同志，你别生气，我只是随便说说，随便说说。"

大队干部准备告辞了，那个战士指了指他带来的营养品，说："这个，请你拿回去。"

"这叫干啥？"

"有血腥气。"

两个战士当中，就有张家瑞，那个断了腿的战士，就是他最亲密的战友，那个县委李秘书的父亲。

不过，张家瑞到底是有些顾虑的，他对万明全说："老万，找李秘书可以，但得悄悄地找，可不许瞎嚷嚷。"

"嗯，这你放心，咱又不是三两岁小孩子，还用你特别叮嘱。"

张家瑞笑着摇摇头：“屁，就你那脾气，不叮嘱你话，你敢让联合国都知道了。”

“嘿嘿。”万明全孩子一般笑了。

都跨出门了，张家瑞像想起了啥，就又踅回屋里。

他想到了李秘书给他的那两条烟。因为是战友的儿子给的，不，因为是县委领导给的，他一直舍不得抽，必要时，这是他夸口的资本。他觉得再去找李秘书，不能再空着手去，横竖得带点儿啥。可是啥能拿得出手呢？就只有这两条烟。他拿着两条烟依依不舍地看了半天，还是一狠心装进一个布袋里。

老伴龙超敏看见了，说：“你这个人咋这么糊涂呢，人家送你的烟，你还去送人家，你不觉得别扭？”

他本来就含糊，老伴这么一说，他更觉得不合适：“嘿嘿，咋不别扭哩。”

到了村口的小卖部，他对万明全说：“你在外边等一等，我去去就来。”

万明全不解地问：“你还磨蹭个啥？”

“咱就这么空着手去？横竖得买点儿啥吧？”

“咱就反对送礼。”万明全不太乐意。

“这不叫送礼，真送礼你也送不起，这叫人之常情，哼！”张家瑞觉得这个老伙计市面儿上的事儿啥啥都不懂，光有一个犟脾气。

“既然是这样，是得置办点儿东西，但是我兜里没钱哩。”万明全难为情地说。

“谁说让你掏钱了？你累不累啊你？你就好好在外边等着吧，真是的。”

过了一会儿，张家瑞出来了。那个布袋子装得鼓鼓囊囊的，袋口还系了一根绳子。

“都买的是啥？”

“你甭问。”

“真让人臊得慌，给我办事儿，还得你花钱。”

张家瑞瞪了万明全一眼，打趣道：“我不是该你的嘛。”

到了县委门口，门卫把他俩拦住了。

“登记。你们找谁？”

“县委李秘书。”

“你们跟他是啥关系？”

“是他叔。”

“哦，那好，我去核实一下。”

接着门卫就拨了一个电话：“李秘书，有个叫张家瑞的找您，他说是您的叔叔。他找您干啥？哦，我没好意思问。让他上去？好好，好好，我这就放他们进去。”

都说县衙门不好进，这鸡巴的不是贼容易嘛。万明全心里说道。张家瑞也会意地看了他一眼，点头笑了笑。

“不好意思，让你们久等了，李秘书让你们进去哩。”门卫客气地说。

几乎是同时，县委门口那个大门自己就吱溜吱溜地开了。那个声音很好听，好像是在说：“进哩，进哩。”

张家瑞扛起布袋刚要进门，猛地又止住了。

“又想起了啥？”万明全问。

张家瑞小声地说："咱扛着这么一个破布袋子进去，恐怕不合适，会给孩子找事儿哩。"

万明全觉得自己的这个朋友办事儿真是顾虑太多，没好气地说："咱来就是要进去的哩，不进去，干啥来？"

张家瑞没理他，转身对那个门卫说："同志，能不能再麻烦你们一下，给李秘书再打个电话，我还有两句话要说。"

电话又拨通了，张家瑞接过电话："李秘书，我是张家瑞你们张叔。哦，知道知道，但是还是请你们下来一趟，有些事儿在上边不好说。哦，知道知道，但请你们无论如何也得下来一趟，你们张叔就求你们这一次了。哦，知道知道，在街口的小吃店等你们，你们放心，我们一定等你们哩。哦，不碍事儿不碍事儿，反正我们有的是工夫。好好，好好，麻烦你们了，给你们添麻烦了……"

就打了这么一个电话，竟累得张家瑞满头大汗。左一个"你们"，右一个"你们"，生怕人家李秘书不知道他打心眼儿里尊敬他。

他们是一大早去的，琢磨着这个点儿能"堵"住李秘书。因为人家领导忙，要么是到市里开会，要么就是到乡下调研，不去早点儿，你能见得上领导的面儿？

可是，他们等啊，等啊，一直等到晌午了，还没见李秘书下来。

"他不会耍咱吧？"万明全沉不住气了。

"这孩子不会。"张家瑞觉得李秘书给人的感觉是不错的。

"既然这样，都晌午了，一定得请人家李秘书吃饭了。"万明全说。

"请就请哩，咱早有这个准备。"张家瑞说。

万明全便有些佩服张家瑞，人家到底是在外边的人，办事儿有谱儿。

饭店里，在焦灼中，李秘书终于露面了，万张两颗紧悬着的心扑通一声放下了。

“张叔，对不起，对不起，咱也是听差的，身不由己啊。”刚一见面，李秘书劈头就说。

李秘书解释说，整个一上午，都在开常委会，他得做记录，实在脱不开身，不然咋会让两位老前辈等得这么久呢，打死也不敢哩。

万明全觉得这孩子透着实在，不会成心诳人，就说：“家瑞，你看是不是跟李秘书……”

李秘书一笑，说：“先甭着急，咱们先吃饭。小姐，有单间儿没？”

小姐是认识李秘书的，连忙说：“有哩，有哩，给你们预备着哩。”真他娘的会说话儿。万明全心中感叹。

有单间儿，有李秘书的随和，还有好菜、好酒，两个人的拘谨渐渐地放开了。

哼，于宝力算他娘的啥东西，人家县里干部都不像他哩！万明全一边联想着，一边很虔敬地敬了李秘书一杯。

“别客气，你们尽管喝，我酒量有限。”李秘书说。

趁着热乎劲儿，张家瑞把布口袋的绳子解开了，冲李秘书难为情地一笑：“一点儿心意而已。”

万明全这才有机会看清他伙伴儿的药葫芦里装的是啥药：两袋鳖精，两盒东宝阿胶，两匣乌鸡壮骨粉。

“送我？”李秘书哈哈大笑，说，“张叔啊张叔，你们可真逗，这都是老年人用的补品，我年纪轻轻的，用这些干啥？拿回去，拿回去。”

“都能用，都能用哩，”张家瑞说，“我问那个卖东西的姑娘了，啥东西能送人？她说就这些东西最能送人。”

“那是瞧病人。”李秘书依然笑。

气氛变得很家常，两个人你一言我一语，把要说的都说了。

最后，李秘书结了账，很坚定地让张家瑞又把那袋子东西背回去了，最后还是轻轻地嘱咐了一句："千万记住，别说认识我。"

两个人轻快地在街上走着，全没有来时的忐忑与沉重。他们有时还孩子似的相视一笑，觉得友谊更深厚了。

第八章

哑巴牲口

王秀珍的绮丽之梦破灭了。

因为她梦中的主角，不辞而别，也就是说：旺儿跑了。她哪里知道，使她梦幻破灭的，正是她心存感激的哥哥。

她的这个善于安排别人生活、左右别人命运的哥哥，真是太自信了，高估了别人的承受能力，把话说得太直率了。那一顶“妹夫”的亲情帽子，把那个外地侉子吓坏了。他选择了最原始的逃避方式。

她把自己扔在床上，翻滚着大哭大闹。王立平又恼怒地在她的圆屁股上踢了一脚：“你是鬼迷心窍了咋的？总是这么丢人现眼！”

王秀珍把自己的圆屁股耸得高高的：“你踢吧，踢吧！踢死我也没办法，我就是鬼迷心窍了，爱咋着咋着哩！”风雨过后，她还是向他哥哥投去乞求的眼神，悲凄地问：“我可咋办哩？”

“这有啥不好办的，过不了多久，他会乖乖地自己走回来。”王立平阴沉着脸说。

丈夫在家里待得足够久，让毛品英感到纳罕，不禁问：“你咋还不走？”

“不走了，厂子把咱开了。”旺儿是有准备的，所以，回答得很自然。

“咋的了？”

“不咋的，砖厂不景气，裁人呗。”

“哪儿有砖厂不景气的，一天价地盖大楼，砖还不用老鼻子[1]了。”

“人家推广新型建材了，稀罕空心砖，而咱待的那个砖厂，只生产黏土砖。”

“哦，那倒是哩。”

既然是在人家北京的地盘上打工，除了不裁人，只要一裁，首先裁减的当然就是外地工。所以，丈夫被开回来，是再自然不过的了。

她不往心里去，但怕丈夫往心里去，便安慰说：“回来也好，你常年在外，我心里也凄惶，早盼你回来了。你没听人说，金窝银窝不如自己的土窝，爹亲娘亲不如结发夫妻亲——有你在，家里就圆全，吃好吃赖，混好混赖，都踏实。再说，咱就二丫儿一个女孩儿，也省心，长大往出一嫁，咱俩就可以关起门来过日子了，有那几亩山地守着，咱还缺啥少啥？”

“是哩，咱啥也不缺。”丈夫满含泪花儿地点点头。

接下来的日子，他虽然整天泡在山地里，可内心却牵挂着瓮。

庄稼自己长得正旺，无需他更多的侍弄，便觉得在山地里，他也是

---

[1] 老鼻子：喻数量之多，程度之深。在不同语境中，有不同的含义，相当于数量很多很多，时间很长很长，认识很久很久，感情很深很深。

一个多余的人。他觉得自己悬在空中，他希望自己快一点儿跌下来，跌到最低处，反而心里有底儿了，因为自己会知道到底应该从哪儿爬起来。因此，他盼着最坏的消息赶快传来，也盼着最恶毒的报复赶紧向他袭来。

然而，一切都很平静。不平静的是，因为回来得久了，毛品英的温顺让他感到有些不舒服，认为她缺乏主见。所以有时会无缘无故地抱怨两句："你瞧瞧人家王秀珍，说干啥就干啥，从不黏黏赘赘的。"

"王秀珍是谁？"

"你不认识。"

"哼，一定是个小骚狐狸。"

"你的嘴咋那么损哩？"

"咋？你跟她啥关系，还护着她？"

"能有鸡巴的啥关系，人家是村长的妹妹。"

日子太沉闷了，他学会跟老婆拌嘴了。

在山地里，他的心思总是不能集中，在锄草时，甚至把秋玉米的须根（气生根）耪断了。玉米在抽穗期是要长出许多气生根的，对于山地玉米，这种气生根就显得更为重要——因为山地偏旱，它可以随时摄取不期而至的雨水。他看着断根上滴下来的白色汁液，心里很懊丧，如果天再旱一些，这棵玉米结下的籽粒可能是瘪的。虽然只是一株玉米，但从发芽到抽穗也跨越了三个季节，不容易哩！

他感到，出去打了几天工，心也浮了，再也不是原来的自己了。他索性坐在玉米棵子里，想那边的事儿。他现在想的不是王秀珍，而是王立平与孙成才。

按理说，孙成才是王立平的妹夫，而且还是王立平给了他经营砖厂这么一份肥得流油的营生，他应该知恩图报，忠心耿耿了吧，然而他不。他背着王立平跟几家施工单位签订了供应协议，偷偷地把砖发出去，并且在销售记录上没有反映。

以前旺儿就有这个察觉，但没有把柄，只能在心里猜疑。后来他当了门卫，以往的猜疑终于得到了验证。那些单位来拉砖一般都是在后半夜，那时，孙成才已陪王立平喝完了酒，摇摇晃晃地来到门卫室。他会与旺儿东一句西一句地瞎扯，放那些车辆进出。旺儿要给予登记，孙成才说："有我在这儿哩，登记个啥，错不了。"旺儿表示疑虑，说："要是村长问起来，我可咋说？"孙成才说："你知道不知道在道上混……混……的规矩？那就是不……不……不该问的别问，不……不……该说的别说，瞎问瞎说，脑袋掉……掉……掉了，都不……不……不知咋掉的，你就好……好……好好眯着吧。"旺儿虽然眯在门卫室的床上，但每过去一辆卡车，那隆隆的声音就搞得他心惊肉跳。

通过观察，旺儿知道孙成才有钱，甚至比王立平还有钱。他曾在一次酒后对旺儿说："这鸡巴的人，千万不能在一棵树上吊死了，得给自己留点儿后路。"在言谈话语中，旺儿知道，孙成才心里其实是看不起王立平的，用他的话说，王立平哪儿会当官儿？既没章法，又无实干，只会咋咋呼呼、吹吹拍拍、坑蒙拐骗、欺男霸女，能干到今天，都他娘的是钱堆的。除非别犯事儿，一犯事儿准得倒霉。这人还小心眼儿，缺乏容人之量，所以你还别得罪他。就投其所好，哄着他玩儿吧。

知道了内里，旺儿真是不寒而栗。在旺儿看来，王立平固然有那么多劣迹，但从做人的性情上，比孙成才痛快得多，好恶也写在脸上，让人能想起来防备。像孙成才这样玩儿蔫的，你咋防？

所以，这个门卫室真是个是非之地，不可久留。咱一个小门小户的山民，即使被穷死了，也要图个耳根子清净，一定要小肚子搬家——离鸡巴远远的。

正巧那天孙成才说："你以为我就稀罕你，在门卫室是村长的主意，不干也可以，你去找村长说呀。"旺儿就顺坡下驴，去找了王立平。然而王立平又明确地把他的胖妹子拽给了他，逼得老实人无路可走，只有开溜。

一阵干燥的风刮了过来，原本清爽的青草味儿，现在也带上了苦涩。旺儿琢磨着不对劲儿，四处踅摸了一遭，他发现，原来对面的堰田里，有人在打农药。

啥时候学得也打药了？那些青是青、黄是黄的蚂蚱还咋烧了吃？咳，这老山背后，虽然偏僻，但毕竟不是世外桃源，一切都在变哩。他不得不承认这点儿，所以就懊丧地躺在玉米地里。今天啥都不干了，听老鸹叫。

呱，呱，呱呱，呱呱……

现在的老鸹叫得也难听了，原来像惊堂木（虽然他并没有真的听过惊堂木的敲击声），现在像劈柴，也像王秀珍大声说话的声音。他便回忆久违了的"钝刀刀"。那时候，从春到秋，每当夜幕降临之后，一种凄凉的、有节奏的哀叫回荡山野，声音悲恸，使本来就很宁静的山村，更显得岑寂。哀叫给深夜增加了恐怖，让人心里忐忑，甚至久久地存有余悸。儿时听老人讲，这是"钝刀刀"的叫声，且说：晚上孩子们不要淘气，不要啼哭，否则，钝刀刀来了，会割掉你的耳朵。

在昏暗的煤油灯下，老人们讲，相传很久以前，这里生活着一对夫妻，靠着打柴烧炭为生，日子过得很苦。婚后一年，他们产下一个女儿，给他们的生活增添了乐趣。家里多了一张嘴，也使他们的日子更加艰难了。

三口人，一起生活了七年，女儿长得乖巧可爱，夫妇俩喜欢得不得了。就在这年的冬天，父亲上山砍柴摔断了腿，这使以卖炭为生的他们没有了生路，每天只能吃些野菜、树叶过活。数九寒冬，大雪封山，树叶找不到，树根挖不动，眼看这家人就要被活活饿死。这时，有人劝他们说，与其这样等死，不如把丫头聘给人家当童养媳，你们也可换点儿粮食过冬，让孩子也有条活路。夫妇俩思忖了好一阵子，没有第二条路可走，也就答应了。

三天后，来人带来了两斗谷子、一斗高粱，就把人领走了。

女儿到了人家，苦也就来了，白天推碾子、做饭、刷锅、喂猪，晚上还要给婆婆铺炕、捶腿，吃些残渣剩饭，且不让吃饱，平时稍不如意，掸子把劈头盖脸一顿乱抽。几天过后，本来就很瘦小的孩子，就只剩下皮包骨了。

寒冬腊月，北风刺骨，到了腊七、腊八，路无行人，人们都躲到家里不敢出来。狠心的婆婆又想出了恶毒主意，让她去碾房推黍子。黍子皮的表面本来就油亮光滑，碾砣子压上去不爱掉皮，婆婆又给黍子撒上油，拌和均匀，然后扛到碾房。童养媳一遍一遍地推着，绕着碾盘推了一天。晚上婆婆来了，从碾盘上抓起一把黍子，用嘴吹了吹，见黍子没有掉皮儿，说她偷懒。打了一顿后，用没有刃的旧镰刀，割去了她的耳朵。由于失血过多，疲惫不堪的童养媳经不住折磨，就含恨过世了。

她死后就变成了一只鸟，到了夜间就出来不停地叫着："钝刀刀、割耳朵。"坏事做尽的婆婆，听说之后，整日惊恐，没过多日，也就一命呜呼了。

这鸟就怕冬天，所以，在每年的春天到秋天的夜间，它便出来诉说它的不幸，每次都要叫得吐血："钝刀刀、割耳朵，钝刀刀、割耳朵……"

因此，老辈人说，"钝刀刀"是神鸟，它在时刻提醒人们，不要忘记人间的悲苦，也让那些恶人不得安宁。传说中的悲剧，在旺儿童年的心灵里，留下了深刻的烙印，而且直入灵魂的深处，他深信世间确有此事，从那时候起，对它的叫声，他既害怕又渴望——因为它的确叫得太凄凉，因为人间的确有恶人。

旺儿渴望现在就能听到它的叫声。因为现在，他有了新的感觉。

因为人人都有哀伤，人人都有悲凄，这种鸟，叫的就不光是它自己，是在替众人诉说，叫人懂得对别人悲悯与怜惜。所以，它虽然叫得凄凉，叫的却是众生的感情，能让人触景生情掉掉眼泪，能让人将心比心变得善良。他爱听。

他们那个地方有这种鸟吗？

看来是没有。不然王立平就不会那么霸道，孙成才就不会那么阴险，王秀珍也就不会那么自私。

那种鸟儿叫杜鹃，正如自己叫旺儿。

那个在风雨中弄乖的吴克利，被那个瘦肩胛的女老师拉进屋里之后，整个人立刻就失去了知觉。

醒来之后，他便开始胡言乱语。教育有这么搞的么？他向苍茫中问。学生不上课，老师不教学，这叫什么教育？他依旧向苍茫中问。崇山峻岭，原始劳动，只能培养新一代愚众。他向苍茫中大手一挥，果断地得出结论。

然而，在苍茫中，还站着一位瘦肩胛的女性，她没有承受大担当的肩膀。所以，她被吓坏了，面色如土，芳唇若紫，她赶紧捂住了他大放厥词的嘴巴。“我的亲人唉，你饶了我吧！”她说。

在这猝然降临的呵护面前，吴克利愣了，他瞠目结舌。这个屋子，是女教师宿舍。来岭西的女教师只有两位，那一位三天前回家照顾病人去了。眼前这一位，叫安红叶，是城里一个“大右派”的女儿。

吴克利毕竟是多愁善感的人，他很快就悟出了安红叶这种特殊关怀的含义。他猛地把安红叶拥进怀里，放声大哭。女人又被吓坏了，用脸颊堵住他的嘴："我的亲人唉，求你饶了我吧。"她怕把旁人招来。

吴克利又验证了一下自己的判断，便压低了声音，变成孩子般的抽泣。安红叶摩挲着他被雨水浇透了的湿发，说："你这哪里像个诗人。"

他难为情地破啼而笑，说："我哪里是什么诗人，我是个神经病人。"

"你是应该调整一下情绪，别真神经了。"

女性的抚摸让他从头皮痒到心尖儿，他把她越抱越紧，发牢骚的嘴竟呜哝着去捂她的嘴。她只是抖了一下，便毫不犹豫地承接下来。两个人呜哝到了一起。他们像发泄着一种共同的仇恨，越纠缠越紧，指甲纷纷抠进对方的肉里，直至纠缠到床上，发出压抑而恣肆的恨音。

外边的雨仍下得激情澎湃，山体又坍陷了一处，轰隆隆的声响连绵进幽谷的深处。

声音平息了，雨还是没停，但是他们停了。

吴克利很快就明白发生了什么事儿，羞惭地蹲在地上。安红叶则坐在床板上，不慌不忙地整理自己的衣襟。

"安老师，对不起，我犯了一个非常大的错误，一个不可饶恕的错误。"他低着头，沉痛地说。

安红叶只是微微一笑，什么也没说，只是更用心地整理自己的头发。吴克利因没听到反应，便不安地抬起头，投去乞求的目光。

"看，头发都分叉儿了。"她甩甩辫梢对他说。

他惊愕不已："安老师，你？"

安红叶一笑："雨快停了，你也好好整理整理自己，学生们该来

了。”

不久，他们竟结婚了。

当他们向众人宣布结婚的决定时，大家都很吃惊。因为，从来没见他们俩像恋人一样亲密接触过，咋一下子就结婚了呢？

翁大宝问李金橘：“你咋看这事儿？”

“这有啥稀罕的，你没看见那乱草窠子里，大雨一浇过，会突然就长出又白又胖的大蘑菇？道理是一样的。”

翁大宝摇摇头，说：“你的比喻倒是挺新鲜的，但是我还是不懂。”

“不懂就算了，跟你说不清楚，你们男生就是发育得慢。”李金橘说。

吴克利结婚之后，像换了一个人，他不再动不动就激情洋溢地作诗，人一下子变得深沉了，并且对学生格外的关心。一有工夫，就帮着自理能力太差的男生缝缝补补、洗洗涮涮。亏了他还是个大男人，做起这种事儿来，比女人还耐心、还细致，惹得女生们惊叹不已。

“这有什么稀奇的，我们南方汉子本来就是这样的。”吴克利说。

吴克利不知道翁大宝的脏衣服是有人给洗的，把他的衣服也拿出去洗了。李金橘看到外边晾着的衣服里有翁大宝的，便把翁大宝叫到一边：“是你叫吴克利洗衣服了？”

“没有哩。”翁大宝答道。

李金橘指着那衣服：“那是不是你的？”

“是哩。”

李金橘咬了咬嘴唇，气哼哼地说：“你以后不许让吴克利给你洗衣服，你听见没？”

一件脏衣服，谁洗不是洗，干啥还生这么大的气？翁大宝真是不理解。“这有啥关系？”

“大有关系！”

“有啥关系？”

“你听我的就是了。”

发生这件事之后，有一个星期李金橘都不理翁大宝，直到翁大宝把藏起来的脏衣服给了她，她才露出笑容。

李金橘把晾干了的衣服送给翁大宝，对他说：“公社要处分我爹。”

翁大宝一愣，说：“这公社咋这么不讲道理，你爹那么拼死拼活的，老乡亲们都偷偷地为他流泪哩。”

“大人的事儿，咱真是不懂。”李金橘面带忧伤。

“你不是说你们女生比我们男生发育得快吗，咋也不懂？”

“那是两码事儿。”

李万成在灾害面前，身先士卒、抢险自救的表现，公社是满意的。不满意的，是他在县里领导面前的表现。

洪灾发生不久，县里很快就派人来视察。

他对县里领导汇报说：“新闸的堰田都被冲垮了，还死了两个人。”

县里领导一沉吟，问：“不是说没死人吗？”

他毫不含糊地说：“死了，我用党籍保证。”

县里领导问：“那你们是怎么安抚的？”

他说：“咋安抚？没办法安抚。”

县里领导问：“你这是啥意思？”

他说：“村里虽然又给他们盖好了新房，但人家的生计村里解决不了，得县里帮助解决。”

县里领导问：“你有啥具体要求？”

他说：“请县里给两个招工指标，安排他们的子女去当工人。”

县里领导考虑了一下，说：“这倒是个办法。”

县里领导又问：“你们村的灾情重不重？”

他说：“重，很重。”

县里领导纳闷地问：“不是说除了沟里的地被冲了以外，其他山地还有收成吗？”

他解释说：“今年的雨量是历史以来最大的，洪水改道，山体滑坡，不受损失的没有几处，到手的粮食没有多少，明年春夏，社员都得挨饿。”

县里领导皱了一下眉头，问：“有这么严重？”

他又是毫不含糊地说：“我用党籍保证。”

县里领导问：“你们有什么自救办法？”

他说：“生长期已过了，连萝卜、荞麦也来不及种了，只能捡些水落儿[1]，采些山果，挖些树根，自救能力有限。”

县里领导问：“那你们有什么打算？”

他说：“请县里给调拨一些粮食。”

县里领导点点头，说：“你汇报的情况很重要，县里一定会认真研究。”

县里领导走后，公社领导大为光火，说：“李万成，你这个支部书记

---

[1] 水落儿：有两重含义，（一）洪灾造成的灾民；（二）洪水过后的残留物，多指未被冲走的粮食、瓜果、蔬菜、牲畜和其他财物。

还想当不想当？给你编好了的曲子你都不会唱，看来，你真是不可救药了。”

大灾之年立大志，自力更生建家园；革命生产一肩挑，反帝防修大发展——这样的口号，连小孩子都会喊，可是我喊不出来哩！李万成眼圈儿湿润了，接着说：“我考虑的不是还当不当这个支部书记，考虑的是全大队几百口人的吃饭问题。”

“那你就等着撤职吧。”公社领导说。

“只要全大队社员能吃上粮食，撤就撤吧。”他捂着肝区，无力地说。

公社领导也知道他肝不好，摇摇头，不无遗憾地说：“李万成，毁就毁在你的农民本色，可惜哩，可惜哩。”

但是，过了不久，县里果然给了大队两个招工指标，果然给调拨来足够全大队人吃两季的粮食，而且是打着横幅，敲锣打鼓送来的。几条横幅上分别写着：

毛主席恩情比海深

共产党好，社会主义好，人民公社好

兄弟有难，八方支援

洪水无情人有情，革命群众心连心

而且还给公社领导捎来了口信，说：“李万成同志是个好同志，千万不要难为他。”

公社领导苦笑着对李万成说：“算你运气好，碰上了开明的领导，要按我的脾气，早鸡巴撤你了。”

李万成说：“要真是那样，咱就给你们作揖了。”

“你先甭说风凉话，我明确告诉你，现在不撤你，将来一定要撤你。”公社领导耿耿于怀。

县委所在地的东西两条街道发生了严重堵塞。纵横两公里的路面，堵满了车辆，车笛声、谩骂声不绝于耳。

这座县城正在建设中，主街道同时也是车行道，而且是本县车辆通往高速路、几条国道的必经之路。疏导车辆的警车也被拦堵在车流之中，警笛长鸣不已，把气氛弄得更加焦灼和恐怖。

“操，叫啥叫，就是跟司机叫板的能耐，一遇事儿就没尿儿，一群假洋鬼子。”一个司机说。

“有瞎叫唤的工夫，还不如地扛[1]过去呢，一群大懒猪。”另一个司机说。

“养兵千日，用兵一时，他们再瞎磨蹭，快找挨拍了，县里的头儿可不像咱们，他们发的是官火儿，这帮警察大爷怕得很哩。”前一个司机说。

“就应该好好拍拍他们，忒可气。”后一个司机说。

正说着，那些警车果然不叫了，许多警察从车上下来，仓促地列好队，仓促地向前跑了。

两个司机相互地看了一眼，会心地笑了。

人行道上也挤满了人。他们大多是出来办事儿的行人，因为不知前边到底发生了什么，他们既好奇，又有一种莫名其妙的兴奋，所以，索性不走了，把要办的事儿扔到脑后去了。

---

[1] 地扛：京西方言，即步行。

县委门口的广场上聚集了几千人，拥挤的程度，好像是两个人之间如果再插上一个人，他们就必须合力把那个人举到肩膀上去，不然他们就没法自由呼吸了。人的肩膀上，其实也是有不少人的，那是儿童，或是恋人，父母之心，爱情之火，使身下的人愿意把他们举到肩膀上去看稀奇。行道树上，广告牌上，路灯杆上，都已攀满了人，像猝然之间，长出了匪夷所思的果实。这是些危险的果实。因为不时有树枝断裂的声音伴着人的尖叫声，传到人们的耳朵里；人们也眼见着广告牌在微微倾斜了，向前伸展着的横掌儿，也明显地弯曲。

有三两百个警察手挽手地在人前组成两道人墙，费力地把不断往前涌的人群推回去。可能是出动得实在仓促，其中的女警察还穿着高跟鞋，在前后拉锯中，显得很不跟劲，以至甩脱了。不容得她们捡回来，人群又涌上来了，她们干脆光着脚，坚守在人墙的位置上。

县委门前停着一排警车，车顶的宣传喇叭不停地播放禁止非法集会、禁止冲击领导机关的公告和有关的法律法规。但是人群还是无动于衷。因为人群的喧嚣此起彼伏，把公告宣传的喇叭声湮没了，人们不知道喇叭里究竟在说什么。

有零散的警察拿着手持喇叭挤进人群，对那些攀援在行道树上、广告牌上、路灯杆上的群众喊话，呼吁他们下来。这些人只是笑，而且是得意地笑，置若罔闻。他们觉得这些警察真是可笑，都啥时候了，你们还神气个啥？有些沉不住气的警察，便上手拽，或者用手中的橡皮警棍打上边人的脚。

“咋的，警察就许打人？”人群中有人说。

“就是，他们也忒霸道哩！”立刻就有更多的人给予呼应。

警察看到情况不对，咋呼了几句，无可奈何地撤回去了。

县委办公大楼几乎所有临街的窗户都开着，窗前都挤满了人头，楼顶上居然也站满了人。他们不仅是在看稀奇，也在发着各自的议论。

“现在的群众越来越不好管了，都成刁民了。”

“我可不这样看，这是群众对政府的信任。”

“就是，这也反映出一个值得注意的问题：基层的干群矛盾越来越激化了，到了不解决不成的时候了。”

“农村改革这么多年，必然要产生一些利益矛盾，不能等闲视之。”

“那也不能采取这种请愿告状的办法，影响有多不好，还有没有组织？是不是给社会主义制度抹黑？”

“这跟制度有啥必要联系？在啥制度下都有最基本的利益矛盾，没啥可大惊小怪的，妥善解决才是。”

“这话我爱听，中国的老百姓一贯是顺民，不到一定程度，他们不会铤而走险走民告官的这一步。”

“就是，中央都说了，要认真做好人民群众来信来访工作，上访告状的群众，百分之八十有其合理因素。”

“玄武乡谁的书记？”

“刘文存。”

“玄武村谁的村长？”

“王立平。”

“嗯，那就难怪了。”

人们的议论被头顶上直升机的轰鸣声打断了。他们油然生出一种紧张之感，屏住呼吸严重关注着事态发展。直升机撒下传单，呼吁人们不要围观，更不准借机闹事，闹事者，一经查明，坚决严办。

这似乎更给人群注入了一种兴奋剂，人群的喧嚷声更大了，外围有的人索性把传单垫在屁股底下，坐在地上，静观其变了。有的人不走，的确是有不走的理由。

“这个老头儿，真有两下子，非要县委书记接见不可。”

“人家堂堂的县委书记能见吗？”

“就是，所以得好好看看。”

“咱村的地占了，国家给了不少补偿，可发到咱手中的安置费却是眼珠子似的几个，你说村里黑不黑？”

“黑，早知道他们黑。”

“咱到信访办好几趟了，总答应给解决，可是至今都没有下文。”

“所以，治恶疮必须用猛药。”

“啥猛药？”

“你看着啊，你看县委书记见不见这个老头儿，只要他一见，咱也照方抓药。”

在县委门口，静静地跪着两个人，而且是一老一少，一男一女。是万明全和儿媳妇王小翠。

在他们跪着的正前方，放着三块人身长短的白布。两边的两块白布上似乎是用人血写的状子，状子上把请愿的缘由写得一清二楚。其文笔峻洁有力、情感生动，有字字血泪之功。人一看过，立马就鼻子发酸，唏嘘不止。中间的一块白布就显得十分怪异，因为它的上方用稚拙的笔画画着一个道教的八卦图，下方写着八个红色的大字：民神玄武，替天行道。左右还有一副联儿，上联：天地之心万物之本；下联：日月之情民生之源。

他们一早就来到了县委门口，选了一个不碍车辆进出的地方，摆好自己的状子，默默地跪下了。

门卫发现之后，大吃一惊，连忙走了出来，劝他们挪开。其中有个门卫觉得万明全有些面熟，一边劝着一边紧急思忖，终于有所悟，说：“你是不是上次找李秘书的那个？”

万明全矢口否认：“你别瞎咬，咱哪儿认得啥李秘书，要真是那样，我还在这儿递状子？”

门卫感到他说得有道理，便又仔细地瞅了他一眼，嗯，是有些不像。但还是有些二乎[1]，便又接着瞅。因为已有了一个不像的引导，便越瞅越不像，终至放心了。

“赶紧走！赶紧走！听见没？”他开始变得凶了，“这儿是你待的地方吗？再不走，就叫派出所拘你们了。”

“我们又没闹事儿，他们拘个啥？我们不走。”

两个门卫开始动手拽他们，万明全反抗着说：“我们是和平请愿，法律是允许的，你们不要侵害我的公民权利。”

万明全言之凿凿，弄得两个门卫犹豫了。见有不少的路人朝这儿看，而且陆续趋过来，他俩立刻又坚定了：“我们不管你什么权利不权利，等上边怪罪下来，一切都晚了。”

争持中，万明全听出两个门卫是河北口音，便灵机一动，说：“两个小兄弟，且慢拉我们，想必你们也是穷地方来的孩子，你们先看看我们的状子，再拉我们也不迟哩。”

两个门卫不看则已，一看，竟不知道咋办好了。他俩面面相觑，嘟囔道：“哪儿都有这样的让人凄惶的事儿。”

他们的心眼儿软，下不了重手。“这可咋办？”一个说。

“咱也别当那个恶人，给信访办打电话，让信访办来人。”另一个说。

---

[1] 二乎：（一）犹疑，含糊，不敢确定；（二）迟疑不觉，拿不定主意。

很快信访办就来了两个工作人员。他们很客气地对万明全说："你老人家就这样跪在硬梆梆的地上，也不怕弄坏了身子，你还是跟我们到信访办去吧，给你认真做个笔录，我们会负责地解决你的问题的。"

万明全撇了撇嘴，说："我知道你们信访办是咋回事儿，只会推来推去的，管不了多大的事儿，我们就找县委书记，别人我们谁也不见。"

这时，已有相当的路人聚在这儿了。

"他想见县委书记，就让他见嘛，他又不是反革命分子，县委书记还怕见自己的百姓？真是的！"有人说。

"就是，就是。"有不少人附庸。

两个工作人员感到事态严重，就给他们的领导打了电话。

这时，楼上县委办公室也打来电话，厉声询问，为啥门口聚了这么多人，到底是咋回事儿？

信访办的主任风风火火地跑来了，看完地上的状子，知道他叫万明全，是个荣誉军人，便和气地说："老万，我就是信访办主任，叫毛永英，是专门管你们这种事儿的。"他看了一眼周围的人群，还是不失和气地说："你看，这儿人越聚越多，县领导会怪罪的，到时咱俩就都被动了，不利于事情的解决。所以，请你到信访办去，咱们坐下来说，我一定会想办法给你解决问题。我也是军人出身，请你放心，我说话算数。"

万明全说："毛主任，我知道你是好人，但是我就是想见县委书记，铁定心了，对你，就对不住了。"

毛永英急了，态度有了变化，说："你这个人咋这么不通情理，县委书记是一县的最高领导，是你说见就见的吗？我见起来都困难，甭说是你，真是不知天高地厚！"

"毛主任，你别刺激咱，我敢跟你打赌，我说见就能见着，你信不信？反正我信。”万明全不紧不慢地说。

真是碰见硬骨头了，毛永英瞠目结舌。

这时县委办又打来电话，点名让毛永英接。接完电话，他的脸色极其难看，对两个门卫说：“把他们架走！”

两个门卫、两个信访办的工作人员，摆开了两人架一个的阵势。万明全急了，大喝一声：“我看你们谁敢，谁动我一下，我就撞死在谁手里！”

这时，又响起了一片警笛声。又一拉溜警车停在县委门口。万明全不禁颤了一下。但是，很快，他又把身子跪直了。他心里是紧张的，他不停地磨叨着：这个李秘书，这个张家瑞，说啥舍得一身剐皇帝也敢拉下马，说啥要想挤出脓水就得出奇招，你们算是把我害苦了！人家真要是把咱当捣乱分子拘起来咋办？

他耳鸣的毛病又犯了，这人真是经不起啥哩。那个司号员的脑袋本来是不应该掉的，好端端的，非得把脑袋伸出去。但是，他哪儿会知道炮弹正巧就飞过来？活该他流血啊。他身子里的血可真多啊，脖腔里紫黑紫黑的血，毫不吝惜地喷着，血腥把人的呼吸都窒息了。

万明全眼前不停地回旋着这一幕，呼吸真的困难了。他难过地看了一眼眼前的状子，那的确是他割破了手指，用自己的血写的。那字好红哩，红灿灿的，真给人提气。他割破的手指还没有愈合，开始发痒，蠕蠕的，都痒到人心里去了。

操，人就得有点儿血性，不然皮囊里装那么多血干啥？司号员都把血扔在战场上了，咱的血扔在哪儿？就鸡巴扔在这儿吧，值！

“请你马上离开这儿，不然我们就强制执行。”一个警察说。

“我们是和平居民和平请愿，犯了哪条王法？”万明全反问道。

“可以治你个妨碍公务罪，或者危害公共安全罪也成。”

“就我？人民警察真是高抬一个手无寸铁的老人了。呵呵……”他笑了起来，竟至把眼泪笑了出来。

警察知道他笑的含义，并没有马上动他，而是紧急布置警力，去疏散密集的人群了。

万明全看了一眼王小翠，心里升起一种由衷的敬意。他的儿媳妇始终静静地跪在那里，没有一丝惊惶。他便为自己刚才的紧张感到羞愧，怀着志在必得的决心，跪定了身子。

天上并没有太阳，厚重的云团遮蔽了广阔的长空。然而热，热得围观的群众大汗淋漓，心情烦躁。他们把同情的目光毫不保留地凝聚在这一老一少身上。

这个老人，面颊清瘦，花白的胡须无一丝凌乱，有一种凛然的尊严。这个年轻的女人，窈窕的身板被合体的衣服衬着，透着出众的妩媚，白皙的脸庞异常光洁异常清秀，美得令人叹息。这么一对老少，如果没有确实的冤情，会不顾体面地跪在那里？真是岂有此理！

当警察真的采取强制手段的时候，人群愤怒了，他们不顾一切地拥了上来，把执勤的民警吓坏了，他们紧急请示上级。得到的指示是，你们先不要动，县委翁书记马上就下来。

毛驴面带忧伤地走过来，不停地舔着他的手掌。他的手痒痒的，想笑。但驴子的那个表情，使他又不忍心笑出来，毕竟是家畜，心同人哩。

“主人，我心里很难过。”驴子居然开口说话了，让旺儿大吃一惊。

“你感到哪儿不对劲儿？”旺儿好奇地问。

“主人，我是来向你告辞的。”驴子回答。

“你是一头驴子，不在我这儿，还去哪儿？你真会开玩笑。”

“我前生是地主家的长工，惨遭虐待，被打折了腿扔在路上，是你好心的爹把我捡了回来，把我当自家兄弟将养着，一直到死，你爹也没一丝嫌弃；于是，我投胎变成一头驴，来伺候你，报答上一辈的恩情。”

“怪不得你的腿有点儿瘸，买你的时候，还跟卖驴的吵了一架哪，迫使他落了价儿，我才把你牵回来。咳，早知如此，何必呢，差一点儿断了这份缘分。”

“断不了的，我就是为你转生来的，别人牵不走。”

“那你为啥现在却要走了呢？”

“不是我要走，是我的大限到了，我身上疼得厉害，快撑不住了。”

“你生病了吗？”

“没。”

“那是为啥？”

“怕你伤心，我不想说哩，反正我是要走了，请主人多保重。”

见旺儿没啥反应，驴子又说道：“我来还想提醒你，有人要暗算你。”

旺儿吓了一跳，猛地睁开了眼，发现眼前并没有那头驴子，只是黑洞洞的一片。

他定了定神，知道自己就躺在自家的土炕上，身边的女人，正不顾羞耻地打着男人式的鼾声，房梁上也呼应着咯吱咯吱的碎响，是一只夜鼠在偷吃挂在上边的老玉米。虽然都琐碎得令人心烦，他却不想惊动它，因为它也是自己的一部分，已经习惯了。

一旦惊醒，再想入睡，就很困难了，他辗转复辗转，感到手痒得很难耐。刚离开家乡几年，手就变得娇气了，才在地里侍弄了几天庄稼，手就脱皮了。还不能揭，一揭，就牵出嫩肉来，就再也捏不紧锄把子了。

这还不是让人最害臊的，让人最害臊的是，居然对男女的事欲望特别强烈。整天就守在自家女人身边，却好像她天天跟他离别似的，一见面就欺哄，就想做。女人都有些招架不过，说：“你还让不让人活哩。”

所以，好男人真的不能整天守在女人身边，会贱得连自己都不认识自己了。就像一个玩儿石头的，本来是一块再普通不过的石子儿，常攥在手心里摩挲，也弄出手纹斑，也弄出怜惜，当做珍宝一样，舍不得扔了。自己得意着，旁人却笑话着，败家子儿就是这样说出去的。

他刚回家时的感觉不知咋的竟变了，他对自己说：“还应该出去找点儿活儿干，守家守业，还不到时候哩。”

人在大多数的时候，真是连自己都不认识自己。不知人家是不是这样？旺儿越琢磨越睡不着，直弄得昏昏沉沉，不清不明。

兴许做一次男女的事，就能睡了。一冒出这样的念头，就顺势看了一眼身边的女人。

她男人式的呼噜打得正在兴处，一双鸡爪样的干瘦的手，紧紧地握在胸前，好像握着很肥美的东西。咳，这是一个为了清寡的日子而整天过于勤劳的女人，是个生在贱处而不知贱的人。而他自己呢，是已经有了感觉的——王秀珍明明握着整条烤羊腿，却也像怕被人抢似的狼吞虎咽的样子，让他真真切切地感受到了这一点。

他便不忍心剥夺这个山村女人唯一的肥美之处，就是她安稳的睡眠。

一旦出现了王秀珍的样子，他有了别一种兴奋。

王秀珍的身上，的确是有许多地方值得想一想的——

由于过于沉重，走路时总是往上一提一提的磨盘一样肥大的屁股。

那两只大白兔子似的乳房，啥时候都是一耸一跳的，弄得衣领很紧张，不时地张开嘴巴喘粗气。从那胸窝子里喘出来的粗气，热哄哄的，像烧着了的干草，且熏，且烤，让人激动得受不了。

他一边想着，一边在某个部位拨弄着。

渐渐地又回到瓮里。

王秀珍捉到了他的一只手，把它放到自己的胸脯上，并且意味深长地摁了摁：“我就不相信，我哥会不带人来救咱。”旺儿的手像被热油溅了，拼命地往回抽缩；但王秀珍有防备，把它钳牢了。

“都啥时候了，你还有那心思？你的脸皮可真厚。”他说。

“你可知道，到今天我可还是个黄花儿大姑娘，就这么去了，真是可惜了。”

嘻嘻，王秀珍还是个大闺女，竟脸皮厚得让咱搓弄哩。他一边在想象中搓弄那个黄花闺女的胸，一边真实地拨弄自己。

头上的土哗地落下来，弄得两人不敢睁眼。因为王秀珍刚才来了一个激烈的动作，把旺儿的头揽进自己敞开的胸膛。

他也顺势紧紧地匝住了王秀珍的腰。甭管瓮上的土掉不掉哩！他已经没了顾忌。

土在头顶哗哗地掉，他们在地上紧紧地匝。匝到最后，他身子一震，眼前全黑了。

在王秀珍的陪伴下，他把自己彻底拨弄了，他得到一种颓然的快感，睡意渐渐地降临了。

“不喜欢她这个人，却能受用她的身子，怪哩，怪哩。”他嘟囔了最后的一句，睡着了。

“她爹，你快起来，咱家出事儿了！”

一个意外的声音把他惊醒了。

他首先看到的，是妻子毛品英惊慌不安的眼神。

“出啥事儿了？”他也被传染上了这种不安，慌张地问。

“你且随我来吧，咱家的驴死了。”

到了牲口棚，眼前的情景把他惊呆了。

那头驴横躺着，眼睛睁得大大的，眼球像比往常膨胀了许多，凸凸的，似要从眼眶里挣脱出来。它的脖子上有几处明显的刀痕，刀口上还冒着血泡。地上满世界是血，且腥且臭。四只蹄子深深地插进了土中，可以想见，临死前，它是做了多么剧烈的挣扎。

这是一个残酷的事实：他的驴，被人杀了。

他想起了深夜的梦里，驴向他告别的情景，他不禁出了一身冷汗。

“是谁的心这么狠呢？”毛品英看着他，用眼神向他追寻答案。

“咱又得罪了谁呢？”他把疑问又推给了毛品英。

两个人如何思忖也得不出答案，一团恐惧便笼罩了他们。

他们不敢声张，悄悄地把驴埋了。

这是一头义驴啊！无冬无夏、拉耧、行脚、驮垛、如影随形地跟主人一同出现在田间地头，街头巷尾，货栈市集，总是一声不吭地卖力气，披星戴月也好，餐风露宿也好，只要主人不发话，总是低头前行，不肯停歇。而且不挑吃食：青草、秸秆、落叶、麦麸、豆壳，甚至剩菜剩饭，你随手扔给它啥，它就吃啥；因为不必刻意地饲养它，所以主人往往忽视它的存在，只有用着它的时候，才猛地想起它。

就像一个年事已高的农村老人，因为知道家里的清贫，儿女们的苦辛，儿女们咋对他，都毫无怨言。

义驴的肉是不能吃的，所以，他们含泪把它埋了。就此，也算是对它的一点儿情义了。

“愿你下辈子再淘生个人吧。”旺儿对着它的坟墓说。

因为旺儿记起它说的，它是个长工转生的，那么，还让它转生个人好。人会说话，因此，还是转生个人好。

农村有个“哑巴牲口”的说法，其中有两层含义：一层是，因为牲口不会说话，道不出冷暖痛痒，所以人不要欺负它，懂得怜惜，说不定下辈子你也会是一只牲口哩。另一层意思是指人，人一不爱说话，就被人轻蔑，说他跟牲口似的。至于故意不说人话、不做人事儿的人，人家不管他叫“牲口”，而是叫“畜牲”。

所以，农村孩子出远门的时候，父母多反复叮嘱：你千万别懏着说话儿啊。懏着说话儿，自我封闭，你便很难融入人群，增长知识和才干，有所作为，最后，落个被人轻贱的地界儿。

他就是懏着说话儿，场面上的、时鲜儿的话就不会说，人一看就土、一看就俗，所以王立平和孙成才他们从来没看得起过他。一联想到这些，他对自己暴死的牲口就更加怜惜，鼻子酸酸的，为它掉了两滴眼泪。

“一个哑巴牲口，死就死了，你哭它干啥？”毛品英说。

“你懂个啥，我是在哭自己。”他嗔怪地说。

不嗔怪则已，一嗔怪，毛品英转过头去，竟淅淅沥沥哭出声来。

“我是不懂，你经常在外边跑，哪有我跟它在一起的时候多，我难受的事儿，它都看见了，还说我不懂，呜呜……”毛品英也在哭自己，而且比他还有的哭。

别看是死了一头驴，一家人几天都过得凄凄惶惶。

几天之后，毛品英对他说：“她爹，咱再买一头牲口吧，用惯手了，一干活儿就感到别扭。”

“不买。”

“要是不买，那些背背挎挎、拉拉驮驮的活儿谁干？”

“你干。”

毛品英眼圈儿一下子就红了：“还把咱当人不当人，你算是把咱豁出去了。”

“那你让我咋办？你知道现在买一头牲口得多少钱？比新娶一房媳妇都贵。”

男人说的是实情，毛品英自怜不起来，眼泪便没掉下来，只是往远处嘟囔了一句：“眼下，淘生个农民可有多难哩。”

她的感受深哩。别看种的是几亩口粮田，却总是从牙缝里往外挤钱。

好端端的农家品种，种着种着就退化了，红穗穗抽得长长的，瞅着很好看哩，但结下的玉米棒子却很小，籽粒也瘪，就不得不到乡里去买种子。那种子忒贵，一斤种子都可以买一斤半大米，但是你也得买；因为全乡没有第二处卖种子的，乡里不让人家卖，一卖就拘就罚。种了快一辈子的种子咋说退化就退化了呢？肯定跟使化肥有关。化肥属火，催着小苗往高处长，筋脉都拔没了，还灌啥子浆哩？原来使的是猪粪，可现在养猪卖不上价儿，谁也懒得养了，哪儿来的那么多猪粪？咱倒是有驴粪，但驴粪虚，种萝卜、白菜成，种棒子就差劲儿了。这还不是根本，根本的是这化肥你不能不使——乡里搞“科技兴农”，推广新型化肥，是有定额的。乡里对村里，村里对村民，村委会的屋子里都堆满了化肥。你要是不使，村长马上就找上门来，黑着脸问你：你还想不想使电？你还想不想用水？既然是想，那好，赶紧把你那份化肥买回来。这是哪儿跟哪儿的事儿哩，我使不使电用不用水跟买化肥有啥关系？但胳膊拧不过大腿，你就得用。现在的庄稼也怪了，好模好样的就长腻虫，还动不动就得外国病，啥“花斑炭疽”，啥“晚期霉腐”，名字都叫不上来。你就得打药，买药就得去乡里，又得花老鼻子钱。可原来就不这样，很少赶上啥干热风、酸雨梅雨，庄稼自己就抗病，长在地里你就甭管了，从种到收没见有啥病啊灾儿的。省心，真省心哩！

还有，以前的瓜瓜菜菜啥的，一拉到集上，人们就抢，跟不要钱似的。现在可好，明明是青俊青俊的、光光溜溜的好菜，他偏给你挑出啥斑来褶儿来，狠着心地往下杀价儿。现在的人口味高了，变刁了，不懂得心疼人了，不好伺候了，地里的东西都跟咱这人似的一天比一天贱了——一年下来，也换不了多少家用物件儿——那还鼓了腮帮子吹呢。不吹也不行，人家会更小瞧你：你这地是咋种的？会认为你不是正经人家儿。

所以，对地里的活儿，你一边厌弃着，还得一边拼命地干。一年到头，你的心情总是翻个儿，一边凄惶着，还一边盼望着。这叫个啥？不是驴的驴。又有啥奔头？也就是不死瞎活着。

“活得真鸡巴的累！”她男人似的骂了一句，感到心里痛快了一些，壮了胆子说，“这驴你不买也可以，你别整天在家里瞎囚着，还出去打工吧。”

男人一愣：“你是不是嫌咱了？”

“哪儿敢嫌你哩，我是自己嫌我自己。”女人说。

第九章

钝刀子刺肉

“那些公社领导真让人弄不懂。”翁大宝说。

“你是啥意思？”李金橘问。

翁大宝说：“你看啊，咱村里的那条河沟，本来是泄洪沟，非要让造成米粮川；明明是遭了大灾了，还不许人家说实话——他们总是由着性子来。”

“谁让人家是领导哩，兴许人家有道理。”李金橘说。

“有啥道理？我看他们是对上不对下，只是为了讨好上级，而毫不顾惜社员。”

李金橘吓了一跳。翁大宝是个孩子，却说出了连大人都不敢说的话，他真不知深浅。她说：“你可别瞎说。”

翁大宝沉默了一会儿，突然说：“你爹那人是条汉子，像咱们的人。”

“喊，你可真费话，他本来就是咱的人哩，还用你说。”李金橘不无得意地说。

“我是说，他像个长辈，值得叫人敬哩。”

“那你将来还不当他的女婿？”李金橘脱口而出，说完，小脸儿兀自就红了。

“喊，你刚多大的一个小破孩儿，就想这种事儿，也不害臊，全让吴克利他们给带坏了。”

不久，吴克利竟然有孩子了。他还抱着这个不足月的孩子到处让人瞧：“你瞧，她有多喜兴，我们给她起名儿叫岭生。”

在给翁大宝看的时候，被翁大宝揶揄了一句：“那还给她作首诗？”

吴克利当然听得出来这话的含义，但也不计较，笑着说：“人在空虚的时候才作诗，现在咱充实了，就不作了。”

真是奇怪！翁大宝想。

吴克利都走出老远了，又踅回来，贴着翁大宝的耳朵神秘地说：“我只告诉你，抗大班快解散了。”说完就走了。

望着他的背影，翁大宝很困惑：他为啥偏偏要告诉我？兴许是因为自己的学习成绩一直在班里排第一？不过，他的确是想学习。不仅是为了父亲让他出人头地的愿望，而且是觉得让一群毛头小孩儿整天侍弄几片荒蛮之地，真是滑稽，看不出能够弄出啥子名堂。

老人常说，干啥事儿，你得先琢磨琢磨能不能弄出点儿名堂——能弄出名堂的，就是正经事儿；弄不出名堂的，就是瞎事儿。谁要是整天忙活瞎事儿，这个人就废了。

咱才多大年纪啊，就这样废了？

老叔他可真幸运啊！反帝反修保卫祖国，让人羡慕。连个军挎包都让人眼红哩，谁要是得着一个，就跟得了个媳妇似的，狗舔尾巴尖儿——自美得很哩。咱赶紧给他写信要两个来，一个留给自己，一个当然是给李金橘。

在信里，还要给老叔写上，李金橘的爹他人不错，不像咱想的那样。

李万成凄惶了好长一阵子了。

他知道，他的病好不了了，只是等时候的事儿。这个支部书记，甭说公社要撤他，就他自己来说，也真的不想干了，因为瞎忙活了半天，卖了不少筋骨皮肉，也干不出啥正经事儿，社员们嘴上不说，心里也是怨的。既然自己也左右不了啥，不如早点撂挑子，少造点儿孽，躺在棺材里，心里也安稳些。

咳，这帮老少爷们儿哟，忒老实忒仁义哩！你咋领他们走瞎道，你咋揉搓他们卖辛苦，他们都忍受着，从来不跟你唱反调儿——是一群忠厚得让你羞愧的人。

你咋忍心再揉搓他们呢？歇了，歇了，不干哩。

让谁干呢？算来算去才有几个党员？除了解放前的几个老家伙，年轻的还真没几个。还革命老区呢，年轻人咋就不愿意入党呢？这真是个问题。老党员政治上倒是很可靠，但年纪一大把了脑子也糊涂了，你把谁推出来，在这么动荡的年代，不是成心害人家吗？翁大宝的爹倒是个党员，年纪也正当年。但是，他打猎打得心都野了，没屁股印子[1]，脾气也不好，容易伤人，也不是太妥。

翁振元倒是个合适的人选，入伍不到一年就入了党，有出息。可是他刚当了两年兵，还不到退伍的年限，咋办？哦，办法倒是有一个，回头让公社出面，给部队首长写封信，说是地方工作需要，让他们支持一下。

---

[1] 没屁股印子：京西方言，比喻人浮躁，不稳重，坐不住，不踏实。

嘁，这个翁振元，性子太耿直，别人都把我家门槛踩破了，他一次都不来。要不是小橘子死说活说，还使性子掉眼泪，他这个兵差点儿就当不成哩。这个小橘子，你无意中帮了爹一把哩。不仅是帮了爹一把，也是给咱石堡大队培养了一个人才。小橘子，爹谢你哩。

还有，翁振元的侄子，翁大宝那个孩子也不错，脾气紧随他，而且学习也好。赶明儿毕业了，赶紧把他和小橘子一起发展成党员，咱队里不存几个人才哪儿成？

他到了公社，说："我找领导辞职来了，啥都不为，只因为身体不好，我有肝病。"

领导说："你这人可真邪气，还没撤你呢，你自己倒辞了不干了，对领导有意见咋的？"

"咱哪儿敢对领导有意见？真的啥都不为，你看，咱都腹水了。"

"那也不成，领导没说撤你，你就得好好干。人家焦裕禄也有肝病，还不是鞠躬尽瘁了，你算个啥？"

"我倒不算个啥，但还是请领导好好考虑考虑，别耽误工作。"

"不用考虑了，你还是回去接着干吧，你撂下这么个烂摊子，谁给你收拾？你想一推了事儿，想得倒美。"

职没辞成，他心情更不好了，脸子一天到晚都不舒展。社员都来安慰他："李支书，你们别发愁，公社它敢撤你们，它要是撤，我们决不答应。"

李万成被弄得哭笑不得，说："有你们我也好不了，非得早死不可。"

众人的眼圈儿就红润了，说："您可别死，您死了，撂下我们可咋办？"

听了这话，李万成忍俊不禁，呵呵地笑了起来。

多么善良的一帮老少爷们儿啊！可是这个烂摊子咋收拾呢？那个被冲垮了的“米粮川”不能再收拾了，再收拾，还是躲不过被冲的命运。那一片片的山地倒可以再收拾，可是已经收拾了一辈子了，也没长出灵芝来，只是打几粒棒子豆儿，让社员们凄凄惶惶地喝稀粥。稀粥也喝不到日子，不少人家一到夏天就开始借粮。就属翁大宝家借得欢，翁大宝他娘也真拉下脸了，村里的人家儿她都借到了。咳，这个女人可真不容易，屈辱可没少受——谁家的粮食能就那样好模好样地借给她，还不借机占她点儿便宜？她人长得有模样哩。咱这个当支书的也不咋样，那天她来借粮，咱跟中了邪似的就想摸人家的奶子。咱倒是痛快了，可是人家却遭罪了，脚面被爷们儿划了长长的一道口子，忽闪忽闪地露着里边的红肉，让人见了心里很不是滋味儿。可是，人家愣是没把咱供出去。真的要是把咱供出去，咱一个堂堂的支部书记，脸往哪儿搁？都是好人哩！咱以后可别干那种事儿了，丢人现眼是小，断了老少爷们儿的想念是大哩。

咱到底该做些啥呢？他想来想去，想到了一个人，就是那个有名的劳模徐宝法。

他觉得人家徐宝法既是个精明的人，也是个实在的人；所以，要是去找他，他不会不出些实实在在的主意。他便专程去拜访徐宝法。

一见面，徐宝法吃惊地问：“你咋瘦成这样？”

李万成说：“别提了，真是一言难尽。”

他把大队的现状和自己的忧虑，当然包括自己的病，都一股脑儿地跟徐宝法说了，说到最后，自己还掉了几滴眼泪。这人就是奇怪！有的人，你虽然只见了他一面，你虽然对他很不了解，但就是这一面之交，你却对他产生了莫名其妙的信任，甚至是依赖，啥话都敢跟他说。

道完了自己的苦衷，李万成有一种说不出的轻松，似乎是手中的一团火终于推给了别人。徐宝法听完之后，陷入久久的沉吟，面色也变得异常冷峻。

空气很凝滞，弄得李万成干咳不止。这一声接一声的咳，让李万成自己很恼火，好像那不是出自他自己，而是一个别的十分不识趣的人。

徐宝法终于露出了笑容，他说："兄弟，难得你对我的信任，所以我也就不拿你当外人，就跟你打破了天窗说亮话。"

"您说，您说！"李万成很兴奋。

"万成兄弟，咱不能说领导的不是，领导也想带着咱们干一番反帝防修的大事业。但话说回来，领导和咱的出发点不同：领导是对上负责，因为他的官儿是上级给的；而咱是对老少爷们儿的日子负责，因为咱是土生土长的土人儿，自己又没长翅膀，除了脚下这块儿土地，咱也飞不了哪儿去。所以，考虑啥事儿，就得先考虑这事儿对老少爷们儿的日子有没有好处。你又该问了，那领导咋办？这的确是个问题。领导有领导的意图，领导也有领导的尊严，你不能驳领导的面子，你一驳领导的面子，你这个支部书记还想不想当？你连这个支部书记都当不成了，还咋为老少爷们儿的日子做些事情？所以，你既要向领导负责，又要向老少爷们儿的日子负责；你既要服从上边的政策和意图，又要考虑你身边的实际情况和老少爷们儿的愿望。你觉得这很难是不？不难要咱们干啥？你别拿着窝头不当干粮，支部书记大小也是个官儿，也得有当官儿的道行。"

徐宝法的一番话，把李万成弄晕了，他想：咱这么多年的支部书记都当下来了，原来这里边还有这么大的学问？怪不得自己当得这么凄惶，咱一直是合着眼瞎混哩。所以，别看咱卖了那么多的辛苦，其实是纸儿糊×——糊弄得儿[1]哩，所有的精气神儿都糟践了。而且，你越是辛苦，越

---

[1] 得儿：特指雄性生殖器。

是糟践，既害人又害己，里外不是人。

“您说该咋办？能不能具体地指导指导？”李万成开始真诚地请教。

徐宝法一笑，说：“这些东西可意会不可言传，一切都得靠自己琢磨。”

“您也甭难为我，就说您是咋干的吧。”李万成说。

徐宝法说：“那我就实话实说了。”

“您就只管说。”李万成催促道。

“你看，上边不是号召咱学大寨吗？那咱就得马上响应。但你口头上响应之后，不要盲动，要冷静地琢磨琢磨咱到底能干些啥，也就是说，咱到底能干些啥既能让上边满意又能让老少爷们儿得实惠的事儿。我把这叫作：表态要积极，行动要迟缓。行动迟缓不是不学，而是要学到点儿上，有实际作用。

“就具体说说我们大队吧。我们大队，地处丘陵，既有大面积的平地，又有广阔的山场；也就是说既可种地，又可饲养。那么，在大喊特喊学大寨的口号的同时，还要立足于我们自身的情况，找准切入点。切入点你懂不懂？就是你具体下手的地方。然后再找好结合点。结合点你懂不懂？就是既能让上边满意又能让老少爷们儿得实惠的那个具体办法。做到这一点，就要仔细分析。我们种地，可不像你们，一年就一茬儿老玉米，我们是小麦玉米春秋两茬儿，收完小麦就种玉米，马不停蹄。你看这里有啥矛盾？肥料的矛盾。小麦收割了，地力就下降了，玉米要想高产，是不是得补充肥料？可肥料哪儿来？嘿嘿，不说你也知道，牲畜啊。就是说，还要大力发展牲畜饲养。

“你该问了，你说的这些跟学大寨有啥关系？有啊，忒有哩。学大寨的意义在哪儿？我认为不是比着葫芦画瓢，照抄照搬人家的具体做法——人家大战虎头山，把荒山变梯田——你有虎头山吗？学的是人家的精神。

大寨的精神是啥？我琢磨着不外乎这三点：热爱集体，艰苦奋斗，虎口夺粮。

“你一旦认准了它的精神，切入点和结合点就有了。咋热爱集体？出勤出力是热爱集体，爱护队里的牲口是不是热爱集体？我们大力发展牲畜饲养，养了大批的牛马驴骡，这里就有文章可做了。科学饲养，科学使役，死亡率就低，繁殖率就高，畜力就充足，生产水平提高得就快，集体的家业就壮大。我就带头钻研这里的学问，总结出了一套被上边科学家都认可的‘骡马经’。你要是不嫌我啰唆，我就背给你听。”

见李万成不停地点头，徐宝法便娓娓道来——

喂牲口，要细心；如绣花，似穿针
牲口回，要看真；有毛病，追原因
卸下套，滚滚身；先上槽，歇歇神
急吃草，结症根；猛饮水，肚疼因
清明后，天气暖；湿拌草，料面炒
立冬后，大肠阴；煮玉米，换干草
前半夜，先喂草；后半夜，再加料
中午喂，料要少；上套前，先饮好
大把草，小把料；添多了，吃不好
料瓣草，喂到老；饲养员，要记牢
使牲口，量力好；劳累伤，不得了
打着跑，牲口倒；慢拉套，先吃饱
多歇息，饮要巧；车超重，要检讨
自繁殖，贯彻好；靠公社，靠领导

李万成听呆了，不断地颔首作揖，说："老徐，你可真是个奇人，要不你们能当劳模，跟你们比，我啥鸡巴都不是。"

徐宝法笑笑，说："可不能这样说，可不能这样说，不然就折我的寿了。"嘴上虽然这么说，但心里还是很受用的，便激情难抑，滔滔不绝起来——

"这'骡马经'的口诀好念，但真做起来也是很难的，因为里边的具体做法是很讲究的，一般人一年半载也学不好，真得是精细之人。你比如说喂料，就得掌握这样的要领——'高粱长腿劲，黑豆长肉劲'，所以，'要想牲口喂得好，黑豆高粱不能少'。但是千万不能只喂料，不喂草，'谷草好比大米饭，豆秸好比荤菜汤'。把谷草、豆秸和花生秧掺合起来喂，牲口越吃越香，越吃越壮。有了丰富的草料，还要看你咋喂养，喂养牲口，既要有经验，又要有责任心，就必须有个好饲养员。正可谓：'书靠讲，地靠耪，牲口全靠人喂养。'牲口又有三怕换：换人，换口，换棚圈。所以，一定要精心选择饲养员，一旦选准，就不能随意调换。不仅是这样，一个好的饲养员能替你把好使役关。我们大队的牲口，甭说打背（牲口就怕打背）、生疮，就是擦破了一点儿皮，力气出得多了一点儿，有汗淋的痕迹，卸套时，饲养员的这一关他是很难过的。再说繁殖。啥叫繁殖？不是随便生个带活气儿的就叫繁殖，马生马，驴生骡，这才叫繁殖。繁殖必须能使畜力兴旺，不能猫下耗子——一窝不如一窝。所以我们坚持自繁自养的方针，大搞人工授精。为啥搞人工授精？人工授精可以保证混精配种。我们经过反复试验，证明驴马混精配种，妊娠率达到56%，双马混精配种，妊娠率可达45%，而马单精配种，妊娠率才29%。你看，不搞人工授精咋成？你也知道，牲口是咱农村大队的主要财产，你爱护牲口，精心饲养，不断壮大，是不是热爱集体？

"我们大队之所以出名，主要是因为这些牲口。别的大队的牲口，越养越抽抽，可我们大队的牲口呢，在地里生龙活虎，走在街上毛光水滑威武雄壮，像革命队伍似的，可以接受检阅。去年国庆大典上，咱的牲口还真的代表咱们京郊，不，代表咱全国的农村，列队在天安门广场上昂首挺胸地走，接受毛主席的检阅，他老人家乐得合不拢嘴哩！你猜，追我的记者他咋说？他说：老徐，你的牲口可不是简简单单的牲口，它很社会主义。我们很社会主义的牲口，连我们的孩子都自豪，一遇到有人对牲口不恭敬，他们会喊：你还不赶紧住手，你这是破坏集体，破坏社会主义！

“你看，这是不是彻底地体现了大寨精神？”

“比大寨还大寨哩。”李万成佩服得五体投地，情不自禁地说。

“瞎说，”徐宝法笑笑，“你以后在外边可不许这样说，弄不好，就成反面典型了。”

李万成不好意思地笑笑，说：“我又不傻，只是你老徐忒让我佩服哩。”

他取经心切：“你快说说，你们又是咋体现的艰苦奋斗精神哩？”

徐宝法笑而不语，递给他一张报纸。

这是一张全国性的报纸，上面登着一篇署名记者的纪实文章，题目是《不期而遇的采访》——

……披着熹微的曙光，我骑车进了这个京郊远近闻名的村落。刚进村口不远，我就看见前边有一位老人，穿着青色的对襟棉袄，戴着一顶已有几处露出棉絮的旧棉帽，正在低头拾粪。他肩上的背筐有些大，衬得这个老人十分矮小，动作起来就显得有些吃力。走近一看，哦，筐里原来已经有大半筐的粪了，难怪他行动显得迟缓，那是相当的分量啊！他并没有察觉我的到来，他捡得太专心了。他又发现了新的目标，扯曳着粪筐，直奔而去，身姿立刻就变得异常灵活了。那个粪团被冻结在地上，他铲了两下没有铲动，便索性把粪筐放在一边，使出全身的力气。粪团终于被铲动了，却有一小部分还残留在地上，上边结着花白的冰碴儿。他并没有就此罢休，而是反复地铲，像跟一个敌对分子作最后的较量。粪茬儿到底是斗不过人的意志，终于被连根铲起，上边还带着大大的一块冻土坯。

我被他感动了，主动上前打招呼："大爷，拾粪呢？"

他抬起头来，看了我一眼："嗯。"只简单地回答了一个字。

"已拾了不少了，看，您的筐都快满了。"我说。

"这算个啥，咱已经捡回去两筐了。"他说。

我十分惊讶，问："那您什么时候起的床？"

"鸡叫两遍咱就起了。"

按乡下的说法，鸡叫头遍是丑时，鸡叫两遍便是寅时，四点钟左右的样子。真是披星戴月了。

"起这么早，就为了出来捡粪？"

"嗯。"

"捡这么多粪干什么？"

"送生产队，肥田。"

"生产队是不是要给您记工分？"

老人家很不满意地看了我一眼，反问道："难道咱就那么没水平，只为了几个工分？"

"就您一个人捡吗？"

"男女老少都捡。"

"都是交队里肥田？"

"嗯。"

我很是不理解，这是个有名的骡马队，圈里有成吨成吨的牲口粪，还在乎这么星星点点的一点儿散粪？

“是队里的号召？”

“是毛主席的号召，”他怕我听不明白，又说，“农业学大寨，要艰苦奋斗哩。”

从老人这里我了解到，队里提倡艰苦奋斗要从捡拾路上的每一团牲口粪做起，做到团团入筐，团团入地。这样，既肥了田，又培育了人的精神。

“这个徐宝法同志真有两下子，他很会做思想工作！”我不禁感叹道。

老人家直起腰来，笑着说：“我可不这样看，徐宝法只是个农民，知道艰苦奋斗不能光是喊几句口号。”

听了他的话，我觉得他与徐宝法同志的关系一定很不一般，便问：“徐宝法同志他现在在哪儿？我是来采访他的。”

老人家一听，突然哈哈大笑起来。

“您笑啥？”

“你不是找徐宝法吗，他远在天边近在眼前哩。”

“怎么，您就是徐宝法同志？！”

“难道还有假？”

我一下子惊呆了，这个戴着一顶破棉帽、身材矮小的拾粪老人，竟是大名鼎鼎的全国劳模徐宝法？

吃惊之余，我也感到，这应该是徐宝法，徐宝法就应该是这个样子——革命的劳模形象，就是这样树立起来的。

于是，我激情澎湃，感慨万千。我感到，我们的人民公社，我们战斗在学大寨一线的社队干部和广大党员，就应该……

李万成虽然没上过学，但也是读过几天夜校的，一般的书报他也能看，而这一次，他还是读得满头大汗。不仅仅是阅读障碍，更主要的是徐宝法的做法，真让他汗颜。人们总是在私下里说：官儿是靠拍的，劳模是靠吹的。而徐宝法却让他感到：人家的劳模，是靠干出来的，而且，还不是一般的干，让人难以想象。

他对徐宝法说："老徐，我想回去了。"

"还没说真格的呢，你咋就回呢？"徐宝法吃惊地问。

"听了你的，看了你的，我越来越觉得咱这个支部书记真是没法干了。没底气了。"

"大兄弟，你这可就不对了，我不是还跟你取过经吗，你的干劲儿一点都不比我差。"

"老徐，你可别寒碜我，我那是蛮干。"

"这可由不得你，只是长点儿教训，学得精明一点儿就是了。这个精明，就是我刚才跟你说的切入点和结合点。"

"可是，我们大队一个偏僻的小山沟，能有啥切入点和结合点？"

"你得动脑筋琢磨啊，有些东西只能靠你自己。"

李万成面有难色，呆呆地看着徐宝法。突然，徐宝法一拍大腿，说："你那儿可有一样我这儿没有的宝贝呀。"

"啥宝贝？"

"你那儿是不是有成方成块的石头？"

"有哩，我们那儿啥都不趁，就趁石头。"

"这就是你的切入点和结合点哩，你的石头，就可以做一篇别人做不了的大文章。"

“翁书记，大门口跪着两个请愿的人，别人他们谁都不见，口口声声说，只见你们本人。”李秘书报告说。

“啥？就见我本人？”这个翁书记一开口，也操的是一口京西乡音，而且是西北部山区才有的发音。

“那就放他们进来哩，咱又不是啥了不起的人物。”翁书记不假思索地说道。

李秘书都走到门边了，又踅回来了，犹豫了一下，说：“翁书记，我想给您提个醒。”

“说哩。”翁书记正在看文件，头也没抬地说道。

“据我所知，现在找您告状的人比较多，都让信访办压下了，您今天要是破了题，以后的文章就做不完了，到那时，您可就被动了。”

李秘书虽然也是乡下人出身，满脸的高粱花子还没有落净，在领导面前，却总爱弄些文雅字句，以显示水平。翁书记非常理解，所以，接着他的话茬儿说：“话是可以那么说的，但是，这文章总得有人做哩。”

“但是，翁书记，”李秘书为了表现出他的责任心，继续说道，“问题不在于这文章可不可以做，而在于好不好做。上访告状反映的问题，一定是很棘手的问题，处理不好，对领导的威信有很大的影响。所以，常委们遇到这样的情况，都是要回避的，更甭说您一个堂堂的县委书记，一县的最高首长。”

“哦？”李秘书的话引起了翁书记的关切，他抬起头来，“那么，他们回避给谁？回避给信访办吗？信访办有决策权吗？”他一连问出三个问号。

李秘书脸一红，说：“我明白您的意思，但我又觉得，因为现在是依法行政了，长官意志容易让人反感。可是依法行政的程序就多了，牵扯好多环节，哪个环节出了问题，都会导致决策失误。所以，为了稳妥起见，一些激烈的问题，最好事先让手下人去做，可以让他们在调查研究的基础上，在对照政策的基础上，拿出初步的意见，然后最高首长再拍板。用个形象的比喻，就是在拍板之前，得清理一下桌面，看看桌子上有没有玻璃渣子、橡皮钉子什么的，省得扎破了手。用农村的说法，就是遇事儿要先考虑到退身步，不能直挺挺地就冲上去。手下人直挺挺地冲上去了，如果败下阵来，还有领导撑腰做后盾；要是领导直挺挺地冲上去了，如果出师不利，转身时连个一兵一卒都没有，领导便陷入最危险的境地。所以，我是不主张您贸然出头。”

刚参加工作才几年，就有这么丰富的官场经验了，翁书记在刮目相看的同时，也生出一丝隐忧：这小子，将来担任个啥领导职务，也是个官油子，守业有余，开拓不足。不过，他在县委办还是挺合适的，他有做谋士的才能。

李秘书不知道，在这么短的时间里翁书记有了那么多的想法，只觉得自己的话可能起作用了，因为翁书记半天不说话。

“然而，这是一个老人和一个妇女啊，大热的天儿，就那样直挺挺地跪在那里。”翁书记突然叹了一声。

这时，传来了一阵试探性的敲门声。

翁书记眉头一皱，他知道那人是谁，便冷冷地说：“请进。”

果然是县委常委兼县委办主任王程曦。

王程曦进来的时候是那样的轻柔，可一开口，却是满腔的义愤：“这个他娘的毛永英，连这么屁大点儿事儿都应付不了，我看把他撤了算了。”

翁书记脸色很阴沉，没捡他的茬儿。

王程曦接着说：“我已经通知分局了，让他们赶紧调干警来，对这些刁民，不杀杀他们的威风不行。”

“李秘书，你看看，咱的王主任权力真是不小。”翁书记揶揄道。

王程曦当然能听出其中的画外音，他不无委屈地说道：“我这也是为了维护县委的尊严。”

翁书记倏地站了起来，拳头重重地砸在办公桌上。

“一个以民为敌的县委还有啥尊严！一个连自己的百姓都不敢见的县委还有啥尊严！”他气愤地说。

王程曦和李秘书都被吓了一跳，他们面面相觑，诚惶诚恐。不过，如果留心观察，与王程曦不同的是，李秘书的嘴角，抿着一丝不易察觉的笑。

“李秘书，跟我一起出去，去见见那两个人。”翁书记说。

王程曦表现出特有的机敏，他把自己那胖大的身子堵在了门口，说：“翁书记，您可以批评我，您也可以处分我，但我必须尽到办公室主任的职责——您真的不能出去，见两个请愿者事儿虽小，但副作用太大，会发生一连串儿的连锁反应——最直接的副作用，是助长了那些上访告状的人的嚣张气焰，给基层干部的群众工作增加了难度；那样，基层会怎么看我们县委？所以，您的举动不简单是个人的行为，而是代表了县委的态度。如果您执意要出去的话，我建议您召开一个紧急书记办公会，集体表决一下。”

“都啥时候了，还来得及开书记办公会？”

“人我已经召集齐了，都在会议室等您呢。”

这个办公室主任，真是忠心耿耿，无可挑剔啊。

翁书记哭笑不得，无可奈何地挥挥手：“那好，在我见两个草民之前，先见一见我们县委的几大书记。”

进了会议室，县委的几位副书记果然都等在那儿，且脸上都带着严正之色。

翁书记说：“咱们开门见山，情况就摆在那儿，两位农民点名要见县委书记，我想听听诸位的意见。”

分管政法和信访的副书记，首先发言。他说：“发生这样的事儿，我是有责任的，我首先要向县委做出检查。”

翁书记摆了摆手：“现在先不说检查的事儿，就说咱们见不见这两个人。”

这个副书记表明了自己的态度，他的意见跟王程曦的如出一辙。

翁书记看了看其他几位，说：“你们几位是不是都同意他的意见？”

几位说，刚才在等您的时候，我们几个简单地通了通气，意见基本是一致的。但是，最终还得听您的，您是班长嘛。

“那么，我就是少数派了，”翁书记沉吟了片刻，接着说，“但是，真理往往在少数派手里，第五次反‘围剿’失败之后，毛泽东同志就是少数派。”

几个人先是面面相觑，紧接着附和说：“就是，就是。”

窗外传来直升机的轰隆声。翁书记紧锁了眉头，对那个分管政法的副书记说：“你要是有坦克还得出动坦克吧？”

那个副书记难为情地笑了笑。

“先甭说别的，就为你这种不问青红皂白就兴师动众的行为，你就得做出深刻检查。”

会议室的气氛立刻就变得异常凝重。有人在干咳。

“现在，我们就讨论一下，咋解决后遗症的问题。”翁书记说。

他的话一出口，大家就明白了，他已经做好了决定，那两个农民他是执意要见的。既然是这样，还有什么话好说？他们都木在那里。

“其实，这也没有啥好讨论的，只是一个出发点的问题——只要我们心里有群众，问题就能迎刃而解。”翁书记说。

“我们都听您的。”几位赶紧表态。

翁书记说：“现在也来不及讨论了，我们再不下去，下边肯定是要出事儿的。所以，我提个建议，大家通过一下。”

他建议说：“这件事儿，虽然是一件坏事儿，但是也是一件好事儿，它给我们县委敲了一下警钟。从现在开始，我们要建立一个领导接待来信来访制度：设立领导接待日，县委常委以上领导干部，每月必须拿出一天时间在信访办坐班，亲自接待群众来访；在接待日中所受理的案件，从研究制定解决方案，到最终落实，要一竿子插到底，对整个过程负责，直到群众满意为止。我认为，所谓干群关系，说白了，就是个利益关系问题。我们现在，考虑自己的得失多了，对群众的痛痒关心少了，长期下去，群众会对我们失望的。群众为啥要见我们？说明他们对我们还抱有最起码的信任和期望。这是给我们最后的机会，我们不能再失去哩！”

他的建议，被一致通过。几位书记真诚地举起了自己的手，无一丝勉强。作会议记录的李秘书不禁暗暗称叹——这种情况，他还是第一次见到。

“散会。”翁书记干脆地宣布道。

他觉得自己耽误的时间太长了。他径直向楼下走去。急迫的步伐，近乎跑。他正值壮年，体内有惊人的活力。他听到身后有压抑不住的喘息声，回头一看，几位副书记一个不落地跟在后边。

“你们回吧，都很忙。”他说。

“嘿嘿，再忙，还能有您忙？”

“谢了。”他真诚地说。

一夜之间，旺儿地里的玉米都被人掰净了！

他颓然地坐在地上，咋也不相信自己的眼睛，难道是天兵天将夜里降临，给玉皇大帝打牙祭来了？

他知道，玉皇大帝是吃供奉的，他不会屈尊到自己来取。

头天晚上，他一边擦着脚，一边对毛品英说：“你别赶我走，今年的干热风真厉害，棒子比往年提前熟了，再不收，就倒仓儿[1]了，我还是把棒子帮你收完了吧。”

其实，这只是一句打趣的话，他能往哪儿走？

“那就早点儿歇吧。”毛品英说。

躺在炕上，咋也睡不着，旺儿说：“又犯老毛病了，庄稼一要有收成了，心里就兴奋，睡不着哩。”

毛品英说：“还不一样，我也合不拢眼。”

“所以说做个农民就是贱，眼巴巴地盼收成。”旺儿说。

“你还能盼啥？老天不给咱这种人掉馅儿饼。”毛品英说。

“你瞧人家外边的老板，一顿饭就敢造几十担老棒子的钱，连眼都不眨一眨。”

“那是他没流汗，捡来的钱不心疼。”

“这他娘的拒马河里的小鱼就是新鲜，能逗酒。兄弟们，多喝点儿，多喝点儿。”王大伦带头把酒杯里的酒一饮而尽。

---

[1] 倒仓儿：指因养分和水分回渗而使籽粒干瘪，也指因不适时收割，而导致麦穗、谷穗自行脱落，使作物减产。

“王哥，我们可不能跟你比，我们的酒量小，一喝多了，咱还收不收棒子？”一个黑脸儿小伙子说。

“你鸡巴扯啥蛋？该喝酒喝点儿，小酒儿醺醺的，能出活儿，你知道不知道？”王大伦又给自己满上一杯，端着杯子在眼前旋了一旋，接着说：“再说，咱王村长说了，咱大老远的到他娘的拒马河边来收棒子，挺不容易的，叫我照顾兄弟们多喝点儿，咱可不能辜负了村长的一片情意。”

桌上的人就都乐了：“喝就喝。”

“孩子她爹，你还是睡吧，明天还得卖力气呢。”毛品英说。

“这睡不着硬睡也睡不着，还弄得身子挺累，不如咱操持点儿活儿干。”

“知道你就没正经的，你就没歇窝的时候。”

“歇啥窝，这人也跟咱的地似的，越种越有劲儿，一旦撂荒，筋脉自己就跑了。”

“你真是没的吃有的说。”

两个人就开始操持那个事儿。

旺儿一边操持一边说：“咱今天是应该操持一下，这老辈子有这个讲究，收庄稼之前操持一下，明年的庄稼会长得更好哩。”

“王哥，旺儿这小子侍弄的棒子还挺鼓粒[1]，咱那块儿已经好多年见不到这么好的棒子了，咱这么做，是不是有点儿不合适？”

---

[1] 鼓粒：京西方言，指作物的果实肥大，籽粒饱满；也形容人壮硕、丰满。

“你没听人说，现在种粮的都是一帮子窝囊废，咱一粒粮食都不种，不比他活得风光？有他娘的啥合适不合适的，这年头儿适合心眼儿活泛的人活着，就他那个死心眼儿，活该！”

“王哥，咱拿来的袋子都快用完了，可地还有好几块呢，咋办？”

“把大个儿的、鼓粒的装进袋子里，小个儿的、粒子瘪的就都给他扔到河里去。”

“干脆都给他鸡巴的扔进河里算了，省事儿。”

“那可不成，好歹也是粮食，你他娘的刚几天不种地，就这么黑？再说，王村长说了，这棒子先给那小子存着，将来还得派用场哩。”

“啥用场？”

“这叫钝刀子刺肉。”

“啥意思？”

“说你也不懂，还是赶紧干吧，天亮之前，咱还得赶回去呢。”

旺儿把背篓扔在地头儿，兴奋地扑向庄稼的深处——他要在动手前，再看一遍他鼓粒的棒子长在秸秆上那沉甸甸的模样，这是一种只有庄稼人才有的享受。

然而猝然的打击迎面而来。

那种沉甸甸的影子不见了，阵风吹来，他听到了秸秆轻浮的声音。

他以为眼前这块儿是被獾鼠和地狸子盗了，便跑上跑下对自己的所有的堰田都检查了一遍。他彻底失望了，他所有的亲爱的棒子全都不翼而飞了，这决不是鼠类所能办到的！

“孩儿她娘，你快来看咱的棒子！”

“咱的棒子咋了？”

旺儿颓然地坐在地上，有气无力地指了指身边的庄稼。

毛品英也重复了一遍旺儿刚才做过的动作，回到男人身边，她也颓然坐在地上。

“孩子她爹，咱的棒子！”

很快，毛品英猛地站起身来，在玉米地里疯了似的乱跑。她啥也不说，只是从东到西，从西到东——从南到北，从北到南——从上到下，从下到上——重重叠叠、反反复复地跑着。

她怀疑有人在跟她开玩笑，有人在给她变魔术，用不了多少工夫，一切都会给她还原过来。

她跑累了，喘不过气来了，也终于明白了：在这个世界上，还没有那么高明的魔术师，也没有那么好心的人跟她开玩笑——她的玉米被两脚野兽盗了。

一旦明白之后，她的眼神儿还原过来了，她看见了玉米垄间人的脚印。

她直勾勾地看着那些凌乱而清晰的脚印。

她久久地看着，那些脚印动了，而且响起践踏的声音。那些脚步声是那样的密集，那样的尖利，震得她的耳朵又疼又痒，最后嗡嗡地叫了起来。她大叫一声，扑倒在地，沿着脚印爬了过去。

旺儿惊呆了。他慌忙跑过去，把她从地上拽了起来。女人想从他的把持中挣脱出去，但只挣扎了两下，仅仅是两下，身子一挺，休克过去了，嘴里淌出长长的口涎。

河里的一条鱼露出水面透了一口气，很快就又钻了回去，弄出很小很小的一个水泡。

“伙计们，你们受累了，”王立平说，“我给你们安排了桑拿，找几个小姐捏一捏。”

“唉，我那可怜的旺儿！”王秀珍在闺房里忧伤地叹了一声。

第十章

灭顶之灾

“据我所知，你们那块地方有两种好石料，一种是叫大叶青的青石板，一种是叫核桃玉的白玉石，是不是？”徐宝法说。

“是哩！是哩！”李万成连声应道，且惊讶地问，“老徐，这你是咋知道的？”

“秀才不出门便知天下事儿。”徐宝法风趣地说。

“你老徐岂止是秀才，简直是人精。”李万成说。

“岂敢，岂敢，我徐宝法并不像你想象的那样精明，只不过是有一个优点，就是走到哪儿，遇到啥事儿，都处处留心。”

李万成说：“我们村之所以叫石堡大队，就是因为住房的墙都是用石头垒的，房顶都是用石板瓦的。我们那里有好几处石塘，都是社员们盖房开出来的。瓦房顶的石板，就是大叶青，阶台石就是核桃玉。因为都是就地取材，所以社员建房的开销很低，都引以为荣。”

“这就是你们的优势，你们应该以学大寨的名义，争取更大的光荣。”徐宝法说。

“咋？”

“万成我问你，现在是不是经常开大会？”

“是。”

“许多大队是不是都在盖大礼堂？”

“是。”

“现在大搞农村水利建设，凿人工渠的是不是很多？”

“是。”

“这些工程是不是需要大量的石板？”

“是。”

“那么，你有意识地组织社员把石板开凿出来，送给这些大队是不是支援社会主义建设？”

“是哩！”

“我所说的‘送’，并不是无偿地送——你不好意思收他们的现钱，是不是可以用石板换粮食、换生产生活用品？这样一来，你不产粮食却可以有粮食吃，不挖煤窑却可以有煤烧，不打铁却可以有犁耧使——当然，有些富裕队能给你一些现钱，你也甭客气，大队增加一些公共积累，还可以兴办一些公共事业。这样，你们大队就搞活了，社员的日子也就改善了。”

“真要是那样，咱就旱也不怕涝也不怕哩！”李万成兴奋地应和道。

“是啊，这样一来，你还愁学大寨没有新内容？你还会不顾客观规律瞎干蛮干？”

老话说：灯不拨不亮，人不点不明。徐宝法的点化，使李万成豁然开窍：原来过得凄惶，就是因为大姑娘要饭——心眼儿发死，脖子底下拴着大饼——愣说没饭吃，真是自己日捂了自己。

李万成激动地握着徐宝法的手，说：“活该天不灭曹，我遇见贵人了，我恨不得给你磕一个（头）。”

徐宝法说：“听说你有肝病，果然都瘦得不成样子了，所以我从心里心疼你。”

徐宝法帮了这么大的忙，却不唱高调儿，反而说了一句应该是公社领导说的体恤话儿，使李万成酸涩难耐，噗嗒噗嗒地掉起了眼泪。

徐宝法安慰他说：“万成，你心里也甭过意不去，谁让咱们都是乡下人？咱乡下人就得心疼乡下人。你以为陈永贵同志就没有难处？咱只爬了一次虎头山就彻底明白了，只不过他是大人物了，咱不好说啥。你就回去踏踏实实地干吧，有难处再来找我。”

徐宝法留李万成吃了饭，临走时送给他一顶崭新的栽绒棉帽。李万成看到徐宝法头上的帽子还露着棉絮，死活不肯要，说：“你还是留着自己戴吧。”

徐宝法明白他的意思，说：“跟你我也不藏着掖着，我头上这顶帽子是我的形象标志，只有这样，人家觉得才像徐宝法，所以，我不能换。”

送李万成上路时，徐宝法又嘱咐了他一句：“万成，你也要长点儿世俗智慧，跟公社领导不要硬顶，他们也是人，也不是啥事儿都精明，也做着身不由己的事儿。”

告别了徐宝法后的两年，李万成把石堡大队弄得完全变了样。最直接的标志是：他们不再整日喝稀粥了，过年的时候，队里还能给社员宰几只羊，使社员大年初一的饺子里都有了肉。另外，大队还有能力盖了一所小学校，使孩子们不再每日起早贪黑地走那十里山路。

岭西抗大班解散之后，李金橘没有再上高中，而是返乡务农。因为有个赤脚医生的差事等着她。赤脚医生适合女孩儿做，她又有文化，而且社员们也都认为由她当赤脚医生是一件顺理成章的事儿。她的本意，是很想跟翁大宝一起读两年高中，她对翁大宝有一种很深的依恋。但医生的便利，可以使她很好地照顾一下自己的父亲，他的身体已经一天不如一天了，社员们揪心，她更揪心。

值得一提的是，吴克利和安红叶两口子居然自告奋勇地到石堡小学教书。同事们都劝他们："两个中学老师去教小学，岂不是可惜了？"

吴克利不以为然，说："小学怎么了，小学不也得有人教吗？"

其实他是被抗大折腾怕了，而且中学又开始学工了，只有小学才真正坐在教室里。他心里的想法是：一个教师，他最合适的位置是站在黑板前。这也是他切身的体会：只要一离开黑板，他的神经就不听使唤，就暴躁不安，就朗诵毛主席诗词，并且照猫画虎地作诗。但是，那是诗吗？

现在，他一看见自己在岭西作的诗，就脸红耳热，无地自容，便把诗稿偷偷地烧了。

安红叶的父亲依然是右派，所以她把吴克利当做她生命的依傍，心甘情愿地跟随着他。而且，他们的女儿也已经满世界跑了，左一声爸右一声妈，弄得他们五内俱暖。而且，只有宁静的小山村，才能囫囵地包裹这种温暖。这是个难得的机遇，他们珍惜着。

石堡的孩子，也因此而意外的幸运。

整个石堡小学，除了一个校长之外（校长由支书李万成兼任），就他们两个教师，他们支撑着三个复式班。

只要有一个适龄儿童不来入学，他们都要耐心地去做家长的工作。所以，在那样的一个特殊的年代，一个极其偏僻的小山村，居然没有失学的儿童。这在后来的县志上，被编撰者称为奇迹。

这是一对很特殊的老师，大队给他们提供口粮，他们自己在校舍后边的山地上种菜，他们甚至还自己养猪，全然是一种农民式的生活。后来，已经分辨不出他们的身份了——从穿着打扮，到饮食起居，到行为方式都彻底农民化了：每到年关，他们甚至跟农民一样在门口贴对子、粘门神，在厅堂上供老祖宗，毫不保留地进入“四旧”行列，而且是“四旧”之源，因为社员们门上的对子，几乎都是由他们书写的。他们虽然不种黍子黄米，也没有大灶笼屉，但他们在腊月里，也像社员们一样“年”。因为，社员们来写对子的时候，都会给他们带来几个点着大红点儿的包子和一两方年糕，他们的年囤里，不缺年货。

于是，他们在正月里，也举办宴请，他们跟社员们都混成爷爷奶奶、叔叔大爷、娘娘婶婶了，他们变成了纯正的土产，石堡也成了他们真正的故乡。他们也因此而取得了在这里的发言权，每论乡村事理，社员们很自然地找他们参加意见。

吁兮！

上高中的第一学期，翁大宝就到北京某无线电厂学工去了。学生们都吃住在工厂里，只有每月的月底才能回趟家。最初的两个星期，他对李金橘有一种说不出的思念，每天一到傍晚，便魂不守舍，在厂区里转来转去。他很纳罕，在一起的时候，他并没觉得李金橘对他有多么了不起，无非是一个需要他照顾的乡亲妹子而已。而现在，只要一闲下来，满脑子都是李金橘。

“我要你疼咱。”李金橘的这句话，他现在越咂摸越甜蜜，也越忧伤。

在岭西，他疼了她。但疼得太被动，也太居高临下了，因而不叫疼，叫怜惜。现在他想主动去疼她，柔情地摩娑她打满血泡的手，但是这种柔情却无的放矢，只是在自己的心怀之中激荡不已，弄得他很焦灼。

更要命的是，他时不时就要想起李金橘带着神秘的表情，从衣襟底下掏出黄豆炒咸菜的那一幕。那一幕弄得他食不甘味，口舌生疮。

啥时候能再吃上李金橘从衣襟底下掏出来的黄豆炒咸菜？因为他现在感到：那哪里是啥子黄豆炒咸菜，而是李金橘对他的疼。当时他只顾得大口地咀嚼黄豆炒咸菜了，而没有留心她的疼，自己太孩子气了，错过了柔情一下的机会。

已经分开了，人各一方，再见了面，她还有那份疼咱的心情吗？

对她的思念，使他淡忘了岭西的凄惶，他觉得岭西是一个很美好的地界儿。

翁大宝终于经不住这种煎熬，开始给她写信。

李金橘，我是翁大宝。我在这里的课程就是每天在车间里攒收音机，攒一种巴掌大的收音机。我已经攒了一台，可惜就只能收到一个台，是河北人民广播电台。这离老师的要求差得很远，老师要求学生们攒出的收音机，要能收到中央人民广播电台和北京人民广播电台。为啥？因为咱是中国人，党的指示和毛主席的声音首先是从中央台传出的；另外，咱虽然是中国人，但毕竟是北京人哩，首都的消息都得不到，咋放眼全国？之所以发生这种情况，因为咱还不明白零件的电子原理，只是照着个图纸比猫画虎。这哪儿成？还没学会走，就要跑，能跑两步就不错了。应该是首先把物理学好了，然后再动手。但是老师偏不这样，还整天熊我们，骂我们笨。我觉得不能再容忍了，明天就给老师提意见。如果他再熊我，我就干脆不学了，回咱们家当兽医。你不许笑话我，我就是这样想的。这有啥不好？农村是个广阔的天地，在那里是大有作为的。有毛主席的话垫底，我有啥不敢的？你当赤脚医生，给人治病；我做兽医，给牲口解除痛苦，都是了不起的作为，可以使咱们大队人畜两旺，跨入学大寨的先进行列。

李金橘，你虽然当了赤脚医生，可并不就真的是医生，你应该跟你爹说说，到外边学习学习，哪怕是一两个月的短训班也成。你照着说明书给人拿药，一般的头疼脑热还成，甭说你，我都知道脑袋疼吃APC，中暑吃仁丹，拉痢疾吃痢特灵，生蛔虫吃驱蛔片，可一遇到疑难杂症就抓瞎了。你这还不比我攒收音机，攒好攒赖，它不过是个死物，而且攒不好还可以把零件儿拆下来重攒，你对的是大活人，是人命关天的事儿，治不好病再添病，甚至把人治死了，可就没有回天之力了。

哦，对了，我所在的工厂旁边有个针灸培训班，许多聋哑人都在学扎针灸。要不要我给你联系一下，你也来学一学。聋哑人都能学，你咋就不能学？我为啥建议你学这个？因为针灸治病，就小小的一根银针，不需要那些老贵老贵的西药片子，只要你学会了这门手艺，再舍得卖些辛苦，就能给社员们解除病痛，能给社员们省下老鼻子的钱。咱社员哪儿来的钱？因为没钱，小病不在乎，大病硬扛，急性病转成慢性病，遇到顽症，宁可等死也舍不得花钱买药。为啥咱山里山清水秀，空气新鲜，人的寿命却短，原因就在这里。另外，咱山里风硬水凉，衣服又不保暖，而且常年干力气活儿常年出汗，自己也不当心，得老寒腿、关节炎的特别多。这些病吃药、贴膏药也不太管事儿，听说这针灸只要一扎就能去根儿。所以，这个针灸你还必须得学，既然咱当医生了，就应该有怜悯之心，处处为社员着想。

李金橘，我是不是啰唆得太多了？但你千万不要烦我。说实话，咱们在一起的时候，我还不觉得咋样，一离开了，心里还很凄惶，就想跟你说会儿话儿。现在我想，岭西那地方艰苦不艰苦？一群毛头小孩儿整天风里雨里的，饭也吃不饱，身上还长虱子，但咱也没感到艰苦到哪儿去。那是为啥？还不是咱作为小伙伴儿，能整天在一起说话儿？话儿就跟针灸似的，能祛邪、解闷、化瘀、散心。你一定该笑我了，这个翁大宝，刚知道个针灸就这样瞎白话，他要是上了天安门，还不跟毛主席似的？笑就笑吧，能惹你笑比惹你哭好。不知咋的，现在我真不想惹你哭了，我那时太小气了。

你要照顾好你父亲，他是咱大队的脊梁骨，他要是散了架，还真没有能顶上的。所以，你照顾好他，也是给咱社员做了一件好事儿。我说的是真心话，不是在跟你客气。你也知道，我翁大宝是有一说一、有二说二的，还不会做嘴不对心的事儿。

另，代我向吴老师、安老师问好，有了他们，现在的孩子可比咱们幸运多了。你还记得那块瘿袋石吗？现在我也不瞒你了，咱上学的时候，我每次经过瘿袋石时，耳根都要下意识地竖起来，担心它一旦不高兴，会恶作剧地坍下来。咱的日子都是被惊吓过来的。等我再回家的时候，一定给你爹提个建议，横竖咱大队也有开山的炸药，不如干脆把它炸了，那块石头是个不祥之物。啰嗦得太多了，不说了。

最后，致革命的战斗的敬礼！

他把信寄出去的第二天，就情不自禁地到工厂的收发室去，问人家：“有没有我的信？”

一听说堂堂的一乡之长，要亲自上门拜访，万明全慌得不成——他早早地就起来烧开水，自己家的暖壶装满了，又到邻居家借了两个，他听人家说，乡领导特别能喝水。

“咱家的茶叶呢？”他发现，家里居然没有茶叶，便惊惶地问儿媳妇王小翠。

“您这是咋的了，咱家啥时候有过茶叶？”王小翠反问道。

“这哪儿叫个家哩，要啥啥没有，要是你娘活着，准不这样。”他抱怨道。

正准备出门到邻居家借一些，乡长刘文存一干人马已经到了。进门刘文存就大声地说道：“万老前辈，对不起对不起，我来晚了。”

他一大早就来光临垂询，反而还说来晚了，真让万明全诚惶诚恐，连忙说：“您这叫咋说哩，咋说哩。”随之捧上一杯红糖水：“乡长，对不住哩，家里连个茶叶都没有。”

红糖水沏得太浓了，红得发黑，跟中药似的。刘文存一把推开了，说：“唉，干啥这么客气，我有白开水就成。”

万明全还执意地表达着真情，弄得刘文存只好接了过来。然而，却转手递给了身边的副乡长于宝力，然后，亲自动手，倒了一杯白开水。

万明全不知道刘文存有糖尿病，以为他是太客气，便感动得惭愧起来。“给领导添麻烦了。”他说。

万明全跪在县委门口太久了，膝盖里的骨刺扎得他一会儿疼，一会儿麻木，但他咬牙忍耐着，脸上没有一丝表现——众目睽睽之下，他要捍卫自己的尊严。但当他听说县委书记真的下来接见他了，却慌得汗流满面。咋就真的惊动了县太爷哩！这可咋好？咱是个人的事儿，个人的事儿再大也是小事儿哩，却麻烦人家大领导亲自过问，人家可是为几十万人口操心的人物哩。造孽，造孽！

他恨不得转身就走。身后有黑压压的一片人群，乌泱乌泱的，望不到边儿。他已无处可退。因为他不再是自己了，而是属于身后的人群。他这时的退却，无疑是自我毁灭，众人的唾沫星子也会把他淹死了。

完了，这事儿真的闹大了，不好收拾了。李秘书啊，李秘书，你算是把咱害苦了！惊慌不定之间，一群人已经到了他的身边，只见那个打头的人跨前两步，用力把他搀了起来。

“老人家，我叫翁大宝，就是你想见的那个县委书记，”那人说，“我来晚了，请你原谅。”

万明全情不自禁地扑入那个人的怀抱，说：“翁书记，我犯了大错误了。”然后，竟孩子一般呜呜地哭了起来。

请愿者的第一句话，不是喊冤，而是含泪说出了这么一句深切的自责的话。大家都愣了。翁大宝也不知说啥好，不停地拍着万明全的后背，说：“老人家，请你跟我到办公室去，咱俩坐下来慢慢说。”

刘文存酒喝多了，摇摇晃晃进了办公室的门，直奔那张席梦思床。虽然已经是下午两点了，但他还是想睡一会儿，不睡一会儿，酒是醒不来的，这是他多年的习惯。

中午喝酒的时候，做东的王立平对他说：“乡长，咱今天可得多喝点儿，我刚从俄罗斯引进俩小姐，趁着酒兴，咱好好乐一乐。”

“酒可以喝，俄罗斯小姐就免了，今天心不静，右眼皮跳得厉害。”刘文存说。

“你们一个堂堂的大乡长，也信这个？”王立平打趣道。

“不是信不信的问题，”刘文存说，“不知你看过《易经》没有，那上边说，任何事情，都是有先兆的，不由得你不信。生活中有许多例子哩。”

刘文存的话，是有前提的——

前两天，他的一个哥们儿，邻乡的一个副乡长，就因为不信，真的栽进去了。

出事前，有好几天，这个副乡长在梦中都梦到一个小女孩儿，一个他从来没见过的小女孩儿。他感到奇怪，就跟刘文存说了。刘文存说，在梦中梦见小女孩儿可不好，在卦书中，小女孩儿代表着小人，说明近期有小人要算计你，所以，你要特别谨慎为好。那个副乡长很是不以为然，说："刘乡长，我真烦你，整天装神弄鬼的，你活得轻松点儿好不好？"

不期就出事儿了。一个村的支部书记和村长请他喝酒，喝完酒就主动热情地给他找小姐。他前脚和小姐进了房间，两个请客的人后脚就给县公安局打电话举报，便赤条条地给堵在房间里了。由于来得太突然，一点儿心理准备都没有，平时的威严和镇定就消失得一干二净——本来人家小姐都一口咬定没跟他那个，他本人却稀里哗啦地全招了。弄了个开除党籍、免去副乡长的处分。如果不是托人活动，连公职都保不住了。他肯定是因啥事儿把人家得罪了，自己已经忘得一干二净，可人家却一直耿耿于怀。他一点心眼儿都不长，可人家已做了周密的安排，怕他跟辖区的派出所有关系，人家直接举报到县局。你说他冤不冤？哼，谁让他不信着哩！

所以，不管王立平死说活说，酒后他还是回到了乡里。

床还没上去，电话就响了。他本来不想接，但那电话铃声持续不断，响得很霸气，他只得愤愤地拿起电话。

"你是刘文存吗？我是翁大宝。"

刘文存吓坏了，不由自主地把身子站直了："翁书记，我是刘文存，我是刘文存。"

"你干啥半天不接电话？"

“对不起，翁书记，我刚才上厕所了。”刘文存出了一身冷汗。

“我现在就在去你们乡的路上，一会儿就到。”

“好，好，翁书记，我等您。”

撂下电话，刘文存已酒醒了一半，他在镜子里看见自己的那张发紫的脸，叫苦不迭，赶紧把头扎进水池子里，打开水龙头，用凉水猛浇。

“老万啊，我来是要向你做检讨的，”刘文存说，“我犯了严重的官僚主义，对你的事儿，我过问得不够，关心得不够，我诚心诚意请你原谅。”刘文存给万明全深深地鞠了一躬。

万明全慌了，也不知所措地反鞠了一躬。

“刘乡长，使不得，使不得哩。”

坐定以后，万明全不好意思看乡长的脸，就把目光移到于宝力脸上，但于宝力仓皇地把脸别了过去。万明全便不好意思再看他，低头看着自己的脚。

刘文存干咳了两声，向万明全宣布了乡里的决定。

乡党委研究决定——

基于玄武村村民王大伦打人致残的事实，乡里将向法院提出公诉，依法进行判决；由于玄武村村委会和玄武乡人民政府对这一事件重视不够，处理不当，造成严重的社会影响，给予王立平同志撤销其村党支部书记职务（保留村民自治委员会主任职务），留党察看两年的处分，给予于宝力同志行政记大过处分。同时，乡村两级要对受害人万援朝及其家庭予以经济补偿。具体补偿办法如下：

1．免收其家庭所担负的乡统筹、村提留和各种农业税收，其口粮田和承包地由村委会负责经营，所得收益归受害人所有，不得以任何理由隐瞒、克扣；

2．基于受害人已丧失了劳动能力和生活能力，村里在受害人生命期内，每月支付受害人伤残赔偿金八百元，家属王小翠生活护理费六百元，并按期支付，不得拖欠；

3．基于第二条所列的原因，乡政府民政科将受害人之父万明全的荣誉军人抚恤金从每月三百元增至六百元，并，每年的县乡两级贫困救济金和物资救助，受害人家庭均按特困户发放；

4．基于肇事者王大伦已触犯了刑律，他的赔偿金额和支付方式以刑事判决书为准，乡政府有责任配合法律部门检查监督落实情况；

5．此决定，已经乡党委扩大会讨论通过，并报县委常委会原则批准，有很强的严肃性和政策性，所涉及单位和个人要认真贯彻落实，落实不利者，一经查实，将严肃追究当事人的一切责任，包括法律责任。

“老万啊，你看这个决定咋样，你满意吗？”刘文存问。

“满意，满意，忒满意哩！”万明全连连说。

“唉，只要你满意就好，这样我就能向县委翁书记交代了。”刘文存苦笑着说。

万明全听出了画外音，难为情地说：“我只是想向县委领导讨个说法，问题给咱解决了就齐了，咋还要处理那么多人哩？乡长，你们能不能跟翁书记说说，这人就甭处理了，这抬头不见低头见的，让咱这心里凄惶。”

刘文存很不自然地笑笑：“老万啊，这可不是儿戏，这是组织的决定，不是个人意气所能改变的。”

“你还不知道吧，咱刘乡长也被处分了，因为他是乡政府一把手，他的处分决定由县里作出，并另行发文，发到全县各个单位，不仅是乡村，还有企事业、学校、驻军。这一次，你可让咱玄武乡和咱刘乡长出了大名了。”一直不吭不哈坐在角落里的于宝力，突然插话道。

转眼之间，翁大宝就到了。没容刘文存客气，翁书记一摆手，说：“刘乡长，你的小日子蛮滋润的嘛，小酒又晕了几两？”

“嘿嘿，翁书记，没喝几两，只是应酬应酬。”

“你哪儿的那么多应酬？是新引了项目，还是又争取到了资金？据我了解，你已经三年多没上新项目了，教师的四项补贴，也没发放到位，是不是这样？”

他可只是一个小小的乡长啊，竟被掌握着自己生杀大权的县委书记直截了当地戳到了软肋上。

完了！刘文存只觉得眼前一黑，脑子里一片空白。有很长时间，他都不知道翁大宝在说啥，只是机械地点头。后来他终于弄明白了，是玄武村的万明全告到县里去了，把县城的交通整整堵了两个半小时。操你妈的！我也就是一个政府的公务员吧，我他娘的要是一个黑道上的人物，非一刀子捅了你丫挺的不可！

“刘乡长，那咱就对不住你们了，我万明全给你们谢罪了。”说完，万明全真的要跪下身去。

“这可使不得，老万，你还让不让我当这个乡长啦？”刘文存敏捷地拽住了他，“日后，你老人家能在翁书记面前给咱美言两句，咱就知足

了。”

咱一个小小的草民，能有这么大的威力？万明全糊涂了。

晚上，他又去了村西头的五道庙。

五道庙门前的台阶上，香灰积了厚厚的一层，周围的松柏树上也挂满了纸钱。他感到，虽然现在的日子好过了，但这里的香火却越来越盛了。人们还要祈求个啥？他很纳罕。

刚要敲门，那门又自动就开了。

“万明全，知道你得手了，肯定会到我这儿来，早早就候着你了。”罗贯廷说。

“你是人还是鬼，咋这么能掐会算？”

“你说我是人是鬼？”

万明全说：“说你是人吧，你一天到晚总是不阴不阳地囚在庙里，把新社会当旧社会过；说你是鬼吧，你又两眼无神，满身的汗气，全没有鬼的精明和灵光。”

“哈哈，那我就是不人不鬼哩。”

两人又坐在了煤油灯下，彼此看着，都不知说啥才好。罗贯廷干脆闭上了眼，双手合十，喃喃地念起经来。万明全感到很烦，因为不知咋的，他虽然得手了，却一直高兴不起来，心里总像飘着一团阴影。

“万明全，你为啥不说话？”罗贯廷终于睁开了眼。

“你为啥不说话？”万明全反问道。

罗贯廷笑着说：“你这就怪了，到我这儿来的人，一般都是向我吐苦水儿、诉怨气儿的，都是人家说，我听。”

“我可不是一般的人，我是你的老朋友。”

“在我眼里，都鸡巴的一个样。”

万明全觉得罗贯廷越来越不近情理了，委屈地说：“早知道这样，我不如不来。”

罗贯廷一笑，平静地说：“你这就不对了，你咋不从自己身上找毛病呢？你悲的时候来找我，你喜的时候也来找我，你不喜不悲的时候为啥不来找我？难道我只是你的一只夜壶，尿急的时候才能想起？真正的朋友是怀着一颗平常心有没有事儿都泡在一起的，是在一起熬日子的。”

万明全不好意思地笑笑，说：“其实我来，就是急着想听听你对这事儿的看法，你就别故弄玄虚了。”

罗贯廷说：“我也没啥看法，非要我说，那我就给你讲个故事吧。”

在如此短的时间内，义驴被杀，秋粮被盗，旺儿一家陷入极端的恐怖之中。

对一个普通农家来说，失粮、死驴，都是大事儿，甚至可以说是灭顶之灾，一家人惊惶失措，只好报案。

派出所的民警草草勘察了一下现场，问：“你们家是不是得罪人了？”

旺儿说：“想不起得罪谁了。”

民警意味深长地一笑，说：“等你想起来的时候，就都晚了。”

民警就开始做笔录，问许多莫名其妙的细节。比如——

“驴被杀的时候，你们在哪儿？”

“我们在炕上。”

“在炕上干啥？”

“能干啥，睡觉。”

“哦，就没听见啥响动？”

“听见了，驴给咱托梦了，说它要走了。”

“这叫啥响动，你别胡说八道。”

“棒子被盗的夜里你们在哪儿？”

“我们在炕上。”

“在炕上干啥？”

“能干啥，睡觉。”

“哦，就没感到有啥异常？”

“感到了，总是睡不着觉。”

“这叫啥异常，你是不是被吓糊涂了？”

莫名其妙的问题问完了，民警让他们摁手印儿。

旺儿看了一眼丢了魂儿似的毛品英，问：“都摁？”

民警说：“都摁。”

摁过手印，旺儿问：“你们发现了啥？”

民警说：“有两点发现，一、作案时间都是在夜里；二、每天夜里你们都是在炕上。”

旺儿感到好笑，这叫啥发现？嘴上却问：“你们看，这案子能破吗？”

民警举了举手腕，腕子上啥都没有，就有一只明晃晃的手表。旺儿不知他啥意思，很迷茫地看着他。

民警摇了摇头：“你这人咋啥都不懂，我们饿着肚子能破案吗？你也不看看，都几点了。”

旺儿这才知道，不知不觉间已过晌午了。旺儿把毛品英拉到一边：

“还不赶紧做饭？”

毛品英无力地翻了一下眼皮，说：“我不想吃饭。”

“你不想吃饭，人家也不想吃饭？你就快一些哩。”旺儿偷偷地指了指那两个民警。

毛品英懒洋洋地下到厨间去了，旺儿陪两个民警聊天儿。为了表示热情，不停地给人家倒水。

民警说：“你且歇着吧，空肚子喝那么多水干啥？”

“真对不起，让二位辛苦了。”

到底是个干练的妇人，毛品英虽心灰意懒着，但也麻利地弄出几样小菜：一碟炒河虾，一碟干炸拒马河小鱼，一碟凉拌土豆丝，一碟拍黄瓜。

“真对不起，咱小门小户的，也没啥好招待的，请别嫌弃。”旺儿惭愧地说。

“别客气，这就挺好，只要有酒。”一个民警说。

“不好意思，咱家就有二锅头。”

“二锅头就挺好，假酒少。”

另一个民警问：“你们家有没有柴鸡子儿？有没有渍酸菜？”

旺儿一笑：“有哩，咱山里人啥都没有，就趁这两样东西，可是，上不了席面啊。”

“可是就这两样下酒，炸辣椒拌酸菜利口，摊柴鸡蛋保健，都是绿色食品哩。”

旺儿很感动，觉得两个官面上的人很体贴人，不挑吃挑喝。

三个人就喝起酒来。

旺儿心情正郁闷着，一沾酒，也就来了情绪。但两三杯酒下肚以后，他心里咯噔了一下，因为他感到，那两个民警都好喝，斤儿八两是打不住的，而他全部家底儿就有两瓶二锅头。没办法，自己就姑子的×——板板[1]吧。

见旺儿酒兴下来了，一个民警问："你咋不喝了？"

"这两天心情不好，一喝就醉，你们就尽管喝吧，我多吃点儿菜。"旺儿掩饰说。

"咳，不就几亩棒子、一头驴吗，这年头大活人被人拐走了的都有的是，啥都不新鲜，你应该想开些。"一个民警安慰道。

旺儿感到不舒服，心里说，姐儿俩守寡——谁难受谁知道，有你这样说话的吗，事儿没摊到你头上吧？但还是笑笑，说："你们说得很对，但还是请你们多费点儿心。"

"这不是费心不费心的问题，而是看你有没有造化的问题。"一个民警说。

见旺儿不理解，他解释说："前两年有个个体运输户的两辆东风140被人盗了，花了一万多请分局破案，就一直没破了，弄得他一点儿指望都没有了。可前两天地区破获了一个盗窃团伙，那个团伙自己就把那两辆车招出来了，你说是不是活该他有造化？"

旺儿感到很新鲜，随口应道："人家是有造化。"接过话茬儿之后，他突然悟出了点儿东西，试探着问："这破案还得花钱啊？"

"不花钱能破案吗？"那个民警反问道。

"原来是这样。"旺儿很吃惊。

那个民警感觉到了，说："你别有啥其他想法，这很正常。"

---

[1] 板板：京西方言，忍耐，节制，约束，克制。系被动语，多指被动接受管制，不得不忍受煎熬。

咋正常哩？旺儿惊异的眼神儿里说出了这层意思。

“念你是小地方的，看来我得多费几句口舌，”那个民警又解释说，“你看，不管是大小案子，只要一立案，就要成立一个专案组。从调查取证到技术鉴定，有一系列环节，哪个环节不花费大量的人力物力？甭说别的，就是专案组的人吃马喂就是一笔不小的开销，那钱从哪儿来？你是不了解现在的管理体制，咱基层派出所属双重领导，业务上归县局，行政管理归乡政府。维护地区的社会治安，一些行政性开支应该由乡政府支付。可是乡政府从没有痛痛快快地给过钱，只是话说得好听，拿嘴日捂人。当然乡政府有乡政府的难处，咱也不好多说；再说，派出所的年终考核，要由乡长签署意见。你说，咱能得罪乡政府吗？从另一个角度说，基层派出所又没有独立办案能力，得请人家刑侦队帮忙，虽然都是一个战壕的战友，现在这个年头，有白使人的吗？所以，要想破个案，派出所的难处多了，有时候只能采取羊毛出在羊身上这种办法。你还别拿另眼儿瞧我们，我们一个小小的派出所民警算个屁！”

“我这位伙计喝多了，你可千万别信他的。”另一个民警对旺儿说。

那个民警一摇脑袋，对旺儿说：“我说的都是实情，你爱信不信。我可比不了我这位伙计，人家多会来事儿，我们俩同时进的派出所，可人家已经是警督了，咱还是个警员。”

“你这个人真操蛋，你跟人家当事人说这干啥，我看你的酒真是喝多了。”

两个民警就干起酒来，旺儿就插不进话儿。

旺儿说：“我出去方便一下，二位慢慢用。”

旺儿出了房门，并没有去茅房，而是像被撵急了的兔子一样，一溜烟跑进附近的另一个农家院里。一进门，破口就问：“你们家还有没有二锅头？”

他悄悄地把借来的两瓶二锅头放进灶间，冲着正默默地流泪的毛品英大喘粗气：“孩儿她娘，看来，这个案子，咱破不起哩。”

两个民警终于喝到了境界，对旺儿说：“一看就知道你是个老实人，我们哥儿俩回去跟所长说说，就象征性地收你千儿八百的算了。”

“非得交吗？”

“不交也成，那你就耐心地等着吧。”

两个人是骑跨子来的，人一上去，跨子就蹿出老远，吓得路边的一只鸡咯咯地跳到了树梢上。这是一只病鸡，好的时候，也从来没跳得这么高过。

旺儿和毛品英面面相觑。

“办案费交了就能破案吗？”

“人家不是说，还得看你的造化吗？”

旺儿泄气地蹲在了地上。

毛品英终于放声哭了起来。

已经都过了一个星期了，翁大宝还是没接到李金橘的回信，他懊丧得很。

很奇怪，这种懊丧，不，更准确地说，他对来信的期待，反而冲淡了思念本身。

他每天准时到收发室去，失望之后，就更悉心地攒他的收音机。带着一种不可名状的仇恨，他的收音机居然就收到了中央人民广播电台和北京人民广播电台。但播音员的声音却变了调儿，忧伤而苍老。仔细一听，原来他在播送一个举国震惊的消息：周总理去世了！

教室里起初是一片沉寂，之后是一片嘁喳，最后是一片哭声。翁大宝也不由自主地哭了起来，因为他从小就知道，周总理是一个为人民鞠躬尽瘁的人。

同学和老师都没有心思攒收音机了，去扎小白花，去布置灵堂，翁大宝也没心思再想李金橘了，他觉得在这个时候，去想念一个小小的女孩子，多少有些不够意思。

不知不觉竟到了月末，第二天就是回家的日子了。然而，却收到了李金橘的回信。

他很平静地拆开了信封。

翁大宝，我是李金橘。意外地接到了你的来信，我不禁哭了。你还真的有良心，跑到北京（郊区人管城里叫“北京”）那样的大地方，还能想到我，不枉咱们同学一场。接到你的来信之后，我就想给你回信，可是我爹突然就吐血了，吐得无休无止。我们只好连夜把他送到县城去，进行抢救。原来是他的肝硬化引起了食道静脉曲张，使食道变得异常狭窄，只适合吃流食。然而他就爱吃干硬干硬的贴饼子，一下子把食道划破了。血止住了以后，你猜，我爹他说了啥？他说，真操蛋，好不容易咱现在生活好些了，能顿顿吃上贴饼子了，却不让咱吃了，我的命咋这么不济？我说，这有啥，不是小米儿也多了吗，你们还能喝小米儿粥，小米儿粥多养人。我爹一笑，说，小米儿粥是属阴的，吃多了就离死不远了。我爹他知道自己的病是治不好了，只是早一天晚一天的事儿，便唉声叹气地说，我这辈子算是咋回事儿哩，好不容易找到了学大寨的路，开了石塘，阔了大队，实惠了社员，自己却不成了，我亏不亏啊！他并不像咱们想象的那样，是个天不怕地不怕的顶天立地的汉子，他不当人的时候，总是偷偷地哭。我不愿戳穿他，他哭的时候，我也偷偷地哭。

翁大宝，你说得对，咱乡下人不仅缺吃少穿，更是缺医少药，我爹的病就是生生给耽误了。从我爹身上，我感到了我这个赤脚医生责任的重大，是应该多学些本领，为社员们防病治病。我啥时候能有这样的本事就好了：小病早治好，中病能治了，大病早预防。这样社员们的生命健康就有了保障，我就成了一个对革命事业真正有用的人。我不是在唱高调，我真的是这样想的，别人不信，你还不信？

你说的那个针灸我是真的想学的，但我爹病着，我脱不开身，也只能等有机会再说了。你能不能给我买几本有关针灸的书，我先了解一下原理，熟悉一下穴位，赶明儿实际学的时候，掌握得就快了。不怕你笑话我，我不仅要学针灸，还想学中医哩，咱山上各种草药有的是，一旦学会了中医，便可以就地取材，这样一来，你想，能给社员省多少钱？

翁大宝，一想到你要当兽医的说法我就想笑。不是说当兽医就不好，当兽医也能为人民服务。我是说，你跟我比，你是真聪明，你年年能轻轻松松地在班上拿第一，不像我，还得靠我爹弄些手脚，所以，你在学业上是大有前途的，千万别一时冲动，把大好前程耽误了。我并不是鼓励你要出人头地，出人头地的思想是小资产阶级的思想，是要被批判的。我是说，咱农村人吃亏就吃亏在文化不高，眼界太窄上，咱身边的例子还少吗？你说，人家徐宝法跟我爹比，他也没有三头六臂，咋人家就有那么多点子？一个主意，就把咱大队的死石头变成了活石头。你说差别在哪儿？就在于人家的眼界宽。所以，你要好好学习，长大本事，给咱大队的社员争口气。咱们常说，淘生个人，不能眼皮子太浅，不蒸馒头也要蒸（争）口气——话虽然是那么说，不是想争气就能争气的，自身得有那个条件。你条件那么好，千万要珍惜，为了我，你也要珍惜！瞧我，我是你的啥，敢这么说？我是想对你表明这个意思。

翁大宝，不瞒你说，跟你分开了我也很凄惶，而且比你还凄惶。你想啊，你一个男的，都那样，我一个女的，还不加个“更”字？我知道，岭西那三年，你是真心疼我哩，我是感激不尽的。我还能说啥，只能给你纳个鞋垫儿吧，把那簇竹子纳在上边。净念书了，我纳鞋垫儿的手艺是全大队女子里最差的，所以，是纳了拆，拆了纳，但总有纳成的那一天，你且耐心等待吧。

翁大宝，我不想写了，尽管我有一肚子的话想说，因为我一写就想哭。

你这个人真是讨厌，无缘无故地咋就想起给人家写信了呢，害得人家心里酸酸的，一写字儿就想掉眼泪。

那块瘿袋石，咳，不写了……

吴老师和安老师那两口子，咳，不写了……

最后，祝革命的友谊地久天长。不，还是致个革命的战斗的敬礼吧！

翁大宝读着李金橘的信，能够感受到她的心，眼泪情不自禁地掉了下来。他想，明天回家，一定好好摩挲摩挲她手上的老茧，看看那老茧平复了没有。

到了晚上，同宿舍的几位同学商量着要利用星期天的时间去天安门广场，祭奠一下周总理，问他：“翁大宝，你去不去？”翁大宝有些犯犹豫，迷茫地看着他们。

“说个痛快话儿，你到底去不去？”同学的口气里带着很深刻的不满。

翁大宝赶紧答应道：“我去。”

晚上，他趴在床上给李金橘写信。写了几行揉掉了，再写几行，又揉掉了，他心里很乱，不知道写啥才好。天安门广场是他梦寐以求想去的地方，敬爱的周总理也是他十分崇敬的人物，但是，为啥偏偏在这个时候哩？他轻轻地叹了一口气。

天安门广场人山人海，那个雄伟壮丽的天安门城楼，显得异常矮小。不仅广场上堆满了花圈，路灯杆上，行道树上，也都挂满了小白花儿，好像夜里下了一场铺天盖地的大雪。车辆缓慢地行驶着，听不到一声鸣笛。气氛庄肃极了。

翁大宝和同学们自动就屏住了呼吸，怕被人群冲散了，默默地牵起了手。他们挤到了人民英雄纪念碑前，一个场景把他们深深震撼了——

一个老人怀抱着一帧装在镜框里的周总理的画像，走到纪念碑的基座前跪下了，深深地磕了三个头之后，就用膝盖跪着，往纪念碑浮雕群的部位爬。一个台阶，又一个台阶，他爬得艰难而决绝，脸上老泪纵横。

人们凝固在原地，谁都不忍心动一下。

在众人的注视下，老人终于爬了上去，把画像敬献在浮雕前，便伏地不起。众人都哭了，像平地掀起了一阵陡峭的清风。

翁大宝是第一次来到他景仰已久的天安门广场，却目击了这千载难逢的历史的一幕！

这一幕像惊雷一样，让他混沌顿开：原来，谁为百姓鞠躬尽瘁，谁就是人民心中的神！

他羞愧地跪在了地上。

这是他平生第一次下跪。

在京西北百花山下，有一座庙，庙里住着一老一少两个僧人。老僧黑头土脸，性情怪异，心胸狭窄，常因鸡毛蒜皮的小事与小僧计较。小僧相貌端庄，面慈心善，但因一腿有残，干活迟缓，对老僧有所依赖，老僧便很不喜欢他。平时总是冷言冷语，甚至故意刁难，逼他另找佛门。

一日，老僧想出一阴招：他独自到远处去化缘，把小僧留在庙里。而庙里此时已柴米皆无，小僧又腿脚不便，他估计，用不了几天，小僧准得被饿死。

老僧出门时，小僧急切地问："师父，您一走那么多天，我吃啥？"

老僧嘻嘻一笑，说道："俗话说，年轻人火化食嘛，你那么年轻，吃啥都能消化，庙后石塘里的白石渣就可以吃。"

"那我烧啥呢？"小僧又问。

老僧不耐烦了，没好气地答道："烧你自己的胳膊腿。"

过了半月，老僧"化缘"回来，以为小僧早就被饿死了，得意地笑着进了庙门。

没想到，小僧不仅没死，而且又白又胖，神采焕然。

老僧惊奇地问："这些天你都吃了啥？"

小僧往庙后一指："就按您说的，吃石塘里的白石渣啊。"

"那你烧啥？"

"也是按你们说的，烧我自己的胳膊腿呀。"

老僧不禁打量了一下小僧的胳膊腿，竟完好无损，便十分怀疑："你说的全是真的吗？"

小僧顽皮地笑了一下："有师父在，我还能说假？"

老僧便不语，心中不悦：这小东西，竟敢戏弄我，你能让石塘里的白石渣变成大米？我修行了这么多年都没这个道行，就凭你？哼！

第二天一大早他就支配小僧去上山砍柴，他自己则从石塘里淘了一些“米”，检验一下，是否真的可以煮饭。不久竟真的从锅里飘出诱人的饭香，他试着吃了两口，果然是人间少有的香软的白米饭。

小僧打柴回来，老僧迫不及待地对小僧说：“你以为就你行，我也能让白石渣变成白米饭，不信，你尝尝。”

老僧掀开锅盖，热气腾腾，饭香扑鼻，他得意地盛上一碗，说：“要吃你自己盛，我先吃哩。”

兴冲冲地咀嚼下去，却哎哟地大叫了一声，把饭吐了出来。

他的牙被无情地硌疼了。

“这是咋回事儿，明明是白米饭，咋又变成白石渣啦？”

“是吗？”小僧也睁大眼睛走到跟前，老僧的碗里，果然是一碗硬梆梆的白石渣。

“这到底是咋回事儿？”老僧铁青着脸子质问小僧。

“我咋知道？”小僧也感到莫名其妙。

老僧认为一定是小僧做了手脚。如果不是这样，为啥他不回来，锅里就是白米饭，一有他在，就是白石渣？小僧是有意跟自己斗法，或许他本来是啥不祥之物，说不定是哪方妖孽，得尽早想办法……

从此，老僧对小僧怀恨在心，烧香祷告只为一事，就是祈望佛祖降灾于小僧，或者直接把他收回去。但是，小僧活得还是那么安静快乐，无忧无虑，老僧便开始心厌浮屠，疑佛祖不辨明暗，决定自己想办法。

一天，他带上小僧到远离寺庙的悬崖上砍柴。中午休息时，他把小僧叫到跟前坐下，和蔼地跟小僧拉起了家常话。

“徒弟，你自小没了双亲，跟我出家修行，我一直对你苛于佛事，关心体贴不够，让你受了不少苦，对不起啊。”他面容慈和，态度真诚。

小僧从来没听过这么亲切的话，十分感动，说：“师父，您也是一心为我，出家人就应该在苦难中修炼。可惜我不给师父争气，至今也没多大造化，惭愧，惭愧。”

老僧亲切地拍拍小僧的肩膀，说：“这倒不必，你只要跟师父好生修行，再造之境就不远了。”

两人亲亲热热地站了起来，打算继续砍柴。老僧趁小僧不备，从他身后猛地一推，把他推入数百丈高的深渊。

小僧只来得及“啊”了一声，便消失得无影无踪了。

老僧皱了皱眉头，说：“一山哪儿能容二虎，看你还咋跟我斗！”

“你给我讲的这个故事我好像听过。”万明全说。

罗贯廷含笑不语。手里不停地捻着两个山核桃，老僧一般神秘。

“你这是啥意思？”万明全急迫地问。

“没啥意思。”罗贯廷终于开口说话了。

“我只想问你，这小和尚你说他冤不冤？”没等万明全回答，他接着说，“我觉得他纯属自找。”

万明全迷茫地看着他。

罗贯廷说：“你看，谁都知道，白石渣就是白石渣，白米饭就是白米饭，白石渣咋能变成白米饭？而他居然就变成了，是他自己的道行吗？不是，他是得到了天助。得到天助，就应该保守天机，悄悄地受用就是了，可是他不，他非要在恶人面前显摆，这样，就招来了杀身之祸。你说，他是不是纯属自找？”

“你是不是在点化我？”

“你明白就好，”罗贯廷说，“自古以来，能把官告倒的，很少，最后，都付出了惨重的代价。你这次轻易就得手了，全是因为一个翁书记，也就是我所说的天助。你应该明白，他翁书记并不是你们家里的佛爷，他不可能整天待在你的屋檐下，你一顿把白石渣变成了白米饭，并不是顿顿都能把白石渣变成白米饭。他王立平可不是任人下肚的白米饭，他早晚得硌你的牙。所以老万啊，你不仅不能显摆，还要处处小心才是哩。”

“王村长，我这次是彻底栽进去了，少说也得判个三年五年的，”王大伦沮丧地说，“三天两天的，你王村长还可以给咱往号子里送饭，日子一久了，你还认得咱是谁？”

“大伦啊，你真的把你王叔看扁了，也就是现在，要是在过去，你王叔就是江湖老大，哪有江湖老大往外扔兄弟的，咱还在地盘上混不混？你是替你王叔蹲号子的，王叔横竖不能对不起你，你放心，你蹲一年，我给你十万，你蹲十年，我给你一百万，王叔让你蹲号子都能蹲成百万富翁！”

说到动情处，王立平对孙成才说：“你把咱家的祖宗牌位拿来，我要跟大伦盟个誓。”

牌位放妥，鸡公奉上。王立平一把就将鸡公的脖子拧断了，淋淋漓漓的血，注到几个大碗里。他又毫不犹豫地把自己的腕子割破了，也将血滴之于碗。

这是影视中的情景，但是，他却打造出了撼人心魄的现场效果。在场的人，均悲壮得哽咽。

“王叔，您放心，啥事儿我都一个人担承着，决不乱推乱咬。”王大伦说。

“这我相信，咱们大伦从来都是讲义气的，跟你王叔一样。”

感到气氛过于悲壮了，大家都有些喘不过气来，王立平调侃道：“场面上不是常说嘛，没有蹲过局子的，没有离过婚的，算不得好汉。咱大伦一旦从局子里出来，就是响当当的好汉了，比在座的哪一位都牛×！”

王大伦不好意思地说：“瞧你们说的，我还没结婚呢，好汉个啥。”

“这好办，你王叔会把小姐给你送到局子里去。”

王大伦更不好意思了：“王叔，咱可不是那个意思。”

王立平开心地一笑，说：“知道你不是那意思，但王叔可是那意思，我不能亏待了给我办事儿的人。”

“刘乡长他们可都到万明全家去了，你们是不是也应该露露面儿？”孙成才提醒道。

“他刘乡长是为了保他那个乌纱帽，咱鸡巴保个啥？决不给那个龟孙子赏那个脸！”王立平愤愤地说道。

“王村长，这一次，兄弟要对不住你了，请你帮兄弟担当一下。”刘文存恭敬地给王立平上了一支烟，又恭敬地点上，然后说。

“乡长，您这是啥意思？”

“王村长，你是明白人，这上边责任追究得紧，咱好歹也得表示一下。”

“咋个表示法？”

“先免了你的支部书记，避避风头再说。”

“凭啥免我的支部书记，难道这么多年鞍前马后白跟你干了？还有……”

刘文存知道他要说啥，忙摆摆手，有些话是不能说出口的，一旦说出口，就很没意思，也伤和气。

“兄弟也是没办法，请你体谅。”

王立平究竟是个农民，对政治这玩意儿没有更深的心得，只是着眼于眼前的利益，所以，不该说的话，还是说出了口——

“体谅？又有谁体谅咱？难道我那么多的钱就白扔了？扔到水洼子里，还能听个响儿呢。”

一向温文尔雅的刘文存这时也拍案而起：“王立平，你真是白在场面上混了这么多年！”接着他厉声说道：“王立平，我问你，你他娘的钱是哪儿来的？哪一个是你奉公守法挣来的？要不是我，你那个假集体的砖厂能开得下去？你多收的提留会留在你手里？你开的酒店，是不是乡政府担保贷的款？县经管站对你的审计，是不是我帮你过的关？你在涿州嫖娼被扣，是不是我出面赎的你？……”

王立平满头大汗地打断了刘文存的话：“乡长，您给我留点儿面子好不好？”

“知道要面子就好。”刘文存愤愤地坐下身子。

“乡长，咱一个土人，没那么多心术，您干啥生那么大的气？给您点烟。”王立平涎笑着给刘文存点烟。

刘文存嘘出一口烟之后，心情平静了一些，说：“王立平，你得懂点儿做人的规则，不能总是一厢情愿；做事儿呢，也要考虑能够双赢。”

“是哩，是哩。”

“我说的是暂时免去你的支部书记，并不是说，再也不让你当支部书记，你不还是村长嘛，村里的事儿不还是你说了算？你咋这点儿弯子都转不过来，真是可气。”

“那，支部书记由谁来当哩？”

“知道你就放心不下，我也就不跟你兜圈子。”刘文存讪讽地笑了笑，说，“我先让于宝力兼着，给你王大村长保留着卷土重来的位置。”

“嘿嘿，嘿嘿。”王立平难为情地笑了，笑得像个做错了事儿的孩子。

“乡长，您大人不计小人过，千万别跟我一般见识。”

“你算个屁！”刘文存终于出了心中的郁气。

“他万明全算个屁，我堂堂的一村之长，干啥要去看他？”王立平对孙成才说。

孙成才点点头。因为他更加明白，瘦死的骆驼毕竟是比马大的。

权衡了半天，旺儿终于决定：他不再指望谁来给他家破案。他已经失去了很多，不想再失去了。

在这个时候，有一个人，意外地造访了他这个被恐怖笼罩着的家庭。

正是王秀珍。

挤进他们家门的，不仅是她胖大的身子，而且还有令他更加不安的一些诱饵，她带来了小女孩喜欢的画片、芭比娃娃和女人们喜欢的大块披巾、宽体罩衫。

进了门之后，不管旺儿多么的惊愕，王秀珍却像一个老常客一样，很自然地打招呼：“这是嫂子吧？哦，这是侄女儿吧？”

“旺儿大哥，我哥让我来看一看，说你咋一头扎下去就不回了呢，砖厂里正缺人手呢。”她说。她自然而然地给自己找到了合法地位。

她的穿着很质朴，跟一般的农村女孩子没啥两样。由于没施粉黛，她的那张大白脸，并不显得光艳，而是发灰。她那胖大而稚拙的体态，单纯而憨厚的表情，很让旺儿的女儿二丫儿喜欢，看着看着画片儿，俩人就咯咯地疯在了一起。也是同样的原因，毛品英对她也不反感更无戒备，只觉得村长的妹子有点儿傻。

王秀珍拽着毛品英的胳膊，亲热地说："嫂子，你试试这身衣服好不好，挺适合你的。"

毛品英觉得那罩衫那么宽松，而自己这么瘦，横竖是不适合的，便嘻嘻地笑着，躲避着。

王秀珍又把她捉了回来，说："嫂子，你就试试嘛。"

一边娇嗔地要求着，一边就动手把女人身上的衣服揭去了。毛品英嘻嘻地笑着，用双臂把自己的身子藏了起来。她没有穿文胸。

旺儿难为情地低下了头，他是为毛品英那两个蜡黄蜡黄的松垮的奶子而难为情。

罩衫上了身子以后，王秀珍大叫了一声："哇，嫂子，你看看，你看看，你看看你可有多俊！"

旺儿抬起头来，自己也大大地吃了一惊：罩衫穿在毛品英身上，使她转眼间像换了一个人，不仅没有臆想中的松垮，而且是那么的合体，既有农村妇女的质朴端庄，又有城市女性的靓丽丰韵——关键是她丰韵了，很女人了。

他嘻嘻地笑着，又难为情地低下了头。

他是为自己老婆从未被发现的美而难为情。

旺儿的这个表情，毛品英是明白的，她明白，这件衣服穿在身上是合适的。

王秀珍又趁热打铁，把那条大块披肩又披在了毛品英的身上。

这一次，是女儿二丫儿发出一声惊呼：“爹，你看我妈！”

旺儿看了一眼，心里发出一声哀叹：完了，他的老婆孩子，算是被这个别有用心的女人彻底欺哄了。他的这声哀叹，也是为了自己，因为那条披肩披在老婆身上，的确是很上眼，他找不出反对的理由。

“人家说啥来着，人是衣服马是鞍，嫂子这个身材，只要有两件好衣裳，就很打眼哩，”王秀珍瞧了一眼旺儿，说，“嫂子，都怨我这个旺儿哥，他咋就舍不得给你买衣裳？”

“他哪儿有钱？”毛品英替男人辩护道。

“他咋没钱？他在砖厂每月都开一千多，别人不知道，我还不知道？他是不是都给别的女人花了？”

两口子不约而同地把目光碰撞在一起，都像做了亏心事儿似的低下了头。

“你旺儿哥，可不是那样的人。”毛品英笑着说。

“知人知面不知心，外边这么乱，这可难说。”王秀珍穷追不舍。

旺儿招架不住了：“王秀珍，你大老远地来了，就是给我们家拆台来了是不是？你看你有多坏。”

大家就都笑了起来。

王秀珍的到来，给覆盖在这家头上的那块厚厚的愁云捅开了一个口子，毛品英的心情豁然开朗了。旺儿的笑容之下，却加深了一层阴郁，他知道，王秀珍是冲他而来的。

中午，旺儿一家，用拒马河特产热情地招待了王秀珍。王秀珍又上演了在酒店里啃炸羊腿、吃河蟹的饕餮镜头，惹得二丫儿惊奇地问：“阿姨，你咋这么能吃？”

“没办法，没办法，你阿姨就是这样，一见好吃的，就忘乎所以。”

毛品英也很高兴。山里人好客，客人能这样不做且[1]，是瞧得起自己，不拿自己当外人。

吃完午饭，王秀珍问毛品英：“嫂子，咱这儿离集市远不远？”

“远倒不太远，有十来里路的样子。你想干啥？”

“我想让嫂子陪我去转转，听说这山里的集市上净是稀罕货。”王秀珍说。

“甭听他们瞎说，其实就是地里的那点儿物产，也没啥稀罕的。再说，你今天走了那么多路，实在想去，赶明儿吧。”

“不，嫂子，我现在就想去，你一定得答应我。”王秀珍孩子一样执拗着。

“我也想去。” 二丫儿真的喜欢王秀珍，便插话怂恿。

旺儿阻拦道：“去那个乱地方干啥？买啥东西托街坊捎回来算了。”

“不，我就想自己去。”王秀珍坚持道。

旺儿就难过地摇摇头，他知道，王秀珍肯定要玩儿些花活出来。

三个人便上路了。

走至村中心，一辆三蹦子斜刺里杀出来：“坐车不？”

毛品英随口就说：“不坐。”

那人看清是毛品英，“哦，原来是旺儿家的，”然后嘻嘻一笑，“旺儿在外边挣了大钱，有且（客）来了，连个车钱都舍不得花，真抠。”

“抠你娘的脚！”毛品英笑着骂道。

---

[1] 做且：京西方言，且同“客”，指客人放不下架子，挑吃挑喝，希望人家把自己当贵宾招待。

别看毛品英人长得这么瘦，可骂人却骂得这么肥厚，王秀珍感到新鲜，咯咯地乐了起来。

弄得毛品英不好意思了，问："坐你的车得多少钱？"

"五块。"

"不是三块吗？"

"你们人多，就五块。"

"五块算个啥？给你。"王秀珍一边说着，一边把五块钱塞给了他。

坐在车上，那个三蹦子驾驶员对王秀珍说："大姐，当着旺儿家的我也不瞒你，我这个车没有运营证，是不准上路的，一旦遇到交通局的查问，你就说，你认识我，是我表妹，是一块儿搭伴去赶集的，而不是拉客的，不然一罚我，就罚得我三年吃饭都不香。记住了，我叫三蛋子，大号儿叫李三担。"

"咋不办个运营证？这个样子跑黑车，一天到晚提心吊胆的，你累不累？"王秀珍说。

"大姐，谁不想办个运营证啊，可办那么一个小本本儿，每年就得交四千多，你看咱这儿哪儿来的那么多客人，全是像旺儿家的这样的老乡亲，他们多一分钱都不想给，我一年到头能挣得了几个大？"李三担说。

"那你还不老实呢，得着冷子就讹人，哼，就欠罚你。"毛品英气咻咻地说。

"旺儿家的，我知道你们家连着遭了两起儿灾，你是气儿不顺，但你也得怜惜怜惜别人啊，你说，这年头儿，淘生个农民，谁顺哩！"

"嫂子，你们家都遭了啥灾？"王秀珍问。

毛品英擤了把鼻涕，别过脸去。

"他们家驴被人宰了，棒子也整个儿被人偷了。"李三担说。

“就你长着舌头是不？你讨厌不讨厌！”

“旺儿家的，不是我说你，这算球的啥？咱不是人还在嘛，只要人还在，驴没了，咱可以再买，棒子没了，咱可以再种——你咋就总是想不开呢，你是心眼儿太小，自己跟自己过不去。”

“你是站着说话不腰疼，摊上你自己，就不这样说了。”

“旺儿家的，你这就小看人了，谁不知道我三蛋子前些日子被人罚了，车都差点儿被没收了。但是，不还是照样出来跑车吗？除非把我这个人拘起来，不然，且跑呢。哼，我就不相信，光脚的还怕穿鞋的，咱皮实着呢！”

到了集上，毛品英对三蛋子说：“你可别拉别人了，就在这儿等着我们，我们买点儿东西就回。”

三蛋子撇了撇嘴，说：“旺儿家的，就你会算计，算计了八大开[1]，也没算计富了，人就是这样。”

王秀珍有些不理解，因为集上拉客的车有的是，干啥让人家三蛋子在那儿傻等着？便小声地对毛品英说：“嫂子，你就让三蛋子走吧，回头咱打别的车。”

毛品英说：“咱的五块钱怎么也是花了，咋能就这样让他空跑回去？”

“那可不一定，集上这么多人，他还可以挣一份返程钱。”王秀珍说。

“那我不管。”

王秀珍觉得，这山里的女人就是能算计。

---

[1] 八大开：指东西南北、上下左右八个方位。这里形容人算计得时间长，考虑得周到。

别看是深山区的一个鸡毛小集，集上的货色很全。除了各种农产品之外，女人的皮包、口红、粉底霜、内衣、披肩、丝袜、夜用品，一应俱全；男人的皮带、领带、打火机、电动剃须刀、手提箱、西服外套，也一样不缺。而且，大商场有的名牌，这里也见到不少。时装款式很多，产地也多是南方的一些著名城市，什么石狮、温州、上海、香港，居然还有韩国货。一身村姑打扮的小姐手上，展示的居然是法国的蕾丝女士胸衣。几家音像店门口的屏幕上，播放着梅艳芳的艳剧和周星驰的闹剧。还有两个牌号为“伊甸园”的保健用品商店，什么泰国神油、希腊娇娃，贴着醒目的广告，那些大小不等的人造阳具，竟然就摆在人们的眼皮子底下。

这里的商品不仅全，而且价格贼低。一身“香雪儿”女式套装，在王府井卖一千多，在这儿才八十元；一件最新款的鳄鱼牌T恤，也只卖三十块钱。那些新颖光鲜的皮鞋，十五、二十、三十五，最多没有超过五十块钱的。

毛品英告诉王秀珍，这儿的商品大都是假货。可王秀珍根本就分辨不出这些假货跟真货有啥区别，就说那双仅卖二十块的皮鞋，从款式、颜色到皮质、做工跟她脚上穿的这双六百八的一模一样。她心里产生了极大的不平衡，一气之下，她从摊位上一下子买了三双。这种美丽的欺骗，让她感到舒服。

王秀珍感到纳罕，守着这么便宜的鞋，为啥毛品英就舍不得给自己买一双？你看她脚上，还穿着一双老式布鞋，连袜子也不穿。她为自己一股脑儿买了好几双皮鞋感到难为情，便对毛品英说：“嫂子，你挑一样你喜欢的样式，我送你一双。”

毛品英连连摇头：“使不得，使不得，哪能还让你破费呢？”

王秀珍明白她的心理，便不再征求她的意见，兀自买了起来。王秀珍给毛品英买了一双平底皮鞋，给二丫儿买了三件物品：一件连衣裙，一套日本式学生装，还有一双很少见的旧式凉鞋。这种凉鞋，是那个特殊年代的产物，又粗又宽的几根搭袢，穿在脚上把脚面的秀丽几乎完全遮蔽了。这黑黑丑丑的样子，二丫儿居然喜欢得不得了，久久地盯着，目光像被粘住了。她自然也给旺儿买了东西，一件鳄鱼牌T恤，一个老板牌电动剃须刀。她觉得山里的男人就是爱长胡子，一天到晚总是胡子拉碴的。后来她还买了大块的牛羊肉，成箱的粉肠火腿。

毛品英拼命地阻拦，王秀珍执着地躲闪，弄得毛品英直生纳罕：这么一个胖大的身子，咋跟山麂子一样灵活呢？由于不可阻拦，毛品英终于泄了气，听之任之了。

王秀珍有一个极精致的皮夹子，百元大钞横着摆在里边，把皮夹子撑得很饱满。毛品英眼睁睁地看着她把一张张大钞拿出去，直发愁。

而王秀珍脸上却一直闪着快乐而幸福的光芒。她说："嫂子，真得谢谢你了，我就是爱购物，这回，我是过足了瘾哩！"

毛品英愈来愈糊涂了，咋还有拿花钱过瘾的？换了她自己，只有哭的份儿。

她们费了很大力气才挤到了三蛋子的车前。看到三个人手中大包小包的东西，三蛋子一咧嘴，对毛品英说："这回，你算是赚了。"

"我赚你娘的脚！"毛品英阴郁地骂道。

"你不赚咋的，你们买了这么多东西，可我眼睁睁地放走了两个客户。"

三蛋子气哼哼地打着了车，刚要走，王秀珍突然想起了啥，说："师傅，你先等等。"

没等三蛋子熄火，王秀珍翻身下车，又向集市里跑去了。

不一会儿，王秀珍就回来了，手里拎着个塑料袋，大喘不止。

“又买了个啥？”毛品英问。

王秀珍一歪脑袋，说：“不告诉你。”

车子刚要走，来了一辆跨子，从上边下来两个戴大沿儿帽的，说：“检查。”

李三担乖乖地把驾驶证给了他。

“出示证件。”

“还出示啥证件？”

“运营证。”

“没有。”

“没有你拉啥客？”

“谁拉客了，我们是家里人来赶集哩。”

“你认识他吗？”来人问毛品英。

“咋不认识，他是我三哥，叫李三担。”

“你认识她吗？”来人指着王秀珍问李三担。

“她是我表妹，叫王秀珍。”毛品英抢先答话。

“你插啥话？问你了吗？”来人很不满意。

“一个家里人，谁介绍不成！”毛品英也不示弱。

“她不是本地人吧？”来人问。

“是不是本地人跟你有啥关系，谁家还没有几个外地亲戚。”毛品英也很不满意。

来人一笑：“你这个人还挺刺儿。”

毛品英也笑了：“谁刺儿了，咱是实话实说。”

走在路上，王秀珍说：“嫂子，看不出，你还真有两下子。”

毛品英得意地一笑，说：“你别看三蛋子挺讨厌的，毕竟是咱老乡亲。”

三蛋子也嘻嘻一笑，说：“我一点儿也不领情，你让我溜溜[1]等了半天儿，头皮都挠下了两层哩。”

王秀珍感到这山里人真是不容易，下车的时候，又给了三蛋子五块钱。

三蛋子也不推辞，说了一句：“这位大姐，那就多谢了。”便要把钱装起来。

毛品英跨前一步，想把那钱夺回来，被三蛋子一抬胳膊搪住了，说：“旺儿家的，省下这五块钱，你也富不了。”

“又凭空给了你五块钱，冤得慌。”毛品英不甘心地说。

三蛋子把五块钱装牢了，说：“要不富的总是富，穷的总是穷，道理就在这儿。”

毛品英对“多”给的五块钱耿耿于怀，半天不跟王秀珍说话儿。

王秀珍感到，在这个地方，虽然商品极大地丰富了，市场也惊人地开放了，但是人的心还是停留在老地方。是因为穷吗？至少有一点她是清楚的，市场搅乱了他们的生活，也给了他们巨大的刺激，没有钱的日子，实在是不好过了。

到了晚上，旺儿一家遇到了一个小小的现实问题：他们一家三口，就一条土炕，一个女客光临，便有些不好拆兑。

毛品英建议旺儿到街坊那里去寻宿，旺儿很执拗，说：“我不现那个眼。”便用木板在驴棚里搭了个铺，很自得地睡了进去。

---

[1] 溜溜：整整，满满。

跟毛品英睡在炕上，王秀珍说："你们咋不再盖两间房？"

"哪儿来的钱？"

"那你就让旺儿哥再到砖场去干嘛，我知道，现在种地是挺难的，不挣点儿现钱哪儿成？"

"你们不是把他给开了吗？"

"是他亲口跟你说的？"

"嗯，还能有？"

"哦，那是那个时候，现在不同了，又新上了一条生产线，正缺人呢。"

王秀珍怕毛品英起疑心，解释说："我哥看旺儿哥老实能干，特意让我来，把他请回去。"

"难得他遇见了你们这样的好心人，我们家遭了那样的灾，真有点儿无路可走了。"

聊着聊着，王秀珍说："嫂子，我得下回地。"

毛品英随手给她拉着了灯。王秀珍身上穿得很少，下到地上，在昏黄的灯光下，也是那样触目惊心。肥大的屁股，白花花的身子，看得毛品英嘻嘻直笑。

"笑啥？"

"妹子，你真像个女菩萨。"

王秀珍并不是去方便，而是把白天那个塑料袋拎上炕来。打开一看，是一黑一白两只女人的胸罩。看着吃惊的毛品英，王秀珍一笑，说："嫂子，这是我特意给你买的。"

"我一个家庭妇女，穿它干啥？"

"嫂子，你也忒不讲究了，再这样下去，旺儿哥该不喜欢你了。"

“穿这么一个怪怪的东西，他就能喜欢？”

“你以为呢？男人虽然嘴上不说，他们其实最喜欢女人这个。你看，男人走在大街上，哪个不是可劲儿地往女人的胸上瞭？”

“咱可不习惯这个。”

“穿上，穿上，一穿上就习惯了。”

毛品英在王秀珍的逼迫下，就穿上了。可没瞭上两眼，自己就羞得钻进被窝里去了。

王秀珍就钻进被窝去捉她，两人在被窝里就扭成了一团儿。

“嫂子，你臊个啥？”

“哎哟，我的亲妹子唉！”

……

第十一章

温柔的老茧

经历了天安门广场的那一幕，翁大宝的心像被填充了什么特殊的东西，突然就大了起来。

小小的年纪，咋就这样儿女情长呢？在宿舍里，他居然羞愧了很长时间。他甚至都不想给李金橘写回信了，但想到李金橘正在煎熬中护理着她的父亲，需要别人的鼓励和关心，便还是写了回信。

信中，他一改“忆岭西，缱绻岁月稠”的调子，既不提鞋垫儿的事儿，也不提思念的事儿，而是代之以平静的安慰和慷慨激昂的叙说。

所谓慷慨激昂的叙说，是他把报纸上周总理的生平大段大段地抄给李金橘，然后作了一番议论，说了几个“伟大”、“崇高”和“为共产主义事业献身”之类的大词。这些大词，他说得是那么真诚、认真，而且有几分兴奋。在信中，他隐约地透露出一层含义：他不应该仅仅属于那个巴掌大的小山村。尽管那巴掌上有温柔的老茧。

这以后，他安心地攒他的收音机，竟至能收五六个台，被树为班上学工的榜样。

但他还是不满足，因为全年级学工标兵所攒的收音机居然能收十个台，比工厂销向社会的成品频道还多。他很是不服气，偷偷地观摩了一下那台标兵收音机。发现，他比别人多装了两只二极管和一只三极管。而他不懂二极管和三极管原理，尽管他们的物理课本上就有这方面的知识，但他们上课时并不讲，即便是讲到，也不讲得那么深。于是，他开始偷偷地自学。

一自学不要紧，他发现自己的确聪明，只用了一个星期的时间，高中课本中有关半导体收音机的知识，他就全弄通了。兴奋之下，他又马不停蹄地向更深的境地钻研——他把工厂里高级技师的专业手册借来，一章一章地往下抠。

他把李金橘给忘到脑后去了，以至于再收到李金橘的来信时，他居然愣了一下。

他草草地看了一下李金橘的来信，就扔到一边。“你着啥急，再过两个星期我就回去了。”他心里说。

第三个星期，他果然就超过了那个标兵，他攒了一台能收十个半台的收音机。

之所以是半个台，是因为新调出的那个台总是不稳定，听着听着就消失了，或者串到别的台上去。但终究是打破了纪录，工厂和学校商量，奖励了他一台收音机。

这个巴掌大的收音机拿到手之后，他立刻就想到了李金橘那只巴掌。所以，一进入第四个星期，他的主要用功方向，就是想家。他是想赶紧把那台收音机显摆给李金橘看。

在回家的长途车上，翁大宝很担心，李金橘，你可千万别不在家里。

到了家，知道李金橘已经从县医院回来了，他紧悬着的一颗心才彻底放安妥了。到了晚上，两个人不约而同地来到了村后的紫荆坡上。在那个山坡上，有大片大片密集的紫荆，能把人的身影严严地遮住。他们都觉得，对方一定会在那里等自己。

一见面，两个人都仇人似的瞪着对方，久久地不说话。翁大宝发现，李金橘黑了，瘦了，但眼睛更大了，也更亮了，心里立刻就有一股酸酸的、热热的东西爬上了喉头，便情不自禁地喊了一声："李金橘！"

"翁大宝！"李金橘也颤颤地回应了一声，像一头被追上绝路的山麂子，踉踉跄跄地就向他扑了过来。

他们仇恨地匝在了一起。

李金橘嘤嘤地哭泣着，激起他无边的怜惜，他把手插进她浓密的黑发里，不停地抚弄着，竟至把发辫弄散了，山溪一样纷披而下。

完了！翁大宝此时感到，他哪儿都不属于，就属于这个巴掌大的地方，就属于这个小小的、黑黑的山里姑娘李金橘。

"你咋不给我回信呢？"李金橘嗔怨道。

翁大宝笑而不语。

"你笑啥？"

还是笑而不语。

"刚在大城市里待了几天，就看不起人了是不？"

翁大宝笑着从口袋里拿出了那台巴掌大的收音机。"是学校奖我的。"他说。

"都有？"

"就奖我一个哩。"

“咋就奖你一个哩？”

翁大宝就得意地把那个过程颇为琐碎地讲了。

“看把你能的！”李金橘在他的额头上捅了一下。

翁大宝顺势就把她的手捉住了：“让我再看一看。”

“看啥？”

“看看你的老茧还有没有。”

“不让看，丑死了。”李金橘很机灵地把手抽了回去。

“以前你咋让看？”

“以前是以前，现在是现在。”

“为啥？

“城里的女孩儿手多软和，你还没看够？”

“你咋跟婆娘似的？”

“我本来就是婆娘，你咋刚知道？”李金橘的眼睛又红了起来，在从城里回来的翁大宝面前她感到自己很卑微。

“不让看就不让看，但是这个给你。”翁大宝把收音机递给她。

“真的给我？”

“我还能给谁？”

“还是给你爹吧，你爹没事儿总是跟你妈拌嘴。”

“不，就给你。”

“难道我比你爹还占分量？”

“那是两码事儿。”

女孩儿的心是敏感的，李金橘知道，虽然翁大宝嘴上说是两码事儿，但是在他的心中，是有自己的。收音机在那时的小山村毕竟是稀罕物啊！李金橘的脸上就明媚起来，笑着把收音机接过去："给我就给我。"

一阵轻微的晚风徐徐地吹过来，他们闻到了一股醉人的药香。荆花这时正开得繁盛，那略带苦味儿的花香正符合山里人的心情，弄得两个正值青春期的孩子心里很温柔。

李金橘主动把手给他："你不是想看吗？"

翁大宝举起她的手，看到那些老茧一点儿也没平复，还是一粒一粒的。听老人说，这人要是小时候结下茧子，一辈子都是长着的，就像人的胎记。可怜的女孩儿竟用这样的礼物回报他，翁大宝的心里不禁有些酸涩，怜惜地抚摸起来。他此时的心情跟在岭西的时候是不同的，那时是儿戏，现在是动情，是疼。

在翁大宝的抚摸下，李金橘情不自禁地呻吟了一下，身子也轻轻地颤抖起来。"翁大宝，你能不能亲我一下？"她竟说。

翁大宝一愣，他从来没想到，一个女孩子居然有这样主动的要求。

这时，李金橘已经把眼合上了。她很自信地期待着。

翁大宝便在她饱满的嘴唇上轻轻地亲了一下。

李金橘睁开了眼，冲动地回报他，亲他的额头，亲他的眉毛，亲他的鼻子，亲他的脸颊，快亲到他嘴唇的时候，她停住了。

"翁大宝，你记住，我是你的了。"

"这孩子上哪儿去了，都这时候了，咋还不回来？"李金橘的母亲说。

"能去哪儿，肯定是找翁大宝去了。你没看她这两天那个样儿，跟丢了魂儿似的，翁大宝一回来，她眼珠子都发蓝？”李万成说。

“人家可还是个学生。”

“学生咋了，难道他一辈子都是学生？”

“可他们家那么穷，咋才是个好哩？”

“那孩子将来肯定会有大出息，你没看他长得天庭饱满、地阁方圆？”

“哼，老迷信。”

乡里做出的决定，很快就落实了，万明全心中的石头总算落了地。

领到了第一笔赔偿金，他就买了些东西去酬谢他的恩人张家瑞。

张家瑞说：“这点儿小事儿，不足挂齿，你千万别往心里去。”

“还小事儿哩，那是天大的大事儿！”万明全说。

张家瑞一摆手：“说不让你往心里去你就别往心里去，我这个人有个毛病，被人记惦着，心里不舒服。”

客气一番后，张家瑞突然严肃起来，说：“老万，你要是真的念我好，你就别跟别人说是我帮了你的忙，还有……”他收住话头，直直地看着万明全，好像下边的话说起来很困难。

“有话就尽管说。”万明全催促道。

“那我就不客气了，我是说，以后如果没有啥特别的事儿，你不要总是到我这儿来，让人见了，不好。”

万明全愣了，因为他已经把张家瑞当亲兄弟了，很想接长不短地热络热络呢。“咋会是这样哩。”他难过地嘟囔道。

“咳，我也不想这样，但现在的社会很复杂，我不得不这样做，请你千万别往心里去，咱私下里还是好朋友哩。”

万明全很难过地在街上走着，突然听到有人叫他，左右踅摸了半天也不见人影，以为是自己耳鸣闹的，就又往前走。

“咋，攀上县委书记，就连老乡亲都不认识了？”他又听到一个很清晰的声音，便停了下来，循着声音找去，发现是那个半截人龙二成正坐在一个角落里，满脸讥讽地看着他。

“哦，是二成啊。”

“老万头儿，原来你眼里还有人啊。”

万明全感到很奇怪：“我啥时候眼里没人哩？”

“就怕你眼里没人。”

万明全蹲在龙二成身边，说：“二成，你的事儿，也应该找一下县委翁书记，别看他官儿那么大，一点儿架子都没有，对咱乡下人很怜惜哩。”

龙二成撇了撇嘴，说：“我没那个想法。”

“为啥？”

“我的事儿跟你的不一样，我想自己解决。”

万明全很纳罕，你一个半截人，有啥办法自己解决？真是炮铳不大——响儿不小[1]。但嘴上却说：“那得等到啥时候？”

“不急，有羊总是能赶到坡上。”

看到龙二成一脸认真的样子，知道他不是在开玩笑。可俩人好像并没有多少话可说，待在一起都感到很不自在。

---

[1] 炮铳不大——响儿不小：在褒贬用法上，有截然不同的意思。褒指在很不起眼的外表之后，有很了不起的内容（能量）；贬指不切实际的想法和自不量力的幻想。文中此处，因为人物的情绪复杂，褒贬参半。

“你要是没事儿，我就先走了。”万明全说。

龙二成一笑，说：“老万头儿，你得了不少钱是不？别都自己填巴[1]了，也拿出几个，请大伙儿喝喝酒。”

龙二成的话让万明全很不舒服，好像他的钱是白得的一样，或者就是不该得。念他是个半截人，万明全不好意思计较，漫应道：“行，赶明儿我请你。”

“别光请我，街坊邻居你都得请请。”真是狮子大张口，胃口一串儿一串儿的。

“再说吧。”

“别再说，你定了准儿，我好通知人。”

万明全真是哭笑不得，心里说：我舍脸扒皮、丢人现眼地弄回几个血泪钱，凭啥你就给支配了？你以为你是谁？但他拉不下脸，刻薄的话说不出口，就半天不说话。

龙二成好像很懂他的心思，说：“老万头儿，甭舍不得，这叫破财免灾。”

这时候，万明全再也沉不住气了，大声地反问道：“免灾？免他娘的啥灾？我万明全啥时候好过过？”

“老万头儿，你是不是又喝酒了？我现在跟你讲不清，等你酒醒了，我再跟你说。”龙二成自己给自己找了一个台阶，没等万明全接话，撑起两个小杌凳，橐橐地独自走了。

望着他那可怜的背影，万明全既难过又困惑。

---

[1] 填巴：表面含义指吃喝，外延是指投入、支配、开销、花费。

他困惑的是，这个龙二成前后判若两人，起初他投告无门的时候，龙二成对他是寄予很深的同情的，颇有同病相怜的味道；可是现在，看着难友有了着落，却并不见有高兴的表现，反而成了那个样子。

让他难过的是，他觉得这里并不那么简单，依龙二成的意思，如果不填巴填巴街坊邻居，好像他万明全就不是东西似的。这人都咋了，气怀[1]是不？

万明全踽踽地往前走着，心情很不好。还有一种不快，隐隐地使他始终不能释怀。那就是刘文存乡长都到他家里慰问了，可王立平村长却一直没有露面，那背后隐藏的内容，神秘得让他不安。

如果王立平村长露面的话，他会很客气地给他也沏一杯红糖水，还会说两句表示歉意的话——村长，我只是讨回我该得的，并不想夺去你该得的，而你该得的被人夺去了，跟我有关系又没关系，因为那不是我的本意——咱乡里乡亲的，我绝不想跟你结一辈子的怨，一天到晚都能见着面儿，谁见了谁都眼红，你说，那日子凄惶不凄惶？

可是，王立平村长就是不给这个面子。这是何苦呢，你给我面子，就是给你自己面子，你让我当着众人的面儿，说几句歉意的话儿，你不是很有面子吗？你当了这么多年的村长，咋连这个道理都不懂？

万明全终于明白了，为啥他爹在下手前刀子颤抖，有些犹豫，他心里

---

[1] 气怀：京西方言，有多种含义，（一）嫉妒，怨恨；（二）自私、霸道；（三）复句：宁可……也不。这个词，是从北方小孩儿吃奶的情状引发的。情景之一：小孩儿看见别的小孩儿吃奶就生气，哭着也要吃，反映出眼馋、嫉妒的内心。情景之二，明明自己已经吃饱了奶水，却还把持着乳房，怕别的孩子吃，生动地反映出孩子自私和霸道的心态。情景之三：小孩儿自己既吃饱了奶水，也从乳母的怀里走到别处玩耍，但眼睛却留意着母亲的乳房，一有别的孩子表现出吃奶的动作，便扑过去阻拦，或哭泣撒泼，颇有宁可我不吃，也不许你吃的味道。这些情景的产生，多与儿女众多的家庭有关系，是非计划生育的产物（乃笑谈也）。

也害怕，也有顾虑。

为啥会害怕，会有顾虑？不是缺乏勇气，而是心地善良。他跟他爹有同样一种病，就是也心地善良。

他爹在关键的时候，是他的仇人帮了他一把，不然也就前功尽弃了。他自己在关键的时候——王村长，你要是不逼我，我能跪到县委门口去吗？弄到这个地步，你说你怨谁？

他爹比他幸运的是，居然有一口井在那里静静地等着他，使他最终能跟自己心爱的女人的魂灵合在了一起，使自己不再经受善良的煎熬。可是，自己却活着。

“大菊啊，你咋这么狠心哩？你咋不把我也拽了去哩？”他哀叹道。

他真想也投奔楚大菊那个黑甜之乡，那就一了百了，耳根子清静了。

王村长，你赢了，你能让我内心不静，还不是你赢了？

白石渣就是白石渣，白米饭就是白米饭，白石渣咋能变成白米饭？罗贯廷那个龟儿子就是鬼道，他能看透人的心！

他爹也鬼道，能活都不活了，所以他彻底赢了。所以，虽然看起来他比他爹幸运，其实他不如他爹。

想来想去，万明全心烦意乱，又去喝酒。

“这是咱靠丢人现眼讨回来的血泪钱，不喝咋着？”

“张家瑞啊张家瑞，你小子也很鬼道，但是咱不怨你，你也得活人哩。”

他一边喝着，一边叨念着，酒下得就快，一会儿就醉了。只要酒一醉，他身子就着火，就坐立不安。他又朝着村东头的池塘跌撞而去。中途路过罗贯廷待的那座庙，他站了一下，诡异地笑了笑，噗地啐了一口浓痰："罗贯廷，你个龟儿子！"然后径直朝池塘晃荡过去。

他又靠在了那只枯树墩上，不是靠，而是重重地把自己扔在它身上："他娘的，还是在这儿舒服。"

他合上了眼。听到池塘里传来鱼跃出水面呼吸的扑哧声。"这出气儿的就是贱，给点儿活路就瞎扑通。"他说。

这个池塘原来是属于村里的，因为干得太久了，塘底的淤泥扭曲的丑陋的斑纹，让人看着很难受，总给人一种灾异之象，在众人的建议之下，就包给了个人。一包给个人，人家就挖了井，拉上电线，置备了水泵，三两天叫一回水，成吨成吨的鱼苗放进去，就成了一座鱼塘。

他突然睁开了眼，冲着池东边的旧庙发呆。他想到了那座玄武碑。想到了那"龟蛇交尾"的图案。

"喊，龟蛇交尾，交尾能生个啥？"他反复琢磨着，觉得这真是个问题。

他终于琢磨出了答案，嘻嘻地笑了起来。

"能生个啥？生个蛋！"

旺儿正在门卫室里值班，王立平醉醺醺地闯了进来。

"旺儿，你好好干，我王立平将来不会亏待了你，你这个人比他们好，不会落井下石。"他说了一顿莫名其妙的话。

旺儿看到，这个不可一世的人物，此时黑了，瘦了，憔悴了，眉宇间有很深的凄苦。他听说，村里一个叫万明全的老汉把他告到了县里，他的支部书记的官儿给撸了，所以，他的凄苦肯定与这事儿有关。咳，这人啊，谁也甭夸口，遇到不顺心的事儿都发蔫。他心里感叹了一下，对眼前这个人物产生了一丝同情，便把桌上的大茶缸子注满了水："村长，我这儿也没好茶叶，你们就凑合着喝吧。”

一般的看门的地方，都会见到这种大号儿的茶缸子，不同时代的影视镜头上也都出现过它的形象——它是社会生活的一个经典符号。

旺儿这个大茶缸子是前任留给他的，即便那人对他挤占了自己的位置有些怨恨，但还是把它留给了他。那人觉得，这种货色，只配在这种地方用。那个大茶缸子锈垢很厚，黑黢黢的，缸子里沏的是一种叫“茶土”的沫子茶，茶水便也浑黑得看不见底。

王立平毫不犹豫地端了起来，一气儿就把它喝完了。他的喉管咕噜咕噜地响着，喉头剧烈地一起一伏，跟驴子饮水时的情景一模一样。

“痛快，真他娘的痛快！旺儿，把水再满上。”王立平抹了一下嘴上的茶涎，接着说：“咱啥好茶没喝过？都是他娘的鸡巴味儿，都没咱这茶土好喝！”

这茶土三块钱一斤，还不够好茶叶一两值钱，竟让王大村长喝出如此的厚味儿，旺儿禁不住嘿嘿地笑了起来。

“旺儿，你笑个啥？你就不知道，我也是装卸工出身。”

王立平像是要报答他似的，给了他一支软包装的大中华。旺儿知道，这一包烟就十多块钱，便闻了闻烟味儿，把它夹到耳朵上，他舍不得抽。

王立平啪地打着了打火机：“你这叫干啥，点上，点上。”

村长亲自点烟，就不能不抽了。旺儿小心地抽了一口，小心地嘘出烟来，他要好好品一品。

“琢磨个啥，都鸡巴一个味儿，”王立平说，“都说，软中华硬玉溪，这样的干部最牛×，其实屁，就像女人往脸上搽一层厚厚的粉儿，既糊弄别人，也糊弄自己。”

王立平告诉旺儿，甭管别人是抽高档还是喝高档，你没必要羡慕他们，甭心里泛酸，只要你抽的喝的对自己的胃口，再便宜，也是高档。为啥？咱庄户人是受用，不是显摆，你没必要受那个累。

旺儿还是第一次听王立平说这么通情理的话，觉得他既陌生又亲切，站在那儿不知说啥好。

“旺儿，我为啥说你比他们好？是因为在我最难的时候，你却回来了。”王立平动情地说。

单纯的毛品英被王秀珍彻底征服了。她对旺儿说：“人家秀珍代表她哥来请你了，你就跟她回吧，甭在家里瞎囚着。”

“那地咋着？”他不能把那层薄薄的窗户纸捅破，只能借助地。

“甭提那地，一提就让人伤心，你就放心打你的工，多挣几个现钱，比啥都强。”

“地可是咱的命根子，不提哪儿成？”

“那是过去，现在可不同了，它净糊弄咱，咱也就糊弄它，打几粒粮食就打几粒，不打咱也不凄惶，因为咱不实指着它。”王秀珍那个鼓鼓囊囊的钱夹子改变了她。她认准了一个理：现在的日子，必须有钱。

旺儿临走前又到地里去了一趟。他一到地头就哭了，趴在地上久久不起来。他预感到，他这一走，将要发生许多事情，很有可能再也回不到这个地头上来了。

“品英啊！”他伤心地叫道。

而自己的女人是笑着把自己送走的，站在自家的门口，穿着别人给买的宽体罩衫，胸部好像也饱满了许多。

坐在公共汽车上，王秀珍总是偷偷笑，旺儿趁人不备，在她的胖胳膊上，狠狠地掐了一下。王秀珍失声叫了一声，惹得众人都回头看她。

“旺儿，不知咋的，我就想跟你说说知心话儿。”王立平说。

旺儿吓了一跳，村长竟要跟自己说知心话，岂不是太沉重了？

王立平跟他说，万明全那老杂种这一闹，岂但是免了一个支部书记，背后的麻烦大了。村里的许多百姓都他娘的奓了翅了，合伙到乡里告他，啥提留多收了，水电费多收了，啥救济款贪污了，公粮钱克扣了，名目多了。乡里起初还帮他辩解，但一听说不解决就到县里去，乡长就二乎了，反过来就压他，让他从速清退。为了息事宁人，就只好退了，一退不要紧，就出了百八十万。这帮王八蛋，平时跟孙子似的，一有人点火，就趁火打劫，真是刁民。这要是过去，他们可敢！那时，村长就是保长，就是维持会长，腰里是掖着二把盒子的，甭说还奓翅，就是瞧着谁不顺眼，抬手就把他崩了，谁受这个窝囊气？

旺儿吓了一跳：“村长，你咋能这样说？到啥时候都是有王法的，你没看评戏《杨三姐告状》，那个害人的人最后不是也让县长给毙了吗？咱不能总是想着自己合适，你说是不是，村长？”

“那鸡巴是戏，你也信？”

“我信。”

“这么说，你要是看着我不顺眼，你也去告？”

“村长，你可不能瞎比方。”

“你甭不承认，”王立平苦笑着说，“我早看透了，这人都一样，你千万别碍着他的利益，一旦碍着，他不会轻易就放过你。”

“咱老老实实地过日子，干啥非得碍着人家？都是人哩。”

“不是咱非得碍着人家，有时候你不碍着，你就过不去。”

旺儿感到不理解，困惑地看着王立平。

“你比如说咱多收提留的事儿。”王立平解释说——

中央有明文规定，乡统筹、村提留的总额，不能超过农民过去一年年纯收入的5%，北京因为是首都，为了保持稳定，也是为了树立首都的形象，市里规定，北京的比例不能突破3%。但是一到了乡里，明着宣传的是3%，实际下达的任务定额却是5%，他们既当婊子又立牌坊，到了咱村干部身上，你能咋办？只能偷偷地摊在村民身上。再说这克扣公粮款的事儿——为了保证公粮收购，这公粮既有收购价，有又保护价。上边的意思是好的，但跟实际却有出入。因为这粮食市场放开了，市场对公粮收购有影响。收购价比市场价高的时候，村民拼命卖公粮，为争个配额，恨不得把你家的门槛都踩烂了；等市场价比保护价都高了，不管你死说活说，老百姓就是不把粮食拿给你。你以为老百姓就有觉悟，他处处打的都是自己那把小算盘。所以，公粮款就是不能一次足额发给他，为的是给他一点儿制约，你今年要是不完成任务，对不起，这钱你还甭要了。

“这是说农民，你再说当官儿的。”王立平越说越兴奋，全不在乎旺儿的反应。

“县里的干部咱够不上，咱先不说，咱就说这乡里的。按理说，现在的乡村两级已不是原来的纯粹的隶属关系，从里到外，从种到收，村里都得听乡里的指令——现在村里撇开乡里也能干事儿。但是，乡里死活就是不让你撇开它，你除非不搞经营活动，一搞经营活动，就必须找他们申请、盖章。其实，你要是硬顶着不去盖章，也是可以的，你办个企业，直接到工商局办个手续也就齐了。但是，你得占地，你一占地乡政府的村建土地科就卡你，说你是非法占地，说你是破坏村镇规划，让你想干的事儿也干不成。还有计划生育、征兵、献血、线路改造，还有各种达标活动，他们处处给你下达指标，你一旦不能完成，他们就给你点儿颜色看，轻则通报、罚款，重则免你的职。免职是他们的杀手锏。因为他们啥都没有了，还有个组织人事权，只要你稍有点儿不听话，他们会说：你那个支部书记还想不想干？你想，咱能在村里喝五吆六，不就是因为有支部书记这个位置，没了这个位置，你算个屁！你该说了，村长可不是由乡里任命，那是村民自己选的。这你就太天真了。哪次换届选举，乡里不成立一个由党委书记挂帅的选举工作领导小组？哪个村里没有乡里督阵的工作组？村长人选必须报乡里审批，支部书记必须保证把乡里拟定的人选选上，否则，一旦落选，就要由支部书记买单。所以，一般都不会落选；即便是落选，也没有多大关系，只不过是增加点儿麻烦——乡里会用更加严密的组织手段予以保证。比如下力气搞好形象宣传，以党员联系户的形式发挥党员作用，等等，不达目的，他们那个工作组，是不会收兵的。所以，村长也是受制于乡里的。

“这样一来，你还敢得罪乡里的干部？你别看村里有事儿时你找不着他们，可是一到吃饭的时候，大小干部就都露面了，你就得统统地热情招待。所不同的是，大干部光临，咱大吃大喝；小喽啰来到，咱小吃小喝——决不能不吃不喝。还有，一到了年节，他们也准会不请自到。你别看他们啥话也不说，只是哼哼哈哈的，但是你得明白，他们是跟你要年货来了。你说，那吃喝钱哪儿来？那送礼的钱哪儿来？不都得摊在村民身上吗？

“你该说了，不还有村办企业吗？这是活扯淡的事儿。村办企业多一半是假集体，少部分真集体也是不死不活。社会上有不少人认为，乡镇企业是跟国有企业争资金、争资源、争人才、争市场的，所以先天就歧视，先天就挤压，再加上自身的水平能力问题，能站住脚并发展起来的真是寥寥无几。一般的来说，只要能给职工开出工资就不错了，而又有多少企业能做到这一点？这你还不知道，现在打工的，都到年关了，还领不到工资的不满大街都是？旺儿，说到这儿我就来气，你每月都能从我这儿领到成千块钱的工资，还生在福中不知福，居然还偷偷地跑了，要不是王秀珍没脸没皮欺哄着你，我岂能容你！算了，不说你了，咱还说这村办企业。这村办企业就是个时髦的牌子，好听好看不中用。所以，对咱村的村办企业，我没有更高的指望，只要能保村干部的开支就成。

“村民是苦啊，可是，他们不苦，难道让我苦？现在的村干部都学精了，让上边的人吃点儿喝点儿拿点儿，保住这个小小的乌纱帽，然后自己也吃点儿喝点儿拿点儿，确保幸福到老。

“我承认，现在的村干部是不如从前了。过去的村干部为啥普遍都好？让我总结，就是两句话：一穷二白，没有摊派；老死乡土，没有依赖。现在的村干部，面对那么多朝你伸手的，你不鼓捣俩钱儿咋行？养尊处优，浑身发懒，力气活儿也干不动了，一旦把你免鸡巴了，手里再没几个钱儿，你哪儿还有幸福生活？所以，搂点儿钱，是个很现实的问题——一旦不让你干了，钱就是祖宗，钱就是你的依赖，你手中的钱既可以养老，又可以投资办企业，当个体业主，有心思的话，可以加入工商联，或者弄个政协委员当当，岂不还是人物一个？市场经济就是好，只要手中有钱，农民可以离土又离乡。过去的干部行吗？一不让他当官儿了，他敢说此处不留爷必有留爷处吗？”

王立平真是喝多了，当着一个外地人，居然稀里糊涂地说了这么多。

旺儿的耳朵已经不够使唤了，他听得目瞪口呆。他一边听着一边也想着自己的心事。怪不得咱那地界儿的管事儿的都把印把子揣在自己的兜里，一有人来办事，手心朝上一摊，那意思是说：拿钱。只要你点给他钱，你递上的啥啥申请，他连看都不看一眼，把戳子拿到嘴边哈一哈，

"当"地就给你盖上了。他们算是整明白了，而且比北京人整得还明白。自己那地还种个啥？到头来，还不是一穷二白，没有依赖？自己是应该趁着年轻多挣俩钱儿，等明儿个在那个地界儿混不下去了，可以在这边买套房子，把娘儿俩接过来，我打工，她卖菜，也是一番新的天地哩。甭管她王秀珍安的是啥心思，只要自己把持住了就成。看她和她哥的为人，也不是逼人走绝路的那种，还是安心在砖厂干吧。

"王村长，听您这么一说，您也是很不容易的哩。"

"可不是咋的，每个人有每个人的难处。"

跟王村长比，他是大难，咱是小难，咱一点儿都不比他更凄惶。

因为一台收音机，仅仅是因为一台收音机，一个农村少女的梦幻空前地绚丽起来。

李金橘觉得家乡的一草一木都是美的，苦涩的乡音也是甜的。她还觉得，作为一个有知识的农村女青年，不仅鞋垫儿要纳得好，而且还应该有一番作为。那个男孩子能在一个多星期的自学中，攒出一台能收十个半台的收音机，我咋就不能用一年半载的时间，把针灸学会了？咱从小就没被他落下过哩。

因为有病人需要照顾，她实在脱不开身，便让翁大宝给她买了一套有关针灸的书，刻苦地自学。她弄清了人体身上所有的穴位，也弄清了每一处穴位跟治病所发生的关系。为了掌握实际技法，她偷偷地在自己身上行针。居然就把针灸学会了。

那时报上正宣传着一个插队女知青的先进典型，她在自己身上做实验，自学针灸为当地百姓治病，以至于自己的一条腿都被扎残了。李金橘便为自己感到骄傲，因为她不仅学会了针灸，自己还安然无恙。她感到自己和翁大宝很般配。

也因为针灸的缘故，她接近并了解了翁大宝的身体。因为在这个期间，翁大宝在得知李金橘拿自己做实验的真相之后，对她产生了很深的敬意，便也把身体贡献出来。那是青春的身体，处处透着美和活力，李金橘对这个身体，产生了很强烈的渴望。恨不得早早把自己交给他，为他生儿育女。但是，看到翁大宝天真无邪的面孔，看到他一心一意帮助她提高医术的热诚，她为自己的欲望感到羞愧——才啥时候，咋就像个无耻的妇人哩？

这种自责化成了一种动力——一定要混出个样儿来给他看。她对翁大宝说："你没事儿别净给人家写信，让人心烦意乱的。"

在这个时候，国家开始恢复高考，有许多拖儿带女的人都报名参加。这给了翁大宝一个不小的刺激，他对李金橘说："我一定要考上大学。"

这个想法，他父亲是极力支持的。"这才像我的儿子。"他说。但是他又说："你以后少跟李万成的闺女那么近乎，一心不可二用。"他心里是咋想的，翁大宝是清楚的——父亲感到，自己的儿子将来肯定会比李万成的闺女有出息，不能让他沾了香香[1]。尽管李万成为大队社员操了不少心、吃了不少苦，理应心存一点儿感激，但是还是不成。他说，李万成管了他半辈子，啥啥都得任其支配，他憋屈够了。还有一层原因他说不出口：他一直怀疑李万成摸过自己女人的奶子，虽然他无从验证，但每一想起，就耿耿于怀。

翁大宝对父亲这种农民式的褊狭很是不满，但想到他是望子成龙心切，也就没有跟他公开计较。每次跟李金橘约会，都背着他。奇怪地，虽

---

[1] 香香：京西方言，指吉祥之气，好运气，也指福泽，恩德。

然多了一层阻隔，两个年轻人的心反而更近了。

翁大宝很顺利地就考上了大学。他考的是农业大学的畜牧专业——不仅是要圆他曾有过的梦想，更主要的是，他觉得学一门农业技术，对于一个农村孩子来说，更实际也更实用一些。

一个偏僻的小山沟居然出了一个大学生，对整个大队都是一个震动。社员们都感到脸上有面子，每家每户都争着请翁大宝吃饭。用他们的话说，沾点儿秀才的香香，兴许自家的门风也能改变一下哩。吴克利和安红叶两口子不仅在第一时间给翁大宝送来祝贺，还在每个班的黑板上都写上了同一问答题目：翁大宝大哥哥考上大学了，我们怎么办？

问：翁大宝大哥哥考上大学了，我们怎么办？

答：那还用说，也考大学呗。

问：考不上怎么办？

答：再考。

问：还考不上怎么办？

答：老师，我们有那么笨吗？

乡亲们质朴的情谊和两位老师的殷切用心对翁大宝的触动很大，他第一次感到：以为翁大宝也就是一个翁大宝而已，原来却不是这样，自己并不是孤立的一个人，而是每个农家的生活都跟自己有关。

李万成的举动，更让他加深了这一点认识。

李万成主持大队支部会议作出决定，给翁大宝五百元助学金。他对社员们说：“你们谁也甭眼红，这是大队针对于所有家庭的决定，将来你们谁家的孩子考上了大学，都会得到这么一笔奖励。”

在当时，这五百元意味着啥？意味着一个社员顶酷暑冒严寒在泥里水里挣扎三年所得的收益！

这还不算，李万成亲自赶着队里的马车，带着一干人马，敲锣打鼓地把翁大宝送出村外。

坐在马车上，看见那让自己惊耸和恐惧了多年的瘿袋石，翁大宝触景生情，不禁落下了眼泪，心里暗暗立下一个念头：将来自己一旦有了支配能力，像这样的瘿袋石，一定都给它炸了。

翁大宝的父亲就跟翁大宝坐在一起，看着落泪的儿子，他只来得及咧嘴笑了笑，便也情不自禁地哭了——他的儿子终于出人头地了，而且堂堂的支部书记竟亲自给他儿子赶马车。

他是幸福之哭。

送到那座大桥边，李万成说："大宝，一会儿班车[1]就打这儿过，我们就不送了，也没啥要嘱咐的话，你自己心中有数儿就是哩。"

翁大宝用力地点点头，说："支书，你们放心吧，我心中有数。"

坐在班车上，望着渐渐渺小下去的那一干人马，翁大宝心中泛起一阵忧伤。他的忧伤，是李金橘引起的。

对翁大宝考上大学的事儿，李金橘喜忧参半。喜自不必说。而她的忧虑，则来自于一个女孩的本能——翁大宝是个聪明有进取心的人，他有极为灿烂的未来，至少他会成为一个国家干部。未来的日子，他们之间的社会地位将逐渐拉大，这是个不容回避的现实问题。她自己能够把持自己，翁大宝他能把持得了吗？他会一辈子不后悔吗？

她不敢想。所以，坐在浓密的荆花丛中，他们之间好像突然就无话可说了，久久地沉默着。

---

[1] 班车：京西人在口语中，把公共汽车称作班车。

翁大宝感到极纳罕——原本心心相印的两个人，就因为这么一件事儿，还是一件喜事儿，竟一下子变成了一对陌生人。咋会这样？到底为啥？

农村人真是麻烦，任何一点点儿改变，都不是单纯的改变，都会车动铃铛响，引发一系列问题。

他知道，李金橘并不是褊狭之人，其中的道理她不会不明白，但是，无论如何，就是不能心境豁然。就是，就是这样哩，你该咋办？

他把她拥进怀里。这是他第一次主动地表示。

但是李金橘凄然一笑，默默地把他推开了。

他又一次去拥抱她，又一次被她推开了。

他心中有些急躁，一个那么要强那么开朗的女孩儿，咋变得这样小气？"李金橘，你别这样好不好？我心里难受。真的，不然这个大学我不上了，回来当兽医，陪你。"

"翁大宝，你千万别，那样，我心里更不好受。"

"你是不放心我是不是？那好，走之前，就让咱俩先把婚结了。"

"那哪儿成？"

"这两届大学生比较特殊，拖家带口上大学的有的是。"

"那多别扭。"

"人家成，咱就不成？咋也比心里凄惶好哩。"

"你真小瞧我了，我不会那么想不开。"

"既然是这样，你干吗不开心一些？"

"我也想开心，而且心里也真的很开心，可是不知咋的，就是笑不起来。大宝，我求求你，求求你告诉我，这到底是咋回事儿呢？"说完，她哭了，且越哭越伤心，终至像婆娘一样，呜呜地发出声来。

翁大宝不知咋安慰她才好，报以不迭的叹息。

唉，他终于知道了，为啥这荆花香里带涩、甜里带苦，就因为生在这么个地界儿！

哭过了，李金橘不好意思地笑笑，说："大宝，你不许笑话我，女人家就是这样。"

翁大宝适时地把她抱进怀里，拍着她瘦小的肩胛，说："你不要不放心我，我翁大宝可不是那种人。"

"那谁敢说——甭说别人对你知人知面不知心，即便是你自己，也不一定真的了解自己，这人会变，会随着环境而变。"

翁大宝急了，说："那我就真的不去了，整天守在你身边，让你管着我，省得我变。"

"快别孩子气了，真要那样，你还不整天跟我打架？这人心气儿一高了，你再让他回到旧地儿，他也不会像原来那样仁义了。"

"你小小的年纪，哪儿来的这么多的理儿？莫非你天生就是人精？"

"咱没吃过猪肉还没见着猪跑过——咱村里不也有两家一工一农户嘛，他们的日子过得咋样，你还不知道？"

"哪儿能跟他们比，他们没文化。"

"这不是有没有文化的问题，而是人的本性问题。"

"李金橘，我想正儿八经地告诉你一句真话！"

"啥话，这么严肃？"

"我想告诉你，我真的很喜欢你——你那么善良，你那么能干，你用针灸给社员们治病，治好了多少人，又给乡亲们省了多少钱？从他们对你的敬重里，你就是他们心中的药母娘娘——这么好的媳妇是打着灯笼都很难找的，我咋能不珍惜哩？”

“我有那么好？”

“有哩。”

李金橘深深地叹了一口气，顺从地依偎在翁大宝的怀里：“大宝，我也正儿八经地跟你说句真话。”

“啥话，我着耳朵听[1]着哩。”

“我已经离不开你了，真怕你地位一高就不要我了——你想啊，全大队除了你翁大宝，哪个能配得上我李金橘？你要真的不要我了，我就一辈子不嫁人了，甭说是药母娘娘，就是尼姑娘娘，我也照当不误哩。”

“嘿嘿，你咋把自己说得那么惨？”

“不是我说得惨，一切就在那儿明摆着，生在这么个地界儿，我还有啥选择？所以，你要走了，我不顾羞耻地嘱咐你一句话，也算是我求你吧，你要真心地疼我。”

翁大宝心里一咯噔——这一个“疼”的字眼儿，可不是一个轻易就了得的字眼儿，不是花前月下的一时动情，而是终生的生命之托。

“疼哩。”他的声音沉郁而悲伤，再也不想第二次说到这个字。

李金橘动情地抚摸着翁大宝的手，摸到最后，竟把它拽进她的怀里。手油烫了一般颤了一下，因为它触到了一团软软的东西。女孩子牢牢地钳住了它，执着地把它领进怀抱的深处，胸衣的里边。

“它们是你的，你好好摸摸它们。”女孩子轻轻地说。

---

[1] 着耳朵听：京西方言，指伸长了（支起）耳朵仔细而认真地听。

它们是那么小巧，是那么的光滑，容不得一点儿粗心和懈怠。手的主人心跳得不成，屏住了呼吸，甚至紧紧地合上了眼睛。

手慢慢地、一寸接一寸地在它们身上触摸着——既胆怯，又新奇；既觉得幸福无比，又感到罪孽深重。它必须以终生的辛劳和不竭的热情呵护它们，才能得到最后的救赎。

“你走的时候，我就不送了。”女孩子说。

万明全惊异地发现，他身边的生活环境竟急剧地发生着变化。

看见他走过来，人们立刻收敛了脸上的笑容，停止了正在议论的话题，冷冷地看着他；他热情地跟人们打招呼，人们却没有反应，好像他是个突然冒出来的陌生人。可是他刚一走过去，身后的喊喳声马上就热烈起来，谈笑依旧，打闹依旧。

这是咋了？难道就是因为我没听龙二成的劝告，没请大家的客？如果真是这样，可就没意思哩。

他有他的想法：我万明全并不是看重了那笔钱，而是为了讨回来一个公理。公理一旦被讨回来了，大家还不都跟着沾光？多收的提留，多收的水电费，不也跟着退给大家了吗？我一个人得罪人，而全村人都受益，咋我反倒不是东西了，你们亏心不亏心？人啊！

最让他不解和气愤的是，村里居然有了这么一种议论：他的儿媳妇王小翠其实是一直跟人家村长有一腿的，王立平明里暗里没少给他万家好处，只是胃口被吊大了，不再好满足了，便产生了矛盾，以至发生了打人事件。所以，万援朝直挺挺地躺在床上，并不值得人们怜惜，那是狗咬狗时，咬走了嘴。

万明全很想跟人吵一架，却找不到一个发泄的对象。他感到窝囊，便怀揣了一个酒瓶子气哼哼地在大街上走。一边对着瓶嘴儿喝酒，一边骂骂咧咧。他真希望有一个捡茬儿的，他好死死地逮住了，出一口恶气。但人们小心地躲避着他，不给他机会。

“醉鬼子来了，咱们千万要长点儿眼。”人们互相提醒着。

找不到具体对象出气，他便海耍，借着酒劲儿，把瓶子摔在路面上，扔到路边的电线杆子上，或狠狠地砸向写着“计划生育是一项基本国策”的宣传墙上。

“你看，这就是醉鬼子，一点儿人样儿都没有。”有人在背后戳戳点点。

这个玄武村很是奇怪，村民虽然都很穷，但却很注重村容村貌的亮化美化，临街的墙面都用强力涂料粉刷了，且设置了规整的广告宣传栏，不仅村规民约上墙，国策宣传上墙，一些时髦的口号也上了墙，比如：“优化区域发展环境，加快文明创建步伐”“稳定是改革的基础，改革是发展的保障”“环境也是生产力”“以民为本，依法治村”等等。

万明全居然把酒瓶子扔到了村子的门面上，王立平村长不得不郑重召见他了。

“万明全，你的全部目的都已经达到了，咋还这样疯疯癫癫？今天叫你来，是想严肃地提醒你，你再往宣传栏上摔酒瓶子，小心我实行依法管理。”

“嘻嘻，我那不是喝醉了吗？”在这种情形下被人召见，一向不肯向人低头的万明全也觉得比别人矮了半截，他报以讪笑。

“你啥时候清醒过？别以为自己是个人物似的。”王立平揶揄道。

“咱一个小民，哪敢有那个想法？别扯远了，咱就事儿论事儿。”他回敬道。

“那好，咱现在就开始就事儿论事儿，你去把宣传栏上的污渍给我清理了。”

“啥污渍？”他对“污渍”这个词儿很陌生。

“就是你弄脏了的地方。”

“嘻嘻，你看我这么大岁数，是不是给咱留点儿面子？”

“就我个人来说，是想给你留面子；但是，我是村长，必须秉公办事儿，不然的话，谁都敢往墙上撒泼。”

王立平把“村长”二字的发音弄得很重，语调拉得很长，弄得万明全很无奈。

久久不见万明全回家吃午饭，王小翠就到街上来寻他。

看见在恶毒的老爷儿暴晒下，自己的公爹正大汗淋漓地清理污渍，而且周围还围了许多人，她不禁叹了一口气，默默地来到墙下，默默地帮助清理起来。

见是自己美丽的儿媳妇，万明全羞愧地一笑，轻声说：“你赶紧给我回去。”

王小翠也不搭话，继续清理着。

身后传来一片笑声。

“叫你回你就回好不好，你觉得咱的眼还现得不够咋的？”万明全恼了，说了一句别有深意的话。

王小翠委屈地看了他一眼，扭扭地走了。她怕当着众人，自己的眼泪不听使唤。她的臀儿肥重，腰肢纤细，扭扭的走路姿势近乎摇摆，摇出万千风情。

“你看，你看，她多么像一只骚狐狸，村长咋能不欺哄哩？”有人小声说。

但是，还是被敏感的万明全听到了，他终于捉到了一个发泄对象，大骂一声："我操你日本姥姥！"便把手中的脏水桶不由分说地泼到那人头上去。

那人是个平时都少言语的中年妇人，被兜头一泼，而且居然被封了一个日本姥姥，吓得跳了起来。定下神儿之后，也想回以詈骂，但看到万明全眼里发红的凶光，说了一句："我懒得理你，你不是人。"便含恨离去。

众人也哗地散了，就剩下个疯老头儿子。

光线恶毒，人心躁郁，困兽孤寂，比有人在的时候，还难以承受。

"万明全，有年头不见了。"有人跟他打招呼。来人竟是一个无头客，断了的脖颈血淋淋的，带着扑鼻的腥气。

"你是谁？"

"咋？连我都不认识了，我是你们的司号员啊。"

"你不是死了吗？咋还能走动？"

"我只是头没了，但心还在，肚脐儿是我的眼睛，我还照样能走。"

"那你就是鬼了。"

"别说得那么难听好不好，其实鬼跟人有啥区别，有时人还不如鬼。"

"这倒是真的，我现在就是不人不鬼。"

"所以你就不如我，我现在还是个被人纪念的烈士，可是你这个荣誉军人已经很不荣誉了。"

“还鸡巴说啥荣誉军人，在他们眼里，我是醉鬼子，你没听见，我甚至连人都不是了。”

“我咋没听见？在我们那里，人间的声音比你们听得还真呢，所以，我就出来陪陪你，咱们到底是战友一场哩。”

“你陪我干啥？瞧我混得这样儿，你不觉得心酸？”

“你这算个啥？咱的战友有许多还不如你呢，他们被美国人俘虏了，一放回来就成了审查对象，下放的下放，内控的内控，一辈子都没翻过身来。好歹你还能领到一笔抚恤金，日子过得也还滋润。”

“滋润个啥？遭灾，受羞辱，还不如死了好。”

“这都全赖你自己，你这人总是不知足，不知道忍耐，总爱拔份儿，现在的人都很自私，谁能容得下你？”

“容不下咋着？我就是这个脾气，都这把年纪了，改个脾气比死都难哩。”

“这倒不假。所以古人说：寿高多辱——既然死不了，就应该学会忍耐，为了你那个漂亮儿媳妇，也别再丢怪露丑了。”

“你甭提她，一提她我就来气，你没听见别人都说她啥，她是个丧门星哩。”

“亏你还是个军人出身，咋听风就是雨？她的为人你应该清楚，她要是那种人，能陪你跪到衙门口去，女人的脸面比命都值钱哩。”

“这？”

“你甭疑神疑鬼的，就把心放到肚里。有些事儿你信则有，不信则无，就不如不信。你儿子咋也是那样了，养老送终你还得指望她呢，你可别屈了她的心。说句实话，她啥错都没有，错就错在生在小门小户里，却长得那么漂亮。”

“或许你说得有些道理。”

“咋或许呢，本来就是这个道理哩。我有些累了，该午休去了，拜拜。”

万明全从恍惚中醒过神儿来，很是困惑：咋大白天的就撞见鬼了？还、还“拜拜”哩！

有一点他是不困惑的：他实在是累了，也饿了，也该午休去了。这人就是贱，一上了年纪，中午必须趴会儿炕，不然的话，眼皮就睁不开。还争执个啥？已经老不中用哩，认命吧。

回到家里，他主动赔上笑脸：“小翠，给爹倒壶酒，爹对不住你哩。”

第十二章

没心没肺的幸福

虽然是小难，但是，却是真难。

他躲不过王秀珍的情感纠缠。

王秀珍到砖厂来，叫了旺儿和另一个工人去帮她搬新买的家具。可是家具搬完了，却不放旺儿走。

“旺儿，你等一下，再帮我重新布置一下房间。”

那个工人很知趣：“那我就先走了。”

王秀珍给了那个工人二十元搬运费。“你看，旺儿，虽然是自己砖厂的工人，但咱也不白使唤。”她向旺儿标榜自己的仁义。

旺儿苦笑一下，说：“你要是放我走，我可以不要那二十块钱。”

“你想得倒美。”王秀珍说。

王秀珍开始问他，这家具的颜色好不好，这床的位置摆得合适不合适，客厅的墙上是不是应该挂一幅贴板的山水画……

旺儿回答：“这跟我有啥关系，你爱咋办就咋办哩。”

“咋没关系？将来你也是会住在这里的，不征求你的意见哪儿成。”王秀珍半开玩笑半认真地说。

旺儿吓了一跳：“你可不能拿我开玩笑，我可是有老婆的人，毛品英你也见了，她可是个好人，而且待你还像亲姐妹似的。”

“她是好人，难道我就是坏人？”

“你坏倒是不坏，就是邪行。”

“不管你咋说，我的心思你是知道的，到嘴了的肉，我不能吣出来。”

“你可真会比喻。”

“旺儿，跟你说句超近的话，我也是女人，岁数不小了，也想男人了。”

“你可真不害臊，这样的话你也能说出口？你爱找哪个就找哪个哩，可千万别打我的主意，毛品英那儿我没法交代。”

“我又没说非要你跟她离婚。”

“那你图啥？”

“我就图个说话儿的，就伴儿的。”

“那你就正经嫁人算了，干啥把自己弄这么不明不白？”

“我要是想嫁人早就嫁了，还用你在这儿数落我，我不就是长得丑点儿嘛，现在的有钱人就喜欢佳丽。”

“干啥非得嫁有钱人？找个老实本分的普通人家不也挺好的吗？”

“我也想过，可就是不甘心哩。”

“你也是被有钱闹的。”

问题的本质居然被一个外地的侉子说中了，王秀珍有点儿抹不开面子，喃喃地说："其实，也不全是这个原因，有的时候，一个人要是喜欢上了一个人，就啥也顾不得了。"

"那你就欺哄我，欺负一个老实人？"

王秀珍听够了，生气地说："怕欺负？怕欺负你就别来啊！你为啥又来了？"

"是你把我哄骗来的。"

"别说得那么好听好不好，你是家里的日子没法过了，"王秀珍轻蔑地一笑，接着说，"就你这种人，我还不清楚？都是三十亩地一头牛、孩子老婆热炕头的德行，你但凡能有一点儿出路，也不会跑到这儿来受欺负的。说句到家的话，你也是为了钱。"

说人怕揭短，打人怕揭疮。王秀珍揭到了旺儿的伤心处，旺儿大声说道："我就是为了钱，咋着？"

"你生那么大气干啥？跟驴似的。"

"我算是看透了，这年头是逼良为娼，人一老实了就没法生存，"旺儿气愤地说，"这有权的和有钱的都不是啥好东西，有权的用势力压人，有钱的用钞票挤对人，横竖不让老实人安安生生地过下去。"

"既然你啥都明白，为啥不实际点儿，大大方方地把眼光放在钱上？"

"就是说，让我大大方方地把自己卖给你？"

王秀珍一咧嘴，摆一摆手："得，得，你还是走吧，你真让人有点儿受不了。"

旺儿一听这话，二话没说，转身就走了。

头上的老爷儿一点皱褶都没有，晴个朗朗地照着，他深深地吸了一口气。还是在外边好，即便自己是一棵小草，究竟还是能自由自在地伸直了腰。

王秀珍怦地摔上了门，懊丧极了。她既生旺儿的气，更生自己的气。她说的那些话，一点儿都不是她的本意——她对旺儿是稀罕的，很想得到他的感情，可是却跟钱搅在了一起——顷刻之间，感情的渴望，变成了金钱的交易，自然的男女，一个成了卖方，一个成了买方。谁买谁哩？

那些大款和官员，是给她预备着香车和别墅的，可是自己一点儿都不心动。将心比心，她也不希望自己喜欢的男人为金钱所动。如果真是那样，自己成了啥？旺儿又成了啥？

尽管农村这时很开放了，但是也没到无所顾忌地界儿啊；即便是别人可以无所顾忌（包括自己的哥哥），但是一到自己，便绝不能无所顾忌，因为自己是个女人，又是这样的一个女人，是没有多少放得开的资本的。越是这样想，她心里越懊丧——她的确是有些控制不住自己了，她肉体的欲望，一天比一天强烈了。

王秀珍的大腿上一阵瘙痒，且是陌生的难耐的瘙痒。她睁开了眼，伸手去开床头灯，却抓空了，再去抓，又抓空了才恍然想起，自己是在别人家的土炕上。

她小心地摸了摸身边，发现身边人的被窝是空的。她有些纳罕，便学那女人的样子，去寻灯绳。身子探出得太空，险些跌下炕去，胸部硌在炕沿上，又疼又痒。

拉着灯之后，她得到一个确认，那个女人的确不在这间屋里。竖起耳朵一听，好像驴棚那里有人在小声地说话，她阴郁地一笑。

检查那个痒处，发现白花花的皮肉上，有一片猩红猩红的斑点。这些斑点起得太突兀，很是可疑，便不禁去触摸一下，却诱发了一阵钻心的痒。

她把被子翻了个个儿，俯身去巡视，果然有一只一只的小白点儿在蹦。是跳蚤，即人们嘴上常说的虼蚤。她撇一撇嘴，常出入驴棚的人，咋会没有虼蚤？她怀着厌恶去挠，越挠越痒，终至不可抑制，叫出声来。

炕角那个小女孩翻了一下身，咂了下嘴，却并没有醒来，所不同的是，一条瘦瘦的腿晾在了被子之外。别看那孩子的腿杆子很细，脚丫子却很大，很长。

她又是一阵厌恶。

这是个怪怪的家庭，肮脏、乖戾、营养不良。可是从这里走出去的男人却是那么精壮、健康，他的忍耐力，不，他的承受力可真强！这样的男人如果一辈子都窝在这里，真是可惜了，正如自己春游时在山里背阴处看见的野海棠，花儿开得比家海棠还娇嫩，却无人赏识。可是它照样开得兴奋，不知道它咋那样没心没肺。

这个男人毕竟是人，必须把他从这儿弄到文明的地方去——洗洗澡，刮刮胡子，穿一身名牌儿西装，一定是一个顶呱呱的人才。他在这儿算个啥，顶多是头卖死力气的驴。

她越是这样想，对那个男人越是怜惜，她觉得这就是爱。被这种爱支撑着，她对那边的驴棚发生了兴趣，她悄悄下了炕，悄悄地开了门，悄悄地闪到了驴棚跟前。

驴棚一角的横梁上，一只小小的白炽灯，眼下正亮着。两个人居然毫不羞耻地赤条条地纠缠在一起，好笑的是，那个女人的光身子上却独独地穿着自己从市集上给她买的乳罩。她听到，在纠缠中，那个男人说："你快把那玩意儿摘了吧，我总是想笑。"

女人说："你笑个啥，男人不都贼喜欢这玩意儿吗？"

"谁说的？"

"王秀珍说的。"

“她说啥你都信？”

“人家是从大地界儿来的。”

“你还是摘了吧，这玩意儿你戴着我看不惯。”

“谁戴着你看得惯？王秀珍？”

“你别瞎说。”

“我咋是瞎说，王秀珍戴着这玩意儿，胸脯子抖抖索索的，甭说是男人看见，我看见都觉得稀罕。”

“她比你胖，那个个儿大，戴上这个玩意儿，可不就受看。”

“你扒开了看过？”

“瞧，你又瞎说了。”

女人很遗憾地把那玩意儿摘了，男人的兴趣果然就比刚才浓了。他的大手立刻就伸过去，把奶子抓进手里，像犯了烟瘾的人抓住了烟荷包，又搓又捏。“这才是咱的奶子哩！”他喘着气说。

女人就咯咯地笑了起来，笑着笑着，却转换成一声接一声的呻吟，她受用得很哩：“呃，我的亲人，你快把咱揉碎了！”

两个人就紧紧地匝在一起，男人那深深弯曲的身子，一耸一耸的，酷似一张犁。

那个窥伺的女人也无法撑持了，她急急地逃回了屋里，把那个该死的玩意儿摘下来扔到一边，狠狠地掐住自己的奶子，以至指甲都深深地抠进肉里。

“个儿大有啥用呢？白白让人凄惶哩！”她哀叹道。她渴望得到这种没心没肺的幸福。

她看着席梦思床上那鲜艳又洁净的床单，突然露出一丝狞笑——这上边虽然没有蛇蚤，但是……

她一把将它揭了下来，然后，咬牙切齿地开始撕扯。

“旺儿，你是头驴！”她骂道。

“王秀珍，你也是头驴！”她又骂道。

她痛恨自己这种人的生活。因为一是人，该死的顾忌就多。而且，实在太多太多。

翁大宝上大学之后，他的老叔翁振元转业回到了公社。

翁振元参加了对越自卫反击战，立了一个二等功，被提拔为营司务长，是个副连级职务。在李万成的一再要求下，公社终于出面跟他所在的部队进行协商，希望对地方工作给予支持。部队首长征求他本人的意见，他二话没说，同意了。

因为是转业干部，他的人事关系放在了公社，兼公社革委会副主任，实职是石堡村党支部书记。他虽然在村里工作，却每月从乡里领国家工资。

他的事儿曾在全县引起轰动，因为一个连职干部、一个堂堂的公社革委会副主任，竟到基层大队任职，在全县没有先例。不少人感到不理解，可他觉得很正常，笑着说：“共产党员是块砖，哪里需要往哪搬。”这就是那时的共产党员。

李万成如愿以偿，对翁振元说：“有你在，我就可以专心养病了。”

在交接工作之间，李万成把徐宝法引荐给翁振元，对他说：“卸任前，我啥要求都没有，只有一个要求，就是不要忘了人家老徐，他可是咱石堡大队的大恩人。”为此，翁振元专门宴请徐宝法到石堡来，当着李万成的面，认徐宝法为老师。

那天，徐宝法喝多了，跟李万成打趣说道：“你看，咱这代人心肠太热，队里的事儿就跟家里的事儿似的，兴许下一辈人会笑话咱哩。”

翁振元听到耳朵里，说：“请你们二老放心，你们的苦心，下一辈人一定会理解。”

检点一下全大队的家业，翁振元十分感动——他是喝着稀粥走的，那时队里一点儿家底儿都没有，社员亏粮也没能力救济；可是现在，老书记偷偷地给队里攒下了一大笔积蓄，不仅一年四季有粮食吃，而且还建了学校、供销社和合作医疗。石堡村俨然是个自给自足的世外桃源。他彻底理解了为啥李万成执意要他回来，他是怕这份得之不易的家业在别的人手里败落了。

这是怎样的一种信任和期待啊，他感到了身上的分量。

虽然李万成退下去了，但是翁振元还把他作为在编人员给他名誉，给他报酬——聘他为大队顾问，每月给他开工资。大队干部一般都是记工分，年终结算，而且是随着职务的终结，报酬也是自然终结了。可是石堡村，不仅给它的前任支部书记继续支付报酬，而且还是现金。所以，这个小小的石堡村在全县又开了一个先例。

当然，这个先例，他们是秘而不宣的，翁振元具有审时度势的眼光。

李万成说：“振元，谢谢你的好意，但是，这样做，实在是使不得哩。”

“咋使不得？”

“你看，报上不是说嘛，这叫资产阶级法权。”

“那是对掌权者说的，你老已经不掌权了。”

“可是，社员们会咋说？”

“那咱就召开个社员大会，听听他们咋说。”

在社员大会上，社员们纷纷说：“咋就使不得？李支书我们养得起。”

李万成当场就哭了，说：“我这辈子，死也无憾了，没白活哩！”

翁振元调整了大队领导班子。在原有的基础上，他又新吸收了两个人：一个是李金橘，另一个就是吴克利。考虑到他们俩都不是党员，安排李金橘任副大队长兼妇女主任，吴克利则负责大队治安民调工作。他的出发点很简单：他们都是有知识的人。

社员们对吴克利当大队干部，起初还有些不理解，认为他不是本大队的人。

翁振元解释说：“吴老师有头脑，又走过不少地方，不比咱们见识多？你们看，他南方人的细致和温柔，是不是很适合调解纠纷和矛盾？再说，他是国家教师，拿的是国家工资，白使人的事儿咱干吗不干，不使白不使哩。”

他这种农民式的小狡黠，弄得大家都乐了——这个翁振元，当了几年兵，变得精明了。但是，他在工作上并没有大的动作，他觉得不到时候。

但他又隐隐地觉得，那个时候，就要到来了。因为他在南方服役的时候，南方的一些农村在偷偷地尝试着一种新的生产方式，有的生产队竟然把地都分到社员手里，社员的生产积极性得到很大调动。

他觉得，这种生产方式，是最适宜石堡大队的：贫瘠的山坡地，产出率极低，可全体社员却成年累月地被捆绑在土地上，越是比学赶帮，越是艰苦奋斗，浪费就越大。但是，这是首都，在生产上的每一种小小的尝试，都会迅速地跟政治挂起钩来，切不可轻举妄动。所以，他对李万成充满了敬意，因为他所搞的这种以石头换粮食、换生产生活资料，甚至还有些现金收益的生产活动，其实就是变相的经营活动——即便是打着学大寨的旗号，也是要冒很大风险的；即便是有高人指点，自己也要有敢于行动的胆魄才行啊！可李万成只是大字都没识几个的农民啊！

是啥力量支撑着他这样做呢？

是出于他的一颗公心。

但是他的一颗公心又是从哪儿来呢？

是生活的苦难，是从苦难的经受中产生的悲悯心。

他觉得自己的判断是不错的——自己要不是出于对喝稀粥的日子的惧怕，也不会争着去当兵，提干之后也就不会二话没说地转业到家乡来；翁大宝要是不经历喝稀粥的日子，也就不会有那么强的上进心而去考大学，考上大学之后也就不会不忘出身而魂牵梦绕于自己农村的爱情。李金橘也是这样，不然的话，她也就不会在自己黄花闺女的娇贵身子上，扎下那么多窟窿，而自学针灸为社员治病。

所以，他现在最大的责任，就是要守住李万成开创的基业，让社员们把这种来之不易的舒心的日子不受干扰地过下去。

啥新官上任三把火？那是出于树立个人形象的考虑，说到底，还是一种私心。

考虑到社员的日子，决不能瞎折腾哩。他便像个盯住远处的猎物的鹰一样，蛰伏在山岗之上。他只是做了一个属于自己的小小的决定：就是大队每月发给每户社员十元现金，待年终决算时，再从总收入中扣除。他是想，既然石头能给大队带来现金收益，那么，挖石头的人为啥还要盯着鸡屁股，靠卖鸡蛋的钱去买日常所需的酱醋油盐？

别看这小小的十块钱，在当时已经是不小的数字了，他一个堂堂的公社革委会副主任每月也只开三十元工资哩。

也别看这小小的十块钱，它根除了社员过日子的凄惶。手里有现金，就是好日子的标志——社员们可以随时去割一块肉，打二两酒，买一包“工农”牌香烟，而不必苦熬苦等三百六十五天之后那个唯一的年关。

在田里，在石塘，社员们没有出工不出力的现象——谁会那么没心没肺呢，好日子要靠自己紧紧地护着哩！

跟前任支书所不同的是，现任支书特别讲究穿。

刚回来的时候，他穿四个兜的军官服，风纪扣系得紧紧的，一丝不苟；脚上蹬着一双翻毛皮鞋，走路的声音周正有力；梳中分，油光可鉴。

回来久了，他穿四个兜的中山服，风纪扣还是系得紧紧的，一丝不苟；脚上蹬着一双黑色的圆头皮鞋，且钉马掌，走路的声音铿锵有力；梳中分，油光可鉴。

全大队就他一个穿皮鞋的，也就他一个穿中山服的，鹤立鸡群。

后来公社放映队到大队来放三十五毫米的露天电影，人们从作为加片的《新闻简报》中，看到伟大领袖毛主席就是穿系紧风纪扣的中山装和大圆头的黑皮鞋。人们“哦”了一声，恍然大悟，便寻找他的身影。他就坐在放映机前，坐得笔直笔直的，脸上带着得意的笑。

因此，放映队每次来石堡大队放映电影，都要带《新闻简报》的加片，只要不带，他的脸色就很难看。他毕竟还是公社革委会的副主任，公社放映队的人就不敢再忘记。

时间久了，社员们习惯了，觉得翁书记如果不是这样，就不是翁书记了。而且，看到放映队员和下乡干部对他客客气气，甚至是唯唯诺诺的样子，他们为自己有这样一位派头十足的书记感到很有面子。

学他的样子，大队的青年，包括女青年，也开始注意自己的形象，收工之后，也要把自己弄得头面齐整。只不过男青年穿的都是四个兜往里的建设服，因为他们觉得，在石堡大队，只有翁书记才配穿那样的中山装。

不知咋的，一旦把自己弄齐整了，自尊心倏地就上来了。

出去走动，人要是问：“你是哪个大队的？”便脱口而出：“还用问？

石堡的。”底气当当地足哩。

也不知咋的，社员们居然会从翁书记的穿着上，自动地调整自己的情绪和干活时的状态。

只要看到翁书记的头发乱了，风纪扣松了，便心里嘀咕：翁书记心中准是有不高兴的事儿，咱得精神点儿；便不敢嬉笑，手脚勤快地埋头干自己手中的活计。

不像李万成要想压住阵脚还要扯着嗓子喊，或者跳着脚嚷，他只要轻轻地咳一声，众人便会鸦雀无声。

李万成跟翁振元开玩笑说：“我可比不了你，你是得了当官儿的真传——不淫自威。”

翁振元一笑，说：“有啥真传，我是觉得，这当领导的就应该有当领导的样儿，社员们其实也希望这样。”

“你们部队首长是不是就这样儿？”李万成问。

“差不多。”翁振元答道。

“哦，原来你有老师。”

“嘻嘻，也是也不是。”

“咋不是哩？”

“这你们还不知道？咱小时候就很讲究哩。”

“你一讲究可不打紧，把我家小橘子也带得不知咋讲究才好了。”

“你们家小橘子跟我可没关系，她是心中有男人了。”

“你咋知道的？”

“我侄子啥都跟我讲了，还嘱咐我要好好照顾她哩。”

“所以你就提拔她当大队妇女主任？”

“嘻嘻，这您就说错了，我是报她为我当兵求情之恩。”

“哦，原来是这样！你这个人倒很重情义。”

“只是开个玩笑，根本的还在于人家的自身条件。”

“咱们真是有缘分，一来二往就要成亲家了。”

“嘻嘻，所以您就极力要求我回来接您的班？”

“我哪儿有那个先见之明，我是为石堡大队社员着想。”

万援朝的喉管又被痰卡住了。他四肢抽搐，脸涨得紫红紫红的。

万明全心头一皱，喊道：“小翠，你在干啥，还不赶快给援朝清一清！”

“知道哩。”王小翠的声音很平静。她表现得一点儿都不仓皇，从容地插进吸管，毫无表情地往外吸痰。时间久了，她已经习惯了，或者说，她已经疲沓了。

“咋一点儿都不着急？好像不是自己男人似的。”万明全很是不满意。

王小翠像是没听见一样，只是埋头吸痰。对公爹的埋怨，她也习惯了。

喉管里的痰被清理干净之后，万援朝立刻就平静了。他静静地在那里躺着，脸上的潮红很快就消退了，呼吸停匀地睡去了。

他的样子像一尊知足常乐的佛。身板宽阔，胸腹肥沃，穿着整洁，面色又白又光润，像汪着丰沛的水。不仅看不出苦难的影子，甚至有一种令人吃惊的美。

“你以后要精心些，有他在这儿躺着，咱屋里还像个家。”万明全还是有些耿耿于怀。

王小翠凄然一笑："爹，您就少说两句吧。"终于表达出最温柔的也是最基本的反抗。

咳！万明全无奈地叹了一口气。他不能再说啥了，这个儿媳妇，已经是很尽心了。

王小翠不声不响地进了里屋，时间不长，又不声不响地出来了，手里拿着一张纸。

万明全疑惑地问："做啥？"

"您好好看一看就知道了。"

万明全接过来一看，是那个乡里的处理决定："这有啥看的？"

王小翠指着一个地方："您仔细看。"

……基于受害人已丧失了劳动能力和生活能力，村里在受害人生命期内，每月支付受害人伤残赔偿金八百元，家属王小翠生活护理费六百元，并按期支付，不得拖欠……

万明全不解地问："这些钱，不是每月都领了吗？"

"是领了。可是，咱援朝一旦不在了，就领不着了。"王小翠忧伤地说。

"谁说的？"

"这上边明明写着，村里在受害人生命期内，每月支付……，就是说，他得活着。"

万明全这才恍然大悟，急切地说："咋会这样？这领导咋也给咱设圈套？"

"不是人家设圈套，是您太马虎，人家领导问您有没有意见来着，是您说的没意见。"

“咋，闹了半天还是我的不是？”

“咱可不敢这么说。”

万明全出了一身冷汗。一个残酷的现实生冷地摆在那里：无论如何，万援朝必须得活着！

“爹，咱谁也不要埋怨，咱对援朝更精心一些就是了。”王小翠安慰说。

儿媳妇的安慰，让万明全很惭愧——自援朝躺下以来，真正精心的还是这个儿媳妇。自己除了义愤、牢骚、醉酒之外，一把手都没有搭过。你看儿子的面容有多好，比好的时候还像个人，这是被儿媳妇的心血汪出来的。

“小翠。”他像孩子一样难为情地低下了头。

“爹，你看看咱的手。”儿媳妇企求道。

万明全抬头看了看儿媳妇的手。这双手，原来是水葱儿一样纤秀白嫩的，不由得就让人心里稀罕，所以，作为公爹，他一直就不敢正眼瞧。可眼下，黑红黑红的，像锉刀一样粗糙，关节也肿大得变了形，指甲也一块一块地脱落了。

他情不自禁地看了一下儿媳妇的脸。这么受看的一张脸，这么难看的一双手，咋琢磨咋对不上号哩。

这样一个娇气的女儿，人欺负，日子欺负，处处都不顺心啊。

“闺女，委屈你了！”怜惜之下，这个心灵已渐渐枯槁的老人，终于说出了这么一句动情的话。

“爹唉，您也不容易啊，您就援朝这么一个儿子。”

万明全混浊的老泪噗嗒噗嗒地落了下来。做公爹的，居然当着儿媳妇的面儿伤心到这个地步，王小翠也百感交集，报之以痛哭。

哭过之后，他们都感到轻松了许多。因为从这一刻起，他们都清晰地感到，自己开始走进对方的心里，一种更亲近更仁厚的感情，一种叫作亲情的庄稼，在心底生根发芽了。

“花了这么多钱，卖了这么多辛苦，大伦还是给判了五年，”王立平很懊丧，对孙成才抱怨说，“这个刘文存，拿咱的钱一点儿都不含糊，可是一点儿人事儿都不办，小心我把他连根带梢地兜鸡巴出来！”

“大哥，咱是不是有些冤枉他了？据我所知，他不是不使劲，而是上边有人盯着这事儿。”

“翁大宝？”

“还能有谁？”

“这个鸡巴的翁大宝，到底是从小地方出来的，一点儿都不懂为官之道，他就不知道咱乡村干部一联手也是一股势力，给他弄封信，下个套儿，也会让他吃不了兜着走！”

“好像他不怕，”孙成才沉吟了一会儿，接着说，“甭说乡村干部，就是县里的干部，他都照整不误，一点儿都不留情面。”

“他有啥背景？”

“好像也没啥背景，他父母就是山里的普通农民，至今还住在老家的两间破房里。”

“他老丈人是干啥的？”

“也是他们本村的农民，已经去世了，听说当过他们村的支部书记。”

“他老婆是干啥的？”

“他老婆就是咱县医院的一个一般的门诊大夫，听说对病人的态度挺好。”

王立平乐了："原来他就是一只山耗子啊，充哪门子平原烈马？"

"大哥，你可别小瞧山耗子，山耗子有韧劲儿，一门心思打洞，即便是遇见石头，也要钻个窟窿。"

"你说得有道理，这种人还有个特点，就是公事公办，因为他知道自己没背景，本身做得正。"

"岂止是这样，他连生活小节都很注意哩，"孙成才索性一屁股坐在了沙发上，"他的事儿我知道的多了，大哥你要是感兴趣，我就说给你听。"

"这还用说，只要是当官儿的事儿，我都感兴趣。"

孙成才便满脸兴味儿地说开了——

"前任县委书记很少在机关吃饭，即便是在机关用餐，也是由公务员给端上来，办公室里还放着冰箱，啤酒、饮料、水果啥的，预备得挺全乎。可一到他就不一样了，他是很少在外边吃饭，办公室的冰箱也撤了，每次都是亲自到食堂去打饭，而且是见到谁都是乐呵呵的，一点儿县委书记的架子都没有。一边吃着饭，一边跟遇到的人拉家常，到了后来，县委大楼里啥动静他都知道。那些当官儿的都变得很谨慎了，也尽可能地不在下边吃饭，民主作风好像也增强了——你想啊，他逮着谁就跟谁聊天儿，谁知道他会听到个啥。

"他这个人还有个特点，你别看他很少在外边吃饭吧，却经常到下边去，用县电视台的话说，叫到基层搞调研，叫现场办公，叫访贫问苦。他也不讲究穿戴，整天穿着一双松紧口的布鞋，多不好走的土道他都敢走，总是走在那帮随从的前边。所以，别看是个坐镇县府衙门的头号人物，可是大多数的乡村干部他都能叫出名字来，许多小老百姓都认识他，每一提起，竟也红口白牙地说，咱大宝书记咋咋的，好像这个县委书记是他们家里的似的。

“毕竟是大荷包的[1]县委书记，到了下边，哪个敢怠慢？总是有一批人出来前呼后拥，尤其是那些一把手，总是怕错过了跟大领导接近的机会。他对此很反感，除了留下主管工作的领导和有关人员以外，其他人等一律拒绝陪同。主管工作的领导都是啥人物？一般都是各乡镇、各单位的副职。他们对所分管的工作不仅知情，而且就是具体负责落实的，所以，他到基层来，就像咱土话儿说的，真是一竿子插到底哩。时间久了，这些副职也长脾气了，对自己负责的工作也敢表明态度了，那些一把手，也不敢再一味地独断专行了。

“还有，他临走的时候，哪个不巴结着送点儿啥？他一概不收。送的人便说，咱这不叫贿赂领导，是一点儿人之常情，只是一点儿土特产，让领导品尝品尝。他也不驳面子，笑着问：要是一般办事员，特别是一般群众，你也会让他们品尝品尝吗？到了这种地步，一般的也就见好就收了，但也有不死心的，通过他的秘书或司机，把东西偷偷地装进他专车的后备箱里。回到县里，他也不难为秘书和司机，只是让办公室的人把东西做了登记，不声不响地充公了。有一次，有人送了他一小袋红小豆和一小袋小米儿，都是当年产的新鲜货——红小豆是真红，小米儿是真黄。登完计，登记人员问，翁书记，这个咋处理？他随口就说，送机关食堂。登记人员就说，机关食堂现在也不熬小米粥了，咋办？他想了想，说，就放我办公室文件柜的顶子上吧。登记员不解，问，那干啥？他一笑，说，我瞧好看。这真是奇怪的一景，每有当官儿的到他那里请示汇报，准会一眼就看到，都会惊奇地问：翁书记，您这是啥意思？他一笑，说，没啥意思，瞧好看。后来，那个送这两样东西的人也去汇报工作，一看到这情景，脸一下子就红了，说，翁书记，您别再寒碜我了，我明白您的意思，还是让

[1] 大荷包的：京西方言，大荷包的，指社会名望和地位较高的人；大荷包的，有“堂堂的”“了不起的”“高高在上的”“不可冒犯的”等含义。文中的“大荷包的县委书记”，即堂堂的县委书记。

我把它拿回去吧。他还是一笑，说，别那么敏感好不好，我真的啥意思都没有，真的只是瞧好看。那个人尴尬得都要哭了，说，求您了，翁书记，还是让我拿回去吧，不然我就一点儿面子都没有了。说完，便像抢东西似的扑向那个文件柜。翁大宝一摆手，且慢。咋？那人僵在了那里。他把秘书招呼来，说，你把这两样东西给这位领导拿下楼去，是我送他的。秘书意味深长地一笑，把那两样东西抱走了。秘书出门之后，翁大宝说，楼里这么多人，哪能让你亲自去拿？你好歹也是个领导干部，我哪儿能不给面子？”

讲到这儿，孙成才突然停下了，问："大哥，你猜这个人是谁？"

"能是谁？"王立平反问道。

"就是刘文存，咱们刘大乡长。"

"这个刘文存，咱送给他的是大把大把的票子，他给人家大荷包的县委书记送的却是那么两块干巴泥，他可真鸡巴小气！"

"他这不是小气，是会揣摩领导心理，"孙成才解释说，"你咋忘了呢？那可不是普通的土特产，是咱们玄武乡芦庄村御塘池里产的贡品，是过去专供皇帝用的。所以，东西虽然不起眼儿，用意可深哩。"

据县志载："芦庄村南千丈余，有大泉数眼暗涌如注。其中一泉，水清而温，灌稻，则米色如玉，粒若珠；润谷，则实硕如豆，味类酥；溉菽，则朱红如栗，性近饴。甚奇。"清嘉庆皇帝曾闻名而至，留下一块"天下第一泉"的御制碑，民国时期河北水利厅为表德政，也立下了一块写有"悯农泉"的标志碑。至今，两碑仍完好无损，躺在泉边。这眼泉所称奇之处，是它水盛清冽，无论旱涝，流量不变，水温恒定。它的四周均是熔岩清岫，只有近前的一亩三分面积是可耕种之地，县志上所说的稻、谷、菽就产于这爿脸盆大小的地方。所以嘉庆亲幸之后，把它封为"御塘池"，所产谷物作为贡品直送宫内，旁人休得染指。

所以，这爿“御塘池”就成了至高权力的象征，所产物品就越来越神秘，越来越诱人。

“能啖一口御塘菽(红小豆)，三生做鬼亦风流。”类似这样的民谚民谣，可以收集到上百条。

有专家鉴定，之所以这儿的作物有出奇的品质，一是泉水里含有多种人体需要的微量元素（矿物质），二是因为泉水常年保持在十二摄氏度的温度，形成了一个盆地暖区，使作物的生长期延长，养分吸收多，果实后熟充分，矿物质和淀粉超常转化成人体可吸收的糖分和碳水化合物。

因此，到了这个年代，芦庄的这一亩三分地摇身一变，成了乡政府的“攻关田”“礼品田”。没有一定的级别一定的来历，甭管你拿多少钱，也不卖给你。当地便有这样的一个说法：“芦庄村里一大怪，御塘小米不外卖。”

这样的贡品都让翁大宝退回来了，王立平归罪于翁大宝不知道它们的来历。孙成才否定说：“他咋会不知道哩，有关御塘的民谣，他能背下好多条呢。”

“是你亲耳听见的？”

“咱哪儿有机会傍前儿哩，是听于宝力说的。”

“那就是这位大书记不待见咱的刘乡长。”

“很有可能，”孙成才又补充说，“就他满屋子铺着红地毯，隔着门缝接待乡下人的做派，谁能待见？这一点，我相信，耳目那么灵通的翁大书记不会不知道。”

“这个刘文存，自以为很精明，其实满不是那么回事儿——既然手脚不干净，也就是自身有短处，又不懂得藏锋——藏锋，你懂不懂？这是个武林用语，又是个佛家禅语，就是要会躲闪，会伪装。说白了，就是要会当正人君子，会装孙子。”王立平说。

“大哥，你还真行。”孙成才赞叹道。

“谁说咱村里干部就是土包子，就光会喝酒、搓麻、诈金花、泡妞？现在也能跟上潮流了，也爱琢磨点儿学问，琢磨点儿问题。”王立平一脸的得意。

“就是，就是，今后在社会上混，还真得跟大哥多学两手。”

“学鸡巴个啥，瞎混呗。”王立平谦虚着，以自己的方式。

“不过，也可能与万明全的事儿有关。”他又说。

孙成才摇摇头：“我看不一定，我说的送贡品的事儿，是在这之前。”

“看来这个翁大宝是个角色，咱轻易不能碰他。但是，这个万明全可不能便宜了他，他算个啥东西，也敢往我王立平眼里揉沙子？要搁在过去，轻则戴帽游街，重则批斗专政！”王立平对他父亲王凤琨的时代很是羡慕，即便他过的是洋酒、豪车和美女的日子。

嘻嘻，孙成才莫名其妙地笑了起来。

王立平十分会意，也笑了起来。

他利用村民的特殊心理，不显山不露水地做了些手脚，恶化了万明全的生存环境，弄得他灰头土脸的。王立平心中有一种说不出的快感。所以，每一想起，就会情不自禁地笑。

但是，他觉得还远远不够，因为万明全让他付出的代价太大了，如何“回报”，都不解心头之恨。

“万援朝那小子还在出气儿呢？”他问。

“是哩，他还活着。”

“他倒挺皮实。”

“好歹也是个人哩。”

“我看也踢腾不了几天了，到时候，让万明全那老家伙哭都来不及。”王立平是指那个赔偿决定，那个预设的陷阱。他恶毒地笑了起来。

这一次，孙成才没有笑，他皱了一下眉头，说：“大哥，咱这么做是不是有点儿损？”

“损？有啥损的？王大伦一折进去就是五年，让我整整损失了五十万，他万明全就是砸锅卖铁能赔偿得了吗？”

“这倒也是。”孙成才觉得自己冒失了，只好沉默。

送走了孙成才，王立平虽然还沉浸在恶毒的快意之中，但心中却生出一丝隐隐的不快。这个妹夫，平时在你面前毕恭毕敬的，既像个跟屁虫，又像个寄生虫。可是，一聊起来，县里的事情比我知道得还多，好像自己的见识也藏着不少。人真不可以貌相，看来，他是个有心人，私下里的社会交往比较广泛。这样的人，是不能小看的。

另外，他这些日子跟于宝力接触得比较密切，你看他说话总是一口一个于宝力的。这个鸡巴的于宝力，明明是个兼职书记，当个甩手掌柜的算了，却总爱掺和村里的事儿，让你心里很不舒服。

刘文存是咋说的？咋到了他那儿就变了调儿？再看他一段日子，如果他还是不识趣，就到刘文存那儿拈他一炮[1]。你也不看一看，这是谁的地盘儿，你一个外来户也想说了算，真他娘的不自量力。

可惜自己的妹夫了，心眼儿太活泛——狗就是狗，非要说人话，你不是自找倒霉吗？

---

[1] 拈炮：京西方言，有告密、奏本、挑拨、诬陷等多种含义。

一团软绵绵湿漉漉的东西压在一个熟睡中的人的脸上，使他喘不过气来。睡在工棚里的外地民工——一个叫旺儿的男人，被意外的覆盖憋醒了。

眼前这团硕大的、浑圆的、青青白白的东西，并不是啥子天外来物，而是人的一个器官。

是女人的一只乳房。

有这样乳房的女人，对他来说，只有一个，那就是王秀珍。

“嘻嘻。”果然是王秀珍的笑声。

即便是在似醒非醒之间，他也做了最激烈的反抗。但是，他所处的位置，使他不能施展最有效的反抗——女人的整个身子向他压过来，从天而降的分量使他难以招架。那只乳房，确切地说，是那只直挺挺的乳头，像一颗呼啸而至的箭镞，直刺他的咽喉。他呼救的嘴巴刚一张开，就被严严实实地塞上了。塞得他满口没有缝隙，弄出一片呜咽。

“旺儿，我晚上去趟县城，可能要回来得晚些，你要给我留门。”他同工棚的伙计说。

却原来这个伙计是一个线人，不知不觉中把咱出卖了。不仅喉咙被封住了，他的下体也好像被封住了——湿漉漉的、火辣辣的感觉，顺着脊骨奔窜而上，与喉头的窒息相会合。他沦陷于一片晕眩。身上的覆盖物，像一台乡间的碌碡，在他身上剧烈地碾动；他则像一把小米，被碾得皮开肉绽，越来越小。

正在绝望之时，这台碌碡发出一阵刺耳的锐音，类似碌碡的木质框体因负重的扭动而发出嘎吱声。碌碡伴着锐音的消减，陡地停住了。

他获得了一个机会，愤怒地把碌碡掀翻在地，小米终于脱颖而出。

他打开了工棚的灯。

王秀珍就那样一动不动地仰在地上，赤条条的、白晃晃的，肥美得惊心动魄。她已经耗尽了全身的力量，静静地承受着男人的惊愕与愤怒。女人的这种姿势，是一种优越的力量，所以，男人的愤怒尚未得到发泄，就已顿感羞惭，他无奈地扭过头去。

在男人仓皇地寻觅话语的时候，女人却已经找到了准确的措辞："你看，你都把我弄出血来了。"王秀珍平静地说。

这个外地民工惊呆了！明明是你主动钻进了我的工棚，反而说是我给你预备了一张床，你们北京人还说理不说理？

"王秀珍，你算是把咱给毁了。"他只来得及哀叹了一声，便挥起拳头，狠狠地捶打自己的头。这也是一种反抗，而且是一种触及人心的反抗。

"旺儿，你可别这样，"怕他不明白，王秀珍又进一步安慰道，"我都不咋样，你还能咋样？真是的。"

王秀珍的话是有道理的，她手上拿着的东西就更有说服力。那是一只白手帕，或者是一条白丝巾、白毛巾啥的，他看不清楚。但是，上边的血迹他是看得清楚的。这说明，王秀珍虽然是个嫁不出去的老姑娘，但不妨碍她还是个黄花闺女，她献上的，是宝贵的处女之身。她含笑向他展示着，即便无耻，但仍然掩饰不住一个女人在此时的那种羞涩。

他的心乱了。

"我的亲人，咱是你的人了。"毛品英看一眼床单上的点点血迹，羞涩地掩上了脸。

他紧紧地抱住了她孩子一样娇小的身子，激动地说："当然哩，你不是咱的人，能是谁的人。”

“你得好好待我。”毛品英说，她脸上洇着一层幸福的忧伤。幸福着，却还要忧伤——作为农村姑娘，这几点血迹，是她最后的资本。这之后，她就把自己交给命运了。

“从今天起，咱俩就是一个人儿哩，有我吃的就有你吃的。”他说。

毛品英笑着不说话。

“即便是要饭，即便是只要到半个馒头，也都是你的，我就是饿死，也不能委屈你哩。”他加重了语气，以便拂去她心头最后的那点儿不安。

“你真是个轴人[1]，你要是饿死了，让我依靠谁？你就是咱的拐棍儿哩。”毛品英温柔地依偎到他的怀里。

王秀珍笑着笑着，突然流下了眼泪，以至发展到嘤嘤的啜泣。

她这个时候也有着满腔的柔情和忧伤，也需要一个温柔的怀抱。可是，她面对的却是仓皇的躲避和一味的冷落，她的心还没有疲沓到一切都无所谓的地界儿。

血迹。啜泣。

即便是一个自家女人之外的女人，也是一个农家姑娘，也是为自己才供奉了她最后的资本的。

他已经没有愤怒和谴责的底气了，他不知道该咋办了。他紧紧地抱住自己的脑袋，像打断了脊梁的一条柴狗[2]，蜷缩着，再蜷缩着，他觉得眼前的这张由三块板拼起来的床铺太大了，太空旷了，四面的阴风像预谋了

---

❶ 轴人：指心眼发死、执拗、倔强、爱抬杠、爱较真的人。在文中，轴人是一种昵称，指自己的爱人忠厚，坚定，没有二心，可以信赖。

❷ 柴狗：流落在街头和荒野而没有主人的弃狗和野狗。这种狗，瘦弱，多病，肮脏，毛发杂乱如柴，故得名。

一样呼啸着吹过来，要把他裹挟而去。

瓮坍了。

瓮里的砖坯是商量着往下坍啊，便无遮无拦。

……

“你还是好好在门房干吧，别亏待了秀珍对你的那份心意。”没想到他会这么说，旺儿不由得抬头看他。

王立平又说：“再说，村长的妹夫，咋能待在瓮里，让村里人咋看？”

……

在王秀珍的卧室里，王秀珍开始问他，这家具的颜色好不好，这床的位置摆得合适不合适，客厅的墙上是不是应该挂一幅贴板的山水画……

不怕贼偷，就怕贼惦记着。这是啥意思？

咳！蜷缩着的旺儿终于把骤然凝聚的那口气叹出来了——这还不明白，你只要被人“惦记”上了，就防不胜防了。

有脾气的人，索性门户大开，横竖就那些货色，你爱偷啥就偷啥！贼反而就不偷了。咱有啥脾气？便门户紧闭，且紧上门锁，不还是被偷了？不管你想得开也好，想不开也好，这是命中注定，在劫难逃啊！

咋办？没办法，只有认命，乖乖地承受。他便看了一眼在地上啜泣的贼。

这个贼，虽然是贼，但也是技法拙劣的贼，偷一点不值钱的东西，反而把身家性命搭上了。他不由得生出一丝怜惜，忧郁地说道：“你还哭个啥，还不到床上来。”

好像就期待着他的这句话似的，王秀珍破涕为笑，倏地就爬起了身子。她爬上床之后，迅速地把自己包裹得严严实实的，好像到了这一刻她才懂得害羞似的。“这还差不多。”她说。

旺儿凄然一笑，说：“你满意了，可我咋跟毛品英交代？”

“在我面前，你少提毛品英好不好？”她说。

翁大宝在大学里是个很孤僻的人。

老书记李万成亲自赶着马车送他出山的情景，总是萦绕在他的脑海之中，使他感到一个农村的孩子上大学，不是一件简单的事儿，不仅寄予着父辈的厚望，也背负着乡土的寄托，是一定要倍加珍惜的。

他杜绝了一切社会交往，一头扎进书本之中。他这样做，当然还有一个实际的原因：他可以淡化对李金橘的思念，使漫长的四年时间，变得好过一些。

他的刻苦，使他的学业日日精进，学习成绩在整个专业一直是名列前茅。而他的精力极其充沛，便在学业之外，读了大量的哲学和经济学的书。

即便是《资本论》这样的很难啃的书，他也通读了。在他精读的著作里，还包括列宁的《哲学笔记》《反杜林论》。当然，毛主席的书他篇篇都精读了，而且是在老人家逝世后，贬损之风日日见盛的时候。起初是出于崇敬，一旦读下去，便陷入一种难以自拔的痴迷。他感到，毛主席在偶像化的时候，虽然他的话语风靡全国，但只是被当做口号喊了，内中的精妙是很少有人细细品味的，除了一些专家、一些别有用心的政客。他体会到：老人家的思想魅力，不在于他的高屋建瓴，而在于他既立足实际，又不忘抒情，重大、宏阔的论题，以细节作支撑，正如农村用撬棍撬动一块巨大的石头，他总能在细微处找到一个支点，最终转化成四两拨千斤的潇洒。他的伟大之处，就在于：他既是最实际的，又是最浪漫的。

一个不眠之夜，他突然对《论持久战》发生了强烈的兴趣，便打着手电筒，在被窝里阅读。在读了两遍之后，他兴奋得总想写出一点儿啥来。他摇摇头，觉得自己很好笑——一个畜牧专业的学生，居然要论述一个历史命题，我这是咋了？便强迫自己躺下了。但是，一种激情的煎熬，使他难以承受，到底是又揿亮了手电筒，趴在被窝里写了起来。天蒙蒙亮的时候，他居然写出了一篇类似言论的东西。几经品味，觉得写得还是有些意思的，便于第二天的课堂上，偷偷地抄了一遍，不知天高地厚地悄悄地寄给了《人民日报》。

本来为了抒发一种突发的激情，并没有想到要真的发表，不期，竟真的发表了。

编辑给他加了一个题目：《一个大学生眼里的〈论持久战〉》。

文中说——

……

在那么危急的战争背景和那么惊恐的人心背景之下，同样是“战争中人”，同样是处于“当事者迷”境地中的毛泽东，竟然能用那么冷静的理性分析，剖析出中日战争的性质，中日双方在战争中“互为反对”的特点，给战争一个压倒一切的定位：中国必胜，但须持久战。但他不仅仅满足于这么一个定位，而是还结合战争的实际，详尽地阐述了持久战的战略方向和战术运用的具体细节，使《论持久战》成为极具操作性的抗日战争的圣典。事实证明，抗日战争的全部过程，没有超出这部圣典的“示范”和“规定动作”。可以说，仅这一部《论持久战》，就足以确定中国共产党在抗日战争中的领导地位。所以，伟大的著作之所以伟大，就在于它是大论，但绝不是空论；既是提炼出普遍规律的原则之论，又是立足于实际运用的方法之论。空洞的理论，即便是有极其生动的语言，也不是浪漫；而切实之论，即便是朴实得近乎稚拙，也能激发出浪漫的豪情，因为它可以给实践活动一个可以操作的支点，使我们最终取得成功。这一点，在我们的社会转型期，就显得尤为重要。

……

文章发表后，自然在校园引起了轰动，人们普遍感到纳罕：一个学畜牧的，怎么会写出这样的文章，而且还上了党报，或许这小子是个奇才吧?

翁大宝便偷偷地乐——甭说你们感到纳罕，连我自己也感到纳罕呢。

但是，不管咋说，翁大宝发现了自己的潜能，陡然产生了对未来的信心，更有了一个明确的念头：自己的确不仅仅属于那个偏僻的生养之地，他的发展空间是在山外，是在更广阔的地方。

于是，在平常的校园生活中，在与老师和同学的相互来往之间，他便努力克服从山里带来的琐碎、狭隘、执拗，甚至自私，变得越来越随和、宽容、温厚、谦虚，甚至学会了从别人的角度看问题，事事为别人着想。

同时，他除了埋头学习，学习做人之外，还加强了体育锻炼，每天都要跑一个小时的步，春夏秋冬不间断地洗凉水澡。

可以说，他大学四年，是他知识、人格和体魄全面修养和提高的四年。包括他的身高，从一个只有一米五五的黑瘦小子，一下子长成了一米八三的魁梧汉子。他出落成了一个十分健全的青年。

李金橘说："我与你越来越不般配了。"

他笑着说："这，你是应该想到的。"

翁大宝这届的农大学生就要毕业了，主管农村工作的市委副书记王龙群亲自到学校来考察，准备挑几个学习尖子充实一下市委农村工作部。他看到翁大宝的档案之后，很兴奋，因为这个学生不仅学习好，还会写文章，而且还是来自最偏僻的山区，最适合做农村工作，便决定见见他本人。

他见翁大宝五官周正，身材魁梧，一说话脸就红，是个极其单纯而质朴的农村青年，不知咋的，立刻就喜欢上了他。他很亲切地跟翁大宝交谈，谈山区现状，谈农民生活，还谈他的家庭、他的爱好，拉家常似的。

王书记的亲切，使翁大宝克服了自己的羞怯，他也娓娓而谈。他甚至说道，靠政治运动搞农业生产，主观意识是好的，但很容易掺进长官意志，脱离农村实际，所采取的生产措施，得不到群众的回应，执行起来，颇有明知老牛不喝水不由分说强摁头的味道。到头来，既看不到生产效果，又劳民伤财，使群众看不到希望，挫伤了他们的劳动积极性，甚至因敢怒而不敢言，便与领导消极对抗，影响了干群关系，比如我们山区在行洪区大搞米粮川的做法。从农村发展的大局考虑，市委领导是不是应该多到基层走一走，听听群众的呼声，制订一个符合农村实际的发展思路？只要路线对了头，群众生产有劲头——领导提出的这个口号很好，但是不能仅仅停留在口头上。

王书记笑而不语，频频点头。“听说你把《资本论》都通读了一遍？”他突然问。

翁大宝不好意思地点点头：“只是看着玩儿。”

“咋能说是看着玩儿？你这孩子还挺实在。”

“就是看着玩儿嘛，只是一知半解。”

“你愿不愿意到市委农村工作部来工作？”

“不知道。”

“难道你连毕业后愿意干点儿什么都不知道？”

“嗯，真的不知道。”

“你这孩子就怪了，现在的青年人都讲究自我设计，你却啥也不知道。”

翁大宝嘻嘻地笑着，真是很难为情。

“哦，问你个个人问题，你搞对象了没有？”

“你们是让我说真话还是说假话？”

“当然是真话。”

“算是有一个。”

“哪儿的？”

“当村儿的。”

“干什么的？”

“赤脚医生。”

王书记点点头，说：“很好，你先回去吧。”

见完王书记，翁大宝对自己很不满意，咋会那样跟领导说话？该说的说不出来，不该说的瞎说。但认真地一想，自己对领导并没有哪门子期待，原来，懊丧是没必要的。摇头笑一笑，就扔到脑后去了。

等待分配期间，他迫不及待地回到家乡，补偿他的爱情去了。

“李金橘，我毕业了。”

“我知道。”

“跟你说，这几年我啥也没干，除了学习就是学习。”

“你还想干啥？”

“嘻嘻，不想干啥。”

他的意思，李金橘当然明白，这是男孩子对女孩子表达忠心的一种方式。她故意逗他。

家乡的荆花开得越来越繁盛了，因为荆花的自我繁殖能力很强，几年的工夫，村后的荆花丛又蔓延了好大的一片。整个村子的上空，都飘荡着浓郁的花香。

呼吸着这样的空气，年轻人的心都蠢蠢欲动。就是在这种情形下，两个年轻人怀着一种莫名的兴奋，自告奋勇地越过了男女之间的最后一道防线。

“翁大宝，你的几年大学算是白念了，到头来，还是跟了一个乡村的赤脚医生。”李金橘笑着说。

翁大宝也笑着说：“你干吗不早说？等到人家来不及了，才提醒人家，你这个人真坏。”

李金橘说：“我可不是几年前的我了，我现在想开了，你翁大宝不就是上了几年大学吗，骨子里还不照样是个农民，谁能从根到梢地理解你？还得是我李金橘。再说，我现在在村里已经是个说话占分量的人，我干啥那么不自信？你要是真的对我有二心，乡亲们也不答应你。你信不信？”

“我信，我咋能不信？你多会收买人心，弄得我在乡亲们的眼里，都快成外人了。”

“咋叫收买人心哩？那是我辛辛苦苦干出来的，乡亲们都看在眼里，记在心上，把我当成他们家里的人了。”

“我是石堡村哺育出来的，走得再远，学问再大，也不敢得罪老乡亲们哪，看来我只能当他们的女婿了。”

“瞧你那小样儿，好像你背了多大委屈似的。”

“嘻嘻……”

"你爹他对我咋看？"李金橘问。

"他说，孩子大了，有出息了，就不敢得罪了。"

翁大宝说的是实话，自从目睹了李万成亲自赶车送自己的儿子上大学的那一幕，他的父亲因为感动而发生了改变——都是他娘的老农民，有啥过不去的？再说，人家一个大荷包的支部书记，都那样低三下四地对咱的孩子，咱就算很有面子了，还争竞个啥？这是农民本性上的质朴使然，他们容易满足。

"你娘她说啥？"李金橘又问。

"我娘她能说啥？她只是说，孩子的事儿她可管不了——人家孩子有知识，有主见，爱咋着就咋着吧。不管他娶谁，只要儿媳妇进门能叫妈就成。"

"嘻嘻，你娘可真逗。"

"都已经这样了，你就搬我们家住吧。"翁大宝说。

"那哪儿成，咱连结婚证儿还没领哩。"李金橘说。

"那有啥关系，咱乡下没领结婚证就住在一起的多了，抱着孩子去领结婚证的也不在少数；只要是父母亲戚认可，就是合法夫妻了。咱这儿的民风就是这样儿，老乡亲们也不会说啥。"

"说来也怪，这公社一改成乡，大队一改成村，连结婚的年龄也改了，男的非得二十二。咳，谁让你小小年纪就搞对象哩。"

翁大宝这一年刚刚二十，还不到法定的结婚年龄。听了李金橘的话，翁大宝摇头一笑，说："谁让我从小就遇见个你哩。"

"你要是实在耐不住，那我就搬过去，横竖也是生米煮成熟饭了，我也就不顾那个面子了。"

其实，四年的分离之苦，李金橘早已经受够了，她心里渴望着这种团聚。

因为是住在一个屋檐下，短短的时间里，他们的爱情发展得如火如荼。李金橘竟奇迹般地长胖了，白皙了，光润了。跟同村的姑娘比，她有了一种出类拔萃的魅力。翁大宝稀罕得简直是一步都不想离开她了。

这时，他接到了分配通知。竟真的被分配到了市委农村工作部。

这一次，是乡里派专人、专车把他送进京城。他已经不仅是小小的石堡村的惊喜，更是整个地区的骄傲了。

最兴奋的要数石堡村的支部书记，翁大宝的老叔翁振元。可他在嘴上却对翁大宝说："到了那种大机关，一定要改改在家里时的犟脾气，人家都是些啥人物？都是玩儿手腕儿的。"

他咋也忘不了，正是这个侄子，小小的年纪就忒有个性，生生把一只送礼的山羊用大石头给砸死了。也就是遇到了李万成那样一个厚道的乡下人，在大机关，要是遇见个张万成，或者赵万成，你再试试？不过，他还是抓紧机会，对侄子说了一句有用的话："翅膀硬了，也不要忘了你是从哪儿出去的，有啥支农资金，有啥扶贫项目，你想着点儿咱石堡村这个穷地方。"

"要知道是这样，我还不如不搬到你家去呢。"李金橘忧伤地说。

翁大宝紧紧地抱住了自己的爱人，难过地哭了。虽然分到了那么令人羡慕的地方，他竟一点儿幸福的感觉都没有。

王小翠对万援朝的照料更加细心了。

她大门不出二门不迈，外边的春红夏绿好像跟她啥关系都没有。

床上的这个男人，虽然是个人事不知的废人，但是对这个家庭来说，他却是一个特殊的精神支柱——没有他的存在，他们将一无所有。

虽然乡里决定，免收他们家所担负的乡统筹、村提留和各种农业税收，其口粮田和承包地由村委会负责经营，所得收益归受害人所有，不得以任何理由隐瞒、克扣，但这都是纸上的承诺，玄武村只要是王立平执政，这条决定很可能成为剥夺他们土地的口实。

她心中有很深重的忧虑。

龙二成在跑出租的时候，不在乎那几亩土地，为图省事儿，他甚至把土地出让了。等他成了半截人的时候，再去跟王立平要承包地，王立平一笑，说："就你这半截身子，也能种地？"

龙二成说："我可以雇人种。"

王立平点点头，说："这倒是个办法，可是，你看咱村里还有你种的地吗？我不能从别人的牙缝里挤出粮食给你吃吧？"

龙二成知道王立平在成心刁难，但是人家态度那么平和，理由那么充分，便啥脾气都没有。"不管咋样，我还是希望村里能帮我考虑一下。"他的脸红了，语气已近乎乞求了。

看到往日的血性汉子眼下竟一点儿脾气都没有了，王立平的心情比较复杂，便说："要不这样，等土地进行二轮承包的时候，重点帮你考虑考虑？"

龙二成失落地从村委会挪了出来。

哐嗒，哐嗒……他手中杌凳落地的声音单调而寂寞，只能碾向自己的内心。

待这个烦人的声音听不见了，王立平的心情又十分清澈了。他说："二轮承包？二轮承包我要把土地向种田能手转移，到时候，还能轮得到你？也不撒泡尿照照自己，你算个啥东西！"

有一句话他是在心里说的：这回你鸡巴的不说了吧——啥这块地界

儿虽然归我王立平，但马路可是国家的，我交完养路费，交完公司的份儿钱，我撒开了跑，谁也拦不住哩；马路依然宽，你他娘的跑去呀！

自从万明全的事儿出了以后，王立平学会了藏锋，遇事儿不再飞扬跋扈，开始笑脸相迎。但是笑里藏着的那把刀，依然闪闪发光，甚至比以前还锋利。

当时，王小翠去领每月的补偿金和护理费，目击了整个过程。

王立平当时还对王小翠说："小翠啊，你到底是我们王家人，论辈分我还是你叔，以前的事儿就算是过去了，咱们谁也就甭再提；你叔也不是个小肚鸡肠的人，有用得着我的地方就尽管说，但是，你可别学你那个公公，整天疯疯癫癫的，咱小翠是个俊人儿，是个淑女哩。"

王立平的话，不仅让她感到肉麻，更让她感到不寒而栗。他有很深的潜台词——别看你们有县里的支持，但是县官儿不如现管，大事儿小情儿，你还得来找我王立平；放明白点儿咱啥都好说，犯糊涂我会让你寸步难行。

她笑了笑，说："既然是这样，还蒙你多照应哩。"

"好说，好说，只要咱小翠发话，咱啥事儿都好说。"王立平意味深长地点头笑着。

王小翠适时地走出了村委会的大门。出了大门，她就暗自加快了步伐，因为她知道，王立平那满带钩子的目光，一直在跟着她。她便很发憷到村委会去，很担心遇到王立平；每月一次的这趟差事儿，对她来说，近乎是一种煎熬。

万明全老汉现在沉默多了，他现在很少到街上游逛，一旦喝醉了酒，就更担心遇见熟人。因为他感到，街坊邻居对他一天比一天冷淡，甚至很愿意他丢乖献丑。他一般只有两个去处：清醒的时候，到罗贯廷那儿坐坐；一旦喝了酒，就径直到鱼塘去，靠在那个枯树墩上，与冥冥中的一些人物聊聊天儿。

看到万明全日渐消沉，日渐衰老，罗贯廷不禁生出一丝怜惜，说："你也是一大把年纪的人了，遇事儿可不能像八岁孩子似的忽冷忽热——人间的事儿，其实好也好不到哪儿去，坏也坏不到哪儿去——好就是坏，坏就是好；好中有坏，坏中有好；一般的是不好不坏。"

"你和尚不是和尚、姑子不是姑子的，别净神神叨叨的，瞎绕人。"万明全不以为然。

罗贯廷说："你还记得我跟你讲的那个老和尚和小和尚的故事吧？那个故事其实还没有完，还有下文。"

万明全冷冷地看了他一眼，没有搭话，听罗贯廷继续讲。

那个小僧被老僧推下山去之后，坠落的中途，从远处的山上飘飘摇摇地飞来一朵莲花，将就要葬身谷底的小僧稳稳地接住了。那个小僧心头一震，知道有天人相救，索性就盘腿打坐，双眼微闭，双手合十，安详地做起佛事。莲花载着他飘飘摇摇地向远处的山峰飞去。在一个群山环抱、万木葱茏、景色幽奇的地方，有一块巨石闪着耀眼的光华，莲花便打了一个旋儿，稳稳地落在了上边。小僧睁开了双眼，发现不远处的苍松翠柏中，竟掩映着一座古寺。他兴奋得直奔而去。抢出几步之后，猛地想到了托身的莲花，便又回过头来。那朵莲花已经消失得无影无踪，便深感唐突，双手合十，深深地鞠了一躬。阿弥陀佛。古寺的门匾上有几个翠青的大字：护国显光寺。寺内的僧人好像早就知道他要来似的，对他十分友好。他便埋头读经，潜心修炼，很快就修成正果，成了庙里的住持。他感念佛恩，苦心经营，广拢信徒，香火极盛，便率弟子在莲花飘落的那块巨石旁，又修筑了一座专供女信徒参佛的寺庙，取名莲花庵。使这一带成为著名的佛教圣地，他本人也名盖京西——莲花大法师是也。

罗贯廷说：“我虽然说白石渣就是白石渣，白米饭就是白米饭，白石渣咋能变成白米饭？是在你的兴头上，就你的性格所言。现在我要跟你说的是，白石渣就可以变成白米饭——那个小和尚虽然招来了杀身之祸，但却也因祸得福立地成佛。所以，你万明全要心有定数，不要迷失了自己。也就是说，你不要整天这样悲观失望、心灰意懒、疯疯癫癫的，会让人瞧不起你。”

“我已经被人瞧不起了。”万明全说。

“那是你修炼不够，底气不足，自乱方寸。”

“啥意思？”

“啥意思？他王立平还是那个王立平，就像打折了尾巴的狗还是狗一样，叫声虽然小了，可是狗性却更加狡猾更加凶狠了。你既然动了他的尾巴，就不要有可怜之心，心存幻想。你要静观其变，沉着应战。你一要镇定，二要自尊自爱，三要多跟周围的人交往。”

“多跟周围的人交往？跟谁交往？你看街坊邻居那副样子，真让人寒心。”

“这就是你的不是了——你活了这么大岁数，人性这个东西是个啥样儿，你还不清楚？在那个年代，拉着我游街，跟着别人的屁股后头批斗我的，还不都是这些街坊邻居？人心都有短处，也都有身不由己的时候，你应该看开一些，不然的话，最后受伤害的，还不是你自己？王立平比你高明的地方就在于，他会利用人心；而你差就差在，稀里糊涂地失去人心。”

罗贯廷的话，让万明全咋琢磨咋觉得有道理——你看人家龙二成，不就是想喝你一顿酒吗？因为他话说得难听一些，你就反感人家，认为人家眼红你那点儿血汗钱，就真的把人家当做啥人似的，厌恶着，躲闪着。还有那个恩人张家瑞。人家一说要少来往一些，你就耿耿于怀，就真的不再登门走动，冷得跟旁人似的。人家就是那个性情，就是怕招事儿，这有啥不对的地方？一旦真的招惹了是非，你能帮得上人家个啥？啥你也帮不上，到头来，还得人家自己担着。人家要真的是薄情之人，会冒着那么大风险，花那么多破费去帮你？你咋处处都从自己这方面考虑呢，可惜了人家那份热心肠。

万明全脸红了，说："老罗，这座破庙你没白待，看透了不少事儿。看来，佛门净地就是能涵养人。"

罗贯廷笑着说："那也不一定，就你这种人，让你在庙里待一辈子，也还是那个德行。"

"你别隔着门缝看人——把人看扁了，我横竖也是过来人。"万明全佯装生气地说。

虽然挨了罗贯廷的奚落，走出庙门之后，他的心情竟奇怪地轻松了许多。

暮气把整个村子笼罩得很黑，但到处是人间烟火味儿。确切地说，是酒气，是饭香，是炖肉的味儿。大料、桂皮、花椒、葱姜蒜，现在炖个肉，作料放得贼全贼全的，寻常人家也变得讲究了。他对自己的鼻子很满意，还能听得很远很远。他真想美美地吃几块炖肉，美美地喝几口小酒。

小翠的饭做得不错，怕亏待了他这个孤老的公爹，每顿都有凉有热，从不糊弄。但毕竟是吃惯了嘴儿的饭食，心情就不那么急迫了。

有一处的饭食，一想起来就让他心里急迫，那就是张家瑞家的饭食。

龙超敏真是个千里难寻的女人，琐碎的日子，她一点儿也不让它琐碎，就很难怪张家瑞那么胆小怕事。楚大菊为啥那么刚烈，把自己沉进池塘里一点儿都不犯犹豫？因为她吃的是粗茶淡饭，甚至连粗茶淡饭都没条件调理。她愧得慌，对自己也对家人。

想到这儿，他满腹忧伤。不管咋样，毕竟是好日子了，他是为孤寂的好日子而忧伤。他不由自主地就来到了张家瑞的门前，难为情地笑了一下，还是果断地推开了门。

“家瑞啊，我找饭吃来了。”他兴冲冲地说。

可是，迎向前来的不是张家瑞，而是满脸憔悴的龙超敏。吸了吸鼻子，也没有他预计并渴望的饭香。相反地，却有一股子难闻的中药味儿。

“哦，是万大哥啊，真是稀客。”龙超敏没有表情地说。

“嘿嘿，哪门子稀客哩，”万明全难为情地一笑，问，“家瑞呢？”

“里屋躺着呢，病了。”

“啥病？”

“也确诊不了，只说是有些肝淤，让用中药调理。”

“多久了？”

“都快一个月了。”

万明全心头倏地升起一股难言的凄惶，直奔里屋而去。

“家瑞，你是咋搞的哩？”

张家瑞已经坐起来了，冲急切的万明全一笑：“没啥大不了的病，只是浑身犯懒。”

“你也不说一声。”万明全埋怨道。

张家瑞笑着摇摇头：“咱又不是啥大人物，惊动那么多人干啥。”

“咋也得有个原因吧。”

张家瑞凄然一笑，闭口不谈。

龙超敏说：“这不，他们单位搞改革，搞轮岗，把他调到谁都不愿去的地方。他想不通，跟领导吵了一架，人家都无所谓，可他自己就病了。”

“咳，家瑞，就你，也敢跟领导吵架？”

“还不是被逼的。”

“咳，吵就吵了，没啥大不了的。这年头儿，哪儿都欺负老实人，你这一吵，先说让你们领导认识认识你，老实人也不是随便就能捏估[1]的。”

没等张家瑞答话，龙超敏先就接上了话茬儿：“老万你说得一点儿没错，可我们家瑞就不行了。他说，都这岁数了，就混几个工资，在哪儿不是干，咋跟人家领导吵了呢？回到家里就整天后悔，这不，就憋出病来了。”

张家瑞脸色立刻就变得很难看了，生气地说：“有你啥事儿？你插的哪门子啥话？”

龙超敏吐了吐舌头，很识趣地退了出去。

“家瑞，你不能总是这样憋屈自己呀，你应该找找李秘书，让他给垫个话儿。”

“咳，使不得，这么点儿小事儿，哪儿能动不动就麻烦人家。”

“你要是不好意思，那我帮你去找李秘书。”

张家瑞眼睛一亮，拉着万明全的手说：“找倒不必，但是有你这句话，我就知足了。”

万明全也攥住了张家瑞的手，说：“家瑞，那你得多保重，我们谁也帮不了你。”

---

[1] 捏估：京西方言，私下里嘀咕，有私下里议论人、私下里算计人的含义。

他说的是心里话，他觉得小人物都他娘的不容易，没人怜惜。

“你吃饭了没？”张家瑞问。

“嘿嘿，没吃哩，本来是想跟你闹两口酒的，没承想你却病了。”

“超敏，你赶紧弄两个菜，老万还没吃饭呢。”

“你们先说会儿话儿，我已经预备着呢。”龙超敏在外屋说。

“超敏这人真是好脾气，家瑞你还有啥想不开哩？”万明全说。

“咳，咱这号人，唯一的一点儿想念，就是能摊上个好女人。”张家瑞感慨道。

万明全点点头，不无忧伤地说：“可惜我家大菊去得早，不然，我也不会整天跟醉鬼子似的。”

“援朝他情况咋样？”

“面色不错，比好的时候还好。”

“多亏了你有个好儿媳，不然援朝就遭大罪了。”

“一点儿不假，小翠那孩子真不容易，年纪轻轻就摊上这么个糟心事儿，搁着别的娘儿们，早挛性[1]了。”

“咳，咱这小门小户的人家儿，别遇见难事儿，一旦遇见，最遭罪的就是咱们的女人。”

说话间，龙超敏已把饭菜准备停当。张家瑞翻身下床：“超敏，咱家是不是还有一瓶儿通州老窖？快找出来，我今天也要喝几杯。”

听到这话，龙超敏冲万明全使了使眼色。万明全会意，赶紧说：“唉，这可使不得，你还喝着汤药。”

---

[1] 挛性：京西方言，指失去耐性，厌烦，不甘心。

“咋使不得，我身体没病，只是心病。老朋友一来，感到痛快多了，得喝。”

“喝是可以喝，但你得收着点儿性子，毕竟是在床上躺了一个月了，不许逞强哩。”

张家瑞一笑，对万明全说：“呵呵，看把我家超敏急的，在她眼里，我总是个孩子。”

虽然时间仓促，但龙超敏的饭菜仍然弄得跟往常一样精致，万明全情不自禁地说：“家瑞，我这个人没啥出息，但是，就是有口福。”

两杯酒下肚，两个人又找到了从前的感觉。

“老万，你别总是憋在家里，闷得慌了，就到我这儿来，我这儿虽然也不趁个啥，但就总是比你的好哩。”

“家瑞，你的情谊我领了，但我还是不能轻易叨扰，这你也别怪罪，既然是哥儿们，心里有就是了，我不想给你惹麻烦。”

“你还劝我要想开呢，你自己却还是个小心眼儿。”张家瑞有些磨不开面子。

“不是我小心眼儿，是人家王立平的心眼儿太大量。”万明全调侃道。

张家瑞自顾自干了一杯酒，说：“我已经不是从前的我了。”

“咋？”

“俗话说，县官儿不如现管，咱连我们单位的领导都敢得罪，他王立平算个啥！”

这一次，万明全虽然喝了不少酒，但是没有往常的醉态，他从张家瑞那儿一出来，就径直回到家里。他把从乡里新领的那几百块钱全都拿了出来，轻轻地放在儿媳妇面前。

“小翠啊，明天爹帮你照看一天援朝，你进趟城吧，好好给自己挑两件衣裳，咱儿媳妇比谁长得都俊，不能再憋屈哩。”

这个意外的举动，让王小翠愣住了。

“愣啥？爹是实心实意的。”

王小翠狠狠地点着头，眼泪不住地往下流。最后，竟重重地把自己扔在床上，放声大哭。

万明全含着眼泪，悄悄地离开了。

第十三章

浑身长毛的蒜臼子

河边上，并排着两棵钻天杨。

树皮上有一颗接一颗的眼睛，很大，没有眼皮。一直睁着。只能是牛的眼睛。

每棵树上，都有三个喜鹊窝。树中腰一个，树冠里两个。喜鹊很聪明，它们是绝不会在树梢上搭窝的，那儿近乎是山的风口。它们的聪明是绝对的，你看，两棵树上的喜鹊窝，从数量到大小到位置，都几乎是一模一样。

外人看了，以为是一个家庭哩，只是依辈分，分了东西厢房，再分了上堂、中堂和下堂。原先上堂是住长辈的，现在可不行了，住的是孙子辈儿的。这还得是有孝心的，若不然，连个下堂也住不上——你个老不中用的，别占着茅坑不拉屎，去住牲口棚去吧！

它们自己知道，这里边住的其实是不同的家庭，就像小城镇的单元楼似的，每个楼房都住着不同人家儿，只不过他们同住一个小区而已。为啥模样都一样？它们也许懂四称[1]之美？扯鸡巴蛋，你以为它们是王秀珍呢，上了几年学，就整天讲啥“几何之美”。遇到一座新落成的商店，对着那稀奇古怪的外形：“呀，旺儿，你看这建筑，是不是有几何之美？”遇到一辆新样式的王八车，车屁股愣大，前鼻子愣翘：“呀，旺儿，你看这新款跑车，有几何之美哩！”好像她天生就是曹操的徒弟，一弄两口酒，就说：对酒当歌，人生几何？几何谁不知道？咱好歹也念了几年书呢。几何就是三角、圆、多边形、梯形啥的，你说有几何之美，是圆得上眼，还是方得周正？一囫囵就说几何之美，莫名其妙。这喜鹊窝之所以搭得看不出区别，这里的学问很大。一都一样，它们之间不会起嫉妒之心，就能和睦相处；一都一样，鹰鹞子就不知道先叨扰哪个；一都一样，这讨厌的人类，就不会生稀罕心，也就不会拿竿子捅喜鹊窝。这人类有个毛病，一见到各色的，就不知咋办才好。各色是啥？在他们的眼里就是他们所说的“另类”。他们一不知咋办才好，这“另类”就不安生了，就像一个粗汉遇见一个人间少有的美女，要么就把她像婊子似的日捂了，要么就把她当做神仙供起来。这两种下场喜鹊们都受不了，所以它们就不“另类”——平常是福哩！

操，咱他娘的就不如人家喜鹊。一个外地的民工，一个在这里人眼里的侉子——侉子是啥？说白了就是憨蛋，就是傻×——如果就是一个一般的外地民工就好了，虽然被克扣工钱住漏风的工棚脏衣服上爬满了蚊虫，虽然病了像狗一样窝在一边没人管还被工头呵斥，虽然硬挤出一块钱买一张刚出锅的大饼怕被同伴分食而躲在臭烘烘的茅房里狼吞虎咽，但毕竟是脏得自由自在苦得心甘情愿贱得心安理得——可偏偏就各色出一副好眉眼儿一副好身板，连那卑贱的自由自在也保不住了。咱招谁惹谁了？真应了伙计们常说的一句话了：这年头儿，屎好吃，钱难挣，人难做哩。

---

[1] 四称：京西方言，即对称。

其实连那两棵钻天杨都不是这儿长的，它们长在拒马河边上。

旺儿的父亲整天让他去拾柴。那地界儿，一年四季也离不开柴草。即便隔岭就有煤窑，但一个煤渣也舍不得买。数九隆冬，往炕洞里塞一抱柴草，噼噼啪啪地烧一气。

“旺儿，你摸摸炕头热了没？”

“热哩。”

“热了好，赶紧进被窝哩。”

整个冬天就是这样被柴草哄过来的。

那个民政干部说：“住在这老山背后，有啥发展，政府定了，让你们搬迁。”

“搬到哪儿去？”

“当然是大平原哩。”

“那里有河里的鱼吗？有河里的虾吗？”

“没有。”

“有野菜吗？”

“或许有，但是不能吃，他们净打药。”

“哦，对了，有柴草吗？”

“没有，即便是有，人家也不烧，人家烧煤烧暖气。”

“那谁掏钱？公家？”

“想得倒美，公家又不是你爹，谁烧谁拿钱。”

“那就不搬了。”

“不搬也可以，穷死你，饿死你，洪水淹死你，泥石流砸死你，也不要埋怨政府不管你。”

“操，吓唬谁，横竖不就是个死吗，死也要死得顺当些——到了那地方，要啥没啥，动不动就要钱，你不是要把咱难为死吗？不搬，坚决不搬！”

但整天拾柴，也把人拾得厌烦了。都去拾柴，近处哪儿还有柴禾？便到远处，便到山上。远处的草有不少是陌生的，看着很喜兴，你一摸它它就蜇你，胳膊上就起了一层又疼又痒的疹子；你还别上手抓，一抓就往骨头里疼。山上荆棘多还不算，关键是坡上有搓脚石，碎得油滑，踩不踏实。一不小心就滑倒了，把屁股摔得像裂了，裂成四瓣、八瓣，甚至是十六瓣，总之是无限裂的感觉。

有一天，一抬眼，看到了钻天杨上的喜鹊窝。旺儿就乐了。厌烦了这么多日子，咋就没想到它？喜鹊窝又圆又大，都是用停匀的树枝搭起来的，是一个现成的柴禾垛。把背筐往地上一扔，腿一夹就爬到树上去了。

老喜鹊没在，还没孵小喜鹊，是一个不让人心疼的空巢。

拆。

好像有感知似的，一男一女的两个喜鹊不一会儿就飞回来了。在头上盘旋，喳喳地叫个不停。

“你们叫个啥，烦不烦？这有啥，山上树枝子有的是，辛苦辛苦，再搭一个不就结了吗，真是的。”

一个喜鹊窝，竟是满满的一筐柴。旺儿兴冲冲地回到家。

父亲看了一眼筐里的柴，脸上的笑容竟倏地收敛了：“你这是从哪儿捡的柴？”

因为不知道父亲是啥意思，旺儿便含笑不语。

“你是不是把人家喜鹊窝给拆了？”

“咋了？”

“咋了？要是别人拆你们家的窝，你会咋样？”

“我跟他玩儿命哩！”

“好，好，算你有种。”

“谁的儿子哩。”

父亲嘻嘻一笑，啪地给了他一个耳光。“你他娘的咋给人家拆的，你咋给人家搭上去，不然，你少给我回家！”父亲厉声说道。

一巴掌把旺儿打晕了，他稀里糊涂地把柴禾背回去，又稀里糊涂地把树枝送上树枝。在这个过程中，他稀里糊涂地哭，喜鹊稀里糊涂地叫。

他感到头有些疼。这或许是后遗症，他不能把喜鹊窝和父亲搁在一起想。在农民的哲学里，连一个喜鹊窝都不能拆，王秀珍咋就可以绞尽了脑汁儿拆别人的家？

她父亲是谁？

她父亲叫王凤琨。

王凤琨是谁？

听说是个造反派。

真的是她父亲吗？她真的有父亲吗？

嘻嘻，废话。

“喵喵，喵喵……”那只猫一见到王秀珍就叫春似的连声叫，王秀珍就把一只胖脚丫子送到它身边，它便顺势爬上了她的粗腿、阔腰、庞大的胸脯子，直至那个男人似的肩膀。一旦蹲在了那个肩膀上，它便很服帖了，眼睛跟它的主人一起，审慎地看着他。

它与他尚未达成相知，目光里有一种敌视。这是有主人在的时候。主人不在的时候，只要旺儿一进王秀珍的卧室，它便不顾一切地扑上去，撕扯他的裤腿。旺儿就借机狠狠地踢它，就像踢在王秀珍庞大的肚皮上。它并不躲闪，只是喵呜喵呜地哀叫着，有一种慷慨赴死的气概。他也觉得这样做很不够意思，但只因为它不是人。

那个人他惹不起，还有一层仇恨。

当他鄙视那个人的时候，也就是不乐意留在她的床上的时候，它会适时地钻进那个空了半截的被窝里。那个被窝便一阵蠕动，那个懊丧的女人立刻就变了一副面孔，咯咯地笑了起来。她索性把被窝撩开了，公布那里的秘密消息。那只猫就偎在那两只面口袋一样下坠而沉重的肥奶子之间，一条幽深的缝隙成了它的天然的安乐窝。它知足而殷勤地舐舔着那青白的奶身子，直至陡然翘起的青黑的奶头。

她放诞地笑着，一副很受用的样子。那意思是在说：看，你还不如一只猫哩。

他皱紧了眉头，不仅是感到肉麻，还想呕吐。

猫在他们那里是不吉利的东西——夜猫一叫，灾祸来到。再有，它到处乱钻，那些肮脏的，带土腥气的，浑身长满细菌的，像虱子、虼蚤、蚰蜒、潮虫、臭板子等等，就在它身上乱爬，甚至干脆就附着在它身上。只要谁家的孩子或大人，身上有皮癣，或烂疮啥的，他们家里肯定是养着猫。都说山里人对脏东西不忌讳，不忌讳的人都厌弃的东西，居然钻进了很忌讳的人的热被窝，而且还……

啥叫宠物？就是恶心的东西被人看走了眼，一下子变成了心肝宝贝。

你不要脸皮，咱还要脸皮呢。有这样侮辱人格的吗？

嘻嘻，他便当着这对宝贝的面，把自己的宝贝掏了出来。

这是一只好家雀儿，值得耐心抚摸。在工棚里，只要它一有动静，咱就抚摸它，安抚它。它也很懂得怜惜人，只要你一安抚它，它也会反过来安抚你，让你热热的、痒酥酥的，啥寂寞凄惶的，都忘得一干二净。

在这个地方安抚它，竟出奇地让人亢奋，因为眼见着那女人的眼睛瞪圆了，大白脸变成大红脸了一直变成大黑脸了。

兄弟，咱一定要争点儿气，把屎尿儿给她甩得高高的，让她知道咱有气性。

得得，兄弟，咱已经快没力气了，就看你的了。

好好，兄弟，就你跟咱心贴心、肉挨肉哩！

因为他的家雀儿，也就是他的兄弟，把屎尿儿超水平地给他挤到天花板上去了。那东西从天花板上向下滴零着，慢慢悠悠，摇摇晃晃，大大方方，风风光光。真是公牛哭母牛——牛×死了！

“旺儿，你他娘的真是个大傻×！”嘻嘻，王秀珍她骂得好，在这个时候，咱发现，她还有几分姿色。

咳，人间的事儿，不由得你不信。玄武村居然就为了村长的妹子爱喝牛奶而办了一个奶牛场。

“旺儿，走，跟我到奶牛场去挤牛奶去。”

老爷儿只要刚一晒屁股，王秀珍她准来催促，她身子里膛儿大，装着发条哩。

到了牛场，哪头奶牛的奶袋子显得肥重，她就直奔哪头。你别看她身子显得笨拙，但揽母牛的奶袋子的动作却特别潇洒，而且一点儿不知道怜惜，生挤。

奶柱子打到桶壁上，一阵叮当乱响，像头上突然飘过来一块冷森森的云团，没等你搞明白，一阵冰雹就叮叮当当地下来了。既心悸，又痛快。

那奶牛也真邪行，王秀珍越是用力气，它越是待得老实，且悠闲地倒起嚼来。哼哧，哼哧。可能吃草的东西就这德行。

感到痛苦的却是王秀珍。因为她一用力气她自己的奶袋子就下坠、膨胀，把她的视线遮住了。她担心那奶柱子打到桶外去，就努力地朝前探寻，身子的重心就偏移了，她脚底不稳，一次一次地险些跌倒。

她大喘不止：“旺儿，你就是死人，咋不帮帮我哩？”

“咱下不去手。”

“你啥时候下不去手过，假正经！”

在床上的时候，她总是让他捏奶子，而且希望他恶狠狠地捏。

“你咋薅毛品英的奶子着，对，就是那样薅！”

毛品英的奶子他打心里想薅，而她的奶子是不得不薅，便薅得总不让她满意。即便是这样，终究是薅了，所以，面对牛奶袋子而不下手，终究是假正经。嘻嘻，他觉得假正经的感觉很好。

奶桶满了。牛的奶头上还有奶水溢出来，王秀珍感到很可惜，干脆就直接用嘴吸吮了。

咕嘟。咕嘟。她咽奶的声音很响。旺儿觉得她自己的奶袋子快要被撑破了。一边担心着，一边厌恶着。

牛奶让她不停地膨胀，为她的堕落提供力量。

“旺儿（呜哝），你还不来嘬两口（呜哝），鲜奶更有营养哩（呜哝）！”

热奶咱都喝不惯，到了嗓子眼儿，都是腥腥的、痒痒的，只想给它吐出来（王秀珍每日逼着他喝奶），更甭说这生的东西。这世界真是不公平！

留下王秀珍自己忙活着，旺儿提起奶桶默默地走远了。

他想起了毛品英。那才是真正需要喝奶的。这些分不清好坏的奶牛都应该被杀了，它们不怜惜贫穷，而专为堕落服务。

这牛奶就像精液，都有黄豆粉的腥味儿，只配挂在天花板上，无用地滴零下来。

喵喵，他听到了猫的叫声。

王秀珍的猫，走到哪儿都能被认出来。它一团漆黑，只是在胸部有一圈儿白，而且白得耀眼，像整天被牛奶泡过一样。床头柜前有一只碟子，碟子里放着牛奶，这只猫会伸长了舌头去舔。确切地说，是卷。它的舌头比哪只猫都长，稀质食物，只要它的舌头伸进去，轻轻一卷，碟子里的东西就下去半截。而且，一点儿声音都没有。

王秀珍睡时喜欢一丝不挂。

她特别爱出汗，洗过澡，敷上爽身粉，一早起来也是满身汗味儿。再好的内衣，也会被汗浸得发黄发旧。她不是心疼这些内衣，而是嫌这些内衣不心疼她，它们会封闭她的毛孔，让她很不舒服。

旺儿就害怕她光着身子在屋里走来走去的样子，浑身颤抖，恬不知耻，却又光辉灿烂。这种灿烂，让他有欲望。

她让他发现了自己身上卑贱的东西——一个老实巴交的乡下人，一个从小就本本分分的人，面对一个自家女人之外的女人，竟然会一边讨厌着她这个人，却一边也心动着她的身子。

他最开始的躲避，是害怕她这个人。他后来的躲避，是害怕这个身子。也就是害怕他自己。她是个怪物。衣服之外的部分，天然就是一道警戒线。

先说她的脸。

眼泡浮肿，一双眼睛就剩下了一道缝。两个腮帮子既横阔又下坠，像电影里的地主婆。就更甭说鼻子了。她有鼻子吗？猛地看上去，她真的是没有鼻子。肿胀的脸把鼻子淹没了。细细看去，还真怨不得那张脸，鼻子贴在那个长鼻子的地方，两个粗大的鼻孔朝上翻着，好像对世间的一切，它都愤愤不平。于是，从这张脸上，你分辨不出年龄。

再说那双手。

指节粗大而短，皮肤粗糙而黑，指甲扁而内趋，可是她还点上了明晃晃的指甲油。

脚就甭说了。如果还称得上是女人的脚的话，咋也得说一说哩。

可是，一到了她衣服之内的部分，你就一点儿脾气都没有了。

那是一口陷阱，而且你明明知道那是一口陷阱，居然就有往里跳的欲望。她把所有女人的奶子都长在她的奶子上了。不是论个儿，论个儿是毛品英的事儿。而是给人的感觉，对，是给男人的感觉。给男人啥感觉哩？咱也不要脸一回——看了她的奶子，就再也不想看别的女人的奶子了，因为她最像女人的奶子。所以，没办法，咱再不要脸一回——咱不是不想薅，是怕薅上了瘾，就懒得薅自家女人的奶子了。

至于她的衣服里的其他部分，咱就不能再说了，一说，就贱得不是人了。

咱不能再想她的好儿了，应该多想想她的不好。比如她比男人还响的呼噜。比如她的口臭。真也怪了，她吃的是精食，喝的是牛奶，咋口里就偏偏没有好气味儿？咱品英整天吃的是粗茶淡饭，可不管啥时候张嘴，都是一股好闻的干草味儿。这也难怪。屎啥时候最臭？你越是吃好东西，你拉的屎就越臭。

嘻嘻，才刚几天，在咱面前，就跟家婆似的了。

来那个了，也不知道避讳一下，当着咱的面儿，就四脚八叉地把个磨盘似的大屁股对着咱，血里呼啦地换纸。还啥“安尔乐”呢，再高级的玩意儿也就不如咱家里的草纸哩。

品英和咱都是老夫老妻了，可是从来都没当着咱的面儿做过这种埋汰的事儿，所以，咱啥时候见着她，咱都觉得她是个干干爽爽的女人，心里都敬着。

说啥天下女人都一样，拉灭灯以后都是一个滋味儿？这是没尝过另一个滋味儿的人自己骗自己的话。

品英是水，静静地盛在水缸里，你只要是渴了，就自自然然舀起来喝。喝过了，心里就踏实了，你该干啥就还去干啥。好像你不太在乎它，但你一天也离不开了它。人可以饿着，但是不能渴着——那年，隔岭的煤窑塌了，捂在里边的三个矿工半个月后才被挖出来，但还是活着，这为啥？不就是因为巷道里有水吗？

而王秀珍却是酒。它太闹得慌，自己就往你嗓子眼儿里钻，弄得你七窍生烟，自己都不认得自己了。当时你觉得自己是个神仙，一旦醒过来，不是口干舌燥，就是腿脚发软，干啥都没心思。所以，它既破费钱，又耽误事儿，正经人家一口儿都不沾它。你看，哪个"醉鬼子"能把日子过好过？

水性平而正，酒性烈而邪——水喝多了，你头脑照样清醒；酒一喝多了，拿着不是当理说。这样的人，就没人待见了，走到哪儿，人家都会在身后戳脊梁骨。

品英就是水。做炕上的活儿，她也是静静地等着你，是沏红糖还是沏茶，是生着喝还是凉白开，一切由你。即便是被你喝得很快活，也不吵吵嚷嚷，不分你的心。

王秀珍就是酒。一到了床上，她自己就撒欢儿，喷着酒气，冒着火苗，没命地往你身上撩。不管你愿意不愿意，她都要往你嘴里灌，而且还高声大嗓地嚷着，不由分说地喘着，让你弄不清，是你喝了她还是她喝了你。

一句话，王秀珍绝不会成为毛品英——王秀珍她太会展览自己的身体，不管是拉着了灯还是拉灭了灯；她也太会使用自己的身体，不管是拉着了灯还是拉灭了灯。

她太浪！因为你被她浪着，所以你咋都觉得自己不是人，而是她手中的一只蒜杵子。因为你都不是人了，她就更不是人了——只要是没有蒜杵子就浑身长毛的蒜臼子，咋会是人？可是，她还没有结婚哩！还说啥说？甭说是遇见你一个河北的侉子，就是遇见一个广东的蛮子，她也照样稀罕哩。

嘻嘻，蒜杵子，蒜臼子，嘻嘻。这两样东西，其实是一样东西，在咱老家，几乎家家都有哩。可是在这个地方却咋也见不到。

在咱老家，调味儿的东西太少，炸辣椒和花椒油之外，就剩下蒜杵子捣出来的蒜泥。吃生蒜，虽然是山里人的习惯，但要吃得讲究一些，能吃出油性来，还就得吃蒜泥。在这地方就不同了，成袋儿的调味品太多，用不着这两样东西。吃个炖杂碎，哗地就倒上半袋胡椒面儿。除了糊嘴之外，哪能吃出厚味儿来呢？你在杂碎汤里放上点儿蒜泥试试，那味儿多窜！还有，是菜就搁味精，炒蒜薹和炒茄子，差不多都是一个味儿，胃口都倒了。

嘻嘻，小时候就爱张罗着捣蒜。心情好的时候，蒜杵子捣在蒜臼子上的声音是咯当咯当的；心情不好的时候，捣出的声音是垮啦垮啦的——它们哪里是两个对象儿，好像就是两个小伙伴，陪着你高兴和生气。捣到最后，无论是啥情绪，就都变成一个情绪了——这蒜泥捣得多匀实，得多吃两碗哩！

小时候真好，只要能吃饱饭就好。

其实小时候饿饭的时候居多，但现在想想，却咋也想不起来哪时候饿过，还好像吃过好多好多好吃的东西。现在可好，每天都饱着，却觉得啥好东西都没吃上，心里亏得慌。是不是味精闹的？

工棚里四面漏风也不觉得冷，而那个伙计说话的样子却让他很难以承受。

那小子从来就没说过一句整话，却很爱跟你说话，好像不说话就没法儿活似的。所以，真是令人烦。

一个人要是不说话该有多好。省心。

水啥时候说过话？但是，人人都说它好，人人都离不开它。

说来那小子也是个贫苦人。但之所以烦他，也正是因为这个原因。贫苦人在一起有啥好？凄惶之上再加凄惶哩。再加上那张爱说话的臭嘴，总是把自己的凄惶说给别人听。

咋会有这种想法？

嘻嘻，对不起，活该他倒霉。也是他罪有应得——

咱的驴被杀的时候，他到哪儿去了？咱的老玉米被毁的时候，他又在哪儿？而且，王秀珍进工棚的门，就是他给留的。还说是为了我好。还说，你瞧瞧人家沉甸甸的屁股，你瞧瞧人家沉甸甸的奶子，咋就独独留给你摸？换了咱，甭说是摸，就是能掀开衣裳让咱看一眼，死了也值哩。

你说他贱不贱？可气不可气？真想给他两巴掌，但一看他那副贱相，不值。于是每次从王秀珍那儿回来，给他讲没穿衣裳的王秀珍。讲得那小子很痛苦，说："旺儿，求你别讲了，咱受不了了。"

干啥不讲？"王秀珍的屁股不仅沉，还扁，扁得能当床使；王秀珍的奶子不仅沉，而且还翘，奶头儿硬得能挂一只秤砣。"

"旺儿，你饶了我吧，再讲咱就真的受不了了。"

那小子的裤裆里搭起了帐篷，脸子似苦似笑。

"不讲咋行，你不是说只要能看她一眼，死了也值吗？"便接着讲，且极其深入地讲。

那小子"呃"了一声，身子就立刻矮下去了。

他说："旺儿，你真会折磨人，又让咱两天打不起精神了。"从他身上传来一股令人恶心的生黄豆粉味儿。

嘻嘻，这一招儿，比打他两巴掌还要解气。

村长那厮几天不理旺儿，最后，把他叫到村部去。

“旺儿，这几天你有啥感觉？”

“能有啥感觉？”旺儿一脸茫然。

“你这人是真糊涂还是假糊涂？”

“你们别生气，村长，咱是真糊涂。”

“我看你是一点儿都不糊涂，你是得了便宜还卖乖。”

“咱哪儿敢哩，看见你们整天不高兴的样子，就更不敢。”

“你有啥不敢的？一个黄花大闺女都让你抱到床上去了。”

“这不是你们的意思吗？你们要是没意思，打死咱也不敢有意思。”

“我啥时候告诉你，咱有那意思了？”

“哦，这就怪了，也许是你们忘了，用不用咱把时间地点和你们说过的话再给你们学说一遍？”

啪！旺儿的脸上重重地挨了一巴掌。

“村长，您？”

“旺儿，你鸡巴的听清楚了，那些话你要烂在肚里，要是敢漏一句出去，我就告你强奸良家妇女。”

旺儿不敢吱声了。

尽管心里有化不开的困惑。

“旺儿，你知道我这几天为啥不高兴？”

“为啥？”

“还不是为了你，王秀珍跟你，我总觉得不值。”

旺儿虽然一肚子委屈，但还是不敢吱声。

王立平接着说："事到如今也只能这样了，王秀珍她都不咋着我能咋着？不过，我明确告诉你，王秀珍是王秀珍，我是我，你以后在我面前还是放老实点儿好，别自找没趣。"

旺儿听后，不寒而栗。在村长眼里，他永远是个外地的侉子，在王家的地盘儿上他永远只有一个黑户口。村长就是村长，别攀哪门子大舅哥。

"旺儿，上趟茅房咋那么大的工夫，你是拉线儿屎[1]咋着？"王秀珍在外屋喊着。

钻天杨和喜鹊窝。白癍猫和奶牛。衣服和身子。蒜杵子和蒜臼子。工棚和工友。村长和大舅子。

咋一泡屎的工夫就想了这么多？真是神经了。

旺儿的腿蹲得麻木了，挣扎了半天才站了起来。

"喊娘的啥？又犯浪了咋的？"对王秀珍，他真的尊重不起来……

翁大宝虽然分在市委农村工作部，但实际做的，是当市委副书记王龙群的秘书。

让翁大宝吃惊的是，你别看王龙群是省部级干部，但除了必须参加的会议之外，他很少待在市委，而是整天在基层转。全市的每个村落，他居然都转遍了。

他一上班，迅速处理完案头的文件，便对翁大宝说："走，咱们转村儿去。"

他把下乡叫"转村儿"，而不是像报上报道的所谓"搞调研"。他的

---

[1] 拉线儿屎：京西方言，指便秘。

确是转村儿。

每次下去，他都是一竿子插到最低层，县、乡两级的领导，没有特殊情况，他从来不惊动。

他的车走在一条乡村土路上，车后扬起了滚滚的烟尘。

他皱起了眉头，对翁大宝说：“人民公社多快好省了这么多年了，连条正经的路都很少见，老百姓怎么会买共产党的账！”

他看到路边的农田里有一群人，便让车子停了下来。烟尘便哗地越过车顶把前边的视线遮住了。

司机提醒说：“王书记，您待会儿再开车门。”

王书记打趣道：“翁大宝，咱是不是有点儿作战的感觉？硝烟滚滚哩。”

翁大宝笑着点点头。

他们终于看清了，田里那帮人正在丈量土地。有拉皮尺的，有立水准仪的，有往小本子上记的，干得很认真。王书记下了车，大步地朝那群人走去。那群人停下手中的活计，都注视着他。

有个人吃惊地问道：“您是不是市委的王书记？”

“你怎么知道我是市委王书记？”

“我从报上看到过您的照片。”

“那你是谁？”

“我是这个村的支部书记，叫王本禄。”

“你们村儿是哪个村儿？”

“叫榆树庄。”

王本禄见了大干部竟也不发憷，大大方方地介绍他身边的人。

那个拿小本子的是村主任，那个摆弄水准仪的是乡里的农技员，那两个拉皮尺的是村民代表。

“你们丈量土地是不是在划分土地？”王书记问。

王本禄说：“王书记，不瞒您说，还没到那一步，我们是通过丈量摸清底数。因为人民公社这么多年，土地的亩数一直是个荒数，实际上到底有多少面积，谁也说不准。村民们说，这些年净改造农田学大寨了，实际亩数肯定比账上的数字多，所以，我们必须摸清底数，让老百姓了解实际情况。为了取信于民，我们成立了由乡村两级干部和村民代表参加的丈量组，在群众监督下，开展工作。这也不是我的创举，而是吸取了别的村的教训；别的村草草地把土地分下去了，由于土地面积有埋伏，干部占了便宜，群众不买账，纠纷太多，村子不稳。”

王书记听了大为赞赏，让翁大宝仔细记录下来。“你这个人倒很有民主意识，有还政于民的头脑。”

“您这就高抬我了，”王本禄说，“其实我的想法很简单，中央一号文件大得人心，农民像搞第二土改一样，积极性高得很哩！所以我们不敢怠慢，因为上边儿的经是好经，就怕咱下边的歪嘴和尚把经念歪了，让党和老百姓都不满意。”

王龙群不停地点头，突然问：“王本禄，你今年多大了？”

“到年底就五十五了。”

“岁数大了一些。”王书记轻声嘀咕了一句，遗憾地摇了摇头。

王本禄不明白书记啥意思，小心地问：“咱有啥不妥吗？”

“没啥不妥，我支持你这样干，我还可以预言，照你这个态度干下去，你们榆树庄的老百姓，一定会买你的账。”

得到大领导的肯定，王本禄像孩子一样呵呵地笑了起来。因为受了鼓励，王本禄胆子大了起来："王书记，我想问您一个问题。"

"只管问。"

"村干部参与土地承包，是不是合理？"

"怎么不合理？村干部也是农民嘛，也应该享受农民的权益。"

"农民不满意咋办？"

"你不要低估了农民的觉悟，群众不满意的地方主要是土地分配的方式。哦，我问你，你打算用什么方式把土地承包下去？"

"嘻嘻，能有啥办法，抓阄呗。"

"别看这抓阄的方式有些传统，但它体现了机会均等，你没必要自惭形秽。"

"如果村干部抓了好地咋办？"

"只要是没有徇私舞弊，就可以理直气壮地去种。"

"但我还是主张干部要把好地承让出来，干部毕竟还在村里领着补助。"

"你这样做，我也不反对。但是我要提醒你一句，一定要在自愿的基础上，不能硬牵牛鼻子——还是那句话，村干部毕竟也是农民，不应该因此而失去了对土地的权益。"

"您想得可真周到，理解人。"

"这有什么，我也是农民出身呀。"

正在这时，土道上又沸沸扬扬地来了几辆车，是乡党委书记、乡长和乡农工商总经理一干人马。

"王书记，听说您到我们乡来了，我们一阵好找啊，全乡的地面都快要找遍了，嘻嘻。"乡党委书记喘着气说。

“你找我干什么？”

“您是市委领导，市委领导能到我们这个小地方来，是我们全乡人民的荣幸。”

“这么说，我得说一句感谢喽，”王书记笑了笑，说，“不过我知道，你这样一来，你们全乡一定是黄尘闭日了。”

王书记顺势拍了拍乡党委书记的肩膀，那上边刚落下来几缕浮尘。

乡党委书记脸一红，说：“不会的，这儿只是一段田间路，我们乡基本实现了村村通柏油路，片片通水泥路，俗话说，要想富先修路嘛。”

“要想富先修路，哈哈，这倒是一句时髦的话儿，”王书记突然收敛了笑容，说，“你说你为找我，全乡的地面都快要找遍了；我也告诉你，这一上午，你们乡的地面我也几乎全走遍了，你的柏油路和水泥路在哪儿呢？年纪轻轻就不实事求是，你的党委书记还怎么当？”

那个乡党委书记脸色苍白，一句话也说不出来。

乡长岁数大一些，凑上前来，说：“王书记，我们做基层工作的，很难见到你们这样的大领导，偶一见着，就心里发毛；所以，您千万别跟我们计较。我看，时候不早了，请您到我们乡里去，吃个便饭，再给我们一些具体指示。”

王书记也不想难为他，指一指那几个搞丈量的人，说：“那好，不过，这几个人得跟我一起去，算我请客。”

王本禄赶紧退到后边去，一边退着一边说：“那可使不得，我们都带着干粮呢。”他给几个人使了个眼色，几个人几乎是同时拍了拍身上的挎包，附和道：“是哩，是哩。”

“既然是这样，请你弄几个盒饭来，我要跟王本禄他们一起吃饭。”王书记对那个乡长说。

盒饭弄来了，当然具有很高的质量。王龙群看了一眼，笑了笑说：“王本禄，我跟你换着吃。”

王本禄被吓坏了：“使不得，使不得哩。”他的干粮是两根香肠、两根大葱、一小包腌咸菜和一张大饼，另外还有一瓶五十六度的二锅头。

王本禄不好意思地说：“王书记，您千万别笑话，咱乡下人有个毛病，不管饭食咋样，只要有一瓶二锅头就行。”

王书记说：“就凭你这瓶二锅头，我也得跟你换着吃，我也好这口儿。”

既然是领导所好，王本禄就不好意思再坚持了，满脸通红地交出了自己的干粮。接下来，自然是全面的交换——下属随着领导走嘛。因为几个人的干粮里都有一瓶二锅头，乡长带来的好酒就全搁在一边儿了。

见那个党委书记很少动酒，王龙群问道：“你为什么不喝？”

“这二锅头的劲儿忒大，我喝不习惯。”

“你喝什么酒习惯？茅台？五粮液？”

那个党委书记红着脸摇摇头。

“你是不是乡下人？”王书记接着问。

“就算是吧。”

“就算是是什么意思？”

那个党委书记脸更红了，解释说：“我是街道出身，是农校毕业之后，分到农口的。”

“就是说，你是居民户出身，不是坐根儿的农民。”

“是这样。”

“可是，你不会喝二锅头咋能当乡镇党委书记？二锅头可是农民的保命酒。”

那个党委书记一听，脸色立刻从红到白，不得不端起了身边的二锅头。大家喝到兴头上，他突然就掉起眼泪来。

王书记说："你哭个什么？"

这一问，他更无法控制了，干脆鼻涕眼泪一起下了："王书记，请您原谅，我，我，我不是有意撒谎。"

王龙群明白，他是被自己吓坏了，自己毕竟是堂堂的市委副书记，在他们眼里是高不可攀的大领导，一句戏弄的话，也会信以为真的。便笑着说："请你不要当真好不好，我只是对你有些不满意，并不是真的想撤你，只要你把你们乡的路给我修好了就成了；再说，你当不当党委书记那是组织部门的事儿，我一个管农业的书记，说了也不算哪。"

他的话，反而更让那个党委书记难受，索性嘤嘤地哭出声来。"看来，你真是喝多了。"他说。

那个党委书记立刻摇着头说："王书记，我没有喝多，我是既羞愧又感动，请您一年后再来，我要是还没把村间的路都修成柏油路，不用你们撤我，我自己就主动卷铺盖。"

王龙群猛地把杯中的酒喝下去，说："这才像个年轻人！"

在广阔的田野里，他的酒喝得很尽兴，对王本禄说："你敢不敢跟我摔一跤？"

王本禄愣了一下，说："使不得，使不得，你们那么大的官儿，咱哪儿敢跟你们摔。"

"王本禄你别要滑头，你是怕摔不过我，丢了面子。"

王本禄笑而不语。

王龙群恳求道："你就当我是跟你一样的一个农民老汉，两个农民老汉在一起摔跤还有啥不好意思的。"

感于市委书记的真诚，王本禄说："摔就摔。"

两个人就在刚犁过的地里摔起跤来，吓得那个党委书记直给王本禄使眼色。不期就被王龙群看见了，他笑着说："王本禄，你要是糊弄我，我就可真的把你们的书记撤了啊。"

王本禄也一笑，说："这您放心，为了我们书记，我也得认真对付您。"

两人摔得脚下狼烟四起，不可开交。

共摔了四个回合，弄了个二比二平的结局。王书记还要摔第五个回合，王本禄连忙摆手："王书记，您饶了我吧，都快喘不上气来了。"

王书记也不再坚持，说："那就谢谢你了，王本禄，谢谢你给城里老汉面子。"

他转身对那个党委书记说："你把王本禄他们的做法整理一下，值得在你们全乡推广。"

上了车之后，他兴奋地对翁大宝说："今天的收获不小。"

不久，市委以农村工作委员会的名义发了一个《关于家庭联产承包责任制的实施细则》，其中就有要认真进行土地丈量，摸清底数，以公平透明的方式进行土地分配的条款。在"实施过程中要注意的几个问题"一款中，明确了农村干部的相关权益。这个细则保证了大包干在全市的顺利推行，取得了群众满意、社会稳定、农业丰收的理想效果，受到中央的高度肯定。

作为主管农业的副书记，王龙群的心情是愉快的，他不无得意地对翁大宝说："你看我王某人是不是像你所说的，'既提炼出普遍规律的原则之论，又是立足于实际运用的方法之论'？至少我王某人是个注意'细节’的人。”

没想到自己那点儿稚嫩的论述，居然被一个有成熟的政治经验的市委领导记在心上了，翁大宝面露羞涩。

王书记接着说：“你所说的要注意细节，在我理解，那就是要一切从实际出发，实事求是。在中央的大政方针制定以后，各级领导就应该从细节入手，找出求真务实的操作办法。抓细节，就是抓落实。用我的话说，就是——细节，细节，再细节；落实，落实，再落实。”

翁大宝连连点头。

他本来想由衷地说两句赞美的话，但作为一个山里的孩子，他说不出口。

“大宝，今天我高兴，咱俩到牛街的小摊儿上吃两碗羊杂碎，喝两口儿二锅头好不好？”

“小摊儿上不卫生，苍蝇都趴在碗沿儿上。”

“这你就外道了不是，那叫饭蝇，乡土作家刘绍棠还专门为饭蝇写过一篇文章，碗沿上如果没有饭蝇踪着，说明你那羊杂碎不地道，味儿不正。”

他们便到小摊上吃羊杂。

第一碗一端上，王书记立刻就埋头吃起来，吃得满脸流汗，咋看咋像个老农。

转眼之间就吃完了，便又要了第二碗。他停住筷子，说：“这第二碗是下酒菜，咱要慢慢吃，慢慢品。”

山里的孩子都嗜酒，所以翁大宝有相当大的酒量，喝得就快一些。王书记也不示弱，一看见翁大宝的酒杯见了底儿，他也一口就掮了。

翁大宝阻拦道：“您不能跟我比，我一个小毛孩儿，身子跟生铁似的，喝多少都没事儿。”

王书记佯装生气地说：“你看不起我是不是？”

“不是的，您心脏不好，阿姨叮嘱过我，在酒上让我管着您点儿。”

“没事儿，那老太婆她不在。”王书记做了个鬼脸儿，跟孩子似的。

为了照顾王书记的身体，翁大宝便也喝得很节制。酒到微醺，王书记兴致特别好，说：“大宝，你猜那个乡党委书记他后来怎么样了？嘻嘻，他真的把他们全乡村村通上了柏油路。这样的孩子不错，知错就改，很有前途。所以，我跟他们的县委书记打了招呼，应该重点培养一下。本来那孩子就没什么大错，在浮夸出干部、数字出干部的风气下，他难免要那么说，真正要引以为戒的倒是我们这一级干部，应该很好地反思一下。”

他又喝了一口酒，接着说：“你猜那天我为什么问王本禄多大岁数了？对那样踏实尽职的农村干部我真想提拔他，可惜岁数大了，只能祝他身体健康，万事如意了。对这样的干部我们应该心存敬意，就像鲁迅说的，他们是民族至少是农村的‘脊梁’。咱们为脊梁干杯！”

这一杯，翁大宝无法阻拦。

“翁大宝，你将来想不想当官儿？”

“还没那个想法。”

“从现在开始，就应该有这个想法，而且要处处留心，做好准备。”

“干啥非要当官儿呢，我觉得咱现在就不错了。”

“你真是小地方出来的，见识太浅。我不是要向你灌输生官发财的封建思想，而是事业的需要。”

“这我就不明白了。”

“十年动乱，加上‘四人帮’的破坏，咱们国家的政治体制不健全，还处在官本位阶段，这是无须讳言的。为什么老百姓那么强烈地呼唤好官、清官，原因就在这里。所以，那些‘四有’干部应该走上领导岗位。在我这儿，所谓‘四有’，应该是：有党性、有良知、有悲悯心，还有事业心。从一个好的干部自身考虑，如果你没有一定的领导岗位，没有参与权、决策权和指挥权，你有再强烈的政治抱负，有再强烈的为百姓服务的美好愿望，如何能够实现？从儒家思想来说，人微言轻，你只有说话算数（话语权），才能达到自清人清、自好人好、自直人直、自立人立的理想境界。”

翁大宝毕竟从书本上学了不少历史知识，又不缺乏悟性，所以，他一下子就接受了王书记的观点。“既然是这样，就请您多栽培了。”他说。

“嘻嘻，你真是个小滑头。”王书记亲昵地摸了一下翁大宝的脸。

翁大宝也有些动情，说：“王书记，咱是大山里走出来的孩子，父母都是没文化的农民，没能力教化咱，您就把咱当成你们的孩子，打也好骂也好，多费心指教哩。”

“那我就白捡了一个儿子了。”

“嘻嘻……”

“你先别笑，我这个人的脾气可不好。”

“这我知道，官儿大脾气也大哩。”

“你要贫嘴是不？”

“嘻嘻……”

“那好，从现在开始，我就开始指教你。”王书记说，“就你的京西话就很误事，什么‘你们’‘你们’的——明白的，知道你是在表达尊重；不清楚的，还以为你在蔑视他呢。在官场混，这怎么成！应该说‘您’。”

“嫩。”

“什么老了嫩了的，是‘您’。”

“银。”

“什么金了银了的，你少给我搞点儿拜金主义好不好，是‘您’。”

“您。”

玄武

新鄉土小說三部曲

凸凹 著

下册

北京日报报业集团
同心出版社

图书在版编目（CIP）数据

玄武 / 凸凹著 . -- 北京 ：同心出版社，2014.1
（新乡土小说三部曲）
ISBN 978-7-5477-0979-5

Ⅰ. ①玄… Ⅱ. ①凸… Ⅲ. ①长篇小说－中国－当代
Ⅳ. ① I247.5

中国版本图书馆 CIP 数据核字 (2013) 第 303578 号

玄武

出版发行：同心出版社
地　　址：北京市东城区东单三条 8-16 号 东方广场东配楼四层
邮　　编：100005
电　　话：发行部：（010）65255876
　　　　　总编室：（010）65252135-8043
网　　址：www.beijingtongxin.com
印　　刷：北京昌联印刷有限公司
经　　销：各地新华书店
版　　次：2014 年 1 月第 1 版
　　　　　2014 年 1 月第 1 次印刷
开　　本：880 毫米 ×1230 毫米　1/32
印　　张：23
字　　数：550 千字
定　　价：48.00 元（上下册）

目录

上册

下册

第十四章

自家人两家话

万援朝越来越虚弱了。

这一点，外人是看不出来的——因为他面色白皙，身形丰润；但家里人却真切地感受到了——他整天昏睡，气息奄奄。

玄武村终于搞二轮承包了。但龙二成仍然没有得到土地。村里的理由很充分：这次，是按照上边的部署，把土地向种田能手集中，搞集约经营。甭说他一个半截人，既便是比他健全的人，如果没有大面积土地的经营水平，也是没有承包资格的。

自然，万明全一家也不再拥有土地。因为玄武村不设集体农场，不再进行具体的农业生产，而是进行管理，所以，再代为经营他们家的那一小块土地，便有许多现实困难。基于这种特殊情况，经请示乡政府同意，一次性地给了他们家一笔补贴，算是变相买断了。

虽然无地可种了，但不少人还表现出一种异常的兴奋——终于解脱了土地的束缚，啥高价种子、高价化肥，啥农机费、水电费，啥公粮、提留、农业税，谁种地谁交去吧，咱不再为那几块土坷垃劳神费力了，咱想干点儿啥就干点儿啥了！

青壮劳力纷纷出外打工去了，虽然也有几分不安，但就像小鸟第一次飞出笼子一样，喜悦大于忐忑。

“真是一帮傻子，等你们纳过闷儿来，哭都来不及哩。”在一个角落里，龙二成莫名其妙地说。有一点是十分清晰的：他对王立平有刻骨铭心的仇恨。

万明全约龙二成一起喝酒，他心中愁肠百结。

万援朝每日醒来的次数越少，他的心情越沉重。他面临着人去财空的险境，但是他觉得，越是这样，他越是要破财请客——没有街坊邻居的理解、同情和关照，将来的日子岂不更凄惶？他觉得必须先请龙二成。龙二成的悲惨处境，赢得了街坊邻居的深刻同情，他是自己与街坊邻居之间的一座桥。

“老万头儿，今天你咋老爷儿从西边出来了，也舍得出血了？”

“咱啥时候不舍得过？只是脾气不好，不愿意被别人牵着鼻子走。”

“这倒是像你——你这个人跟我一样：人家越是让你咋着，你越是不咋着；人家越是不让你咋着，你越是偏要咋着。”

“龙二成，你倒是挺会转，说的是那么回事儿。”

几杯酒，几句话，两人之间就变得很近乎，好像从来就不曾有过芥蒂似的。

“老万头儿，你们家援朝弄得真是惨，守着个如花似玉的媳妇儿，竟人事不知。还不如我，咱虽然只剩下半截身子，但坐在大街上，公的母的还能看得清——能够看得清的日子才算是日子哩。”

“二成，你这个人倒是想得开，媳妇儿都跟你离了，你还没事人儿似的。”

“你能怨人家媳妇儿吗？你不能给人家挣钱还是小事儿，关键是你连炕上的活计都做不利落了，人家干啥偏要守着你？你以为你是皇上咋着？所以，这烙饼得翻个儿。”

“都说你浑，你这不是一点儿都不浑吗？”

“咳，人家要成心糟改你，你能说得清楚吗？尤其是像王立平这样的人，他要是瞧着谁不对付，他会把你的不是从没说有，从小说大，直到让旁人信以为真。”

“在这方面，他王立平真算得上是个能人。”

“你别说能人这个词儿，一提到能人这个词儿我就来气。”

“为啥？”

“为啥？”龙二成说，“王立平是咋起家的，你还不清楚？他老爹王凤琨造反造出一派势力，使他从小就觉得比别人强，就养成了一个转轴子脑袋。所以，邓小平一否定了‘文化大革命’，他稍一觉得不得烟儿抽，就很快转向搞个体了，拉个乡村建筑队，发了不小的一笔财，这是当时一般人做不到的。他一有了钱，就翻回来掺和村里的事儿。因为承包村里亏损的砖厂，扭亏为盈，给村里挣了点儿钱，说话就占分量了，被村干部奉为能人。正好乡里搞鸡巴啥‘能人治村’，便被树了典型，当了村长。一当了村长可就不得了了，从他老爹那儿遗传下来的政治细胞就起了作用，变得很会耍手腕儿，官面上冠冕堂皇，私下里毒狠阴损——反对过他的人有几个落下了好？人家罗贯廷是个有心人，你鸡巴不是能吗？咱小肚子搬家——离你鸡巴远远的。他表面上嚷嚷村干部不能办企业，很有姿态地跟砖厂脱了钩，其实还不是一个假集体？清理了半天假集体，人家不照样拿着盆子接银子，人家有能力让乡里领导围着他转。”

“你说得一点儿都不假。”万明全有切身体会。

“搞啥‘能人治村’？那个能人要真是好人，老百姓当然会跟着享福；那个能人要是恶人，能耐越大，老百姓越遭殃！可是，现在所说的能人，有几个是正经人？咱说得一点儿都不绝对。不然你就拿着二两线到各处纺纺（访）。”

“这还用纺（访）？明摆着哩。”

“返回来咱说这土地二轮承包，上边明明有规定，要在农民自愿的基础上，逐渐向种田能手转移，可乡里愣作为硬性的政治任务往下推，还不给王立平这样的人整你的口实？他本来就想杀人，借刀杀人的把戏，他咋会不乐意玩儿呢？”

“二成，有一样咱不明白，你跑出租的时候，不是看不起种地吗，现在你咋突然想着要地了？”

“那时咱的确有点儿狂妄，也是跟王立平较劲。现在的想法其实也很简单——咱既然没能力挣现钱了，还是身后有几亩地牢靠；只要有地，咱即使是没钱买粮食吃，也饿不死哩。”

“这倒是一句实在话。现在的乡下人，我总觉得过得虚空，本来是庄稼人，却要向城里人那样过日子，啥啥都靠买——城里人有工资，咱乡下人又有啥进钱的道儿？”

“咱真想有几亩地啊！有了地，咱挪着屁股也能把种子摁到地里去，靠老天下的雨，也能收几斗麦子。就咱这一个人吃饱了全家都不饿的主儿，有了那几斗麦子，咱还发啥愁？”

“既然是这样，你是得想点儿办法。”

“想啥办法？”

“乡里咱说不进话儿，还不兴到县里？县委翁书记那个人是个好人，他心疼咱这号儿人。”

“咱才不跟你学呢，大热天地跪在那儿，里三层外三层地围着人看，像看耍猴儿似的。”

“你是没那个胆量。”

“屁！咱要是往县委门口一坐，比你招人儿，比你有分量。你想啊，一个只有半截身子的人，不更惹人同情？但就是因为这个，我绝不能去！我这个人命比纸薄心比天高，最怕人家可怜。被别人可怜的滋味，比死都难受！”

“那你就这样擎着[1]？”

“能咋办？就跟着感觉走吧。等有一天实在想不开了，就弄一包炸药，把丫挺的连窝端了！”

万明全听了这话，心里倏地生出一股凉气，顺着脖颈子，一直爬到头发梢。

龙二成好像喝高了，脸膛紫胀着，眼睛鼓得像是要蹦出来。

“二成，我看咱们今天就甭再喝了，喝多了伤身。”

“老万头儿，你咋这么抠哩，好不容易请顿酒，还不管够。”

就只好喝。

“老万头儿，我知道你现在挺没人缘儿的。人们眼红你的那俩钱儿是不假，关键是人家王立平会挑拨。”

“那么，王立平的话你也信？”

“我跟他们不一样，我是在生你的气。”

“生我啥气？”

“你也是过来的人了，人情世故你啥不懂？你明明知道这人都是气人

---

[1] 擎着：坐等，忍耐，承受。

有笑人无的主儿，你干啥不装装样子表示表示？咱还提醒过你，你瞧你那表情，好像咱要咋着你似的。你是拿着窝头不当干粮，狗咬吕洞宾——不识好人心。结果咋样？让人家王立平钻了空子。”

万明全难为情地笑笑，说：“咱哪儿有人家王立平那个转轴子脑袋，咱啥事儿都想得简单哩。”

“这倒是，咱要不是想得简单，也不会成了半截人。”

两个人便怀着相同的悲愤尽情地喝酒。喝到最后，龙二成主动说道：“老万头儿，咱不喝了。”

“那好，咱以后就经常地在一起坐会儿，酒不酒的放在其次，一起说点儿啥，心里痛快。”

看着万明全要起身的样子，龙二成摆了摆手，“老万头儿，你先别走，”他说，“老万头儿，求你陪陪我——自从咱成了一个半截人，就落下了一个毛病，只要酒一喝多点儿，就全身麻木，一点儿感觉都没有，厉害的时候，气儿都喘不上来，要没人陪着说话儿，非得憋死不可。咱还年轻，还不想死。”

听了这话，万明全辛酸难耐，含着眼泪叫了一声“二成”，便一屁股坐在了龙二成身边。

援朝他再凄惶，还有个小翠在身边陪着；可是，这个死要面子的二成身边，却一个人毛儿都没有哩！

白石渣就是白石渣，白米饭就是白米饭。这个诡道的罗贯廷！

“旺儿，咱玄武村土地朝种田能手转移了，你知道不知道？”

旺儿一愣，朝王立平笑笑，说：“听说了。”

“你知道这里的意思是啥？”王立平接着问。

"不知道。"

"说白了，就是要成立私人农场。"

"那别的人咋办？"

"不咋办，他们不会种地，也不愿意种地，你没看见，许多地块都荒鸡巴的了。"

旺儿心里说，哪个农民不会种地？又有哪个农民不愿意种地？咱小山沟里那几亩瘦瘦的山地，咱还稀罕得要死呢，更何况这一马平川的风水宝地？是你们加在人家身上的负担太重，种不起哩。但嘴上却说："他们不种地，吃啥？"

"吃啥？你放心，他们不会等着挨饿的。你没看见他们撒了欢儿似的都出去打工了，他们早就盼着这一天呢。"

旺儿下意识地皱了皱眉头。盼着这一天？我才不相信呢。咱家的地，要不是被人祸害了，我才不再回到你这儿哩。可嘴上却说："既然是这样，还是农场好，这地横竖得有人种哩。"

"当然是农场好，再交公粮的时候，省得我舍脸扒皮地到各户去催了。你知道收公粮的时候可有多难？一遇到市场粮价比公粮高，你不拿出点儿还乡团的派头哪个肯交？嘻嘻，大前年咱就还乡团了一回哩。咱歪扛着帽子往台上一站，说，老少爷们儿听着，村长是个啥玩意儿？要是放在过去，就是腰里掖着狗牌撸子的还乡团团长，最不济也是个挎着盒子枪的伪保长，那是没人敢惹的大爷！现在虽然不挎枪了，但是你惹一惹试试！所以，该交公粮你就乖乖地交，别惹火了我——伪大村长收公粮，谁不交公粮我操他娘！公粮虽然收上来了，但窝囊气也受了不少，何苦呢，又不是咱家里的事儿。"

旺儿也笑了起来。这个王村长，动不动就实在一回——上次在门房里实在得让人害怕，这次又实在得可笑。谁不知道老百姓在背后就是管现在的村干部叫还乡团和伪保长？他自己反而还当笑话说。嘻嘻。

“你笑个啥？旺儿，你知道我叫你来干啥？”

“干啥？”

“我给你个农场场长当当。”

“就我？”

“对，就是你。”

旺儿惊呆了。

王立平瞥了他一眼，说：“操，到底是小地方的，能经住个啥，别他娘的犯愣了，我跟你说的是正事儿。”

王立平告诉他——

别他娘的小看这个农场，在农村，土地是最大的资源，农场跟企业一样也是一种产业，有丰厚的利润在它后边。而且，跟企业比，它有不败的利润。咱村里的磁带盒卖不出去了，磁带盒厂就垮了；可是地里的麦子却从来没有听说卖不出去过——为啥年年喊卖粮难卖粮难，可是年年还照种不误？所以，这个便宜，不能全让外人占了去。我在村里成立了三个农场，两个农场让所谓的种田能手经营，剩下的一个就应该是我王立平的。可是这个场长让谁当呢？我琢磨了好长时间了。愁死了。嘻嘻，最后想到了你，你他娘的还真是一个最合适的人选。你跟我不沾亲不带故，是个外人，而且还是个外乡人，在别人的眼里就透着公平，而且是绝对的公平。嘻嘻，我还真得感谢我那妹子，她的身子没白让你日捂。说来说去，你还是咱的人；说来说去，肥水还是不流外人田。嘻嘻。

这个王村长还是个人吗？猴儿精，鬼精，这样的称呼放在他身上都显得不般配了。

京西人就是厉害！不然咋会从这地界儿挖出了“北京猿人”，成了人类的祖先？

“这个场长咱真的当不了，咱只会抡锄把子，哪里懂经营？那么大块的耕地放在咱手里，还不都鸡巴的荒喽。”他被吓得脸上的汗哗然如雨。实际上，一种老实人的本能使他不愿意当人家手上的棋子。

“这有啥难的？我给你买上几台农机，包括链轨式拖拉机、胶轮式旋耕犁、定点式播种机和联合式收割机，再给你配上几个懂行的人，你要做的，就是在一旁一边喝着茶水，一边动动嘴儿。”

“动嘴儿的事儿咱也不成，咱从小就拙嘴笨腮的，一遇见大阵势，连话都不会说哩。”

“不是还有我呢吗，我背后教你。”

“咱连学话的本事也没有哩。”

“你他娘的是在耍滑头！”

“咱不敢。”

“黄花儿大姑娘的身子好不好？”

“村长，咱别说这个好不好？”

“不说这个说啥？你以为你是谁，咱妹子的身子就能白让你日捂？咱早就跟你说过，让你识趣点儿，你咋这么不识趣？这个场长你当也得当，不当也得当，一切由不得你哩！”

一个外地农民，一个稀里糊涂就寄人篱下的人，他已经无话可说。

一个虚弱的人，他哪儿曾有过说话的权利？

旺儿的脸不停地抽搐着。

王立平很快又堆出了笑容：“旺儿，咱心平气和地说，你不为我着想，不为秀珍着想，就为自己着想，这个场长你也应该当哩。人往高处走，水往低处流——这是人之常情。你大老远地出来混世界，咋也得混出点儿人样儿啊！恐怕不能一辈子给人家当门房吧？现在都讲究机遇是不？别人挖空了心思都寻找不到的机遇就摆在你面前，你干啥不赶紧抓住？你脑子有病咋着？兄弟，咱好歹也是条汉子，要长点儿出息。”

“二成，你现在觉得咋样？”万明全关切地问道。

龙二成点点头：“好多了，身上的关节能动了。”

“那好，咱就回吧，人家饭店要关门了。”

龙二成把双臂艰难地撑在杌凳上，捣出橐橐的两声闷响，可是人还待在原地不动。他难为情地冲万明全摇摇头。

“我到街上给你叫辆三轮来。”

“老万头儿，你别惹我生气。”

万明全没有听他的话，兀自走出门去。走出不远，便听到身后有重重的敲击地面的声音，像一种不可压抑的愤怒。

他不禁回过头去。龙二成决绝地朝前挪着。

他不忍心伤害他，只好又踅了回去。

旺儿现在新添了一个毛病：一个苦力的身子却像富人一样天天失眠。

王秀珍对他说：“旺儿，跟我去一下紫燕时装店。”

“去那个地方干啥？”他不解地问。

“大前儿个，我进城扯了两块布料，给你做两身儿西服。”

到了时装店，王秀珍才把布料从手提包里拿出来。旺儿一看，是正经的毛料，一块是黑，一块是蓝。

他劈头就问：“这得多少钱？”由于声音放得过于响亮，引得时装店的女老板不停地看他们。

王秀珍低声说："别问这问那的，好像咱啥都没见过似的，让人家笑话。"

"本来就没见过吗！"旺儿的声音还是那么大。

王秀珍便只好苦笑了一下，拿着布料径直朝着女老板走去。那个女老板与王秀珍早就认识，问："秀珍，小伙子是不是你的对象？"

"嗯。"

"人长得挺帅。"

"就是不要样儿。"

"真是难得。"

"说来也是。"

"哟，你这可是正经的好料子，新进口的希尔登呢，一米少说也得八百块，是不是秀珍？"

王秀珍向她使了个眼色，朝旺儿努一努嘴，俩人笑成一团。

两个人的交谈声音虽然压得很低，旺儿却一字不漏地听进耳朵里。不由得皱了一下眉头。一米布料就八百块，哪儿如吃进嘴里哩？

量身材的时候，旺儿很窘迫，因为那个女老板离得他太近，浓烈的脂粉味儿熏得他不敢张嘴。收尺子的时候，还故意在他的肩膀上捏了几下，笑着说："秀珍，你可别吃醋，这副肩膀长得可真周正，天生一个衣服架子。"

这里的女人可真放得开，一个不认识的男人，好像也是老相好似的，啥习气哩。旺儿心里说。

"做啥款式的？"女老板问。

"不开气儿的那种。"王秀珍说。

“你倒挺会追时髦。”

“瞧你说的，嘻嘻。”

出了时装店，旺儿也不理睬王秀珍，兀自朝前走。王秀珍好不容易才追上他：“你咋生气了？”

“那个娘儿们真不地道，连认识都不认识就瞎捏。”

王秀珍笑弯了腰，说：“为这你生的哪门子气，又不是冲着你。”

“咋不是冲咱？”旺儿在床上翻了一个身，咕哝道。

很长时间不回家了，可是一到了家门口，腿竟像灌了铅似的迈不动步了，索性就坐在了身边的一块石头上。那是挺大的一块鹅卵石。由于被坐得时间久了，上边都留下了两个深深的臀窝。旺儿一坐上去，又有了从前的心境，屁股底下像扎了根。

毛品英出来倒脏水，头也不抬一下，就泼了出去，正好泼到了旺儿的头上。他便失声地叫了一声。

毛品英吃了一惊：“啊，是孩子她爹呀，你干啥不进屋哩？”

旺儿抹着头上往下滴的水，嘿嘿地傻笑着。是呀，我干啥不进屋哩？在心里，他也问了自己一句。

进了屋，毛品英还没有从纳罕中回过味儿来，不禁埋怨了一句：“这么久没回家了，你可真沉得住气！你心里到底还有没有我们娘儿俩？”

旺儿依然是嘿嘿地笑，下意识地回避着毛品英垂询的眼神。他心里愧呀，咋也掩饰不来哩。他撂下手中的挎包，说：“我去给你挑水。”

“满着哩。”毛品英说。

他们家的那只大号儿的水缸，的确满着。媳妇就是勤快，家里只有两口人，也不让水缸空下去。

“那我去喂驴。”他说。

“你这人咋搞的，咱家的驴不是早就死了吗？”

旺儿猛地醒悟过来，拍着自己的脑门儿：“瞧我这记性。”

看到他懵懵懂懂的样子，毛品英突然问：“你那儿是不是出啥事儿了？”

“出事儿？出啥事儿？你不许瞎猜，咱会出啥事儿？”

二丫儿放学回来了，见到旺儿，先是一愣，然后猛地扑进他的怀里，嘤嘤地哭着说：“爹，咱想死你了！”

旺儿抚摸着孩子的泪脸，摸着摸着，竟心头一酸，眼泪竟也啪嗒啪嗒地掉了下来。这是咋了？咱啥时候轻易掉过眼泪？心眼儿咋一下子就变得这么脆弱了？ 为了遮掩，他赶紧去打开自己的挎包，拿出来一堆小吃，都是大城市里才有的时鲜儿货。

二丫儿破涕为笑，毛品英则更加疑惑地看着他。在这种疑惑的眼光注视下，旺儿又拿出来几件衣裳，有两件是毛品英的，有两件是二丫儿的，也都是时鲜儿货。

毛品英嘴一撇，说：“她爹，你咋变得大手大脚了呢？”

他一下子就来了气：“这能花几个钱，咋会是大手大脚哩？你是穷怕了。”

这时，他可以直视毛品英的眼睛了——气愤竟把羞愧遮掩住了。

晚上，毛品英早早地打发二丫儿去睡觉。二丫儿就是不听话，说：“我爹好不容易回来一次，我想听他说话儿。”

“有啥好听的？”毛品英不耐烦地说。

“我爹那儿的事儿，我啥都想听。”

“那咱拉灭了灯说吧。”旺儿说。

奇怪地，一拉灭了灯，旺儿的心情自在了许多，他能侃侃而谈了。二丫儿稀罕旺儿说的所有的事儿，包括人家到县里去下跪打官司，也包括砖坯咋在瓮里烘干了。在黑暗中，她那一双小眼儿闪着幽幽的光亮。

“爹，你说城里人为啥脚趾头上也涂指甲油？”

“你咋知道她们脚趾头上也涂指甲油？”

“秀珍阿姨来咱家的时候，就涂着哩。”

他把王秀珍来过家里的事儿都给忘了，不然他不会这样问女儿的。

“那还用说，城里人爱臭美。”他气咻咻地说。

“我看不像你说得那么简单。”女儿不以为然。

“一个小孩子家家的净问这些干啥？睡觉。”毛品英显得很不耐烦了。

“问问咋了？就你事儿多！”自从王秀珍来过，二丫儿的好奇心越来越强烈了，甚至到了不可抑制的程度。

“那你就问！”毛品英气鼓鼓地把被子捂在头上。

旺儿偷偷地笑了。女儿把他解救了，这一晚，看来是可以平安度过了。可是到了半夜，他被毛品英轻轻捅醒了。

“她爹，你不欺哄咱一次哩？”一个低低的羞怯的声音。

“咱累了，明天吧。”他说。

女人的心不由自主地哆嗦了一下。在这事儿上，他多咱喊过累？“你不欺哄，咱想欺哄哩。”

女人把手放在他的私处，不停地揉搓起来。那是女人对他的邀引，希望他挺起身子去覆盖她。然而他迟钝着。出了那种变故，再去覆盖这个质朴而无辜的女人，他觉得很无耻。

在女人的拨弄下，他的欲望很澎湃了，但他隐忍着。心里有一种仇恨。既是对那个侵占鹊巢的鸠，也是对失守防线的自己。他经受不住这种从来没有过的凄惶的隐忍，早泄了。

“哎。”女人轻轻地叹了一声。他愧疚地把女人抱进怀里：“品英，咱真的累了。”女人不情愿地推拒着他：“那你就接着睡好了。”

他知道，自己此时绝不能自顾自睡去，那样，会伤害了一个无辜女人的心。不管她如何推拒，他决不松开她，且越匝越紧。女人最终还是停止了反抗，低低地叫了一声：“她爹。”便把自己缩得小小的，偎到他的胸前。

这时，为人夫的意识觉醒了，他暗暗把自己重新又拨弄起来，不声不响地覆盖上去。因为幽怨，女人起初是把自己紧紧地收敛着，但感觉到那冲撞的执着之后，便把自己摊开了，而且摊得很彻底。就像久旱的禾苗遇到甘霖，水分会被拼命地吸收一样，她拼命地抽缩着自己，快感很快就降临了，而且是从来没有过的强烈。

但是，她没有像以往那样欢叫不已，而是拼命地隐忍着。过后，她悄悄地哭了。旺儿知道自己的女人哭了，但不敢去安慰，怕诱发新一轮的忧伤。他悄悄地摇摇头。他感到，他们夫妻之间，有一种浑然的东西，就这样悄悄地失去了，而且是永远地失去了。他忧伤地睡着了。

“这是哪儿的道理哩，操他娘的！”旺儿重重地翻了一个身，狠狠地骂道。

“旺儿，给你做的西服你为啥不穿哩？”

“我为啥要穿？”

“你都当场长了，咋也得要点儿样子。”

“谁他娘的稀罕那个场长！”

“你就是跟我有能耐，咋不当着我哥的面儿说？”

“嘁，你哥他哪儿听得懂人话？”

“你是胃口大了。”

“我啥也没大，就是鸡巴大了。”

王秀珍不禁皱了一下眉头，说：“不是人家听不懂人话，而是你越来越不会说人话了。”

“咱早就这样儿，谁让你以前没发现哩，活该！”

旺儿对眼前这个女人，从来就没有过要尊重的心愿，随着从里到外了解的深入，特别是她的身子被当做一种特别的筹码之后，他就更尊重不起来了。

王秀珍以前的确不在意旺儿的穿着。甚至可以说，她根本无视他的穿着，她只是看到了他身体的健美和白润；可是，一旦有了床笫之欢以后，她突然就注意起对这个身体的包装了。

女人需要的，不仅是男人的身体。对这点，质朴的旺儿也感觉到了，所以，她拒绝王秀珍对他的包装。因为那不是简单的衣服，而是男女之间更深刻的东西。

王秀珍开始为衣服而战。

“旺儿，咱今天去歌厅吧。”

旺儿眼睛一亮，漫应道：“去就去。”

歌厅毕竟是公共场所，比整晚上待在王秀珍的闺房里要自在得多。

“去那种地方，咱得穿整齐点儿。”王秀珍很自然地把西装撑开在旺儿的眼前，示意他把胳膊入到袖子里去。

旺儿没有上当。他嘻嘻一笑，说：“我还得刮刮胡子，洗个澡，到那种地方，气味儿得好。”

洗过澡，刮过胡子，旺儿把一件旧棉布衬衫穿在身上，且把下摆煞进裤带里，透出一种精干的气质。“咋样，这不比穿一身西装更显得利落？”旺儿说。

王秀珍也觉得此时的旺儿很精神，但还是不死心，说：“但是，衬衫显得太旧。”

“旧是旧了点儿，但不是也很干净吗？”

从干净的角度来说，王秀珍无可挑剔。自从他们俩之间有了啥之后，旺儿也有了明显变化：他好干净了。每天下班之后，总是把当天穿过的衣裳洗干净。放到以前，他会一个星期，甚至几个星期不洗衣服，汗碱斑驳，汗臭弥漫，跟民工在一起，没有一点儿出众的地方。

他不是为了尊重王秀珍，而是觉得在女人面前，多少得有点儿男人的尊严。

由于没有进一步的理由，王秀珍只好遗憾地随他去了。

进了歌厅，一开始旺儿还有点儿拘束，但是那里的气氛，那种鼓噪人心的音乐，使他不禁心动。

人家唱的歌他都不会唱，他只会唱《东方红》《三大纪律八项注意》《我们都是公社小社员》和《打靶归来》等“文革”时全国流行的歌。翻一翻歌单，居然都有，便感到新奇。

王秀珍一进了歌厅便开始表现，她一气唱了好几首新歌。歌厅的服务员都跟她很熟，歌厅里的顾客好像跟她也不陌生，所以，她一个人长时间地把持着话筒，也没人出来反对。

别看她人长得不咋样，歌子唱得的确好，人们都给她鼓掌。她冲旺儿得意地笑着，说：“也没啥，你也能唱的，还不来一首？”

“来一首就来一首。”旺儿真受不了她得意的样儿，便点了一首《打靶归来》。

音乐一响起来，他心里就乱了套，他不知道从哪儿跟音乐合在一起，便一狠心，兀自唱下去。山里的庄稼人有个倔脾气，啥事儿不干则已，一干则一气儿干到底——他把音乐远远地甩在后边，朝着那个既定目标，义无反顾地走下去。

歌厅里笑翻了天。旺儿被笑得面红耳赤，坐在一边生气："这帮子王八蛋！"

"你唱得还不错，就是没跟上音乐，也没啥，慢慢就好了。"王秀珍安慰他。

"谁还不知道，你瞎啰唆个啥！"旺儿很反感，劈头就说。

"你这人咋这样？"

"我这人咋了？"

人家到歌厅里是找来乐子，他们则是来斗气，俩人都觉得别扭，谁也不理谁了。

这时，一个浓妆艳抹的小姐，走上前来，邀旺儿跳舞。

旺儿没好气儿地说："咱不会哩。"

小姐并不在乎他的态度，依然笑着说："这有啥难的，大哥，妹妹教你哩。"这种陌生的亲切，让他感到很稀奇，也是为了跟王秀珍斗法，他竟站了起来。

在小姐热情而耐心的牵引下，在舞池里游逛了没几圈儿，他就找到了感觉——他不仅掌握了三步舞的要领，而且能随着音乐的节拍，自由地伸展了。没想到自己的悟性这么好，真是没有辜负老天爷赐给他的好身材！

由于兴奋，他跟小姐黏在了一起——一支舞曲，接一支舞曲，他舍不得走出舞池了。在这样的歌厅里，真是没啥了不起的，不管啥样的舞曲，不管啥样的节拍，都可以三步下去。

“大哥，你的身材真好，跳起舞来就是有样儿。”小姐的恭维让他感到很受用，她浓烈的脂粉味儿，一下子像干草一样清爽了。

他情不自禁地搂紧了小姐的腰，小姐也不反感，只是一径地咯咯笑。小姐的腰肢就是柔韧，小姐的笑声就是动人！这个外地的侉子像突然开了窍儿似的，被风情鼓噪得心境摇荡。他大胆地把脸贴到小姐的脸上去，小姐不仅不反感，好像已等待了很久一样，咯咯地笑着，俯仰逢迎。

他偷偷地看了一眼王秀珍，看到了她惊愕得大大地张开了嘴巴。他感受到了一种从没体验过的快感，心里说：学坏还不容易。

后来，小姐竟把脑袋靠在了他的肩上，像情人一样微微地合着眼睛，任凭他牵引着，摇摆着。他也深深地陶醉其中，把那个王秀珍彻底忘掉了。

音乐。节拍。灯光。小姐。脂粉。干草。钻天杨。喜鹊窝。拒马河小鱼。煮熟了的虾。驴子。老玉米。盛满水的缸。西服。奶牛。宠物猫。坍了顶的瓮。女人的奶子。床上的喘息。涂了指甲油的脚趾头。村长。场长。大饼裹大葱。炸鸡腿。镜头里的接吻。偷偷运走的黏土砖。——他的脑子异常活跃。

他觉得这世界很拘谨。

他觉得这天地很广阔。

他觉得自己是一头被人牵着走的驴。

他觉得自己是一股毫无牵挂的风。

人很正经。

人又很浪。

他啥都是。

他又啥都不是。

再看王秀珍时，也不见了她的人影。他对小姐说："对不起，我该走了。"他觉得王秀珍如果不在场，一切都没啥意思了。

小姐真有任云卷云舒的爽快，刚才还极尽缠绵，这时竟嫣然一笑，啥也不说地松开了他的手。

走出歌厅，王秀珍就在门口仓惶地逡巡着，看到旺儿那张涎笑着的脸，她愤愤地骂了一句："你真不要脸！"然后，跌跌撞撞地朝前跑去。

"自己就是一个婊子，反而还骂别人不要脸，咋烙饼不翻个儿哩？"旺儿又翻了一个身，觉得这床硬得不是东西。

李金橘现在的情绪平静多了。分别的忧伤，被一种期待替代了，那便是对翁大宝家书的期待。

她收到翁大宝第一次从市委农村工作部寄来的信时，只看了一眼印有"中共北京市委员会农村工作部"大红落款的牛皮纸信封，就热泪盈眶了。

作为一个山里的女孩子，她从来没收到过用这样的信封寄来的信，在她眼里，这样的信封是身份地位的象征。因此她的泪水里包含了思念、激动和骄傲等丰富的含义。

翁大宝的信，起初多是诉说家常里短和思念之情，渐渐地就变了，信里更多的内容是他的工作感受和对市委王书记的敬佩。他真的有点儿像公家的人了。

眼前这封信写得很长，他说——

金橘，我现在经常下乡，用我们王书记的话说，就是"转村儿"。经常在乡下走，我的眼界开阔多了，对农村的现状知道得多了。我感到，在农村到处都一样，虽然依然很苦，但老百姓对新政策的拥护是由衷的，对未来富裕生活的憧憬是强烈的。他们不抱怨以前受过的磨难，只是千方百计地算计着眼前的日子。比如希望分的地块好一点儿，承包款收得低一些，交公粮的时候千万别遇见打白条儿，村里的干部别整天吃吃喝喝也能给他们提供点儿方便——比如能给他们进点儿优质良种、低价化肥啥的，他们很现实，不再愿意听大话、套话和空话。有的干部就抱怨说，现在的农民不好领导了，既不关心国家大事，也不关心集体公益，只是盯着自己的那一亩三分地。王书记说，这些干部还是用过去的政治眼光看群众，有些跟不上形势。过去的政治运动，农民受的伤害最大，是到了该休养生息的时候了。国家大事是政治家和党政官员的事儿，发展集体公益建立社会保障机制的谋划与实施也不应该是老百姓自己，其主体，应该是各级政府。农民最大的政治，就是把地种好，把农村的经济发展好，走上富裕之路。农民自身的富裕就是对国家的贡献。所以，他转到哪个村儿，首先关心的就是当地政府和领导是不是给老百姓提供了实实在在的服务。他有个口头禅，就是：不换思想就换人。嘻嘻，所以，他走到哪儿，哪儿的官员就诚惶诚恐，就不敢玩儿花架子。从他身上，我感到我们的市委领导，真是求真务实的领导，咱们京郊，大包干虽然搞得晚，但收效却很显著，不仅粮食能够增产，农民还能够增收，原因就在这里。王书记经常这样说："我抓农业的一个着眼点，就是不仅粮食增产，也要农民增收，从农业的良性循环来看，后者显得更为重要。外地的教训我们必须汲取，增产不增收，甚至减收，严重地挫伤了农民种田的积极性，他们没有粮食想粮食，有了粮食恨粮食，因为种地都可以把人种穷了，他们哪能不恨？我们是首都，决不能发生这种情况。所以，在我们京郊，地虽然分到农民手里了，但对农民的服务却一天都没有停止，而且服务的体制越来越完善，服务的领域越来越宽广，服务的力度也越来越大。服务于产前、产中和产后整个过程。乡镇的农技站负责茬口安排和技术指导，种子公司负责调配增产良种，农资公司负责提供优质低价化肥，农机公司（队）负责抢种抢收，农粮员负责公粮指标分配和商品粮收购指导……总之，每个环节都有镇村两级政府的服务。”

有一天，我们转到了一个叫榆树庄的村子，亲眼目睹了一个动人的情景。我们走到村口的时候，天上打了一个霹雷，王书记说可能有雷阵雨。到了村部，村支部书记王本禄正在急急忙忙地调配农机。他对王书记说：“王书记，真有点对不起，咱暂时不能陪你们，因为村北头有一块麦子熟老了，如果不抢在雷阵雨之前割下来，雨一淋，粒子就掉在地里了。”王书记说：“王本禄你少跟我客气，麦子被淋掉了脑袋我再找你算账。”

紧急调配来的四台联合收割机开上去了，我跟着王书记也尾着烟尘来到了现场。四台农机一阵猛抢，雷声密集的时候，那块地已经收完了。王本禄便冲着王书记嘿嘿傻笑。这时河对岸传来一阵急迫的喊声：“榆树庄的爷们儿，咱可都是共产党的天下，你们可不能见死不救啊！”

河对岸是外省农民的一块承包田，也同样熟老了，几个老老少少正光着膀子，挥舞着镰刀，拼死地抢收着。但是无论咋个拼命，在偌大的一块麦地之前，也只像蚂蚁一般朝前蠕动。王书记看了王本禄一眼，问：“王本禄，你看咋办？”王本禄说：“咋办？过去呗。”

四台农机就轰隆隆地开过河去。收了大半，雨就铺天盖地地下来了。麦根儿下一片泥泞，农机开不动了，陷在了那里。王本禄对那户人家说："爷儿们，对不住了，咱也没办法了。"那户人家的主事的人苦笑了一下，说："这就感激不尽了。"可是，两个家庭妇女还是一头扑在雨水里，放声大哭。那个主事的人脸子抽搐了一下，叹了一口气，说："做京郊的农民真是幸福啊，地分了也有人管！"

金橘，我为啥给你讲这个故事？就是要告诉你，咱乡下苦，还有比咱苦的，咱不知不觉中已沾了地区优势的光了，应该任劳任怨地往前奔才对。这一点请你告诉咱叔，他这个人有点儿偏激，有时爱发个牢骚。从这里咱也可以找出答案，为啥咱京郊农民富裕得这样快？就是因为政府为农民提供了有力的服务，降低了种田的成本，就真的既增产又增收了。金橘，跟着王书记这么久了，我越来越感到，他真是个仁义的领导，做啥事儿都不是从个人的意志出发，而是立足于农村实际，立足于农民的利益。他在农村的朋友很多，交往中很是随和，一点儿都不像个大官儿。他说，你在这个位置上，你不摆架子，老百姓也知道你是官儿，他们表面上跟你很随便，但心里却敬着你。本来老百姓对当官儿的就有顾忌，你再装腔作势，谁还敢接近你？谁还敢跟你说心里话？这样一来，他们表面上敬着你，心里却远着你，甚至还厌烦着你，你说你这个官儿当得多夹生多冷清？所以我常提醒自己，不一定要当大官儿，但是一定要做大事儿。这不是什么了不起的境界，而是共产党的官员应该具备的最起码的品格。不单单我这样随和，你看哪一个凡事都是从事业出发而不是从官儿的观念出发的领导干部，不是那样随和？你看周总理官儿大不大？你看周总理随和不随和？跟周总理比，咱又算个啥？咱就是一个普通人，活得真实一些，真真切切地体会一下普通人的喜怒哀乐，到什么时候，都不会有失落。

金橘，王书记这个人真逗，他到了田间地头，总爱来两下子——遇到割麦的，他就抄过人家的镰刀，割两垄麦；遇到耪地的，他就接过人家的锄头，耪几埯地——他说，我对啥都没瘾，就是对种地有瘾。说起种地，有一个发生在他身上的真实故事——“文革”期间，他靠边儿站了，每天都要走出居民区，长时间地在一条乡间小路上散步。小路两边也没有树，光秃秃的。

有一天，他突然灵机一动：要是在路两旁种点儿东西该有多好。一有了这个念头，他种地的瘾就犯了，他决定要在路两边种上蓖麻。他从农民家借了锨和镐，就真的种了起来。正在低头刨地，突然听到有人问：“你是哪儿的？”他吓了一跳，回答说：“我就是这个村儿里的。”

“我就是这个村儿的支书，我咋没见过你？”那个人说。

他只好嘿嘿一笑，说：“我是前边那个居民区的。”

“这么说，你是个居民户？”

“对，是个居民。”

“既然是居民，不好好吃你的商品粮，干啥要种我们农民的地？”

“这位支书，我也没什么目的，就是觉得这两边的地荒着，有点儿可惜。”

“就是说，你嫌我们农民不珍惜土地？”

“嘿嘿，没那个意思。”

“那你是啥意思？”

“你千万别误会，我坦白地告诉你吧，我这个人对种地有瘾。”

“有瘾也不成，这是我们农民的地，不许你们居民种。”

“那就荒着？”

“荒着也不许你种。”

“如果我就种呢？”

“那我就叫民兵了。”

王书记明白，多年的城乡差别，使这个支书对居民户的人有些敌视。为了避免是非，他只好悻悻地收起了农具。回到家里，他总是惦念着路边的荒地，半宿半宿睡不着觉。他实在割舍不下，便想了一个主意：你不让我种，那我就偷偷地种。他就做贼似的，借着暮色的掩护，把路边都种上了蓖麻。等那个支书发现，路边的小苗已经长得齐刷刷的了。

那支书摇摇头，说：“咋还有这样的人哩？”但他毕竟也是农民，对庄稼有一种本性上的怜惜，小苗既然出来了，就不能给毁了。而且在农村，毁坏青苗、拆人婚姻和踢寡妇门、挖绝户坟，是被人厌恨的四大缺德事，不结怨到一定程度，是万万不能干的。所以，偷种的蓖麻也无忧无虑地长了起来。蓖麻长得那个高，籽实结得那个密，每一从路边走过，王书记都会得意地对陪他遛弯儿的老伴儿说：“你看见没，那是咱种的。”

“知道了，知道了，你都说过多少遍了，怎么还怕别人不知道？真是有毛病了。”老伴儿笑着说。

到了蓖麻收获的季节，他提着口袋走到路边。刚摘了几捧蓖麻籽，那个支书便带着两个民兵，出现在他面前，且大喝一声：“住手！”

“我干吗要住手呢？这是我种的——只要流汗播种了，就有收获的权利，自古以来就是这个理儿。”他分辩说。

“谁看见你种了？”那个支书转向那两个民兵，问：“你们看见了吗？”

两个民兵嘻嘻一笑，说：“没有。”

“既然没人看见，你就不能收；你非要收也成，对不起，我们就要对你实行无产阶级专政。”支书说。

在那个年月，无产阶级专政的铁拳是没人敢碰的，王书记只好收起了口袋，愤愤地说：“不收就不收，横竖我已经过了种地的瘾了，谁还在乎那几颗蓖麻？”

回到家里，老伴儿问他：“你怎么空着手回来了？是不是让人家给赶回来了？”

他嘻嘻一笑，自嘲地说：“我本来就没打算收。”

到底是有些难以释怀，他便经常到路边去溜达，看着农民收获。他觉得用眼睛收获也是一种享受，它能给自己心灵一个宽慰：农民所得，是他给予的。

过了许多天，他正在路边散步，那个支书又把他拦住了：“请你站住。”

“干什么？”

“我理解你的心情，所以特来向你做个交代。”

他很疑惑：“向我交代什么？”

“你种的蓖麻一共卖了两千三百斤，我让人到粮店换了油票了。依粮店的规定，每斤蓖麻能换二两半油票，一共换了五百七十五斤。你也知道，农民最缺的就是米面票和油票，所以我就给社员们分了。我们村一共五十七户，每户分了十斤，剩下五斤送给你，做个纪念。我说的都是实话，你如果不相信，就到社员家里去问问。”

他为过瘾而种下的蓖麻，居然对农民兄弟的日子有如此实在的帮助，这真是个天大的意外！他兴奋地接过那张五斤面值的油票，说："既然是这样，这油票我收下。"

"你给了我们一个启发，等明年，我们大队就集体种蓖麻了，到时候，欢迎你来。"

金橘，那个支书现在还健在，这个故事我就是听他亲口讲的。我有一天问王书记："您那张油票还在吗？"他吃惊地问："哪张油票？"我说："就是您种蓖麻得的那张。"他居然还保留着。当他从纪念册里拿出来的时候，眼里放着激动的光芒，对我说："大宝，我这辈子没少种地，就这次，是真的过瘾了！"

金橘，你看，王书记就是这样的人，难怪他对农村和农民这样有感情。所以人们说，世上没有无缘无故的恨，也没有无缘无故的爱，真是至理名言。金橘，感情这东西也是会传染的。因为王书记对土地的热爱，他的老伴儿——咱们的谢阿姨也格外珍惜从土里长出来的东西。他们虽然是高收入的家庭，但每次到市场去，她都去买处理菜。

一次，她指着一堆烂菠菜问小贩："你这怎么卖？"

小贩一愣，说："本来是要拉回去喂猪的，您既然想要，就给五分钱吧。"

谢阿姨一笑，说："不忙，我先择一择看。"

菜贩子都已经把老人家给忘了，却突然听到谢阿姨说："同志，你再看看这菜值多少钱？"小贩一看，惊呆了——老太太竟然从烂菜堆里择出来一捆比他正在卖的菠菜还像菠菜的成品菜！

小贩忙说："老人家，您就拿回去吃吧，我不能收您的钱。"

谢阿姨说："那哪儿成，你做的是买卖，又不是开的救济院，还是称一称的好。"称过，她坚持按成品菜付了钱。

小贩很感动，逢人就打听，这个老太太她是什么人。等一听说她是堂堂的市委副书记的爱人，小贩唏嘘不止，对家人说："以后咱卖菜千万别再缺斤短两的了，亏咱还是庄稼人，得像土地一样实诚才对。"

金橘，你说这人奇怪不奇怪，一接触了王书记他们老两口，我突然觉得：这辈子，我一定好好地爱你才是。

……

读到这儿，李金橘扑哧一下乐了。好你个翁大宝，幸亏是身边遇见了好人，要不然，你会对我三心二意是不？

读完信，李金橘心情很亢奋，心里想：他可真能写，一气儿就写了这么长，咱也要好好地给他回一封，不然的话，会显得咱没文化哩。

送走了龙二成，万明全心里竟久久地萦回着一丝不安。

他觉得自己这一辈子活得很没意思，除了鬼使神差地上了一趟朝鲜，混了一个荣誉军人的身份，落下一个间歇性耳鸣的毛病以外，就没有值得回味的资本了。

楚大菊的突然死亡，给了他难以弥合的心灵创伤，从此以后，他开始混日子。发发牢骚，喝喝酒，领领抚恤金，莫名其妙地就混到了快七十的年龄。

这辈子，原来自己啥也没干哩。

醉鬼子。

惊动县府要说法。

也是村里的一个人物。

除了浪得虚名之外（不管好名赖名），真是啥有价值的事儿都没干出来。

事实上，自己活得一点儿尊严都没有，仅有的这点儿尊严，都是硬撑起来的。还不如人家龙二成，龙二成所争的，是实实在在做人的尊严。他虽然没腿了，可心里却长出了腿。他为啥要地？哦，现在明白了，土地能使他自立。他不想在人们的可怜与施舍中生活下去。

而他自己呢？国家的抚恤金。儿子的补偿金。这都是啥钱？都是人家对自己的施舍。依赖别人活着，竟然弄了个好身体，都快七十的人了，能吃能喝能睡能发牢骚能骂人，可就是偏偏没干出点儿正事儿。百年之后，让别人咋说自己呢？咳，还甭说百年之后，就说现在吧，为啥街坊邻居不待见咱？说是人家眼红咱那俩钱儿，实际上是瞧不起咱这个人儿。

他再也沉不住气了，一定得干点儿啥才对哩！

都这个年纪了，还能干点儿啥？

蹬着三轮去卖菜？不行。现在下岗的工人多，失去土地的农民多，一琢磨个挣钱的道儿，就都朝这方面琢磨——不用啥本钱，也不担啥风险，就卖个傻力气。你看大街上蹬三轮卖菜的卖水果的，蹬三轮拉客的，多海了，都成人粥了，都影响交通和市容了。城管交通部门总是查抄，追得这些人钻阴沟躲小巷，成三轮游击队了。咱这个年龄的人，哪还有当游击队员的资格？

找个乡镇企业，哪怕是私人企业、个体户去打个工？也不成。你看在小饭馆里端盘子洗碗的，哪个不是十几二十几的农村小姑娘儿，每天干十几个小时每月才开二三百块工资，都争破了脑袋，哪还有你一个糟老头儿子的份儿？那些卖苦力的企业，你根本别想，好骡子都得累残了，更甭说你就是一个拐腿的驴。轻松一点儿的行业，工厂的大门本来是开着的，但一见到你这蹒跚的步履和满脸的皱纹，门就自动关上了。你的无知和老朽，连金属的大门都能识别。

啊哈，就只有一个出路了，就是给人家看大门儿。

这个方向确定之后，万明全开始付诸行动。

玄武村的任何一个大门对他都是关闭的。大门是干啥的？是防范人的，那么，作为王大村长最留心防范的人，你还想看他的大门儿？这样的事儿，只能在天书里有哩。

他的目光只能到玄武村之外去搜索。

企业、商店、医院、学校、幼儿园、居民小区、屠宰场、种猪场、果园、广告公司、洗脚房、美容院、炸药管理所、道班、垃圾处理厂、废旧汽车拆卸改装部、违禁品地下倒卖公司、盗版光盘非法出版物制作窝点——在玄武乡的地界上，万明全几乎走遍了所有需要看大门的单位，而且他搜寻的重点是那些最没人愿意去的部门。根据自身的条件，他把自己的期望值定得很低很低。

居然没有一处录用他。

他怀着最后一线希望，越过玄武乡的边界，多骑了几里路，到了邻乡地盘上的一家殡仪馆。

听了他的来意，殡仪馆的馆长摇摇头。

他说："咋？嫌我岁数大？咱岁数是大了点儿，你看，咱身体有多棒。"

馆长一笑，说："看得出来。"

"咱不怕脏，不怕累哩。"

"也看得出来。"

"那你是不信任咱？咱可对人忠心耿耿，就像狗一样，啃了谁家的骨头，就替谁汪汪。"

“你老人家可真幽默，一看你就是个实在人，可还是不成。”

“为啥？怕咱多挣了你的钱？没关系，咱心不贪，你每月给两百块就行。”

馆长笑着摇摇头，说：“问题不在这儿，关键是你没弄清殡仪馆是个啥产业。”

“啥产业？”

“现在主张人本位，讲究尊重生命，所以，殡仪馆是个朝阳产业。民政局长特别看重，把它作为自己的经济支柱。”

“朝阳产业有啥了不起的？”

“朝阳产业与传统产业有本质的不同，它需要很高的文化含量，而老人家，你懂殡仪文化吗？”

“我不懂。”

“那就爱莫能助了。就因为是朝阳产业，我们殡仪馆的门卫收入很高，每月都有两三千块钱，所以，不是少要工资就能进来的。”

万明全悻悻地走出殡仪馆的大门，腿沉重得自行车都快蹬不动了。

不就是个火葬场吗？一个烧死人的地方，也啥文化文化的，真是他娘的瞎掰。

但无论如何，他看大门的出路是被彻底地堵死了。

于宝力头梳得油光水滑，在村部的老板椅里不停地转动着身子。

王立平被转得心里很烦，想：还真以为自己是这里的主人，瞧你他娘的这副德行！虽然心里骂着，嘴上却说：“于乡长，最近有个新鲜事儿你知道不？”

“啥新鲜事儿？”于宝力懒懒地反问道。

“那个当了一辈子甩手掌柜子的万明全，居然一夜之间像换了一个人儿似的，到处找给人家看大门儿的差事。”

“这倒真的是一件新鲜事儿哩。”

“可不嘛，啥小活活儿[1]了，都快七十的人了，年轻的时候都啥事儿不做，老了老了倒想自食其力了，他这个人忒邪行，净闹新闻。”

“这还不是被你王大村长逼的？”

“于乡长，你咋这么说话呢，那补偿决定又不是我做出的，是以乡政府的名义哩。”

于宝力摆摆手，只是嘿嘿地笑笑，啥也不说了。

但是，王立平就是从这嘿嘿一笑中，读出了他背后的内容。他娘的，好像就我一个人是恶人似的，其实是哥儿俩比鸡巴——一个屌样。

他真想跟他纷争纷争，但是碍于于宝力的副乡长身份，还是忍了。

接下来发生的事情，使他终于不能忍受了。

于宝力像突然想起来啥似的，问：“王村长，冯景旺当农场场长的事儿是咋回事儿？”

“你是说旺儿，”王立平吃了一惊，“能咋回事儿，是村委会的决定呗。”

“王村长，这恐怕有些不妥吧，”于宝力笑着说，“这事儿是属于重大的人事决定，是应该在支部大会上讨论通过的，可我是支部书记，我咋不知道？”

王立平心里很不舒服，说：“你是乡领导，是忙大事儿的，这么点儿区区小事儿，惊动你干啥？”

---

[1] 小活活儿：京西方言，指幼小，年纪轻。

“这可不是啥区区小事儿，是组织观念组织纪律的问题。”

王立平有点儿忍不住了，说：“于乡长，你别跟我打官腔儿行不？咱可是多年的朋友，而且是吃喝不分的哥们儿。作为大哥，我用个人儿，又有啥不妥的？”

“哥们儿是哥们儿，公事儿是公事儿，咱得分清楚，不然就影响和气。俗话说，亲兄弟明算账，为的就是共事儿的时候，省得责任不清。”

“于乡长，看来你是不嫌麻烦。”

“既然组织上信任咱，就不能嫌麻烦。俗话说，在其位，谋其政嘛。”

“不管咋着，冯景旺已经上任了，恐怕也就只能这样了。”

“那可不一定，如果不合适，支部大会还可以重新研究。”

“这里有啥不合适的？”

“不是有啥，而是根本就不合适。”

于宝力说得很干脆，弄得王立平心里跳了一下。

“你这是啥意思？”

“我问你，王村长，冯景旺有本村户口吗？”

“没有。”

“搞过小麦玉米两茬种植吗？”

“没有。”

“有广泛的群众基础吗？”

王立平不置可否。他被逼得节节败退，正紧张地酝酿着反击。

于宝力见王立平不吱声，转向一边的孙成才：“孙厂长，你也是支委，你说说，他冯景旺有没有群众基础？”

提到孙成才，王立平眼前一亮，不禁抬起头来，以期待的目光望着自己的这个妹夫。

孙成才只是嘿嘿一笑，没有表态。

于宝力倒没啥，王立平却感到了极端的失望，不由得瞪了孙成才一眼。

孙成才还是嘿嘿一笑。在王立平眼里，他不仅笑得很尴尬，而且很可憎。

以前他在自己面前就一口一个“于宝力”，一口一个“于乡长”的，自己虽然有些反感，却没有太放在心上。没承想，在关键的时候，还真他娘的显形了！

不能再退缩了。

王立平也嘿嘿一笑：“于乡长，我也问你，上边哪个文件写着经营土地还得是本地户口？”

“没有。”

“对，没有，可我却记得有个文件上明文写着：土地可以在自愿的基础上，自由流转。”

于宝力一愣。

但王立平没有愣，他接着问：“于乡长，谁家规定管理农场还要懂得小麦玉米两茬种植？”

“没有。”

“对，没有，可我却记得咱全乡四十六个农场有二十七个场长都是个体工商户，难道他们比冯景旺还懂农业？”

于宝力的眼神儿开始游移，但王立平的目光却越来越坚定。

“于乡长，我再问你，有谁规定在农村任命一个农场场长，还必须要有广泛的群众基础？”

这回，轮到于宝力不置可否了。

王立平瞥了一眼孙成才，露出一丝轻蔑的笑，说道：“选一个农场场长，又不是发展党员，更不是选举乡长，说哪门子群众基础，真是可笑。可我却记得有的人啥群众基础都没有，第一次投票连半数都没有超过，最后也居然当上副乡长了。嘿嘿，真是老鸹落在猪身上，老鸹落在猪身上哩！”

当着矬人不能说短话，守着癞痢头不能说疮。

于宝力噌地站了起来，说道：“王立平，你就是说出驴大的天去，冯景旺这个场长也是不算数的！你那点儿花花肠子谁不知道，你是见缝插针，有好处就上，是想从中捞一把。”

“嘻嘻，于宝力，你自己裤裆里的屎还没擦干净，就给别人递草纸来了，亏你还真说得出口。”

孙成才觉得这样的场面如果继续发展下去，就真的没啥意思了，于是出来阻拦。

“二位哥哥，都是自家人，说这些干啥，别忘了，隔墙有耳哩。”

两个人都觉得自己的确有些失态，把怨恨的目光互相交换了一下，都把身子扔进沙发里。

“唉！”

“唉！”

两声哀叹碰撞在了一起。

“你们也别争也别吵，千万别伤了和气，”孙成才为了打破僵局，笑着建议说，“二位哥哥，你们看这样好不好，这事儿到底咋处理，咱们是不是听听刘乡长的？”

接着，孙成才出面联系到了刘文存，约好了在他们常去的那家酒店会面。

搁在平常，他们三个人是要坐同一辆车的。

可是今天，他们分乘了三辆车。

在车上，他们想着不同的心事。

“于乡长，有个事儿我咋也想不通，村里有的是能人，可我大舅子偏偏把农场交给了一个外地的侉子。”孙成才说。

“啥？他又任命了一个新场长？他是谁？”于宝力问道。

“就是在砖厂看门的冯景旺，小名叫旺儿。”

“哦，知道知道，就是王秀珍的河北相好。”

“嘁，于乡长，你别提王秀珍好不好，一提她我就恶心。”

“你可是她的姐夫，俗话说，小姨子是姐夫的小棉袄，你哪儿能说她的坏话？不应该，不应该哩。”

孙成才难为情地笑笑，说：“还不是给气的，没有她，我那个大舅子咋会把农场交给他。”

“我不关心把农场交给谁的问题，我只关心这么大的一个决定为啥不通过我的问题，我毕竟是你们玄武村的支部书记，他王立平眼里还有没有我？”

“于乡长，都是哥们儿，在这点上，你不必计较。再说，他是做主做惯了，也不会想得那么多。”

“你跟他穿的是一条裤子，你们毕竟是一家人嘛。”

“于乡长，你这就不对了，我要拿你当外人，我会来跟你说这事儿吗？”

“你是别有企图，你是想当那个农场场长。”

“这有啥不好，我要是当了场长，总比那个外地侉子跟你亲近吧？”

“这倒是真的，你跟王立平不同，你眼里有我，这一点儿，我是心中有数的。”

“刘乡长，有个事儿您得给我做主。”

“啥事儿？”

“就是在玄武村任职的事儿。”

“这里边还能有鸡巴啥事儿？咱跟王立平都是朋友，朋友之间的事儿还不好说。”

“并不像您说得那样简单，他王立平啥事儿都不通过我，甚至还排挤我。”

“你是心眼儿太小，权力欲太强，你大荷包的副乡长都当着，还在乎一个支部书记干啥？你活得忒累。”

“还是不像您说得那么简单，这不单单是个权力的问题，也是个面子问题，更是个人格的问题。即便我是个摆设，该演的戏他王立平也得演哪，不然乡机关的人咋看我？玄武村的人咋看我？况且，因为我的特殊身份——副乡长嘛，我的个人形象问题，就不单单是我个人的问题，而是整个乡政府的执政形象问题，也就是乡政府还有没有权威的问题。”

“哦，这我倒真的没想过，听你这么一说，我还真得认真对待。”

“本来就是嘛。”

“咋？最近他又哪儿惹你不高兴了？”

“净是不高兴的事儿，但我都忍了。但这次不能再忍了，不然，像孙成才这号人都会瞧不起咱了。”

“你指啥？”

“王立平把他妹妹的外地相好居然扶植成了农场场长，这不是天大的笑话？该较一回真儿了，不然他总是拿着窝头不当干粮，目中无人，自以为是。”

“这个王立平，毕竟是村里干部，一点儿都不注意官场规则，是应该杀杀他的锐气。”

“这么说，您是支持我这样做喽？”

刘文存不置可否地笑笑，说：“你不让那个冯景旺当场长，那你有啥合适人选？”

“孙成才呗。”

“我就知道是孙成才，说不定还是他鼓动你这么做的哩。”

“瞧你们说的，我一个大荷包的副乡长还能受他支配？除了他之外，就咱的视线之内，还真没有别的人选。”

“他那个人心眼儿太活泛，脚踏两只船，甚至多只船。”

“这我是相当清楚的，但是，他毕竟还把你当成一只船吧？再说，心眼儿活泛的人，虽然不可信任，但是很好利用。”

刘文存意味深长地笑了。

“刘乡长，我有个事儿向你们汇报一下。”

“啥事儿？”

“咱村里成立了两个农场，这是你们知道的，我寻思着，把其中的一个承包给种田能手，一个留给咱可靠的人，成为村里的一个经济来源。不然，咱们今后花个钱都不方便哩。”

“这是你们村里的事儿，乡政府不干涉，你就瞧着办。”

“我就担心于乡长他有意见，他好歹也是支部书记哩。”

“你这就小瞧人家于乡长了，他是不会那么小心眼儿的。”

“那我就这样办了，等他问起来再说。”

刘文存不置可否地笑笑，问：“你要把农场交给谁？那个人我认识吗？”

“他叫冯景旺，平时大家都叫他旺儿，很实在的一个人儿。”

“哦，就是秀珍的那个情人？”

王立平脸居然红了：“就是他。”

“王立平啊，你这个人就是精明，可惜岁数大了点儿，不然也可以当个乡长——不客气地说，你要是当个乡长，比我会折腾，我是不成了——”刘文存叹了一口气说，“我上边没人，又没文凭，岁数也偏大一些，当个乡长，也就到家了。好在有你这样的朋友，还有酒喝，手头也还算宽裕，不然就真的憋屈死了。”

“林红她还好吗？”

刘文存摇摇头，说：“这几天她情绪不太好，总是跟我闹别扭，逼着让我离婚。唉，你说这咋可能呢？咱一提离婚老婆还不诈了尸，这官面上的许多哥们儿折进去，还不都是老婆举报的？”

“咳，现在的女人也真是的，一开始的时候，说啥‘不图终生厮守，只求曾经拥有’，一到了后来就不是了，都他娘的嚷嚷着要‘转正’，你们说，女人有啥好东西？”

“你不能这样说，女人也是人哪。”

“刘乡长，你们最让人佩服的地方就在这儿，讲仁义、重感情，不像官场的那些人，玩儿人玩儿得冠冕堂皇、冷酷无情。”

“谁让咱是农村出身哩，这也是农民劣根性的一种吧。”

“啥劣根性？我就不同意，这是活生生的人性。”

“立平，这也是我为啥单单把你当成知心人儿的原因，你这个人霸道是霸道了一点儿，但是义气。说到这儿，你那个妹夫你得提防着点儿，他心眼儿太活泛，大毛病不会有，就是会坏事儿。”

“谢谢你们提醒，我早就留心他呢，都是他娘的钱闹的。”

“林红她为啥跟我闹别扭？她又有了，这回她死活不做了，非要生下来，你看这有多麻烦。”

“你们也别发愁，这事儿你就还交给我，我找个地方让她生下来，想办法给孩子报上户口，村干部跟你们乡领导比，优势就在这里，回旋的余地大。”

“那就多谢了。”

万明全紧皱的眉头豁地舒展开了，他一拍大腿：“咋早就没想到哩！”

他终于给自己找到了一份职业。

而且还相当满意。

第十五章

污浊的水潭

旺儿觉得自己很污浊——从里到外都污浊着哩。

薄暮中，他在一潭浊水之前久久地伫立着，没头没脑地想着心思。

这是砖场的采土区，十几年的挖掘形成了一个又大又深的坑，承接了雨水，变成了一个水色含混的潭。前年，一个小学生在里边游泳时淹死了，所以这里虽是一块静水，但在人们脑子里翻卷的，却是一层抹不去的恐怖。

简直是没道理可讲哩。

你不就是有俩钱儿吗？有钱就可以霸占人家的身体？有钱就可以霸占人家的感情？

他心里很忧愤，扑通一声就跳进了潭中。

他奋力地扑打着水面，溅起了很高很繁的浪花。从拒马河里滚出来的人，水性好，在不明的水域里，也没有恐惧。于是，他激烈的动作，从远处看，很夸张。

潭里的水吸足了阳光，很温暖，身体像裹上了一层又厚又软的绸缎。于是，游动着，也被抚摸着，皮肤温痒得像酒精擦拭着疮口，心里有结痂的涌动。凝聚的忧愤，渐渐地被稀释了。

水啊！

即便是浑浊之水。

去过歌厅之后，旺儿走到哪儿，王秀珍就跟到哪儿，形影不离。

旺儿的身心都感到有些板结，皱皱巴巴的，很不舒展。

一个无病之身，硬被糊上了一贴臭膏药，黏黏赘赘的，咋能舒展得了呢？

毛品英是咱的老婆，都从来没这样；你王秀珍算个啥？却像看管一条狗似的，抻着长长的一根绳子。

旺儿的不满使他与王秀珍之间越来越紧张，他们无话可说，互相轻蔑。

“母狗。”他有时会这样叫她。

“叫驴[1]。”她也会毫不吃亏地回敬他。

旺儿便说：“又不是我主动叫的，俗话说，母狗不摆尾，公狗咋傍前？”

王秀珍的自尊心受到伤害，脸上一副想哭又哭不出来的样子。她说：“冯景旺，你也别这样，你要是实在感到委屈，那咱俩就回一趟你的老家，找一下毛品英。”

旺儿一惊：“你要干啥？”

“把咱俩的关系跟她说清楚。”

---

[1] 叫驴：就是公驴的意思，在京西，更多的是指作为种驴的那种，用在人上，带有贬损的含义。

这是旺儿最畏惧的事情——他偷偷地伤害了她，他的心就已经有些难以承受了，再这样不知羞耻地伤害一个老实人，就比牲畜都不如了。

“王秀珍，你这人真恶毒。”

“谁让咱是女人呢，女人天性就自私。”

“有了钱就更自私。”

“也可以这样说吧。”

“所以，明明自己也是偷来的，还怕别人偷？”

“偷来的果子个儿大、甜。”

是哩。谁偷果子不拣个儿大的偷？对那些不起眼儿的小果子，谁愿意冒那个风险？

她的意思是说，到了这个地界儿，还是果子的问题；她的意思还是说，一个贫弱之地，本来就不配长好果子——而你偏偏长出来了，就是预备着让人偷的。

旺儿不能让王秀珍去找毛品英。

不能自找凄惶。

坐在门口的鹅卵石上。往满了的水缸里挑水。喂死去的驴。躲躲闪闪的目光。大手大脚地花钱。从来没有过的早泄。

毛品英总是琢磨这些细节，最后，她对自己说：“他很可能有人了。”

这个念头一冒出来，毛品英就变得精神恍惚了，一到了暮色笼罩的时候，她便仓皇地跑出门去，她感到旺儿就在那块鹅卵石上坐着。

这一次，她跑得急了一些，脚底不稳，踩在了一个碎碗碴儿上，她哎哟一声，软软地坐在了地上。

“我的冤家啊！”她说。

王秀珍出现在水潭的上方，叫了他一声。

他一激灵，腿重重地朝水里踩了一下。他的脸立刻就抽搐起来，因为他居然踩到了一个尖锐的东西。他低声叹了一声："他娘的，这个扫帚星！"

"旺儿，这里的水多脏啊，你干啥在这里游泳？"

"我乐意。"

"这里还淹死过人哪，你知道不知道？"

"喊，你知道的我都知道。"

"那你还泡在这里？"

旺儿很想说，我不泡在这儿泡在哪儿？泡你咱又不乐意。但一个山里的汉子还没有完全被"平原化"，有些字眼儿他现在还说不出口，便气哼哼地说："我乐意。"

王秀珍不禁咯咯地乐了起来。这个倔脾气的侉子，真是倔得可爱，就会说我乐意。

旺儿皱着眉头傻傻地站在水里。他不知王秀珍为啥那样乐，也不知为啥偏偏在这个时候扎了脚，懵懂与疼痛，只能是这个表情。

他的这个表情更让王秀珍感到有趣，她笑得都抽搐了，蹲在了地上。

"王秀珍，有胆量你也下来。"

"这有啥不敢的，上小学的时候，净跟同学泡水洼子哩。"

她竟真的从坑顶出溜下来，转眼之间揭去了外衣，毫不犹豫地扑进水里，砸起了漫天的浪花。

毕竟是王秀珍啊！旺儿心中，不禁送出一声感叹。

王秀珍拥着一轮轮肥阔的涟漪游到了他的身边，挺起身子对他说："宝贝儿，你看咋样？"

王秀珍那个肥白的身子，在水珠的争相滴零中，显得那样光辉灿烂、惊心动魄，令人不敢凝视。

旺儿莫名其妙地兴奋起来。

他感到，有些东西，在有些时候，你是无法抗拒的。堕落的欲望像尖利的寒风，无论你如何堵塞，都会从细小的缝隙中钻进来，毫无商量地让你感到冷。

除非没有风。

一个复杂的念头油然而生。

这真是个千载难逢的好机会，应该把她溺死哩！

这个念头让旺儿喉头发紧，喘不上气来。脚底的疼痛便消失得一干二净了。冷！

“除非不让我知道那个臊狐狸是谁，一旦让我知道，我非得掐死她不可！”毛品英坐在地上，一边抚弄着自己的伤脚，一边恨恨地说。

“在浅处游有啥意思，扑腾不开哩，到深处去才皃得过瘾，王秀珍，你敢不敢？”

“这有啥不敢的，游哩。”

话音未落，王秀珍径自朝前游去。

旺儿暗暗一笑，跟在后面。

因为心中酝酿着一些技术性问题，他游得很慢，被王秀珍远远地甩在后边。

王秀珍喊：“旺儿，你咋还不如女的呢，亏你还是生在河边的哩。”

旺儿的激情就被诱发了，他猛地朝前扑腾过去。离王秀珍越近，他的动作越猛烈，掀起的水浪把她那个肥大的身子冲击得一起一伏。王秀珍有些猝不及防，刚想叫一声，咕嘟就呛了一口水。

旺儿看在眼里，既忧郁又兴奋，更用力地掀动着水浪，预计用不了多久，那个身子就游不动了。

果然就出现了他预计的情景，王秀珍从水面消失了。

他吃了一惊，把动作完全停了下来。他紧张地盘算着，要是王秀珍真的被淹死了，他该咋办哩？

可是，未等他思考出一个答案，在前方那个平静的水面，王秀珍一个鲤鱼打挺，钻了出来。

她朝旺儿拨弄着讥讽的笑："冯景旺，你玩儿的花样都是咱玩儿剩下的了，你真是可笑！"

没想到，这个胖姑娘有这么好的水性，他惊叹不已。

他嘿嘿笑着，掩饰着他真正的意图，说："咱还没跟你玩儿真的呢，不信，你等着我。"

他一个猛子跃进水里，朝王秀珍那个方位急潜而去。

然而他扑空了。当他在那个方位露出水面的时候，王秀珍已在前边的一个地方朝他笑了。意思是说：你咋会逮得住我。

旺儿有些恼，你先别美，一旦让我追上，你哭都来不及了。

进扑。躲闪。再进扑。再躲闪。

几次扑空之后，旺儿的蛮性便被刺激得不可收拾了。

他已经不再考虑王秀珍一旦被淹死了该咋办的事儿，只剩下一个念头：一定得把她淹死。

这一次，他终于接近了他的目标。在水里，他看见王秀珍的两条被放大了的腿，就在不远处，一动也不动。

他径直而去，毫不犹豫地抱住了那两条腿，一下子就把她掀翻了。

对不起了，王秀珍。

然而，在掀翻对方的同时，他自己也被掀翻了。他的脖子被王秀珍紧紧地钳住了。

仓皇之中，用力蹬了一下腿，他竟实实在在地站了起来。

原来，王秀珍所在的地方，是个浅水区，她正以调侃的心境，守株待兔地等着他从水底游过来。

他只好松开了手。

“冯景旺，看样子，你是真想把我淹死啊。”

听了王秀珍的话，他立刻就像矮了半截，难为情地笑笑，说：“哪儿会呢？”

王秀珍半真半假地说：“你最好别有那个念头，现在的年头，搞情杀的事儿会让人笑话。”

旺儿感到无地自容，但还是硬撑着门面，嘿嘿地笑着说：“王秀珍，你别自作多情好不好，我会杀你？你也不想想，你配吗？”

王秀珍白了他一眼，说：“旺儿，我真心真意地提醒你一句：别净胡思乱想自找烦恼，好日子摆在眼前，你就好好地过。”

“咋个过法？”他不认为有啥好日子摆在眼前。

“比如现在，你与其想着法子把我淹死，不如跟我做爱。”

对眼前这个女人，他不得不刮目相看了，老家的女人，你就是打死她也是不会说出这样的话的。她竟能，能得让你都脸红，而她却一点儿都不脸红。

朦胧的夜色，把王秀珍的身子衬得更白，而且白得一点儿瑕疵都没有。她身体的曲线静静地起伏着，像激情泛滥的水面。但是，这是一团静止的火，依然如这平静的水面，一经搅动便会浪花四溅，涟漪连环。

这就是勾引。

无声的勾引。

旺儿用一种特别的眼神看着她。确切地说，是久久地凝视着她的身子。

“看啥看？好像从来没看见过似的。”女人说。

“也怪了，真的像从来就没见过哩。”男人说。

王秀珍羞涩地把胳膊掩在胸前。

在旺儿眼里，她的动作显得很卑贱，一点儿也不真实。

“你这叫啥？你刚才说啥来着？”

“我刚才说啥来着？我刚才啥也没说哩。”

她是越来越贱了，一点儿也不让你看得起她。“你把手拿开。”他说。

“我为啥要拿开呢？”她咯咯地笑了起来。

这种笑让他很生气，他便一步跨上前去，不仅拿掉了她的胳膊，而且把她的胸衣也撕掉了。

她捂住两个脱颖而出的大奶子，哀求道：“旺儿，你不许对我动蛮。”

然而晚了，男人的尊严复苏了，他执意要把她剥得一干二净。于是，他看了一眼紧张地包裹着她那张大号儿臀部的碎花儿内裤之后，嬉笑着把它薅了下来。因为饱含了水分，所以一点儿撕裂的声音都没有。然后，毫不做作地把她掀翻在水里，覆盖上去。

他想到了毛品英，确切地说，是想到了那个让他早泄的那个夜晚中的毛品英。他为可怜的毛品英而进行覆盖。

那天晚上——

因为幽怨，女人起初是把自己紧紧地收敛着，但感觉到那冲撞的执着之后，便把自己摊开了，而且摊得很彻底。

就像久旱的禾苗遇到甘霖，水分会被拼命地吸收一样，她拼命地抽缩着自己，快感很快就降临了，而且是从来没有过的强烈。但是，她没有像以往那样欢叫不已，而是拼命地隐忍着。

而眼下的王秀珍，也是如此这般地隐忍着。他的意识便含混不清了，渐渐地把她与毛品英契合在一起。

水的起伏迎合着身体的起伏，也是在隐忍中契合在一起，变成一种浑然的托举，他的身体便很轻松，他的快感便来得很彻底。

仇恨真是无足轻重！

当他们从水中站起来的时候，王秀珍含笑地一声嗔："旺儿，你可真差劲儿哩。"

他觉得她的笑很粗俗。但是，不像以前那样难看了。

毛品英对二丫儿说："去，把咱家的豆包布扯一条来，等等，还有那半瓶二锅头酒。"

二丫儿知道娘要干啥，很听话地照吩咐办了。

毛品英托起那只脚，一边往伤口上涂着酒水，一边说："这点儿小毛病，只有自己治哩。"

这边的夜色，那边的夜色，同时黑了下去。

……

翁大宝从乡下回来，一眼就看见了李金橘的信，连碗饭都顾不得吃，急迫地读了起来。

……你上次给我的信，真逗，都可以当小说读了。你可真能写。看来，人经的事儿一多了，话会从笔尖儿上流出来。

你说的那个王书记，对，还有他的老伴儿，甭说你们整天朝夕相处，你感受到他们的好，我就是从你的信里，也能想象得到他们的音容笑貌，也觉得他们好哩。大宝，我要说的是，你这个人真幸运，一走上社会就遇见了好人，还不是一般的好人。有他们在你身边，我就放心了。说实话，我就怕你遇不到好人。我所说的不好的人，不是那些流氓二流子、小偷儿抢劫犯啥的，而是嫌贫爱富、虚情假意的势利小人。你要是真的遇见那种人，自己再没有主心骨，人就会学坏了，我也就真的成秦香莲了。瞧我，还没结婚呢，就说这个。不过，我说的那个意思你一定明白。所以，能遇见这么好的人，不仅是你的幸运，更是我的幸运。

大宝，说句不害臊的话，我想你，真的想你。上学的时候，每月你还能回来一趟，参加工作了，反而仨俩月才能见上一面儿，真让人心里别扭。不过，大宝，你千万别往心里去，我只是说说而已。我知道你是个有事业心的人，再加上跟着王书记这么个大忙人儿，工作上脱不开身哩。我不是过去的文盲了，对老爷儿们的事儿啥都不懂。我就是想你，一想你就不知该说啥好了。

别净唠叨这些了，我也跟你说说咱村里的事儿。

咱村的大包干儿搞得非常彻底，甭说地包了，就是果树和山场也包了，就连我这个小小的村卫生室，也让我以承包的方式经营。还有代销店、小学校。小学校也能承包？我一开始真有些不明白，就问承包人吴老师。吴老师积极性很高，他说，这有啥不理解的，入学率、升学率都定了标准，完成了给奖金，超额了给重奖，因为有了明确的奋斗目标，干着带劲儿。所以，村里哪家儿大人不让孩子上学，村里甭动员，吴老师就急火火地去做工作了。后来我明白了，作为国家教师，乡教委给他们两口子的是死工资，承包之后，只要个人努力，就会得到村里给的一大笔奖金。既然是这样，他吴老师为啥会没有积极性？

咱老叔真是个能人，有很宽的思路。以前他沉默着，真是像你说的，是因为大气候不到，这社会一开放了，他就甩开膀子干了。

你猜他说啥？承包是承包，但集体经济的支柱不能垮；集体要是没有雄厚的经济实力，承包咋兑现哩？所以，其他都包了，就是采石场不包。他把采石场办成了村子的集体企业，实行的是场长负责制。他还有个说法。他说，矿产资源是国家的，如果放任个人随意开采，就会发生掠夺性开采，就会造成资源的浪费和破坏，咱决不能搞这种杀鸡取蛋的买卖。

你猜，老叔他还说啥？

他说，咱石堡村搞得再红火，也不过蛋包子大的一块地界儿，没有多大的发展空间，必须走出山门，到山外去。

他找到了那个劳模徐宝法，跟他联合搞了一个“大石堡建材贸易公司”，咱出人出石材，徐宝法出地皮。你猜咱的贸易公司都经营啥？除了石材之外，钢筋、水泥、原木、板材、砖瓦、石灰、河沙、生漆、涂料、五金、汽车配件、聚乙烯、蜂窝煤……经营的项目可多了。用老叔的话说，除了飞机大炮咱不经营以外，只要是国家允许经营的，咱都要留心。

咱村的这个公司，自从开业以来，一直很火，咱村的青壮劳力，差不多都到公司去了。种地的基本上是老人和妇女。

徐宝法对我爹说：“李万成，你是能掐会算咋的，独独选上了他翁振元？”

我爹说：“我会算计个啥，哪儿料到他真的会有这么大的造化？其实是他赶上好时候了。”

徐宝法说：“你说得一点儿都不错，但是，他毕竟会抓机遇，比咱们有魄力。”

我爹说：“你别净夸他，没有咱们，哪儿会有他。”

徐宝法说：“他在我那儿搞了你们村的公司，整个是将了我一军，我要是不弄出点儿新鲜的，老百姓就不买账了。”

我爹说：“老徐，瞧你说的，他哪儿能跟你比，你是多少年的全国劳模。”

徐宝法说：“你千万别这么说，老本儿吃不得。为啥？那时候的劳模，放到现在，能合得了多少本钱？我真羡慕你，你急流勇退，不像我这样，整天承受着新的压力。”

我爹说：“老徐，你别讽刺我，我是马尾巴拴豆腐——提不得的人，你的压力全在你自己，你这个人太要强。”

徐宝法冲动地攥着我爹的手说：“李万成，我这辈子没白交你，就你理解我。”

我爹说：“老徐，你老劳模再立新功的心情我理解，但你要量力而行，现在的观念毕竟跟那时候不同了。再说，咱到底是个农村干部，搁在人家吃皇粮的，早退休养老了。”

徐宝法说：“咱哪儿能跟人家比，咱一天不努力，一天没地位。”

我爹说：“你的先进村压力就是大，所以，作为老朋友，我想给你提个建议，不知你爱听不爱听？”

徐宝法说：“你尽管说。”

我爹说：“要想红旗不倒，保住荣誉，你也应该赶紧培养个接班人——你把他扶上马再送一程，本身就是你做出的新贡献了，你说是不是？”

徐宝法说："是哩。"

大宝，你看，这二老是多么好的人，都那么大岁数了，还考虑啥新贡献，还为村里的前途着想，你说他们可敬不可敬？

大宝，有一件事儿，当着你的面儿，我一直说不出口，就在信里说出来吧，反正我也看不见你生气的样子。我爹的身体越来越不成了，他几次跟我说：趁我还活着，你和大宝的婚事儿还不赶紧办了？我说："你们着个啥急，大宝现在不也跟你们的亲女婿似的。"他说："那可不一样，农村就爱讲究个形式，再说，大宝那孩子越来越有出息了，咱得拴住了。"我说："结了婚还有离婚的呢，感情不在那儿，你拴不拴有啥用？"他说："那可不一样，我活着能看见你们在了一起，心里就满足了，至于我死后你们咋样，我就不操那个心哩。"他又说："小橘子，你笑话爹，其实你爹的虚荣心是很重的哩。"

大宝，我的心现在很乱，不想写了。

平时衣服勤洗着点儿，也买套西装穿穿，毕竟是大地界儿的人了，也得讲究点儿个人风度。你看咱老叔，每天把胡子刮得板儿青板儿青的，整天都西服革履的哩。

……

读到最后，翁大宝心里也是酸酸的，克制了半天，还是掉了两滴眼泪。李万成老人的心情他是理解的，无论如何，他毕竟是个农民，农民身上的小农意识他也是有的。掉过两滴眼泪之后，他拿着这封信就去找王书记。所从事的工作，使他对农村的事儿有了一种特别的敏感。

他告诉王书记，他老叔翁振元的一些做法很有些意思。

王书记仔细看了这封信，说："不错，是有些有用的信息，翁大宝，你明天陪我到你老家去一趟。”

翁大宝一怔，咋？他日思夜想的李金橘，这么容易就要见到了？

“你愣什么，带你去见你的小爱人你还不乐意？”王书记打趣道。

嘿嘿，嘿嘿，翁大宝不停地傻笑。

车子开到那座大桥跟前，翁大宝叫司机开得慢一些，说去他们老家的路是八里多乱河滩，他上次回家时正在开山建路基，才三个月的工夫，可能还没修好。可是往沟里一钻，迎接他们的是一条迤逦前行的平滑的水泥路面，在阳光的照射下，泛着耀眼的光华。司机便情不自禁地踩下了油门。

转眼的工夫就到了瘿袋石垂悬的地方，放眼望去，不见了瘿袋石的踪影，那地方的头顶已是一片开阔的天光。翁大宝兴奋极了，眼窝不禁湿润了。他从内心里感激和佩服他的老叔。那装着稀粥的饭盒，没有白给他拎哩！

正在感慨之间，车子已开到了家门口。他惊叹不已，才几天哪，这平滑之路就完全贯通了。

老叔啊！

下了车，他一眼就见到了老支书李万成正坐在大槐树下，眯着眼睛朝这边张望着。他瘦得只剩下骨头了，但眼神却依然那么幽邃。

见翁大宝走来，他撑着一支椒木拐杖站了起来。

“是大宝吗？”

想到老人家赶着马车送他上大学时那个健壮的身影，翁大宝心里酸了一下。

“爹，我是大宝。”

未过门儿女婿的一声爹，把李万成叫愣了，他扶着拐杖的手颤抖不止。

王书记走到了跟前，看了一眼李万成，又看了一眼翁大宝，意思是说：还不给介绍一下？

“这是我岳父，老支书李万成，”翁大宝又转过身来，“爹，这是咱市委王书记。”

李万成趔趄着抢上前来，紧紧握着王书记的手：“王书记，听我家小橘子说，您是个大好人哩，净替咱农民说话。”

“别净听翁大宝瞎说，我不过是尽点儿本分而已，”王书记指着翁大宝对李万成说，“老人家，你寻了一个好女婿，他一点儿也没忘本。你看，他从老家穿出来的一件蓝布褂子，至今还穿在身上。”

“还是王书记栽培得好哩。”话音刚落，李万成竟哭出声来。他太激动了。

这时，他们背后来了一辆吉普车，从上面风风火火地下来一个人。

他三步并作两步来到王书记面前，啪地打了一个立正：“报告首长，石堡村党支部书记翁振元前来报到！”

迎声望去，翁大宝看见自己的老叔穿着一身整齐的旧军装，向王书记行了一个标准的军礼，整个人显得既干练又庄严。

王书记呵呵地笑了，说：“知道知道，你是翁大宝的老叔。”他用手戳了戳翁大宝的脑门：“翁大宝啊翁大宝，我还说咱们给他们来个突然袭击，你却把人都给我通知到了，好小子！”

翁大宝嘿嘿地笑着。

原本冷清的村口，这时弥漫着一片热烈的亲情。

接待的地点被安排在翁大宝的家里，翁大宝的父亲始终憨憨地笑着，一句整话也说不出。他的母亲忙着给客人沏水，竟把水倒在了杯子外边，脸红得像煮熟了的蟹。

山里人没有专门的凳子，盛米的柜子，俗称小坐柜儿，就是座椅。王书记坐在小坐柜上，问：“眼下的日子怎么样？”

“整天大米白面。”翁大宝的父亲回答说。

见大家都站着，王书记连忙说：“你们干吗都站着，都坐，都坐。”

屋里的摆设，中间一个五斗橱，一边一个坐柜。王书记坐着一个，那边一个就空着。李万成先是坐下了，又感到不妥，对翁大宝的父亲说：“大宝他爹，还是你坐吧。”翁大宝的父亲就坐下了，但坐了片刻，看了一眼王书记，感到很不自在，就又把李万成拽了回去：“还是你坐吧，你当过支书，你好陪着领导说话儿。”

其余都坐在炕沿上，只有翁振元站在地上。

“你干吗不坐呢？”王书记示意他坐下。

翁振元大大方方地说：“我站惯了。”

王书记左右看了看，说：“翁大宝，你们家的人好像还差一位啊。”

“不差哩。”翁大宝的父亲说。

“不，还差一位，怎么不见翁大宝的小对象儿？嗯？”

大家都面面相觑，之后，全乐了。

“这个小橘子，一听说大宝要回来，整宿都睡不着觉，这个时候却不见了。”李万成说。

“翁大宝，快去给我找来，我秘书的对象我必须见一见。”

翁大宝的母亲小声地对翁大宝说：“你陪着领导说话儿吧，我去找。”

“翁振元同志，你们村的基本情况我从翁大宝那儿都知道了，我这次来，就是想总结点儿经验回去。”

一直很大方的翁振元，这时也慌了："王书记，使不得，使不得哩，咱哪里有啥经验，就是自己瞎琢磨，干啥都是试着来。"

"你这个试着来就很重要，用小平同志的话，就是摸着石头过河，用翁大宝他们这帮秀才的话，就是积极探索。"

"没那么复杂哩，"翁振元脸红了，"咱山里人虽然都吃上了大米白面，但花个钱儿啥的，还是不方便，咱就是想给乡亲们多弄点儿现钱儿。"

"这个出发点就很不错，现在就是……"王书记突然停住了话头，笑着看着门口。

原来李金橘出现在了门口。

翁大宝不禁抬起头来，竟与李金橘的目光碰到了一起，他的心怦怦直跳。

这时的李金橘梳着两个俏皮的小辫儿，穿着一身大翻领的藏青色的西服，藕荷色的衬衫领子也随之翻了出来，衬得一张脸既清秀又净洁；脚上虽穿着一双半跟的黑皮鞋，可是身材却显得亭亭玉立，一点儿也没有农村女孩子的土气。她啥时候变得这么美了？翁大宝惊异不已。

李金橘冲着王书记嫣然一笑，轻轻地叫了一声："王书记。"

"我知道，你就是李金橘，"王书记高兴地站了起来，连声说道，"真是郎才女貌，郎才女貌啊！"

三辆车。三个人。一个宾馆。

虽然心态不同，但都有一种胜券在握的感觉。

看着三位急迫的表情，刘文存一笑，说道："孙成才，你去把宾馆的经理找来。"

孙成才走后，王立平和于宝力都急切地簇到刘文存身边，每个人都想首先发言。

刘文存一摆手：“你们想说啥我都知道，但莫着急，先抽支烟。”他一边说着，一边把烟分给二位：“这是阿尔巴尼亚的老牌子，‘文革’时很流行，现在已很难抽到了。”

两个人同时吸了一口，作品味状。

“咋样？”刘文存笑着问。

“没啥好味儿，臭脚味儿。”王立平咕哝道。

于宝力笑笑：“嗯，差不多。”

“你们俩对烟的品味倒是一致的哩。”

这时，孙成才把宾馆经理找来了。“刘乡长，你们找我？”经理很谦卑地问。

刘文存很不耐烦地一挥手：“你先坐吧。”

乡长的这个表情让经理很惶恐，他不敢坐下，尴尬地笑着，站在那里。

刘文存很严肃地问：“你是竞标当上的经理吧？”

“是哩。”

“你的承包额比标底还低是不是？”

“承蒙您关照。”

“可是，我整天关照你，你啥时候关照过我？”

刘文存的声音不高，但是很严厉。

那个经理一颤：“乡长，咱有不周的地方，请您多指教。”

“岂敢，岂敢，你现在也是个人物了，政协委员哩。”

经理明白了，他上次在政协会上有个发言，其中有两句涉及玄武乡，多少有些微词。

“我这个政协委员算个啥？还不是您给的。”

“哦，你还知道啊？”

“哪儿敢忘哩。”

“听说你又引进了几个俄罗斯小姐？”

“啊，没有的事儿。”

刘文存转向孙成才：“孙成才，这宾馆里有没有俄罗斯小姐？”

孙成才难为情地笑着，小声地对那个经理说：“你就别再瞒了，乡长他知道了。”

经理显得很尴尬，说：“乡长，其实有些事儿，您不知道为好。”

刘文存勃然大怒，啪地拍了一下茶儿，猛地站了起来：“你他娘的人前一面，人后一面，算他娘的哪家的政协委员？！”

一句话中，带两个“他娘的”，在座的人很少能从乡长的口中听到。

几个人都屏住了呼吸。

在这个突如其来的下马威面前，那个经理愣了，他呆呆地站在那里，向孙成才送去乞求的目光。

“乡长，大人不记小人过，都是小哥们儿，难免有啥不周到的地方，您千万别真的计较。”孙成才打了一个圆场。

那个经理像得了一把救命稻草似的，赶紧点头哈腰地对刘文存说：“孙厂长说得对，乡长，您千万别跟我们一般见识，不然的话，我们小哥们儿就没法儿混了。”

“有那么严重？”

“是哩，是哩。”

刘文存不耐烦地挥挥手。在孙成才的陪同下，那个经理知趣地退下去了。

“有些人，就是不识趣，你千万别给他笑脸，一给他笑脸，他就不知道自己姓啥了。”刘文存愤愤地说。

但是，望着那两个尴尬地坐着的人，他还是露出了笑脸：“二位，你们急火火地要见我，有啥大不了的事儿？”

两个人你看看我，我看看你，都想让对方先说。

刘文存见状嘿嘿一笑：“有些事儿，还是不说为好。”

刘文存这样一说，两个人就更不好意思说了。

“既然你们都不说，那我可就说了，”刘文存嘘了一口阿尔巴尼亚烟，“我问你们，这个冯景旺是哪儿的人？”

“河北省的。”

“既然是这样，你们俩干啥要为一个外地人伤了自家的和气？”

王立平想说点儿啥，被刘文存用眼神制止了。

“你们俩信不信得过我？”他问。

“当然信得过。”

两个人都是精明透顶的人，刘文存其实是在问：你们俩还听不听我的？

“既然是这样，我就给你们俩做一回主——把那个冯景旺拿下，那个场长暂时先让孙成才兼着。”

刘文存毫无商量的口气，让王立平不敢当场反驳。那个经理极其尴尬的表情，还在他眼前闪着。

见二人不说话，刘文存问道："你们有没有意见？"

都摇摇头。

"于乡长，你去看看孙成才干啥去了，咋半天不回来。"刘文存说。

把于宝力支走了，刘文存把头凑到王立平跟前。

"我知道你想不通。但是，做事儿得讲究策略——于宝力是个有心人，他跟上下都有联系，而且毕竟是个副乡长，平时我都得留几分客气。做大事儿的人，最讲究进退有据，表面文章不能不做，你说是不是？所以，这次你就先受点儿委屈，就当是为了我，好不好？其实，你要是硬坚持你的做法，你会一下子就得罪了两个人，这个，你当然明白。所以，得不偿失的事儿咱们不能做。细分析一下，其实咱们没失去啥，反而掌握了主动权——你在背后冷冷地看着他们，等他们一旦露出破绽，咱就可以冠冕堂皇地把他们拉下马来。在官面儿上混，小人斗气儿，君子斗智，你说是不是？因为咱俩才是真正的知心人，我才跟你这么说，换了别人，我费这个话干啥？"

刘文存的一番话，弄得王立平一点儿脾气都没有。他只好心里别扭着，脸上傻笑着。"农民，就是农民哩。"他感慨道。

这时，于宝力和孙成才回来了。

两个人脸上的表情都很不自在，目光不停地朝王立平脸上觑。

刘文存偷偷地捏了王立平大腿一下，王立平赶紧干巴巴一笑，说："于乡长，你也别不好意思，是咱头脑简单，考虑得不周到。"

于宝力立刻露出笑容："王村长，你是大哥哩，以后还得多听你的。"

"这就对了，"刘文存问孙成才，"接下来咱干点儿啥？"

孙成才说："我已经安排了，咱先品新上市的扬州大闸蟹，然后再品俄罗斯小姐。”

“扬州大闸蟹可以品尝，俄罗斯小姐就免了，省得咱前脚进了房间，他后脚就给咱举报。”刘文存说。

“他可敢！难道他就一点儿记性都不长，他的经理还想当不想？再说，那小哥们儿人还是不错的，就是有时候看不出火候。这不，咱的活动项目都是他亲自安排的，万无一失哩。”

“那咱就品？”

“品，不品白不品。”

大家就都哈哈大笑，像啥都没发生过似的。

一辆拉建筑渣土的翻斗车嘎地就停在了万明全身边。那个车斗旁若无人地翻了过来，抖了两抖，一边复着位，一边迫不及待地朝前走了。

迎着漫天的粉尘，万明全扑到渣土堆上。

渣土里全是宝哩。

碎砖头、钢筋段、包装盒、塑料袋、旧报纸、木头样、烂棉絮、月经带、破皮鞋、洋车链、空酒瓶、抹布片、易拉罐、废瓦块……

好东西若干若干的，捡在手里，略作整理，卖到收购站去就是钱哩。

二锅头酒瓶子，每个二分；啤酒瓶，每个一毛二；易拉罐，每个五分；旧报纸每斤三毛；废铁烂钢筋，每斤五毛；从搬迁楼房里拆出的旧砖每块一毛；木头样，每百斤八块；生塑料，每斤三块六；整瓦片，每块一毛三；烂棉絮、月经带、破皮鞋、抹布片属等外品，可掺在一起卖，一斤八分……

前三天，他手生，破烂儿清理时耽误了工夫，但每天也有三五十的进项。

他怦然心动，埋怨自己：还是醒悟晚了。

但是，捡破烂的人成帮结队，下手慢的就捡不上值钱的货色。所以，他每天凌晨三点就到垃圾倾到地去，眼巴巴地等着倒垃圾的车来。而且，一望见车影，就选择了最靠前的位置。

这是一群由老人、妇女和孩子组成的队伍，身手矫捷的他，就显得鹤立鸡群，他就总能捡到值钱的东西。所以，后来几天，他的收入水平居然突破了百元大关。

别看咱快七十岁的人了，可是却有个好身体，你没办法跟咱比哩！

他第一次尝到了自豪和骄傲的滋味儿。每天出门前他都要跟自己的儿媳妇打个招呼："小翠啊，爹上班去了。"他管捡垃圾叫上班。

王小翠蒙蒙眬眬地应了一声，看一眼床头的表，才三点多，嘟囔道："还让不让人家睡啊。"

老爷子的精神气儿真是大，摸着黑儿回到家，也要兴冲冲地跟儿媳妇讲白天的收获，悉数地讲完了，便把一大把碎票子交给儿媳妇："你点点，看是不是九十八块七毛二。"小翠说："爹，你们收着吧，买瓶好酒喝。"老爷子一摇脑袋："这么忙，还哪儿有工夫喝酒？"

一天，不到中午老爷子就回来了。一进门就大喊："小翠，你快点儿出来哩，爹今天可发大财了！"

王小翠急忙走出来。

老爷子看着儿媳妇，嘻嘻地笑个不停，然后神秘地从大衣襟底下掏出个东西。揭开包在上面的几层破报纸，露出一个粉色的小盒子，小心地递给王小翠："闺女，你看看，你看看，是一匹金马，足足有半斤重哩。"

王小翠打开一看，果然是一匹金马："咋来的？"

"那个垃圾车的斗子一翻，咱就看见有一个小盒子蹦出来，就牢牢地盯住了它，没等别人醒悟，咱就抓到手哩，几个人直羡慕，央求我：万大爷，打开让我们看看好不？一打开，娘呦，金光闪闪的，原来是一砣金！一个老太太对我说：‘老万，你让给我吧，我给你两千块钱。’我说：‘你一个捡破烂儿的，哪儿有那么多钱？’她说：‘咱捡了十多年了，咋也能攒个万儿八千块啊！你在这儿等着，我现在就去给你拿钱。’我一听，这东西肯定不止这个数，我一边说着不卖不卖，一边就跑了回来。”

万明全抱着水龙头咕嘟咕嘟地痛喝了一顿凉水，两眼放光地说：“闺女，你快藏起来，等明儿个咱爷儿俩一起到金店去。我寻思着，这玩意儿少说也得卖一万块钱哩。”

王小翠又仔细看了看，看到金马的底座上有“马年吉祥”的字样，便有些含糊，说：“爹，我怀疑它是假的。”

“咋会是假的哩？可不许瞎说。”

“这年头时兴送属相纪念品，一般是镀金的。”

“要真是镀金的，用牙一咬还不就掉？我咬了半天呢，一点儿动静都没有哩。”

王小翠也咬了咬，果然一点儿动静都没有，便疑惑地看着万明全。

“闺女，你再听听声儿，是不是噔噔儿的？”

王小翠敲了敲，送到耳畔，再敲了敲，又送到耳畔：“对哩，是噔噔儿的。”

万明全得意地笑着，说：“这就是真的了，罗贯廷待的庙里有座金佛，一敲就这声儿，所以，假不了哩。”

王小翠想了想，说：“爹，不管咋着，咱不能冒猛子就到金店去，万一是假的，人家还以为咱是搞诈骗呢，不如咱先找人鉴定鉴定，心里踏实哩。”

"找谁鉴定？"

"现在的大商场都有卖首饰的，我看他们就给鉴定。"

"那明天你就去鉴定哩。"

第二天，老爷子留下照看病人，催儿媳妇到商场去，且一再叮嘱："你千万要小心哩。"

王小翠刚出门不远，老爷子又追了上来："闺女，你今天也破费一回，打个的，别坐班车了，班车上人多眼杂。"

不到晌午，王小翠回来了。

"闺女，他们咋说？"老爷子迫不及待地问。

"爹，您得答应我一个条件？"

"啥条件？"

"您千万不许着急。"

老爷子以为儿媳妇怕自己高兴大发了，便说："我这辈子啥没经受过，你就放心哩。"

"那我就实话告诉您，它是假的，是镀金的。"

老爷子倒真的能经受得住，他很缓慢地收拢了笑容，遗憾地摇摇头："咋会是镀金的哩？"

"人家说，现在的工艺提高了，造假也跟真的似的哩。"王小翠解释说。

老爷子还是不死心，说："镀金也有一层金哩，也该值几个钱吧？"

"人家说，正因为工艺好，镀的那层金，刮不下来，所以就不值钱。"

"值多少？"

"还不够打的钱哩。"

再见到那个老太太时，人家问："老万，你那个小金马呢？"

"卖了。"

"卖多少钱？"

"五千。"

老太太很遗憾，说："还不如一开始就给你五千哩。"

"嘿嘿，你就后悔去吧，谁让你抠门儿着哩。"

这以后，万明全把那个小金马深深地藏在柜子的最底层，每天回来，都要怕别人看见似的偷偷地看一遍。

"咋会是假的哩？"

但是，他坚定了一个信念，就这样捡下去，他一定会捡个真的回来。

水的起伏迎合着身体的起伏，也是在隐忍中契合在一起，变成一种浑然的托举，他的身体便很轻松，他的快感便来得很彻底。

旺儿每当回想起这个情景，就惶恐不安——在荒田野地里的勾当应该是属于那些风流成性的人，而咱一个老实巴交的农民咋也会干这种事儿了？

自己真的一天比一天下贱了。

更让他感到下贱的，是他的现实处境。

天上掉馅儿饼似的一个农场场长，还没嚼咕出滋味儿来，转眼之间，就又变成了人家的口中之物——凄惶的笑纹还没有舒展开，就凝固了。

对咱这样的小人物，宠辱都由不得你哩！那咱是个啥？是小孩子玩儿的“抽地主”（陀螺）：性起时，抽你两鞭子，你团团地转着，他嘻嘻地乐着；性落时，把你扔在一边，你凄凄惶惶地满身锈着，他还是嘻嘻地乐着。

咱要是在老家种着地，能有这事儿？

至少不会有这种不是人的感觉——合着眼儿，咋会看见迷乱的光景？

就说自己跟这个王秀珍。不在一起的时候，心中厌恶她，甚至干脆就没有她；可在一起的时候，又不知不觉地欺哄她，而且啥下作的事儿都做得出来。

不是人哩！

这期间，满怀疑虑的毛品英来过一次。看到自己的男人还窝在一间小小的门房里，并没有大手大脚花钱的理由，心里就踏实了。她不知道自己的男人还当过几天场长，如果知道，她会有更深的疑虑。

农村妇女有她们本能的判断：自己男人就是一个打工的，超出一个打工的能有的东西，都是非分所得，都是可疑的。

所以，她来得正是时候。

在舞池里的自由伸展。别的女人衣橱里的男式西服。浪花中的浪漫起伏。

农村女人缺乏应有的想象能力。写在男人脸上的东西，就是她拥有的全部。在男人的工棚里，她像在家里一样，烧饭、洗衣、做爱，一切都是日子的模样。

因为那个工友很知趣地回避了，工棚是两口子浑然的天下，没有破绽，也不担心破绽，所以，男人能极其自然地说笑——乡音未改，村味儿难消，给了女人一个虚假而真实的梦。

毛品英放心地走了。

整个过程，一向开通的王秀珍却始终没有露面。

“品英来了，你好歹也得见一见，她把你当亲妹子看哩。”旺儿提醒道。

“我见个啥？她是你的女人，是奔你来的，我瞎掺和个啥？”王秀珍拒绝见面。这是旺儿没有意料到的。

“那个王秀珍她咋样？还是那么开通？咋一直没见她露面哩。说实在的，我还真有点儿想她。”毛品英说。

“对，她还是那样儿，也经常向我打听你。不过，她眼下出门儿了，到天津她姨家去了。”旺儿自己都感到吃惊，一个乡下人，居然能极其自然地撒谎。

毛品英多少有些遗憾。因为自己这次来，是刻意装扮了一下自己的，穿着旺儿给自己买的时鲜儿衣裳，戴着王秀珍送她的乳罩——男人在大地界儿打工，自己得有点儿模样才对。再说，女人的模样得女人评哩。没有王秀珍的品评和指点，咋说也是个遗憾哩。

送自己女人的时候，旺儿眼圈红了。他心情很复杂。眷恋。愧疚。忧虑。

单说哪一样，都会让他眼圈发红，更何况几样同时在心里交织着，真是难以承受。他便带着毛品英到大商场去，不顾她的阻拦，又买了不少东西。

“你来了一趟，回到家里，咋也得让街坊邻居看看，咱在外边混得好哩。”他有既充分又质朴的理由。

毛品英满载而归。她感到，自己带回的，是男人不变的爱。

毛品英走后，他几天都没去王秀珍那里，直到她找上门来。

一见面，王秀珍就哭了。“冯景旺，我恨你！”她说。

旺儿感到她真好笑——最有资格恨的应该是人家毛品英啊，人家都啥也没说，你委屈个啥？

“恨吧，你们都恨吧！”他说。

“你晚上去我那儿一趟好不好？”

“不去。”

“你要是不去，我就去找毛品英。”

“你真会耍赖。”

“我不想跟你废话。”

王秀珍撂下这么一句，一拽一拽地走了，连头也不回。

旺儿很是恼火。人家毛品英是个无辜的受害者，反而成了这个害人精要挟的口实，天下咋还有这么不说理的事儿哩？不去就是不去，你愿意找毛品英你就去找吧。二百多里山路颠死你！火辣辣的老爷儿晒死你！惹怒了老实人拿鞭子抽死你！

愤恨之中，他看见自家驴棚里的那只鞭子就在眼前晃着，鞭梢儿带着哨音，就抽在自家的心尖儿上。

他心痛不已。怕也没用哩，这事儿早晚得让毛品英知道。品英知道了，她会咋样？

可是苦苦思索了半天，连咋样他都想象不出来，冷汗就雨一般哗哗地下。

恐慌……

凄惶……

晚上下了班，他径直就奔了工棚。那个工友见了他的面，竟主动跟他说话。

“旺儿，咱虽然只见了嫂子一面儿，但我觉得咱嫂子那人不错。”

他一愣，漫应道："她本来就不错哩。"不经心地回答之后，他觉得工友的话里有话，便反问道："你啥意思？"

工友说："有一句话我知道很犯忌，但我还是忍不住想说。"

"你只管说哩。"

"你跟王秀珍的事儿，你自己得有个主心骨儿。"

"摊上你，你会咋办？"

"我也不知道，但是有一点儿我还是明白的，咱就是一个打工的，玩儿啥不能玩儿大了，咱输不起。"

工友说的是一句真诚的话，正戳到了他的痛处。他唉了一声，蹲在了地上。

两个人久久沉默着，心头都感到沉重。

门突然被踹开了，王秀珍把自己扔了进来。她愤愤地注视着旺儿，细眯的小眼儿里，射出整把整把的箭镞。

旺儿嘿嘿一笑，别过脸去。因为工友是站着的，他很客气地请王秀珍坐下。

工棚里是没有座位的，只有两张床。

王秀珍愤愤地把自己扔在旺儿的床上，床又把她弹了起来，在平复的过程中，床发出咯吱咯吱的叫声，像一群受惊的地鼠逃命时拥挤出来的声音。地鼠们逃远了，工棚里就剩下了夜般的寂静，三个人的呼吸声便清晰可闻。

放在以往，只要王秀珍一到，工友就会悄没声儿地躲出去，这次，他却没走。

工友受不住这种寂静，殷勤地给王秀珍让水。王秀珍霍地站了起来，吼了一声："姑奶奶来了，你咋还不走，给我滚！"她把愤怒发泄在这个无辜的工友身上了。

工友手上的杯子便嘭地摔在地上，缩着肩胛出去了。旺儿追了出去。

听到身后有动静，工友回过头来。一见是旺儿，他赶紧摆手。“你不要跟我讲话。”他说。

旺儿说：“我不跟你讲话，但晚饭咋说也得吃吧。”

工棚被人占据了，两个打工者便没办法起火了。“你还有心思吃饭？”工友说。

旺儿一笑，只说了一个字：“饿。”他把工友拉到路边的一个鸡毛小店儿，说：“都是因为我，所以，由我请客。”

工友说：“请客可以，但是，你不要跟我讲话。”旺儿满怀歉疚地点了几个好菜，要了一瓶稍有档次的酒。

碰起杯来，旺儿总想讲点儿啥，嘴巴翕动着。那个工友连忙摆摆手，意思是说：你不要跟我讲话。

在工友的眼里，旺儿既是工友，又不是工友；既可以跟他说心里话，又不可以跟他说心里话——便啥也不说的好。

吃了一顿哑巴饭。

“工棚咱是回不去了，你说咱去哪儿？”旺儿还是首先说了话。

“回不去的是我。”工友说。

“我也不想回去了。”

“那是你自己的事儿，咱讲清楚了，跟我可没关系。”

旺儿想了想：“要不然这样吧，咱俩去住店。”

“住店就住店，但得说好了，由你掏钱哩。”

旺儿说：“那当然。”

工友有三个孩子，都在读书，为了能攒下几个钱，他每次回家，那儿十里的路程都是步行哩。再说，每次王秀珍来，都把人家轰出工棚，工友无处可去，就整宿地在街头晃荡，他冯景旺欠人家的太多了。

住进宾馆，工友又是剃须又是泡浴盆，把自己放平在松软的席梦思上时，长长地出了一口闷气，说："冯景旺，咱俩谁也不该谁的了。"

看他情绪转好了，旺儿说："横竖是住下了，咱俩就说会儿话儿吧。"

工友犹豫了一下，说："不，你不要跟我讲话。"

这是从哪儿说起哩？旺儿落寞地钻进了被窝。

工友很快就睡着了，无所顾忌地发出如雷的鼾声。

旺儿咋也睡不着，眼前一会儿出现了毛品英，一会儿又出现了王秀珍。他很奇怪，想毛品英的时候，毛品英迟迟不到；不想王秀珍的时候，王秀珍不请自来。

乱哩，全乱哩！

两个打工仔逃出工棚之后，王秀珍的脸儿久久地绷着。后来，扑哧一下，自己就笑了——她从愤怒中醒悟了：我这是绷给谁看哩？她把自己脱得干干净净的，钻进了旺儿的被窝儿，"咱就不信，你会整宿地不回来。"

第十六章

饮鸩止渴

王书记在石堡村住了三天。他详细了解了翁振元在全面推进家庭承包制的同时，努力巩固和壮大集体经济的做法，还实地考察了石堡村的石材厂和建材商贸公司。他觉得翁振元是个有识之士，在社会把关注的焦点都放在大包干上的时候，他居然能够站在一定的理性高度，用发展的眼光考虑集体经济的问题，考虑资源型企业的保护性开采问题——真是难能可贵。翁振元代表着一种植根于土地上的民间智慧。这也是一种注重细节的智慧。这是两个很关键的细节：大包干兑现的问题、资源的掠夺性开发断送可持续发展的问题。

从大局着眼，王书记有这么两个清醒的认识：

一、北京不同于外省，社会稳定是个大事儿，因此决不能给农民打白条子。集体经济必须有雄厚的实力。二、北京矿产资源短缺，煤炭、石灰和石材资源都集中在京西，也就是石堡村所处的那一带，如果不实行国家控制下的有序开采，会发生资源破坏、寅吃卯粮的现象。

所以，翁振元的操作细节，正对应了他在大局上的思考，他便兴奋不已。他通过解剖石堡村这个麻雀，向市委提出了有关的决策建议。

市委很快就召开了农村工作会议，会议的主题就是在新的发展形势下，一定要进一步巩固和壮大集体经济的问题。这次会议明晰了生产资料可分部分与不可分部分的界限，并第一次把乡镇企业中的产权关系问题提到议事日程，提倡实行厂长负责制和集体控股的股份合作制。

这个会议是个重要的转折点。它使已经开始消弱的集体经济重新振奋和崛起。它深远的社会意义在后来的发展阶段中，鲜明地体现出来：在全国不少地区，因为农民负担过重而发生恶性案件，严重影响了干群关系，导致农民怨声载道；在社会问题层出不穷的情况下，本地区以雄厚的集体经济实力，分解了农民的负担，保障了对农民的生产服务，呈现出安居乐业、健康发展的良好势头。

回溯一个细节。

榆树庄的王本禄为什么能在一袋烟的工夫就调来了农机，把农民熟老了的小麦在大雨之前收割入库？就在于大型农机一直掌握在集体手中——所以，农机是这个地区的生产资料中不可分部分之一。

但也有一个深深的遗憾，一直让王书记心痛不已。那就是京西的小煤窑。

在推广翁振元石材厂的管理经验的时候，那些小煤窑已大部分承包到村民个人手里了，木已成舟，不可挽回。在利益的驱动下，低水平疯狂开采造成矿脉被挖断，地表千疮百孔。最直接的冲突，一是土地承包者与煤炭开采者的冲突，二是私人浅表开采与国家深层开采的冲突——因为小煤窑之下，就是国矿几十年来延伸出来的巷道。所以深层的矛盾，则是暴发户和贫困户的矛盾及工农矛盾新的激化。

人们愤怒地质问政府：同顶一片蓝天，同处一片土地，为啥这样贫富不均？既然是社会主义的天下，为啥国家利益就这样被公然伤害？

那些个体采矿户是持有合法采矿合同的，你如何进行行政干预？只能就有关问题跟他们签订补充合同，朝有序开采、保护性开采改进一步，但并不能从根本上解决问题。发展的隐患，就这样历史地造成了。

教训啊！王龙群书记发出一声无奈的感叹。

他对翁大宝说："你说得对，在大政方针确定之后，的的确确应该注意细节。这不是技术问题，而是历史眼光。"

翁大宝说："这不是我说的，是毛主席的政治贡献哩。"

王书记说："像翁振元这样的同志，应该提拔到领导岗位。"

"他已经是副乡长哩。"翁大宝说。

"我是说，他至少应该当个乡党委书记。"

王书记让翁大宝摸摸翁振元的心气儿，如果他有意，王书记将向他们的县委书记建议一下。

翁振元对翁大宝说："你老叔这个人你还不清楚，混了个初中文凭，干啥事儿都是凭直觉、凭良心，咱哪儿当得了党委书记？咱能把石堡村这一亩三分地经营好了就不错了，可别让咱受那份凄惶。要干你干吧，你有文凭，又是在真正的官场混，得多考虑一下自己的政治前途。"

没想到还有不愿意当官儿的人，翁大宝感到纳罕。

听了翁大宝的回复，王书记并不感到吃惊，他感慨地说："像翁振元这样的人，咱郊区有一大批呢，像榆树庄的王本禄，还有那个著名劳模徐宝法，他们不想当大官儿，只想干大事儿，都保持着农民的本色，应该得到人们的尊重。"

翁大宝心里突然想到了一个比喻：好地只是默默地长出好庄稼，并不标榜自己是好地。

突然，翁大宝自己嘻嘻笑了起来。

“翁大宝，你笑什么？”王书记问。

翁大宝摇摇头：“我没笑啥。”其实他真的在笑什么，只是因为跟王书记也有关系，他不好意思说哩。他想到了领导的样板田。

王书记提倡，各级领导，尤其是主管农业的领导，都应该有自己的样板田。这块地应该是精心耕作的示范，应该是科技种田的示范，应该是体察百姓疾苦密切联系群众的示范。这缘于他的土地情结。他喜欢种地，对摸锄把子有瘾。他可以偷偷摸摸地在人家的地里种蓖麻，为什么不能近水楼台理直气壮地过瘾？谁让咱是管农业的书记呢。

所以，每个县都有一块他的责任田；所以，上行下效，几乎每个主管农业的干部也都有自己的示范田。他认为这是自己的一个得意之笔。他每次到乡下去，第一个落脚之处，就是他的示范田。

他是真干。勘查苗情，除草施肥，甚至挥镰收割，干出一身汗之后才恋恋不舍地离去。他干的时候，当地领导也陪同着，就组成很有规模的一干人马，就弄出一个很引人注目的景致——那就是老百姓都围在一边看，指指点点，叽叽喳喳。

他觉得这很好。示范示范，没有老百姓的关注叫啥示范？可是，他前脚用镰刀收割，后脚收割机就开进去了，老百姓咋想？他的示范田里还能经常看到他的影子，可是别的领导的示范田，从种到收，一次都没见到那位领导来过，老百姓咋想？靠好种子好化肥，不花钱的水电，专门技术人员的照料，而弄出了好的长势、好的收成，老百姓会咋想？领导“示范”的时候地面上异常繁盛，一旦领导不示范了，地荒下去，老百姓咋想？地边上用成吨的水泥筑成一块牌楼似的标志碑，写上“××书记示范田”“××乡长示范田”，老百姓会咋想？

翁大宝就亲耳听到老百姓说道——

“咱祖祖辈辈种地哩，咋就没想到，种地还可以挂牌儿？”

他们的意思翁大宝一听就明白：

好地就是好地，你不给它吃偏饭儿它也长好庄稼；种地的就是种地的，你不挂牌儿他也会一心一意毫不偷懒儿。

翁大宝很想说："王书记，您要是想种地，咱就在石堡村悄悄地找一块地，我、小橘子和咱老叔，都陪着您。"他真不想让实心实意为农民办事儿的好官儿被人误解。但是，他不敢说。尽管王书记是个很随和的人，但他毕竟是大荷包的领导哩。

在老家搞调研的这几天，也是翁大宝和李金橘爱情的盛宴。一到晚上，不管陪王书记工作到多晚，他都要钻进李金橘的被窝里去。只要一沾到李金橘的身子，李金橘就像被烫了似的，浑身颤抖着，把翁大宝紧紧地匝进怀里。

"真是妇人哩，这个身子也可劲儿地想男人了。"李金橘无奈地感叹道。

翁大宝像个孩子一样，一旦噙到李金橘的奶头，就再也不撒嘴了。

"呀，翁大宝，你可是大干部的秘书，咋也这么不害羞哩！"李金橘蠕动着身子说。

"大干部的秘书咋了？大干部的秘书是不是男人？"翁大宝呜哝道。

"大干部的秘书更坏，简直是一个好色的小白脸儿。"

"咱本来就是一个小白脸儿哩。"

王书记对李金橘的赞赏像一袋优质化肥，助长了他们的爱情；也像一颗定心丸，消解了李金橘心中的顾忌——他们疯狂地做爱，恨不得把对方身体里的汁液全部榨出来。

"哎呀，翁大宝，你千万别让我怀孕哩！"

“怀了就生。”

“这是在咱老家，没人笑话？况且你是个长翅膀的，在哪儿扎窝还不知道呢。”

一涉及现实问题，李金橘多少有些忧伤，她问翁大宝：“你说，将来咱咋办？”

“结婚呗。”翁大宝不假思索地回答。

“我是说咱俩在哪儿安家。”

“我落在哪儿，咱就在哪儿安家。”

“就是说，我像影子一样跟着你？”

“咋？不乐意？”

“屁话，不乐意能跟你睡？我是说放不下咱的诊所。”

“那你就留个心眼儿，早做打算，赶紧培养一个助手。”

“你话说得倒轻巧，这个人就是那么好找的？有文化的，没那份儿责任心；有责任心的，又没那份儿文化。”

“我眼里就有一个合适的人选。”

“谁？”

“吴老师的老婆安红叶老师。”

“得了吧，安老师的情况你不了解，她现在过得可滋润了，拼命地生孩子——咱山里虽然允许生二胎，她居然搞出了个三胎，全是因为手里有了俩钱儿，连处罚都不怕了。你没看她都啥样了，原来是个挺苗条的人儿，现在一赶儿地往横里长，整天懒洋洋的，除了愿意讲儿堂课之外，别的啥都懒得干哩，一副知足常乐的样子，比村妇都村妇了。”

“所以，你得跟我走，不然日子一滋润了，你还不也村妇似的。一个大干部秘书的媳妇，要真是那样，叫我咋拿得出手？嘻嘻。”

李金橘在翁大宝的大腿上狠狠地拧了一把："你这个人咋这么不正经哩！"

翁大宝疼得直叫，说："你干吗当真哩，只是开个玩笑而已。"

"不许你跟我开这种玩笑，"李金橘翻过身去，把个后背晾给翁大宝，幽怨地说，"人家已经是你的人了，再说这种话，让人心里凄惶哩。"

翁大宝看着这个后背，感到它很美：肩胛瘦而圆润，线条很流畅；腰杆子细细的，把个腰窝塌陷得很深，把个臀子支撑得很翘，像个鲜嫩多汁的葫芦。

他冲动地把身子紧紧地贴了上去，说："咱以后不说了成不成？"

"哼，你就是说咱也不怕哩，我看王书记那人肯定会给咱做主，只要你有二心，你就是当了县委书记，咱也要把你拉下马来。"

"你可真厉害！"

"谁让你没有远见，非得欺哄一个农村姑娘来着，农村姑娘就是有这个本事哩。"

后来他们就接着谈诊所的事。谈着谈着，李金橘就掉起眼泪来。这个诊所是她一手创建的，已成了她生命的一部分。

"你哭个啥，等明儿个到了外边，再给你办一个还不成？"翁大宝安慰道。

"可是，老乡亲们咋办？"话一出口，就已泣不成声。

翁大宝理解她的心情，知道这是用哪样的话也安慰不了的。但还是安慰道："你看，咱乡卫生院的小楼盖得多好，还配了两辆出诊车哩；你看咱乡的领导考虑得多周到，说要在各村建门诊部哩；你看咱老乡亲的日子变化得有多大，几乎家家都有自行车哩——这时候已不同那时候了，生活好了得病少了，医疗条件也好了，就医的能力也强了，你的使命也就快完成了。”

李金橘说：“这我都知道。”

“既然知道，你有啥放不下的？”

“这是两码事儿哩。”

“咋是两码事儿？”

“我心里烦，不想跟你说。”

李金橘不停地叹气，竟没头没脑地说道：“还不如当初不跟你哩。”

翁大宝装出生气的样子，说：“没事儿瞎琢磨个啥，你不跟我，还能跟谁？”

那个想用两千块钱买下万明全的小金马的老太太，叫吴惠珍。

在“大跃进”的年代，郊区的农业战线上树了“十面红旗”，她是其中的红旗之一。

她是生产队的养猪能手。在当时的报道中，有一个极其动人的情节，那个时代的人，至今还有清晰的记忆——

> 一群小猪崽中，有一个生病的小猪崽，由于没有争食母奶的能力，几天都默默地趴在一边。
>
> 她看在眼里，怜在心上，从拥挤的猪崽群中，为它争到了一个奶头。但是，人刚一离开，它就又被挤了出来。最后，就饿得奄奄一息了。她想到：这不是一只普通的小猪崽，而是人民公社的宝贵财产，也是射向苏修分子的一颗革命的子弹，决不能就这样损失掉啊！她毅然决然地把小猪崽抱进怀里，撩起自己的胸襟。

她也是正在哺乳期的母亲啊，于是，丰沛的乳汁汩汩地流进了小猪崽的嘴里。小猪崽得救了，她露出了欣慰的笑容……

但是，鲜亮的历史很快就落上了厚厚的尘埃。多少年之后，她成了被奚落的对象。人们管她叫“猪妈儿”，管她的儿女叫“猪崽儿”，管她儿女的儿女叫“小猪崽儿”。等老伴儿去世之后，儿女们也把她冷落在一边，她沦落成了一个拾荒的人。现在，她很坦然地接受人们对她“猪妈儿”的称呼，从不怨天尤人。

而且，她还不轻易回忆历史，决不评论眼下的现实；从脸上看不出她有啥痛苦，整天堆着没有实质内容的笑。因此，她湮没在拾荒的人群中，谁也不知道她是个有辉煌经历的人。如果不是后来发生的事儿，万明全也不会知道。

她不像万明全那样在拾荒的人群中拼命争抢，也不像他那样是荒就拾，她只捡废弃金属。当尘埃落定之后，她从容地走到被拾荒人拾过荒的垃圾堆上，拾二遍荒。

她手里有个特殊的器具，是个带把儿的铁烙铁一样的一个东西。她用这个东西贴着地皮探，一旦有嘟嘟的声音发出来，她便停下来，用镐头把地表刨开，像捡花生一样，捡出一些形状不同的金属。或是几截钢筋段，或是几枚铆钉，或是几缕铁丝，或是几只废弃铝器，有时还能捡到莫名其妙的大块铁锭、大块铜板，甚至金戒指、金耳环。

她身上有一个大背袋，随手就把东西装进去，等到承受不住那些分量了，就从容地走到她的小三轮车跟前。三轮车上有一个带挂锁的木箱，静静地等待着她把东西放进来。

“你这东西叫啥？”万明全问。

“人家管它叫金属探测器。”吴惠珍答。

“就像《地雷战》里的探雷器？”

“差不多。”

“哪儿来的？”

“买的。”

“这年头真邪了，啥东西都有卖的。”

“可不是。”

“这玩意儿得多少钱？”

“三千多。”

“哦，你可真烧包，一个捡破烂儿的，竟舍得花这个钱。”

“嘁，你真不会说话，这叫干啥就得吆喝啥。”

万明全不以为然，他心里说，咱有的是力气，刨空了再刨，犯不上花那份儿钱哩。他觉得吴惠珍是个奇怪的人。更奇怪的是，每当吴惠珍捡到了稀罕物，她就会一边擦着上边的锈迹和泥土，一边玩味地说话。比如她捡了一枚金戒指，她会说：“这个女人有二心了。”

万明全接茬儿说：“嘁，你咋就以为人家是有二心了？没准儿人家是跟男人离婚了呢，或许是死了。”

吴惠珍不以为然，说：“都不可能。”

“为啥？”

“你想啊，她要是死了，这金戒指就会陪葬；她要是离婚了，戒指会作为留念；只有是有二心了，才嫌弃这定情之物，找个借口就把它扔了。”

万明全虽然不以为然，但他觉得吴惠珍这个老太太很有意思，就很喜欢跟她聊天儿。

万明全是个存不住话的人，他的身世，吴惠珍很快就了解得差不多了。她说：“你来捡破烂，纯粹是为了散心哩。不像我，是因为儿女不给生活费。”

“他们为啥不给？”

“嫌咱呗，嫌咱给他们丢人现眼。”

万明全问其中的原因，吴惠珍摇摇头，闭口不谈。

“过日子也不实指望你捡破烂儿的钱，你就别净往翻斗车跟前跑，万一有个闪失，砸着你咋办？”吴惠珍说。

“喊，哪儿就那么巧？”万明全不以为然，垃圾车一到，还是那个老样子。吴惠珍笑而不语，她知道，那是万明全的性情造成的，他改不了。

在这帮拾荒人眼里，他们俩人都是一景儿。一个急迫，一个从容，形成巨大的反差，却还能坐在一起聊天儿。

“猪妈儿和老万头儿倒是很般配的一对儿。”他们说。

这话很快就传到两个人的耳朵里，他们不以为然，只是相视一笑，说：“都这把年纪了，还被人拴对儿，真有意思。”他们坦然相对，依然故我。不过，心里也发生了微妙的变化——拾荒的时候，如果见不到对方的影子，会心中嗒然。

——猪妈儿咋没来？

——老万头儿咋没来？

“林红越来越不像话了，居然到乡机关来跟我闹，你说咋办？”刘文存只穿着袜子，在办公室的红地毯上来回走着，焦灼不安。

王立平感到刘文存很可笑，不就几块破地毯吗，还至于这样？他每次来，总是对刘文存事先声明：“我脚臭，就不脱鞋哩。”

刘文存笑着摆摆手，对他网开一面。

王立平规规矩矩地并拢着双腿，拔直了腰板说："刘乡长，我上次不是说了吗，她要是想生孩子，就交给我，这事儿好办。"

"我知道好办，但是，一想到在民间还不明不白地有自己的一个骨肉，心里就凄惶，我下不了这个决心。"

"刘乡长，甘蔗不能两头甜——你既想欺哄人家林红，又不想担一点儿凄惶，好像这样的好事儿天下难有哩。"

"那就让她生？"

"可不，别把事儿闹大了。"

刘文存感到王立平真是个体贴人的人，比自己的亲兄弟还亲几分，便说："你看，于宝力见林红那个表情，真是让人受不了。"

"咳，这就怨您自己了，你要是能把她安抚好一些，她也不会到机关来闹，也就不会让于宝力知道。所以，依我说，男女的事儿决不同官场的事儿，心太狠了，最后受伤的还是你自己。"

本来是官场无望情场逛，可是情场居然也这么麻烦，真鸡巴的烦。

"于宝力现在越来越不知趣了。"刘文存烦出这么一句话来。

王立平立刻就明白了，说："还不是你跟林红的事儿又给他加了一块筹码儿？"

刘文存合着眼仰在沙发上，悲凉地叹了一口气。

乡里以砖场复垦的名义，从县土地局争取了一笔三万块钱的专项款，刘文存让于宝力倒腾了几张村里的假发票，就把这笔钱转移到个人腰包里了。

于宝力用报纸包着三沓现金进了刘文存的办公室。把门从里边拴上，他说："刘乡长，事儿办好了。"

刘文存展开报纸，拿出一沓："这是你的。"

于宝力脸色很难看，久久不去接。

"咋？嫌少？"

于宝力暧昧地一笑，啥也没说。

刘文存说："宝力，我知道你嫌少，但是，你不可以计较哩，谁让我是领导呢，担的风险大，当然要多拿一些。另外，你也别不知足，别人还一点儿也沾不上哩。"

于宝力摇摇头，说："刘乡长，话可不能这样说，事儿是我经手的，你们有啥风险？再说，拿这种钱，还分啥三六九等？我真不明白。"

刘文存心中一惊，底气立刻就虚了："那好，咱二一添作五。"

于宝力拿了自己那一半，一句话也没说，走了。

刘文存心里很不平衡："这个王八蛋，连他娘的一声谢都不说！"

他破口骂着，顺势把一口浓痰啐到了地毯上。

那口痰在鲜红的地毯上很是显眼，他咧一咧嘴，只得弯下腰去，用包钱的破报纸把污迹擦了。

"刘乡长，我知道您的感受，"王立平说，"正如他搅我的局一样。"

刘文存睁开了眼，很想把于宝力的这番表现跟王立平描述一遍。他确实很压抑，有一种不吐不快的感觉。但王立平那种知心人的口气让他多少有些反感，那个"筹码儿"的字眼儿也给了他一种警觉。有些事儿，连知心人也是不能说的。"得想个办法，让于宝力识相一些。"他说。

"费那个事儿干啥，干脆把他调走算了。"王立平说。

"这可使不得，他知道的事儿太多了，只能控制在咱自己身边。"

"这有多累，不如来个清君侧。"

“咋个清法？”

“你没看现在电视里演的古装戏，那里有现成的样板儿哩。”

“慈禧老佛爷的清法倒干脆，就是一个‘杀’字。”

“是哩。”

这个无意间说出口的字眼儿，让刘文存不寒而栗。他不停地摇头。

“这或许还真是可以考虑的一招儿。”王立平笑着说。

刘文存惊呆了。这个王立平，是个啥样的人呢？刚才说到林红的时候还柔情似水，咋一说到于宝力就这样冷酷无情呢？

吴惠珍远远地看着万明全走近了，说：“你回家也没啥事儿，不如到我那儿坐一会儿哩。”

“坐一会儿就坐一会儿。”万明全不假思索地说。

吴惠珍的家其实就在回玄武村的路边上。一座气派的红砖青瓦的四合院，像个路标似的，每次路过都能看见。然而，这座房子是吴惠珍儿子的，她自己的房子则在这个四合院的背后，在高墙的阴影中，有两间瑟缩的小平房。

“咳，要不是捡破烂儿，来来往往的几十年了，也不会知道这个地界儿就住着你个吴惠珍。”万明全感慨道。

进了吴惠珍的房间，一股清爽之气扑面而来——屋里摆设虽然少，但很整齐很干净，一点儿也不像个拾荒老人的家。她指着自己的电视机说：“这就是捡来的。”这是一台十四英寸的彩色电视机，是最早的那种牡丹牌。她随手就把电视打开了，噼里啪啦地拧了半天旋钮，只出来两个频道，她笑着说：“这就够了。”

一面墙上挂着三个大大的玻璃框子，不禁吸引了万明全的目光。中间的玻璃框子里，镶着一张醒目的大奖状，奖状上写着“奖给农业战线的一面红旗——养猪能手吴惠珍同志”，落款是“中共北京市革命委员会1958年10月”。左边的玻璃框子里镶着一张毛主席的手迹：发扬革命传统，争取更大光荣。右边的玻璃框子里是一张发了黄的巨幅照片，是北京市领导接见农业劳模的合影。万明全一眼就见到了照片中的吴惠珍。她紧挨着领导站着，梳着齐耳的短发，紧抿着嘴唇，英姿勃发。

“怪不得人家都叫你猪妈儿，原来你就是那个大名鼎鼎的吴惠珍！”

万明全也一直跟着人家叫吴惠珍猪妈儿，原来猪妈儿是有辉煌的来历的！他不知道咋办才好，人家让了好几回座儿，他一直愣在那里，就是不敢坐下。“像你这种人，国家应该养起来才对哩。”他说。

吴惠珍笑笑，说：“你这是咋说的，我连儿女都不指望他们养，干啥还要指望国家？我这样过，不是挺好的吗？”

“挺好，挺好。”万明全机械地应着。

这之后，他们聊啥啥都不进耳了，他心里一直磨叨着：原来她就是吴惠珍。他从吴惠珍家里出来，径直就去找罗贯廷。他兴冲冲地说：“老罗，你猜我见着谁了？”

“谁？”

“吴惠珍。”

“吴惠珍我知道，大跃进时的农业红旗——养猪能手。”

“你猜她现在干啥？”

“干啥？”

“在捡破烂儿！”

“这有啥新鲜的，你不是也在捡破烂儿吗？”

“咱哪儿能跟人家比，人家是个人物哩。”

“咋不能比？你不也是荣誉军人吗？”

因为自己感到兴奋，就觉得罗贯廷也应该兴奋，没想到罗贯廷的反应却这样清冷，万明全便很不满意地说：“你这个人算是有毛病了。”

王秀珍躺在旺儿的被窝里，火气渐渐地消了。

旺儿被窝里的气味儿，她觉得很好闻。一种身体里的欲望，渐渐冒出头来。她摸了摸自己的乳房，不禁无声地笑了起来。自己的乳房虽然大了点儿，但很结实。

她的感觉很好。身体像土地一样平展展地摊开了，她期待着一张犁。然而出乎她意料的是，旺儿竟然真的一宿没回来。她的自尊心受到了空前的伤害，她像被碾了尾巴的猫一样，尖利地喊道：“我饶不了你！”然而，她最终的报复却落在了那个无辜的工友身上，他让王立平把那个工友开了。

旺儿为那个工友求情：“是我招惹了你，跟他有啥关系？”

王秀珍翻了一下白眼，说：“谁让他住宾馆了？他可配！”

旺儿去送那个工友，说：“是我害了你哩，这以后我没法做人了。”

工友凄然一笑，说：“你快别这样说了，其实我早就想不干了，他们王家有啥好东西？一窝子男盗女娼。再说，总给人家打工也不是事儿——你洒了十分汗水，才有一分收成，喂肥了别人，干瘪了自己，不如踏踏实实地种咱那几亩地儿，收多收少，全是自己的，再苦再累，心里落忍。”

这也戳到了旺儿的伤心处，眼泪噼里啪啦地掉了下来。

工友说：“你这叫啥，咱被开了的都不掉眼泪，你掉的哪门子眼泪？”

“其实，我心里比你苦。”他说。

工友说："你心里咋想的，我懂，所以，看在在一个工棚里住了那么久的面儿上，我提醒你一句：王秀珍她不是一只蜜罐子，而是一剂毒药，真的被药翻了，再想爬起来，可就难哩。"

望着工友渐渐远去的身影，旺儿索性放开喉嗓大哭起来。

最毒不过妇人心，岂止哩！

糟糠之妻不下堂，岂止哩！

住人屋檐下哪能不低头，岂止哩！

贫家是宝三分春，岂止哩！

拔了毛的凤凰不如鸡，岂止哩！

心比天高命比纸薄，岂止哩！

常在河边走哪有不湿鞋，岂止哩！

打折了腿的豺狗也知道护家，岂止哩！

屋漏偏遇连阴雨，岂止哩！

屎好吃钱难挣，岂止哩！

人穷志短马瘦毛长，岂止哩！

外婆的澎湖湾，岂止哩！

不许给农民打白条子，岂止哩！

收取提留不得超过农民上一年纯收入的百分之五，岂止哩！

龙二成成了半截人万援朝成了活死人，岂止哩！

歌星偷税漏税，岂止哩！

城乡一体化，岂止哩！

环境也是生产力，岂止哩！

坚决制止各种达标升级活动，岂止哩！

瓮塌了土掉个不停，岂止哩！

岂止岂止，岂止哩！

河北的冯景旺为岂止而哭。

“旺儿，不是我说你，你知道秀珍的脾气不好，你干啥还招惹她？你看，让我白白损失了一个老实能干的好劳力。”

听着王村长的埋怨，旺儿傻傻地乐。

这个事儿发生之后，王秀珍很长时间不来纠缠。一种难得的平静让旺儿惶恐不安，他知道，雷雨前的天气就是这样的沉闷哩。

一天，王立平把旺儿叫到办公室去，很严肃地对他说：“有个事儿我得告诉你，因为跟你有关。”

旺儿吓了一跳，仓皇地问：“王村长，啥事儿？”

王立平平静地说：“秀珍她怀孕了。”

“她咋会怀孕呢？”

“这得问你自己哩。”

旺儿吓得站了起来：“王村长，您千万别开这种玩笑。”

“有拿这种事儿开玩笑的吗？”王立平阴着脸反问道。

旺儿的耳朵像万明全一样鸣叫了起来，一个刺耳的声音总是在耳畔回荡着：“看在在一个工棚里住了那么久的面儿上，我提醒你一句：王秀珍她不是一只蜜罐子，而是一剂毒药，真的被药翻了，再想爬起来，可就难哩。”

“我咋会把人家的肚子弄大了呢？！我咋就没想到王秀珍也是个母的，是母的就会下崽儿呢？！”

他站起来，又坐下去；坐下去，又站起来——这回算是真鸡巴的完了，给药翻了。

“你好好坐在那儿好不好？”王立平说。

“村长，咋还能坐得下哩！”旺儿哭丧着脸说。

“不就是个女人怀孩子吗，你慌个啥？”

村长竟如此说，真是出人意料，旺儿苦笑着说道：“这可是天大的事儿哩。”

“女人怀孩子算个啥天大的事儿，哪个女人不怀孩子？”

这又出乎他的意料，旺儿便送上乞求的目光：“村长，您可得给我做主儿，你们说，我该咋办？”

“你鸡巴的能咋办？你得问问秀珍她咋办——她要是想要这孩子，就生下来；她要是不想要，你就陪着她做了。”

村长说得可真轻巧，王秀珍她是我个啥？要是咱老婆，咱就不这样慌张了，可是她不是咱老婆哩。

“你还在这儿晃荡个啥？还不去找秀珍商量商量，到底咋办，早做打算哩。”王立平催促道。

旺儿像被释放了的俘虏一样，箭一般蹿到了门口，但立马又凝固在那儿了。

因为他清楚地听到了村长的一声命令：“你先慢着。”

他别过头来：“您还有啥嘱咐？”

“冯景旺，女人怀孩子到底也是一件事儿，所以，你应该做得像个男人，别让我失望哩。”

这是一句很关键的话，听了之后，他不再着急着走了，因为他的脚底像突然铺了一层棉花，软软的，他迈不开步了。他机械地迈着步子，朝着一个令人畏惧的方向。这回，塌的不是瓮，而是蓝蓝的天。

在那潭寂静的死水之中——

朦胧的夜色，把王秀珍的身子衬得更白，而且白得一点儿瑕疵都没有。她身体的曲线静静地起伏着，像激情泛滥的水面。

水的起伏迎合着身体的起伏，他与王秀珍在隐忍中契合在一起，他的身体便很轻松，他的快感便来得很彻底。

他的快感不属于自己，是被勾引者捆绑着推上欲望之船。

死水微澜。

身不由己的堕落。但是，照样要付出代价！

旺儿到了那个熟悉的门槛之前，他犹豫着。

眼前有一碗焦黄的干炸辣椒。一层浮油奢侈地汪着。呛人的香味儿诱鼻翼翕合。

一盆新鲜的河菜，支棱着耳朵，清贫中的秀色。

“旺儿，不知咋的，这几天我就想吃辣椒拌河菜。”毛品英说。

她的脸好像胖了，肉皮子崩得紧紧的，一点儿毛褶儿都没有，也有一层油汪汪的光彩。

“那是你贱，天生了一个装河菜的胃口。”他说。

毛品英笑着说：“咱也想不贱哩，可是摊上你这么一条穷汉子，没有装好吃食的福分，也只有这样了。”

“这咋能怨我？本来咱是不想娶的，可是你逼上门来，让咱娶你，好像咱是饿痨围着的一碗红烧肉，不赶紧搛到自己的碗里，就再也吃不上了。”

“你可真会打比方。”

“嘻嘻，啥叫会打比方，本来就是哩。”

“旺儿，你这个人真是有点儿傻。”

“我娘就傻。”

“真是拿你没办法。我是说，你也不问问，我为啥突然就爱吃辣椒拌河菜了。”

“对哩，你为啥？”

“告诉你之前，你得答应我一个条件。”

“啥条件？”

“你得疼咱。”

“我娘告诉咱，丑妻近地家中宝，咱一直把你当宝贝似的疼哩。”

“还得多疼些。”

“疼，指甲盖儿里扎席篾儿，往心里头疼。”

毛品英让旺儿把耳朵递过来，小声地说：“我告诉你，我有了，有你的孩子了。”说完，自己就羞红了脸，红得娇娇的，好看死了。

听了这话，旺儿起初是一愣，紧接着是在毛品英的腮帮子上狠狠地啵儿了一口，然后就像受了惊的山麂子一样，一溜烟地跑远了。他跑到拒马河边，一猛子扎进水里，发了疯似的游啊，觉得那宽宽的河水太窄，那长长的河脉太短，整个世界都快装不下他了。他一边拍打着水面，一边驴子似的撒欢儿叫着，儿啊，儿啊，儿儿啊啊……

毛品英在河边上看着，脸上热辣辣地幸福着：“这个蛮子！”

然而，在这个门槛儿前，他没有纵情欢叫的冲动，他把身子抽缩成一团儿，蹲了下去。

门自己就开了。

"你咋蹲在这儿哩？屋里也没旁人，就一个我。"王秀珍说。

进屋之后，他不敢直视王秀珍的脸，只是偷偷地看。

王秀珍的眼睛更小了，脸子更白了，白得发灰。颏下不知从啥时候又垂下了一坨肉，只让人觉得，她可别再胖了。

"我哥跟你说了吗？"

"说啥？"

"你自己知道。"

旺儿凄然一笑，说："你可真能。"

王秀珍也一笑，说："还是你能。"

"你说咋办？"他问。

"你说咋办？"她也问。

"那还用说，做掉的呗。"

"为啥？"

"那还用问，一个野种，不做能咋？"

王立平还叮嘱他，到底咋办，要听王秀珍的。可是一见了面儿，他不由自主地生出一股厌烦和轻蔑，觉得没必要听她的。他的态度，在王秀珍那里的反应是强烈的，她颏下的肉抽动了两下，变成一种愤怒。一记响亮的耳光，打在轻薄者的脸上。

"没那么便宜！"她说。

"给你一个礼拜的时间，给我准备十万块钱现金。"王立平对孙成才说。

孙成才一愣，堆着笑脸问："哥，准备做啥？"

“你也不是外人，我就实话实说，秀珍她怀孕了。”

王立平告诉孙成才，秀珍决意要把孩子生下来，而且还要让那个河北侉子做孩子的合法父亲，就只能给他的老婆一笔钱。

“这种事儿是不用钱也能摆平的，干啥非得给她钱？”孙成才说。

王立平摆摆手，说：“这我比你还清楚，但是，你得考虑秀珍的感情。”

“就她？”

“嗯，就她。”

接着，孙成才摇了摇头，只吐出两个字：“不值。”

而这两个字的含义是深刻的，它包含着对王秀珍人格的极大的不敬。

王立平的脸色立刻就阴了，说：“她可是你的小姨子！”

孙成才赶紧改口道：“我是说，咱应该再想个别的办法，十万块钱毕竟不是个小数目。”

孙成才解释说：“像这种感情的事儿，最好是用感情的办法——比如先让秀珍把孩子生下来，再用心给那个侉子营造个家庭的气氛——虎毒还不食子呢，有个心肝宝贝似的孩子整天在他面前晃着，再硬的心也会软下去。”

王立平不以为然，说：“人家又不是没有孩子，他的孩子都上小学了，叫了十来年的爹，早把他的心叫酥软了，你这招儿不灵。”

“那就让秀珍多动点儿脑子。”

“动啥脑子？”

“俗话说，金绳银绳不如肉绳，身为女人，咋也有让男人稀罕的办法。”

“她这根肉绳绷得还不够紧吗？孩子都绷出来了，你还让她咋绷？再说，秀珍再贱，也是良家妇女哩，你能忍心再让她贱得跟婊子似的？”

王立平有些动情。

“还有一招儿，一用准灵。”

“啥招儿？”

“咱反过头来跟冯景旺要钱呀——你凭空就把我们家的姑娘日捂出孩子了，还不想离婚，那好，青春损失费、孩子的抚养费，你就拿一笔吧。拿一笔就不是个小数，起码得十万。”

看到王立平吃惊的样子，孙成才很得意，接着说：“这十万块钱放在咱们身上，是小菜一碟，放在冯景旺身上，可就难了，他就是倾家荡产，也拿不出来哩。真到了这个份儿上，我就不相信，他还有不离婚的毅力。说啥感情关系，感情关系其实也就是利益关系，在根本的利益面前，他损失不起哩。”

王立平倒吸了一口凉气，用食指戳点着孙成才说：“兄弟，你这招儿是灵，但是，忒损！”

“咋叫损呢，在这个年头，这是最起码的游戏规则哩。”孙成才辩白说。

“可是，你的这个游戏规则，你懂我懂，冯景旺他懂吗？冯景旺的老婆懂吗？他们有能力跟你过招儿吗？”

“您的意思是？”

“他们是不会跟你过招儿的，他们只会拿给你一样东西。”

“啥？”

“人命。”

王龙群书记的“样板田情结”作用到了人的身上。这个人，就是跟随了他四年多的翁大宝。他觉得翁大宝品质好、悟性高，理解他的思维方式、熟悉他的工作作风，而且本身具有很强的求真务实精神，能够把他对农村工作的一些思考落实到实处，便把他下派到基层去任职。

翁大宝被派到徐宝法所在的乡——龙岗乡，任党委副书记、乡长。这一年，他年仅二十六岁。对他的任命，在当地引起了强烈反响。

当时在社会上正有一种议论，叫作“干得好不如嫁得好”。翁大宝一到，当地立刻有一种议论，叫作“干得好不如站得好”。那意思是说：你干得再好，不如分到一个好部门，不如有一个好的靠山，可以乘坐直通车，甚至还可以乘坐火箭。他还不曾上任，人们就已在背后管翁大宝叫“火箭干部”了。

面对一双双奇异的眼神，翁大宝如遇芒刺，他忐忑不安。他几次找到王书记，说：“我真没有当官的想法，您不如还让我当您的秘书，在理论和政策方面有一些建树和贡献。”王书记说：“我理解你的心情，你是怕人们议论，有心理障碍。其实，这还是你的私心在作怪。在这个问题上，最遭非议的应该是我呀，但我都坦然相对，你还怕什么？我的用心你是清楚的，就是要给你搭建一个实践平台，给我们制定符合实际的农村政策提供鲜活的现实依据。所以，对别人来说，可能是一次升官发财的机会，对你来说，是一种特殊的理论工作。你的担子不同一般，应该有足够的精神准备，做一番大胆的改革和探索，把自己的成败与整个郊区的农业发展联系起来。”

“既然是这样，这个乡长我就更不敢当了。”翁大宝说。

“你不要说这种没出息的话，你必须给我干出个样子来，能让我树出个响当当的典型。”王书记说。

这个老爷子，总是爱抓样板树典型——王本禄被他抓了样板，翁振元被他树了典型，可我哪有他们的根基，我只是一个参加工作不到五年的书生啊，一张白纸哩！

翁大宝把自己的苦恼跟翁振元说了：“老叔，命运真是捉弄人，咱莫名其妙地就当上了一个乡长，心里真是凄惶。”

翁振元说：“你凄惶个啥？你往回想想，咱都是喝稀粥的出身，小时候最大的想念，就是每天都能吃上大米白面，当官发财的心思，连影子都没有。所以，你怕个啥？你就大胆去干，出于公心地去干，别怕得罪人：只要咱不贪不捞，有个把闪失怕啥？大不了回家种地，有老叔接着你。”

翁大宝去龙岗乡报到的那天，王书记决定要亲自去送他。他对王书记说：“我求您不要送我，别给人家党委书记造成压力。”

王书记答应了，说：“你小子还真是有头脑。”可是，车子刚出了市委机关的大门，王书记的车子就追上来了。翁大宝叫车子停下来，拦住王书记的车子。王书记摇开车窗说：“你也别拦了，我还是决定亲自送你。”

“您这是为啥？”

“是人就未能免俗，你毕竟是我手下的人，我亲自送你，能给你加点儿砝码儿，”王书记孩子一般笑了，“老头儿子也很淘气是不是？”

翁大宝也笑了。笑着笑着，竟情不自禁地流下了眼泪。这眼泪里有感激，有依恋，也有凄惶。

到了龙岗乡，王书记对党委书记李一清说：“我把小翁交给你了，你要多带带他。”

李一清受宠若惊地说：“王书记，请您放心，我一定好好配合他工作。”

“哎，哪能这么说，应该是他配合你工作。”王书记笑着纠正道。

“翁乡长是从大机关来的，见多识广，比咱有水平，咱的确应该向他学习。”

“互相学习，取长补短。”

王书记话虽然是对李一清说的，眼睛却冲着翁大宝。翁大宝会意，说：“李书记，咱只会纸上谈兵，实际工作是一张白纸，您千万要多指导。”

李一清的脸红了，说：“好说，好说。”

王书记很满意地笑笑，说：“一清，翁大宝我给你送到了，我就打道回府了。”

李一清说：“我们已经准备了午饭，王书记您说啥也得赏光哩。”

王书记说：“今天就不了，就算是你欠了我一顿，两年之后，我再来找补。”

望着远去的车影，翁大宝有些难以自已，赶紧转过头去。因为乡长职务还要履行一个乡人大选举程序，又因为翁大宝是从上边来的干部，所以，县里要求李一清要高度重视，把选举工作当做党委的一件大事来抓。

尽管李一清在乡人代会期间高度紧张，不敢懈怠，但选举结果还是很不令人满意——翁大宝的选票勉强超过半数，这是这个县的选举工作从来没有的。上边派来的干部，差一点儿就被选下去！李一清被吓得脸都白了。

“翁乡长，我的工作不得力，请你多包涵，也请你对上边多美言，不然我这个小小的乌纱帽就悬了。”

翁大宝当然知道这里的分量，为了不给将来的搭档造成心理压力，他坦然地说：“李书记，你也别介意，上派干部容易在选民中造成逆反心理，这很正常哩。”

听着这亲切的乡音，李一清很感动，说：“咱们到底是一个地界儿的老乡亲。”

新乡长当然要进行就职演说。翁大宝一走上台去，台下的喧嚷立刻就寂静了。代表们的心情很复杂，尤其是投了反对票的代表。

翁大宝面带微笑，语气平和地说：“各位代表，我不想做啥就职演说，只想说两句家常话。”

台下更静了。

“这第一句话——通过这次选举，我看到了一个好现象：咱乡下人已经有了很强的民主意识，自己的大脑不再一股脑儿地被别人支配了，因此我心中感到极其欣慰。欣慰的同时，我也给自己找到了定盘星，那就是：百姓的意志就是我的意志，百姓的利益就是我的利益，除此之外，我没有别的选择。这第二句话——无论如何，你们到底还是选举我当了乡长，因此我表示由衷的感谢。但是，对我，你们心中是有疑虑的，你们心里可能会说，这个翁大宝有啥本事，比小黄瓜儿还嫩呢，就来给我们当乡长？所以，解除你们心中的疑虑，就是我翁大宝的奋斗目标。换句话说，请你们给我两年的试用期，如果两年的时间还不能得到你们的认可，我就自动下台。我的话说完了，谢谢大家。”

一阵寂静之后，台下爆发了长时间的热烈的掌声。带头鼓掌的，就是那个著名劳模徐宝法。听完翁大宝的话，他心中一惊：他刚多大的年纪啊，就这样沉着自信，真是时势造英雄哩！于是便情不自禁地鼓起掌来。

人代会闭幕的第二天，翁大宝就拜访了徐宝法。一见面，他就冲徐宝法深深地鞠了三个躬。

“使不得，使不得。”徐宝法连声说道。

“您对我们石堡村有恩，这第一躬是代表石堡村的父老乡亲；您又是我岳父和老叔的老朋友，这第二躬是代表他们二位；第三躬是我自己的，代表着一个晚辈对长辈的敬意。”翁大宝说。

徐宝法乐得合不拢嘴，连声说道：“后生可畏，后生可畏哩！”

两个人聊了很久，聊得很投机。徐宝法把乡里的状况和自己的看法都和盘托出，说：“只要你办事出于公心，就没有啥难办的。现在的老百姓对干部的期望值不高，不管你有没有水平，只要一心一意为他们办事儿，就能在他们心中站住脚。”

“这个标准的确很低。”翁大宝说。

“咳，都是被贪官弄怕了，”徐宝法说，“你就放手去干吧，我会不遗余力地支持你的。我相信你会有一番作为的，因为你们石堡村的人既老实又精明。”

翁大宝很是受用，孩子一般笑了起来。

上任的前三个月，翁大宝并没有搞一般干部习惯搞的新官上任三把火，这是他从翁振元那儿得来的启示。他只是一声不响地走村串户，了解第一手情况。他对自己有一个冷静的分析：自己不过是一介书生而已，能力和水平并不会因为当了乡长就一夜之间得到提升，才干只能从实践中来，也只能从解决具体问题中来。

通过一线调研他发现，老百姓并没有像社会上传说的那样，对政府的领导失去信心，他们只是不再相信大话、空话、套话，而是希望得到实实在在的服务。他们也知道，虽然他们因家庭承包责任制的落实，获取了相当的自主经营权利，但是，在从计划经济到市场经济的转型期内，由于还没有建立完善的市场经济秩序，也由于自己竞争能力和水平的低下，没有政府的引导、支持和服务，他们的生产活动独立地进入市场，是很困难的。因此，他们的心中，对政府还有着一种天然的依赖。

此外，通过一线调研他还发现，乡村干部并不像社会上传说的那样，“上午围着轮子转，中午围着盘子转，下午围着骰子转，晚上围着裙子转”，他们想干事儿，而且想干大事儿，想干漂亮的事儿。因为，即便是乡机关的干部，也大多数是“土产”干部，他们的家人都生活和经营在土地之上，他们没有“外飞”的翅膀，地区经济的发展和社会的进步与他们有着血肉的联系，所以，内心深处，他们渴望着家乡的变化，渴望着能实现自我价值。即便是有些消极现象，根本症结也在于现存的干部管理体制——为了避免结党营私，营造个人势力，乡镇的党政正职，一般都是外派干部，这种干部设置是合理的。但是，也不可避免地带来一个现实问题：如果正职领导是积极进取的，那么副职和整个干部队伍也就跟着积极进取；如果正职领导是消极懈怠的，那么副职和整个干部队伍也就跟着消极懈怠。所以，乡镇的党政正职，对一个地区的形象、风气和发展状况起着举足轻重的作用。

为啥人民代表选举乡长的时候，那么慎重，那么心存疑虑？因为他们不是在选举一个官员，而是选择自己的领路人。所以，这个乡长可不是官场的儿戏，它背后，是期待的眼神和殷殷的民心。

王书记啊，王书记，您可把我害苦了——这个乡长，可不是您想的那种“试验田”啊！植株上结出的可不是一般的果实，而是一种叫“责任”的东西。

三个月过后，他迎来了第一个“三夏”；“三夏”过后，他迎来了第一个必须由乡长解决的现实问题，便是夏粮收购。

今年的公粮收购，面临着一个难题，就是公粮的收购价远远低于市场的交易价，老百姓不愿交粮食。一些传统的行之有效的办法都用上了，比如乡村两级的干部动员会，领导干部包片、一般干部包村，村里党员干部联系户，乡统筹村提留年终减免，等等。但是，收效甚微——老百姓守着口袋里的粮食，就是不撒手。

村里的党员干部碍于自己的身份，倒是交出一些，但是也很不情愿，且怨声连天：“既有收购价，又有市场价，这是啥政策哩，让我们咋做工作？”乡机关干部也颇有烦言：“真是一帮刁民，卖不出粮食的时候，哭着喊着找政府，一旦粮食好卖了，国家利益就不管不顾了。”

主管副乡长建议说：“看来只能动用硬性措施了。”

“啥硬性措施？”翁大宝问。

“停水停电，派出所干警出动。”

翁大宝笑着摆摆手：“使不得，使不得哩，你别让我一上任就弄个恶吏形象，将来这个乡长我还咋当？”

主管副乡长难为情地笑笑，说：“你们的心思我当然明白，可是公粮收购也是一项政治任务，一旦完不成，县委组织部该找咱谈话了。”

翁大宝陷入沉思。他要在对上负责和对下负责的结合点上找出一个两全其美的办法。他想了两天两宿，还是一筹莫展，便去找徐宝法。

徐宝法说：“我也没现成的办法，但是，我可以给你提供个线索。”

“啥线索？”

“咱乡是不是跟河北省涿州市的三码镇交界？”

“是哩。”

“那你就去考察一下那里的收购情况，包括它的粮食市场情况，或许能得到一些启发。”

翁大宝接受了徐宝法的建议，带着政府班子的全体成员到了三码镇。三码镇的人口是龙岗乡的一半，可是它的农田面积却是龙岗乡的三倍，所以，那里交完公粮之后，有大量的粮食流通到市场上，市场的粮价就比较低，而且比龙岗乡的公粮收购价还低。

这是个至关重要的信息。就是说，龙岗乡可以从三码镇的市场上以比较低的价格买进粮食，不仅可以完成公粮任务，还可以形成一笔不小的“差价”收入，而老百姓手中的粮食，则可以全部到本地市场上去进行自主交易，赚取较高的经济收入。

翁大宝怀着异常兴奋的心情，再次找到了徐宝法。

“徐老，看来您早已心中有数了。”

徐宝法笑了，说：“不瞒你说，我们村的公粮任务，这几年就是用这种集体从异地买进的方法完成的。”

“那您干啥还要跟我兜圈子？”

“因为这种办法有些违禁，只能在私下里进行，不然的话，很可能背上干扰国家粮食市场的罪名。”

“也就是说，如果这样做的话，要担很大的风险，需要一定的魄力。”

“那当然，所以，我不能直接给你出这个主意，得经过你自己的判断，形成决策。”

翁大宝把自己关在屋里，想了一天。他觉得，这种局面，是现行的粮食购销制度造成的——既要统购统销，又部分地放开市场，就形成了一种特殊的运行空间。既然这是一种客观存在，我们为啥还要躲躲闪闪，不能直接面对呢？问题的关键在于，无组织无计划地进行交易，会发生交易纠纷，比如囤积居奇，哄抬粮价，以劣充好，等等，这些不公平交易的危险，是老百姓自己所不能承担的。这就是所谓的干扰市场秩序。既然三码镇有余粮可卖，龙岗乡又有粮食需求，两地的百姓又都能得到实惠，我们干啥不能理直气壮地去做？只要是从群众的利益出发，就不会错！

他做出了一个大胆的决定：由乡政府出面，与三码镇政府签订粮食交易协议，由他们负责以龙岗乡的收购价为底价，集体进行余粮的收购，有计划有组织地进行粮食交易。

他把自己的这个想法向党委书记李一清做了汇报。

李一清笑着说："这是你乡长职权内的事儿，只要你认准了，就大胆去做，一旦出现问题，咱们集体负责。"

李一清的态度给了翁大宝一个定心丸，他立刻进行了周密部署。到了具体实施的时候，那个主管副乡长说："翁乡长，接下来的事儿，你们就交给我吧，我保证万无一失。"那个副乡长组织了一个由粮站、派出所和财政所组成的联合交易小组，不声不响地开进了三码镇。他的考虑真是周密啊！粮站的人负责检验粮食质量，并直接把收购的优质小麦调进粮库；派出所的干警与对方的干警密切合作，负责维持秩序；财政所的粮贸干事和财会人员则负责粮款的现场兑现，不留隐患。不到一周的时间，龙岗乡的公粮任务就顺利完成了。

接下来便是两地的干部喝庆功酒。三码镇的镇长已经喝多了，还举着满杯的酒敬翁大宝："翁乡长，咱俩整个是一个爹揍[1]的哥们儿，为啥？你的这一手，可帮了我大忙了，给我这个做镇长的树立了光辉形象，让全镇的老百姓知道，他们的镇长不光是会吃喝玩乐，也能给他们谋取利益哩，所以，这杯酒你必须喝，为咱的爹喝。"

这个镇长实在得可爱。龙岗乡的收购价高于他们的市场价，他的百姓得到了许多现金收益，他咋会不"光辉"一下哩。

翁大宝也喝多了，他不停地呵呵笑。但是，当他在席间看到了自己的主管副乡长之后，即便是身子已经很摇晃了，还是满怀真诚地敬了他一杯："这份功劳，应该归你。"因为翁大宝真切地感到，这些当地的干部其实是有很强的能力的，只是没有机遇，一旦有机遇，比他还胜任这个乡长职务。

在这份意外的尊重面前，那个副乡长激动不已，连喝了三杯，竟至酩

---

[1] 揍：燕地方言，指配种繁殖。

酊大醉，泪流满面。

“我放你一个星期的假，好好休整一下。”翁大宝安慰道。

“乡长，我一点儿不累，只是高兴，咱是头顺毛驴儿，跟着你们这样的明白人儿干，就是累死了，也一点儿怨气都没有哩。”那个副乡长说。

这次成功的交易，由于是乡政府出面组织，乡财政垫资运作，粮食“差价”收入就落到了乡财政。李一清说：“我真是从心眼儿里佩服你，你是一箭双雕。就这笔收入来说，都快顶咱乡配件厂一年的利润了。”

“那还不是因为有你的支持。”翁大宝说。

“快别提我了，在这事儿上，我是有私心的。”

“啥？”

李一清说：“对这事儿，我也拿不准，心里很矛盾：不支持你吧，怕王书记那儿不好交代；支持你吧，真怕惹出点儿娄子[1]来。所以，我表态之后，一天都没有安生过，你在前面干，我便在后边给自己寻找退路。我是想，都干的是公家的事儿，千万不能出现炒豆子大家吃，而炸了锅却要自己承担的悲痛局面，得不偿失哩。”

说完之后，他嘿嘿一笑：“翁乡长，你看，我是不是有些自私？”

翁大宝也一笑，说：“李书记，跟我这样的人搭伙计，你是不是感到累？”

“累些。”李一清坦率地答道。

翁大宝十分理解李一清的心理，他感到，自己是十分幸运的，李一清是个好同志，他虽然有一些心术，但也是农民式的小狡黠，遮掩不住他本性上的质朴与真诚。

---

[1] 娄子：京西方言，闪失，失误，差错，漏洞。

“李书记，你看这笔收入咱们咋处理才好？”他真诚地请示道。

“取之于民，用之于民嘛，就把它作为征购公积金吧，来年再遇到征粮难的问题，咱可以用它作粮价补差。”李一清到底是具有实践经验的干部，他有长远的目光。

翁大宝在电话里向王书记做了汇报。王书记沉吟了一会儿，说：“翁大宝，你的胆子可不小，这一点很像我年轻的时候。”

听了这话，翁大宝忐忑不安地问：“是不是有些不妥？”

“我说不妥了吗？”王书记放缓了语调说，“你这种一切从实际出发，从群众的利益出发的着眼点是对的，但不宜大张旗鼓地进行宣传，权当是一种民间智慧吧。”

翁大宝会意，嘿嘿地笑了起来。

王书记叮嘱道：“千万不能骄傲。”

第十七章

最突兀的沙子

自从结识了吴惠珍之后，凄惶之色从万明全的脸上消失了，挂上了一层只有阅尽沧桑的老人才有的安详。这层安详是一种莫名其妙的力量，人们再见到他的时候，那些不敬的话，比如“醉鬼子”之类，就不好意思说出口了。

拾荒真的成了他的工作，一份安抚心灵的工作。他能从吴惠珍对他的微笑中，感受到一种温暖和平静。

他常说，人为啥凄惶？就是活得不落忍。现在，他活得落忍了，不平的心也就平复了。

别以为自己是谁，啥荣誉军人？人家吴惠珍还是榜上红旗呢，不照样也是个拾荒的老太太？

自己不过就是一个百无一用的农村老汉而已，搁在明清岁月，早是另一个世界的人了。那时候的一句话现在也流传得广哩——“六十花甲子，不死也活埋。”

争竞个啥？能有个好身板，有个拾荒的事儿让你开心，就不错了。

那天，县委的翁书记突然就摸到家里来。那时万明全没在，王小翠就慌得不成，红糖水沏得太酽了，翁书记只好小口小口地啜。

“万老先生呢？我今天必须见他一面。”翁书记说。

“他去捡破烂儿了。”王小翠说。

翁书记一怔，问：“离家远不远？”

“远倒不远，就是没个准地儿，不好找。”

“没关系，咱们开车去找。”

翁书记便让李秘书带着王小翠去找万明全，他则留在家里帮助照看万援朝。

很快就在一个垃圾堆旁找到了万明全。李秘书说：“老万，你真成，你干点儿啥不成，干吗非得捡破烂儿？”

万明全一笑，说：“捡破烂儿咋了？强身健体，散心养神，还有可观的经济收入，好差事哩。”

“你就不怕给翁书记心里添堵？”

“李秘书，咱捡破烂儿碍翁书记啥了？”

“你的问题可是他亲自解决的，见到你这个样子，他会有想法的。”

“翁书记他不必有想法，这是我自愿的，捡着玩儿，嘿嘿，捡着玩儿。”

万明全看了一眼躲在一边的吴惠珍，说：“有人来找我了，你帮我照看一下车子，我去去就回。”

吴惠珍一笑，说：“你就放心去吧，你那个破车子，丢不了。”

一进院门，万明全就大着嗓门儿喊：“翁书记！”

翁大宝迎了出来，紧紧地握着他的手，说：“万老，看您老人家的气色不错。”

“翁书记，托您的福哩。”

坐定之后，翁大宝问：“万老，您家里是不是还有一些自己解决不了的困难？”

万明全沉吟了一会儿，说：“翁书记，您就放心吧，咱没啥解决不了的困难。“

万明全的沉吟，翁大宝察觉到了，他觉得这里边一定有内容，便开玩笑地说道：“您见一次县委书记是不是很不容易？趁县太爷在这儿，有啥困难就赶紧说，我的一句话，刘文存他们会当做圣旨的。”

“是哩，是哩。”万明全只是嘿嘿地笑，还是不肯说。

万明全心中的确是有话要说——他想说说那个欺骗人的补偿决定，也想说说自己的承包田被收回去的事儿，还想问一问，将来万援朝不在了，对他的家人咋补偿？承包地不在了，将来他们靠啥吃饭？但是，因为他现在的心境变了，觉得为自己的那点儿鸡毛蒜皮的利益再一次次地麻烦这么大的一个领导，真是有点儿不懂情理了。于是，一种从来没有过的自尊，使他不再好意思把那些话说出口了。

但是，面对翁书记那殷切的垂询，他也不好意思啥也不说。便说，“倒是有一件事儿，我很想跟翁书记反映反映。”

翁书记的眼一亮：“您尽管说。”

万明全说：“翁书记，不知您认不认识一个叫吴惠珍的人。”

“吴惠珍？嗯，我好像在一个档案材料里看到过，好像是一个劳动模范。”

“是人民公社初期的一个养猪能手，当时农业战线的十面红旗之一。”李秘书补充道。

“哦，我想起来了，”翁书记关切地问，“她现在在哪儿？”

万明全嘿嘿一笑，说：“在跟我一起捡破烂儿。”

翁大宝点点头，问：“您老的意思是？”

“我是想说，像吴惠珍这样的历史上的功臣，政府是不是应该养起来？”

翁书记对李秘书说：“万老反映的问题很重要，你记下来，回去看看有没有相关的政策。”

李秘书说：“我只记得有离休干部和新中国成立前老党员的优抚政策，这方面，好像还没有现成的规定。”

“这有啥关系，先摸清底数，然后我们自己研究制定政策，总不能让这些历史的功臣整天去捡破烂儿吧。”

这时，炕上的万援朝，猛地吼了一声，吓了大家一跳。

翁大宝对王小翠说：“他常年卧床，血气郁结，你应该常给病人翻翻身。一个欢蹦乱跳的大小伙子，竟变成了这样，真是罪孽啊！”

王小翠含泪点点头。

“补偿金能按月领到手吗？”翁大宝问她。

万明全抢先回答：“能，能哩。”

临上车之前，万明全抱着拳说：“翁书记，您一个大荷包的县委书记来看望一家子草民，我万明全真不知说啥才好，只说一声谢哩。”

翁大宝对万明全说：“万老，说句实话，真该谢的应该是您，是您给我敲了一个警钟，使我狠抓了一下信访工作，让老百姓的气儿顺了许多。这次，您又给了我一个启示，帮我补了一个工作漏洞。”

“翁书记，您话说得严重了，我一个有名的‘醉鬼子’能成全啥正经事儿？还是您心中有佛。”

翁大宝握着万明全的手说：“我把您看成自己的一个长辈，您也别把我当成外人，今后有事儿，千万要找我。”

他转过头去，对李秘书说：“把我的座机和手机的号码都留给万老。”

李秘书从记事本上撕下一页纸，迅速地写下号码，递给万明全。

万明全接的时候，用力地在李秘书的手上捏了一把，两人会心地相视而笑，嘿嘿，嘻嘻。

翁大宝刚坐在车座上，发现万明全隔着车窗向他用力招手，他摇下车窗问：“万老，你还有啥吩咐？”

“翁书记，你们能不能捎我一截路，我还要回去捡我的破烂儿。”

翁大宝亲自给他打开了车门。

“老万，你已经是翁书记的朋友了，还捡哪门子破烂儿？也不注意点儿影响？”李秘书说。

万明全难为情地笑着，不知说啥才好。

翁大宝说：“李秘书，你咋这样说话，党章里哪一条写着，县委书记的朋友就不能捡破烂儿？”

下了车，垃圾场里已经一个人影儿都没有了。

吴惠珍哪儿去了？他四处瞭望，终于在一个不起眼儿的树荫下发现了三轮车的影子。

他走了过去。自己的车和吴惠珍的车并排地放在一起，可却没有吴惠珍的人影儿。

他不停地向四周张望，喊着：“吴惠珍！吴惠珍！”

“喊啥喊，真是一双长虫眼，不会拐弯儿哩。”从头顶的树上传下来一个声音。

他抬头一看，天啊！一个六十大几的老太太，居然晃荡着腿子，坐在了树杈儿上。

“吴惠珍，你可真能，这地面儿上已经容不下你了是不？”

“能也能不过你呀，一个捡破烂儿的，被县委书记的车接来送去的，你是老喜鹊搭高窝了。”

两个老人逗着闷子，心情跟孩子一样灿烂。

“林红到你们村生孩子的事儿，是谁告诉于宝力的？”刘文存劈头就问。

“是我亲自安排的，他咋会知道？”王立平也一头雾水。

“但是，他到底是知道了，你猜他咋对我说的？”

“咋说的？”

“他说，乡长，我说句你不爱听的话，女人就是个玩儿物，应该拿得起放得下——情人就是情人，不要弄得跟老婆似的，这样拖泥带水的不好，会耽误前程。”

“他说得还是有些道理的，有些领导干部东窗事发，还不就是因为女人。”

“这个道理谁不懂？不然我就不让你费心安置她了，可问题是，感情的问题有那么简单吗？抽刀断水水更流哩。”

“这个我懂。”

“你猜他还说啥？”

“还说啥？”

“他说，乡长，从感情的方面考虑，你也应该做得干脆一些，感情也是债，而且情债难还哩。”

“他说得……”王立平本来是想说“他说得还是有些道理的”，但明显地感到刘文存有些不悦，便改口道，“他说话口气咋有点儿像教训人，好像别人都是弱智似的。”

“他就是那个意思，好像我这个人又贪又色，一无是处哩，”刘文存愤愤地说，“你看他现在都成啥样子了？原来开个乡长办公会，他坐在最不起眼儿的地方，你说啥他应啥；现在可不同了，他恨不得跟你并排坐在一起，而且你说个啥事儿，他总是不停地插话，提些不同意见，弄得那几个副职都觉得他说得对，咱都快压不住阵了。”

“俗话说，衙门口里没亲人——同在一个官场，关系不能太近了，关系太近，知道的事儿太多，便失去敬意。您跟于宝力的关系还不像我和孙成才，我们好歹有个亲缘关系，不看僧面还看佛面哩。”

一提到孙成才，王立平突然有些醒悟，脱口而出：“唉，刘乡长，林红的事儿，肯定是孙成才这小子跟于宝力说的，因为办啥事儿我都不背着他。”

“嘿嘿，衙门口里没亲人，这话也适合你。”刘文存冷笑着说道。

“这个他娘的于宝力，把孙成才这么一个老实人都带得不听使唤了。”

“嘿嘿，孙成才是啥老实人？不是谁把谁带坏的问题，而是臭味儿相投。”

“我看不是这样。”

“咋不是这样？有一件事儿我一直埋在肚里，没好意思跟你说。”

“是有关孙成才的事儿？”王立平吃惊地问。

“当然，”刘文存冷笑了一声，“孙成才为啥能跟于宝力走得那么近乎？他不给于宝力敬点儿香火能成吗？于宝力不像我，对女人也感兴趣，他只认得钱。那么，孙成才的钱从哪儿来？嘿嘿，还不是你的砖厂。”

油灯不拨不亮。刘文存的话，让王立平立刻就醒悟了，而且深信不疑。他早就察觉他这个妹夫不是等闲之辈，感觉到他有比自己还广泛的社会交往。他凭啥能有这个能量？打通那些关节，能离得开钱吗？他倒吸了一口冷气，说：“刘乡长，看来，咱俩都得清君侧了。”

“嘿嘿……”刘文存找到了一点儿心理平衡。

到了晚上，王立平急火火地来到砖厂。

又上演了曾经上演过的一幕。

旺儿那个大茶缸子还墩在原处。那个大茶缸子的锈垢更厚了，更黑了，缸子里沏的“茶土”浑黑得更看不见底了。

王立平还是毫不犹豫地端了起来，一气儿就把它喝完了。

他的喉管还是那样咕噜咕噜地响着，喉头剧烈地一起一伏，跟驴子饮水时的情景一模一样。

“痛快，真他娘的痛快！旺儿，把水再满上。”

王立平抹了一下嘴上的茶涎，接着说：“咱啥好茶没喝过？都是他娘的鸡巴味儿，都没咱这茶土好喝！”

王村长说得虽然还是那几句老话，但是，此时的旺儿却并不像原来那样感到亲切了。

“茶土就是茶土，不会喝出毛尖儿的味儿来。”他说。

王立平一愣：“旺儿，你是不是心情不好？”

旺儿干干地笑笑，说：“咱一个打工的，只管埋头干活儿，顾不上心情的事儿。”

“你别鸡巴小心眼儿好不好，不就是秀珍的肚子大了吗？她愿意生你就让她生，你白捡个儿子有啥不好？”王立平看了一眼旺儿，接着说，“你要是怕没能力养活，我替你养，谁让我他娘的是孩子的舅舅来着，算我倒霉还不成？”

真是出乎旺儿的意料，这么棘手的事儿，王村长却表现得这么豁达。

“王村长，你们别哄骗咱，捡来的儿子也是儿子哩，身后也有一大片凄惶事儿等着哩，弄不好会家破人亡。”

“你是担心你的老婆会出事儿？”

“她一心一意跟着咱，咋也不会想到咱会弄出这种事儿来，我没法交代了。”

“那你就不怕秀珍也会出事儿？”

“秀珍就不同了，他有您这样的大人物支撑着，天不会塌下来的。”

“旺儿，你这话真让我生气，你老婆是女人，秀珍她就不是女人？念你老实巴交的分儿上，我不跟你计较，换了别人，我非扁他不可！”

旺儿打了一个激灵，知道自己有点儿不识趣了。王村长再亲切，人家毕竟是村长，咱差着位分呢；王村长再客气，人家毕竟是王秀珍的亲哥哥，咱差着情分呢。

“王村长，大人不计小人过，您千万别跟我计较，您一计较，咱就没法混了，”旺儿乞求道，“王村长，我求求您，求您跟秀珍说说，还是把孩子做了吧，跟我这样的人，不会有啥好结果哩。”

“你应该去求秀珍哩。”

“我求了，通不过哩。”

“这事儿是很难办，秀珍的脾气我是知道的，老姑娘嘛，人变怪了，变固执了，一般的话儿是听不进去了。”王立平也露出了难为情的表情。

旺儿立刻就慌了，说：“您千万要帮帮我，她谁的话也听不进，您的话，她还是肯听的哩。”

王立平感到火候到了，说：“既然是这样，我就去试一试。”

可怜的旺儿看到了一线希望，眼睛立刻就亮了，赶紧殷勤地给村长满上水。

“不过，在我找秀珍之前，你得帮我一件事儿。”

“啥事儿？”旺儿急切地问。

“我知道你是个有心人，孙成才背着我干的事儿，你肯定是知道的，是不是？”

在这种特殊的情形之下，旺儿的心理防线被攻破了。不但没有丝毫的顾忌，而且还有一种终于解脱了的兴奋——老实人的心底，是不能承受长久的秘密的。

作为孕妇的王秀珍有自己本能的反应：自己毕竟是老姑娘了，到了高危的生育年龄，无论谁说个啥，肚里的孩子，她是要定了。淘生个女人，不生孩子那叫啥？老母鸡还会下个蛋呢，更何况人哩。孩子是女人的经血，是女人的证明哩。

所以，冯景旺他活该挨耳光的——男人就这个德行，只图那个地方痛快，一到了该说点儿真的时候，就不负责任了。随口就说做了，你想得可倒美！当初你干啥去了，就不知道女人是会受孕的？女人一旦受孕，就长脾气了。是肚里的孩子逼着咱长脾气，因为咱是人，而不是畜生。我哥也是，说啥一个未婚女人生哪门子孩子，那可多麻烦。他也是不懂女人哩！女人啥都怕，就是不怕生孩子。肚里的孩子能给她壮胆儿，觉得自己终于可以女人一次了。

秦香莲为啥有勇气告倒陈士美？就是因为她膝下有一双儿女。没有儿女的女人啥都不是，有了儿女的女人说是啥就是啥。光跟男人睡觉而不生孩子的女人是啥？是红灯区的小姐。所以，能把自己的孩子生下来的女人，即便啥都不是，至少可以证明，她是正经人家哩。

王立平对王秀珍说：“好妹子，你听我说，感情的问题是很复杂的，你用孩子去拴住冯景旺的心是一招臭棋。为啥？男人心疼孩子，并不一定就心疼孩子的母亲，这在生活中有多少现成的例子哩。”

王秀珍说：“哥，你就别说了，我有孩子就够了。”

王立平说：“好妹子，你听我说，你生不生孩子，不只是你一个人的问题，而是牵扯到咱王家的信誉问题，我已经跟人家冯景旺保证了。”

王秀珍说：“你咋保证的，跟我无关。”

王立平很恼火，说：“你也知道我的脾气，你别惹恼了我，一旦我不高兴了，会把你像臭虫一样碾死哩。”

“哥，你别用这种话吓唬我，咱肚里有了孩子，我啥都不怕了。为啥？你碾死一个，就等于碾死俩，不得安生的是你，”王秀珍笑着说，“凭咱乡下人的本性，见到一个大着肚子的猫，都要多几分怜惜，都要轻手轻脚地绕着走，怕惊了人家，更何况人哩。”

王秀珍的意思是说，谅你也不会这样做，除非你不是乡下人。王立平毕竟是乡下人，他妹子的话正戳着他的软肋，他摇头叹道：“真拿你没办法！”

王秀珍的肚子渐渐地显形了。但是她有恃无恐在街上走着，脸上带着恬静的表情。

“王秀珍，你真是个害人精，你让我咋跟毛品英交代？”旺儿阴着脸说。

王秀珍说："那有啥不好办的，我哥给毛品英预备着十万块呢。"

"操你个十万块的！"旺儿愤愤地说，"你们王家没他娘的一个好东西，总是仗势欺人。"

"这你就怨不得别人了，只能怨你自己，谁让你没那个实力呢？就说我吧，一般人家的姑娘，要是没嫁了人家儿，哪儿敢挺着一个大肚子在街上走？"王秀珍笑着说。

旺儿急了："王秀珍，瞧把你娘的美的，我现在就掐死你，信不信？"

王秀珍轻蔑地笑笑："你也就过过嘴瘾而已。"

旺儿就真的把一双粗糙的大手钳到王秀珍的脖子上了。

王秀珍依旧轻蔑地笑，以为这样窝囊的男人，是不会有那样壮烈的行为的。旺儿被刺激得欲罢不能，只有深入下去，钳得越来越紧了。

王秀珍感到了窒息，喉咙痒痒的，咳了起来。她咳出的气息，热热的，有一种牛奶发酵之后的腐败味道，让质朴的人无法接受。旺儿不禁皱起了眉头，厌恶之情使他莫名其妙地兴奋起来。

水。那潭砖厂采土区积聚的污水，模糊地倒映着岸树倾斜的身影。他隐隐地被唤醒了，有了与那时相同的感觉——

他感到，有些东西，在有些时候，你是无法抗拒的。堕落的欲望像尖利的寒风，无论你如何堵塞，都会从细小的缝隙中钻进来，毫无商量地让你感到冷。

除非没有风。

可是，命运偏偏又给你开了一道门缝，有风迎面吹来。

他打了一个冷战——那时没有把她溺死，这时何不把她掐死？

你还等待个啥？难道你永远只配享受女人的轻蔑？

他手下有了一种决绝的力量。可怜的女人再也咳不上来了，气息被堵塞回去，且渐渐地稀薄了。她懵懂地睁大了眼睛，可是眼前却一片空茫。肥胖的身子缓缓地坠了下去，在倒下的那一瞬间，又不情愿地挺直了。

她最后的一挺，拯救了她自己，男人的手在沉重与肥腻中滑脱了。她静静地躺在那里，眼睛大大地睁着。男人吃惊地看着她，原来她那双细眯的肉眼，居然也可以睁得如此圆，甚至圆得有几分秀美！

男人颓然地坐在地上，心里惊恐地重复着：我咋杀人哩？我咋杀人哩？突然，女人的一条肥重的腿抽搐了一下，紧接着，公鸡叫早般的一声嘶鸣从她的喉咙里呕出来。

男人的眼睛一亮，弄出一声重浊的叹息。他不是为女人又活过来而叹，他下意识的反应是：自己又得救了。

王秀珍终于又呼吸到了人间苦涩的气息，她酣畅地哭了起来。“冯景旺，你真他娘的要我死啊！”她哭出一句明白话。

冯景旺嘿嘿地笑着，是庆幸，而不是歉意。

“你还娘的笑，笑你娘的×！”这个字眼儿，农村的女孩子在适当的时候，也是不吝于说的。它是一个解气的词儿，可以发泄从头到脚的仇恨。

冯景旺默默地承受着，他失去了辩白的理由。

王秀珍的哭声渐渐地小了，从牙缝里挤出了一句话：“冯景旺，你真让我瞧不起你，你干啥不真的把我掐死哩？”

冯景旺一惊。

“你要是真把我掐死了，我倒要谢你了，真的，真的要谢谢你。”

冯景旺且惊且迷茫，睁大了眼睛看着她。

"冯景旺，你以为我就真的想要这个孩子？一个大姑娘生一个不明不白的私孩子，我心里也凄惶哩！"

这是旺儿所没想到的，他不再敢正眼看她，因为她那双重又细眯起来的眼睛，挤出一种锥人心肠的光芒。"秀珍，我给你倒点儿水吧。"他说。

没有回声。

他把水杯递进王秀珍的手里，准确地说，是塞进她手里，说："嘿嘿，秀珍，你就当做啥也没发生好不好？"

还是没有回声。但是，却听到了女人咕噜咕噜的喝水声。

王秀珍是个单纯的人，仇恨不会在她心中生根："你去再给我倒一杯来，我真的有点儿渴了。"

在转身倒水的时候，旺儿听到了一个很低很低却又十分清晰的声音："可是，到底是发生哩。"

他知道，这是一个可怜的女人心灵受伤的声音。他竟也情不自禁地生出了一丝忧伤。

他觉得自己可怜，王秀珍也可怜，那个远处的毛品英也可怜，都娘的可怜哩。他偷偷地看了王秀珍一眼，一颗坚硬的心，莫名奇妙地软了下来……

用农村的说法，翁大宝现在已经是个"圆全人儿"了。

所谓圆全人儿，就是既成家又立业的人。

在他当上龙岗乡乡长之后，王龙群书记很正经地跟他谈了一次话。王书记说，你也是独掌一方土地的诸侯了，个人问题也要随之解决，不然的话会影响工作。王书记的话是基于他对基层情况和乡土民情的熟悉。在乡镇，领导干部，特别是单身的领导干部，很容易引起生活上的是是非非，要想立于不败之地，首先就要严把生活关。所以，李金橘正式跨进了翁家的门槛，成了名副其实的乡长夫人。但是，两地分居的局面并没有改变。

按照当时的政策，一工一农户，是不能享受福利分房待遇的。利用自己的身份，翁大宝完全可以用变通的方式住进公家的楼房，但作为一个心地高洁的年轻干部，他觉得不能那样做。不仅不能做，即便是有那个想法，他都觉得是一件可耻的事。所以，李金橘只能住在老家的民居里。

李金橘本人并没觉得有啥别扭的，只是为翁大宝感到可惜："大宝，你一个堂堂的国家干部，连套楼房都住不上，都是我害了你。"

"我想到过要住楼房的事儿吗？"翁大宝说，"咱喝稀粥的出身，能吃上精饲料就知足得满地打滚了，谁还稀罕住不住楼房？"

依山里的习俗，新婚之家，即便是住老房子，也是要翻盖一下的，最起码也要把糟朽的梁柱换上新的，房顶也重新瓦一下。

翁大宝对父亲说："爹，您帮我弄些木料来。"

他爹一撇嘴："你在乡里当官儿，还弄不了几根木料？"

"弄是弄得来的，但这是给自家盖房，咱能伸手吗？"他笑着说。

他爹哼了一声，一扭一扭地走了。

到了上房梁的时候，居然见不到父亲的影子了，把几个帮忙的乡亲晾在山墙上，他们问："东家，木头呢？"

"爹，木头呢？"翁大宝喊。

久久也听不到回应。

其实他爹就躲在自家的茅厕里，喃喃地说："你就是喊破了嗓子，咱也不会吱声的，咱跟你现不起那眼。"

自己的儿子都是大干部了，还要自己盖房子，他的确有些想不通。

李万成明白女婿的心思，对翁大宝说："大宝，你也甭喊了，我家里还有几根木料，拿来先使上吧。"

李金橘小声地提醒道："那是我爹预备着打棺材用的。"

翁大宝笑着说："知道。"

见翁大宝久久地木在那里，李万成知道，肯定是自己的女儿多话了。他愤愤地用拐杖戳着地："小橘子，你不要添乱好不好，小心我不认你这个闺女。"

李金橘说："爹，你别说气话，不管你认与不认，咱都是你闺女哩。"

"人家大宝都是为你哩，"李万成说，"你千万别让他下不来台。"

这话很让李金橘伤心，随口说道："他咋了？他是大干部不假，但是，他有能耐别结婚呢。"

"真不知天高地厚！"李万成说。

"就是，真不知天高地厚！"茅厕里的那一位也嘟囔道。

李万成坚持用自己的木料，说："我女婿已然是领导干部了，咱就不能土葬了，留着那些个木料还有屌的用？你们甭多嘴，我知道上边的政策允许咱山里人搞土葬，但是，我是咋样的一个山里人？嘁，你们也不长个脑子。对，我就是跟别人不一样，从来就跟别人不一样，我既然敢这么说，就不怕别人笑话哩。"

梁柱上妥帖了，接下来就上笆泥。笆泥的原料是黄泥和干草。笆泥上到一半，干草不够了，翁大宝就还问他父亲要。父亲说："眼巴前儿[1]已经没有现成的哩，梁岃上倒还压着几捆，不过，得你自己去背。"

---

[1] 眼巴前儿：（一）眼前，现在，时下，即刻；（二）跟前，附近，周围，左右。

父亲是背山[1]的好手，因为他有着猎人才有的矫健的腰腿，即便是上了年纪，也有比翁大宝更挺拔的腰劲儿，但是，他不想帮翁大宝。

翁大宝只是一笑，默默地背上了背山的工具，朝梁峁上爬去。到了山顶，他已经喘得不成，坐在石头上小憩。他突然扑哧笑出声来。他是在笑他的父亲：这个老爷子真小性子，跟孩子似的。你说李金橘哪样不好，干啥就偏偏稀罕一个居民户的媳妇？老观念哩。

梁峁的背阴处被石头压着一垛干草。他把石头掀掉，草簌簌地膨胀起来，成了一座胖大的草山。他把羊毛绳展开了，开始刹草背子。刹草背子是个技术活儿，熟练的人才可以独立完成，生手则必须有人帮忙。翁大宝当然是生手，浑身较劲，汗都出来了，草背子也没刹成形。他颓然地坐在地上，苦笑着。

这时，他听到梁峁上有细碎的声音，抬头看时，正是新媳妇李金橘。

她微微地笑一下，他也微微地笑一下，是心心相印的感觉。

她一声不响地帮他刹草背子，小脸儿通红而俏丽。他很感动，到底是自己的爱人，她知道自己正需要人。

草背子刹妥了，李金橘说："再刹一个，我也拿着绳子呢。"

"你就算了，哪儿有刚过门儿的小媳妇就干重活的？"翁大宝说。

"喊，哪儿有大荷包的乡长背山草的？"李金橘说。

两个人的笑就融合在了一起。

刹完草背子，他们两个并肩靠在剩余的草垛上。他们同时想到了岭西，想到了被晒卷了叶儿的竹丛。

"岭西。"

---

[1] 背山：京西习惯用语，系一种形象的说法，指从山上往山下背重物。

“对，岭西。”

缱绻之情突然就爬上了两个人的心头。“橘子，再让我看看你手上的茧。”翁大宝说。

少年时代做下的茧，是轻易不能平复的。李金橘的茧，还是一粒粒地坚硬着。翁大宝轻轻地在上边抚摸。

李金橘嗤嗤地笑着说：“你快别摸了，咋现在的感觉跟那时的不同了？”

“咋个不同法？”

“那个时候，你一摸，咱心里就凄惶得不成，可现在呢，只想让你赶紧疼咱。”

“那有啥不好？”

“嗯，就是不好，不是一般的疼，是想让你要咱。”

翁大宝冲动地把李金橘匝进怀里，不顾一切地寻找着她的舌头。两个人翻滚着，钻进草垛里去了。空茫的山野中，那个草垛，像自己在移动。

草背子背在人的身上之后，晃悠悠地就把人遮蔽了，也像自己在走。两个人谁也看不见谁，只是不时地呼应一下——

“大宝，你还行吧？”

“橘子，你也行吧？”

一种别样的浪漫，让他们心里很温暖。

两朵云彩突然飘到他们的头顶，噼里啪啦地叫了几声，玩笑一般下起了阵雨。他们感受不到雨淋，却感到草背子渐渐地沉了，直到压得人喘不上气来。雨水是冰冷的现实，让他们感受到了生活的重量。

“大宝，我快不行了。”

“橘子，我也快不行了。”

“不行咋办？”

“不行就撂在一边儿吧。”

“那哪儿成，咋能轻易就放弃呢。”

“是哩，别让爹瞧不起咱。”

草背子艰难地移动着，久久听不到人的气息。

后来听到了隐隐的啜泣。“橘子，你咋了？”翁大宝问。

“大宝，真的对不起了，是我害了你哩。”

“橘子，你别说这种没出息的话，家就快到了。”

草背子刚移动到房子跟前，天就放晴了，一路的艰难和沉重就显得很不真实。他们卸下重负，呆呆地看着对方。

房子终于翻盖成了。按照乡俗，燃响了一挂长长的鞭炮。在鞭炮声中，他俩相视而笑：你看，生活总是向品味过苦涩的人露出笑容。

在翁大宝翻盖房子期间，翁振元始终没露面。对侄子和侄媳，翁振元有很深的感情，依他的心思，翁大宝是村里的骄傲，李金橘是村里的功臣，由村里出面翻盖一下房子，是很顺理成章的。但是翁大宝坚决不同意他这样做。大宝觉得，石堡村有着极其质朴的村风，人心的纯粹，容不得半点污染。新中国成立前，石堡村是革命老区，对敌斗争培养了人们的牺牲精神，那些老党员、老游击队员，解放后的生活再艰苦，也从不以功臣自居，向国家伸手；成立后，几任书记也都保持了与群众同甘共苦的奉献精神，李万成就是个突出的代表。所以，翻盖房子的事儿，虽然是小事儿，虽然是个不起眼儿的细节，但是，在纯净的眼睛里，它却是一粒最突兀的沙子。这样的一粒沙子，百姓们是不好从眼中揉下去的，因为它牵扯着石堡村几个最有影响的人物——李万成、翁振元、翁大宝、李金橘……

所以，尽管只是举手之劳的事，翁振元也只能眼睁睁地看着他的乡长侄子，像一般的百姓一样，肩背手拽，倍尝辛劳。

翁大宝抄起路边的一块石头便狠狠地砸在了羊的头上。羊呜哝了一声，耿直的头终究是垂软了。

这个历史的镜头，总是在翁振元的眼前闪回，他心里说：“这小子，小时候的脾气一点儿也没变哩。”

雪花滞重，所以飘得很慢，像一个卖弄财富的暴发户，缓缓地把钞票一页一页地摆在柜台上，也是一片一片地落在一起。便来不及化掉，弄得道路很绵软。

久不见这样像雪的雪了，孩子们就雀叫着在雪地上翻滚。肯德基和炸鸡腿这些高热量食物把他们的身板充填得很圆，姿态就很笨拙，增了几分可爱，甚至很美。

万明全看着这些孩子，一股脑儿地笑。他感到自己真不老。

吴惠珍老太太对他不再像原来那样客客气气，开始用命令的口气跟他说话。比如她想到路边的小卖部里去买双老人鞋，她会对他说：“你陪我去。”万明全笑着说：“这种地方，我压根儿[1]就懒得进哩。”吴惠珍说：“你懒得进也得进。”就只有陪她进去。在售货员的注视下，他羞羞怯怯的。“我是你啥人哩。”他心里嘀咕。

但心底里还是很受用的。终于有人毫无商量地支配他了，一种久违了的感觉，让他莫名奇妙地充实。

即便是有雪，他还是鬼使神差般地把三轮车骑到吴惠珍的屋檐下。

“吴惠珍，咋还不动身？”他压低着声音往院里喊。

---

[1] 压根儿：一直，始终，从来。

吴惠珍披着一件短棉袄从门缝里露出头来：“干啥要动身？”

“你说干啥？捡破烂儿呗。”

“这么大个雪，你捡的哪门子破烂儿？真是财迷心窍。”

“雪越是大越应该去捡哩，都懒得动弹了，破烂儿就现成地给咱摆在那儿。”

“去你的吧，就是有个金镏子摆在那儿，我也不出门哩，你没听说，老年人骨头缺钙，摔倒了就断脚脖子，要去你自己去，甭勾搭我。”

万明全说：“那好，我就自己去了。”

“你去哪儿？你哪儿也甭去。”吴惠珍虎着脸说。

万明全一愣：“那我去哪儿？”

“还不快进屋来，难道还得用人请？”

“我不想进了，省得别人说闲话。”

吴惠珍闪出门来，推了他一把，说：“叫你进你就进，别给我装洋蒜。”

进了屋子，万明全闻到了一股肉香，火炉上正炖着啥，咕嘟咕嘟地响。

“炖啥？”

“鸡。”

“你倒是挺会嘬[1]。”万明全讥笑道。

“你真不会说话，”吴惠珍说，“人活着干啥？就是一个嘬哩，别亏了自己。”老太太告诉他，她有个习惯，只要一变天儿，人被堵在屋里的

---

[1] 嘬：品味，享受，自甘放纵。

时候，她就给自己炖点儿啥，心安理得地犒劳犒劳自己。

她说："不是咱想懒，而是天儿叫咱懒；不是咱嘴馋，而是天儿叫咱馋。"

吴惠珍在火炉旁放了两只小杌凳，说："你赶紧坐过去。"

万明全顺从地坐过去，因为他知道，他说啥都是多余的，这是吴惠珍的一次预谋。

温火炖着的肉吃起来香啊！

万明全一边咀嚼着，一边涎着脸子看着吴惠珍笑。

吴惠珍说："瞧你这德行，你准是犯酒瘾了。"

"嘿嘿，真让你说着了。"

吴惠珍在棉被垛里摸索了一会儿，变戏法儿似的摸出一瓶二锅头酒来："早给你预备着呢。"

万明全在吴惠珍的屁股上捏了一把："你比猴儿都精。"

在滞重的雪花之中，龙二成急切地挪着他的半截身子。他挪动的轨迹，是一个固定的路线，即从万明全的家门口到玄武村的村口，再从玄武村的村口到万明全的家门口——他不停地重复着这个路线，只为能见到万明全。

积雪减轻了臀下的蒲席与地面的摩擦阻力，他移动得很灵活。

雪地上，他挪出的轨迹异常清晰，他的心情异常焦躁，他不停地扑打着身上的雪花："这个鸡巴的老万头儿，到哪儿鬼混去了。"

火炉边，两个老人居然对酌起来。

"吴惠珍，你咋学会的喝酒？"

"在劳模会上，不知咋的，市里领导对咱稀罕得不成，总是劝，小吴，你喝一点儿，喝了酒才显英雄本色，咱就喝了。"

"领导也真成问题，干啥灌人家大姑娘酒哩？"

"咋叫灌？咱自己也想喝哩，为啥？光荣呗。"

"后来呢？"

"后来就喝习惯了，跟咱那死老头儿子比着喝，他总是被我灌醉了，糊里糊涂地管咱叫娘。"

"你们两口子真有意思。"

"可不嘛，他知道咱是个光荣的人儿，对咱一直是敬着，疼咱。"

"他咋死得那么早？"

"我不说。"

"为啥不说？"

"凄惶。"

"都这把年纪了，凄惶个啥，不说不成。"

"咳，说来就让人伤心。咱这么个光荣的人儿，造反派也斗咱，说咱是一面黑旗，是黑线人物。"

"这还新鲜，我们村的老支书罗贯廷，老革命了，把自己家的祖业产都贡献给公家了，不照样挨斗？"

"可上边一杆儿地[1]说要文斗不要武斗，造反派就是不听，带铁滑子的皮带劈头盖脸地往身上抽，翻毛皮鞋偏偏就往你的软肋上踹。他看不过

[1] 一杆儿地：反复地，始终地，一个劲儿地。

就上前替我遮挡，被人踢中了胸口，当时就吐血了，没过几天，人就不成了。”

“咳，都一样，我们家楚大菊，也是被斗死的，她气性大，自己扎进水塘里去了，死之前，连个话儿都没撂下，更娘的惨。”他便把整个过程对吴惠珍讲了。

吴惠珍听罢，唏唏溜溜地就抽泣起来。

“你哭个啥，都是过去的事儿了。”

不劝则已，一劝，吴惠珍反而把喉嗓放开了。

万明全心里酸了一下，很快就克制住了。他看着吴惠珍笑，因为她这一哭，让他觉得她一点儿都不老。

“你笑个啥？”吴惠珍戛然止了哭声，“你们男人，心就是硬。”

“硬个啥，男人不会哭，才更可怜哩。”万明全脸色忧戚起来。

“不说这个了，咱们喝酒。”

“喝。”

万明全虽然喝多了，那个三轮车却行进得很稳，他自己都感到奇怪。他本能地想起了鱼塘边的那个枯树墩，车子也竟然随着人的心思朝那个方向走去。可是，他觉得身后有一双注视的眼睛，让他感到难为情，便嘿嘿笑了两声，把方向调到回家的路上。一路上，他啥都不想，只觉得那雪花来得很及时，他第一次感到，酒，居然还可以叫人知道感激。

他突然发现，前方有一个大大的雪团朝他滚过来。他吓了一跳，慢了下来。那个雪团猛地抖擞了一下，雪花四溅之后，还原出一个人，龙二成。

“老万头儿，你让我等得好苦啊！”几乎是一声哀鸣。

“大雪天儿的，你出来干啥？”

“快，到你们家去，我都快冻僵了。”

万明全把龙二成的半截身子搬到三轮车上，脚下用力蹬了起来。

虽然雪下得很悠慢，但已连续下了三天，也有了相当的厚度，车轮碾上去，像碾在碎肉上，声音极不动听。刚才咋没这个感觉哩？万明全觉得自己究竟是老了，心里急迫着，脚板儿却沉缓，茫茫雪野上，车子像一条懒汉，走得很不情愿。

终于到了万明全的家。

“快给我弄点儿酒来，我的身子已经木了。”龙二成吩咐道。

他肯定有事儿，而且还不是一般的事儿，不然，他不会在雪地上死死地等他。

酒在龙二成青灰的脸上弄出了两缕潮红，他呼吸急促起来，传达出不可抑制的兴奋。

“老万头儿，告诉你一个天大的喜信儿！”

“啥？！”

“于宝力和孙成才那两个王八蛋被报销了！”

“你是说，他们俩死了？”

“对，死了。”

于宝力、孙成才和王立平等得有些不耐烦了：“刘乡长他咋还不来？”

一会儿，宾馆经理走进房间，说：“刘乡长他来电话说，他遇到了点儿棘手的事儿就来不了了，让哥儿几个别等了。”

“操，早说啊，让咱傻老婆等汉子似的，上下都不舒坦。”于宝力抱怨说。

外边的雪花，一片接一片地落着，把斑驳和丑陋遮掩得一干二净了。

“俗话说，小雨淋淋烧酒半斤，小雪飘飘一斤老窖，这天儿正是吃火锅的好时候，刘乡长他不来，咱自己整，正好放得开哩。”王立平说。

在席间，王立平故意把话题引到林红的身上，逗起了大家的酒性，酒喝得异常酣畅。中间，于宝力自然要发些议论，王立平均予以附和，弄得于宝力既吃惊又受用。他觉得，人都是两面人，等一有了适宜的条件，隐藏的那一面，也就是最真实的那一面会自然而然地表露出来。于是，他毫无顾忌地说：“刘乡长最终得毁在女人身上。”

王立平说：“这正是让兄弟们担心的地方，有机会得开诚布公地劝一劝他。”

“劝也没用，有人天生就走这路径，俗称线（腺）大筋儿[1]短，自己控制不住自己。”于宝力说。

“是哩，”王立平进一步说，“线（腺）大筋儿短，影响人的前程，让鞍前马后的兄弟感到凄惶。”

这是一个双关语，潜台词是说，把这种人当做靠山，是靠不住的。

于宝力会心地一笑，感到刘文存表面的威仪之下存在着信任危机。

“于乡长，俗话说，马勺哪儿能不碰锅沿儿的，咱以前做得不周全的地方，请你不要计较。”王立平趁机给了于宝力一个致命的姿态，潜台词是说：于乡长，咱以后就指望你哩。

王立平是啥人物？他居然也递送了特别的情谊，看来我于宝力还是占分量的。

一种说不出的快感迅速膨胀着，不仅作用于心理，也作用于生理，于

---

[1] 线（腺）大筋儿：男性生殖系统中，控制性欲的一根胰腺。说谁线（腺）大筋儿短，就是说谁天性好淫，近乎骂这个人是淫棍、牲畜。

宝力开怀畅饮，杯里日月，星光灿烂。

都喝得酩酊大醉，要找俄罗斯小姐耍一耍了。

这时，于宝力的手机响了。于宝力的老婆在电话里劈头就问：“于宝力，俄罗斯小姐的滋味儿咋样？”

于宝力一愣，说：“别胡说，我马上就回去了。”

撂下电话，于宝力一脸的疑惑，她咋知道我在这里？

为了面子，他对王立平说：“今天就不耍了，家里来了亲戚。”

于宝力是自己开车来的，路都走不稳了，还咋开车？

王立平关心地说：“雪地路滑，于乡长就别自己开车了，还是让孙成才送你吧。”

“就他那点儿酒量，还能送我？”于宝力说，“让他送，还不如我自己开呢。”

孙成才哪里能放过这么个大好机会，赶紧说：“瞧你们说的，再喝上半斤也啥事儿都没有。”

于宝力喜欢坐在副驾驶的位置上，他一上车，就晕过去了，任凭孙成才把车子迤迤逦逦地开出了酒店。

到了公路上，孙成才眼前忽明忽暗，因为他的神志也有些缥缈，便开得很慢。过了不久，他就撞在路边的一棵树上。他吓了一跳，看了一眼身边的于宝力，以为他一定会发作的，但是，于宝力一点儿反应都没有，他睡得很死。

孙成才笑了一笑，胆子就大了起来，掰正了车轮，油门就深深地踩了下去。

迷蒙中，好像迎面来了一辆大货车，不停地鸣着车笛。于宝力生气地嘟囔了一句：“你摁的哪门子喇叭？”不予理睬。便看见大货车开始摇摆，响起了刺耳的刹车声。他忽地明白了，原来自己正走在马路中央，欺占了整个路面，便失声大叫，把刹车狠狠地踩到了底。不幸的是，前轮的车胎爆了，车子莫名其妙地来了一个一百八十度的大转身，横在了原地。

大货车铺天盖地地压过来。

刘文存收到一个短信，只有一个字：妥。

他迅速地删去了，对枕畔的林红说："我得马上赶到乡里去。"

张家瑞风风火火地闯了进来，劈头就说："老万，你们倒挺滋润，还在喝酒。"

"老张，咋会是你？稀客稀客。"万明全忙搬过一只杌凳，请张家瑞坐下，"你也来点儿？"

张家瑞看了一眼已经坐在那里的龙二成："哦，二成也在啊。"

"你们听说没？"

"啥？"

"于宝力被撞死了。"

"不是还有孙成才吗？"

"他倒是没死，还在医院抢救呢。"

龙二成看了一眼万明全，吃惊地说："他咋会没死？"

王秀珍变得臃肿而从容，丑陋而宁静。只是因为她的肚子——她的肚子，骄傲地隆起了。

王立平并没有欺骗旺儿，他很认真地找自己的妹子谈了一次话。

他说："一个未婚的大姑娘生个私孩子是很不名誉的，要是实在想生，赶明儿结了婚，再名正言顺地生。而且你愿意生几个就生几个，那个超生指标，我负责给你弄。”

王秀珍说：“我知道不名誉，但是，你一点儿也不懂女人，女人做母亲的那份渴望，可比名誉更让人感到受用。再说，刘乡长的林红可以生私孩子，我咋就不能生？为刘乡长的事儿你跑前跑后忙乎个够，对自己妹子的事儿咋就这么不上心？”

王立平说：“我王立平最恨言而无信的人，你的事儿我已经答应人家冯景旺了。”

王秀珍说：“那我不管，我的事儿，得我自己做主。再说，你们之间搞的是交易，跟人情无关，所以，无所谓信誉不信誉的。”

“我跟他搞啥交易了？”王立平反问道。

“做啥交易，你自己心里清楚。”王秀珍看来已经知道了内情。

王立平严肃地说：“你可不许瞎说，孙成才瘫在床上跟别人无关，是他自己出的车祸。”

王秀珍说：“你急个啥？孙成才他出了事儿，我一点也不怜惜，他从来没尊重过我，背后净说我的坏话，女人越不爱听啥他越说啥，我恨死他了，所以，他是自作自受。”

王立平脸色舒缓了许多，说：“这还差不多，咱俩毕竟是一母同胞，他算个啥？我他娘的把心都掏给他了，他还在背后坑我，这种人不配当咱王家的女婿。”

王秀珍说：“可是，不管咋着，哥，你还是小心点儿，咱家在村里再占分量也不可能一手遮天。”

王立平叹了一口气，说：“你的事儿我不管了。”

但是，王立平必须得安抚那个失望的冯景旺。他毫不犹豫地把农场场长的职务又许给了他，叮嘱道：“旺儿，咱也甭跟王秀珍较劲儿了，还是先弄出一番事业来吧。”

王立平开导旺儿说：“你看现在的社会多开放，包二奶的大款有的是，国家都是睁一只眼闭一只眼。所以，你最要紧的是增强自己的实力，弄个社会地位，混饱了腰包。到了那个地界儿，你在这边置办点儿房产，把那娘儿俩接过来，过上富裕人的日子比啥不好？”

旺儿无言以对。一个大荷包的玄武村的村长，居然鼓动一个外地的民工把自己的妹子当二奶包，他还能有啥话可说？于宝力死了，孙成才瘫了，王立平支部书记和砖厂厂长都一人担了，他成了玄武村不可一世的人物。咱一个外地人，有啥底气跟他叫板？他收拾个人跟踩死只蚂蚁似的，眼都不眨一眨。别看他现在跟你微笑，显得和事佬似的随和，那是他觉得咱对他没威胁；一旦他感到你对他有威胁了，他要是收拾个你，还不是小菜一碟?

无奈之下，旺儿认了。他对王立平说：“村长，我有个请求你们能不能答应咱？”

“啥请求？”

旺儿说：“原来与我一个工棚的工友被秀珍开了，至今在家里也没个正经差事，他要供三个孩子上学，生活很困难。他混成这样都是因为我，所以我每一想起心里就凄惶。你们能不能让他回来，砖厂的门房不是正缺个信得过的人吗？我看他就很合适。”

王立平大为感动，说：“你让他明天就来上班。”

旺儿就去请那个工友。那个工友说：“感谢你的好意，但是，我不去。”

“为啥？”

“那是个狼窝。”

旺儿知道他是在硬撑门面，为的是自己那点儿可怜的尊严，便说：“你还是去吧，就权当是为了我，我好有个说知心话儿的人。”工友虽然答应了，但还是长长地叹了一口气，说：“我真是为你发愁，你媳妇那人是个好人哩，你将来可咋对她。”

“混一天算一天吧。”旺儿说。

一正式当了场长，旺儿才知道其中的真相。

村里的老百姓对这个农场极为仇视，他们私下里议论说，啥他娘的规模经营，纯粹是剥夺别人种地的权利；啥他娘的集约管理提高效益，纯粹是粗放掠夺，肥个人腰包。老百姓的议论是符合实际的。王立平舍不得给土地投资，既不精耕细作又不使用优质化肥培肥地力，更不吸纳先进技术改良品种，虽然总产量是个不小的数字，但单位产量很低，土地资源被极大地浪费了。在旺儿眼里，实际上还不如一家一户种植。

那些出外打工的人更是怨声载道。他们被歧视，被拖欠工资；住路边工棚，吃劣质食物；被视为高危人群，常被莫名其妙地传讯；人格不被尊重，权益屡遭侵犯。他们后悔了，后悔不该轻易就把土地交出去。啥他娘的离土离乡谋发展？农民一离开土地，就啥都不是哩。

“真是一帮傻子，等你们纳过闷儿来，哭都来不及哩。”想当初，在一个角落里，龙二成曾说过这样的话。

不幸被他言中了，人们的确来不及了，只能积聚一种无奈的怨恨。

旺儿成了最直接的发泄对象，他经常能听到身后传来的骂声：“这是一只癞皮狗。”

旺儿感到很委屈，心里说，同是天涯沦落人，你们干啥要这样？尽管委屈，但他还是存一丝怜惜的，人家毕竟是失去土地了，不能太跟人家计较。走在村街上，他会主动跟遇到的村里人打声招呼，且堆着足够虔敬的笑容。但是，人家还是不愿理睬他，敌视的表情一览无余。有一次，他实在忍不住了，问坐在街角的龙二成：“大兄弟，咱一个老实巴交的外乡人，乡亲们咋对咱那样哩？”

“你一个外乡人，凭啥管我们本乡人的地？”龙二成反问道。

这就是答案。

旺儿便知趣地走开了。

旺儿找到王立平，怯怯地说：“支书，我有个建议，不知你们同意不同意。”

旺儿说，那些出外打工的，有不少人都返乡了，整天堆在街角，无事可做，咱能不能多招几个农业工人，给他们安置一下?

“咱的农场也是企业，也是要搞成本核算的，这不是救济院，养不得闲人。”王立平断然回绝了。

旺儿还是不死心，说：“支书，我寻思着，给他们安排个活茬儿，每月有几个进项，省得扎在一起瞎议论，对村里的安定有好处。”

“看不出，你还有点儿政治头脑，”王立平摇摇头，“不过，这些人你不了解，你对他们再好，他们也不领情，还会在背地里骂你，不可心疼。”

旺儿觉得他说得也有道理，因为说白了，这是利益之争，在本质的矛盾面前，同情和怜惜没多大作用。既然王立平不愿意妥协，他一个打工的也就不好再坚持。

但是，他有一种隐隐的预感，玄武村早晚是要出事儿的。

时间久了，他习惯了人们的鄙视和谩骂——自己啥也改变不了，就只好承受。

他现在每月能领一千五百元工资了，开支的时候，他会把自己一个人关在屋里，一遍接一遍地点钱，点得热泪盈眶。领到工资之后，他会毫不耽搁地回趟老家，当着毛品英的面儿，再数上几次，依然是数得热泪盈眶。因为这钱里有说不出的悲辛。

“你咋变得爱钱了？”毛品英笑着说。

旺儿摇摇头，啥也不说。

他看到毛品英的鬓角有几根白发，说道：“你离我近些。”

“干啥？”

“只管近些就是了。”

旺儿心里翻腾着很复杂的东西，遮掩道：“就你话多。”

他专注地盯着那几根白发，一根一根地往下择。“岁月催人老哩。”他说。

这种细腻的柔情，让毛品英受用不起，说：“你咋跟女人似的了？”

他每次回家都要到自己那几亩山地上转一转。他发现，毛品英把地侍弄得很熨贴，庄稼正常地生长着，不给他留下一丝忧虑。

“你真是能干。”他对毛品英说。

“你快不要夸我哩，我只能老死在地里了。”毛品英面有凄楚。

“这有啥不好？能睡在自己喂肥了的土地里，让人敬重哩。”

旺儿的话表面上是说给毛品英，实际上是一种自责——面对一成不变、忠实生长的庄稼，他感到惭愧。他走的时候，没了以前的决断，总是一步一回头。在硕大的屋檐下，毛品英的身形小得可怜，他喉头发紧，凄惶的缠绵折磨着他。

他把所有的工钱都留给了毛品英，兜里只有几块钱的车钱。回到农场，他过清贫的日子，觉得只有这样，他心里才安妥一些。王秀珍过意不去，总是拿出钱来贴补他。可是他一句感激的话也不说，照收不误。他觉得这个钱是他们王家对老实人的盘剥，不收白不收。这个钱他也没用在自己身上，而是悄悄地存在银行里，坚持下来，已经有不小的一笔数字了。他觉得自己没资格开销这笔钱，它应该属于被伤害了的毛品英。

自从有身孕之后，王秀珍的性情变了，她不再计较旺儿对他的冷淡，觉得男人就是任性的孩子。她笑着对旺儿说："你能不能给我烫烫脚，你看都肿成啥样了。"虽然心里很不情愿，但女人近乎哀求的语气，使他无法拒绝。他打来热水，手伸进去，试一试水温。仅仅这样的一个动作，就让王秀珍泪流满面。他抬起头时，看到这个情景，感到很惊异："你这是咋了？"

"冯景旺，你这个人的心眼儿不坏。"王秀珍说。

"好心人才办坏事儿哩。"他说。

他觉得，无论如何，把一个黄花闺女的肚子搞大了的男人，总是有几分理亏的。所以，无论如何，盼着她把孩子平安地生下来就是了。

第十八章

纯属刁民

县里召开了以“抓住机遇，乘势而上”为主题的乡镇企业发展研讨会。

研讨会的会期三天。第一天上午，是县长李立元作动员报告。报告使用了不少时髦的大词，弄得人心沸腾。下午，对这个报告进行讨论。各部委办局和乡镇的领导，都慷慨激昂地表态，要上规模、上档次，甩开膀子大干一场。第二天是研讨。奇怪地，研讨的话题不是阐发各自的观点，而是围绕县长的动员报告，研究如何抓好落实。第三天上午作结论。结论的中心论点其实就是县长报告中的观点，只不过加了几点要求，要求的核心，是“落实”二字。为了抓好落实，县里做了指标性的规定。具体到龙岗乡，指标要求其要在年内建成两个资产规模上千万元的三资企业，并实现村村有工业企业的目标。

翁大宝对这种名义上是研讨，实际上是进行工作部署的会议开法很不习惯，在讨论时没有发言。这引起了县长李立元的注意。因为翁大宝是在市委农村工作部待过的干部，他发不发言，表不表态，是有一定影响的。

所以，在当晚，李立元就单独召见了他。

李立元很谦虚地征求他的意见，说：“你走的地方多，又熟悉农村工作的政策，对乡镇企业如何发展，一定有独特的见解。”因为会议的气氛让翁大宝感到，县里的发展方针和战略是早已敲定了的，他再发表不同看法，就显得有些不合时宜。再加上王书记曾对他叮嘱过，在基层工作，要多听多看多实践，少标新立异，少跟领导唱反调，以免被孤立。所以，他便笑着说：“我没啥新的见解，回去抓好落实就是了。”

见翁大宝的态度很谦和，李立元就没有再追问，说了几句关心的话之后，便殷切地希望翁大宝能够有突出的作为。“这没啥难做到的，因为你有自己的关系优势——公共关系也是生产力嘛。”他说。

“我当乡长的时间还不长，有实践经验不足的劣势，量力而行吧。”翁大宝说。

李立元听后微微地皱了一下眉头，但是还是客客气气地跟他握了握手。这个细微的表情，翁大宝捕捉到了。他明白李县长的意思，是希望他唱个高调，自告奋勇地当个典型。但是，从王书记那儿耳濡目染来的务实精神，使他羞于这样做。

会议结束后，他本能地产生了抵触情绪，其焦点，是县里下达的指标。他觉得，既然乡镇企业也是企业，就要尊重客观经济规律，就要立足于市场谋求发展。可是县里还是搞计划经济那一套，企业发展也要指标化——也就是用计划经济的模式搞市场经济，真是令人无所遵从，哭笑不得。

没过几天，李立元亲自带着县计委、县外经委的一把手到了龙岗乡。

“翁乡长，我是给你送项目来了。”他兴冲冲地说。

“啥项目？”

“是个科研所刚研制成功的科研项目，MT生物制剂。”

翁大宝倒吸了一口凉气。这个项目的基本情况他是了解的：MT生物制剂是一种保健食品，有排毒养颜防衰老的功效。但是，它刚刚走出实验室，要变成被市场接受的产品还有很长的路要走。除了市场因素不确定以外，它的高额投入和高技术要求，也是一个小小的乡镇政府难以承担的。

"它的前期投入是多少？"他问道。

"不过六千万元人民币而已。"李立元笑着说。

"可是，龙岗乡的年财政收入不过三百万元哩，资金哪儿来？"他说。

"你可以融资嘛，要不咋叫三资企业呢。"

"可是，技术工人哪儿来？"

"培养，来不及的话就引进。"

高技术人员的引进也意味着巨额的投入，翁大宝不吱声了。

李县长笑着说："这个项目说来说去，就是资金问题。为啥选择了龙岗乡？就是考虑到你跟市委王书记的特殊关系，背靠大树好乘凉嘛，咱们县只有你有这个融资优势——王书记一句话，哪家银行能不给咱贷款？啥样的合作伙伴找不到？咱们县就指望你给抱个金娃娃呢，你莫让全县人民失望哩。"

县计委和外经委的两个一把手立即附和道："只要翁乡长肯干搞这个项目，一切手续由我们来办。"

翁大宝陷入两难境地。在经济社会中，乡镇企业一直是处于被歧视的地位，因为它的企业规模、生产能力、技术含量和产品品质都属于原始工业阶段。所以，各地领导都把眼光放在高新产业的发展上，试图以此来为本地的乡镇企业做出有力的证明。这一点，上升到执政层面，就是政绩观——要想升迁，开发高精尖。所以，在当时，在广袤的农村大地上，到处是各种名目的经济开发区，形成一道最引人注目的社会景观。

这是一种潮流，任何一位有上进心的县乡领导，都不会逆水行舟，不管水性如何，都会争当弄潮儿。李县长当然不会例外。换句话说，他翁大宝，如果想在政界立足，也不能例外。但是，他本能地想到了细节。高新产业要大面积地占地，要大额度地投入，要大幅度地提升企业工人的技术水平，那么，失去土地的农民咋办？资金投入没有回报咋办？农民不适应岗位要求咋办？一旦失败，所交的巨额学费，都要摊在农民身上。所以，高新产业并不意味着经济发展，它很可能是导致农民返贫的经济陷阱。

面对着李县长期待的眼神，翁大宝紧张地思考着。他刚进入政界，不想断然忤逆领导的意志；可是他又是农村出身的孩子，经受和见证了改革开放之前农村和农民的苦难历程。贫穷生活的艰难与凄惶，在他心里留下了很深的烙印。

那时他左右不了现实，而现在，他是一个地区的行政法人，当地百姓的日子与他息息相关。所以，他所面对的，是对百姓负责还是对长官负责的两难选择。

他看了一眼身边的李一清：“李书记，你对这个项目有啥看法？”

李一清清白的脸立刻就涨红了，支吾道：“你是主管经济事务的领导，决策建议应该由你拿。”

翁大宝已经没有了退路，对李立元说：“李县长，您再给我几天时间好不好？”

李立元说：“这还有啥考虑的？这是县里看准了的项目。”

翁大宝避其锋芒，也不争辩，只是含笑不语。

李一清说：“李县长，我让机关食堂烧了几只新鲜甲鱼，您先尝尝鲜儿，然后咱再接着谈。”

李立元白了他一眼："全县到处都有甲鱼坑，你的甲鱼又有啥新鲜的？走了，我下午还有个县长办公会。"

李县长阴着脸上了车，对翁大宝说："一个礼拜后，你到我的办公室来。"

送走李县长，李一清对翁大宝说："看来县长很不满意。"翁大宝也耿耿于怀。他觉得这个乡镇企业真是个怪胎，产品要面对市场，而项目却要遵从行政指令，让人左右为难。

"乡长这差事真不是人干的，有两个婆婆。"他说。

李一清当然知道这两个婆婆的含义，一个是领导，一个是百姓，便笑着说："谁不是两个婆婆？党委书记也是一样哩。"

"你跟我不一样，你懂得周旋。"翁大宝不无揶揄地说。

李一清也不恼，说："人家都说，党委书记是乡长的尚方宝剑，具体到咱们乡，乡长是党委书记的尚方宝剑，因为你有王书记这个尚方宝剑。所以，这件事儿，最终还得你拿主意——你决定上，咱就拿上的保证措施，你决定不上，咱就归拢[1]不上的理由。"

"你可倒真开明。"

"不是咱开明，而是官场法则由不得你哩。"

李一清的坦率使翁大宝无法抱怨他，说："你到底是乡里的一把手，我想听听你的真实想法。"

"说真的，我也不主张上这个项目，"李一清解释道，"咱们乡属于经济不发达地区，农民相对贫穷，没有负债经营的能力，如何立足实际，广开致富门路迅速脱贫，才是咱的主攻方向。"

---

[1] 归拢：即收集整理。

“既然如此，我心里就踏实了许多。一个礼拜之后，我要想方设法说服李县长，让他同意咱的发展思路。”

“恐怕很难。”

“难也得说服，能不能当功臣由不得咱自己，但决不能当罪人。”

“翁乡长，我比你大十多岁，经验丰富不敢说，至少比你知道利害关系。所以，我提醒你一句，话要说得艺术些，千万别感情用事。”

翁大宝对李一清是感谢的。李一清虽然世故，但是不乏真诚，是个好的合作伙伴。

既然李立元和李一清都提到了王书记，翁大宝也就真的把情况向王书记做了汇报。

“你的想法是有道理的，”王书记说，“但是，我不宜出面干预，正如你不愿意县里干预你一样，县里也不希望市里干预。所以，工作还得靠你自己做。”

“当然，”翁大宝表示理解，“我也不希望您出头露面，我只想让您知道一下这里的情况，关键的时候能得到您的支持。”

王书记哈哈大笑，说：“你是我的人，我不支持你，谁支持你？”

一个礼拜后，翁大宝准时坐到了李县长的办公室里。

“翁乡长，你想通了？”李立元问。

“不瞒您说，我没想通。”翁大宝笑着说。

“就是说，你不想上这个项目？”

当得到了确认，李立元失望地说：“翁乡长，你小小的年纪，咋一点儿魄力都没有？”

翁大宝说：“对不起，这跟魄力无关。”

两个人僵在了那里。

久久的沉默中，两个人都能听到对方的呼吸声，甚至是心跳声。

最后，李立元低着头，不耐烦地挥挥手："你走吧，我跟你无话可说。"

翁大宝站起身来，想解释一下："李县长……"

"你啥也不要说，我不想听。"李立元打断了他的话头，依然是不耐烦地挥挥手。

翁大宝只好离开他的办公室，走到铸着国徽的县政府门口，他站住了。他心里很难过，嘀咕着：一个大荷包的人民政府的县长，咋跟小孩子似的？

孙成才虽然没死，但也成了一个瘫在床上的人。万明全阴郁地一笑："这是老天的报应。"

对于宝力，玄武村的百姓没有多大印象，因而就没有多少民愤；对于孙成才，村民们是恨之入骨的，所以，人们普遍感到遗憾：他咋会没死？

但于宝力在全县的影响是巨大的，县里专门发了通报，严正警告各级领导干部，要以玄武乡副乡长于宝力为戒，不得酒后驾车。于是，于宝力虽然死了，但是也没落下一个因公殉职的待遇。

刘文存把身子缩在沙发里，面色极为忧郁。他不停地叹息着，对陪在一边的王立平说："咱是不是忒狠了点儿？"

为啥解除了心头之患，他反而更加忧伤？因为他得到了于宝力的一本日记。在日记里，他读到了于宝力许多动情的话，感受到了于宝力对自己的忠诚。在出事前的那一天的日记中，于宝力写道：

……细想一下，我对刘乡长还真的没啥意见。自从跟他搭班子以来，总的来说，他对我是信任的，许多重要的事情，他都能放手让我去做。对于一个副职来说，咱还希图个啥？几次想对他说一句感激的话，但是不好意思说出口。哥们儿之间，一说“谢”字就俗了。可能他看不出咱对他的这份情意，这几天他对咱很不爱理睬，看得出有不小的怨气。这里肯定有人在挑事儿，或许就是王立平。但我还是有些不愿意相信，不相信王立平会那样下作。他虽然有些霸道，但他还是有些江湖气的。我觉得，这多一半是刘乡长自己的事。他被一些麻烦事儿弄挛性了，心眼儿变小了。很可能他是嗔怪咱对他的私事儿说了点儿啥，如果是那样，他就太不应该了，他应该明白，只有真正关心他的人，才会说真话的。不然的话，谁愿意招那个咳嗽[1]？你爱好爱赖，跟咱有啥关系？……

刘文存唏嘘不已。

这个于宝力，心中还是有一番天地的。从这么私密的日记里，你找不出一句有关他们贪污受贿的记录，即便是涉及他与林红的事儿，也用了私事儿这样的字眼儿，他没有想到要做日后的要挟。

刘文存啊刘文存，你是自斩臂膀呀！他有些后悔，甚至是内疚。“王立平啊，你算是把我害苦了。”他说。

“就权当咱是挥泪斩马谡了。”王立平安慰道。

“你没有资格跟我说这种话！”刘文存愤愤地说。

刘文存的态度让王立平很反感，他说：“你这样说可就没意思了，大丈夫说了断就了断了，哪还有闲心往后看？再说，你折了一个于宝力，我还折了一个孙成才呢。不管咋说，孙成才还是我们家里人呢，要论痛心，

---

[1] 招咳嗽：京西方言，招是非，惹麻烦。

你能痛得过我？”

刘文存不耐烦地挥挥手：“你让我自己待一会儿好不好？”

王立平二话不说，抬腿就走了出去。外面的光线太足，晃得他睁不开眼。“这种人真是让人看不起，又贪又色，还泛酸。”他心里说。

王立平觉得自己太了解这种人了，别看他们平时不可一世，一到裉节儿[1]上就尿[2]了。只要上级一对他“双规”，只要检察院一找他谈话，他自己背后做的事儿，会和盘托出，甚至把俩说成仨，人格上，还不如一般的刑事犯。所以，他可没于宝力那样单纯，他不写日记，但是，他会“记账”，他把与刘文存这样有头脸的人物的利益往来，精细地记录在案。

“哼，不怕你们翻车[3]，真到了那个时刻，输得最惨的绝不是我王立平。”

从那天起，他们之间很长时间不来往。

王立平很能沉得住气，他知道，用不了多久，刘文存他会自己找上门来。在这个期间，他给了林红以无微不至的关心。他不是为了刘文存，而是缘自内心的一种深刻的同情——他觉得，这样一个妙龄女子，落在刘文存这种人手里，真是天大的不幸——一个胆小怕事儿的贪官，能给得了她啥保证？

一天，王立平正在闷头想心事儿，他办公室的门，自己就开了。刘文存毫无表情地走了进来。

王立平愣了一下，只是象征性地欠了欠身子，手随便一指：“请坐。”

---

❶ 裉节儿：节骨眼儿，关键时刻，最后关头。

❷ 尿：读suī，京西方言，形容人没有骨气，不坚强，不坚定，胆小怕事，靠不住。

❸ 翻车：有多种含义，（一）背叛，出卖；（二）闹别扭，关系破裂；（三）招供，自首。

对这个不甚恭敬的姿态，刘文存只是无奈地摇摇头，毫无挑剔地坐了下来："王立平，别以为我离不开你，我是不跟你计较。"

"这我知道，咱俩是一根绳上的蚂蚱，想分也分不开哩。"王立平笑着说。

"你对林红的照顾，我知道了，我表示感谢。"

"谢个啥？我又不是为了你。"

"为谁？"

"谁都不为，一种本能。"

"算了，别跟我逗嘴皮子了，你那点儿心思我还不知道？你是在鄙视我。"

"快别这样说哩，刘乡长，"王立平这个时候站起身来，"咱是个啥东西？一个五毒俱全的人，哪儿有资格鄙视别人？"

"瞎逗个啥？朋友来了，也不弄点儿喝的。"

"是麦片儿，还是毛尖儿？"

"毛尖儿吧。"

沏好了茶之后，王立平问："咱干点儿啥？"

"啥也不干，咱下盘棋。"

两个人便摆好了围棋。他们下得很安静，全没了往日的嚣张与躁厉。

刘文存轻轻地啜口茶，用指尖儿轻轻地下了一粒棋子，说："这围棋就是怪，能让人平静。"

王立平无声地笑了笑，很长眼力见儿[1]地给刘文存的茶杯添了一点儿

---

[1] 长眼力见儿：长眼，目光灵活，能捕捉时机，比喻人的敏感、识趣、反应机敏。

水。

刘文存用指节在桌面上轻轻地敲敲，意思是说：谢了。这一切，做得是那样自然，便显得有几分亲切。他们都感到纳闷——一对互相鄙薄的人，咋突然就变得亲近了？

“这人就是怪，再亲的人，你要是不遂他的愿，也会对你有意见。”吴惠珍感慨地说。

刚才，吴惠珍对万明全讲了一段她的家事儿——

那一年，组织上给她落实政策，给了她两个农转非指标。一个是给她自己，一个是给她的子女。

她稍作沉吟，就把指标退掉了。她对组织说：“谢谢组织上的关心，但咱从来也没想到过要跟组织伸手，这个指标咱也不能要。”

她有自己的考虑——自己都这把年纪了，弄个非农业户口有啥用？又不能招工转干。她有三个儿女，可就一个指标，她能给谁？给谁都不合适，只能招致家庭矛盾，还不如一个都不要。

指标退掉了，她本人就成了家里怨愤的焦点，儿女们说：“你看咱妈，真是个猪妈儿，长着一副猪脑子——只能跟着她倒霉，好处却一点儿也甭想沾上。既然她那么有觉悟，就让她一个人觉悟去吧，咱们可奉陪不起。”就这样，她被扫地出门，成了个捡破烂儿的孤家寡人。

“这样的儿女，也真没出息，日子要靠自己来过，干啥非要指望老家儿[1]？”万明全说。

“咱也是那样想，所以，一气之下，就单开来自己过，”吴惠珍忧凄

[1] 老家儿：指长辈、父母。

地笑笑，“可是，到底是年纪大了，没原来那个劲头了，孤零零的一个人儿，有时候也凄惶哩。”

“你说得一点儿都不假。俗话说得好，姐儿俩守寡——谁难受谁知道。我这几年也一直凄惶着哩，天天用酒精糊弄自己，落了个‘醉鬼子’的名声。”万明全说。

“唉！”吴惠珍叹了口气。

万明全说：“不过现在好了，一对孤家寡人碰到了一起，也就感觉不到凄惶了。”

吴惠珍情不自禁地把手放在万明全的手上。万明全下意识地躲了一下，难为情地笑着：“嘿嘿。”

吴惠珍一把将他的手攥牢了：“你躲个啥？又不是大姑娘上轿——头一遭。”

“那咱就搬在一块儿住算了。”万明全逗弄道。

“那可不成，得扯个结婚证儿。”

“都这把年纪了，要那个玩意儿干啥，麻烦不麻烦？”

“嫌麻烦不成，老年人的婚姻也是婚姻，也得明媒正娶。”

“你真是老封建哩。”

“你倒不封建，拉个手还躲哩。”

吴惠珍的话，万明全还真搁在心里了，晚上一回到家，就想跟儿媳妇商量。

万援朝很久也不动一下，像个已经没了气脉的人。万明全拉过儿子的手腕，切了切他的脉搏，感到还有微弱的跳动。王小翠用凄哀的眼神看着自己的公公，说：“爹，援朝快挺不过去了。”

他点点头，心里不由得生出一丝羞惭。儿子就这样苦苦地拖累着年轻俊秀的媳妇，媳妇竟一点儿怨言都没有。可是，咱却只想到自己，不是人哩。他把到了嘴边的话咽下去了。

他心情抑郁，踅到了张家瑞家里。

张家瑞热情地留他在家里用饭，他一点儿也不推辞，不声不响地坐在了人家的饭桌前。看着一桌精致的饭菜，他的眼睛不时地往龙超敏身上睃。

龙超敏还是那么年轻，还是那么利落，岁月好像也回避她。有一个时刻，他甚至把目光凝滞在她身上，弄得龙超敏很不自在。

“老万，喝酒。”张家瑞提醒道。

万明全醒悟到自己的失态，脸子红了，把整个一杯酒一口吞了下去。

他一边喘着，一边说了一句莫名其妙的话：“家瑞，我真羡慕你。”

张家瑞有啥？就因为他有这么一个贤惠的媳妇，这么一桌精致的饭菜，就过得这么知足认命。自己就跟他差这么一丁丁点儿，可就差老鼻子了。

“老万，你今天是咋了？”张家瑞问。

“不瞒你说，我想找个老伴儿哩。”为了掩饰眼前的尴尬，他和盘托出了。

“是不是那个吴惠珍？”

“家瑞，你这个人比鬼还精。”

“那还不是怨你，你整天吴惠珍吴惠珍的，木头人儿也会开窍的。”

“咱是不是有些荒唐？”

“咋叫荒唐？这是人之常情。”

“可我咋跟小翠说哩？”

“到时候，我去跟小翠说。”

“家瑞，我再问你一句，你可要说实话。”

“你问。”

“你说我该不该找个老伴儿？”

“咋不应该？有个能欺哄在一起的人儿，外边的是是非非就离咱远了。”

旺儿从王秀珍家里出来的时候，已繁星满天了。在门口，他碰上了一个人，就是只有半截身子的村民龙二成。

在黑暗中，龙二成冲他嘿嘿一笑，嘴里的牙齿惨白惨白的。“嘿嘿，你走好。”龙二成说。

旺儿愣了一下，很自然地打了一个招呼：“还没歇呢？”

“嘿嘿，天儿热，睡不着。”龙二成说。对过话，旺儿就径直往前走了，他没有感到龙二成在这个时刻出现在王家大门前有啥不妥。

旺儿白天一直盯在场院上，今年的麦子又丰收了，为了赶在雨季之前把所有的收成都颗粒归仓，脱粒机昼夜不停地工作着。他是抽工夫回来看一眼王秀珍，因为王秀珍给他打电话说，她的肚子有动静了，是不是要上医院？

进了屋，他问王秀珍：“你感到咋不舒服？”

王秀珍说：“我就是感到肚子疼得紧，一阵接一阵的。”说着，她又急火火地说：“你快扶我上厕所，我要大便。”臀子刚稳到坐便器上，就听到扑哧一阵声响，王秀珍难为情地笑笑：“不好意思，我拉肚子了。”

旺儿问：“你都吃啥了？”王秀珍说：“天儿热，我贪凉，多吃了几支冰激凌。”

旺儿说："你看你看，都啥时候了，你也不注意点儿。看来你没啥大事儿的，我还是回场院去吧，场院里离不开人哩。"

旺儿就又回到了场院。虽然只是给人家打工的，但是看到那金灿灿的麦粒，他也有一种说不出的快感，就有了一种拼抢的劲头。麦子是无辜的，必须做到不霉不烂，颗粒归仓。听着脱粒机欢畅的轰鸣声，他一点儿倦意都没有。农民的精气神儿是属于粮食的。他真切地感受到了这一点。夜深了，有一阵不易察觉的风吹过来，他心里有一种说不出的清爽。

他发现眼前有一点亮光，便急急地问："是谁在抽烟？"

一个工人说："嘿嘿，有点乏得慌，抽支烟醒醒神儿。"

旺儿说："不行不行，场院不能有明火，赶紧掐了。"

只有这时，他才有了一点儿做场长的感觉。那个工人听话地把烟掐了，让他很受用，一种温柔的情感油然而生。他转身摸到村里一家小卖部门前，轻轻地敲开门，买了一包冰棍儿，急急地赶回场院，分给夜战的人。

工人们品味着这意外的清凉与甜蜜，对他生出感激，一个工人说："冯场长，你这个人就是心眼儿好。"

"冯场长，我听说，过去的地主对长工其实也是很体贴的，抢活茬儿的时候，也是给炖肉吃的。"另一个工人说。

"我也听说过。"旺儿不假思索地回应道。

听到这话，大家轰地爆发出一阵笑声。旺儿才明白过来：工人们是在嘲弄一个人，一个平时把他们当牲口使的人。

"你们不许对王村长瞎嘀咕，他管着这么大的一个村子，哪儿能考虑得那么细致？"他说。

"屁，他是拿人不当人看，干这么重的活儿，每月才给三百块钱，也就是咱没有门路，不价，才不卖这个瞎力气呢。”有个工人说。

这个问题，旺儿不敢接茬儿，他不声不响地走到粮囤那儿去。他望着一排接一排满满的粮囤，心里突然生出一股忧伤。这是农村看得见摸得着的最丰盈的收成，但是属于工人们的却寥寥无几。他真切地感到了人间的不公。

啥叫规模经营？其实是肥了少数人。其中也包括自己，咱走走晃晃，每月也拿一千五百块哩，然而工人们却只有三百。

那包冰棍儿，就不要在农场里下账了，就算是悄悄地赎一点儿罪孽吧。

突然，寂静的夜空里，轰隆地响起天崩地裂的一个爆炸声。旺儿惊得跳了一跳，那囤顶的麦子也哗哗地流了下来。

“咋了？！”人们惊呼。

为了得到个确认，工人们把脱粒机停了下来。

一阵沉寂之后，村委会的大喇叭响了——

“村联防队队员请注意，赶紧到村部集合！赶紧到村部集合！”

这个声音很张皇，甚至有些变调，但是，大家还是能听出来，这是王立平的声音。

大家面面相觑，因为农场的工人都是联防队的队员，他们感到，一定是出大事儿了。

“还愣着干啥？赶紧去集合哩！”旺儿命令道。

旺儿这干人马，是第一拨赶到村部的联防队队员。

“村长，出啥事儿了？”旺儿急切地问。

“我们家的房子被人炸了。”王立平带着哭声说。

“伤人了吗？”

"废话，能鸡巴的不伤人吗！"

这之后，村联防队把王宅里三层外三层地包围了。王立平命令，要严把关口，不许里边的人出来。

凭空就听到了一声爆炸，万明全猛地坐了起来。他的第一个意识，就是想到了龙二成："莫非那小子真的动手了？"

那天，龙二成执意请他喝酒，而且破天荒地要了一个单间儿。

酒意熏然的时候，龙二成对万明全说："老万头儿，你知道我这两年在做啥？"

"做啥？"

"我在明查暗访。"

"查啥？"

"当然是我自己的事儿。"

龙二成告诉万明全，这一切，他从万明全到县里告状那一天就开始了。

龙二成说："老万头儿，你还记得不记得，你劝我去告他王立平的时候，我是咋对你说的？我说，我可不能像你似的，拖着半截身子到县衙去，在众目睽睽之下丢人现眼，我要用自己的方式解决自己的问题。"

万明全说："我当然记得。"

龙二成说："就王立平的为人，你没有确凿的证据，是告不倒他的。所以，在私下里，我偷偷地自己进行侦查，把他们设圈套陷害我，把我打成半截人的前后经过和枝枝蔓蔓全鸡巴搞清楚了，包括时间、地点、参与的人。还有在这人里，有几个公的，有几个母的，母的咋翘屁股，公的咋傍前儿，详详细细，一点儿遗漏都没有。这些，都记在一个小本子里。除了咱不告，只要一告，准把他们告趴了。”

“你真是个有心计的人！”

“这是被他们逼的。”

“你打算啥时候告？”

龙二成不做声了，脸上立马洇出了一层厚厚的忧伤。“我不打算告了。”他说。

“为啥？！”

“告有啥用？现在是官官相护，你前脚把他告进去，他后脚就把自己活动出来了，只能给他添点儿恶心，伤一点儿皮毛，你动不了他的根基。再说，我的身体一天不如一天了，只要心气儿不顺就浑身麻木，一点也动弹不了，这你是知道的。就法院的那个办案程序，立案、调查、取证、庭审、辩护、宣判，要折腾很长时间，恐怕我坚持不到出结果那天。一想到这些，我心里就堵得慌，很不爽快。这个鸡巴的王立平，算是把我彻底毁了。”

“那你打算咋办？”

龙二成阴郁地笑笑，说：“咱得想个最爽快的办法，你不让我好好地活，我也让你活不成。”

万明全不寒而栗，他知道，就龙二成那个脾气，他是说到就会做到的。

那天他们喝醉酒之后，龙二成执意自己挪回去的情景，立刻就闪现在万明全的眼前。

“二成，你听我一句好不好？好死不如赖活着，不到万不得已的地界儿，千万不能自寻短路。”

“啥叫万不得已的地界儿？身子废了，媳妇离了，土地没了，日子空了，这叫啥地界儿？”

龙二成的眼泪止不住地往下流。他把一个布包递给万明全，说：“这里边包的，就是那个小本子，请你给我收着，来日，或许能用得上哩。这年头儿，我只有你这么一个信得过的人了。”龙二成的表情很让人揪心，就像临刑前的道别。

想到这儿，万明全更加确信，十有八九，是龙二成把王立平的家给端了。

有了这个判断，他对自己说：咱现在千万别出门，王立平把咱当成黑眼钉[1]，咱一露面，准会引来嫌疑。

但是，他此时的心情极为兴奋，在炕上，他再也躺不住了，便翻身下床，摸出一把生花生豆儿，在黑影里喝酒。

旺儿一走进现场，立刻就惊呆了。王立平正房的后山花墙整个地坍了，屋顶被揭去了大半。狼藉的砖瓦上落满不散的烟尘，周围的矮树上，有碎布缕飘零着，甚至还看到一只人的断臂挂在树梢上。惊慌中，他踩到了一团绵软的东西，低头一看，是一截人的血身子。他被吓坏了，失声叫了起来。只听到王立平的一声大呵：“冯景旺，不许乱走动！”

旺儿立刻就站在了那里，目光随机地落在一处。霎时，他的脸色变了，眼睛睁得大大的。那是邻居的一个檐角，一颗人头，竟赫然地“稳”在那里，夜色中，那眼睛好像还在眨动，放射着磷火般的光芒。

警车鸣着凄厉的笛音突然停在了他身边，借着警灯的光柱，他看清了，那颗头颅属于一个他不久前还见到过的一个人，那个半截人——龙二

---

[1] 黑眼钉：即眼中钉、肉中刺。

成。

咋会是他哩？

出事儿前咋就偏偏让咱见着他哩？

这个过程到底跟警察说不说？

万明全已喝得醉眼蒙眬了。

他看到了他爹复仇的影子——

青年的刀子抖了起来，他有些犹豫。正在这时，仇人用力拽了他一把，帮着他把刀子插进自己的胸膛，然后大笑不止。笑到最后，身子一挺，不动了。但是，眼睛却大大地睁着，目不转睛地看着他。

“嘿嘿，爹的仇人也是有气性的人哩。”万明全痛快地呷了一口，摇摇头，“可是，这个王立平有啥气性，一个只会耍弄手段的小人。”

他觉得龙二成为这样一个孬种做这种壮烈的事，真是有些不值。于是，他感到胸闷得不成，甚至有些喘不过气来。他悄悄溜出门去，又倚到了鱼塘边的枯树桩下。

他白了一眼远处的五道庙，嘀咕道：“罗贯廷他在干啥？”

他真想知道罗贯廷有啥看法，但是，他不能去，因为这个时候聚在一起，会被别有用心的人裹入这个事件。他刚躺倒了身子，就听到耳边有一个熟悉的声音：“万明全，你知道这叫啥？在出家人的经本儿上，这就叫作：自作孽，不得活。”这个声音，是罗贯廷的，好像他就站在自己身边。

他赶紧睁开眼，却看到一片空茫：“这个时候，哪能遇得见罗贯廷呢，真是鸡巴的喝多了。”

他又重新放平了身子，地热顺着毛孔钻进五脏六腑，起初是热的，后来就变成了彻骨的清凉。他心情变得异常的平静。

那个地方，那团嘈杂，清晰地钻进耳孔。

有呵斥，有争吵，有问讯，还有哭声。

他觉得这个世界真是可笑，无缘无故地就弄出一些让人心烦的声音。

池鱼出来换气，嗞响一片细碎的嘘声。他觉得这个声音真是好听，因为鱼自己游自己的，无辜而又不惹是非。

渐渐地，他啥声音都听不见了，他睡着了。龟蛇交尾的图像出现在他梦中。而且是交叉着出现：一会儿是池塘里的龟蛇，一会儿是玄武碑上的龟蛇；肉体的龟蛇缠绵得不知羞耻，石刻的龟蛇却绝望地剥离，身上的鳞片像头皮屑一样哗哗地落到地上。那个被人参拜的碑，就要彻底秃了，香火映照的人脸，都皴着一层凄惶。

“反正咱从来就没拜过。”他叹出一声呓语。

“这年月，不配有龙二成那样的壮烈，再硬的石碑也已经风化了，不用你劳神费力，该脱落的，自己就会脱落下来。”梦魇中，他听到罗贯廷的一声回应。

警员们在忙着搜索现场，愣在那里的旺儿妨碍了他们的行动。“你能不能站到一边去？”一个警员说。

旺儿困难地抬了抬胳膊。顺着他的指引，警员看到了檐角上的那颗人头。

于是，不曾过夜，案情就明了了。警侦队的人宣布说：“一个叫龙二成的亡命徒引爆了捆在身上的炸药，造成两死一伤。伤者是王立平的老婆，死者除了龙二成本人以外，还有一个叫王大伦的人。”

王大伦？

他不是待在监狱里吗？咋会死在王立平的家里？

这个意外的结论使旺儿僵硬的神经又活动起来，在好奇心的驱使下，他走到停尸的地方，揭开白布看了看。当确认死者就是王大伦的时候，在困惑之中，他心中的不安竟彻底消失了。

他觉得自己没必要供认那个特别的过程，所发生的一切，有老天允许的理由。

他突然想到了王秀珍。

王秀珍缩在床角上，用一条毛巾被紧紧地包裹着自己，正瑟瑟地发抖。见到旺儿，好像见到陌生人一样，呆呆地看着他，诡异地笑着。

王秀珍的房间是王宅的西厢房，显然是猝发的爆炸声和剧烈的震荡把她吓坏了。

“秀珍，是我，旺儿。”

王秀珍脸上的笑立刻就凝固了，僵持的手臂绵软下来，身上的披裹也就顺势而滑落。

她竟一丝不挂，胖大的身子散发着一种热烘烘的发了霉的气味儿。

旺儿皱了皱眉头，赶紧把她重新包裹了，紧紧地搂着她：“没事儿，啥事儿都没有哩。”

“不，你赶紧送我上医院，我好像是要生了。”她哭着说道。

李万成躺在床上，薄薄的，像一层纸。他昨天夜里，吐血了。用他老伴的话说，他吐了将近两洗脸盆的血，真是吓人哩，都皮包骨的人了，腔子里咋会有那么多血呢？此时的李万成，睡得很熟，清白的脸像，有几分不可侵犯的庄严。

李金橘也目睹了昨晚的情景，她预感道，爹如果就这样昏睡下去，或许就再也醒不过来了。

她把翁大宝召回家来，对他说：“你再忙，这个时候也要陪陪爹，爹以你为骄傲哩。”

不仅翁大宝陪在李万成身边，还有翁振元和接到通知后就立刻赶来的徐宝法。

李万成一直昏睡到傍晚才醒来。睁开眼皮一眼就看到了徐宝法，像预料到他会来一样，李万成一点儿也不吃惊，笑着叫了一声：“徐老师。”

徐宝法赶紧过去握着他的手，说：“万成啊，都啥时候了，你还开玩笑。”

“不，你就是咱的老师，是你教会了咱咋当支部书记。”

徐宝法情动之中，眼睛里泪光闪烁着，喉头哽咽。

翁振元上前搭话：“老支书，你感觉咋样？”

李万成凄然一笑，说：“熬不过今晚了。”

“对村里的事儿，你还有啥不放心的？”

“我能有啥不放心的？这个支部书记你比我当得好，你比我有城府，有尊严。我那时靠的是农民的本性，你现在靠的是眼界。”

说完，他轻轻地喘了两下。“大宝、大宝呢？”他喊道。

翁大宝应声而至：“爹，我在哩。”

他摸着翁大宝的额头，说：“我最不放心的就是你啊，在官场里混，水深深浅浅的，摸不准哩。”

“那有啥了不起的，大不了回家种地，现在种地也能发大财。”翁振元插话说。

李万成摇摇头：“问题不是那么简单。不过，有一点你要记住，这一点也是你徐大伯教给我的——革命也要琢磨出点儿艺术来，千万别跟风，也不要抗上，要在上级号召和客观实际之间找一个两全其美的办法。”

徐宝法和翁振元碰了碰目光，会心地笑笑——这个李万成，是在向他的乘龙快婿传授真经哩。

后来，李万成就不再讲话了，人们看他时，他的眼睛盯着天花板，梦呓似的说了一句：“又发大水了。”之后，目光就很散漫了，嘴角笑殷殷的，好像真的游走在称心如意的梦境之中。

村里人知道他们的老支书过世了，自动地带上孝帽子前来吊唁，女子跪哭，男人磕头，情切切，意哀哀，似垂悼自家的老人。回家之后，他们都默默地做一件事，就是一心一意给老支书糊纸活。待出殡的唢呐一吹响，各家的梢门[1]都打开了，他们把自己糊的纸活都扛了出来——有牛马驴骡、鸡狗麂兔，还有电视、冰箱、录音机、小轿车——传统和现代的图案缤纷杂陈，古老的风俗纳入了鲜明的时代特征。这个扛纸活的队伍自动形成了，随着街道的走向迤逦得很长很长。

翁大宝、翁振元和徐宝法护卫着灵柩走在这支队伍的前列，人流掀起的灰尘和风声令人心头肃然，汇合的歌哭像浑厚凝重的大河。

在墓前，烧纸活的大火辉煌了一天一宿。人们在这一天，享受到了敬重和感恩的双重温暖。人心又多了一层厚道。

李立元把翁大宝传到他的办公室，劈头就说：“翁大宝，你身为领导干部，带头大搞封建迷信活动，违背殡葬改革的规定，是要给你处分的。”

翁大宝是有备而来，所以面对这两顶大帽子，他从容地说：“李县长，您说严重了。”

“咋个严重法？”

---

[1] 梢门：京西方言，即临街的大门。因过去京西农家的大门多是用木条和荆棘编成，故得名。

“按国家政策，石堡村是深山区，可以土葬。群众自发地糊些纸活，是人心所向，我不好阻拦。再说，这也只是一种传统的殡葬风俗，说不上封建迷信。”

“可是，你是领导干部，为自己的亲属大办丧事，影响十分恶劣。”

“不，李县长，我并不这样看。”

“你咋看？”

“领导干部也是人，用我们老家的话说，他不是从石头旮旯里蹦出来的，也是亲情和乡情哺育出来的，不能断了与泥土的联系。再说，李万成虽然是我的岳父，但他又是做出过历史贡献的老干部，理应得到后人的尊重。这都是人之常情，有啥恶劣影响？”

“你是有知识的人，是很会讲话的，所以，我不想跟你多费口舌，只跟你说一句话，对你的处分，是一定要给的。”

翁大宝笑笑，说：“李县长，给一个干部处分是应该有充分的理由的，您应该了解一下，我是用公款大吃大喝了，还是借机敛财了？如果都没有，您凭啥给我处分？”

“就对你的行为本身。”

“那我就无话可说了。”

事后，李立元果然给了他一个处分——给他来了一个全县通报。

李一清在通报批评前曾找过一次李立元，求情道：“李县长，翁大宝是个刚刚走上领导岗位的年轻干部，咱们是不是手下留情，考虑一下对他今后的影响？”

“不，我就是要杀一杀他的傲气。”李立元毫不含糊地说。

李一清心里很不是滋味，看来领导也往往会意气用事，真是得罪不得。他回到乡里，看到翁大宝那张单纯而透明的脸，他心里立刻就酸了一下，他啥也没对翁大宝说。

翁振元和徐宝法为翁大宝打抱不平：“领导咋会这样？”

翁大宝说：“不能怪罪领导，是因为咱本身做得不好。”

李金橘说：“为我爹，让你受委屈了。”

翁大宝嘻嘻一笑：“为老支书付出一点儿代价，值哩！”

其实，在表面的轻松之下，他心中还是有几分沉重的。他觉得，这是李县长发给他的一个信号，自己要想在乡长的位置上立住脚，必须完成县政府下达的乡镇企业指标。

但是，在年内建成两个投资规模上千万元的三资企业，并实现村村有工业企业的目标，谈何容易哩？看来，真的要像老岳父说的那样，在上级号召和客观实际之间找一个两全其美的办法。

在那种特殊年代，李万成在徐宝法的支持下，打着学大寨的旗号，搞变相的石材交易，现在看来，那其实就是一种不露声色的抗上行为，蕴含着极大的风险。但是，他居然就做了。除了那可圈可点的民间智慧之外，最让人敬佩的，就是他们为百姓负责的精神。现在的政治气候和经济发展环境已发生了根本性的变化，开明多了，开放多了，伸缩的空间也大多了，难道还不更应该有那么一点担当的勇气？

他认真地对任务目标进行了分析，认为，所谓村村有工业企业的目标是不切实际的，但是，每个村建一家农副产品初加工企业是有可能的。这种加工企业算不算工业企业？严格意义上不算，但在相对意义上又不能不算。对，没有条件搞工业企业的，就搞这种加工企业。真正的难题，是在年内建成两个资产规模上千万元的三资企业。

就这个问题他找徐宝法和翁振元商量。

“这也是不会把人难倒的，”翁振元笑着说，“资产规模是个模糊概念，也是个综合概念，土地算不算资产？厂房算不算资产？设备算不算资产？要想糊弄官僚还不容易？关键是你建起的企业能不能有真正的经济效益。”

“石堡村搞的大石堡建材贸易公司为啥能在我们村站得住脚？它的成功之处，我看主要在于两点：一是它有自己的销售市场，有稳固的经济效益；二是它虽然占了我们的几百亩土地，但是却给我们村安置了几百个劳动力，村民得到了实惠，把它当做自己的企业看待。”

两个人给他提供的都是细节，但是细节却诱发了翁大宝大的发展思路——

乡镇企业发展的最根本的资源只有两个：物质资源是土地，人力资源是农民。而农民从肉体到心灵都属于土地，所以，用啥样的方式发展乡镇企业，表面上是经济问题，实际上是对农民的态度问题。发展乡镇企业，必须与富裕农民紧密联系在一起。于是，他决定，在自有资金匮乏、技术水平低下的龙岗乡，搞大型企业，就应该搞劳动密集型的加工企业，根本的出发点，是解决农民就业。

发展思路确定之后，具体操作就显得容易了。

他与李一清一起到香港进行了一次考察，又把港商请到龙岗乡做进一步的磋商。不到三个月的时间，龙岗乡的两家三资企业就挂牌了。一家是香港集美服装龙岗贸易有限责任公司，一家是香港双龙雨具开发龙岗有限责任公司。

牌子很大，其实产品却很简单——前者是加工“裕”字牌衬衫；后者是手工制作“品”字牌油纸伞。

翁大宝先后三次邀李立元前来剪彩，都未邀动。在背后，李立元用讥讽的口气说，我还以为他翁大宝会有啥了不起的大手笔呢，原来不过是一件衬衫、一把雨伞而已。

听到县长大人的议论，翁大宝笑着摇摇头，心说，这个李县长，表面上好像很现代，其实观念太陈旧，还没有品牌意识——咱的衬衫和雨伞可不是一般意义上的商品，是影星史泰龙、成龙扮酷的那种衬衫，是毛泽东、丘吉尔指点江山的那种雨伞，是世界驰名品牌，在欧美有广阔的市场。就这小小的一件衬衫和一把雨伞，就会让我龙岗乡老百姓富得流油。

这也不怨李县长，在这个时候，我们的领导刚刚从计划经济的模式中解脱出来，多如牛毛的乡镇企业家也是一夜之间由农民兄弟换了一身新的行头，他们还没有市场全球化、产品品牌化的概念——我翁大宝不也是在跟人家港商打交道中，才有了这个意识吗？但是，他还是有几分得意的——咱的悟性就是高，不然的话，咋会为一篇《论持久战》就会在《人民日报》上发表关于战略和细节操作的理论文章？

他在香港考察时，两个香港公司的老板跟他卖弄说："我们的产品是世界品牌，订单太多，做不过来。"

"能不能让我看看你们的订单？"他说。

老板一怔："难道你对我们的市场还有什么怀疑？"

翁大宝笑着说："难道这不是很正常吗？"

老板也笑了，说："OK。"

当他得到准确的市场信息之后，对老板说："你们考虑过没有在内地设置加工厂？"

"内地有什么优势？"老板问。

翁大宝说："有很多优势——内地的丝绸和棉布是世界一流的，做衬衫的原料物美价廉；井冈红竹和四川绵竹也有最优质的品质，是不是可以做油纸伞的伞骨？况且油纸伞的老祖宗就在内地，《毛主席去安源》那幅油画你看过没有？最根本的一点，不用说，你也会明白，内地有最廉价的劳动力。"

“你用我的品型加工出产品，再贴上我的商标，共同挣鬼子们的钱，OK，OK！”老板兴奋地说。

“咱们来个双赢，有啥不好？”翁大宝也得意地说。

于是，龙岗乡出地出人，港商出技术出设备出资金，并负责销售，两个合资企业水到渠成。

两个企业上马不久，就迅速见到了令人兴奋的效益——每加工一件衬衫，得加工费五美元；每制作一把油纸伞，挣制作费八美金——汗水直接换取的就是金钱。更让群众快乐的是，它解决了全乡大部分富余劳动力的就业问题，使农民离土不离乡的期盼成为现实，他们在自己的家门口，就能挣到大把大把的现钱。

这个结果是李立元没预料到的，他受到了强烈的刺激。但是，他没有从翁大宝的做法里汲取有益的经验，而是在一夜之间更膨胀了他的逆向思维。他把县计委主任和外经委主任又召集到身边，“那个MT生物制剂项目必须立即上马，”他大手一挥，“不仅要建一个现代的生物制药厂，而且还要上一个捷克酒型的啤酒厂，一个多糖核酸厂，一个多氨基酸碱厂。”

两个主任愣在那里。

“传统的加工企业，哪能登大雅之堂！”他异常地兴奋，兀自说道。

“翁大宝，听你们乡里人说，你建了两个很有起色的三资企业？这么大的事儿，咋也不汇报？”王龙群书记在电话里问道。

“嘿嘿，没啥，不过两个加工企业而已。”

“我历来主张，不管是什么企业，只要有效益就成。所以，我很想到你那里去看看。”

“我当然欢迎，但是，您现在别来。”

“嗯，为什么？”

“人家都是先筑巢后引凤，而我却是先引凤后筑巢，厂房都十分简陋，您看了会伤心的。”

“那有什么，因陋就简，大干快上，先行为后规范，是中国特色嘛。”

久没动静的万援朝突然睁开了眼睛。他眼睛睁得大大的，眼仁儿异常清亮，像初生婴儿的眼神儿一样，无辜地清澈。他专注地盯着王小翠的脸，嘴巴一歙一合的，想要说些什么。

“援朝，你要说啥？”王小翠轻声问。

万援朝皱皱眉头，抚抚胸。王小翠理解他的意思，是让她靠近些。她便俯下身去。

万援朝的胳膊居然灵活地抬起来，从王小翠的胸襟处捏下一只菜青虫，举在她的眼前，嘿嘿地笑。

刚才张家瑞的老伴龙超敏送来两捆菠菜，那是从菜园子里现拔下来的秧棵，是让万明全一家尝尝鲜儿的。只有这种自己种的，不使化肥和农药的蔬菜，才会有这种可爱的青翠的小虫子。

万援朝的举动，让王小翠吃了一惊：昏睡了这么久的一个活死人，咋突然之间就变明白了呢？心里的一种克制不住的冲撞，使她紧紧地握住了万援朝的手。这只手，在她深情的把握中渐渐地凉下去，一丝憨朴的笑在他的脸上凝固了。

万援朝是有福的，他是在清醒中离开这个世界的。离开之前，奇迹般做出了那么一个深情的动作。

万明全归来的时候，远远地就看见儿媳妇王小翠一动不动地在自家的梢门前站着。

走到跟前，王小翠平静地对他说：“爹，援朝他去了。”

“咳，他迟早会有这一天哩。”万明全居然也是那么平静。

长久的煎熬，让人的心变得麻木了。

这天夜晚，万家早早地拴好了大门，既没有炊烟生起，也无一丝灯光，整个院落，一片死寂。

第二天，万明全通知了村委会。令王立平吃惊的是，万明全表情从容，语气和缓，整个过程像例行公事一样。

“老万，你放心，我一定亲自料理援朝的后事。”王立平说。

“算了，我知道你现在脱不开身，派几个人就成。”万明全婉言谢绝了。农场场长冯景旺带着十几个农场工人代表村委会处理了万援朝的丧事。

在这个过程中，善良的冯景旺曾悄悄地提醒万明全，应该借着这最后的机会，向村里提一些条件。就王立平家里挨炸的现实处境，他一定会表现出一种收买人心的姿态。

“没必要哩。”万明全冷冷地说。

连王大伦这样的蹲大狱的人都会没事儿人似的出现在王立平家里，可想而知他与官面上一些人的关系程度，万明全便对公理失去了信心。他想，这年头儿，没必要再相信这个组织那个领导，百姓真的就是棵草，自己悄悄地活下去就算了。在儿子的坟头上，他甚至把那张补偿协议烧了。他觉得，活着的人拿死人去跟那些人讨价还价，是一件不名誉的事儿。我万明全还没有下贱到那种程度。龙二成的悲壮，唤醒了他心中沉睡的部分——军人的自尊和农民的倔强。

望着那团蓝色的火焰，王小翠的表情凄然。

“闺女，你千万别怨你爹，咱不想跟那种人再费啥口舌哩。”万明全对儿媳妇说。

王小翠点点头，说：“这也是援朝的意思。”

事后，王立平带着村委会一班人前来慰问。到了万家的门前，却看到大门紧锁着，那把大锁锈迹斑斑。王立平不禁叹了一口气，他从这把锈锁上读出了一些东西。

一辆翻斗车刚卸下垃圾，万明全就老羊见到嫩草一般，蹿上前去。

王小翠见状，张大了嘴巴。

“你公公就是这个样子。”吴惠珍对她说。他又捡到了一只玉镯子，在大腿上蹭了蹭上边的泥土，对愣在一旁的王小翠说：“闺女，这个给你。”

王小翠抚弄着这只玉镯，心中漾起一团浓浓的忧伤——这肯定是一件爱情的信物，但是，原本的爱情破碎了，不然，谁会把这么贵重的东西扔到垃圾里呢？

她联想到自己——这几年，虽然人事不知的援朝给她添了不少拖累，甚至拖得她不时还生出些厌烦，但是，一旦援朝真的走了，她的心一下子就空了，空得她无法承受。这是一种比死还难受的滋味，她害怕今后的日子。

万明全却有说有笑，还不时跟吴惠珍打趣一番。他尝到了一种奇特的感觉：一旦把王立平这号儿人扔到脑后，心境居然豁亮了许多，心情也居然快乐了许多。

把这号儿人挂在心上，跟这些人纠缠，真是不值哩！这个认识在他心里越来越明晰了，因而他也越来越珍惜与吴惠珍一起拾荒的日子——自己的幸福生活就在这里哩。

看着这一对在垃圾之中忘我地捡拾的老人，王小翠心情很复杂，悄悄地走了。

王秀珍一被送进医院就生了。但是，娩下来的，却是一胎死婴。

这是一个有着一头好看的卷发的男孩儿，只是草草地看了一眼，王秀珍就昏了过去。出院之后，她像换了一个人，目光呆滞，沉默寡言。她看王立平时的表情有很深的敌意，她认定，就是她的这个亲哥哥，把自己的梦想断送了。

那一声猝然的爆炸，强烈地嵌入她的记忆，而且化为一种生理反应——她患了间歇性耳鸣，一遇到外界的刺激，耳畔就响起连绵的爆炸声。她会不迭地喊："旺儿！"

看着这个可怜的女人，旺儿一脸的无奈，他把她揽进怀里，轻轻地拍着她宽厚得有些夸张的后背，对她最后的那点怨恨悄悄地消失了。

然而，旺儿也成了神情恍惚的人。那颗屋檐上的人头，不知啥时候就会闪现在他的眼前。

"咋会这样哩？"他问自己。

虽然是个恶性事件，但却被王立平压下去了。因为王大伦的在场，从根本上弱化了他发难的理由和激情，明智的选择，就是独自吞下这枚苦果。

尽管他的老婆也在医院里不治而亡，但他走在村街上时，脸上却居然挂着从来没有过的笑容。他懂得村民的心理，他的笑是一块盾牌，是要钝化人们的快感。

刘文存几次要来慰问他，都被他谢绝了："你是领导，这时候上玄武村来，不合适哩。"

"我也是重感情的人，管它合适不合适哩。"刘文存的语气很激昂。

“刘乡长，求你哩，请你千万别帮倒忙，”王立平动情地说，“现在的老百姓全他妈的是刁民，没一个好鸟儿。”

实际上，王立平之所以不让刘文存这时候来，并不是他对村民真的有啥顾忌，而是不想让刘文存看到他的惨相。他曾跟刘文存吹嘘过，玄武村没人敢对他王立平咋样。王立平用特有的方式安慰他自己——他大兴土木，在爆炸的废墟上用很短的时间，又盖起了一座三层小楼。

为了盖这座楼房，他专门召开了一次村委扩大会议，扩大的人员是几个被他收买的所谓的村民代表。在会上，有个村民代表提议，应该由村里出资为王立平盖一所新宅院。为啥？因为王书记是为村民的公共事务而伤害了像龙二成这样的人的个人利益而遭到可耻的报复的，如果我们不旗帜鲜明地站出来支持王书记，那么，谁还敢当干部？谁还敢为我们广大村民办事？这个提议，居然出乎意料地被一致认可，因而变成了一项正式的决议。这项决议给人们的印象是，王立平不是有人私下里议论的所谓贪官，而是维护群众利益的受害者。

王立平理直气壮地为自己建豪宅，因为玄武村百姓欠他的。小楼建成之后，他正式邀请刘文存乡长前来剪彩。

站在从宾馆里请来的，专门托彩盘子的两个光鲜水滑的大姑娘之间，刘文存握着剪子的手有些迟疑，心绪激烈地冲撞着，这个彩自己该不该剪呢？他情不自禁地看了一眼身边的王立平。

王立平没有正眼看他，虽然脸上洇着一层只有农民才有的憨朴的笑，但眼神儿却是冷冷的。

刘文存感受到了那一团不易被人察觉的冰冷，手中的剪子下意识地剪了下去。就在同一个瞬间，宅院内外，鞭炮齐鸣，震得人心一起颤抖。

接着，响起了酒宴开始的唢呐声。这是个浩大的酒宴，摆了三天三夜。因为这个酒宴，给每个村民都摆着座位，一双阴冷的眼睛在暗处盯着，看哪个村民放弃了这个座位。

面对着这种现实的利害关系，几乎没有哪个村民敢放弃这个座位。他们拿着贺礼，堆着笑容来了，而且是争先恐后地涌来。

谁都知道，所谓贺礼就是份子钱。冯景旺受到王立平的信任，承担了接受贺礼的差事。

红包像繁星一样涌聚到他的手中。他惊异不已：平时交个电费啥的，村民们都嚷嚷没钱，可是到了这个时候，出手都那么大方。这里的百姓，真是有钱哩！

檐角上那颗人头，在夜色中，眼睛不停地眨动着，放射着磷火般的光芒。阳光下，大大小小的红包，像一颗颗欢蹦乱跳的心，给人以目乱神迷的喜悦。两种情景在冯景旺的眼前不停地叠现着，他糊涂了，不知自己身在何处，自己究竟是谁。

万明全没有出现在这个座位上，他觉得王立平的喜怒哀乐跟自己无关。

他卖了三十二元八角五分的破烂钱，超过吴惠珍八元六角三分，所以三轮车骑得快了一些，把吴惠珍甩下了很大的一截。

“老万头儿，你能不能慢一些，真是个老来疯哩。”吴惠珍一边喘着气，一边骂道。

万明全慢了下来，唱起了山梆子——

姐儿在房中对菱花
自己的小样儿自己夸
伶俐俊俏数咱家——
哎哟哟鹅（我）的郎哩
伶俐俊俏数咱家

忽听情郎得重病
捎来口信儿盼瞧他
两只小手没的拿——
哎哟哟鹅（我）的郎哩
两只小手没的拿

回身打开描金柜
拿出铜钱一吊二百八
买点稀罕物去瞧他
姐儿迈步朝外走
一呼吸儿来到街巴叉
瞧一瞧这儿瞄一瞄那——
哎哟哟鹅（我）的郎哩
瞧一瞧这儿瞄一瞄那

买上一对鸡
买上一对鸭
买上一对螃蟹
买上一对虾
又买上一对大西瓜——
哎哟哟鹅（我）的郎哩
又买上一对大西瓜

天上下雨地上滑
嗤溜溜摔了一个仰巴叉
两只小手一扎煞——

哎哟哟鹅（我）的郎哩
两只小手一扎煞

跑了一对鸡
跑了一对鸭
跑了一对螃蟹
跑了一对虾
啪！摔坏了一对大西瓜——
哎哟哟鹅（我）的郎哩
摔坏了一对大西瓜

手扶地皮忙站起
身上泥巴顾不得擦
含羞带愧转回家——
哎哟哟鹅（我）的郎哩
含羞带愧转回家

今年发下来年狠
从今以后再也不瞧他
骂一声无福的小冤家——
哎哟哟我（鹅）的郎哩
骂一声无福的小冤家

万明全开始时，是小声哼哼，唱着唱着，心头激荡起来，便放开了喉嗓，弄出了一些个动人的原始韵味。

吴惠珍听在耳里，笑在脸上，他觉得这老万头儿的音口儿真是好，既像旱地冒烟儿，又像水地冒泡儿——旱有旱劲，涝有涝劲，不像不旱不涝的，寡淡没劲。但嘴上却说：“你唱得叫个啥，侉声侉调的，让人心里发麻。”

听了这话，万明全索性把车踩住了，转过头来涎笑着说：“让人心里发麻？让谁心里发麻？吴惠珍，是你吗？”

吴惠珍瞪了他一眼：“瞧你美的，甭想！”

打趣之间，他们到了往日打尖儿[1]的地方，水渠边的老柽树之下。他们不约而同地翻身下车，把车停靠在一起。吴惠珍像往常一样，一屁股坐在渠帮上，万明全却依旧沉浸在戏词儿里，情不自禁扭了几个台步。

吴惠珍一撇嘴：“都啥岁数了，还乍奔儿[2]哩。”

“不乍白不乍。”万明全顽童一样缩了缩脖子，愈加上色儿[3]了，他又夸张了两个台步——

乍奔儿乍奔儿乍
乍奔儿扑过去会亲家
亲家亲家半膘子儿[4]
烟袋荷包小刀子儿

乍奔儿乍奔儿乍
乍奔儿扑过去会亲家

---

❶ 打尖儿：指小憩。

❷ 乍奔儿：京西方言，刚满周岁的小孩儿才会迈步时的那个动作。用在成人身上，喻这个人像小孩儿一样，摇摇晃晃、咋咋呼呼的，没稳当劲儿。

❸ 上色儿：京西方言，色，读：shǎi。指人受到鼓励惑怂恿，更加兴奋和放纵的样子。

❹ 半膘子儿：憨、傻、缺心眼儿的意思，也有因不更世事，而疯疯癫癫、张张狂狂的意思。

亲家亲家半奸子儿[1]

勾肩搭背尥跤子儿[2]

吴惠珍说："老万头儿，你真傻。"

"傻有啥不好？活得快活。"万明全又弄了一个鬼脸。

"咳，人家都去你们村长那儿送贺礼、喝喜酒，你却在这儿耍癫，你也不怕人家给你小鞋儿穿？"

"咱都这把年纪了，还能穿几天鞋？"

吴惠珍看到万明全憨憨的笑容里有几分藏不住的忧凄，便岔开了话头——

"你看这条渠，修它的时候，我才二十一。"

"那时的那个气派，挑灯夜战，热火朝天哩。"万明全接茬儿说。

"就是说，你那个时候也在修渠？"

"可不，这条渠是咱公社的一项样板工程，全公社的青壮劳力还不都在渠上？"

"就是说，我在渠头你在渠尾？"

"喊，按方位来说，应该是你在渠尾我在渠头。"

"你这个人就这点儿不好，老爱较个真儿，我在渠头咋了？"

"好，好，你在渠头，你在渠头。"

"那个时候，咋不知道有你这么个人？"

"一样，咱也不知道有你这么个人哩。"

---

[1] 半奸子儿：意同"半膘子儿"。

[2] 尥跤子儿：系摔跤。

“胡说，我吴惠珍的大名在全县都叫得响哩。”

“那是你后来养猪时出的名，修渠的时候，你还野鸡——没名（鸣）呢。”

“你这个人，真没意思，要是跟你较真儿，还不把人活活气死。”

“嘿嘿……”

“不过，这条渠真顶大用了，连年大旱，咱这地界儿就没听说有饿死人的。”

“水利是农业的命脉嘛，毛主席说的还有错？”

“也怪了，现在条件好了，乡里却不修渠了。就拿这条渠来说吧，漏的地方那么多，也没人出面补一补，不知领导都在干啥。”

“干啥？忙着摆宴席哩。”

从远处刮过来一阵风，裹来一股邪邪的气味儿。

万明全皱了皱眉头：“吴惠珍，你听听（闻），这是啥味儿？”

吴惠珍吸了吸鼻子：“酸不酸臭不臭的，说不准。”

这股气味儿弄得俩人没了坐下去的兴致。“咱们回吧。”吴惠珍说。

到了吴惠珍家门口，吴惠珍说：“不进来坐一会儿？”

万明全摇了摇头，那种越来越浓的气味儿深深地吸引了他。到了玄武村村口，那股气味儿突然就单纯了，其实就是死鸡烂狗的那种臭味儿。

他平了平心境，从不断刮过来的风中，努力辨别了一下，确定了味道刮过来的方位——是罗贯廷所在的那座庙的方向。

一阵接一阵的风，也在王立平的庭院里回旋着。那股臭味儿灌进了每个坐在酒席上的人的鼻孔，且把酒肉的香味儿遮蔽了。有人受不了这种气味儿的刺激，开始呕吐。猝然间，苍蝇的方阵在人们的头上嗡嗡地盘旋。

王立平脸上的笑容不知啥时变成了一种痛苦的抽搐，他对冯景旺说：“我头疼得厉害，进屋里歇一歇，场面上的事儿，就请你照应一下，一定要让乡亲们喝好。”

一旦王立平的影子消失了，席间的许多人就悄悄地溜走了。场面几乎就空了，只有一些被酒精麻痹得失去了嗅觉的闹酒的人，还欹斜在座位上，机械地推杯换盏，目中既无旁人，也无自己。

旺儿憎恶这些人，所以并无心照料，只是琢磨着那股臭味儿：“是从哪儿来的呢？”终于认准了一个方向，在好奇心的驱使下，他不声不响地走出了院子。在村庙的门前，他碰上了正盯着门环迟疑着的万明全。他笑着打了一声招呼：“万大爷。”

万明全白了他一眼，冷冷地说：“大门被从里边拴死了。”

旺儿会意，从一处院墙爬了进去，开了大门，把万明全迎了进来。那股气味儿凝聚得像等待爆炸的炸弹一样，一经触动，轰地一下就在两人身边炸开了。两人本能地捂上了鼻子。喊了几声，终不见回应，万明全就径直朝罗贯廷的住处摸去。

罗贯廷仰面躺在床上，一动不动。在光漏之下，他的脸像涂着一层油彩，黄灿灿的。走到跟前，脸上果然汪着一层腊一样的东西，且顺着凹陷的脸颊无声地向下滴零。

两人面面相觑，意识到了什么。“老罗。”万明全轻轻地叫了一声，便去抓他摊在身体一侧的手。那只手不情愿地从万明全的手中滑脱了，留在他掌心的，竟是一块带着油脂的肉。

万明全被吓坏了，噔噔地往后退了几步，身子重重地撞到了一张几案上。几案上垂沿放着两张生宣质地的条幅，上面是墨迹肥重的字体：

朗朗乾坤，怎依旧恶人当道

区区草民，咋担当善心煎熬

万明全久久地凝视着这两张条幅，他揣摩出了罗贯廷没有写出的横批，一定是：一死了之。他看到几案上有一条裁好了的宣纸，那肯定是罗贯廷预备着写横批的。便心头一热：“老伙计，我给你写上哩。”可是，砚台里的墨已经干了，毛笔也牢牢地凝结在砚底。

只好作罢。但是，他很快就醒悟了——真是多此一举哩，静静地躺在那里的老伙计，他本身就是横批哩！

他泪水扑簌簌地流了下来。

“老伙计啊，老伙计，你说啥白米饭就是白米饭、白石渣就是白石渣？那都是骗人的书本话，其实，你比咱还想不开哩！”他对愣在一边的旺儿说：“千万记住，你就当啥也没看见哩。”旺儿重重地点点头。凭本能，他感到这里有过于庄重的东西。

推土机在原地喘着，未完全燃烧的尾气呛得围在四周的人群也喘个不停。推土机前的地上，躺着三个人：一个老汉，一个中年妇女，一个十来岁的小男孩。机手说：“你们再耍赖，我可就轧过去了。”

老汉翻了翻眼皮，说：“咱不怕，愿轧你就轧哩。”

“纯属刁民。”机手小声嘟囔了一句。

老汉的耳朵很尖，居然就听到耳朵里：“小子，你记住，你迟早得向我赔不是哩。”

翁大宝正在开乡长办公会，乡派出所所长徐兴虎风风火火地闯了进来：“刚才有人打来电话，说施工队的推土机被人堵住了，问乡里咋办。”

“为啥？”

“还不是嫌赔偿太低。”

翁大宝皱了皱眉头，对他说：“你带几个民警，跟我去一趟。”

坐在车里，翁大宝闷闷不乐。他不禁问自己：这是咋回事儿呢？集美服装公司和双龙雨具公司两家合资企业虽然才运作了两年，就使龙岗乡的财政收入从每年的三百多万元一下子崛升到一千二百多万元，成了地区经济发展的龙头和支柱。既然确实引进了两只金凤凰，厂区建设就摆上了议事日程。这就意味着一系列建设：家属楼、商店、餐馆、学校、医院和市场、道路等等，都要兴建。翁大宝感到，这不是孤立的建设项目，而是农村城市化的一个契机，应该以这两个企业为经纬，把这个地区建设成龙岗乡的一个中心城镇。他的这个规划，得到了市委王龙群书记的充分肯定。王龙群说，这符合北京郊区农村发展的趋势，应该大胆尝试。

虽然得到了王书记的肯定，翁大宝还是保有了足够的审慎。经过深入的分析，他认为，建设的核心问题是占地问题，是解决好与农民的利益关系问题。于是，他带领班子成员走访了几乎所有占地户和搬迁户。

“愿意不愿意住楼房？”

“愿意哩。”

“愿意不愿意挣工资？”

“当然愿意。”

“愿意不愿意变成城里人？”

“做梦都想哩。”

调查结果表明，老百姓愿意政府搞城镇建设，只要解决好他们的居住和就业问题，政府咋搞咋好。

于是，在李一清的支持下，翁大宝向乡人大作了专门的报告，乡政府制定的实施方案和安置政策获得通过。

于是，推土机开进施工现场，开始清理地上物。清理工作进展得很顺利，飞扬的浮尘遮不住群众喜悦的笑脸，他们甚至还有一种压抑不住的兴奋。所以，他不相信群众是故意刁难，一定是工作中出了啥差错。

到了现场，看到躺在泥地里的三个人，翁大宝还是吃了一惊。

“乡长都来了，你们咋还不起来？”机手说。

老汉依旧是翻了翻眼皮：“乡长咋了？乡长来了咱也不起。”

看到这个阵势，派出所所长徐兴虎脸上抽搐了一下，退到一边去了。翁大宝走上前去，蹲在老汉身边，和气地问：“您老贵姓？”

“鄙姓徐，大号儿叫徐宝库。”老汉大有坐不更名、行不改姓的豪爽。

“乡里的方案，村里向您传达了没？”翁大宝问。

“咱明人不说假话，传达了。”老汉坐了起来。见老汉坐了起来，那个中年妇女和孩子也直起身来。“谁让你们坐了？”老汉厉声喝道。两个人就又乖乖地躺下了。

“这次都占了您啥？”

“旧宅子和地。”

“占了宅子，会让您回迁到楼房上去哩。”

“咱不愿住楼房，接不上地气。”

周围一片哗然。

“占了您几亩地？”翁大宝依然耐心地问。

“五亩。”

这个数字并不大，依乡里的补偿政策，老汉是很占便宜的。那么，为啥老汉还想不通呢？

“占了您家的地，是要安排您一家人就业的，而且还要吃商品粮。”

“咱不想做工，也不想吃商品粮，就想种地。”

“那么，由村里给您调一块地种好不好？”

“不好，咱就想种原来的地。”

“为啥？”

“那地上有咱亲手栽的果树，正在盛果期哩。”

“那就给您调一块有果树的地。”

“调也不去，咱摸不准那地的脾气。”

横竖都不成，就近乎刁难了。翁大宝不知说啥好，怔在那里。

在凝重的气氛中，翁大宝突然想起了啥——这次建设涉及乡里的四个村，其中就有徐宝法所在的村。这位老汉姓徐，莫非跟徐宝法有啥关系？他马上环视了一下周围的环境，确认这就是那个村的地界儿。于是，他重又堆起了笑容，问道：“您跟徐宝法书记啥关系？”

在这猝不及防的问话面前，老汉愣了一下，说：“我跟他能有啥关系？村官儿和村民的关系哩。”

“二叔，您这是在干啥？”徐兴虎红着脸插了进来。

徐兴虎告诉翁大宝，徐宝库和徐宝法是当家兄弟，一爷之孙。这就等于揭裂了老汉的脸面，老汉不满地说：“他是他，我是我，别往一块儿瞎搅和哩。”

“徐宝法书记可是个好同志，作为当家兄弟，您可别往他脸上抹黑呀。”翁大宝笑着说。

老汉急了，放开嗓子说道：“他徐宝法是啥好鸟儿，顶他私心重哩！”

“我爹一不贪污二不受贿，咋会私心太重？您好歹也是个长辈，咋张嘴就胡说八道？”徐兴虎沉不住气了。

“我胡说八道？他如果没有私心，你咋能当上派出所所长！”徐宝库反驳道。

“我是公开招聘上的岗，县局里有现成的档案，不信，你去查一查。”

“扯鸡巴蛋，再咋公开招聘，还不是冲着你爹的面子。”

“即便是冲着我爹的面子，你能咋着？有能耐你也当劳模呀！”

这句话，好像戳到了老汉心里最脆弱的部位，他的脸立刻就涨得黑紫黑紫的，身子跳了起来：“徐兴虎，我操你八辈儿祖宗！”

“喊，那还不是在骂你自己。”徐兴虎小声地嘟囔道。

“就冲你们爷儿俩，我们家也不会让占的，”老汉重又躺在地上，“除非从我身上轧过去。”

“那我就治你妨碍公务把你拘起来。”徐兴虎气愤地说。

“小子，瞧你能的，你也不怕遭报应？”老汉满脸的轻蔑。

徐兴虎的血性被刺激得不可抑制了，他手一挥：“伙计们，给我上！”

翁大宝感到事态严重，严肃地说：“徐兴虎，不许乱来。”

“乡长，没您的事儿，一切责任有我承当。”徐兴虎从翁大宝身边径直蹿了上去。

转眼之间，就把地上的三个人铐了起来，塞到警车里。未等翁大宝醒过神儿来，警车响着豪迈的警笛，走远了。好像是一种激情的联动，那个被压抑得太久的机手加大了油门，轰隆隆地把推土机开过去。顷刻之间，那用碎砖头和树枝垒成的只有象征意义的院墙，哗地就被推倒了。

“就几间不值钱的破房子，还想当钉子户，可笑哩。”

话虽然这么说，但是，当机手从敞开的屋门看到屋中的情景，还是把推土机停了下来。屋地的中央，放着一只看不出颜色的小饭桌，饭桌上，放着几只自家蒸的馒头，又黑又小，且被苍蝇踪着；几只粥碗上，筷子凌乱地横着；没有啥像样的菜，仅一碟子老咸菜和一碟子生拌洋白菜。因此他判断，这是一户穷人。对穷人耍威风，多少有点儿那个，所以，他激情的发泄遇到了心理障碍。

“乡长，该咋办理？”他转过身来问。

“刚才你干啥来着？”翁大宝生气地说，“从明天开始，你就不用来上班了。”

推土机猛然停止了轰鸣，机手僵在了那里。翁大宝径直就去找徐宝法。

车子开进了大队部，他刚一下车，徐宝法就从屋里走出来：“翁乡长，我正在等你呢。”

翁大宝苦笑了一下：“老徐，这回，或许要出麻烦了。”

“翁乡长，你先不要慌，有我这个全国劳模的金字招牌，县领导也是会给点儿面子哩。”徐宝法安慰道。

“恐怕不会那么简单吧，”翁大宝朝徐宝法挥了挥手，“咱屋里说。”

“一个老朋友从杭州带回来两斤西湖龙井，是正经的头茬儿嫩芽儿，叫‘女儿红’，你先品一品。至于徐宝库的事儿，咱一会儿再慢慢说。”徐宝法很专注地给翁大宝沏茶，好像啥都没有发生似的。

徐宝法的做派稳定了一些翁大宝的情绪，他认真地品了一口：“真是不错，满口留香，有回味哩。”

“那自然，这是中央首长的特供品，一般人不容易弄到。”徐宝法的表情，像个得意的孩子。

翁大宝刚要张嘴说话，徐宝法手指摁在嘴上嘘了一声，指指茶杯：“品‘女儿红’要趁热，心要专，否则就把茶神得罪了。”

茶品完两过，翁大宝的心彻底平静了，脸上紧张的肌肉也松弛下来。这一点，他自己都能感觉得到。

未等他开口，徐宝法主动就开了腔：“翁乡长，徐宝库这样做，是冲着我来的。”

徐宝法讲道：“徐宝库当村干部比我还早，大炼钢铁的时候，他就是大队长，搞运动时，他已经是支部书记。虽然我们是当家子兄弟，但在运动中却是两派。徐宝库对运动很热衷，表现得很‘左’，名噪一时。但因武斗中打死了人，公社为了平息对立面，便撤了他的大队长职务，由我来接任。他和他的战友们倍感委屈和不平，便把我围在大队部里，说：权力不能就这样交出去了，咱们得谈判，得答应我们的条件，不然，你这个大队长也当不安稳。为我壮胆，我的那一派战友把他们反包围了，构成了一个剑拔弩张的阵势。两派手里都拿着家伙，稍一不慎，就是一场流血的械斗。可是，虽然是两派，但却都是从小看大的老乡亲啊！我不忍心发生流血冲突，就答应同他们谈判。谈判结果是，我这个支部书记只能当五年，年头一满，就自动下台。

“我说：‘可以，但是得答应我的两个条件。’

“徐宝库问：‘啥条件？’

我说：‘这一，五年后我就辞职，但由谁接任，得党员大会讨论通过。这二，咱们两派发展党员的时候得有区别，我这一派只发展男党员，你那一派只发展女党员。’

“徐宝库想了想，说：‘行哩，但是，发展的人数得对等，你发展一个，我就发展一个。’

“我上任之后，开始做消除派性的工作，并悄悄地抓生产。

“徐宝库找到我，说：‘你这样做，背离了革命大方向，我要给你往上告。’

“我说：‘兄弟，咱庄稼人自己的事儿干啥借助外人的力量？我既然犯了路线错误，五年之后反对我的人还不很多？那时候你再上台，岂不是更有面子？’

“他想了想，说：‘也是，但是咱丑话说在前头，到时候你可别怨咱没提醒你。’

“五年之后，两派的党员人数不相上下，党员大会争执不下，整整开了两天，把人的精神都开疲沓了。最后，他的一派中有两个党员立场发生了动摇，说：‘就别争了，还是让徐宝法干吧。为啥？你看他主事儿的这几年，别的村儿喝稀粥都断顿儿，可咱们村能天天吃上窝头。’

“徐宝库大呼上当，但是已经晚了，革命的形势变了，上边号召学大寨了，再告密已经不合时宜了。

“徐宝库咬着牙说：‘咱五年后再见。’

“五年后，他的愿望又落空了。一是因为我的名声闹大了，成了劳模。二是双方的党员人数发生了变化，我的一派人数超过他十几个。为啥？道理很简单哩，”徐宝法嘿嘿地笑着说，“在农村，女同志积极入党的都是些啥人？都是些女青年，女青年到时候会嫁到外村去，他的党员人数会自动减员。嘿嘿，想跟我斗？你徐宝库脑子里哪儿有这点儿政治智慧？”

翁大宝惊异不已，心里说：这个徐宝法，没想到，他骨子里还有藏而不露的狡黠。

“徐宝库懊丧地说：‘你徐宝法真不是东西，净玩儿心术，咱的约定得变一变了——我也可以发展男党员哩。’

“我毫不犹豫地说：‘可以。’

“怕我变卦，徐宝库说：‘咱的话得写在纸儿上，现在的情形变了，都重字据了。’

“我还是毫不犹豫地就跟他立了协议。我为啥不犹豫，我经营了这么多年，自己的地位稳固了，谅他也翻不起浪头了。这个徐宝库，从此也长了心计，私下里开始做收买人心的工作。对村民，大事儿小事儿他都热心帮忙，请客吃饭也出手大方，就是不埋头过日子，闹来闹去穷得叮当响。翁乡长，不知你到他家去过没有，一进他家，那个寒酸样儿，会让你心头发紧。”

翁大宝点点头，说：“说来说去，他实际上只是个一般村民，而您老就在台上，他咋争得过哩。”

“我知道你翁乡长是个心眼儿软的人，但农村政权的争夺是很激烈的，在台上，你就得苦心经营，是妥协不得的，你必须牢牢把握住主动权，”徐宝法呷了一口茶，接着说，“如果不是这样，村里准乱——你去看吧，凡是村子发展得不好的，准有一个‘第二支部’在后面戳着，你在前边干事儿，它在后边给你煽阴风点鬼火，设置障碍，制造事端。”

这个“经营”的观念，让翁大宝感到新鲜，他便打趣道：“看来，要想当好乡长，也要用心经营哩。”

“一点儿也不假。”徐宝法毫不含糊地说。

“老徐，跟您请教一下，农村出现这种情况，深层原因是啥？”

“还不是宗族势力、派性观念这些老问题，说白了，就是利益之争。”

“干啥非得从权力争斗中讨日子过？大多数老百姓安居乐业、安分守己，不是过得很幸福吗？”

“那得问咱的老祖宗了，刘邦、朱元璋和李闯王为啥都争着想当皇帝？”

“您说为啥？”

“那还用说，有了权力就有了利益，就不被盘剥，就不用流泪流汗——说白了，谁愿意低头挨宰，宰别人多痛快。”

“依您的逻辑，对权力的崇拜和迷恋，是农民心底的一个死结是不是？”

“那是你们书生的说法。”

翁大宝觉得话题扯得太远了，突然问：“对徐宝库该咋办？”

徐宝法毫不犹豫地说：“先拘他二十四小时，杀杀他的锐气。”

第十九章

仇恨的光亮

玄武村一连七天被大雾笼罩着。室外的能见度很低。在村街上走时，对面的一声咳，闷闷的，以为相距遥远，但转眼之间，已脸对了脸。在街上觅食的鸡、猪就被呼啸而来的车轧死了不少，甚至还轧死了人。低沉的雾气，有一股腥腥的气味儿，让人烦躁不安。

倾倒垃圾的车辆也很少出动了，万明全在空旷的垃圾场里徒劳地踅着，心里总像堵着一团什么。

“多少年不遇见这种天了，还是‘破四旧’时赶上过一次。”吴惠珍嘟囔道。

“嘁，这有啥新鲜的，庙里的玄武碑都秃了，神灵都躲着人哩。”万明全神兮兮地说。

“你们村咋总是死人？”

“你看吧，还得死呢。”

万明全心里对罗贯廷耿耿于怀，罗贯廷总是叫别人把事情看淡一些，可是他自己却窝着那么大的气性，居然绝食而死。他人一不在了，王立平立刻就把那座庙改造成了“党员活动室”。这是多么唬人的一个名字啊，其实就是一个麻将窝，王立平的关系户，甚至包括刘文存乡长都经常光顾那里，喝点儿小酒儿，聊聊闲天儿，打打麻将，他们把自己当成了庙里的神仙。

玄武村最后的一块清净之地，随着罗贯廷这个特殊人物的消失，也彻底消失了。

“这个罗贯廷，一点儿也不为乡亲们考虑哩。”万明全对罗贯廷是有些怨气的。

吴惠珍不以为然，说：“埋怨一个过了气儿的人有啥意思？你们村的党员干部都干啥去了？为啥不联合起来把他赶下台去？”

“都怕得罪人哩。”

“那你们就活该了。”

是哩。在过去，在是是非非面前，农村党员一向是有很高的政治热情的，对一些不合谣性[1]的事儿，他们敢说敢管，可现在就不同了，都躲得远远的。虽然心中也有怨气，但也只是不阴不阳地“雾”着，就像这个天儿。

是不是这地一分了，人拴在地上了，私心就重了？可张家瑞倒是个长翅膀的人，不也是不哼不哈吗？甚至比土里刨食儿的人还退缩哩。也是哩，有刘文存乡长那样的人做王立平的后腰棍儿[2]，谁敢反映玄武村的真实情况？

于宝力死得好！

---

[1] 谣性：京西方言，情理，纲常，章法，规矩，多指民间约定俗成的行为准则。

[2] 后腰棍儿：京西方言，指有人给撑腰，即支柱，靠山。

王大伦死得好！

啥时候轮到王立平也嘎奔儿[1]了？

咱也真没意思，只能在背后咒一咒。

吴惠珍的几声问，弄得万明全心情很不好，一张脸整天阴着，像雾一样化不开。

张家瑞今天的心情也不好。他早晨一推门儿，看到雾比前几天还重，上班的心情都没有了。他又缩回屋去，脱下齐整的衣着，躺在了床上。

“咋，你不上班去了？”龙超敏问。

“不去了。”

“是不是给单位打个电话，就说身体不舒服？”

“不用。”

张家瑞心头怄着一股气儿。打啥电话，咱就不打。咱自打一参加工作，就规规矩矩、勤勤恳恳、任劳任怨的，可谁赏识了？相反，一遇到所谓的改革，就把你弄到离下岗不远的地界儿，咱冤不冤？

咱今天就不去了，啥理由都没有，就是不想去！可一躺在床上，他的心思就很不受支配，玄武村的事儿——那些乌七八糟的事儿，就在他脑子放电影。一个坐大牢的人，竟然坐在村长的客厅里享清福，这是哪儿的道理？说啥保外就医，那么蛮壮的一个人，他能有啥病？这年头儿，多么严肃的事儿，都能打通关节，连国法都掺水了。你看，连万明全那么有血性的人，都变得跟蔫蛋似的了，儿子死了，也不跟村里要个说法，没事儿人似的，整天跟一个满脸褶子的老太太去捡破烂儿，有说有笑，打打闹闹。

---

[1] 嘎奔儿：指猝死。

早知道会这样，咱干啥带着他到县里去找李秘书？

“别看咱外表蔫乎，心里却刚硬；别看你万明全外表刚硬，心里顶蔫乎哩。”张家端嘟囔道。

“家瑞，你别待在屋里瞎吹，你也做出点儿刚硬的事儿来让咱看看。”万明全说。

张家瑞一惊，睁开了双眼。明明屋里就自己一个人，咋有万明全的声音？

“老万头儿，知道你内心里瞧不起咱，不信你就看着，咱一定会给你做出一件刚硬的事儿来。”

“啥事儿？”

“我要退党。”

无缘无故地就冒出这样的心思，张家瑞被自己惊得坐了起来：“我今天是咋了？”

在床上躺得太久的孙成才身上长了褥疮，连续的阴天使他身上奇痒无比。难耐之下，他冲着老婆大吼着：“去，把你那个王八蛋哥哥给我叫来！”

终于，王立平阴着脸坐在了他身边：“兄弟，找我有啥事儿？”

语气虽然平缓，但透着一种威严，孙成才膨胀的激情，便自动收敛了：“我待得有些心烦，想找大哥说说心里话儿。”

“大哥也烦。”王立平说。

孙成才凄然一笑，说：“大哥，你听兄弟一句忠言好不好？”

“说。”

“咱别再整天算计人了，你看，算计来算计去，都算计到自己头上

了。”

“你这是啥话，咱啥时候算计过人？”

“你还没算计过人？你连自己的妹夫都算计到床上来了。”

“你待糊涂了咋的？你变成这样，咋能怨我，谁让你酒后开车哩？”

“好，好，算我白说，但是，有一点我得提醒大哥——这年头儿，虽说有钱能使鬼推磨，但毕竟是共产党的天下，有些事儿，钱是摆不平的。”

王立平脸变得煞白，说：“兄弟比我聪明，但是，正是因为太聪明了，才把自己弄成这个样子。”

孙成才满脸痛苦地合上了眼睛。

王立平轻蔑地笑了笑，站起身来：“兄弟，你还是好好养病吧，想得太多了对自己不好哩。”说完决绝地走出门去。

泪水从孙成才的眼角无声地流了下来。“你既然不仁，就别怪咱不义哩。”他从牙缝里挤出了这么一句话。

王小翠也一个人呆呆地坐在屋里。

这个鬼天气，弄得人的心怪怪的，平白无故地就感到忧伤。

跟万援朝结婚十多年了，竟然没生下一个孩子。他们偷偷地到医院检查过，是王小翠没有生育能力。女人不能生孩子，搁在农村来说，是要遭众人歧视的——母鸡都知道下蛋，况且是女人哩。最要命的是，王小翠居然还是一个漂亮女人。女人不能生孩子，生得那么漂亮干啥？就为了勾引男人？这是农村对不能生育的漂亮女人的一句摆在嘴边儿的闲话，好像这样的女人天生就是淫荡的贱坯似的。万援朝深懂人的心，所以一直对外人说，我们是先发家，然后再要孩子。

对这一点，王小翠是十分感激的。更让她感激不尽的是，万援朝不仅嘴上这么说，心里也是一团真心的温柔——不仅不歧视，而且更加疼爱。他说："小翠，你的漂亮就够我受用一辈子的了，干啥还要孩子？一有孩子你就会变老的，我不落忍哩。"

在农村，这么温柔的男人少得可怜哩！所以，王小翠觉得自己很有福气，便对万援朝百般体贴。俗话说，一好并两好，甜蜜伴到老。小两口儿的那个恩爱劲儿，街坊四邻没有一个感觉不到的。

万援朝很恋家，一停当了事体，就早早地回家来，很少在外打游飞[1]。王小翠很贤惠，不仅细心照管男人的衣食起居，而且还涵养男人的心性——每天把自己收拾得光鲜齐整，逗惹男人的稀罕。啥叫稀罕？就是让男人感到自己的婆娘很女人，每一见到就想黏乎，就想欺哄，扎到女人的怀里，就像个永远长不大的孩子，猫儿一样服帖听话。

可不，小两口儿的屋里每天都熄灯很早，王小翠的妩媚总让万援朝有一种等不及的冲动，他把脑袋拱进被窝里，在女人的身上上上下下地摸个不停。王小翠嗤嗤地笑着说："瞧你，好像从来没见过女人似的。"

"呜，呜，咱小翠浑身都是宝哩。"万援朝欢畅地吟叫着。

他们纵情地享受着自己的青春和肉体，过着一种天昏地暗的日子。不期就遭了天妒，让一个活蹦乱跳的生命变成了那个样子。

于是，王小翠恨透了王立平。因为是个柔弱的女子，仇恨不能变成外在的爆发，便朝内心深处隐忍，整个人就变得严肃而阴郁。一张秀美的脸，净洁而不明媚，有拒人千里的幽怨。

她正呆呆地坐在床上想心事儿，门无声地开了。出现在她面前的竟是王立平。王立平讨巧地笑笑。

---

[1] 打游飞：（一）不务正业；（二）夜不归宿；（三）在外闲逛。

王小翠心头一惊："你？！"

和在众人面前的骄横作比，这种讨巧就粗鄙得令人无法忍受，简直就是阴险本身。

从孙成才那儿出来，王立平心情遭透了，他感到自己身边已经危机四伏了，便在村街上仓皇地行走。他从来没有过这样的感觉：虽然整个玄武村都是他的，但又没有一处真正属于他——就像一条无家可归的狗，虽然到处都弥漫着肉香，但也只能徒然地流着口涎。

走到万明全门前，他看到梢门虚掩着，便断定，那个讨人嫌的糟老头儿子一定又去捡破烂儿了，只留下一个幽怨的小寡妇独守空房。那个想象中的凄美的表情，让他怦然心动，头顶上的头发都一根一根地竖了起来。他坚定地跨进了这扇梢门。

王小翠看到王立平讨巧的表情，一阵恶心，转身就朝里屋走去。

王立平紧盯着那个背影，嘿嘿笑了两声。王小翠虽然是个忧伤的小寡妇，但她的脚弓依然是一跳一跳的，臀胯依然是一提一提的，那种勾魂摄魄的摇摆之美，把玄武村整个地界儿上的风韵都占尽了。

呃，玄武村的每块土地都是我王立平的，但咋就没有富人的感觉哩？今天咱算明白了，就是因为王小翠这爿儿地没归咱。孙成才那小子是比我看得透，共产党的天下，有些事儿，靠钱真是摆不平的。就玄武村眼下这个乌七八糟的阵势，一定引起上边的注意了，上边真要打个霹雳，刘文存这支保护伞也会被劈得稀里哗啦。到时候，还有谁能够救咱？一种绝望之情倏地涌上心头。

王立平凄然一笑，安慰自己说：在玄武村，咱已经是要啥有啥了；对一个农民来说，也已经早够本儿了——只要把王小翠这爿儿地最后归置了，你们爱咋办就咋办吧，咱啥也不亏哩。

这时，不知谁把村部的大喇叭开开了，传出了一支正流行的歌曲，一个女子不知羞耻地唱道：人生本来苦恼就多，再多一次又如何……嘻嘻，有道理，咱已经招了太多的积怨，再多一份又如何？就攒在一堆儿让你们清算去吧！他坚定地逼进里屋去。

看着惊惶失措的王小翠，他笑着。这回，不是讨巧的笑，而是淫亵的欲望之笑。

“你？！”

“小翠，你就别躲了，”他十分温柔地说，“叔的心思你是知道的，咱一直稀罕你哩。”

“你是人还是畜生？”

“嘿嘿，人和畜生有啥两样哩。”

王立平步步紧逼，直至把王小翠扑倒在一个不能再躲闪的角落。

墙皮簌簌地往下落着。奇怪地，整个过程，王小翠并没有喊叫，她格格地咬着牙齿，隐忍着。万援朝刚死去不久，她鼻翼里吸进的还满是他的气息，喊叫并不能证明自己的忠贞，而是不尊重死者的无耻。

王立平终于把整个玄武村完全占有了。

他觉得死也无憾了。看着温顺地躺在那里的王小翠，他居然生出一丝爱怜：“小翠，你也真是的，早些时候你要是顺了咱，也不至于让援朝受那个罪哩。”

王小翠毫无表情的脸上突然绽开了一朵最灿烂的笑：“叔，你过来，咱有话对你说。”

王立平毫无防范地俯下身去：“说啥？”

王小翠猛地攥住了他的阴囊，狠狠地拽了下去。王立平情不自禁地矮下身去，跪在了那里。他眼前倏地漫起了一团厚厚的雾，奔涌着钻进他的七窍，他整个人都窒息了，凝固在那个姿势上。

王小翠从容地站了起来，坐在梳妆台前很家常地梳理着自己的头发。

“王村长，请你马上到村部来，刘乡长找！”大喇叭喊道。

王立平听到了，但他站不起身来，脑子里有一个明确的意识：林红。由于梢门和屋门都洞开着，外边的雾奔窜着涌进屋来，把所有的空间都塞满了。除了那股子腥味儿以外，再也闻不到人的气息。

大喇叭不停地喊着：“王村长，请你马上到村部来，刘乡长找！”看来，刘文存乡长已经等得不耐烦了。

死了胎儿的王秀珍有了两点突出的变化：一是身子愈加横阔了；二是脾气变得非常霸道。

在哺乳期的两个奶子膨胀得不可一世，目空一切地向前耸着，两个乳头的部位常常是洇湿了一大片，人走到那儿，都有一股浓浓的奶腥味儿。这让她忧伤不已——本来是一个壮健的乳娘，怀里却没有孩子。于是她最后的一点儿温柔也消失了，不管是在人前还是人后，她对旺儿都呼三唤四，就像婆娘使役她不争气的男人。这让旺儿很难以接受。

“凭啥？你是咱的谁？”他不禁问道。

“凭啥？就凭咱给你怀过崽儿。”王秀珍的回答有很足的底气。

旺儿凄然一笑，懒得跟她分辩。

王秀珍要求他每天下了班之后，要一径到她那里去，不许在外边打游飞。每当他进了她的房间，她都会欢叫着扑上来，把旺儿搬倒在床上，然后不知羞耻地骑上去。她不仅有充足的奶水，而且有充裕的性欲，一遇到反抗，便说：“你以为我稀罕你？是咱的身子稀罕你。”

这种既占有着又厌弃着的语气，更让旺儿难以接受，他说：“你甭这样好不好，小心我掐死你。”他的确是掐了两次的，但王秀珍的脖子不再像以前那样有形儿，变得粗而肥腻，让他的手掌使不上力气。同时，充足的奶水给了她充足的力气，她会轻易地就把旺儿掀翻在地，使他的意图无法实现。

每次高潮来临时，王秀珍表现得非常恐怖。她会剧烈地抖个不停，并狠狠地掐着自己的额头，大喊着：“炸了！炸了！”耳鸣与快感一起到来，让她辨不出生死。

这个女人真是可怜！旺儿只好隐忍在痛苦之中，他知道，王秀珍不能再承受更多一点儿的刺激了。

但是，王秀珍却不再隐忍，她用毫无商量的口气对旺儿说：“你赶紧回一趟老家吧，去跟毛品英打离婚。”

旺儿十分气愤，说：“你这个人咋这样不讲道理，是你占她的窝，还是她占你的窝？”

王秀珍轻蔑地笑笑：“她能给你个啥？那个狗窝一样的家有啥值得你留恋的？你天生一个贱坯。”

旺儿说：“泥坯虽贱，但它知道自己应该糊在哪儿。”

王秀珍说：“我懒得跟你饶舌，你要是不去跟她说，那我自己去。”

“你凭个啥？”

“就凭你把咱弄得没个姑娘样儿了。”

王秀珍居然给自己弄了个受害者的位置，这让老实巴交的河北人感到这个女人真是不可救药了。

“玄武村，就属你们王家霸道！”

“可是，我们王家给了你最想要的东西。”

“啥？”

“体面。”

旺儿真是哭笑不得，说：“你放心，你们王家给的，咱全都还给你们，我明天就背着铺盖卷儿回家。”

“可是，已经晚了，你虱子皮袄一旦穿上就脱不下来了。”

“为啥？”

“整个玄武村都知道，是你把王秀珍的肚子搞大了。”

“这有啥稀罕的，刘乡长不是把林红的肚子也搞大了吗？而且你们家还替他收养私孩子，这要是被村里人知道了，咱还不是小巫见大巫？”旺儿已经不是原来的旺儿了，他已经有了泼皮式的智慧。

“旺儿，你现在也学坏了，”王秀珍皱了皱眉头，“你知道玄武村的人咋看你？”

“咋看？”

“说你是王家的一条狗。”

旺儿不言语了。

“所以，你即便是把王家给你的东西都撂在这儿，但有一样儿，你是永远也撂不下了。”

“啥？”

“坏名声。”

王秀珍告诉他：“玄武村老百姓已经把你看成了是和我哥一伙儿的人了，我哥做的不得人心的事儿都有你的份儿，如果没有我哥的豪横劲儿在那儿晃悠着，村里人一准儿会打断你的腿哩。“

旺儿泄气地蹲在了地上。

“俗话说，吃柿子单拣软的捏，”王秀珍偷偷一笑，“所以，你即便是躲回老家去，龙二成那些人的怨气儿也会影子一般跟着你，说不准哪个时候，你们家的房子跟前儿也会响一个炸药包。”

旺儿浑身一震，屋檐上那颗翻着白眼儿的头忽忽悠悠地飘到他的眼前。在飘忽之间，那头的面相一开始是龙二成，后来却定格成毛品英。他额头的汗哗哗地流了下来。

旺儿赶回老家的时候，已经是黄昏了。到了家门口，稍作沉吟，竟转头绕到拒马河边上。他看了一眼河面，眼泪情不自禁地就淌了下来。由于连续两年大旱，河水浅得都快断流了，河底的鹅卵石一颗接一颗地露了出来，每一颗都像龙二成的脑袋。淤泥蒸发出的腥味儿，酷似死亡的气息。一尾不经事儿的小鱼扑哧一声越出水面，竟落到一处干涸的地界儿，拼命地蠕动了几下身子，就“干”在了那里。

尚未断线的水流，已经没有往日的清澈了，浑浊地凝滞在那里，盯得眼睛都花了，才不情愿地撕出了小小的一个水纹，证明它还是一潭活水。

他心疼了一下：这就是这块土地上不死不活的日子哩。他重又转回自己的家门。深情地推了一下，门大大地敞开了，但是，却没一点声音。勤劳的日子下，这扇门被推开的次数太多，门轴自己就温润着油性，它已经不会拒绝了。

牲口棚那个地方，竟有驴子的鼻息。送去一个眼神，毛品英正低头侍弄着草料。

自家的女人太执拗，说不让她养牲口了，她竟然又养了。咳，也是的，山地上寂寞的耕种，没有一头牲口又咋行哩。

毛品英停匀地晃动着草筛子，小小的肩胛很有生气，他不禁心头一热，轻轻地叫了一声：“品英。”

草筛子从女人的手上脱落了，她惊乍地转过身来：“你咋跟鬼魂似的就进来了，吓死我哩。”

“我倒要看看，你是不是在偷人。”旺儿笑着说。

“你咋这么不正经！”毛品英的眼圈儿红了，“要是偷人也只能是你，咱整天梦见你跟旁的女人欺哄在一起。”

旺儿显得很不自在：“嘴茬子啥时候也变得这么厉害了？”

毛品英笑笑：“咱一直是这个样子哩。”

“驴是几岁口？”

“两岁。”

“说不让你养，你咋又养了？”

“不养咋着，你在大地方当甩手掌柜的，养得白白胖胖，你啥时候怜惜过咱？”

“不是说过吗，对当儿[1]把你们娘儿俩接出去哩。”

“你也就是嘴上说说，啥时候动真格的？”

“快哩。”

话一出口，心口上就像插上了一把刀，直往里边疼。这样的女人，你咋跟她说离婚的事儿哩？你又有啥理由跟人家离婚哩？这是咋了？咋自己一回到故土之上，心情就质朴起来，心地就正经起来，邪心思就跑得远远的哩？

毛品英重又捡起筛子，给牲口筛草。

“你且住了手吧，难道我还不如一头牲口？”由于心头萌发出一丝柔情，旺儿便有了如此的语气。

“就差这一筛子草了，给它筛立置[2]了，咱就能踏踏实实地待着

---

[1] 对当儿：京西方言，找机会，抽工夫，在适当的时候。

[2] 立置：京西方言，弄干净，弄彻底，收拾停当。

了。”毛品英懂得丈夫的心思，手上的动作虽然依然停匀，但心中已经有些乱了。

正说话间，女儿二丫儿从屋里跑出来，见了旺儿，先是愣了一下，紧接着就扑进他的怀里。女儿搓弄着他的衣襟，说：“爹，这次回来，你就不要走了。”

“为啥？”

“娘的眼皮总是跳，说你在外边有别的女人了，半夜里她就偷偷地哭。”

“二丫儿，你莫瞎说好不好，你娘啥时候那么小心眼儿哩。”毛品英脸子洇红着，抢过话头儿。

“爹，娘她不让我说，可我就说，我不愿当没爹的孩子。”二丫儿的话把气氛弄得很滞重。

旺儿抚弄着女儿的头：“二丫儿，你说爹是那样的人吗？”

二丫儿没有回答，却不停地抽动着鼻子：“哎呀，爹，你身上咋满是女人的味儿？”

旺儿不禁看了毛品英一眼，本来注视着他的毛品英，赶紧低下头去，躲过了他的目光。

“二丫儿，别缠磨你爹了，快去抱些干柴来，给你爹做几样好吃的，你爹就贪咱家里的吃食。”

毛品英支开了女儿，让他既感激又羞愧，就是不敢看她。

坐在自己的家里，他感到屋里到处是眼睛，都能看到他心里去，所以，坐在哪儿都不踏实，便对在灶间忙碌的毛品英说：“我出去转一遭。”出了屋门之后，迎面就来了一股轻柔的晚风。风里是玉米授粉时特有的淡淡的不易察觉的温香。在这种香味儿的蛊惑下，他爬上了自家的堰田。暮色中，玉米的行阵很齐整，像商量着一起长大的孩子，没有猜疑与拼争。垄间间作着大豆，豆须子已攀援到玉米秆的二三节上，同玉米一道，昭示着收成的到来。

他不禁钻进地垄里。他发现，玉米的气根下，是刚刚培过的肥，碳铵的气味儿，还没有完全散去；垄间的地也刚刚锄过，覆盖得不严的地方，还能看到被锄下来的杂草的根梢。他心头一热，毕竟是自己的女人，锄作的方式都跟自己一样——别人是把锄下来的草归拢到地边儿上去，而他从来都是把草就地掩埋——他从来都相信，老天一定会怜惜农人的，在必要的时候，一定会有雨下来，把草沤成肥。

这个时候，他更加坚信，只要有毛品英在，他冯家的土地永远是不会荒芜的。

岂止是不会荒芜，而且永远是耕作得最精细的。因为，毛品英不会偷懒。

“她爹，你回哩！”传来毛品英的呼唤。

“她爹，你回哩！”又一重呼唤。

女人把晚餐给他预备好了，托在自己的心头，等着他去品尝。唉！他情不自禁地叹了一声，感到那个胖大的王秀珍没有一点儿分量。

几天家居生活把旺儿过懒了，他甚至都不想动身了。家里的日子是那么质朴，是那么安静，是那么符合内心的习惯，把往日在平原时的不安和凄惶消磨得一干二净。他感到，在老婆孩子身边，他啥都不缺哩。他想到那条小鱼。家乡的河水再浅，家乡的日子再不死不活，但别瞎扑腾，一旦越出水面，会搁浅在某个地界儿，“干”死在那儿。

于是，在家这几天，离婚的事儿，他一个字儿也不说。他专心地给驴钉蹋脚，梳理毛发，整理鞍鞯，然后拉到河边去遛它的脚力。

“品英，你这个人真是邪了，从来没侍弄过大牲口，这头驴却买得一点儿不走眼。”他对这头驴很满意。

“这有啥，没吃过猪肉，还没见到猪跑过？”毛品英得意地笑着，一脸幸福的样子。

动身那天，娘儿俩执意送他到车站。临上车前，他居然当着女儿的面，紧紧地抱住了毛品英。

“记住，把咱家的驴，侍弄好。”他叮嘱道。

翁大宝急匆匆地赶到了乡派出所。

“人呢？”他严肃地问徐兴虎。

“都在接待室呢。”徐兴虎赔着笑脸说。

进了接待室，见老少三人正坐在沙发上吃橘子，翁大宝不安的心才放得妥帖了一些。

抬头看到来人竟是乡长本人，徐宝库把手中的橘子扔在茶几上，气哼哼地说：“你这个乡长当得可不咋的，居然怂恿手下人搞非法拘禁。”

“叔，你咋能跟乡长这样说话？”徐兴虎说，“谁让你妨碍公务了呢，咋叫非法拘禁？”

“乡政府跟我签订搬迁协议了吗？”徐宝库红着脸问。

徐兴虎说：“说不准。”

“咋叫说不准，根本就没签，”徐宝库情绪激昂起来，“既然没签，我做啥都不违法，你干啥要铐我？”

“你不是耍混吗？”徐兴虎陪着笑脸说。

“你才是耍混呢，你是知法犯法，搞个人报复，你罪过大哩！”

“咋能这样说，好歹你是我叔，我咋会报复自己的叔，我是怕你给咱徐家丢人现眼。”

“徐兴虎，你少跟我套近乎——你现在是警官，我是普通老百姓，你搞的就是非法拘禁。”

“没超过二十四小时，我履行的就是例行传讯。”

“啥鸡巴例行传讯，既然是例行传讯，干啥给我们上铐子？”

“不都在气头儿上吗。”

翁大宝感到，这个徐宝库的确不是凡常之人，他懂法。为了避免工作被动，必须客客气气对他。翁大宝便说：“老徐，徐所长的确有些不冷静，您千万别跟他计较，有啥话，咱慢慢说。”

“有啥好说的，你们咋给我铐来的，就咋给我送回去，而且你乡长本人要亲自送。”徐宝库是想要回自己的面子。

翁大宝只好亲自把徐宝库一家送了回去。但是，当徐宝库看到自家院墙被推倒的惨状时，一把拽住翁大宝的衣袖：“咱啥也不说了，只能往上告了，连你翁乡长一块儿告！”

徐兴虎上来解围，掰开了徐宝库的手：“事儿是我做的，要告就告我，干啥要牵连人家乡长？”

“你算老几？你以为你是个人物，不过是一碟小菜而已。要告，就告他当乡长的。”

翁大宝感到事态严重，对徐宝库说：“咱能不能坐下来谈谈？”

“翁乡长，你跟他谈个啥，真给他脸了！”徐兴虎气愤地说，“他愿告你就让他告，横竖是共产党的天下，一个刁民，他还会告倒一个大荷包的领导干部？”

“操！你简直是个民警的败类！”徐宝库骂道。

“徐兴虎，赶紧带上你的人从这里离开，否则我要处分你！”翁大宝命令道。

徐兴虎一干人马只好往外撤，但一边撤着，一边拼命地鸣着警笛。

“瞧见没，那小子是在跟我叫板哩。”徐宝库对翁大宝说。

翁大宝苦笑着摇摇头：“毕竟年轻嘛。”

由于外边围观的人太多，翁大宝建议道：“老徐，咱们能不能到屋里去说？”

徐宝库是通情达理的，他把翁大宝请进屋里，对儿媳妇说：“还愣着干啥，还不给乡长沏茶。”

那个中年妇女翻箱倒柜地忙活了半天，茶也没沏上来，徐宝库感到没面子，发了火。

“你熊我干啥，咱家啥时候有过茶叶？”中年妇女委屈地说道。

“老徐，别客气，有白开水就成。”

翁大宝知道，徐宝库毕竟不是徐宝法，徐宝法不仅有喝不完的茶叶，而且还有名贵的“女儿红”。

喝了一口白开水，翁大宝环视了一下整个房间。屋里没有一件像样的家具，只有一张看不出颜色的八仙桌和两个米仓、两个小坐柜，而墙上却端端正正地挂着一张毛主席像，并且擦得一尘不染。一股逼人的清气，弄得他心里泛酸。

“老徐，都啥时候了，您干啥不治一治家？”

没想到大荷包的乡长的开场白竟是这么一句极家常的话，徐宝库脸上的怒色立刻就转变成一团羞愧，他嘿嘿地笑笑，说：“让乡长见笑哩。”

翁大宝也笑笑：“老徐，您真应该搬到楼上去住，总不能老死在这样的一个小屋里吧？不然的话，晚辈们咋看您？”

“晚辈咋看？嘿嘿，不瞒你说，他们现在对我就有怨气哩。”

那个中年妇女本来是站在一边的，听了这话，难为情地躲出屋去。

“我知道，您也是个老党员哩，党龄恐怕比我的年龄都长。”

徐宝库一听，眼圈立刻就红了：“哎，乡长你别寒碜咱哩，咱混得没出息哩。”

接下来的谈话就显得容易了，徐宝库并不是成心要跟乡长过意不去，他只是对乡、村两级的一些做法有些意见。他说，搞中心城镇，他是拥护的，用这种办法的确可以缩小城乡差别。但是，他最担心的是政府对农民的承诺不能兑现，比如回迁的问题、安排就业的问题。所以，政府不应该只用单纯的行政命令推动这项工作，应该跟农民有契约关系，即要签订占地协议，使农民的利益得到法律上的保证。

翁大宝觉得徐宝库的担忧是可以理解的，他关于政府与农民签订协议的观点也是对的，便说：“您的意见很有道理，我一定会认真采纳。”

徐宝库点点头，说：“在没跟农民签订协议之前，各村的占地行为都是违法的。”

“乡政府也是由人组成的，也有认识水平上的局限，也有个提高和完善的过程，所以以前的做法请您原谅。”

“我不原谅。”

翁大宝吃了一惊：“为啥？”

“就冲徐宝法的态度，我也不原谅。”

徐宝库解释说：“徐宝法一贯骄横跋扈，听不进不同意见，相同的看法我曾经跟他讲过，可他却说，就你徐宝库能？政府还要跟农民签订协议，啥时候有过这种事儿，农民是爷爷咋的？你徐宝库爱搬不搬，到时候，村里自然有收拾你的办法。”

翁大宝笑着说：“他也不是成心跟您过不去，也是个认识问题哩。”

翁大宝解释说，农村干部，不仅仅是农村干部，包括各级领导，都已经习惯了官本位的做法，还没有自觉的依法行政的意识，得慢慢来。

“可我等不及了。”徐宝库说。

“那好，乡政府首先跟您签订协议。”

“不签。”

“为啥？”

“不为啥。”

两人的谈话僵在那里。看来，徐宝库的深层原因，还不在一个占地协议问题。翁大宝以足够的耐心问他：“老徐，您说实话，我们究竟咋办您才会签协议？”

“除非把徐宝法撤了。”

翁大宝惊得站了起来：“为啥？！”

“他在台上待得太久了，捞足了。”

“您说他是个腐败分子？”

“你以为呢？”

“他可是个有很高威望的劳模啊？”

“正因为他有劳模这个保护伞，才隐藏得深哩。”

“您有啥证据？”

“到处都有证据哩，只要乡里下决心调查。”

“您能不能列举一二？”

“他儿子徐兴虎为啥能当派出所所长？还不是他以权谋私。”

“据我所知，徐兴虎当干警是县里落实劳模政策的安排。”

“喊，啥鸡巴劳模？他能当劳模还不是因为他占着支部书记这个位置，我要是当了支部书记，也是一个响当当的劳模哩。”

“您的意思是说，连他的劳模都是腐败来的？”

“是哩。”

“老徐，我不同意您的看法。据我所知，他的劳模是干出来的，在特殊的年代，为了抓生产，有人还告过他的黑状。”

说到这儿，徐宝库立刻不自在起来，脸也红了，由于脸色较黑，他的脸就变得黑紫黑紫的。他咳了两声，说：“即便他的劳模不是腐败来的，但是他的生活作风肯定是有问题哩。”

“您说话可要负责任。”翁大宝严肃地说。

“我当然要负责任，不信你就到我们村的街上转两天，你一定会相信我的话哩。”

“啥意思？”

“那街上玩耍的半大小子，有好几个长得像他。”

“这能说明啥？”

“徐宝法的右胳膊肘上长了个骨瘤，你再看看那些孩子，是不是也有。”

听了徐宝库的话，翁大宝猛地记起了，徐兴虎的右胳膊肘上也是有个骨瘤的。他觉得这个话题不能再进行下去了，便说：“咱是不是有些低俗？”

“嘿嘿，是有一点儿哩，所以，在平常，他那点儿臊事儿咱是不愿意提的。”

“哎，老徐，要是把徐宝法撤了，你们村让谁当支部书记？”

“嘿嘿，不好意思说。”

“您但说无妨。”

“嘿嘿，咱就能当支部书记。”

果然就验证了徐宝法的说法。翁大宝突然对徐宝库产生了一丝厌恶，笑着说：“老徐，我看您当不了这个支部书记。”

“为啥？”

“您没有群众基础。”

“这你就不了解了，咱也有一帮子党员哩。”

“那您也当不了。”

“为啥？”

“您躺在推土机前的样子，不像党员的做派。”

“嘿嘿，那还不是让徐宝法逼的。”

“这跟徐宝法无关。”

气氛虽然依旧平静，但谈话已经进行不下去了。翁大宝站起身来说：“老徐，咱今天就谈到这儿吧，我很忙。”

“但是，你还没给咱一个说法哩。”

“我现在就给您一个说法，您可以不搬，我让工程改道，把您的房子留下来。”

徐宝库大吃一惊，也站了起来：“翁乡长，你这就小瞧我了，我不仅仅是为自己要说法，我是为所有搬迁户要说法。”

“您能吗？”

“咋不能！你们已经推倒了的房屋，可都没有签订协议哩，我就用这个理由告你们，县里告不赢，我就到中南海去告，我就不相信，现在不是共产党的天下！”徐宝库情绪激昂，咄咄逼人。

翁大宝感到一丝寒冷，笑着说：“老徐，您也甭告了，我现在就给您一个满意的答复。这一，我会以非法拘禁罪处理徐兴虎。这二，处理完徐兴虎之后，我会以非法侵占农民的宅基地和承包地的理由，向县里写出书面检查，并请求行政处分。”

徐宝库颓然地坐了下去，脸上猝然涌出了纵横交错的汗水。

“翁乡长，咱们能不能再商量商量。”

“商量个啥？”

“我这样做，对的只是徐宝法，并没想把你大荷包的乡长也掺和进来哩。”

“可是建设中心城镇的决策是我做的哩。”

“咱一个老农民，哪儿会想那么多哩，只是借机要挟一下徐宝法，没想到会引火烧身哩。”

“您的出发点就很不好。”

“所以，只求你乡长答应我一个条件，只要你答应了，我哪儿都不告。还有，不仅顺顺当当地搬迁，就是你不给我楼房都成。”

“啥条件？”

“咱即使当不了支部书记，给安排个支委总可以吧。”

翁大宝愣在那里，久久不表态。

“能当个村干部，可是我半辈子的念想哩！”这几乎是一声哀叹，话一出口，徐宝库就用双手紧紧地捂住了脸，肩膀抽动不停。

万明全的耳鸣又犯了。路上，有好几个人跟他打招呼，但他都视而不见——他的两只耳朵吱吱地叫着，脑袋肿胀得要炸了。

咣，咣咣，咣咣咣，炸弹一颗接着一颗炸了。都啥时候了，咋炸弹还是响个不停哩？啊，司号员脑袋给炸飞了，脖腔里紫黑紫黑的血，毫不吝惜地喷着。一个人的肉身子里怎么会有那么多的血？为啥这雾总是不散？哦，原来是炸弹炸得太密集了，掀起来的烟尘总是落不到地上；为啥雾中有那么大的腥味儿？是断了的脖腔里，还不停地喷血哩。

三轮车穿行于腥雾之中。万明全蹬车的腿已经麻木了，也忘记了呼吸。窒息！窒息！他意识乱了，感到自己就要死了。车上静静地躺着他的儿媳妇王小翠。

王小翠面白如纸，紧闭的嘴唇黑得像一撇墨。他从外边回到家里之后，闻到一股呛鼻子的气味儿，不假思忖地，他就判断出，那一定是敌敌畏的气味儿。

院里出奇的静。他故意弄出一些踢踢踏踏的声响。依平时，听到声音，儿媳妇会马上迎出来，叫过一声爹之后，递给他一条毛巾。但今天咋了？久也不见个人影儿，且连个细小的响动都没有。他生出一丝纳罕，大声叫道："小翠！小翠！"依然没有回应，万明全便直直地奔里屋去了。王小翠就在屋里。但是，却是直挺挺地躺在床上，牙关紧闭，脸色青白，一只手无力地耷拉在床沿下，床脚，有一只空了的农药瓶子。

刚才，由于纳罕，他已经闻不到农药味儿了；但是，一见了那瓶子，气味儿就爆炸了，轰地扑面而来。

"小翠！小翠！"他失声叫道。见王小翠毫无反应，他眼前一黑，脑袋轰的一声就炸了："你这是咋了？为啥要寻短见哩？"他抓起儿媳妇那只垂在床沿的手，摸了摸脉搏。虽然很微弱，但毕竟是有哩，绝望的黑暗中，便闪出一丝光亮。

咋办哩？

他想到了农村的一个土办法，就是给服毒的人灌稀粪。这个法子虽然原始，但能诱发人的呕吐，活了不少人哩。在找容器的时候，他又瞥了一眼自己的儿媳。发现儿媳妇的头梳得很熨帖，身上的衣服也穿得很齐整，那个睡相也很端庄。他明白了儿媳妇的心思：她是要有尊严地死去，正如她有尊严地活着。咋能往这样的人嘴里灌那种污浊的东西呢？他含糊了。看着儿媳妇一脸的苍白与清秀，他倏地生出一种敬意。送医院哩，即便是中途死了，也要送医院哩！他觉得，医院那个地方，符合儿媳妇的性情。他慌乱而又不失礼法地把儿媳妇抱到他的三轮车上，拼了老命朝乡卫生院骑去。浓雾遮住了他脸上的仓皇，可遮不住他心中的凄惶——我万明全是咋了？难道生来就是一个煞神？大菊死了，援朝死了，小翠也要死了，莫非真是对祖上杀人的报应？！他的腿渐渐地沉了起来，到了后来竟失去了知觉。咳，人老了，就真的不中用了，闲逛的时候，腿上全是劲儿，一到了关键时刻，就软得跟棉花似的了。年纪不饶人哩，也只能跟吴惠珍吹吹牛、显摆显摆了，叫真碴儿的事体，啥也干不成了。

前边是个斜坡，车子自己就慢了下来，无论他咋较劲儿，速度就是提不起来。慢啊，甚至还不如人走得快哩。他索性跳下车来，推着车子跑。

这颗心脏已没多少活力了，身子一发力就喘息不止，喘到最后，也只剩下喘的动作了，新鲜空气根本就进不到胸腔里去，窒息得眼睛都鼓了出来。于是，耳鸣被诱发了。爆炸，爆炸，连绵的爆炸；血腥，血腥，遍地的血腥。他本能地意识到，再这样下去，胸肺就要裂了。一团恐惧雾一般在心头弥漫开来，就像在战场上感觉到的恐惧。

他真想停下来。

那个时刻他也有停下来的念头——

他与一个高大的美国人拼着刺刀。拼到最后，两个人都精疲力竭了，两把刺刀便架在了一起。两个人久久地僵持着，都寄希望于对方的放弃。两个人的眼睛里，都折射着刺刀的寒光，都看到了死亡的影子。这种僵持是一种煎熬，比死亡本身还让人难以承受。他心里骂道：狗娘养的，你干啥不再用点儿力气，一刀捅死我算了，省得这样让人心烦。那个美国人也挑了挑眉毛，意思是说：你看，你们中国人就是黏缀，要么就妥协，要么就进攻，耗在这里，一点儿也不潇洒。这时，从他的背后吹过来一股干热风，风中好像裹挟着一个声音：明全，咱就要给你生孩子了，你咋也得让孩子见你一眼哩。这个声音，立刻给了他一个死撑下去的念头。奇怪地，那股风吹到那个美国人脸上，竟变成了一抔沙，沙粒无情地飞进他的眼睛，他的那把刺刀便哆嗦了一下。好像刺刀也会选择机会似的，万明全的刺刀便率先向前移动了一步。结局就这样注定了。美国人在倒下去的时候，脸上居然带着一缕笑，像是表达着一种谢意。万明全也瘫坐在一边。虽然战胜了对手，但是他心中却充满了恐惧，要不是那抔风沙帮忙，倒下的一定是自己哩。待心情平定之后，他又觉得，没让他倒下去的真正原因，就是那个死撑下去的念头。

他看了一眼车上的王小翠，那张脸，因为苍白，反而放射出令人心动的净洁的光芒。他的眼神被粘住了。他觉得，自己的儿媳妇真是美啊，是一种少见的美哩！以前，作为公爹，他从来不敢正眼瞧她，只觉得他万家这个儿媳很不真实。现在，他敢正视了，却是在这么一种残酷的情形下。他的心急剧地抽缩起来。抽缩之中，他萌生了浓浓的父爱。不行，我不能停下来！我必须死撑下去！我必须救活她！

他拼命朝坡顶挺进着，胸腔里有咝咝的碎音。他忍不住地吐了一口，是殷红的一团血。他恶作剧似的又吐了一口，仍然是一团血。

奇怪地，见到血色之后，他内心的恐惧反而消失了，他有了一股义无反顾、勇往直前、慷慨赴死的豪迈。他越过坡顶之后，眼前一片开阔——前方居然没有雾。他兴奋极了，脚底顿生出一股从来没体验过的活力。他推着车子跑了起来，且越跑越欢畅。路边的一个行人盯着他的背影久久地犯愣：这个老爷子是咋了，车子本来是用来骑的，他却推着走？救人的念头太强烈了，像不灭的火焰，把这个老人烤糊涂了。

被拽伤了阴囊的王立平，借着化不开的大雾，跌跌撞撞地回到了村部。

即便他极力掩饰，刘文存还是看出了破绽：“你咋像跛了？”

“嘿嘿，摔了一跤。”

刘文存只是阴郁地笑笑，不再往下追问。看得出，他今天没有打趣的心情。

“乡长，你是不是想看看林红和孩子？”

“今天就不了。”

王立平感到纳罕。每次他来，都是急切地要看望一下林红的，对她的那种不竭的欲望一点儿也不加以掩饰，甚至自我调侃道：我这个人或许也没多大出息了，太贪恋女人的那二两肉哩。

“我今天来，是想认真地谈谈你的事儿。”刘文存解释道。

“我的事儿？我的啥事儿？！”

刘文存告诉他：“最近县里接二连三地收到关于你的匿名信，县里又接二连三地转到我这里，要我调查核实。”

“都写了啥？”

“你的那点儿家底儿都快抖落得差不多了。”

王立平一屁股跌进沙发里，但失声叫了一声又站了起来。他受了伤的阴囊无法承受他身子的重量。他站在那里，腿有些发软，面相上自然流露出的痛苦，让他很没面子。

“看来，你这一跤跌得不轻哩，”刘文存依然阴郁地笑笑，“你就躺在沙发上吧，我又不是外人。”

“那可使不得，你是大荷包的乡长哩。”

“嘁，别说操蛋的话了，跟你在一起，我他妈的哪儿还有当乡长的感觉？”

从刘文存的语气里，王立平察觉到了他不平衡的心态。嘁，你还感到屈尊了，可笑不可笑？你既然想撑住乡长的门面，你干啥也鸡鸣狗盗呢？一股凝滞的气流弄得他的阴囊更加疼痛，他只想放屁。咳，这人要是瞧不起谁，连生理都有反应。但嘴上却说：“你说，这信是谁鸡巴写的呢？”

刘文存说：“谁都有可能。”

“为啥？”

“你做得太张扬了。”

这是一句真话。

王立平瞠目结舌。

谁他妈的让咱这样张扬的哩？难道就没有你刘文存的份儿？他心中愤愤不平，响亮地放了一个屁。

“不过，你放心，那些信我都压下了。”刘文存安慰道。

王立平摇摇头：“这一关不是那么好过的，翁大宝不是轻易就能被糊弄的，为啥？你还不知道？因为咱们没法送进礼去。”

听了王立平的话，刘文存皱了皱眉头，他想到了他送的御塘池贡品——一小袋红小豆和一小袋小米儿，被翁大宝放在他的办公室里展览的事儿。那时的尴尬，至今还在心中隐隐作痛。就因为这，他一直对翁大宝有一丝抹不去的恨意——从古至今，官不打送礼的人，可是，他却用那样的方式羞辱自己。所以，他对翁大宝，表面敬着，心里却抵触着——他认为翁大宝做作，极不可爱。

起初，刘文存还通过李秘书，表达一下对翁书记的敬意，也很用心地探听一下书记对自己的态度。后来，他索性连给李秘书的电话都不打了。横竖也就当个乡长了，犯不上再巴结谁了。你待见咱，咱就往前奔奔；你不待见咱，咱就小肚子搬家——离鸡巴远远的。就是嘛，官场其实也是人场，有缘就往一块欺哄欺哄；无缘，就各得其所哩。淘生个人，谁又不天生的就比人矮，谁没个自尊？

有了这种想法，他对县里的头头就不像往日那样诚惶诚恐了，他安心于自己的一亩三分地，安心于与王立平这样的狐朋狗友厮厮磨磨。他感到挺惬意，挺令人迷醉。

但是，当刘文存接到县里转回来的一封封人民来信，他才醒悟到，他的这种惬意很不真实，很不可靠。因为王立平这些人不是像宠物那样驯顺，他们是在街头跑野了的爱乍毛的狗，他们不会事事都遵从主人的意愿，他们有自己的欲望，他们会给你惹是生非。

“糊弄不了又咋着？糊弄一会儿是一会儿吧。”刘文存对王立平说。

“那就给乡长添麻烦了。”

“咳，那就谈不上了，谁让咱跟你是哥们儿呢。”

这是一种无奈的悲壮。敏感的王立平感到，这无非是一种姿态而已。

“乡长，您有啥指示？”

“指示个啥？只是给你提提醒，到了该收敛的时候了。”

王立平点点头。

“另外，我这次来是想把林红和孩子接走，咱不好意思再给你添麻烦了。”

王立平一愣，说：“您能把他们接到哪儿去？”

“总有能去的地方哩。”

看得出，刘文存已经做了周密的准备。

王立平猛地坐了起来，说：“乡长，不瞒您说，林红他们娘儿俩，您是接不走了。”

“为啥？”

“有林红他们娘儿俩待在玄武村能给我王立平避邪，让那些刁民知道，无论他们咋告，我王立平还是有后腰棍儿的。”

“你咋这么自私哩？”

“嘻嘻，您千万别生气，咱是跟您刘乡长学的。”

王立平的阴囊又疼了一阵子，他咬了咬牙，稳稳地坐在那里。面对不可预测的未来，这点儿疼又算个啥。

眼前的梳妆镜一会儿模糊，一会儿清楚。这是泪水在不停地凝聚，滴落。

王小翠已无心揩拭，只是机械地梳理着头发。

无论旁人咋看，她心里是清楚的：就是因为自己，才导致了援朝的死。

万援朝躺在床榻上的时候，她曾盘算过，要用自己贞淑的美和对丈夫无限的耐心，给那个觊觎者以不屈的回答，让他看到，无论如何，她只属于万援朝。万援朝死后，她更是大门不出二门不迈，独守寂寞，端庄自持，也是要村里人知道，我王小翠，绝不像你们想象的那样招摇，我只属于我自己。

就这一点，感触最深的就是她的公爹万明全，以至于从最初的怨恨和猜疑，变成了不由自主的敬重。他甚至觉得，有这样一房端庄而自尊的儿媳妇，万援朝死得值。

这也正是王小翠心中的生活信念：她要用自己最清正的为人，证明万援朝的价值。

可是，觊觎者的占有来得是那样猝不及防，破碎仅仅是一瞬间的事儿。青山常绿有啥用？无非是成就了墓碑的高度；绿水常流有啥用？无非是消解了存在的理由。

王小翠这时感到，美，美好的信念，真是梦幻一般没有力量。为啥人家都说女人是祸水？既然自己主宰不了自己，不是祸水又是啥？

万援朝出现在她眼前。他满脸幽怨，不停地摇头。

万明全也出现在她眼前。他连连叹息，说："女人就是靠不住哩！"

她已无话可说。在农村，家门蒙羞的一切责任，都在于女人。女人心中的委屈，没有哪个人能够怀着同情听你诉说。

沾着泪水，王小翠把自己收拾停当，然后把强暴发生的现场也收拾得了无痕迹。然后坐在床沿上，想身后的事。但是，啥也想不起来了，脑子里一片空。

墙上那只老式的挂钟的滴答声愈来愈响，像破门而进的风，在每个角落里回旋着。

王小翠嘴角露出一丝轻蔑的笑。因为那钟的时针已早就不会动了，它的滴答声只是一种自我陶醉的习惯，并不指点时间。她真想痛痛快快地哭一场，但是想到自己脸上已敷了一层薄薄的粉，经不起泪水的冲刷，也就作罢了。她深情地看了一眼墙角的那瓶农药，空空落落的心，兀然充实了许多。农药的瓶子上蒙着一层厚厚的积尘，她便耐心地擦拭起来。擦干净之后，她随手就把那块抹布扔到地上。但是她很快就感到不妥。便捡了起来，在水龙头下投洗干净之后，搭在晒条上。然后她从容地躺在床上，毫不犹豫地把那瓶农药喝了下去。然后，平静地听着挂钟的滴答声。

王秀珍不能再容忍了。

冯景旺从老家回来，不仅没办成跟毛品英离婚的事儿，反而毫不含糊地对她说："你愿意跟咱好，咱就好，不愿跟咱好，咱就和和气气地分手，跟毛品英，咱横竖不能离哩。"

当着旺儿的面儿，王秀珍把自己给他置备的好衣服，用剪刀狠狠地剪了。

她那两只胖大的脚狠狠地蹂躏着衣服的碎片，说："早知这样，好吃食还不如喂狗哩！"

旺儿很遗憾地摇摇头，说："你干啥拿衣服置气？"

"我的意思是告诉你，从今儿个起，你就没好日子过了。"

旺儿一笑："你吓唬谁？咱本来就没过过好日子哩。"

"好，咱们走着瞧！"

过了几天，王立平把他的农场场长给免了，并对他说："旺儿，我这也是迫不得已哩，最近有人接连不断地给我捅匿名信，说我以权谋私，独断专行，其中你当厂长的事儿更是个话把儿。"

"那我去做啥？"

"门房你是不能去了，因为有你举荐的那个伙计，你还是回瓮里吧。"

回瓮就回瓮，咱从来就是个打工的，只要是给开工钱，干啥都一样。

虽然他的心情表现得如此豁达，但他的身子却不给他相应的支撑。那个闷热、肮脏的劳动环境，弄得他呼吸不匀，虚汗淋漓，有几次甚至虚脱过去。时间不久，他全身的皮肤都爆了皮，以至于不敢沾水，一沾水，肉皮子就又痒又疼。他苦不堪言，心中哀叹：被臊女人傍了几天，连身子都贱了。

王秀珍不时地来光顾一次，她打着一把油纸伞，幸灾乐祸地看着他："旺儿，你有啥感觉？"

“没啥感觉。”

“喊，你是打肿了脸充胖子，”王秀珍丑丑地弄了一个飞眼儿，“不过，现在要是回头还来得及。”

旺儿的感觉就像公园里被人逗弄的猴子，气愤之下，他故意弄倒了一堵砖坯：“我从来就不想回头哩。”

王秀珍知道旺儿在跟自己斗狠，便嘟囔了一句：“我才不给你这个脸呢。”说完扭身走了。

玲珑而轻盈的一把油纸伞，肥阔而下坠的一张屁股，搭配在一起，真是滑稽得要死。旺儿不禁摇摇头：“这样的女人，你咋能跟她欺哄在一起哩？”

他居然有一种得救之感。但月底发工钱的时候，他傻了：王立平只开给了他五百元钱。

“咋开这么点儿钱？”他不解地问。

“你的岗位只值这么点儿钱。”王立平冷冷地说。

“那以前咋开那么多钱？”

“以前你是场长。”

“我是说场长以前。”

“那是秀珍赏给你的。”

“既然是这样，咱不干了。”

“悉听尊便。”

听了这话，旺儿愣了。没想到，那个平时对自己还算亲切的人，咋一转脸就这样冷酷无情哩？

“王村长，这可不像你的为人。”他还存有一丝幻想。

王立平笑笑，说：“我一直就是这样。”

在工棚里，旺儿低头收拾着自己的行李，眼里噙满了泪水。“不干了也好，省得被人家当玩意儿耍。”那个看门房的伙计安慰道。

旺儿的眼泪夺眶而出。他感到，自己在玄武村的日子，真是像一场梦，而且是一场荒唐的梦。当梦醒来的时候，已付出了人格的代价。

“旺儿，你听咱一句好不好？”

“说。”

“你有个好媳妇在家里等着你，还有啥不甘心的？你笑着走才是哩。”

“可是，咱本来是个好人，跟在王立平这个王八屁股后头这么多年，弄得全村的老少爷儿们都骂咱。”

“咳，你真是个死要面子的人，”那个伙计不以为然地摇了摇头，“你以为你是谁，你不过是个外乡人而已，人一走就一了百了了，谁还在乎你是好人还是坏人？外乡人就像烟，即便是浓得结了疙瘩，一股风也给你吹鸡巴散了。俗话说，叶落归根，还是到你的老家去当好人去吧。”

咳，这个毛品英，好不当当地就又买了一头驴子，难道她有预感？一想到那头驴，他心里轻松了许多。“你说的是哩。”他点点头。

两个人正有一搭没一搭地说着道别的话，工棚的门咣的一声就被撞开了。一只轮椅摇了进来。

翁大宝最终没有答应徐宝库当支委的要求。原因有两个：其一，徐宝库用这种方式提出当村干部的要求，近乎无赖；其二，缘于翁大宝对徐宝法深深的敬意。

徐宝库的愿望落空之后，就没再进一步要求，只是深深地叹了一口气，说："对不起，翁乡长，咱这样做，真的是有些无理取闹了。"

"您的心情我是理解的，"徐宝库缓和下来的态度，让翁大宝存有最后的一丝幻想，"也希望您能够理解我的难处，支持乡政府的工作。"

徐宝库阴郁地笑笑，客客气气地把翁大宝送出门外。可是，仅仅过了两天，工地里所有的推土机都不能作业了，每台车辆行进的前方，都出现了成片的进行阻拦的群众。他们都嚷嚷着，跟乡政府要说法："为啥不跟我们签协议，就占我们的房子和地？"

这一动向令翁大宝措手不及，赶紧派出了下乡干部，到每处工地去做工作，承认政府的办事程序是有些失当，并答应立刻补签占地协议。但是，群众已经改变了往日积极合作的态度，提出了许多新的条件。诸如前期补偿问题，误工补贴问题。若要满足群众的条件，就意味着乡政府要拿出一大笔现金，就乡财政的能力所言，这是很难兑现的。

"一定是徐宝库在后边搞动作哩。"在一处现场，徐宝法愤愤地说。

翁大宝同意他的判断，但聚集在现场的群众没有一个承认这一切跟徐宝库有关系，都说之所以这样做，是为了维护自己的切身利益。

"革命不是请客吃饭，不能那样雅致，文质彬彬，温良恭俭让，必须惩办徐宝库，杀一儆百。"徐宝法鲜明地表明了自己的态度。

一个令人尊重的人，居然也保留着那个年代浓郁的时代特征，这让翁大宝哭笑不得。

"咱有啥证据？咋惩办？"他反问道。

"咳，让兴虎他们都下去，用不了一天的工夫，就会摸上来许多证据哩。"徐宝法说。

他的这一招，肯定见效。"但徐宝库又不是刑事犯，用这种对付刑事犯的做法对付一个普通百姓，恐怕不妥吧。"翁大宝顾虑重重。

徐宝法皱了一下眉头，白了他一眼，但很快就又堆出笑容："翁乡长，咱横竖得想出个对策哩。"

他的这一"白"，虽然是下意识的反应，但也深深地刺痛了敏感的翁大宝。翁大宝第一次体会到：在徐宝法温厚的笑容背后，也有一种冷厉的东西——他绝不体恤对手，也看不起思虑过多的战友。

翁大宝心里很不舒服，在这个前辈的眼里，他这个大荷包的乡长，还是一只羽翼未丰的雏儿哩。

"到底咋应对这种突发事件，我还要请示一下县里。"他严肃地说。

"好，好哩，你是乡长，到底该咋办，当然是由你定，"徐宝法不自然地笑笑，"对不起，翁乡长，还有个港商在等着我，我先撤了。"他转身就钻进了2.6 T的奥迪轿车，扬长而去。

翁大宝下意识地看了一眼自己的座车，那是一辆行将报废的红色的桑塔纳，由于穿梭于各个工地，车身上落着厚厚的一层粉尘。在最需要这个可敬的前辈给自己一些支撑的时候，却被人家晾在这里，他不禁摇了摇头。

翁大宝联想到了徐宝库的人生滋味儿。他对司机说："咱们也回乡里。"回到乡里，他便立即向李一清做了汇报。

李一清认为，徐宝法的意见是对的，对闹事分子就是要严肃惩办。虽然我们应该依法行政，但就农民的现实觉悟来看，太讲究原则了，他们会认为乡政府软弱可欺——在基层，实践证明，最有效的工作手段是：原则+混蛋。

"翁乡长，我在基层工作的时间比你长，这一点比你体会得深，所以，你出手要硬，别有顾虑，出了问题由我负责。"李一清说。

李一清的表态出乎翁大宝的意料，没想到，在上级面前唯唯诺诺、模棱两可的一个人，在对付群众的做法上，却旗帜鲜明，一点儿都不含糊。

但是，李一清的支持，还是没有打消翁大宝的顾虑。因为从他有限的从政经验来看，现行的工作体制不允许他如此地放开手脚——在重大决策上实行党委负责制，在责任追究上，却实行行政问责制，你看，各地处理的干部，哪个不是省长、市长、县长、乡长？一出了问题，行政长官要引咎辞职，而党委书记却只给党内处分——前者是彻底栽跟头，甚至再也没有东山再起之日；而后者只是打了个趔趄，站稳之后依然会阔步前行。

见翁大宝还是犹疑不定，李一清便开始给他列举现实例证。

“翁乡长，你知道不知道咱北边的涿州影视城？”

“当然知道。”

“你看这个影视城经营得火不火？”

“当然火。”

李一清说：“当初中央电视台选址的时候，可不是选在涿州，而是咱们乡的地界儿——咱这儿毕竟是北京的近郊，地理环境和交通条件都有绝对的优势。但为啥最后偏偏落到了涿州？就是我犯了个求稳怕乱的错误。”

这引起了翁大宝极大的兴趣，他专注地看着李一清，鼓励他接着说下去。

李一清接着说——

谈判的结果，是电视台出资，乡里出地，并办理征地手续，联合进行开发。影视城建成后，作为拍摄基地，电视台有无偿使用权，而经营权归属地方。这可是一块肥肉，它可以拉动旅游和第三产业，从而带动整个乡的经济发展，使农民走上共同富裕的道路，所以，乡党委和乡政府毫不犹豫地接受了这个项目。考虑到占地面积比较大，占地手续办起来有相当的难度，乡里便选择了一片盐碱地，以非耕地的名义进行申报。因为县里支持这个项目，这种变通的方法得到了默许。

老百姓开始是积极拥护的。因为考虑到群众的切身利益，占地协议里规定，电视台要以最好年景的产量和市场最高粮价为基数，按实际面积和承包年限对群众进行一次性现金补偿。而群众也知道，这块土地最好的年景每亩地也不过三百多斤的产量，除去生产成本，几乎没啥收益，他们早就不耐烦种了。而影视城带来的好处，不仅仅是立马就能拿到一大笔现金的问题，还意味着将来的劳动就业问题，农村城市化问题，他们得到的实惠多着哩。

但是，工程人员一进入实地进行丈量放线的时候，一部分群众却改变了主意。他们阻拦着说："占地可以，但是，不能这么占。"

"咋占？"

"给钱。"

"协议里不是已经确定了补偿标准了吗？"

"补偿太低。"

"咋个低法？"

"粮食补偿了，但地上的果树呢？"

于是，就地上物的补偿问题，电视台、乡政府和群众代表进行了一次谈判。

对补偿标准，群众代表说："以年度算，苹果、李子、柿子、桃、梨、枣、杏，这些品种的成年果树每年怎么也得赔偿两千吧，每架葡萄怎么也得三千吧。咋？说到葡萄有些恶作剧？咱这地界儿葡萄产量是低，但正因为低才物以稀为贵哩，价儿定得高一点儿有啥不妥？"

作为乡里的领导，我都为这些群众脸红，这不明明是敲诈吗？农民就是目光短浅，一到根节儿上，考虑的只是自己的眼前利益。我急了，提示道：“咱不能海说，应该有个务实的标准。”

群众代表讪笑道：“嘁，这就够务实的了，还咋务实？”

电视台的领导安慰我说：“你就让他们提，我们电视台有的是钱，黄金时段的一个广告，就两三个亿，这几个钱又算得了什么？”

群众代表的火儿也被拱了起来，说：“你说的是气话，一点儿诚意都没有，咱不谈了。”

电视台的领导霍地站起身来：“那么，我就给你们来点儿实在的，每亩地再加八百，行不行？”

他的慷慨反而激发了群众代表更大的欲望，那些人沉吟了一会儿之后，更加坚定地说：“不行。”

“为什么不行？”他吃惊地问。

“影视城是能吃的吗？钱又是能吃的吗？”

“你们这是什么意思？”

“土地是农民的命根子，遇到荒年，到处买不到粮食的时候，它好歹能打给我们粮食吃哩。”

电视台的领导几乎是无话可说了，他转过身来问我：“李一清同志，作为党委书记，你能不能做村民的主？”

我感到事情要黄，赶紧说道：“能，能哩。”

“那好，下边的工作由你做，我只要结果。”甩下这么一句话，他提前退席了。

到了这个时候，几乎是家里人在论事儿了，我便坦诚地对群众代表说：“你们不要再漫天要价儿了，还是务实点儿好哩。”

“李书记，不是我们漫天要价儿，你没听他说，他们电视台肥得流油？好不容易逮着了一个机会，这油水不揩白不揩。”

“可是，你把人家要跑了咋办？受损失的还不是咱自己？”

“咱咋也是穷惯了，还怕他跑？我们寻思着，宁可要跑了，也不能要少了——要跑了，那是他的事儿；要少了，咱可要后悔一辈子。”

“你们这是啥逻辑？”

“就这逻辑。”

“这是鸡巴的浑蛋逻辑！”

“浑蛋不浑蛋，群众说了算。为啥？咱跟城里人打交道，土地是仅有的一个筹码，就得宰了葫芦要瓢哩。”

我急了，对身边的主管治安的副乡长说：“你去找派出所所长，让他把所有的干警都给我调来。”

“干啥？”

“群众不觉悟，只能用硬性措施。”

干警来得很快，把群众代表堵在屋里。这一招还真的见效，一部分群众代表慌了，说：“李书记，你这是干啥，你叫咱咋着咱咋着就是哩，干啥动那么大的火气？”

我叫人迅速起草了一个协议，让他们在上边摁手印儿。那部分人立刻就摁了，剩下的几个人待在那里，一动不动。

我对派出所所长说：“把他们几个给我关起来，不摁手印儿别想回家。”

那几个人都是干力气活儿出身，干警扭不动他们，情急之下，给他们上了铐子。一见上了家伙，那几个人也没了底气，相互之间对了对眼神儿，说：“好汉不吃眼前亏，咱们给他们摁。”

手印儿摁齐备了，我松了一口气，打电话给电视台的领导，工作我们做通了，你们来签协议吧。

但是，就在签协议的那一天，乡政府被黑压压的人群围住了，那几个群众代表走出人群，说："你们要是敢跟电视台签协议，我们就往县里告，往市里告。"

这个阵势，真有些泰山压顶的味道，我不禁含糊了。因为这里有意想不到的后果，我一个小小的党委书记，又咋能承担得起呢？再说，我干的又不是自己的事儿，是炒豆子给大家吃的事儿，一旦锅炸了，承担后果的却只是我自己，不公平哩！于是，我妥协了。

电视台一气之下，找到了涿州。为啥要找涿州？因为涿州与咱乡接壤，人家要造就一种钝刀子割肉的效果。实际上，人家涿州也真跟咱形成了鲜明的对比——人家让电视台无偿用地，没有丝毫的附加条件。人家说：别以为影视城是个小小的拍摄基地，它实际上是个大的产业龙头，只要它落在我们这儿，要啥效益有啥效益哩。这个认识其实并没有比咱深刻到哪儿去，只不过人家决心比咱下得彻底，措施比咱们得力，以压倒一切的气势承办。那个效益啊！因为有影视城，那个地方处处是商业街，家家是饭店，地方的旅游收入每年就四个多亿。那哪是啥钝刀子，是一把锋利的剑，看一眼，你就心疼不已。李立元县长每次见到我，都要讽刺我："你算鸡巴啥党委书记？一点儿风险都不敢担当，有啥资格当领导？我就不是县委书记，我要是县委书记，早把你鸡巴的撤了。"为啥乡里每项工作我都让你出头？每项决策我都让你拿主意？并不是我滑头，而是心里有抹不去的失败的阴影，没啥锐气了。

"既然是这样，现在也到了关键时刻，你就说一句坦白的话，我该咋办？"翁大宝将了李一清一军。

“中心城镇建设工程既然已经乡人大通过，就具有了法律的依据，你就大胆推进，”李一清阴柔的脸上也有了刚毅之色，“啥前期赔偿、误工补贴，都是扯淡的事儿，不能信马由缰。”

“但是，有些操作环节不好掌握。”翁大宝还是有些担心。

“那咱就采用非常手段。”

“啥非常手段？”

“老百姓不是老强调我们要依法行政吗，那么，我们就以法律的名义搞一个强大的宣传攻势，瓦解大多数，孤立极少数。”

“嗯？”

“把有线广播、流动宣传车和党员入户宣传等一切手段都用上，宣传的内容是：我们现在的建设项目，是在县里立了项的，是列入村镇规划的，是经乡人大一致通过的，谁出面阻挠，谁就是破坏规划，妨碍公务，就要追究谁的法律责任——嘻嘻，你当乡长的怕违法操作，老百姓更怕追究法律责任。啥叫追究法律责任？他们心里明白，那将意味着，警车、手铐和剥夺生育指标、“减负”补贴，还意味着行政处罚，行政处罚背后，就是停水、停电——老百姓有多大的腰劲儿，他能抗得过政府？这就叫以毒攻毒。”

听了李一清的话，翁大宝不禁亢奋起来——原来我这个当乡长的，还有这么大的威严？！

万明全把老命豁出去了的那个不顾一切的姿态，感动了上苍——玄武村天空的雾，说散就散了，天空碧透，像擦拭过的镜子一般。

在病房里，他的儿媳妇王小翠也如愿地睁开了双眼，困惑地看着身边的一切。

她把目光最后凝聚在一张脸上——这张脸，有衰老的皮肤，因而沟壑纵横、重重叠叠；皮肤上，有干枯的毛发，像秋草一般，沟满壕平，斑斑驳驳。然而，杂乱的草丛之中，有一个厚实的嘴唇。这时，这双唇微微颤抖了一下，绽开了一个笑容，露出了不太齐整的牙齿。这是一种温暖人心的美，平时从来没有正眼瞧过。她感动地叫了一声："爹！"

万明全羞愧地点了点头，赶紧用手去抹自己的眼角。

视野里又出现了吴惠珍老太太："闺女，你终于醒过来了，没把你公公急死，他吐了好几次血哩。"

"爹，难为您哩。"王小翠动情地说。

万明全承受不了这么动情的表达，连忙说："别听你吴婶儿的，她嘴碎哩。"

"你也回家歇一歇吧，照顾病人的事儿，你插不上手哩。"吴惠珍说道。

万明全迟疑了一下，说："孩子，你好生歇息吧，过两天爹再来接你。"然后，有些不忍心地离开了病房。

出了病房，他就忍不住地落下泪来。通过这一生一死的过程，对这个儿媳妇，他感情上发生了奇异的变化：她真的是咱的一个女儿哩！

两天后，他准时来接王小翠回家。王小翠想坐公共汽车，而万明全执意要她坐自己的三轮车。王小翠说别累着您，万明全说，嘁，你可别小瞧你爹，你爹有的是力气。

三轮车不紧不慢地走在万里无云的乡间公路上，万明全说："闺女，爹想问问你。"

"问啥？"

"你咋好不当当地就喝那玩意儿呢？"

“我也不知道咋回事儿，不由自主地就想喝。”

“爹知道你，你是放不下咱援朝。”

“嗯。”

王小翠在医院里就想好了，这辈子，她绝不能把自己寻短见的真实原因说出去——这一，自己的名字跟王立平联系在一起，本身就是一桩说不清道不明的耻辱。这二，公爹是个有性情的人，他是容不得这种家丑的，会毁了他们之间业已深厚起来的亲情。

“闺女，爹也是见过世面的人，不是那种老保守，你还年轻，有合适的，就往前走一步哩。”

“爹，我哪儿也不走，我这辈子欠援朝的，我要替他给您老尽孝。”

“咳，咱是有名的醉鬼子，一喝了两口酒，连人话都不会说，不值哩。”

“爹，您不能这样埋汰自己，我知道，您是个很仁义的人。”

“哎，闺女，有你这句话，我心里就啥都有了，也就不枉活这一辈子了。”说到这儿，万明全喉头有些发痒，不停地咳了起来。

“爹，让我来蹬车吧。”

“那咋成，你身子还虚着哩。”

“五婶儿她人真好，这两天她给我端水端饭、洗脸擦汗，伺候得到到实实的，跟我的亲娘似的。”

“她那个人我知道，嘴茬子硬，心眼儿软。”

“那就把她接过来吧，团团圆圆地成为一家人多好。”

“你乐意？”

“我啥时候不乐意了？”

没想到，在不知不觉间竟跟自己的儿媳妇接上了心气儿，万明全不禁心花怒放，脚底生风。

三轮车的辐条刷刷地欢叫着，路边的老树，也变得异常灵动，一错眼珠儿的工夫就闪过身去。

王小翠想笑，但是她不敢笑，因为一场屈辱刚刚过去，转脸就笑出声儿来，忒有些没皮没脸哩。

“闺女，我有个想法憋在心里好久了，趁着今天心情好，咱想跟你说说。”

“啥想法？”

“我寻思着，整天扎在破烂儿堆里也不是个常法，不是怕人家小瞧，是觉得它不是个正经营生。”

“可是咱家又没地，能干个啥？”

“玄武村不给咱地，咱不兴到外边去，自己给自己踅摸一块地？横竖是共产党的天下，还找不到一处卖力气的地方？”

他对儿媳妇说，咱乡西邻着岳各庄乡，岳各庄乡西北角有个远近闻名的山叫上方山。上方山为啥有名？是因为它的山林，山林把整座山都覆盖了，一块山石都看不见。城里人被钢筋水泥筑的鸽子笼憋屈坏了，一到节假日，就拉家带口地往那里欺哄。还有邪的，一对对儿怨侣偏偏就选了在这个地方殉情，成双结对地往山谷跳的时候，脸上还带着笑哩。他们说，我们为啥不笑？青山埋忠骨，还不跟仙人似的。上方山的大好景致，一是靠造化，二是靠人工。我有个叫于青的老战友，从战场上下来就上了山。他对林场的领导说：我就是想造林，别的没啥企图，你们也甭给我工分儿，给我点儿口粮，饿不着就行。就这样，他一直待在山上，历次运动他都没有赶上，活得平平安安。有了政策之后，他索性承包了六百亩山场，二十多年下来，他栽树十三万棵。你再看他那个人，比我还大两岁哩，满脑袋连一根白头发都没有，眼睛亮得跟八岁的孩子一样。

前些日子他见到我，说：哎呀，老万，你咋皱褶得这么不成样子，脸色也跟苦大仇深似的？

我说，哪儿能跟你比，咱操心的地方比你多。

他说，你哪儿是操心的地方比我多，是糟心的地方比我多，谁让你整天跟是非搅在一起呢？

我说，这是没办法的事儿哩。

他说，咋会没办法？你也到山场来呀，跟土坷垃打交道，咋会有是非哩？

见我没吱声，他说，山场可是个好地方，养人哩。

咋个养人法？我问。

他说，说养人，可不单单是活得滋润，往深里去琢磨，得有两方面：一是它能涵养人，让你乐天知命。二是它能让你感到活得有价值。你以为我待在山场里就是躲心境儿，那可就错了。一遇到下雨的天儿，你准是往屋里跑，我却要往屋外跑。为啥？就着雨水栽树，好活哩。被雨水浇着，你可能认为是苦，但我感觉到的却是乐。为啥？这一，雨水浇在身上，可以化郁气舒懒筋，让人感受到天地真气儿。这二，看到身后立起了一棵棵青俊儿青俊儿的树苗子，你的心立刻就宽绰了，因为你给子孙留下了一点儿想念。说句开玩笑的话，雨天往屋里跑，那是连狗都会的动物本能；而雨天往屋外跑，只有人能做到。所以，山场对你最大的涵养，是让你感到自己活得像个人。你们玄武村的情况我有所耳闻，那不是你这人待的地方，你趁早也到上方山来，咱们老哥儿俩摽在一起再栽它几万棵树，最后把老骨头埋在万木丛中，听着后人在这里谈古论今、谈情说爱，你说美不美哩？

“闺女，你猜咋着，我的心还真让那老小子说动了。”万明全笑着说。

“既然心动了，就莫犹豫了。”王小翠说。

儿媳妇的话让万明全大吃一惊——这哪里像一个年轻女人说的话哩！

“那你咋办？”他问。

“我也去哩，”王小翠感觉到了公爹的疑惑，解释说，“把吴婶儿也拉上，咱一家子都去开荒造林有啥不好？”

那只轮椅嘎地在旺儿面前停住了。上面坐着的人，竟是久未出门的孙成才。

“没想到吧？”孙成才阴郁地笑着，目光直直地盯着旺儿。

没等惊愕的旺儿说话，孙成才接着说道：“估计着你要走了，所以赶紧来找你，我有话要跟你说哩。”

旺儿知道，他们之间都对对方没有好感，平时见面也是客客气气地点点头，属于那种从不过话的关系，咋突然就有话要说哩？他不禁站了起来。

听到玄武村这么特殊的一个人物有话要对旺儿讲，那个伙计知趣地走出了工棚。

“最近举报王立平的人民来信比较多，你猜是谁写的？”孙成才问。

旺儿不禁警觉起来，说：“我咋知道？”

孙成才嘿嘿一笑：“那个人，不是别人，就是我。”

“你？！”旺儿以为自己听错了。

“对，就是我。”

“你为啥这样做？他可是你的大舅哥哩。”他本能地问道。

孙成才嘿嘿一笑，说：“冯景旺，你究竟是个本分人，哪儿知道这世面儿的复杂？这年头儿，除了母亲是真的以外，还有啥是真的？大舅哥？他王立平但凡能念点儿亲情的话，也不会把我弄成这个样子哩。”

“你咋能这样说哩？谁不知道，你那是天灾。”

“屁！我那是人祸，是我那位可爱的大舅哥设下的圈套。”

“他还能给自己的妹夫下圈套？我不信。”

“信不信由你。”

“他为啥这样做哩？”

“简单地说，因为我跟于宝力走得近乎。”

旺儿觉得，问题不会是这么简单的，孙成才私下里在砖厂搞的那一套，或许让王立平发现了。但是，即便是偷偷地捞了一把，亲戚之间也不应该生分到那个程度啊，钱能跟人命比吗？

“咱弄不懂你们之间的事儿哩。”旺儿嗫嚅道。

“你是不懂，但是我懂，”孙成才脸颊抽搐了一下，“前一段日子咱玄武村下了几天雾是不是？就是这几天，人一辈子遭的罪都让我受了，咱的身子僵得跟洋灰筑上似的，钻心地疼，疼得哭爹喊娘的，恨不得一头在墙上撞死。一旦尝过了那个滋味儿，你就知道恨是啥模样了。”

旺儿马上想到了龙二成。龙二成为啥把事儿做成了这个样子？照孙成才的说法，那是恨得不能再恨了。这么说，仇恨能让人头脑发昏——心肠变硬——无所怜惜——置人于死地而后快？不管咋说，王立平埋下的仇恨的种子太多了，再跟他搅和在一起，他会成为第二个王大伦。所以，离开玄武村，或许还是件好事。

孙成才不期而至，并且劈头就把最隐秘的事儿告诉自己，他要干啥呢？无论如何，你们之间的恩怨究竟是家里的事儿，作为一个外乡人，咱千万别掺和进去——俗话说，虎不辞山，人不辞路。尽管王立平也把咱当玩意儿耍，咱也没必要变得那么促狭，谁放着大路不走走小路呢？

“孙厂长，”旺儿还用原来的叫法称呼孙成才，“孙厂长，我觉得你还是耐心耐法儿[1]地治病吧，别胡乱猜疑，兴许王村长不像你想象的那样哩，弄得不可收拾了就真伤和气了。”旺儿劝慰道。

孙成才摇摇头，说：“他王立平是啥样的人，我还不清楚？他除了吃屎的事儿不干以外，啥都干得出来，包括对你。”

“对我？”

“对，就是对你。”

“我就要走了，他对我咋样也就快成为过去了，一切都无所谓哩。”

孙成才嘿嘿地笑个不停，意味深长，令人毛躁。

“你笑个啥？”

“我笑天下善良人都是十足的傻瓜，被人卖了，还要替卖主儿点钱。”

“你指啥？”

“我是想告诉你，你糊里糊涂地到了这一步，都是王立平王村长导演的。”

旺儿真的糊涂了。

孙成才说，正因为你要走了，所以我才赶过来，我要让你走个明白。说白了，这也是为了我自己——王立平这么轻易地就少了一个对手，岂不是太便宜了他？我知道你一直对我有成见，要想取得你的信任，就必须用最坦诚的态度对你，所以，我把给王立平写匿名信的事儿告诉了你——现

---

[1] 耐心耐法儿：京西方言，（一）忍耐，耐心；（二）一心一意，专心致志。

在，我们是一样的人了，我的话你可以相信了。

接下来，孙成才把旺儿家的驴被杀、秋玉米被窃的事儿原原本本地叙述给他。

旺儿听罢，久久的惊愕之后，竟痴痴地笑了起来。好像这一切跟自己啥关系都没有，只是书本上的一个故事儿而已。但是，一旦进入回忆，一旦重新进入故事的现场，那锥心裂肺的情景，便像生了锈的针芒被重新磨光而扎进心头肉里，招引了崭新的更锐利的疼痛——

第一针，扎进左心房。

到了牲口棚，眼前的情景把他惊呆了。

那头驴横躺着，眼睛睁得大大的，眼球像比往常膨胀了许多，凸凸的，似要从眼眶里挣脱出来。它的脖子上有几处明显的刀痕，刀口上还冒着血泡。地上满世界是血，且腥且臭。四只蹄子深深地插进了土中，可以想见，临死前它是做了多么剧烈的挣扎。

这是一个残酷的事实：他的驴被人杀了。

他想起了深夜的梦里，驴向他告别的情景，不禁出了一身冷汗。

“是谁的心这么狠呢？”毛品英看着他，用眼神向他追寻答案。

“咱又得罪了谁呢？”他把疑问又推给了毛品英。

两个人如何思忖也得不出答案，一团恐惧便笼罩了他们。

他们不敢声张，悄悄地把驴埋了。

第二针，扎进右心房。

旺儿把背篓扔在地头儿，兴奋地扑向庄稼的深处——他要在动手前，再看一遍他鼓粒的棒子长在秸秆上那沉甸甸的模样，这是一种只有庄稼人才有的享受。

然而猝然的打击迎面而来。那种沉甸甸的影子不见了，阵风吹来，他听到了秸秆轻浮的声音。

他以为眼前这块儿是被獾鼠和地狸子盗了，便跑上跑下对自己的所有的堰田都检查了一遍。他彻底失望了，他所有的亲爱的棒子全都不翼而飞了，这决不是鼠类所能为的！

“孩儿她娘，你快来看咱的棒子！”

“咱的棒子咋了？”

旺儿颓然地坐在地上，有气无力地指了指身边的庄稼。

毛品英也重复了一遍旺儿刚才做过的动作，回到男人身边，她也颓然坐在地上。

“孩子她爹，咱的棒子！”

很快，毛品英猛地站起身来，在玉米地里疯了似的乱跑。她啥也不说，只是从东到西，从西到东——从南到北，从北到南——从上到下，从下到上——重重叠叠、反反复复地跑着。

她怀疑有人在跟她开玩笑，有人在给她变魔术，用不了多少工夫，一切都会给她还原过来。

她跑累了，喘不过气来了，也终于明白了：在这个世界上，还没有那么高明的魔术师，也没有那么好心的人跟她开玩笑——她的玉米被两脚野兽盗了。

一旦明白之后，她的眼神儿还原过来了，她看见了玉米垄间人的脚印。

她直勾勾地看着那些凌乱而清晰的脚印。

她久久地看着，那些脚印动了，而且响起践踏的声音。那些脚步声是那样的密集，那样的尖利，震得她的耳朵又疼又痒，最后嗡嗡地叫了起来。

她大叫一声，扑倒在地，沿着脚印爬了过去。

旺儿惊呆了。

他慌忙跑过去，把她从地上拽了起来。女人想从他的把持中挣脱出去，但只挣扎了两下，仅仅是两下，身子一挺，休克过去了，嘴里淌出长长的口涎。

沉睡的心被锐利的疼痛唤醒之后，旺儿第一次看到了仇恨的光亮——那束光亮，是七彩的：羞愧、屈辱、迷乱、幻灭、厌恶、鄙视、痛恨——既对他人，也对自己。对自己，活着真没啥意思；对他人，人真不值得怜惜。

“既然这样，我还真的不能走了。”他说。

“这也是我希望的。”孙成才说。

“我凭啥要信任你？”他对孙成才也有些反感。

“有你家地里的老棒子为证，”见旺儿一脸的迷惑，孙成才说，“王秀珍怜惜你哩，她把你家的粮食给保管起来了。”

“在哪儿？”

“在奶牛场的饲料库里。”

第二十章

好日子就要来了

翁大宝按李一清的提示，做了一下尝试。

效果果然不错：大部分群众纷纷从工地上撤回家去，静观事态的发展。

徐宝库等人私下里的串通，乡政府的立体宣传，把他们搞糊涂了。双方都以“法”的名义，都振振有词，信谁的哩？从徐宝库一方看，他是在为百姓争利益，无可非议；从乡政府一方看，人家本来就是代表群众利益的，绝不会无缘无故地与百姓为敌，况且出师有名，也不容置疑。还有个深层原因：普通百姓，对“法”有一种天生的畏惧——既然弄不清双方谁真正代表法，那么，自己就千万别违法——在法律机器面前，咱一个平头小百姓，还不跟只苍蝇似的？人家不动怒则已，一动怒，咱还不被碾得粉身碎骨？所以，留着你们双方去争斗吧，争到最后，不管结果如何，咱横竖是不吃亏的。

大部分群众的退出，使翁大宝紧悬着的心变得舒缓了一些。他想，剩下的少数人，可以区分性质，各个击破哩。但问题的难点是那个徐宝法，就已发生的事件来看，徐宝法不是个简单的人物，他是有相当的号召力的。咋做他的工作呢？因为一时找不到好的办法，他紧皱的眉头还是舒展不开。

就在这时，徐兴虎兴冲冲地闯进他的办公室，啪地把一张白纸拍在办公桌上，说："翁乡长，咱可以正式拘捕徐宝库了！"

徐兴虎是绝对不能容忍徐宝库对自己的羞辱的，在纷乱之中，他带着人下去，取到了徐宝库煽动闹事的证据。那证据上，摁着密密麻麻的手印儿。

翁大宝看过，说："这个证据很重要，但是，我要问你一句，你取证的方式是不是合法？"

徐兴虎一拍胸脯说："绝对没问题哩！"

由于急于推动工作，翁大宝也就没有再做深入的追问："既然如此，就依法拘捕吧。"

送走徐兴虎，翁大宝心情忐忑，但又异常兴奋。他对徐兴虎的取证手段是怀疑的，但这毕竟是难得的，甚至是唯一的突破口，无论如何也是要试一把的。

桌上的电话响了。

他懒洋洋地拿起电话，他真是有些累了。

"是翁大宝吗？"

"是。"

"我是李立元。"

"哦，是李县长。"

翁大宝不由自主地站了起来。

"翁大宝，你这个乡长是咋当的？你们乡的老百姓把县政府都围了，你居然还像吃了凉柿子似的坐在那里，你这个乡长还想当不想当？嗯？”

“啥？把县政府围了？”

“不信，你自己来看。”

“好，我马上就去。”

“我们县历史上从来没有发生过围攻县政府的事儿，你翁大宝居然就给我整出一遭来，我真是佩服得五体投地哩。”

不容翁大宝接话，电话啪地就撂了。

县长大人的愤怒已到了不可遏制的程度。

在翁大宝惊惶地走出办公室的同时，一溜警车拉着警笛开进了乡政府的院子。

徐兴虎慌慌张张地跑上前来：“翁乡长！”

翁大宝不耐烦地挥了一下手：“你啥也别说了，马上跟我去县政府。”

“干啥？”

“还能干啥？接人。”

那张有关徐宝库煽动闹事的证据材料，是徐兴虎事先拟定好了的，那些证明人则是在徐兴虎的威胁逼迫下，不得已才摁上手印的。事后，那些证人都去找徐宝库，纷纷说：“老徐呀，你可千万不要怪罪我们哩——徐兴虎拿着手铐在咱面前晃来晃去的，咱心里慌得没了方寸，便摁了手印儿。你说，咱小门小户的，派出所的人咱惹得起吗？换了你，你能有啥脾气？还不是乖乖地顺着人家？”

徐宝库说：“你们都是些无权无势的人，只能逆来顺受，所以，我咋能怨你们呢？”

话虽然是这样说，徐宝库的眉头还是皱成了疙瘩。

最后，他一拍大腿，说："先下手为强，咱到县政府去。"

那些人吃了一惊。徐宝库说："啥事儿都怕闹大了，一旦闹大了，连乡政府也不敢担待。不然的话，连徐兴虎这样的小王巴蛋都整天拿捏咱，啥时候是个头儿？"

那些人说："既然是这样，我们就随你去吧，不然就愧对良心哩。"

这些庄稼人有质朴的本性，他们觉得徐宝库这样做，是为大伙儿的，在关键时刻，如果不帮他一把，良心上说不过去哩。

几十个人就悄悄地来到县政府门前。他们一字排开，堵住了大门口，然后从怀里掏出纸糊的喇叭，齐刷刷地喊："李县长，你出来！李县长，你出来！"

这个情景，来得是那么突然，政府大楼里的人既感到惊奇又感到新鲜，都纷纷地从窗子里探出头来。

这成了一种别样的鼓励，徐宝库他们喊得更用力了："李县长，你出来！李县长，你出来！"

李立元正巧就在楼里，那整齐的喊声不由分说地敲击着他的耳鼓。他既惊异又愤怒："这他妈的是一帮子什么人，敢跟县长这个样子叫板？"他打电话给信访办的主任毛永英，叫他出去看看，到底是咋回事儿。

毛永英很快就回了话，说是正搞中心城镇建设的那个乡的农民，要告他们的乡长翁大宝和派出所所长徐兴虎，理由是非法占地和非法拘禁。

李立元阴郁地一笑，对毛永英说："你去告诉他们，就说县长不在，让他们有事去找他们的乡长翁大宝，他是个有原则有水平的干部，他会妥善解决的。"

李立元转身就给翁大宝挂了电话，命他火速赶到县政府来。撂下电话，李立元自言自语地说："翁大宝啊翁大宝，我倒要看看，你这个大能人这回咋收场哩。”

对自己这个幸灾乐祸的心态，他既羞愧又兴奋，在座椅里不停地转动着身子。

“李县长，你出来！李县长，你出来！”

喊声不绝于耳。他微笑着听着，像欣赏动人的音乐。“喊吧，喊吧，你们越是喊得欢，越证明县长究竟是比乡长强哩。”

翁大宝赶到现场之后，看到县政府的门前已围成了人山人海，心中陡地生出一种压力。他快步走到徐宝库的身边：“老徐，请说服你的人跟我回乡里去，有话咱慢慢谈。”

徐宝库看了一眼翁大宝身后的徐兴虎，睥睨地一笑：“翁乡长，对不起，咱不跟你谈。”

“为啥？”

“你做不了主。”

“我大荷包的一乡之长，咋会做不了主？”

“说你做不了主就是做不了主，你还别嗔怪哩。”

“那就请教一下，我做不了主，谁能做主？”

“徐宝法。”

“你？”翁大宝的脸红了。

“所以哩，咱不能死等着被人拿捏，咱要给自己找一个能做主的人。”徐宝库甩下这么一句话，就不再理睬翁大宝了，转身对那些伙伴儿说：“伙计们，别泄气，接着喊，我就不相信，人民政府的大荷包的县长，会不怜惜咱老百姓哩。”

“李县长，你出来！李县长，你出来！”

“李县长，你出来！李县长，你出来！”

……

叫声忽强忽弱，就像心跳的节奏。他们竭尽心力地信任和期待着人民的县长。徐宝库心中有一个念头：县长必须给他们一个答复，或者是一个说法，不然他们就没法回家乡了——因为家乡的父母官儿和派出所所长就在身后，如果得不到县长的怜惜，回去的命运便是被拘捕和被惩办。

他们的叫声催热了围观者的同情心，人们也跟着他们一起喊——

“李县长，你出来！李县长，你出来！”

“李县长，你出来！李县长，你出来！”

……

但是，无论喊出咋样的热情和期待，却始终呼唤不出人民县长的身影。这一切，给徐宝库们的是惊愕和绝望，给围观者的，却是愤怒和斥责——

“这是哪家的县长？心比铁还硬哩！”

“丫挺的还是人不是人？”

“再不出来，把大门给丫挺的掀翻了！”

感受着人们愤怒的情绪，翁大宝的心发生了微妙的变化：他觉得徐宝库们真是可怜，是那种无依无靠还要撑出微笑的可怜。他想到自己也是农民出身——如果自己没有当上乡长，仍然是土地上的一员，遇到不可抗拒的挤压，也会抱着一丝幻想，走上告状之途，也会在这样冰冷的大铁门之前，绝望地呼号。自己的声音会比他们更强烈吗？会比他们更决绝吗？

他重又挤到徐宝库身边，用请求的口气说：“老徐，你们别喊了，请跟我回去吧，咱既往不咎，啥都可以坐下来谈。”

看着徐宝库犹疑的眼神，他补充道：“请相信我，我用人格保证。”

徐宝库的眼里闪出一丝亮光。但是，围观的人已蜂拥而上，表达着一种比他更坚定的气势。他摇摇头：“对不起，已经晚了。”

徐宝库们，包括翁大宝在内，被人群裹挟着朝大门撞去。翁大宝起初是奋力抗拒的，但在自己的身板就要挨近大门时，他却突然改变了力的作用方向，顺势撞向大门。这一不易察觉的姿态，却被徐宝库察觉到了，徐宝库露出惊异的表情：“翁乡长，你？”翁大宝冲他笑笑，那是一种只有农民才有的顽皮而又诡秘的笑。

县政府的大门是一道低矮的电动门，在人们的撞击下，忽忽悠悠，迅速变形，眼看就要折断了。关键时刻，随着一声哨音，一队警察冲开人群，迅速排在门前，而且枪声也响了。

人群凝固了。

“翁大宝乡长，李县长让你马上去见他。”毛永英挤到翁大宝身边，低声说道。

门卫在民警的协助下，独独把翁大宝放了进去。

于是，万千双眼睛都齐刷刷地盯着这唯一朝县府里移动的背影。

翁大宝能够感受到这些眼神，便如万芒刺背，羞愧难当。他走了他一生中最难堪的一段路。

一直坐在转椅中的李立元听到门响，睁开了眼睛：“啊，是翁乡长啊。”这个不阴不阳的声音，弄得翁大宝不知所措，尴尬地笑笑。

李立元猛地站了起来：“你让我说你啥好呢？”

“请县长批评。”翁大宝脸上的汗刷地就下来了，他知道事态的严重性，做好了承担一切的准备。

“现在不是追究你责任的时候，我现在要做的，是要保住你这个乡长的面子。”

这真是出乎翁大宝的意料，他呆呆地看着李立元。“对那些动不动就上访告状的刁民，不能姑息迁就、心慈手软，不然的话，我们的基层领导还咋开展工作？你说是不是，我的翁大乡长？”

翁大宝无言以对。

“那好，你不小心弄上了屎的屁股，还是让本县长给你擦吧，”李立元一边调侃着，一边拨通了公安局长的电话，“把那些闹事者给我抓起来，我不能落下这恶劣的先例！”口气里透着不容冒犯的威严。不久，就响起了一片刺耳的警笛声。

再不久，外边的喧哗声竟奇迹一般消失了。

翁大宝走出县府大楼的时候，街面上竟异常平静。车辆从容地行驶着，行人脸上依然带着往日的笑容，好像这里从来就没有沸腾过、愤怒过。他不敢相信地摇摇头，耳畔回荡着李县长的声音：“翁大乡长，请你记住，你欠了我一份人情，哈哈，哈哈……”

天上那一轮灿灿的太阳倏地被一片云彩遮住了，他的心，竟也立马起了一层阴翳。

徐兴虎涎着笑脸在门口等着他，他懒得理睬，阴着脸，兀自上了车。臀尖一挨上座位，脑子就空了。眼前白茫茫一片。

合家到上方山去造林的打算，万明全跟老朋友张家瑞说了。

张家瑞不仅吃惊，而且还不赞成他这样做。“你这是出幺蛾子[1]。”他说。

“你咋能说我这是出幺蛾子哩？”万明全也感到吃惊，“我这是成心给自己找一个安静的去处，省得一天到晚凄凄惶惶的。”

---

[1] 出幺蛾子：以故弄玄虚、标新立异、哗众取宠的手段，吸引人的注意。

“我才不这样想哩，你是在逃避现实。”张家瑞说。

“你咋能说我这是逃避现实哩，罗贯廷躲进庙里那才叫逃避现实呢，”万明全解释说，“我是在给自己找一个土地上的营生，身为农民，不侍弄土地咋成呢？还不是整天没着没落的。”

“既然是这样，干啥不在玄武村侍弄呢？”

“家瑞，我问你，玄武村还有一块干净的地界儿吗？”

“你看，露馅儿了吧，你是在逃避王立平。”

“也许是吧，”万明全嘿嘿地笑着，“既然茅厕里堆满了屎，已经没有了下脚的地方，不如干脆蹲到野地里去。”

“你干啥不把茅厕里的屎清一清哩？”

“那不是咱平头百姓的事儿。”

“谁的事儿？”

“共产党的事儿，上边当官儿的事儿。”

张家瑞摇摇头，说：“你这种想法可不咋的。为啥不咋的？为万援朝的事儿，你咋就能告到县衙门口去？为大家伙儿的事儿，你咋就远远地躲了呢？往好里说，你老万头儿已经不像原来那样有血性了；往坏里说，你这个人太自私。”

“我自私？”万明全愣了。

张家瑞说：“不仅你自私，我这个人也自私哩。为啥？不瞒你说，前些日子我也是满腹怨气的，咱任劳任怨地干了一辈子，一不捞二不奸，反而弄到了一个就要下岗的地界儿，这让人哪儿说理去？一赌气，我都想退党——”

“就你？一个蔫头耷脑的人竟然有那个气性？”万明全打断了张家瑞的话头。

“你别隔着门缝看人，”张家瑞白了万明全一眼，“咱要是没那个气性，会帮着你打官司告状？你这个人，咋忘性这么大？”

“嘿嘿，那你为啥又没退哩？”

“是后来的一件事儿让我改变了想法——”张家瑞压低了声音说，“有一天，我发现我们粮站的头头儿私下里在倒卖陈化粮——啥叫陈化粮？就是储存期太久而变了质的粮食。这种粮食霉变之后，毒性很大，人吃了之后，能把眼睛吃瞎了。你猜他们把陈化粮卖给谁？卖给包工头儿，给外地民工吃。外地民工是不是人？他们的心咋这么黑呢？不平之下，我发现了自己的价值——咱当初为啥入党？不就是看到共产党是为受苦受难的老百姓做主的吗？我扪心自问：如今发生了坑害百姓的事儿，你是不是应该做些啥？我突然想明白了：正因为风气不正，咱才不能退党哩，咱应该做一颗清明的火种，发出一点儿光亮来。于是，我通过县委李秘书的关系，把倒卖陈化粮的事儿反映给了县委翁书记。翁书记立刻就派了调查组，驻进了粮站。不久，那些人就都给法办了。操，你们想让咱下岗，咱先让你们当官儿的下岗。”

“哎呀，家瑞，你真是蔫人蔫大胆，当时你怕不怕？”

“咋不怕哩，这毕竟是摸老虎屁股的事儿哩。”

张家瑞说：“行动之前，我对龙超敏说：‘我想反映一件事儿。’她吃惊地问：‘啥事儿？’我便把陈化粮的事儿跟她说了。她久久不说话，最后满脸凄惶地对我说：‘你能不能不反映？’我问：‘为啥？’她说：‘咱小门小户的禁不住磕碰。’我反问道：‘那些外地民工也是小门小户的，他们就禁得住磕碰吗？况且那是一条条人命啊。’她一下子抱住了我的脖子，颤抖着说：‘可是，那些外地民工跟咱有啥关系？’我说：‘没啥关系。’看到她受惊的样子，我怜惜得不得了，安慰道：‘那好，那咱就不反映了。’可是她整宿地睡不着，一劲儿地在床上折腾。天快亮的时候，她忧伤地对我说：‘家瑞，你还是反映吧。’我问：‘你咋又变了？’她叹了一口气：‘唉！谁让咱看见了不该看见的事儿哩。’我说：‘你得想好了，这可是惹麻烦的事儿。’她说：‘我已经想好了，这事儿没有死罪，大不了是一个被开除——丢了饭碗，受的是皮肉之苦；昧了良心，可一辈子不得安生了——既然横竖都是个受罪，就选一个值的吧。’说完，她就哭了。她这一哭，我还真不忍心动身了，说：‘咱不反映了，就权当咱啥也没看见。’她说：‘你别哄人了，这人活在世上，骗别人容易，最不好骗的却是自己哩。你还是去吧，别顾怜我，咱一个女人家的，遇事儿就是爱哭。’我说：‘这可不是说着玩儿的，这意味着咱将来要过苦日子。’她说：‘那有啥？人家万明全捡破烂儿都能养活自己，咱俩一齐捡破烂儿，还捡不过他？横竖你也没多大饭量，捡破烂儿咱也能给你置备几个精致的小菜，让你舒舒坦坦地喝一壶小酒。’”

“家瑞，你摊上了一个好女人哩。”

“哎，咱土地上的女人哪个不好哩？你看看大菊、小翠，还有猪妈儿吴惠珍。”

“让你这么一点化，就是为了这些女人，咱也应该活得像条汉子哩。”

“就是。”

要想活得像条汉子，就是要清一清王立平这摊狗屎。

“咋个清法呢？”万明全向张家瑞讨主意。

张家瑞说：“那还不好办，咱发动大家给他凑材料。”

说到凑材料，万明全猛地想到了龙二成托付给他的那包东西。那包东西他埋在炉坑的炉灰里，经过一个春夏，他都把它忘了。从张家瑞那儿回来，他急急地下到炉坑里，把那个黑糊糊的包裹挖了出来。打开包裹，里面发出一股浓浓的霉味。龙二成的字是写在毛糙纸上的，这种纸吸湿，上下的纸页都粘在了一起，稍一用力，就把底下的页码粘下一块来。这还不算，纸上的字已经开始漫漶，再不晾晒，就看不清了。万明全脸上出了一层冷汗，骂了自己一声：“我是个啥鸡巴玩意儿，这么有用的东西，差一点儿就给毁了。”

为了避人耳目，这东西不能拿到露天地儿里去晾晒，万明全便把自己倒锁在屋里，在灶塘里生起一丛微火，小心翼翼地把纸页揭开来，逐张儿地烘烤。不知咋的，一旦知道了这东西的价值，粗糙的万明全老汉一下子就变得像女人一般精细了——不能用大火烤哩，那样纸页会起拱；也不能囫囵着烤哩，那样纸页会“糨”在一起。

他双手捧着，烤过一张又一张。

时光咋这样漫长哩？

他的胳膊酸得不成，但是，他不敢有一丝怠慢。他感到手中捧着的不是普通的毛糙纸，而是一团火。他看到了这团火的光亮，他身体里冷却得太久的血液，又重新沸腾了——

就是，人咋能活得那么自私哩？

他迫不及待地把龙二成“凑”的材料拿给张家瑞：“它肯定能派上用场哩。”张家瑞看过，惊叹不已。因为这个“材料”太完备了——龙二成把王立平陷害他的情节记述得活灵活现，事件发生的时间、地点和证人、证言一应俱全，而且每个关键之处，都有证人的签名和手印儿。他毕竟是跑过出租见过世面的人，他是在从法律的角度取证啊。

张家瑞的眼前出现了龙二成不屈地挪动着的半截身子和阴郁的面容。“可惜哩！”他为这么一个坚强的汉子居然等不及法律的审判而叹息。是谁让他走得那么心急呢？

万明全和张家瑞面面相觑，都感到异常沉重。“就凭这个，就能把王立平那个王八蛋关进笆篱子[1]里去。”万明全愤愤地说。

“当然。但是，这只能证明他的刑事犯罪，”张家瑞阴郁地一笑，“王立平把玄武村的地皮都刮了好几层了，只治个刑事犯罪岂不是太便宜了他？要跟他算总账，给全玄武村的老百姓讨说法。”

说到算总账，万明全显得极其兴奋：“那还等个啥，咱立马就干哩。”

“干个啥？你不是要到上方山栽树去吗？”

“嘻嘻，干完这件事再去也不迟哩。”

“咱干是干，但老万，你千万不要毛糙，要像龙二成那样，不声不响地干，咱要弄它个光屁股坐板凳——有板有眼。”

“嘻嘻，你看，胆儿小了不是？”

“不是胆儿小不胆儿小的问题，而是个策略问题，咱毕竟是没权没势的小人物，别惹不必要的麻烦。”

由于兴奋，万明全的耳鸣又犯了——咣咣地，炸弹一颗接着一颗地在耳畔炸响，司号员的脑袋又重新被炸飞了，脖腔里紫黑紫黑的血，依旧喷得毫不吝惜——万明全的呼吸在血腥的回忆中开始窒息。

“不行，我必须冲上去，司号员的血不能白流哩！”

旺儿偷偷地摸进奶牛场的饲料库，在一个很深的角落，果然发现了一堆用编织袋码在一起、还未曾剥去苞衣的玉米。他察看了一下玉米的品种，那是只有山里人才种的，也就是他冯景旺长年种的农家品种——“农家白”。孙成才的说法得到初步验证。但是，他还是有很深的疑惑——偷

---

[1] 笆篱子：京西方言，即监狱。

了别人家的东西，还要把赃物留下，有这样做贼的吗？

无论如何，为了锥心的回忆，旺儿留了下来。从决定留下的那一刻起，他的心境突然就变了，他告诉自己，再也不能像原来那样靠本性过日子了，应该靠心眼儿活着。你看人家王立平、孙成才，包括那个表面上憨朴的王秀珍，哪个不是靠心眼儿活着？他主动回到了王秀珍身边。

王秀珍惊奇地问："对咱，你不是很不待见吗，咋又回来了？"

"嘻嘻，那都是气话，俗话说，生石子儿在手里攥久了，还热得怜惜呢，何况你这么一个大活人哩，"旺儿涎笑着说，"说实在的，咱俩在一起也好几年了，你那软乎乎的肉身子，咱已贪恋得放不下了。"

听了这样的话，王秀珍反而有些难为情了，红着脸说："瞧你，一点儿正经的都没有哩。"

"你们女人就是怪，男人远着你们，你们说没良心；一近乎些，就说不正经——做人真难。"旺儿做出委屈的样子。

"那都是你自找的，我对你可是一股纳心[1]的，从没有别的想法，是一根肠子热到底哩。"

旺儿说："这我当然知道，所以我心里愧着哩，不知不觉就走回来了。"

气氛立刻就跟原来一样了，王秀珍紧紧并拢的双腿，自自然然松开了，那个归拢着的裙摆滑了下去，露出了两条白光光的胖腿。

"秀珍，你就忍心咱待在瓮里？"

"嗯？"

"还有，你就忍心咱挣那几个蛋子儿钱？"

---

❶ 一股纳心：京西方言，一心一意，忠贞不二，忠心耿耿，死心塌地。

“嗯？”

王秀珍明白了，原来旺儿是被现实的处境弄凄惶了，有些不能承受了，便放开喉嗓阔笑起来，连那身肥肉也开心地颤抖个不停。“这人，可值个啥？”她心里说。

停息之后，王秀珍以胜利者的姿态说：“你要是诚心做村长的妹夫，这还算事儿？”

旺儿无可奈何地说：“啥诚心不诚心的，咱已被你揉搓得没脾气了，只能跟你讨日子过了。”

旺儿的话，比惯常的恭维还令王秀珍受用，因为这种哀怜的姿态，给了她一个居高临下的优越地位。

“别说得这么可怜好不好，你再这样说，我可就哭了，”王秀珍眼圈儿真的红了，若有所悟地说，“咱啥都可以再给你，但那个农场场长的差事儿恐怕没戏了。”

“为啥？”

“在玄武村，虽然是我哥说了算，但农场场长大小也是个官儿哩，不能说当就当，说撤就撤，让外人看了，咱也忒不严肃了吧，会招闲话的。”

“那我咋办？”

“你就到我的奶牛场来吧，喝奶方便，养身体哩。”

说到奶牛场，旺儿不禁皱了皱眉头，嗓子眼儿痒痒得很不舒服。

奶袋子显得肥重的一头奶牛懒洋洋地站在那里，王秀珍径直地奔过去。别看她身子显得笨拙，但揽母牛的奶袋子的动作却特别潇洒，而且一点儿不知道怜惜，生挤。

奶柱子打到桶壁上，一阵叮当乱响。

像头上突然飘过来一块冷森森的云团，没等你搞明白，一阵冰雹就叮叮当当地下来了。

既心悸，又痛快。

那奶牛也真邪行，王秀珍越是用力气，它越是待得老实，且悠闲地倒起嚼来。

……

奶桶满了。

牛的奶头上还有奶水溢出来，王秀珍感到很可惜，干脆就直接用嘴吸吮了。

咕嘟。咕嘟。

她咽奶的声音很响。旺儿觉得她自己的奶袋子快要被撑破了，一边担心着，一边厌恶着。牛奶让她不停地膨胀，为她的堕落提供力量。

“旺儿（呜哝），你还不来嘬两口（呜哝），鲜奶更有营养哩（呜哝）！”

热奶咱都喝不惯，到了嗓子眼儿，都是腥腥的、痒痒的，只想给它吐出来，更甭说生奶哩！

虽然是回忆中的滋味，但旺儿也是厌恶得不成，心里嘀咕着：“整天闻那精液似的奶腥味儿，咱受得了吗？”

“咋，奶牛场你不乐意去？”王秀珍察觉了旺儿的表情。

“谁说不乐意了？”旺儿知道，现在他已经没有挑拣的余地了。

即便是这样，王秀珍还是有附加条件的，虽然她并没有明着表达出来，但话里话外还是透露出来了。

“你总是给自己往好处想，你咋不替我想一想？你咋不离婚？”她说。

一听到离婚的字眼儿，旺儿就本能地愤怒起来，他恨不得在王秀珍那张不知羞耻的肿眼泡上抓一把。但是，他忍住了——不是叮嘱过自己了吗？要用心眼儿活哩。

“谁说不离了？”他反问道。

这回，轮到王秀珍不解了：“你是啥意思？”

旺儿告诉她：“我之所以迟迟没离婚，是因为现在不适合离婚。为啥？你没见毛品英本人呢，你一见，心也就不这么狠了。她面黄肌瘦，整个人干枯得像一片叶子，只要风一大点儿，就会被吹走哩。她不知得了啥病，总是喊肚子疼。弄她到乡卫生院看过，人家说她得的是一种疑难杂症，不容易治好。诚心想治也成，得花一笔大钱。咱一个打工的，上哪儿去弄那么多钱？只好让她在家里将养着，挨一天是一天哩。依我看，她也没几天可活的了，剩下的日子就是咱俩的了。咱俩都是本分人，乘人之危闹那种事儿，我相信，我做不出来，你也做不出来哩。再说，这么多年咱俩都挨过来了，那有限的一会儿工夫咋就等不及呢？你愿意留下一个恶名吗？”

王秀珍插话说：“我当然不愿意。”

于是，旺儿猩红着眼圈儿振振有词地说：“还是的呀，既然咱不愿在身后留下恶名，咱就该忍耐些，给她一点儿临终关怀——啥？我咋变得会转词儿了？嘻嘻，那电视里不是经常这么说吗，咱再笨，也不会笨得连学舌的那点儿功夫都没有了吧？俗话说，再豁亮的漏斗儿，也有挂在帮上的油。再说，你们地界儿的人都是很开化的，没名没分地欺哄在一起的男男女女有的是哩。咱眼巴前儿的例子不是也有吗，你看人家林红和刘乡长，连私孩子都养得那么名正言顺了，咱还有啥难为情的？”

王秀珍睁大了眼睛，这还是原来的那个冯景旺吗？“你变了，变得像另外一个人了。”她说。

“嘻嘻，不变不行哩，不变就跟不上趟儿了，”旺儿调侃道，“不仅跟不上趟儿，还会越混越抽抽——咱要是早一点纳过闷儿来，也不会从大荷包的农场场长抽抽到瓮里去哩。”从这天起，一直激烈地反抗着的外地侉子终于向异乡妥协了，他入乡随俗地、极其温顺地搬进了本地相好的闺房里。

太阳再升起的时候，旺儿与王秀珍手拉手地朝奶牛场走去，大大方方的样子，像一对多年的夫妻。这一切，被远远地窥视着的孙成才看在眼里，眼前凭空就起了一团雾。他狠狠地揉了揉眼睛，心中恨恨地说道：“这个外地的侉子，一点儿做人的骨气都没有，当初把他从瓮里铲出来的时候，还不如就势把他日捂死哩。”

但是，他很快就惭愧了，因为他当初的想法是为了王家的名声和体面，并不是为了派上别的用场。紧接着，不可抑制地出了一身冷汗。“他会不会揭发我？”他为自己的草率而后悔不迭。他的轮椅被草根别住了，咋也摇不动弹。“咳，横竖也这样了，咱还怕谁哩？！”羁绊反而给了他一股从来没有过的力量。

突然变得顺从了的旺儿，诱发了王秀珍新一轮的激情，她身体的欲望大得惊人，恨不得天天折腾一次。旺儿也不像原来那么扭捏了，他变得很尽职了。因为人家每月都给开不少的工钱，又不让咱干啥力气活儿。出门是牛奶袋子，进门是人奶袋子，都是沉甸甸的令人迷乱和慵懒的差事，只要心眼儿一活泛，立刻就陷进去了。王秀珍也会调侃，她说：“其实女人也是一块土地，天生就是预备着让男人耕种的，所以，旺儿，你干的也是不让土地荒芜的正经活儿，也是靠力气吃饭，没啥难为情的。”

旺儿说：“谁难为情了？男人骨子里就是吃软饭的，只不过他们不承认罢了。”

“旺儿，你这个人一豁达了，就变得更可爱了，咱稀罕得不成哩。”王秀珍把旺儿的脑袋揽进怀里，很母性地摩挲着。

王秀珍那个肥阔的胸脯上有很肥腻的奶腥味儿，热烘烘的。因为旺儿已经能品出牛奶的甘美来了，所以这个腥味儿的胸部他也不回避了。岂止是不回避，甚至有了醉醺醺的快感——一拥进她的怀抱，他就困得睁不开眼。

“瞧把你懒的，”王秀珍像对孩子一般，点了点他的脑门儿，“你干脆就痛痛快快地睡吧，咱有钱人的日子，就是睡觉的日子哩。”

旺儿就睡进了松软的锦缎里。不久，他就打起了很重的鼾声。

王秀珍知足地笑笑。这男人一变懒了，就说明他死心塌地地跟你了，舒心的日子就真的属于你了。

“男人就得逼得他无路可走了，他才回心转意哩。”王秀珍蹑手蹑脚地走出屋去，她荡漾着满腔的柔情，感到充实极了。

那天，他们俩无意之中就走到了饲料库的那个角落。旺儿问：“玄武村种的都是杂交玉米，这儿哪来的成包成包的‘农家白’？”

王秀珍痴痴地笑，像是没听见似的。

“这种老棒子，只有我们那地界儿才有哩。”旺儿试探着说。

王秀珍肥白的脸子，疙疙瘩瘩地红了起来，说：“实话对你讲吧，这本来就是你的。”

旺儿心里咯噔一下，但脸上依然堆着笑容。“咋会是我的哩？”他反问道。

王秀珍便把根脉梳理出来，脸上居然还带着天真无邪的表情。

旺儿恨不得一把将她掐死，但嘴上却无关痛痒地说：“你们这里的人真坏，拿人家的生计开玩笑。”

“就你那个犟脾气，不这样，你咋会回头哩？”

“也是，”旺儿平静地说，“不过有一样我不明白，你们既然毁了人家的庄稼，为啥还要留下把柄？”

“这有啥难理解的，我王秀珍也是个农民哩，咋忍心糟蹋粮食？所以，我哥他们要把老棒子扔到河里去，咱死活不干。”

“你这个人心眼儿倒挺好。”

这一声赞美让王秀珍很受用，她歪着头说：“咱本来就是个好女人哩。”

她这个得意的姿态，让旺儿哭笑不得，厌恶极了。但是，他要用心眼儿活着，所以，把仇恨深埋在笑脸之中，很豁达地说：“过去的事儿就算了。”

睡在锦缎下的旺儿，突然止住了鼾声——

毛驴面带忧伤地走过来，不停地舔着他的手掌。他的手痒痒的，想笑。但驴子的那个表情，使他又不忍心笑出来，毕竟是家畜，心同人哩。

“主人，我心里很难过。”驴子居然开口说话了，让旺儿大吃一惊。

“你感到哪儿不对劲儿？”旺儿好奇地问。

“主人，我是来向你告辞的。”驴子回答。

“你是一头驴子，不在我这儿，还去哪儿？你真会开玩笑。”

“我前生是地主家的长工，惨遭虐待，被打折了腿扔在路上，是你好心的爹把我捡了回来，把我当自家兄弟将养着，一直到死，你爹也没一丝嫌弃。于是，我投胎变成一条驴，来伺候你，报答上一辈的恩情。”

“怪不得你的腿有点儿瘸，买你的时候，还跟卖驴的吵了一架呢，迫使他落了价儿，我才把你牵回来。咳，早知如此，何必呢，差一点儿没断了这份缘分。”

“断不了的，我就是为你转生来的，别人牵不走。”

“你为啥现在却要走了呢？”

“不是我要走，是我的大限到了，我身上疼得厉害，快撑不住了。”

旺儿猛地坐了起来，愣怔地睁开了眼。虽然从梦境中回到了现实，但那头驴居然还在眼前站着。驴子忧伤地说：“主人，我心里更难过了，你咋一点儿情义都不念呢，竟然跟杀我的人欺哄在一起。”

“我咋不念情义呢？那把刀子虽然插在你身上，却捅到我心里去了，”他狠狠地揉了揉眼睛，“你毕竟是驴，人间的事儿你哪里懂呢，要报仇，得讲究个章法哩。”

“啥章法？”

“要杀人不见血。”

“嘁，你是自己骗自己哩，瞧你懒的那个样儿，到后来，恐怕连拿刀子的力气都没有了。”

“你少跟我讲你们该死的驴话，我心里很烦。”

“你真不如女主人仁义，她每到清明还祭奠我哩，可你已经把我忘了。”

听到拧门把手的声音，驴倏地从眼前消失了。旺儿急急地躺下身去，把锦缎蒙在头上。他咬了一下舌尖儿，验证自己确实是醒着。“驴的眼光就是短浅。”他心里很委屈。但是，驴的出现还真的给他提了一个醒：这样下去，莫非真的会连拿刀子的力气都没有了吗？他暗暗叮嘱自己：咱还真得醒着点儿神儿，倘若堕落得连驴子都瞧不起咱了，可就活得没啥尊严了。他知道，王秀珍就坐在自己的身边，静静地守护着，挑弄着很深情的目光。她有足够的耐心等他醒过来，好一起去挤奶、逛街、下馆子、进歌厅。同进同出的光景，让她感到了一个女人所能感到的幸福。

哼，我要让你付出代价！锦缎下的男人却与她有大相径庭的心境。

现在，旺儿不仅变懒了，也变馋了。一顿早点，他可以一气儿喝下两磅鲜牛奶。牛奶喝下肚之后，会很快就发酵，从腔子里呼出的气，就有一种腐败味儿。他觉得这气味儿很好闻，给人一种富贵的感觉。两腮的奶味儿还浓得化不开，就已经期待着中午的饭食了。因为中午是下馆子的时候，本地的酒馆儿虽然档次差一些，但总会有几道汪着混合油汁的大餐的——这种混合油汁，给人一种昏昏沉沉的快感，比在王秀珍多肉的肚皮上鬼混要受用得多。让人烦厌的是，每天上午，王秀珍都要亲自去挤他们全天享用的鲜奶，他跟在她身后，觉得很无聊。所以，王秀珍倾着胖大的身子费力地挤牛的奶袋子的时候，他会从她的身后，伸到她的肋下去。“嘻嘻，你挤牛的奶袋子，咱挤你的奶袋子哩。”他觉得当二流子的感觉很好玩儿，是解闷儿的最好的办法。王秀珍忍俊不禁，笑得浑身颤抖，牛奶都溅到奶桶外边去了。她说：“你咋越来越不正经了呢？一点儿也不把咱当人。”旺儿一笑，说道：“你以为你还是人吗？整个一头母牛。”

王秀珍知道他是在轻贱自己，但是，他终于能像薅毛品英的奶子一样，薅自己的奶子了，说明他已经接受了自己，当做自家婆娘对待了。所以，虽然被羞辱着，心里却感激着。

进了酒店的包间，胸前一围上餐巾，他的胃就立刻充满了血，异常地贲张起来。蜡黄的海蟹，鲜红的牛排，油腻的鸡腿，每一样高餐大菜，都被他毫不迟疑地吞了下去。他不再思念他的拒马河河虾，那曾让他迷醉的清爽的口味，此时看来是那样的贫气，是那样的经不住咀嚼——大餐就是大餐，小菜儿就是小菜儿，差着行市呢，咱以前对美食的拒绝，真是傻得要命哩。

眼下，旺儿不顾一切的吃相反而把王秀珍的目光给黏住了。她吃惊地看着他，意思是说：你咋像被饿怕了的孩子？

于是，旺儿一边享受饕餮盛宴，一边惭愧起来。因为他曾鄙视过王秀珍的吃相。他记起了王秀珍跟一条焦黄的红烧鸡腿斗狠的情景——

王秀珍脸盘子虽然大，嘴却很小，那个鸡腿儿就显得异常壮硕，她噙不住它，便暗暗地用力，咯吱咯吱的脆响便从她的牙齿缝里挤出来。

记得当时他是很皱了一下眉头的。你王秀珍整个人都肥美得没有缝隙了，干啥还稀罕一只鸡腿儿？终于把鸡腿儿斗败了，把几块碎骨头扔到桌上，她得意地冲他笑。整张嘴油汪汪的，眼睛亮亮的。（你看，她可有多贱！）后来她又马不停蹄地开始干一只螃蟹。由于那只螃蟹是少见的大，她的半张脸都被遮住了。记得她吞下那只螃蟹之后，曾说过一句话："不好意思，这女人真是没办法，一见好吃的就管不住自己。"

当时旺儿记得自己还厌恶地哼了一声，现在他算是明白了：不仅仅是女人，男人也一样，只要心性一放纵了，人的胃就变成了一个无底洞，就再也没有餍足的时候了。

看来，人就是从吃上变得没皮没脸的。吃着高餐大菜，自然就想到了美酒。旺儿每次都要一瓶五粮液，因为他觉得，菜和酒是应该匹配的——比如花生米和拍黄瓜，只能佐以二锅头；而扬州大蟹，至少要佐以五粮液，不然好菜也显得没档次了。王秀珍也有一定的酒量，所以两个人形成了对酌的局面。王秀珍喝得满脸红里透白，喜滋滋的。因为一男一女在包间里对酌有很好的情致，酒醺之下，就感到对方很亲。有时候她陶醉得不可自抑了，会情不自禁地坐到旺儿的腿上去，而旺儿却也没有反感，还嘿嘿地笑着在她的肉腿上捏一把。酒足饭饱之后，他们会自然而然地跑到床上去，颠鸾倒凤，美得一塌糊涂。

酒色，酒色，酒色生淫欲。你说古人他咋总结的，酒色还真的是一对孪生兄弟。王秀珍觉得她的钱花得值，她感到旺儿已经有些爱她了。其实，她哪里知道，旺儿爱上的是这酒色的气氛。

他们把玄武乡周遭的馆子都下遍了。后来，旺儿连五粮液、茅台都不稀罕了，他说："秀珍，我想尝尝洋酒，啥XO，啥路易十五。"

小地盘上哪有洋酒呢，便把馆子下到县城去。一瓶路易十五就八千八，但王秀珍却连眼都不眨一眨，她说："只要你高兴，路易十五算个啥。"

她可真有钱哩，旺儿不禁暗暗惊叹。他也不禁反问：她这么多钱是哪儿来的呢？不管咋样，肯定不是她凭本事挣的，都是些来路不明的钱，既然这样，不如给她可劲儿地造。

起初他心理上还有些顾虑，咱这样做是不是忒不仁义了？但静心一想，反正她再富有，也不会给民工多涨一分工钱，也不会平白无故地救济像咱这样的穷人，不造白不造哩。

他们每次到县城下馆子都是打的去，有时候在馆子里消磨晚了，回程的的就打不上。的哥会说，你们玄武村那地方太偏僻了，我不去。他们说，我们又不是坏人，你怕个啥？再说，我们会给你双份儿的钱。的哥说，给双份儿也不去，咱不是那要钱不要命的主。

旺儿说："秀珍，你看，咱打的来下馆子是不是显得特跌份儿？不如咱买个车。"

王秀珍感到他说得有道理，爽快地应道："咱们买。"

"买啥牌子的呢？"

"现在乡长都坐啥车？"

"红旗。"

“那咱也买红旗。”

于是旺儿和王秀珍双双进了驾校，都学会了开车。会开车之后，旺儿心里陡地有了一种新的感觉：自己有点儿像城里人了。带着这种感觉，他亲自驾车回了一趟老家。

毛品英在惊奇之余忧郁地说：“看到你会开车了，我总有一种不祥的感觉。”

“啥感觉？”

“你学坏了。”

“嘁，你说的这叫啥话？要是会开车的人就是坏人，那么，咱中华大地上不遍地都是坏人？”

毛品英说：“我不跟你斗嘴，你且记住一样，下人再穿龙袍也是下人，别太张狂了，在路上跑的时候，瞧着人家的羊啊猪啊啥的。”

听了这话，旺儿心里酸了很久——自己的婆娘太本分了，都快让自己无颜相见了，因为咱在背后，把她伤害得太深了。

“你放心，再挣两年钱我就回来，回来之后，就哪儿都不去了。”他说。

有了车之后，旺儿更觉得自己活得虚妄。因为车子一开到酒店的门口，门侍就赶紧过来开门，谦恭地说：“领导里边请。”旺儿情不自禁地看了一眼窝在副座上、懒成一团的王秀珍，心里说：真的把咱当成人物了，其实咱是一摊狗屎。而王秀珍竟自以为是地享受着门侍的尊崇，这惹得旺儿心里愤愤不平：装个啥大尾巴老草鸡，其实你更是一摊狗屎。

徐宝库等人被抓之后，乡里变得风平浪静。工程进度迅速朝前推进着。

但翁大宝却满面愁容。他心中有一团化不开的块垒——他知道，徐宝库的请愿是被一步一步逼出来的。那是乡、村领导把他作为对立面，采取非常手段之后他的一种本能的反应，颇有点儿破釜沉舟的味道。

他回溯着事件发生的来龙去脉：乡政府搞中心城镇建设的主观愿望是好的，是想在经济发展的基础上，推进农村的城市化进程。但也正是因为这个美好的愿望，使我们想当然地觉得应该得到广大人民群众的拥护，因而忽略了行政意志和群众意愿之间的协调工作。具体到搬迁环节，没有充分地考虑到群众的现实利益问题，也没有采取必要的法律程序。所以，即便徐宝库的举动掺有个人目的，但我们的确有漏洞——在没有得到群众的普遍理解，没有和搬迁户签订拆迁协议的情况下，推土机就仓促地开进老百姓的地里去了。是徐宝库的出现，才使我们有了醒悟，才被动地采取了弥补手段。在弥补的同时，我们也把徐宝库这些人放在了对立面的位置，因为他们伤害了我们的执政热情和行政意志，让我们感到不舒服，我们便把他们视为刁民，采取了非常手段。比如乡政府通过强大的宣传攻势而进行的孤立瓦解，派出所通过刑讯逼供而搞的强行取证。徐宝库们感觉到了这种对立情绪，作为农民，本性中的不屈与偏执便被强烈地激发出来——开弓没有回头箭，他们必然会走到县政府的门前。但是，他们最后的幻想终于彻底破灭了，他们被人民的县长强令抓了起来。

事端虽然平息了，但翁大宝真切地感到，这种做法伤害了一大批人——他走在施工现场，虽然群众啥反对的话也不说了，但他们的表情是冰冷的，他们的目光是冷漠的，好像乡政府做的好事与他们无关。

徐宝库是别有用心的，但他的追随者却怀着正当的愿望。他们不理解政府的做法，对政府的口头承诺有着合理的担心，不然的话，咋会轻易地就被煽动起来？说到底，徐宝库再有心计，也不过是一个无权无势的草民，居然一呼之下应者云集，这里肯定有不可忽视的人心背景。

据徐兴虎报告，徐宝库被抓起来之后，到他家里去探望的人络绎不绝，送去的礼品都堆成山了。

“这说明了啥？”翁大宝反问道。

这一声反问弄得徐兴虎很困惑，表情茫然地看着他。

翁大宝虽然也茫然，但有一点他是清楚的：把徐宝库这帮人拘起来，是失去民心的。他心情沉重地到了看守所。

“翁乡长，我就知道你会来的。”刚一见面，徐宝库就说。

翁大宝吃了一惊：“难道你能掐会算？”

“不，是你自己告诉了我这一点。”徐宝库说。

翁大宝的脸红了。他当时在县委铁栅栏门前的举动，纯粹是一种下意识的动作，那是因为他血管里流淌的是农民的血液。但是，作为一个地区的行政长官，一旦从职务准则上做理性的考虑，他感到很惭愧。

“这并不说明我就支持你。”翁大宝严肃地说。

“我知道，”徐宝库低沉地说，“但是，就凭这一点，我们都不恨你。”

翁大宝笑着摇摇头，动情地说：“老徐，到了这个地界儿，责任都在你自己，你太任性了——你只考虑个人的面子问题，而不考虑大多数群众的利益——难道我翁大宝搞小城镇建设只是为了我自己？”

“我知道自己的做法是不妥的，给你翁乡长出难题了。”

“既然是这样，你就应该做个像样的表态，然后我到李县长那里通融一下，及早把你们放出来。”

“对不起，我啥态都不会表的。”

“为啥？”

“你们当官儿的有个面子问题，我们小老百姓就没有个面子问题？我们不能像个面团儿似的，任人揉捏，现在毕竟是法制社会了。”

“你既然提到法，那么，以妨碍公务的理由拘留你们就没啥不妥的，你不要感到有啥委屈。”

“那就得看你们的公务本身是不是合法。再说，我们到县政府和平请愿，向县长要个说法，又犯了哪门子王法？”

翁大宝的耐性受到了挑战，他生气地说：“那么，咱丑话可说在前头，跟政府对抗是不好收场的。”

徐宝库苦笑了一下说：“光脚的不怕穿鞋的，你们既然以百姓为敌，我们也就不考虑能不能收场哩。”

徐宝库接着解释说：“据我所知，行政拘留最长也就是十五天，刑事拘捕你们得拿出响当当的证据，所以，逾期不放我们，你们就是错上加错。到时，我们就向县法院起诉你们；县法院如果不受理，我们就到市法院，市法院不行，我们就到高院，高院再不行，我们就冲击中南海。”

“翁乡长去县看守所了。”徐兴虎向徐宝法报告说。

徐宝法一愣，摇摇头：“这个翁乡长，到底是年轻啊，一点儿从政经验都没有。”他感到翁大宝执政手段过于软弱，哪里像个乡长，一介书生而已。

“我看问题不是那样简单，他是想扮演一个亲民乡长的角色。”徐兴虎敲了一记边鼓。

“嘿嘿，莫非他真的想让徐宝库那老家伙当村干部？”

“我看悬哩。”

“要真的是那样，咱也就不能再顾忌面子了，”徐宝法说，“他当乡长的是个流水的官儿，而咱这个支部书记，可是把根儿扎在土地上的，咱不能让他的心慈手软把咱的根基动摇了。”

“那咋办？”

“咋办？俗话说，强龙不压地头蛇，咱好歹是地面上有影响的人物，四邻八村的支部书记也要看着咱的脸色行事，嘿嘿……”虽然听话的人是自己的儿子，但后边的话他还是咽下去了。

徐兴虎是个聪明人，他理解父亲后边的潜台词——

就改革开放后的行政体制而言，乡村两级组织已不是原来那种纯粹的上下级关系了——文件上不是常说小政府大服务嘛！也就是说，随着政府职能的转变，乡政府从单纯的发号施令，开始朝着依法行政、协调服务的方向转化。这样一来，村级政权就成了农村事务的主体，在官样文字上即所谓的“村民自治”。于是，如果村官儿采取不合作态度，乡政府的工作就很难推进。

“但是，人家可以采取组织手段罢免你的支部书记哩。”徐兴虎嗫嚅道。

徐宝法肩头一震，生气地说道：“你说的是哪门子话？你爹是那种没有根基的人吗？咱是多年的劳模，连县领导、市领导对咱都要恭敬三分，甭说他一个小小的乡长！”

接下来，徐宝法就喋喋不休地说起来——

咱的“骡马经”是影响了整个郊区的农业发展进程的，是有开创之功的。

咱艰苦创业，一心为公，两袖清风，问心无愧，根红苗正，也是远近闻名的。

再说，他翁大宝老家之所以有今天的发展，老少爷们儿之所以能过上今天的幸福生活，还不是因为有我徐宝法的暗中相助？

俗话说，苍蝇不叮无缝的蛋。你爹这只蛋，不仅无缝，而且还有很高的含金量，几乎就是一只金蛋。

所以，他能罢免得了你爹？即便是他不知深浅，一意孤行，在罢免我的同时，他本人也就完蛋了！翁大宝不是傻子，这样赔本的买卖，他是不会做的。

问题的关键还在于那个徐宝库。他跟我较量了快一辈子了，现在可抓住了一个翻盘儿的机会，他是不会善罢甘休的。一想到是因为这么一个人而败坏了咱跟乡政府的关系，我就恨得不成！我决不能有一丝一毫的妥协。

“我听翁乡长说，他不就是想当个支委吗，干啥要较这么大的劲？”徐兴虎说。

徐宝法手一挥：“你懂个屁！他为了能当个村干部，连自己的家都不管不顾哩，你知道这意味着啥？”

“意味着啥？”

“意味着他有很强的政治野心。”

一个村里的干部，还侈谈哪门子政治野心？徐兴虎觉得父亲有些小题大做，不以为然地说：“有那么邪乎吗？”

“亏你还是个派出所所长呢，咋连一点政治头脑都没有？”徐宝法情绪异常激动，说道：“他徐宝库上台，无非两个目的：第一个，是冲我而来，他要拼命表现，笼络人心，最终取而代之。第二个，是冲着利益而来，他要以百倍的用心疯狂地中饱私囊。我有多年经营的根基，他要取我而代之，谈何容易？所以，他的根本目的就是要大捞、特捞一把！作为一个老共产党员，眼见着群众利益将受到损害，我岂能坐视，岂能容忍！”

“有我在台上，甭说是支委，连咱村委会的大门都不能让他靠近哩！”徐宝法坚定地说。

徐宝库蹲在拘留所里，是掐着手指头度日的。一天，两天，三天……眼看着十五天的期限就要到了，县长还没给个说法，他心里就七上八下，极度不安。他知道，自己这一介草民是斗不过政府的，只要县长也能像翁乡长一样说个软话，或者用说服教育的方式很亲切地做做思想工作，他也会就坡下驴，偃旗息鼓的。他还知道，真的要往上告，真的要冲击中南海是需要勇气的。那些个伙计有这个勇气吗？即便是有那个勇气，群体上访，人吃马喂，是要拿钱做底垫的。可是，咱穷家破业的，哪儿来的钱？所以，他本心里是不想再把事儿闹大的。他心里还存有一丝幻想。

但是，都过了十五天了，不仅县里没人过问，就连拘留所也没有放人的意思。他彻底绝望了，哀叹道："看来，县长真的把咱当成他的敌人了。"他眼前不禁浮现出他的本家徐宝法得意的笑容，便用力地跺了一下脚："我恨哪！"

翁大宝急急地赶到县政府："李县长，期限已经到了，您干啥还不放人？"

"期限？谁的期限？"李立元反问道。

翁大宝提醒说，咱不能人为地激化干群矛盾，不然他们会告到法院，甚至冲击中南海；真要到了那个地界儿，咱可就都被动了。

李立元轻蔑地说："你翁大乡长真是一棵温室里的草，一点儿风浪都没经受过哩。告到法院？我问你，法院是谁开的？还不是政府开的。冲击中南海？我问你，新华门前那些武警是干啥吃的？他们还没靠前儿，中央信访局的电话就打过来了，还不是要地方来领人，拉回地方处理？铁笼车我早就给他们准备下了，嘿嘿，我就怕拉不到人哩。"

李立元的一番话让翁大宝不寒而栗："咱咋能这样对待群众？"

听了这话，李立元很反感，板着脸说："别以为就你心系百姓，我比你还关心群众，我是从大局着眼，不能因少数人的问题而影响了大多数人的利益。”

李立元的话，翁大宝不好辩驳，只好嗫嚅道：“可是，少数人也是咱的百姓啊，也应该怜惜哩。”

“我明白你的意思，但是，你那是妇人之德，只顾眼前不顾长远，留下先例后患无穷，”李立元言犹未尽，用教训的口吻说，“你是有学问的人，刘邦和项羽的成败你是知道的，项羽败就败在妇人之德上。”

“但是，他们再围工地咋办？”

“我早就考虑到了。”李立元告诉翁大宝，他会调动全县的警力把工地保护起来。要让所有干警戴上钢盔，全副武装，威严挺立，如临大敌。有了那个氛围，还有谁敢奔前儿哩？嘿嘿。接着，李立元突然调侃道：“翁乡长，我搞生物制药工程你不支持，但对你的工作，我可是全力支持哟！嘿嘿，谁让咱是县长呢，这就是领导风范，这就是水平。”

翁大宝尴尬地笑笑：“就是，县长就是县长。”

“矫枉必须过正，”李立元颇有领导感觉地说，“对徐宝库这样的刁民，就得多关他几天，杀杀他们的威风！”

大门咣当一声开了。

徐宝库一干人终于又走到阳光之下。徐宝库的眼被强烈的阳光晃了一下，不由得流出泪来。“他们多关了咱两天，事情不能就这样完了。”他心里恨恨地说。

进了自家破旧的宅院，一家老少扑了上来，哭成了一团。“哭他娘的啥？我鸡巴的还没死哩。”对这种悲凄的场面，他极为反感。他巡视了一下自家的厅堂，看到堆积如山的礼品，阴郁地笑了一笑，像渴急了的旱牛一样饮了一顿凉水，抹了一下嘴角，他对儿媳妇说：“我出去看一看。”

儿媳妇一把拉住了他的衣角：“您可别再出去惹事儿了。”

“你放心，咱被关怕了，不敢再惹事儿了。”

徐宝库走到了最近的一处工地，意外地看到了几个戴钢盔的警察，心里皱了一下：“这是冲咱来的哩。”由于在那个地方逡巡得久了，他引起了一个警察的注意，警察朝他走了过来。

“你要干啥？”警察问道。

“嘿嘿，随便看看，”徐宝库笑着回答，然后轻描淡写地问，“一个工地又不是火药库，站这么多警察同志干啥？”

“怕闹事儿。”警察坦诚地回答。

“你猜我是谁？”

“你是谁？”

“我就是徐宝库。”

那个警察吃了一惊，露出想说点儿啥的样子，但是又没有说出口，竟随手递过一支烟来。

徐宝库接过烟来：“我没带火儿。”

警察几乎有些殷勤地给他点上，说：“知道您老有些不同的看法，我是理解的。但是，希望您老不要有啥过激行动，至少是在我执勤期间。”

“知道知道，咱知道你们也不过是在执行任务，咱再有怨气儿，也不会给你们找麻烦哩。”

感觉到徐宝库是个通情达理的人，那个警察说：“老徐，我想劝你一句，不知您老愿不愿意听。”

“警察同志你说。”

“其实政府也是在为老百姓做好事儿哩，只不过是一些手续问题还欠完善，依法办事得一步一步来，所以，您老没必要在细节上太较真儿，重大不重小，这是中国国情哩。”

“嗯？”

“比如我们公安局的家属楼，由于建设部门和土地部门不停地扯皮，至今还没拿到房产证，我们还不是住进去了，谁敢说那房子不是咱自己的，咱花钱了。”

“咱农村跟你们公安局不能比，你们那部门硬，没人敢惹。”

“可是，据我所知，乡政府不是答应给你们补偿了吗？”

“乡政府要是不兑现咋办？兑现不到家咋办？”

“咱也不知道该咋办。”

“所以，我说，如果乡政府先安排就业，先发放补偿款，然后再拆迁施工，咱就没啥说的了。可是他们不管三七二十一，先就把推土机开进人家的宅院里，你说惹气不惹气？”

“老徐，不是我说你，你是没事儿穷较劲。”

“嘿嘿，我这个人就是怪，就是爱穷较劲。”

“你较劲有啥用？政府想干的事儿，你能阻拦得了？”

“我是阻拦不了，但当官儿的也不能把群众当对立面打击呀——他们这一关我不要紧，把我一辈子的名声都毁了——我问你警察同志，我的精神损失和名誉损失他们该不该补偿？”

“这个我可回答不了你。”

“让我回答你吧警察同志，”徐宝库愤愤地说，“他们根本就不想补偿你，而且还要把你当做刁民制裁哩。所以，既然是这样，咱也就豁出去了，你如果不给个说法，你前脚建，咱后脚就给你炸鸡巴的了，横竖也是蹲笆篱子呗，咱就蹲凿实了，省得心里亏得慌哩。”

这个信息，那个民警很快就向上汇报了。因为职业的敏感，他感到这是个重大的安全隐患。

李立元听到之后，莞尔一笑：“有胆量就让他去炸，咱正愁不好给他定罪哩。”

翁大宝却变得忧心忡忡。无论如何，徐宝库也是群众的一员，不能用简单的方式逼民造反。他觉得，从地区的长治久安、顺利发展计，应该针对徐宝库反映出来的情绪，妥善地做好思想工作，必要的话，政府可以做出让步，承认自己有做得失当的地方。因为通过冷静的分析，徐宝库有一点是可取的，就是他清醒的法制意识。换个角度说，这也是多年来的民主政治建设在农村结出的可喜成果，是社会进步的表现。

满足他的愿望，让他当个支委又如何呢？翁大宝突然冒出了这么一个念头。

这是不是简单的息事宁人呢？通过认真的思考，他觉得不是。从所发生的事件看徐宝库，可以反映出两个问题：一是他有一定的群众基础，二是他有一定的组织能力，如果因势利导予以起用，不仅可以化解矛盾，而且还可以发挥他的长处，更好地推进工作。中央不也反复强调吗，我们不仅要有为群众办实事、办好事的愿望，而且一定要把实事做实、把好事办好，让群众真正满意。想到这儿，他眼前一亮：起用徐宝库决不是消极妥协，它可以争取一大片民心，达到把好事办好的目的。

徐宝法能够接受吗？能。对这个他一直敬重的老前辈，他是有信心的。如果把道理讲清楚，相信他会顾全大局，表现出应有的政治觉悟和人格魅力。

拜见徐宝法的时候，这个老前辈对翁大宝还是恭敬有加的——客客气气地寒暄，仍斟之以名贵的“女儿红”。

但是，当翁大宝把拜见的意图和盘托出的时候，这个老前辈激动得把茶杯摔在了地上：“恕我直言，你哪儿配当乡长！”

让万明全、张家瑞倍感兴奋的是：玄武村的广大村民都是明眼人，对王立平的所作所为心里都是有一本账的。他们每到一户人家，只要一提起话头儿，人们都会迫不及待地把自己所知道的有关王立平的腐败事实提供给他们。

好像知道他们要出现似的，人们时刻准备着。张家瑞激动地说：“老万，你看，民心不可欺哩。”

万明全心里却有一丝忧伤，他感到民心这个东西也是很奇怪的。比如他从县里告状回来，好不容易得到了属于自己的那份赔付的时候，不少人不但不同情，反而还眼红，好像咱拿了他们家的东西一样。相反地，对王立平，即便是那么飞扬跋扈、损公肥私，人们依然唯唯诺诺、笑脸相迎。更可气的是，王立平迁新居的时候，人们争先恐后地去出份子，好像红包里装的不是自己的血汗钱似的。

“哼，人心是个啥？人心是一盘散沙。”万明全不以为然地说。

张家瑞一笑，说：“我却不这么看，人心是一颗颗散落的珠子，只要用红线一串，一下子就成了价值连城的珍珠项链。”

依张家瑞的说法，现在的他们就是那根红线。这个比喻让万明全很受用，因为他感到了自身的价值。但是，张家瑞又告诉他，咱即便是一根光鲜的红线，也没有资格小看一家一户的乡亲，因为如果没有他们这些散落的珠子，红线也只能是一根红线，啥分量都没有哩。

张家瑞说：“在过去，咱们乡下有一种人，既不趁钱也没权势，可是只要一说话，愣是一呼百应，大家都拥护哩。”

万明全说：“我也知道这种人，在志书上，人们管这种人叫‘民魂’，他们敢于主持公道，敢于在权贵面前，为平头百姓说话。”

“民魂，”张家瑞点点头，“这个词用得好，有气魄哩。”

“再有气魄也是过去的事情了，眼下很难找到这种人物。”

“这是为啥？”

“过去的人人穷志不穷，讲究个侠义；现在的人富裕了，反而只盯着眼皮子底下那点儿利益了——事不关己，高高挂起，私心忒重哩。”

“老支书罗贯廷没有忒重的私心，本来可以成为这样的人物哩，可惜他躲进庙里去了。”

“他没有私心？哼，他本来无牵无挂的，正好能为老少爷们儿说话，可是只贪图自己躲心境儿，这能叫没有私心？私心更重哩。”

万明全指责罗贯廷的话一出口，自己的脸子马上就红了，因为他想到了张家瑞也说过自己自私的话。真是自己打自己的嘴巴。嘿嘿，他难为情地笑了起来。

这一刻，万明全认识到，土地上的人有土地上人的局限，包括自己在内。所以，与其指责别人，不如检讨自己；与其检讨自己，不如实实在在干点儿对乡亲们有好处的事儿。再也不能这样活哩！

到了后来，万明全的胆子陡地大了起来。他被一种莫名其妙的力量推动着，居然把暗访的工作做到了孙成才和冯景旺这种人身上。

真是出人意料。这两个令人惴惴不安的人，居然也像等待着他出现一样，迫不及待地向他托出了底细。

这到底是咋回事儿哩？这个被外人看成是铁板一块的内部堡垒，咋不攻自破了呢？

“孙成才，你没有一条道儿走到黑，这很好。看来你还是个有良心的人，老少爷们儿会原谅你的。”万明全说道。

“老万头儿，你别那么多废话好不好，趁着我还没后悔，你鸡巴的赶紧走，不然我会叫人废了你，信不信？”孙成才的自尊心显然受到了伤害。

万明全一愣，脚步情不自禁地朝门外走去。

“老万头儿，你等等。”孙成才从身后叫住了他。

万明全转过头来，疑惑地看着孙成才。

“老万头儿，跟你说句实话，我现在才有点儿看得起你哩。”孙成才阴郁地说道。

这个孙成才，人都混成啥样子了还觉得自己高人一等，真是的。万明全一边摇着头，一边飞快地朝村街上走去。

面对这意外的突破，万明全与张家瑞都很激动。老少爷们儿提供的材料，大都是一些现象，而孙成才和冯景旺所揭发的却是一些要害内容，珍贵得很哩！

这种激动像熊熊的大火，烧得两个人一刻都不能安宁。虽然把材料归拢齐备之后已经是满天的繁星了，但是两个人还是毅然决然地走上了去县城的路。

从玄武村到县城，有六十里的路程哩。但是，在他们的眼里，这已成了一段不足挂齿的距离。

身边不断有跑运输的车辆走过，可是他们没一点儿要搭车的心思。他们肩并肩地走着，不时地相视一笑，既是相互鼓励，又是会心的交流——

咱卑卑琐琐地走了一辈子的路了，就这次走得高高贵贵、堂堂正正，以至于激情洋溢、心花怒放得像获得新生一样。

万明全虽然已是近七十岁的人了，但他腰不弯，气不喘，且时常关照一下张家瑞：“家瑞，你成不成哩，不成的话，咱就歇一歇。”

张家瑞气喘得的确是有些粗重的，但嘴上却说道：“你别小瞧人哩，咱横竖比你年轻二十岁哩，要歇你歇。”

万明全呵呵一笑："咱是当兵的出身，有过训练哩，即便是老了，也是一个人撑着过日子，不像你，一天到晚被龙超敏惯着，胎骨都松软了。所以，要是累了就歇一歇，咱不笑话你。"

"喊，你尽管走就是了，你落不下我哩。"

一辆车子突然停在了他们身边，司机探出头来，好心地问："两位爷们儿，要不要搭一段？"

二位不约而同地说："谢了，我们不搭。"

司机说："你们尽管放心，我不是坏人。"

二位又不约而同地说："知道你不是坏人，但我们就想走走。"

车子缓缓地从他们身边走过去，车厢摇摇晃晃的，一副不甘心的样子。但是，一旦远离了行人，排气管里就爆出两声巨响，轰隆隆地疾行而去。

"它超载了。"张家瑞说。

"不超载他能挣上钱？这些运输户，白天不敢上路，全凭夜猫子一样卖时卖晌挣俩血汗钱，"万明全不平地说，"即便是这样，他一交养路费、农业税、村提留、乡统筹，也就剩不下几个蛋子儿钱。说实在的，乡下人养个车顶不容易哩。"

"土地上的人哪个容易？要想钱儿来得快，除非当村干部，要不就是把脸儿一蒙，杀人抢劫，坑蒙拐骗偷。"

"你说的这个一般人干不了，你就是再借给他仨胆儿，他也干不了。"

"你说得一点儿都不假，这就是为啥管老百姓叫草民的缘由了——草民就是从土里刨食的人，任何不义之财，他们连想都不想。"

"这我还不知道，草民是最没奢望、最能隐忍的一群人，只求当官儿的心善一点儿、社会风气清明一点儿，身上的负担能减轻一点儿。假如能够这样，他们再苦再累也不凄惶了。为啥会这样？你想啊，土地上能有哪些值钱的物件儿？都贱得很哩。你再雁过拔毛，还不拔出血来？”

“所以，像王立平这种人就太没人味儿了，把村里的产业全变成自己的还不算，还不错眼珠儿地盯着村民兜里的那点儿钱，要不然也不会出了个龙二成，小翠也不会年纪轻轻地就守寡。”

“家瑞，你少说点儿凄惶的事儿行不？我心里有点儿犯堵。”

两个人心情变得异常沉重，都不再讲话。

在夜色的抚慰下，两个忧伤的人，游移得更快了，像超载的车子，因负重而快。

到了县政府门前，星斗依然繁盛着。

“咱们来早了。”万明全说。

“咋办哩，我还真的有点儿累了。”张家瑞说。

两个人几乎同时看了一眼铁栅栏前的一块平地。然后，他们相视一笑，背靠背地坐了下去。

“睡一会儿吧。”

“睡。”

两个人就这样，在冰冷的土地上团着身子睡着了。

只因为开了一辆好车，就被酒店门侍当人物似的尊戴，旺儿十分悲哀：这年头儿，真是只看门面不看人了。

支撑门面靠啥？靠金钱物质哩。

也就是说，物质的世界一切都靠物质来证明。别的东西，你像人格、良心、诚实、仁义等等，都是扯淡的事儿。所以旺儿说：秀珍，虽然咱们有车了，但还不像有身份的人；人家那些市面上的人物，在县城里都有自己的别墅，至少也要有一套三室一厅的楼房。

王秀珍觉得有道理，但是，她买完车子再买楼房，自己所攒的积蓄就几乎要花光了，待自己真的出嫁的时候，恐怕连个置备嫁妆的钱都没了，便有些迟疑。

旺儿装出伤心的样子，说："秀珍你看，你口口声声地说稀罕我，却连套楼房都舍不得买。再说，买套楼房又不是纯粹冲着我，而是咱俩住，还迟疑个啥？"

王秀珍惭愧地笑笑，还是迟疑不语。

旺儿紧追不舍地说："秀珍你看，你个姑娘家家的，总是跟哥嫂住在一起也不符合农村的谣性，要想过得自在，横竖得搭一个自己的安乐窝，自立门户哩。"

王秀珍红着脸说："你说的我都明白，但主要是钱不凑手。"

王秀珍到底是个农村姑娘，心底有自己的小算盘：一个姑娘的嫁妆钱是横竖不能动的。因为农村有个讲究，一个姑娘要是连起码的嫁妆钱都没有，被叫作"光着屁股出门"。光着屁股出门的姑娘是一点儿身价都没有的，会被婆家小看，成为别人剐吃[1]的话把儿。

旺儿明白她的心理，说："钱的事儿还不好办，跟你哥去要呗。"

王秀珍说："咱现在花的钱基本上都是我哥给的，再去伸手要钱，咋张得开口哩。"

旺儿说："你大可不必有这个顾虑，因为你哥的钱来得容易。来得容易的钱，连他自己也不会心疼。再说，现在给你哥写匿名信的人很多，早晚上边会下来人查他。所以，咱花他点儿钱是在帮他，给他减轻点儿罪过。"

王秀珍一撇嘴："你咋能这样说话？你咋知道我哥的钱就不是劳动所

---

[1] 剐吃：京西方言，讥讽，嘲笑，议论。

得？”

旺儿嘻嘻一笑，说：“秀珍，我不想跟你争执，只是希望你回头看一看，在咱乡下，真正靠劳动致富的能有几家？”

“这倒不假，在土里刨食的人家儿不过是混个肚圆而已，在账上的确没啥大钱哩。”王秀珍随口回答道。

“你看是不是，你看是不是？”旺儿嘻嘻地笑个不停。

王秀珍终于纳过闷儿来，嗔道：“旺儿，你这个人真是学坏了，净给人下套儿。”

在旺儿的怂恿下，王秀珍真的去找他的哥哥了。

王立平很不高兴，说：“买套楼房少说也得二十多万，我哪儿来的那么多钱？你真是张嘴就说。”

王秀珍并不着急，平静地说：“哥，我知道你有钱，但是，你的钱都是过路钱，说不定哪天就被充公哩。所以，你甭舍不得给自己的妹妹花钱——你花在我身上的钱，才是实实在在落下的，不仅谁也夺不去，还给自己的妹子留下想念，这个钱你干啥不花？”

“充公？你这是说的哪门子的话？你咋不盼我点儿好？”

“我当然盼你好，但有人不盼你好，不然，就不会整天给你写匿名信了。”

“你咋知道有人给我写匿名信？”

“甭问，知道就是了。”

王立平正被匿名信的事儿苦恼着，感到四周一片危机。特别是他视之为知己的刘文存乡长，居然在这个时候把他的情妇林红接走了，就更增添了他心中的凄惶。所以，王秀珍的话给了他很大的触动。都说女人眼皮子薄，但女人往往说到问题的本质上。手里的那些钱像一团团火，不知哪天会烧着自己，还真不如给自己的妹妹置一两处房产。

王立平让王秀珍等他一会儿，阴着脸走了出去。再回来的时候，手里拎着一个装化肥用的袋子，袋子上下颤动着，显得里边很有分量。他把袋口打开，往下一抖，一捆捆的钞票像一颗颗硕大的红薯，沉甸甸地滚了出来。

王秀珍激动之余，闻到了一股重重的土气儿。再一吸溜鼻子，确认：那其实是一股浓浓的霉味儿。

“这个钱在地窖里搁得太久了，都受潮了，再不花就要烂了。”王立平说。

那些钞票已经成捆地板结在一起，揭开上边的一张，就会粘掉下一张上的一枚碎片，心疼钱的人，是不敢揭的。

“咋不存到银行里去呢？”王秀珍问。

“有些钱，谁敢存？”王立平反问道。

王秀珍觉得他哥哥真是可怜，虽然是个大荷包的村长，到底也还是个农民，即便有钱也没个富人的样子。这赖谁呢？人家真正的富人，是踏踏实实、清清白白富起来的，钱攥在手里不烫人，理直气壮得很哩。

“你拿这钱到银行里兑换一下，能兑换多少是多少吧。兑换之后，你就去买房子，剩下的钱，你爱咋花就咋花吧。”王立平叮嘱道。

拿着这钱，王秀珍心里很不是滋味儿，一个“谢”字，久久地在舌头尖儿上打转转儿，就是说不出口。

房子虽然如愿地买下了，但王秀珍的脸儿天都不舒展。她感受不到恩情的抚慰，相反，一种罪恶的阴影重重地遮蔽着她。

“你看你，房子都买下了，脸子还阴着，你让咱咋住？”旺儿以为王秀珍的心事儿是由房子引起的，装出一份忧伤。

王秀珍说：“你爱咋想就咋想吧，我懒得理你。”

有了房子之后，两个人几乎每天晚上都往县城跑，他们像城里人一样，一应俱全地享受起了时尚的夜生活。

这时的旺儿特别讲究穿戴。他本来就有个好身板、好长相，一旦披挂上一身时尚的行头，就再也看不到乡下人的影子了。他夹卷烟、端酒杯、下舞池的姿势，也很快就变得像声色场中的老手，让王秀珍惊叹不已。在歌厅里泡得久了，他几乎啥歌都会唱、啥舞都会跳，而且每样都表现出很高的品位，渐渐成了歌厅里的突出人物，一些时髦的女郎，总是主动与他配歌、跳舞。相反，王秀珍的长进不大，仍拖着一条长长的乡下人的尾巴。他们之间巨大的反差，使场面上的人感到奇怪：这么潇洒的靓哥，咋总是陪着那么一个没样没型的土得掉渣儿的乡下女人？因此王秀珍常常被冷落在歌厅的一角。渐渐地她感到这里的脂粉气、烟酒气，甚至邪气太浓，不是她这种本分人来的地方。

“旺儿，咱以后少到这种地方来好不好？”

“为啥？”

“来这里的人，我总觉得正经人家少。”

“这就怪了，起初可是你逼着咱到这种地方来的。咱说不来，你还嘲笑咱不开窍儿哩。”

“现在不同了，你心性太活泛了，快管不住自己了。”

“会有这事儿？我看，是你疑心太重。”

看到王秀珍忐忑不安的样子，旺儿心中窃喜：你且等着吧，你的好日子就要来了。可嘴上却说：“秀珍，到这里来的人，都是来跳舞的、唱歌的，顶多也就是撒个疯儿、醒个酒儿，哪儿有那么多邪门歪道的心思；再说，来的都是些陌生人，即便是有个眉来眼去的情景儿，也不过是逗逗闷子，寻个开心而已，也就是个玩儿，谁也不会动真格的——人家不比咱们精？”

为了哄住王秀珍，旺儿长了一点儿心眼，刚进歌厅的时候，他装出只陪她唱歌、跳舞的样子，形影不离地在舞池里奔忙，直弄得她站立不稳、喘息不止，以至用告饶的口气说："你尽管自己要去吧，我累得不成哩。"

旺儿便唤来服务生，给她要下饮料、小吃，调侃地说："有你在一边监督着，咱不敢有别的举动，别人也不敢非礼咱。"

"瞧你那个德行，谁有那个闲心监督你，你爱咋着就咋着哩。"

下到舞池，起初旺儿还在王秀珍眼前晃悠，不知不觉间，他就晃悠得没影了。王秀珍的眼神儿就四处扩散着，试图收拢那个不安分的人。但是，迷离的灯光中，哪个男人都像旺儿，她不敢确定。终于锁定一个特别像旺儿的人，见他正与一个妖艳的女人搅在一起，跳一种扎眼的舞步。你在我的脸上贴一下子，我在你的脸上贴一下子；你在我的胯上蹭一下子，我在你的胯上蹭一下子。两个人意味深长地笑着，很骚情的样子。

真不像话！

王秀珍急急地钻进舞池，在别人的堵压和碰撞中，好不容易挤到旺儿所在的位置，却发现旺儿并不在这里。站定身子重又巡视，发现旺儿出现在另一个角落，而且他的身子跟那个女人的身子已分不出彼此，几乎就是抱在一起一样。擦了擦眼睛，仔细审视，他们居然在接吻。

哎哟娘哎，真是一点儿脸都不要哩！她再也不能控制自己了，大声喊道："冯景旺！冯景旺！"

这个跟舞厅极不和谐的声音把舞曲都喊停了，人们惊愕地看着她。她觉得很尴尬，想退回刚才的座位上去。一回头，见旺儿正坐在那个位置上，不紧不慢地剥着美国开心果。她气得不成，山一样向他扑了过去，一把捏住了他的耳朵，把他从座位上提了起来。

"你这是在干啥？"

"你知道！"

"我知道个啥？"

“你知道！”

由于他俩成了视线的焦点，旺儿感到很难堪，劈头给了王秀珍一个耳光。

王秀珍愣在那里。

旺儿借机逃出了歌厅，大口吸着室外的空气。

这空气真是新鲜哩！他觉得这新鲜空气与他是同谋，一直期待着他哩。嘻嘻。

王秀珍从歌厅抢了出来。之所以说是“抢”，因为她的步态保持着一个迫不及待的姿势，踉踉跄跄、跌跌撞撞，像要夺回因看守不严而落入贼手的稀罕物似的。她径直向前“抢”着，以至同旺儿擦肩而过，也未察觉。

“你瞎踅摸个啥，我就在你跟前哩。”旺儿不得不提醒她。

王秀珍红着眼看着他，脸上抽搐不止。

以为她还要发作，不期她竟蹲下身去，委屈地哭了起来。

旺儿皱了一下眉头：“你这是在干啥？这可是有身份的人来的地方，别丢人现眼哩。”

但王秀珍已控制不住情绪，旁若无人地哭着。他只好把她拽到车上。

进了楼房，争吵爆发了。

“冯景旺，你欺人太甚，当着我的面儿跟骚狐狸骚情哩！”

“王秀珍，你疑心太重，我一直规规矩矩地跳着，从没跟谁骚情哩。”

“都让人看见了，还嘴硬？”

“你看见啥了？既然看见了，你为啥不当场揪住？”

“你现在有多狡猾，身上像涂着一层油珠儿哩，谁揪得住？”

“咱要真狡猾成那样就不会让你整天欺哄着了，省得动不动就被揪耳朵。”

……

争来争去，得出的结论是，王秀珍看花了眼，错把别人当旺儿了。而且，王秀珍不该在那样的地方使性撒泼，让自己的男人一点颜面都没有了。

旺儿委屈地说：“就冲这，有脾气的男人就会毫不犹豫地跟女人掰了——谁会揣着一个醋瓶子到那么高雅的地方去，本来是寻开心的，却惹一肚子气，有病咋着？”

一听到“掰”的字眼儿，王秀珍沉不住气了，用乞求的口气说：“旺儿，你千万别跟咱计较，咱也不是成心要弄成那样，还不是因为咱心里太稀罕你，一稀罕大发了，就有醋味儿了。”王秀珍心里想的是：咱车也买了，房产也置了，好不容易才把他的三心二意整成一心一意了，别因为这么一桩似是而非的事儿弄得前功尽弃了。为了拴住这个男人，咱可是搭进大半个家底儿了，输不起哩。

旺儿表现出很大度的样子：“咳，事情既然过去了，也就算了。不过，我总觉得自己活得忒累，活得不像个人哩。”

王秀珍有些看不得男人委屈的样子，一种怜情顿然而生，说：“你也别想那么多了，到浴室去，咱给你搓个澡。”

王秀珍很耐心地给旺儿搓肩搓背，还不时地询问，水凉不凉，手重不重。

旺儿不仅心安理得地受用着，还对女人的垂询表现出不耐烦的样子——你絮叨不絮叨？咱一个打工仔的身坯，啥水凉不凉的，手重不重的，你尽管搓就是了。

旺儿发现，自己赤条条地躺在那里，而王秀珍却还穿着一身严严实实的内衣。“你干啥不把衣服脱了？”他感到有些不公平，不高兴地问道。

王秀珍一笑，说：“脱不脱衣服有啥关系，又挡不住给你搓澡。”

以往进浴室前，即便是当着旺儿，王秀珍也总是毫无顾忌地把自己脱光，在她的意识里，跟男人混得不分彼此之后，女人的身子就不是身子了，像一块土坯一样无须遮掩了。可是，这一次，她竟奇怪地遮掩了。为啥？原因来得真是莫名其妙——她觉得因为骚情的事儿跟男人发生了争吵，再在男人面前露出自己的山山水水，是一件很羞耻的事儿。

风情的战争使一个大大咧咧的农村女人，突然感到了：女人的身体，并不是一块土坯，而是具有很强的私人性质，而且，与做人的尊严有关。

这一切并不被男人察觉，旺儿不耐烦地说：“咋突然就变得斯文起来了，真是可笑，赶紧把衣服脱了，别装鸡巴假正经。”

王秀珍难为情地一笑：“我不想脱哩。”

旺儿不由分说地就把她的内衣连撕带扯地扒了下来，并在她那两个沉实的奶袋子上重重地捏了两把，接着调侃道：“这都是些熟烂了的东西，你藏着掖着干啥。”

这些熟烂了的东西，一旦袒露出来就放射出异样的光芒，给了男人薄幸的理由和冲动。

旺儿把王秀珍掀翻在浴缸里，带着强烈的轻蔑，把她占有了。整个过程，王秀珍一声不吭，旺儿奇怪地问：“你咋不叫哩？你不是很喜欢叫的吗？”

王秀珍露出一丝无奈的笑。她第一次有了被羞辱的感觉，只能报以痛心的隐忍。

男人很快就睡去了，可是她无论如何也睡不着。她感到事情有些不对——明明是男人与别的女人骚情侮辱了自己，咋变得自己反倒不占理了？咀嚼着无法诉说和明辩的屈辱，她无声地哭了。第二天早晨，当男人醒来的时候，她不无忧伤地问：“旺儿，你说句真话，你是不是真心地跟我？”

旺儿一愣，下意识地生出一种厌烦之情。但是当他看到王秀珍红肿的眼泡时，感到这里有内容，便小心地回答说："咋会不真心？不真心能整天跟你睡在一起吗？"

王秀珍光着身子下了床，钻到厨房里去了。

旺儿心中的疑惑还没有答案，王秀珍已经给他端来了一份很精致的早餐——有油炸馒头、煎鸡蛋、小米稀饭、八宝咸菜，还有热牛奶。居然被女人侍候在被窝里用早餐，旺儿新奇、受用，又凄惶。侍候的整个过程，王秀珍就那么赤裸着，肥阔的臀部，肥腻的大腿，肥重的乳房，展示着很自然的分量。

虽然一切都显得那么自然，但是，王秀珍的心里却有了一个不自然的声音："你不是说真心跟我吗？那么，你必须接受这个丑陋的身体，从今以后，我还不耐烦遮掩哩。"

这白花花的一团在眼前不停地晃荡，旺儿有些不自在，说："秀珍，你能不能穿上件衣裳？"

王秀珍说："你不是很喜欢我这个样子吗？"

旺儿摇摇头：我真是自作自受。

见精致的早餐被旺儿享用得一干二净，王秀珍问："咋样，可口不可口？"

"当然可口。"

王秀珍笑嘻嘻地把自己扔到床上，说道："那好，你也为我做点儿事儿。"

"啥事儿？"

"跟我做爱。"

第二十一章

乡村里的城市

老前辈脱口而出的一声“你哪儿配当乡长”，像凭空炸响的一记霹雳，把翁大宝震晕了。

作为年轻的领导干部，翁大宝正处在意气风发的地界儿，因此，他既自尊又脆弱。而徐宝法的一击正同时点中了他的这两个穴位，他真的有些难以承受。

做一个官面上的人，难哩！为了平复这内心的不平，他径直回到自己的家中。由于一心扑在工作上，他很长时间不回家了，所以李金橘多少有些吃惊。

“你咋这个时候回来了，当不当正不正的一个日子口。”她说。

李金橘的意思是说，眼下既不是公休日，又不是节日放假，而是应该在岗位上忙活的日子，咋就不声不响地回来了呢？

翁大宝阴郁地一笑：“这有啥新奇的，想你了呗。”

透过丈夫的表情，李金橘觉得他的举动一定有特别的内容，便不再追问。

“你回来得也真是时候，正好头茬儿香椿下来了，”她轻声地问道，“是生拌，还是软炸？”

“随你。”翁大宝说。

“那就生拌哩。”

李金橘知道翁大宝的口味，他特别喜欢吃用辣椒油生拌的香椿芽儿。

李金橘这天穿着一件藕荷色的短衫，她那两条雪白光洁的胳膊，一直裸到肩头。翁大宝不禁看了一眼，见她的胳膊生得既浑圆又娇嫩，平静地美着，让人眼目清凉。想不到这么年轻的媳妇，会有这么健壮、完美的胳膊，他暗暗吃惊。在岭西的时候，她的臂膀可是又黑又瘦的，不经意间竟有了这么大的变化。

自己的媳妇，咋会美得这么陌生呢？

他归结出一个原因：作为土地上的女人，她单纯得很哩，心灵世界既质朴又自足，能自己涵养自己。

吃下辣椒油生拌的香椿芽儿，翁大宝忧郁的心情明快了许多。真是怪了，这个变化仅仅是因为几把头茬儿香椿。他自己也感到不可思议。

于是，他毫不难为情地向妻子敞开了心扉，诉说了近日的忧烦。

“咳，别人的话你大可不必往心里去哩，”李金橘爽朗地说，“咱一个农村人儿，本来就没想着要当哪门子乡长，当就当，不当就不当，不是啥大不了的事儿哩。”

“可是，咱偏偏就当了。”

“那有啥？当个乡长，就不能有自己的心性了？要是那样，咱干脆就不当哩。”

“你想得可真简单。”

“就是这么简单。”

翁大宝环视了一下自己的家。家里只有简单的几样家具，在宽敞亮堂的房间里显得微不足道。但是，屋里的一切，被妻子收拾得井井有条，不仅窗明几净，即便是普通得不能再普通的水泥地板，也被她擦拭得溜光水滑，放射出华丽的光芒。于是，整个家简陋，但绝不寒酸。可以看出，这个家庭的女主人，没有奢望，没有凄惶，生活得简单、自信而舒展。

他的心头不禁漾出一丝温暖。

“金橘，你跟我说说，我这样当这个乡长，到底是对还是错哩？”他觉得自己的妻子能给他一个公平的答案。

“那我就把自己真实的想法告诉你吧，”李金橘说，“咱都是农村出身，最懂得农民的生活是个咋样。农民是一群土里刨食的苦人，天灾人祸，一样也逃不脱哩，所以对农民不能没有怜惜之心。说白了，在农村当官儿，就应该跟农民心贴心，牵挂他们的安危冷暖，为他们造福，给他们好日子过。你看咱爹、咱叔他们咋当官儿来着——他们从来不把自己当成官儿，只是把自己当成为老百姓扛大梁的人，带着大家往前奔。天旱了，他们舍脸去给大伙儿要口粮要救济；天涝的时候，他们带头跳进水里，抢险救灾。上边怜惜农民的时候，他们把好处毫厘不差地分给乡亲们；上边不怜惜的时候，他们自己顶着风险，偷偷地为穷苦人谋福利——这一切，都没逃出你的眼哩，你比我聪明，估计你比我感受得还深。所以，你不在老百姓面前耍威风，不是你官儿当得窝囊，而是你对百姓有怜惜心；你不跟老百姓耍手腕儿，不是你不配当乡长，而是你没忘了本分，能设身处地地为老百姓着想。我讲不出啥大道理来，只说一句大实话：当官儿要是当出罪孽来，还不如不当。”

越过妻子健美的肩头，翁大宝的目光渐渐地走远了——

李金橘靠在一竿竹上，目光忧郁地看着翁大宝。

“你想说啥？”翁大宝还在迷惘之中。

“翁大宝，你能不能离我近些？”她的口气近乎乞求。

翁大宝警惕地离她近了。

她居然就掉下了眼泪：“你看看我的手。”

居然一下子提出这么一个一点儿距离都没有的要求，翁大宝不知所措。

她不容商量地把手送到翁大宝的眼前：“你就看哩。”

她的手上打满了血泡，且有几粒已经破了，淌着红黄的脓水。

翁大宝皱了一下眉头，不以为然地说：“这有啥，我的手上也有哩。”便也向她展览自己的手。

“可是，你是男人。”她说。

没想到她会这么说，一些早预备着的慷慨词句翁大宝便不好说出口，便沉默。

“大宝，早知道会这样，咱干啥要争那个成绩，把人都弄得生分了。”她说。

翁大宝真的不知说啥好，冲着她傻笑。

“你就知道傻笑。”

“你让咱咋办？”

她咬咬嘴唇，说：“我要你疼咱。”

“人家正跟你讲心里话呢，你却走神儿了。”李金橘笑着嗔道。

“但是，我句句都听到心里了。”翁大宝打了一个激灵，从邈远处回到眼前。

“你痴呆呆地琢磨个啥？”

“我琢磨着，咱俩咋就不知不觉地成夫妻了。”

“你是不是觉得我太土，有些后悔了？”

“不，我是觉得这土地真是厚德载物，给我贡献了一个好妻子，她告诉我啥叫怜惜，咋样疼人。”

这个时候，翁大宝依稀地认识到，在京西这片广大而辽阔的山场上，在乡村质朴而健康的户外生活里，生存的条件虽然简陋，但是对人性的涵养却是再有力不过的了。在这种环境里，女人的身上往往具有令人迷醉的教养——她们或许受的教育不多，文化水平也不高，但是，她们远离激烈的生存竞争的挤压，远离物质和欲望的多重毒害，过着一种最接近自然、最接近土地，甚至有些原始的生活；她们拥有着土地的本性和大自然的直觉，于是，便自然而然地浸润出属于自己的教养，包括：温柔体贴、仁慈悲悯、抑强济弱、情重义厚等等。总之一句话，她们活得很率真、很性情、很仁义哩。

故乡的香椿在口中回甘，妻子的话在心中回甘，做人的自信重又回到了翁大宝的身上，他脸上露出了从容的笑容。“今天晚上我不走了，不过是一介七品芝麻官儿，干啥把自己弄得那么仓皇。”他说。

李金橘也希望他留下来。自从丈夫当了乡长，就不再有属于两个人的纯粹时光了。“这就对了，单位的烦恼就撂在单位，一回到家里就一心一意地陪好自己的老婆。”她笑着说。

她知道，翁大宝其实也是很浪漫的——在岭西那样的艰苦环境下，竹丛下的厮守即便是有些苦涩，但心中的柔情，也是毫不耽搁地向上拔节的；在村后的荆丛中，面对不明朗的未来，即便是有满腹的忧伤，初恋之吻也是那样的热烈、那样的甜蜜；还有，分别时那一封封的长信，即便是窃窃私语，也充满了博爱的情怀和忘我的豪迈。丈夫是个温柔的人，是个忠于内心的人，冷漠、坚硬、自私、专横，都与他无关。所以，她不希望丈夫因职务的原因而改变了自己的本性。这种被迫性的改变，所意味的是人格的扭曲，心灵的痛苦。因此，不能让丈夫过久地离开温柔的土壤。

这个温柔的土壤不是别的，就是家庭和她自己。

夕阳一爬到西山上，就特别地妩媚了。李金橘把所有的窗户都打开了。

阳光像山溪一样穿堂而入，倾斜在李金橘身上，使她从头到脚浸润在阳光里。她变得容光焕发，年轻、健康、幸福、娇媚。她那双清秀的大眼睛上的睫毛，因阳光的斜射显得又细又长，且钻石般闪闪发亮。这金子般的光芒也在她的一头浓密的秀发上闪耀着，绒绒的发梢乌黑光亮，柔媚得像乖巧的山鼠。她情不自禁地唱起了山歌，湿漉漉的嘴唇因为附着着阳光，山海棠般红得醉人。她在房间里跑来跑去地拾掇着晚炊，兴高采烈，手脚轻盈，把女性之美展现得一览无余。她净洁颀长的脖子，结实圆润的肩膀，曲线玲珑的胸脯，丰满柔韧的身躯，发育完美的臀部，在余晖之中，都带着一种喜气洋洋的色彩。

翁大宝用一种欣赏的眼光看着她，完全被她感染了。她过的是一种顺从自然的生活，不需经营和算计，因而心地朴厚，精神健朗，身体健康，生气勃勃。他不禁生出一种嫉妒之情，既为她的生活本身，又为被她洋洋的喜气所感染的病人——她是一个特别的乡村医生，她自身的妩媚便可治病哩。

晚餐的时候，他陪父亲喝了许多酒，喝到兴头上，还主动与父亲划拳行令。父亲被他这近乎调皮的举动逗乐了，说："你这哪儿像当大干部的？"在父亲的眼里，乡长已经是个了不起的人物了，应该矜持些才是哩。

"咱是大干部吗？"他笑着反问道。

父亲一脸正经地说："你说是不是？整天车接车送的，谱儿可大哩。"

翁大宝嘿嘿地笑了起来。父亲是个简单的人，他喜欢针对生活的表象发表一些不疼不痒的看法。

"看来，你这个官儿当得还算滋润。"父亲说。

"嗯，还可以。"他说。

"这我就放心了，"父亲点点头说，"不过，我还是要提醒你一句，自己谱儿大一些没啥，但是别仗势欺人。"

怕他不明白，父亲解释说："老百姓都是哑巴牲口，有苦都是往肚子里咽哩，这样的人你再欺负，咱家的坟头儿上也就快冒烟了。如果这还不算的话，有一点总是算的。"

"啥？"

"哑巴牲口虽然不说话，但是心中有数，脾气也倔，忍不住的时候会尥蹶子，单找你要害的地方踢。"

两人的酒喝得很好，很亲情。看得出，父亲对他是放心的，且是引以为荣的。

把父亲送回自己的房间，翁大宝急不可待地把李金橘抱住了。

"门窗可都没关哩。"李金橘说。

翁大宝难为情地笑笑："那我去关。"

终于躺到床上之后，李金橘为了平息翁大宝过于强烈的激情，轻轻地抚弄着他的头发。她的手指在丈夫后脑勺的头发里慢慢地游移着，给男人一种痒酥酥的感觉，于是他膨胀的身体，渐渐地往小里收缩，收缩到最后，觉得自己像个没出襁褓的婴儿，需要母亲的怀抱。于是，他情不自禁地呜哝着，往妻子的怀里拱。

妻子顺势解开了自己胸前的纽扣，把一只发育得恰到好处的乳房送到丈夫的面前。男人羞怯地看了女人一眼，噙住了那颗秀美而洁净的奶头。

女人鼓励道："你且放心地吃吧，你是个长不大的孩子，不能断奶哩。"他体会到了一种不可言传的爱，无辜得很，甜蜜得很，单纯得很。爱，像一股看不见的电流，从发梢奔涌而下，传遍了全身。掩埋在这个又是妻子又是母亲的女人怀里，他感觉不到情欲的卑下，而是崇高、温柔、感动。他领受着这种爱，私人化的情感渐渐地扩大开来，觉得幸福是应该传播出去的——作为一个男人，不应该心地褊狭、自私自利、患得患失、怨天尤人，应该心胸宽广、慷慨大度、和蔼可亲、慈悲为怀。

当激情得到最终的释放之后，他依然亢奋着，大大地睁着眼睛。他醒悟到，好女人是男人得以成长的土地，它把烟气毒瘴、污秽杂质过滤掉之后，给男人以纯粹的营养和滋润，让男人心安气顺，不浮不躁、不悲不怨地生长，直至适时地吐穗，结出饱满的果实。他觉得命运对自己是特别关照的，赐给了他这么一个带有土地根性的女人。它照应了自己的来路，顺应了自己的性情，使自己的身心得以自然而然的舒展，享受到一种自给自足的和谐与安妥，外在的得失，就显得无关紧要了。从这一刻起，他又有了职务上的自信。

"大宝，咋还没睡？是不是又在想工作上的事儿？"

"嗯，是在想。"

"依我看，你应该听听市委王书记的意见。"

"嗯？"

"我觉得你好像很长时间不跟王书记联系了。"

"是有段时间了。"

"那就有些不对了。"

“不是忙吗？”

“那倒不是，我觉得你这个人虚荣心太强，总怕别人说你依附谁。”

“你的眼睛可真毒。”

“嘁，不读懂你的心思，哪能当你的老婆？”

“嘿嘿……”

“别光傻笑，你真的应该去看看人家王书记，他对咱的栽培且不说，人家毕竟站得高看得远哩，人家捎带手的一个指点，兴许就够咱用一辈子的哩。”

在一片喧嚣声中，两人醒了过来。

上班的人群和车流旁若无人地涌进了县委大院。

夜晚的露很重，他们的衣服都被打湿了，但东边的太阳像足赤的金子一样，昂扬地挂在稀薄的云梢之上，他们感到了暖意。

他们觉得那些干部跟自己不是一类人，所以静静地看着人家从容地走进去，不免有些自惭形秽。

大门咣的一声关上了，他们心里颤了一下，终于醒过神儿来：这个大门该他们进了，不过，是用另一种方式。

他们通过门卫在电话里找到了李秘书，说：“李秘书，您下来一趟，我们有要紧的事儿。”

李秘书吃惊地问：“一大早就来了，究竟有啥要紧的事儿？”

听出李秘书的声音里有几丝不安，他们说：“李秘书，您放心，这一次绝不是我们个人的事儿。”

李秘书愣了一下，说：“既然不是你们个人的事儿，我就不下去了，把电话给门卫。”

门卫接完电话之后，对他们俩说："李秘书请你们上去。"

俩人听后，面面相觑，这个拒人千里之外的大铁门原来也这么好进！

李秘书安排二人坐进了接待室，然后端上了热腾腾的茶。

"大早晨的，我们喝的哪门子茶？李秘书，您别忙了，我们不喝茶。"万明全嘴快，率先说道。

"咦，这就怪了，我们机关干部上班后的第一件事儿，就是给自己沏一杯热腾腾的茶，不然的话，这一天就算还没开始。"

"我们乡下人可没这个习惯，再说我俩连早饭都没吃，空着肚子咋喝茶，还不闹肚子？嘿嘿……"张家瑞补充说道。

李秘书笑着说："既然是这样，看来二位前辈就真的有要紧的事儿了。"

"可不，可不。"俩人异口同声地应道。

俩人便你一嘴我一嘴地说明来意，且激动地强调："像刘文存、王立平这样的干部再不整治，围县委大门口的人就不是三个五个了，而是玄武乡全体老百姓哩。"

摆在李秘书面前的是两沓材料。其中一沓，纸张整齐划一，字体也书写得工工整整、一丝不苟——那是张家瑞躲进自家的里屋，熬了无数个晚上，一笔一笔抄写的，是为了让领导能够看得清楚；另一沓，则七短八长，纸色斑驳，那是为了证明内容的真实性而附上的摁了多少人手印儿的原始材料。

"我们这次来，是想把材料亲自交给翁书记的，倘若他不在的话，就请李秘书转交哩。"张家瑞说。

李秘书感到了这些材料的分量，眼前像兀地燃起了两团火，激动地说："他在，他在，我现在就去给你们请他。"

两人忐忑不安地等待着，他们担心自己的努力不能得到期待的回应。他们告的是官儿，而翁书记也是官儿哩。

翁大宝进来的时候，两个人情不自禁地站了起来。

翁大宝看了二人一眼，马上向万明全伸过手去："您老我认识，您叫万明全，老朋友了。"

万明全很激动，紧紧地握着翁书记的手，孩子一般嘿嘿地笑着。

翁大宝转向张家瑞，表情有些迟疑。张家瑞主动上前握手，自我介绍说："我叫张家瑞，玄武乡粮站的。"

"哦，我想起来了，您就是那个把倒卖陈化粮的站长告倒的粮站职工。"

张家瑞也很激动，说："翁书记记性真好。"

"您老别恭维我，咱年纪轻轻的，要是连起码的记性都没有，这个县委书记就甭当了。"翁大宝调侃道。

这个和谐的气氛让李秘书轻松了许多，他提醒道："翁书记工作很忙，二老把材料报给翁书记，就请回吧。"

翁大宝接过材料，站着翻了两页之后，脸色突然就凝重了，干脆坐了下来。

俩人见状，悄悄地向门口移去。

翁大宝从纸堆里抬起头来："二位请坐，别忙着走哩。"他像突然想起了啥，对李秘书说："你刚才说，二老还没吃早饭是不是？"

"是。"李秘书应道。

"那好，机关食堂已经关门了，你就带二老到街上的店铺去，代我请二老吃早点。"

"不麻烦了，不麻烦了，我们还饱着哩。"二位争相推辞着。

翁大宝给了李秘书一个坚定的手势："快去吧，吃完早点再给我把二老请回来，我就在这儿等。"

在街上的一个店铺里，李秘书给二位要了几个像样的菜。

万明全拦挡道："一个早饭，随便点点儿就成了，干啥那么破费？"

"我知道咱乡下的习惯，早饭也是像模像样地吃哩。再说，是翁书记请客，咱不能把领导的情意给贪污了。"李秘书打趣道。

张家瑞逗弄万明全说："那么，你还不来点儿酒？"

万明全擂了张家瑞一拳："你以为我真的是'醉鬼子'啊，我再贪杯也懂得分个时候哩，咱是找书记办大事儿来了，儿戏不得。"

三人回到县委接待室的时候，见到翁大宝那张被纸页半掩的白皙的脸已酒醉般通红，他们便屏了气息，悄悄地坐了下来。

"玄武村的人民来信是不是你们写的？"翁大宝突然抬起头来问道。

"啥？人民来信？"张家瑞不解地问。

"嗐，我们才不写那玩意儿呢，咱为人是行不更名坐不改姓，有意见就当面锣对面鼓，不在下边瞎鼓捣。"万明全瓮声瓮气地说。

翁大宝霍地站了起来，对李秘书说："谁说我们的农村群众从大包干以后就不关心政治了？你看看这材料，他们在是非面前一点儿都不含糊哩！"

"两位老同志都是正派人，他们不会无事生非、凭空诬告别人，他们是怀着一腔义愤替乡亲们说话哩。"李秘书搭话道。

"岂止是为乡亲们说话，是替我们党的形象说话，替人民的事业说话。"李秘书听得出，他们的翁书记在用从来没用过的语气说话，看来，他心中有一种不可抑制的冲动。

听了这话，万明全和张家瑞的脸也都红了，不是因为受宠若惊，而是感到难为情，因为两个人其实没有想得那么多，而是凭着庄稼人的一种本性：他们看不得恶人当道，看不得一边男盗女娼还一边冠冕堂皇，更看不得在别人的痛苦上作乐，还不让人家呻吟！

翁大宝告诉他们："玄武的问题，早就有人民来信反映，县里也早就有所察觉，之所以迟迟没有着手解决，根子就在我这个当县委书记的。一是考虑到刘文存是老乡镇干部了，没有功劳还有苦劳哩，对他有些怜惜，不忍心在他就要退下来的时候，给他弄得灰头土脸的；二是他们很会在社会上运作，跟县里的许多领导干部都有密切的来往，没有明确的线索和确凿的证据不好下手，投鼠忌器哩。所以，你们二老提供的材料真是太重要了，它让我看到了解决玄武的问题是有很深厚的群众基础的，是有很切实的事实依据的，给了我决策的信心和决心。"

看到自己的努力终于有了结果，而且是毫无周折地就有了结果，两个老实巴交的乡下人，激动得热泪直流。他们说："翁书记，实不相瞒，我们俩是从玄武村连夜走到县委门口的，是在门口的水泥地上团和到天亮的哩。"

翁大宝心头一颤："请允许我代表县委向二老鞠一躬。"

当县委书记深深地弯下身去的时候，倔强的万明全老头儿突然就抽泣起来。他情不自禁地想到了自己在烈日下的请命，那艰难的下跪；时过境迁，大荷包的县委书记居然向他鞠躬了，向他致意了！是悲是喜，是屈辱是荣耀，他分不清哩。

回程的路上，万明全喜不自禁，扎煞着双臂唱起了小曲——

姐儿在房中对菱花
自己的小样儿自己夸
伶俐俊俏数咱家——

哎哟哟鹅（我）的郎哩
伶俐俊俏数咱家

忽听情郎得重病
捎来口信儿盼瞧他
两只小手没的拿——
哎哟哟鹅（我）的郎哩
两只小手没的拿
……

张家瑞咧一咧嘴："我说老万，都快入土的人了，咋一点稳当劲儿都没有，哭也是你，唱也是你，你羞不羞哩？"

"我这个人脸皮厚，不知道羞哩。"

"不管咋着，老万，有句话我得嘱咐给你，咱虽然有结果了，但是千万别张扬，出水才看两腿泥哩，别打草惊蛇。"

不久，刘文存就被"双规"了，专案组就紧跟着住进了玄武乡。

刘文存被隔离在一家招待所里，房间的门前站着两个温文尔雅的工作人员，把所有闻讯而来的人员都挡在了门外。在这种封闭的状态下，让刘文存冷静地反省问题。三天之后，县纪委的负责同志找他谈话。

出乎意料的是，仅仅三天的时间，刘文存的容颜就发生了巨大的变化：饱满的额头塌陷了，额头上那志得意满的油灿灿的光泽，也暗淡成煮熟了的猪血的颜色；平时鲜亮无须的脸颊上，也兀地生出了一茬杂色的络腮胡子，伴以空洞的眼神，给人的感觉是他刚刚遭遇了一场人生的大劫。更出人意料的是，负责同志刚一发问，他就涕泗横流了，不迭地说："我全说，我全说，我彻底地向组织上说明一切。"

除了设计车祸，导致于宝力死亡的事情没有交代以外，一切违纪违规的行为他都交代了，不仅包括与王立平的关系，而且还包括他包二奶、婚外生育的事儿。

这个消息传到王立平的耳朵里，王立平恨恨地说："这以后真的不能跟当官儿的交朋友，别看他们平常人五人六的，关键时刻全鸡巴是软蛋！"

此外，在被专案组传讯时，王立平态度蛮横，拒不交代问题。他说："我还有啥可说的？该说的都让刘文存刘大乡长说了。俗话说得好，官儿大表准——他是乡长，我是村长，他说啥就是啥哩。"在那么严肃的气氛下，王立平居然还有调侃的心情。专案组提醒他说："你的认罪态度问题不是个小问题，而是关系到你的生死存亡的问题，所以，你不要视为儿戏，回家以后，要好好反省一下，虽然我们掌握了你所有的材料，但是，一切还都来得及。"

在进村的路上，王立平从车窗里看到了风卷的麦浪，不禁心有所动，便让司机停下车来："你把车开走吧，我想自己走一走。"他沿着麦田走着，对自己说："今年又是一个好收成哩。"他摇摇头。啥他娘的一切都还来得及？这事儿咱见的、听的多了，当官儿的是最不讲信义的人了，搞的不是啥坦白从宽、抗拒从严，而是坦白从严、抗拒从宽。我他娘的管不住刘文存的嘴，管不住万明全这些人的嘴，还管不住自己的嘴？你们爱咋处置就咋处置，咱啥也不准备说，听天由命哩。

他掐下一头麦穗，搓下一把青麦粒放在嘴里咀嚼着。

"这麦子的水儿多，但味道不好，泛酸，都是他娘的化肥闹的。"麦浆儿多是好事儿，能保证产量；但麦浆儿泛酸就不是好事儿了，麦面的品质不好，做出的面条儿没有咬劲。

"好几年吃不上有咬劲的面条儿了。"

王立平觉得这是个不小的遗憾。

正在这时，一辆三轮车颠簸而来，破铃铛的碎响，毫无商量地往耳朵里钻。到了一定距离，两个人同时认出了对方。

骑三轮车的人本能地掉转了方向往回骑，王立平大喝一声："万明全，你站住！"三轮车很不情愿地站住了。

"万明全，知道我就要倒霉了，你应该扬眉吐气才是，干啥还要躲着我？"

"呦，原来是王大村长啊，真是有眼不识泰山哩。"万明全遮掩道。

"你真是裤兜子里放大蒜——让人瞧不起哩，"王立平揶揄道，"你万明全不是这个脾气呀，一贯是喜形于色的人，咋一下子变得躲躲闪闪了，喝了癞蛤蟆尿咋的？"

"咱可不是故意装蒜，你村长是个大人物，咱一个捡破烂儿的，怕是攀谈不上哩。"万明全索性把车停稳了，反唇相讥道。

"你知道我这个村长快当不成了，所以才一口一个村长的寒碜我，这就不厚道了，"王立平冷笑了一声，"不过，万明全我告诉你，我即便啥也不是了，也比你更像个人物——而你是个啥？一摊狗屎！"

王立平这话，让万明全想到了罗贯廷所说的：白米饭就是白米饭，白石渣就是白石渣。而万明全最反感这个说法，每一提及，就酸涩，就凄惶，所以他难以自已地说："王立平，你是打肿脸子充胖子，拿着棉球当卵蛋，自己糊弄自己。"

这么多年，谁也没敢这么轻蔑过自己，王立平的脸青了。他感到有必要捍卫自己的尊严，便朝万明全逼过去。

王立平身材高大、魁梧，而万明全则瘦小、枯干，这种逼近呈居高临下的遮蔽态势，万明全不免有些紧张："王立平，你要干啥？"

“我要收拾你！”

“你敢！”万明全惊得跳了起来，“你要是敢打荣誉军人，可是罪上加罪哩。”

“嘿嘿，在我眼里，你算啥子荣誉军人，是跳梁小丑、卑鄙小人。”

万明全糊涂了，这些好词儿应该是属于你王立平呀，咋安到咱的头上来了？“你在说谁？是我还是你自己？”

“当然是你，”王立平说，“我再不是东西，毕竟跟你是乡亲哩，即便有千仇万恨也应该当面较量，而你却在背后捅刀子，不是小人是啥？”

万明全呸地吐了口唾沫：“王立平，这时候你才想到‘乡亲’二字，你不觉得愧对良心吗？脸皮太厚哩！”

王立平被激怒了，一把将万明全提了起来，然后狠狠地扔了出去。万明全被重重地摔在地上，好像每个关节都脱臼了，久久爬不起来。

王立平嘿嘿地笑着：“万明全，你看咋样，你永远也摆不平我哩。”

万明全躺在地上，肉体的疼痛激起了他强烈的自尊，他觉得自己必须爬起来，这意味着谁战胜谁的问题。他终于爬了起来，但身子总是站立不稳。在就要栽倒的时候，他看到了那辆破旧的三轮车，嘴角露出一丝不易察觉的笑。

在王立平还未醒悟的时候，万明全居然跨到了三轮车上。那个老迈的身子一挨到车子，就突然爆发了只有少年才有的活力，车子飞快地朝王立平冲来。

这是个决绝的意志，无论王立平如何躲闪，车子都不迷失前进的方向。

王立平终于被捕捉到了，身子遭到了最沉重的一击，跌出去很远。栽倒之后，整个腹腔立刻就火一样燃烧起来，稍一动作就灼痛不已。于是，本能地挣扎了几下之后，便放弃了。他索性把身子放平了，一动不动地躺在那里，很怪异地笑着。

“王村长，是不是要把你送医院？”万明全送来一声嘲弄。

王立平摇摇头：“你尽管走你的吧，不用管我。”他觉得这符合乡村道德，既然跌倒了，就得自己爬起来，决不接受对手的怜悯。

“这才像条汉子。”万明全撂下这么一句话，兀自骑车走了。

王立平的目光与滚动的车轮正好在一个水平线上，他看到，车轮虽然从容地滚动着，但是却有着掩饰不住的艰难。“这个万明全，真是死要面子。”对这个老年人的倔犟，他不禁生出一丝敬意。

王立平觉得嗓子里热热的、腥腥的，像堵着一团棉花，呼吸很不顺畅，便用力咳了一下，竟吐出了一口血。吐过之后，他感到清爽多了，且有一股令人迷醉的甜丝丝的味道。他静静地躺在地上，一阵紧过一阵的疼痛，让他感到很受用。身下潮润的土气，使他生出一丝从来没有过的愧疚——既然愧对于乡土，那么，就应该坦然地接受即将来到的一切痛苦。因此，他不仅拒不交代问题，而且毫无悔过的表示，他觉得事到如今，任何言语上的悔过表示都是虚伪的、羞耻的。

与王立平相反，刘文存不仅彻底交代了问题，而且还以最大的虔诚写下了悔过书——

犯罪对于一个人来讲是一件极其悲哀的事情，任何人都会悔恨终生。回顾五十余年的人生道路，我有过美好的理想和追求，并获得了许多骄人的荣誉，在党的培养教育下我一步一步走上处级领导岗位。今天，我落到这一步，成为可耻的罪犯，这善恶荣辱强烈的反差，不能不令我反复去思考这样一个问题：我为什么会沦落为人民的罪人？往事不堪回首，却无法忘怀；现实无颜以对，却必须面对。我出生在农村，祖祖辈辈都是地地道道的农民，父亲憨厚、耿直的性格和母亲善良、俭朴的品德曾深深地注入过我的脉管。在父母的呵护和期盼的目光中，我吃苦耐劳，发奋学习，从小学到高中一直都是品学兼优的好学生、班干部。1970年，我初中毕业后应征入伍。从迈进绿色军营之日起，我就立志为祖国和人民献出自己的一切。在部队里，我先后入党、提干，并多次立功受奖。1983年，我从部队转业后被分配到县人民政府工作，在政府办任行政科科长，由于不适合机关工作，我强烈申请到基层工作。县委同意了我的请求，任命我为玄武乡副书记，从科级升为副处级。这个转变，使我对党组织充满感激，在工作中，积极向上，勤政廉政，做了许多有益的工作，得到了党组织和人民群众的广泛认可。1986年，我再次荣升，被提拔为乡长，并被推举为县跨世纪的后备干部。当乡长之后，我更加埋头苦干，先后获得各种荣誉证书三十多本，在平凡的岗位上不断创造不平凡的业绩。但是，仕途的一帆风顺使我逐渐放松了世界观、人生观和价值观的改造，不能正确地认识自己，个人野心日益膨胀，总以为自己是个栋梁之材，应该尽快地提拔到更高的领导岗位上去，因此，变得自以为是、专横跋扈，在工作中好讲条件，好做表面文章。组织上很快就有了察觉，在县委换届时，取消了我的后备干部资格。面对这个打击，我不是从自身进行反省，而是片面地认为：干得再好，如果没有靠山，得不到领导的赏识也是没用的，于是就产生了消极情绪，贪图安逸享乐的思想便乘机滋生，对“灯红酒绿”般腐朽的资产阶级生活方式，对有钱人那种一掷千金的豪爽也不由自主地羡慕起来，吃住穿戴的档次和品位也逐渐提高，艰苦朴素的思想观念却日益淡薄。在人际交往中，我对部下、朋友的小恩小惠慢慢放松了警惕，请客送礼司空见惯，什么党的培养、入党誓言统统抛之脑后，从一般的吃吃喝喝演变为赤裸裸的权钱交易。越过了“红色警戒线”后，我贪胆倍增、胃口大开，开始有意经营自己的“利益王国”，结党营私，胡作非为。由最初的断然拒收变为坦然收受，由被动收受变为主动伸手。一经堕落便不可收拾，纸醉金迷，吃喝嫖赌，生活在醉生梦死之中，终于将自己奋斗了几十年来之不易的红色档案改写成了犯罪分子可耻的黑色档案。

我从一名优秀军转干部一步步走向腐败的犯罪深渊，不仅毁了我个人的前程，更给党的事业和形象抹了黑，愧对党的教育和组织的信任与培养，也愧对亲朋好友对我的关爱。我的父母在我工作期间，从来没有因家事打扰过我。每次回家探望双亲我总是来去匆匆，多年来我很少在老人身边尽过孝心，在他们晚年之际，我依然不能给他们以安宁和欣慰，相反还给他们带来了耻辱。我的妻子一生为人堂堂正正，对我的工作给予了无条件的理解和支持，对我的生活给予了无微不至的关心和照顾，而我却恣意背叛，跟别人胡搞乱搞，让她饱尝了屈辱和泪水。而我的孩子们都刚刚大学毕业、刚刚走上工作岗位，正处于献身事业和组建家庭的关键时刻，我不仅不能予以帮助，而且还给他们罩下了沉重的阴影，想到这毁家败业的一切，我的心都要碎了。然而，一切都已太晚了。我已过知天命之年，不可能从头再来，愿我真诚的忏悔能够给党员领导干部提供一点教训。“冰冻三尺，非一日之寒。”一个人特别是一个领导干部，时时刻刻都不能忘记主观世界的改造，应该不断地解决好为什么当官的问题，否则，个人私欲冒头，消极腐朽的东西就会乘虚而入，腐蚀自己的灵魂、信仰、理想、道德，就有可能因小恶的积累上升为大恶的裂变。法国大作家雨果曾说过：“平凡的人，缺点也很平凡；高贵的人，错误也很惊人。”

因为前者对社会影响很小，而后者对社会危害很大。中央最近颁布的《党内监督条例》，把“一把手”作为监督的重点，意义可谓深远，反腐败针对的更多的就是位高权重的公职人员，这些人微小的错误都有可能严重危害社会。但愿各级领导干部能以我为戒，牢记共产党员的宗旨和信仰，全心全意为人民服务，廉洁自律，执政为民，勤政为民，这样才经得起时间和环境的考验，成为一个永不变色的好干部。

令人惊叹的是，刘文存不仅写下了词真意切的悔过书，而且还向县委真诚地提出了反腐建议——

……从我的堕落过程可以看出，乡镇的领导干部，如果放松了自己世界观的改造，失去了全心全意为人民服务、执政为民、为民造福的革命信念，就会惰性上升，私欲抬头，就很容易画地为牢，经营以权谋私的“独立王国”，与村级政权中的不轨分子结成利益联盟。这个联盟，既是关系网、利益网，又是保护网，使他们能肆无忌惮地欺压百姓、鱼肉乡里而又不易暴露，使农村群众处在敢怒而不敢言的水深火热之中。由于基层政权与老百姓的接触是最直接的，基层干部一旦垮掉，对党的执政形象的危害，对人民群众利益的危害也是最直接的、最根本性的，因此，应该引起各级领导机关的高度警觉，切不可等闲视之。所以，我认为，要从根本上解决乡镇领导干部的腐败问题，在强化上级的监督手段的同时，干部的任用制度也要进一步完善，要把群众的满意度、美誉度作为考察干部的重要标准，而且，乡镇干部在一地的任职时间不宜过长……

刘文存这个建议引起了翁大宝的高度重视，翁大宝为此召开了专门的组织人事工作会议。会议作出了几点决定：

1．建立和实施乡镇领导班子的群众民主评议制度和届中考察制度；

2．乡镇的党政正职在一地的任职时间不得超过两届，工作变动前要进行严格的离任审计，绝不能走过场；

3．乡镇的党政正职任职年龄不得超过五十岁，副职干部年龄超过四十五岁的，原则上不得就地提拔使用；

4．村级“两委”班子的主要领导成员的任命，要经乡镇党委集体讨论决定，且实行一票否决权，并报县委组织部组织科备案。

……

同时，在翁大宝的主持下，县委结合刘文存、王立平案件在全县的党员干部中，进行了一次警示教育，开展了以“参加革命为什么？现在当干部应该做什么？将来身后留什么？”为主题的大讨论。县委要求，通过这次警示教育活动，那些廉洁自律、踏踏实实为党和人民干工作的同志应该进一步增强党性，提高自重、自省、自警、自励的自觉性；那些有缺点和不足的干部要引起警觉，提高自查自纠的主动性，切实纠正自身存在的问题；那些正在被拉下水或有这种倾向的干部，要马上警醒，悬崖勒马，及早回头。真正做到有坚定的马克思主义信念，有牢固的党性观念，牢记全心全意为人民服务的宗旨，努力为人民掌好权、用好权，做让老百姓拥护、让广大群众放心的人民公仆。

由于刘文存有重大立功表现，县委决定，对他免予刑事起诉，而是给予“双开”（开除党籍、开除公职）的党纪政纪处分。

虽然落了个身败名裂的下场，但到底还是个自由人。于是，刘文存对翁大宝还是感激的，感到他不是一个“酷吏”，而是一个有怜惜心的好人。令刘文存愧疚的是，尽管他名声扫地，但他的老婆死活不跟他离婚，而且他老婆说：“虽然你没有工作了，身体也被酒色弄出了一身毛病，但我们毕竟是结发夫妻，我就是捡破烂儿也要养活你。”

因此，林红最后的一丝幻想也破灭了。毕竟是在农村啊，脱尽了羽毛的鸡也烂在人家的锅里。

这是刘文存一块化解不开的心病，一个个不眠的夜晚，林红那美丽而凄哀的面容总是浮现在他的面前，那无辜婴儿的啼哭之声，也像钻罅而入的风声，不绝于耳。

“情债难还哩。”他哀叹道。不久，难以排遣的抑郁，诱发了大面积的心肌梗塞，他不声不响地死了。

态度强硬的王立平被判了五年徒刑。警车开出村口的时候，他从铁窗里晃见了万明全的身影。他对身边的法警说：“请允许我跟这个人说句话。”

“万明全，我就到笆篱子里上班去了，你有啥感想？”他笑着对万明全说。

万明全也一笑：“你是自作自受。”

“不过，五年的时间可是放屁大的一会儿工夫，不久，我还是要回到玄武村的。”王立平用挑衅的口气说。

万明全一愣：“嘿嘿，你别吓唬咱，不死咱就走着瞧。”

“你别害怕，我回来不是跟你算账的，而是找你喝酒的，你不是有名的醉鬼子吗？”即便是调侃，王立平也单找万明全的痛处。

“王村长，你这个人是镳铲把装在口袋里——横竖不是东西，真拿你没办法。”

“这就叫活人就要活出点儿骨气，别他娘的像刘文存似的，”王立平示意万明全走近一些，然后贴着万明全的耳朵说道，“我告诉你个秘密，你回去翻翻咱村的土地台账，在我王立平的名下，是不是有三亩口粮田——所以，即便到了现在的地界儿，咱也比你强哩，咱有地可种，而你却没有。”

万明全吃了一惊，说道：“你美个啥，你人都蹲笆篱子了，土地还保得住？转眼就被充公哩。”

“那是不可能的，”王立平得意地说，“别看咱啥都不是了，但咱农民的身份是谁也剥夺不了的，一个农民所拥有的土地是宪法赋予的神圣权利，谁侵犯我就告谁！”

万明全一时语塞，呆呆地看着这个铁窗之内的人。

“就咱这身板，嘿嘿，出来种地，也比你混得好哩。你信不信，我的老伙计？”

在歌厅里，旺儿与女人骚情的事儿接二连三地发生。即便是在自己的眼皮子底下，同那次一样，王秀珍就是抓不住他确凿的把柄——你捕捉，他躲闪，总给你弄成个似是而非的地界儿。为了不撕破脸皮，她只能把醋意压进心底。她成了一只封了口的醋坛子，心里已酸涩难耐，但外壳却平静得无色无味。作为一个爽直的农村姑娘，她哪里经受过这样的煎熬？后来她给自己找到了一个能说服自己的理由：是这个环境不好。那样的音乐，那样的灯光，就容易使人骚情哩。因为她自己也经历了骚情——有个陌生人请她跳舞，跳着跳着，就把身子朝她贴过来。她没感到其中的恶意，以为是不稳的舞步造成的，便笑着躲开了。然而，接下来，那个男人三番五次地重复那个动作，她便感到，这里的问题不会是那样简单——骚情是有意表露出来的。她收敛了笑容，用冷漠的眼神制止了他。那个男人一脸的迷惑，说道："咋？小姐是不是第一次到这种地方来？"于是她认定，肯定是这里的环境不好。既然是环境的原因，旺儿的轻浮就可以原谅了。然而她同时也做出了一个结论：作为正经人家，还是少来这里为好。她把自己的意见告诉了旺儿。旺儿说："你这个人真是少见多怪，没有骚情还叫歌厅？人家就是因为白天太正经了，才来这里放松放松哩。"

"人家是人家，咱是咱哩。"王秀珍说。

旺儿说："是你王秀珍把我引到这里来的，说是要抖落抖落我的一身土气的，眼下咱一身的土嘎巴儿刚有些松动，你就起了别的心思，你这个人到底是咋了？我不能总是由着你的性子。"

没办法，王秀珍只能自己妥协。骚情就骚情吧，只要不跟骚女人上床就成。

没过多久，王立平就出事了。伤心之余，王秀珍觉得这倒是个难得的机遇，便对旺儿说："你看，我哥这一出事儿，砖厂、农场、奶牛场就都不是咱的了，咱就别整天花天酒地的了，咱得算计着过日子了。"

"难道离了你哥，你就真的活不了哩？"旺儿一脸的轻蔑。

旺儿一点也不理会王秀珍的感受，一到晚上照样驾车到县城去。

坐在酒店的包间里，王秀珍一脸的阴云。

"秀珍，你高兴点儿好不好？"旺儿嘻嘻地笑着说，"俗话说，瘦死的骆驼比马大，就咱秀珍这一身的油水，咋吃也吃不尽哩。"

"我有啥油水？就咱那点儿有限的积蓄，吃一个少一个哩。"王秀珍的脸色愈加阴沉。

旺儿也收敛了笑容，说："咱本来一直是算计着过日子的，是你们这些富人把咱的胃口吊大了，这胃口一大了就收不回来了，没有精饲料伺候着就再也受不了了，你说咋办吧。"

“旺儿，你说的都是气话，咱乡下人没那么娇气，既享得了福也吃得了苦，你就怜惜怜惜咱好不好？”

“哼，要是过苦日子，咱干啥非得跟你过？还不如回老家去，拒马河的小鱼再瘦也养人哩。”

王秀珍再憨，冯景旺的潜台词她也是听得出的，他的意思是说：你既然没那个腰劲儿，干啥要养男人？

“旺儿，你别生气，咱这个人是嘴不对心，不会说话哩，这么多年了你还不知道？”王秀珍含着眼泪笑一笑，“咱该咋着就还咋着哩，只要你高兴，我全舍得哩。”

真是此一时也彼一时也，这个河北的侉子已不是昨天的那个打工的人了，他反过来要当咱的主人了。咳，到了这个地界儿，咱还有啥脾气？既然咱这么贱气，就只好听人家的了。横竖就那点儿嫁妆钱了，吃完了再说吧。

咱还能嫁得出去吗？此时的王秀珍，一点儿信心都没有了，她听天由命了。

后来，情况发生了微妙的变化。在歌厅里，冯景旺居然当着王秀珍的面儿，公然与别的女人骚情。王秀珍虽然心头一动，但是连发泄醋意的激情都没有了，只是一脸茫然地看着这一切。事后，反而是旺儿难为情地说：“你别当真，只是玩儿玩儿，逗个闷子。”

“我生气了吗？”王秀珍反问道。

那天，又到了下馆子、下歌厅的时候，王秀珍实在没心情，便对旺儿说：“我身体不舒服，你就自己去耍吧，不过，要早点儿回来，我左眼皮跳得厉害，心里不干净。”

也难怪，这一天正是法院对王立平宣判的日子，一判就是五年哩。王秀珍真希望旺儿能陪陪自己，但他还要去那种地方，他的心可真硬哩。

但是，她不好表达自己心中的怨愤，因为今后的日子还要靠这个男人支撑哩，忍一忍才好。

放男人走后，她的心就更不干净了，她预感到，这个男人一定会做出对自己不好的事情来。她焦灼地等待着。后来，她实在等不下去了，就踅到了村口。

本来这么晚的光景是不会有出租车的，然而竟有一辆，鬼魂似的趴在那里。那个的哥她居然认识，是邻村的一个青年人，王秀珍便搭话说："这么晚了，你咋还不回？"

"哦，是村长妹子啊，"的哥从方向盘上抬起头来，"不瞒你说，刚才遇见了一个熟人，管不住自己喝了两杯，只好待在这里醒醒酒——现在查得严，不敢酒后开车。"

"哦，那就算了。"王秀珍下意识地说。

"咋，这么晚了，你还要出门？"的哥问。

"也不是非去不可。"王秀珍说。

"没关系，去哪儿你尽管说，"的哥热情地说，"我这个人跟别人不一样，不会势利眼，王村长虽然出了事儿，对他的家人咱照样好好伺候。"

就这样，王秀珍鬼使神差地坐上了出租车。在几家常去的歌厅里没找到旺儿，王秀珍便径直去了自己的楼房。在楼下，她看到了自家的红旗车，便对的哥说："就到这儿了。"

考虑到时间的关系，王秀珍加倍地付了钱。多余的部分，的哥执意不收，说："你这就小瞧咱了，咱不会趁火打劫哩。"

王秀珍的心情立刻就明媚起来，这年头还是好人多哩。这一丝明媚减弱了她心中的烦躁，使她拧自家房门时的动作很轻。房门拧不开时，她也没有多想些啥，很自然地用随身携带的钥匙打开了房门。于是，一种最原始的光景一览无余地展现在她的眼前。在自家客厅的沙发上，冯景旺正以最原始的姿势与一个舞厅小姐做爱。

那个小姐的头深深地埋在沙发里，所以并没有察觉到自己的处境，一爿肥阔的臀部便依然极其惊险地耸立着。这让冯景旺感到很尴尬，他下意识地停顿了一下，冲着惊呆了的王秀珍笑笑，说了一句："嘿嘿，不好意思。"然后抱着那爿不知羞耻的臀部，继续动作起来，而且恶作剧似的，那个动作越来越快，越来越有力度。那个小姐难以承受，放出摄人魂魄的忘我的歌吟。

王秀珍哇的一声号啕大哭，整个身子顷刻间瘫坐在地上。

那个小姐到底是被惊动了，她本能地从男人身下挣脱出来，仓皇地寻找自己的衣服。

"你这个人真有点儿差劲儿！"那个小姐很快就明白了所发生的一切，对冯景旺斥责道。

当目送小姐逃离现场之后，冯景旺遗憾地说："王秀珍，你来的真不是时候。"

听了这话，王秀珍喉咙里"咯"了一声，整个身子直挺挺地躺在了地上。她昏死过去了。

冯景旺费了很大力气才把她搬到沙发上，然后不慌不忙地烧了一壶开水，不慌不忙地给自己沏了一杯茶，不慌不忙地啜了起来。他知道，依王秀珍的脾气，她一旦醒来将是一场暴风骤雨。他摇摇头，对自己说："不过，是该收场的时候了。"

王秀珍醒来之后，说出的第一句话，就是："冯景旺，你是一头驴！"

"嘿嘿，你骂得不错，我是头驴。"他涎着脸子笑着，试图把风雨的气势消减下去，毕竟是夜深人静了，他不想把羞耻放大到房间之外的地方去。

冯景旺的忍让助长了王秀珍发泄的力度，她说："冯景旺，说你是头驴都说轻了，实际上你连头驴都不如——驴还知道吃谁向谁呢，还知恩必报呢！可是你呢，吃饱喝足了却反过来羞辱自己的主人。说句难听的，你娘就是死得早，她要是活着，就你现在这个骚情劲儿，都敢跟她上床哩。"

"王秀珍，你嘴巴干净点儿好不好，我的忍耐是有限的。"冯景旺有些沉不住气了。

"说疼了你咋着，你要是还知道要脸的话，就别做那丢人现眼的事儿哩，自己都做下了，还怕别人说？"

"别人说可以，可你没资格说。"

"我咋没资格说？"

"是你骚情在前，勾引人家的男人，你还有啥脸说别人？"

"你？！"

"你个啥？真有资格说的不是你，而是那个无辜的毛品英。"

"这么说，你跟我是假的，你是在骗财骗色？"

"话说到这份儿上了，我就实话实说吧。咱从来就没想着要跟你，只不过你们王家兄妹欺男霸女惯了，不容别人说一个不字哩。"

"你？！"

"你个啥？你感到委屈是不？我劝你千万别这样，因为咱问心无愧——咱从你王家拿的钱，是咱的血汗钱，所以无所谓骗财；咱跟你过了这么多日子，人不人鬼不鬼的，有家难回，有情难圆，心里流泪，整天凄惶，还说啥骗色不骗色的？我欠下毛品英的良心债，你能帮着还吗？"

“可是，我一个大姑娘家家的，整个青春都搭进去了，你拿啥还？”

“我还？你凭啥让我还？你那是自作自受哩。”

王秀珍终于明白了，这个河北侉子的心坏了，他是拿一个姑娘的感情当把戏，要弄他们王家呢！而且，随着王家败落，他终于得手了。她心中油然生出一股恨，恨不得把这个黑心的男人当做干炸鸡翅吞到肚里。但是，一想到王家在玄武村成了千人骂万人啐的破落家庭，最疼自己的哥哥正蹲在笆篱子里，二姐和二姐夫（孙成才）两口子也不拿正眼瞧自己，自己实际上已成了一个无依无靠的小可怜儿，她坚硬的心便无奈地放软了。

即便眼前这个男人再可恨，他究竟是自己最后的一根救命稻草啊！王秀珍把眼泪咽进肚里，说道：“旺儿，不管咋说，咱究竟是你的女人，你可不能撒手不管哩。”

“嘿嘿，都出了这种事儿，咱还咋待在一起？你能，我不能哩。”冯景旺有自己的算计，他觉得自己该脱身了。

看到男人决心已定，王秀珍凄然一笑，问道：“你打算啥时候走？”

“明天。”

王秀珍一声不吭地走进了内室。

冯景旺恨困惑地摇摇头，合上了眼睛。

当他睁开眼睛的时候，一把明晃晃的尖刀已抵在了自己的胸口。

他心头一震：“你要干啥？”

“我啥选择都没哩，只有杀了你。”

王秀珍的眼神儿蓝幽幽的，似兽似鬼。

冯景旺知道，这个女人真的绝望了，这把刀子不是调侃，而是毅然决然的行动。他本能地去抓她的手腕。然而，她的手腕太肥腻了，光光地直打滑，刀尖儿就径直地刺穿了胸口的皮肉。见到血之后，刀尖儿好像有些迟疑。

求生的欲望使男人采取了果断的行动，旺儿抽出手来猝然伸向那个低垂的脖颈。这个猝然的行动爆发出一种不可思议的力量，脖颈处发出一个清晰的碎音，刀尖儿停在原来的地方不动了。这是一双搬砖坯的手，合拢之后就是一把锐利的钳子。他把那个存有幻想的喉管无情地捏碎了。

王秀珍静静地躺在地上，眼球向外鼓凸着，好像世间的一切还没有看够哩；嘴角露出一丝轻蔑的笑，好像是在说，不看就不看，这个世界还有啥看头。无论如何，她真的死了。

冯景旺愣愣地看着她，脑子里一片空白。他真不明白，以往的时日，在砖厂，在水塘里，在放浪的床上，带着幽怨，带着仇恨，几次有意识地想掐死她都没能得手，咋无意间的一挥手，就弄假成真哩？！

嘿嘿，真应了老人的话了，你千万别总是叨念啥，一叨念啥啥准来。比如你抢割麦子，你会提醒自己，现在正是关键时刻，可千万别割了手，便一直醒着神动作，到后来，自己都觉得可笑，一个常割麦子的人咋会发生这种事情，神经病哩，可是，你刚卸去担忧，镰刀就真的砍到手背上了，你说邪不邪哩；比如你走夜路，你感到路面有些坑洼，便对自己说，你要小心点儿，别栽进洼里去，走了许久都没事儿，你刚一松懈，就真的栽倒在洼里了，你说怪不怪哩。

咳，谁让咱早些时候总是揣着个掐死她的念头哩，等你没那个心思了，一切就不由你了。是不是老天爷在作怪，用这个法子捉弄人哩？

但是，再捉弄，你也得长点儿眼，分个孰轻孰重哩，因为，这可是人命啊！

自从知道了家里的驴子被杀、庄稼被毁的真相之后，旺儿就开始对王家兄妹实施报复。对王立平，他不能直接报复，只能和孙成才一样，在私下里搞一些动作；而王秀珍则成了他最直接的报复对象——不仅挥霍她的钱财，而且折磨她的精神，而且，这一切还伪装在感情的世界里，让被报复的对象无从察觉、心甘情愿。

这是一种本质的变化，起初，旺儿还有些自责：一个真诚对人的老实人，咋也变得这么刻薄，开始玩弄别人哩？但一路走下来，他变得情不自禁了，因为这种报复的方式不仅给了他一种从未有过的快感，而且也给了他心理上的平衡——这些有钱人太不可一世了，富有的生活使他们觉得自己天然地就应该支配别人，全然不怜惜别人的痛苦。所以，反过来，咱有啥必要怜惜他们？是他们播撒了恶的种子，他们理应得到这样的回报。不然的话，这世界还有啥公平可言？到了后来，他居然有了一种神圣的感觉。他感到，自己这样做，不单单是为了自己，而是为了所有的打工者、所有的穷人，他是代表这些人向为富不仁者讨回公道。但是，在报复别人的同时，自己也真的陷落了，居然以与歌厅小姐骚情为乐，竟至乐到了床上去。他明白了，其实人的内心深处都埋着不朴实的种子，一遇到合适的气候，也会不知不觉地发芽的。

望着王秀珍直挺挺的身子，旺儿哀叹道："我这是何苦啊！"

无论有多少正当的理由，自己毕竟是杀人了，就是说，自己完蛋了！这个意想不到的结局，是他不能接受的——自己是有家业的人，是孩子老婆的经济来源和精神支柱；而且自己还很年轻，还有许多靠本分劳动发家致富的机会，但是一转眼就全完了，已经无路可走哩。他悔恨交加，拼命地撕扯着自己的头发。后来他把红肿的目光停留在王秀珍身上。这个女人，咋这么肥哩，即便是死鸡巴的了，也那么鼓立[1]，像冲了气的皮囊，膨胀着不可一世的气势。

---

[1] 鼓立：京西方言，饱满，充盈，结实。

像停摆的钟遭到外力拍击，重又摆动起来一样，这别样的刺激，使旺儿麻木的神经又有了敏锐的感觉，他的心怦怦地跳了起来。

就是这么个女人把自己毁了！他告诉自己。

是哩，是哩，是哩，是哩，是哩，是哩……

这个女人是不可饶恕的！为啥？你看，她平静地躺着的姿态，是不是一种胜利的姿态？

"不能就这样便宜了她，要让她下地狱哩！"他咬着牙说。这时他想起了老家的一个说法，人死了，如果没有一个囫囵的尸首，那是注定要下地狱的。

于是，他嘿嘿地一笑，捡起了那把细长的尖刀，蹲在王秀珍身边："咱要把你切碎了，省得你死了还这样神气。"

他先是用刀尖儿挑开了王秀珍的衣服，想最后看一眼她身体的模样。

王秀珍裸露的身体，还是那样白，而且由于失了血色，不再像生前那样白花花地刺眼，而是像山垭口的月亮白得清冽而温柔；她的皮肤还是那样光滑，而且由于没有汗热的濡滞，光滑得没有一点斑疵——整个看上去，她还是那么华丽，而且由于没有情欲的起伏，华丽得像一匹厚重而舒展的富贵绸。

面对如此华丽的女体，旺儿不禁生出一种痛惜：造化和命运一样，都喜欢捉弄人哩。

这种痛惜，让旺儿感到自己很卑劣、很卑琐，因而生出一种莫名其妙的恨——既恨自己，更恨这个女人，因为事情本来不应该弄成这个样子的，都是因为这个女人的任性。那个刀尖儿虽然在这个时候有些犹豫，但为了摆脱越来越强烈的愧疚，他还是狠了狠心，用力切了下去。

老辈人说过，一个东西如果让你太不自在，最简单的办法就是把它毁了。

刀子深深地切下去，肥厚的皮肉像顷刻间有了生命一样，自己翻卷开来。以为会有血样的东西出现在眼前，却是一片没有一丝血星的惨白。之后，一粒粒硕大的水珠从白花花的肉里漾出来，且迅速地凝聚、流淌。

“这人其实没啥了不起的，不过是一摊水哩。”旺儿轻松了许多。当完整的华美变得支离破碎之后，他心中的痛惜消失得无影无踪，相反又充满了对王秀珍的厌恶与憎恨。

他靠在沙发上睡着了。

梦中，那头死去的驴子走进来跟他对话。

“你们做人的，心可真狠哩，她人都死了，你咋还忍心下刀子？”驴子说。

“你究竟是驴，人的心思你哪里知道？再说，你活得好好的，他们干啥对你动刀子？”他说。

“但是，我究竟是驴哩，迟早不还属于刀子？”

“话可不能这样说，在咱们老家，即便是头驴，也是家里的一员哩，跟人没啥区别。”

“这么说，你是为了我才下的刀子？”

“差不多哩。”

驴子的话给了他一个最正当的理由，他满意地咂了一下嘴唇。

然而驴子哭了。

天亮之后，他把夜里的梦境给忘了，像啥都没有发生一样，驾着那辆红旗车从容地回老家了。

回到家里，毛品英饲养的那头驴子正酣畅地咀嚼着草料，他阴郁地一笑，又充满爱意地给驴子添了两把炒熟了的黄豆。

这个小小的过程被毛品英看到眼里，她心头一热：“这个男人，是很爱这个家的。”

市委王龙群副书记的头发全白了。但这万缕的银丝非但不使人显得苍老，相反倒给整个人氤氲上了一层慈和、净洁的气息，因此，他更像一个儒雅的书生，而不像一个官员。虽然两个人好久没见面了，外貌和气质上也都发生了变化，但相见之后，谁都没有陌生之感，而是觉得对方就应该是这个样子。

“大宝啊，我已经打了离休报告，很想过几天散淡的日子了。”王书记说。

对王书记的话，翁大宝一点儿也不感到吃惊，他笑着说：“咱郊区农村的改革，眼下正处在关键时期，像您这样的‘老农村’咋能离得开呢？您的离休报告，我估计市委是不会批准的。”

“我看不会的，他们都知道我的脾气，不会故意跟我这个老头儿子过意不去，”王书记轻轻地摆了摆手，“别把自己看得太重，地球离了谁也照样还转。再说，现在是人才辈出的年代，即便是你们这代人，不也开始独领风骚了吗？哈哈……”

“您是太乐观了，我们这代人还很不成熟，遇到一些关键问题往往就举棋不定，甚至手足无措。”翁大宝说。

“这并不意味着你们不成熟，而是因为嬗变的年代新问题太多。即便是我们这些老革命，也常常陷入迷惘，要不小平同志怎么说‘摸着石头过河’呢！许多工作，靠老经验不行，必须从实际出发，进行积极的探索。”王书记说。

翁大宝不停地点头。

王书记毕竟是多年跟农村、农民打交道的领导干部，具有很强的务实精神，不僵化、不教条、不打官腔，所以，他的话翁大宝感到声声入耳。

这样的气氛，使翁大宝打消了顾虑，他把自己遇到的难题原汁原味地跟老领导做了汇报。

王书记听后，久久地沉吟着。“老百姓和乡政府所发生的占地纠纷，不是个简单的利益关系问题，本质上，还是老百姓对土地的感情问题。”他说道。

“大宝，你其实也是农村出身，这个问题，你是应该认识到的。”接着，王龙群书记就这个问题，阐述了自己的观点——

中国的历史，本质上是一部农民史，甚至就是一部土地史。你仔细回溯一下，那些鼎盛时期，究其深层原因，哪个不是因为解决好了土地问题，做到了“耕者有其田”，使老百姓安居乐业？我们党之所以取得了中国革命的最后胜利，不也是因为土地革命深得民心？在历史上，中国农民是个赤贫的阶级，他们唯一的生存资源就是土地，只要他们尚有寸土可据，有一点最基本的生活来源，他们就不会揭竿而起。所以，中国农民有强烈的“土地情结”，把土地看成是自己的命根子。改革开放以来，中国社会之所以发生了天翻地覆的变化，就是因为党的十一届三中全会给了农民土地的使用权、经营权，使农民重新拥有了土地，极大地调动了他们的生产积极性。从某种意义上说，这与其说是激活了人的热情，不如说是古老的土地激情像火山一样重新迸发。

同时，农民的这种与生俱来的土地观念使他们不愿意离乡离土，所谓“三十亩地一头牛，孩子老婆热炕头”就是他们心理的形象反映。“面朝黄土背朝天”的农耕生活虽然艰苦，但他们不以为苦，反以为乐——土地给了他们最安全的生活方式。市场经济虽然冲击了农民固有的生活方式，但是，即便是他们离乡创业、打工经商，可他们还要把耕地牢牢地攥在自己的手中，“宁可抛荒，不可失土”。为什么会这样呢？说白了，外面的世界虽然很精彩，但外面的世界也很无奈，且充满了变数，充满了风险，一旦在外面遇到挫折，一旦在城里不能立足，最后还要回到家乡跟那几亩土地要生活。所以现在的农村，尽管有形形色色的现象，有这样或那样的问题，归根结底还是土地问题。

这些年来，且不说我们的有些政策轻农、伤农，引起农民的不满，就说一些直接的建设项目也是以让农民出让土地为前提的。比如我们缺乏规划的商业开发，大规模的市政、道路建设，铺天盖地的开发区等等。面对那些半截子工程、灰蒙蒙的“烂尾楼”和开发区里杂草丛生的大面积废地，我们的官员陶醉在“政绩”的酒宴里，觥筹交错，而我们的农民却蹲在圈地的铁丝网前，暗自垂泪。土地是不可再生资源，而对农民来说，又是他们唯一可靠的生存资源，他们心中有一种巨大的失去土地的恐慌。这不是耸人听闻，而是真实的现实——农民工在城里常年领不到工钱，子女也因交不起高昂的借读费而被迫失学。他们居无定所，四处漂流，备受歧视，回家的愿望一天比一天强烈。然而，他们离乡前，自己的土地已被出让了，被“流转”了，他们走上了一条不归路。所以，他们后悔、恐慌、愤怒、绝望。这种现状给了留在土地上的人们以惨痛的教训，他们从来没有像现在这样，更惧怕失去土地，他们不愿做中国的“吉普赛”。

所以，尽管你们乡在搞小城镇建设中，承诺给失地的农民提供楼房，安排就业，给予补偿，并且签订法定协议，但是他们还是不愿出让土地，这是十分可以理解的。他们居住楼房之后，水电取暖的费用你们乡政府担负吗？乡镇企业是一种原始的风险企业，他们下岗之后，你们乡政府还负责他们的再就业安置吗？在我国土地价格普遍低廉的情况下，对农民的一次性补偿能给予他们终生的生活保障吗？说句实话，你们不能。不仅你们小小的乡政府不能，就是我们堂堂的市政府也不能。多年来，由于我们有限政府无限行政，对不能的事大包大揽而付出的空头支票太多，政府的信誉已受到严重影响，农民不信任我们，也是情有可原的。因此，这不是农民觉悟不觉悟的问题，也不是思想政治工作到位不到位的问题，而是能不能从根本上解决农民的后顾之忧的问题。从现实出发，是能不能建立一个有效的保障机制的问题。

所以，你们李立元县长的做法是不可取的。用简单粗暴的行政手段解决复杂的现实问题，从表面上看是个执政水平的问题，从本质上看，其实是个执政理念的问题——是以民为本，还是以官为本；是要个人政绩，还是要群众利益——出发点不同，认识和做法也就不同，最终的效果也就迥然不同。

我从事农村、农业工作这么多年，对这一点，我是有很深的体会的。我跟农民打了快一辈子的交道，知道农民从来不是什么刁民，而是最通情达理的一群人。就像土地上生长的植物都表现出向上奉献的姿势，但是也都呈现着逆来顺受的姿态。你承认不承认，这些年来，我们经济和社会的飞速发展，是不是都包含着农民的牺牲与付出？我们欠农民的太多了，不能再伤害他们了。所以我们的官员，真应该像党中央提出的那样，权为民所用，情为民所系，利为民所谋。作为农村乡镇政府的行政长官，决不能站在群众的对立面上去，应该悲农、悯农、爱农，为农民说话，为农民办事。不然的话，农民就不买你的账，你就站不住脚跟。

王龙群书记的一番话深深打动了翁大宝。他感到，眼前这位老领导真是不同于一般官员，他不讲官话，也不讲套话，讲的全是实在话。他搞了一辈子行政工作，却不是为官而官，而是不断地了解民情，不断地思考一些现实问题，贴近百姓履行职责，尽一切可能让农村发展得更好，让农民生活得更好。因而他把自己造就成了农业专家、农村问题专家和农民的贴心人，这样的官员，是事业型干部，是稀有的领导资源。可惜他就要退了。

“还是那句话，您的离休对北京农村工作真的是个不可弥补的损失。”翁大宝真诚地说。

王书记呵呵一笑："我也还是那句话，这个地球离了谁也照样转。"

王书记的豁达感染了翁大宝："这么说，我的乡长当得并不窝囊？"

"窝囊不窝囊，并不是李立元、徐宝法他们说了算，也不是我说了算，而是取决于你们乡的老百姓，"王龙群书记很响地喝了一口茶，说道，"从你的现状看，你没有忘本，知道悲农、悯农、爱农，不愧是我带出来的人，是棵好苗子。但是，光有心系百姓的愿望不成，还要有为老百姓办成事的招数和能力。"

"嘿嘿，我这次来，就是想让您给支儿招哩。"

"招数是有的，就不知道你敢用不敢用。"

"只要是您看准的，我有啥不敢用的。"

"你可不要盲目地迷信，要用自己的脑子考虑问题，因为你是乡长，你们乡的事儿最终还得你决策，我可不做代人决策的蠢事儿。"

王书记开始给翁大宝支招。他说，依我看，要想从根本上解决农民的后顾之忧问题，在农村就应该建立一种新的土地制度，这个制度的基础，就是土地确权问题，就是用法定的程序确定农民对土地的产权地位。因为产权是受法律保护的，任何单位和个人对农民的土地，就都不得强行征用和买卖。

他说，在现实中，农民的耕地被征用，为什么得不到合理补偿？有人解释说是因为政府强势，农民弱势，农民与政府的地位不平等；也有人说，由于中国没有土地市场，土地转让没有市价做尺度，怎样补偿合理，谁也说不清；还有人说，政府为公，农民为私，土地原本公有，给多少补偿自然是政府说了算。以上说法，听起来似乎有道理，但都不是站在农民立场上说话，都不会被农民接受。我认为，耕地被征用而得不到合理补偿，唯一的原因就是农民的耕地的产权没被明确界定，土地确权而得不到法律的有效保护。

由于土地确权是一种新的理念，不少人特别是为数众多的农村基层干部，认为土地确权是在搞土地私有化，是个政治问题。所以，进行这项尝试会冒一定的风险，很可能被大多数同僚孤立，需要一定的勇气。不过我可以负责地告诉你，搞土地确权，从国际的经济运行规则上看，从我国的法律条文上分析，并不意味着就是搞私有化。因为一项物产的所有权公有并不排斥它的产权私有；赋予农民对耕地的私有产权，并没有改变国家或集体对土地的所有权。

土地确权之后，最大的好处就是可以推动土地流转。在产权确定的基础上，政府可以垫资开办土地银行。土地银行的主要职能有：一是接受土地使用权的分期抵押，为进城创业和务工的农民存储土地，并提供贷款。二是把进城农民抵押的土地，按期限转贷给实行规模经营的集体或农户。三是协调政府在征地过程中与农民的关系，被征地农户暂时不愿种地的，可以以存储产权的形式，得到货币补偿；还想种地的，通过产权交易，可以从政府的土地储备中重新获得土地。通俗地说，土地银行的存在可以使农民离土不离"权"，农民可以随时"赎回"土地，这就免除了他们因失地而引起的后顾之忧。

"所以，你们乡因搞小城镇建设而发生的乡政府与农民的土地纠纷，虽然是件坏事儿，其实是件好事儿，正好给了你一个难得的机遇，你说是不是，翁大宝？"

由于过于专注地品味着王书记的说法，翁大宝没有马上做出回应，老人家以为他没那个魄力，兀自说道："咳，要是我在你这个年纪，无论如何也得试一把。要知道，第一个敢吃螃蟹的人，才是真正的英雄。"

翁大宝抬起头来，孩子气地撇了撇嘴："谁说咱不敢试了，哼，小瞧人哩。"他知道这个老领导是个善抓典型的人，心里特别希望他试一试，但刚刚说了不代别人决策的话，不好意思单刀直入，便改用了激将法。

看着翁大宝的表情，王书记开心地笑了起来："这才像我的学生。"

“我才不学您呢，兴师动众地弄块实验田，挂上自己的名字之后就很少去了，还得别人替种。”翁大宝笑着说。

“怎么，你居然敢批评老头儿子？刚当了一个小小的乡长，胆子就这么大了，你要是当了县长，还会把老头儿子放在眼里？”王书记佯装生气地说。

翁大宝嘿嘿地笑着，并不接老头儿子的茬儿。

“这能怨我吗？我的经是好经，都让你们这帮歪嘴和尚念歪了。”老头儿子委屈地说。说完，王书记自己就忍俊不禁地笑了：“大宝啊，咱爷儿俩好久没在一起喝酒了，咱俩下回馆子好不好？”

“那当然好，”翁大宝早有这个打算，连忙说，“是到‘张生记’吃杭州菜，还是到‘湖广会馆’吃湖南菜，您挑地方，我请客。”

“你看，你看，刚当了一个七品芝麻官就这么张狂，要做了直隶大员，还不得整乡整屯地吃？我哪儿都不去，咱俩就再到牛街的小摊儿上吃两碗羊杂碎，喝两口二锅头好不好？”

“那有啥不好？咱本来就是个山里的孩子，对钱抠得紧着哩。”翁大宝笑着说。

他们便又到那个小摊上吃羊杂。第一碗一端上，王书记立刻就埋头吃起来，吃得满脸流汗，虽然年纪那么大了，胃口依然好。真应了他平时爱说的一句话：“搞农业的，常年跟胃口好的人打交道，哪有胃口不好的？”

转眼之间就吃完了，便又要了第二碗。王书记停住了筷子，说：“这第二碗是下酒菜，咱要慢慢吃，慢慢品。”

这是一句老话。几年前刚听到时，翁大宝倍感亲切，现在听来则备受感动。他感到，过朴实的生活是老领导一贯的做人品格，而不是像有些领导那样善作秀。为了表达对老领导的敬意，他把一碗白酒一饮而尽。

老人家也不示弱，也要一口把自己的那碗酒搁下去，被翁大宝一下子拦住了：“您心脏不好，阿姨跟我说过，在酒上让我管着您点儿。”

“怎么，你还拿那个老太婆说事儿？不过，还是那句老话，她人不在，没事儿。”

“阿姨她人不在，可是我在呀，我把您看成是自己的亲生父亲哩。”因为许久不见，翁大宝反而感到了自己与老人家在感情上的厚度。

“我又多了一个婆婆。”王书记嘴上虽然这么说，但是心里是受用的，他很节制地品着。

翁大宝见状，心头一热，又干了一碗：“这一碗是为阿姨的，祝她老人家寿比南山。”

“大宝，你的酒量好像又长了。”老人家说。

“上有千根线，下有一根针，基层干部的婆婆多，应酬也多，酒桌之上就特别有战斗力，”翁大宝摇摇头，“革命小酒天天醉，喝坏了党风喝坏了胃，喝得两口子睡觉背靠背——这个顺口溜说的就是我们这种人。”

“这么说，你跟小橘子也是背靠背？”王书记打趣道。

“哪能呢，咱跟她搂得紧紧地睡觉还嫌搂得不紧哩，她是您看上的儿媳妇，咱稀罕得不成哩。”翁大宝孩子气地笑着说。

王书记哈哈大笑：“看来，我们大宝同志是怎么也长不大了。”之后他又说：“不过，这很好，对领导干部来说，和美的夫妻感情是很重要的，尽管现在是个很开放的年代，夫妻关系不稳定的干部也会让领导顾虑重重。你知道这意味着什么？这意味着领导不敢信任你。”

“我当然知道，”翁大宝接着说，“天天入洞房，村村有丈母娘，街头小巷有一群好儿郎，这是社会对乡长的说法。所以当个乡长，你凭空就背上了一大堆不好的名声，再不洁身自好，就真是裤兜子里抹黄酱——不是屎也是屎哩。”

王书记笑得眼泪都出来了，连连摆手说：“看来，你这个小小的乡长，比我这个市委副书记还难当啊。”

在浑然的情致中，翁大宝情不自禁地叹了一口气：“哎，老徐同志要是像您似的就好了。”

“你是指徐宝法？”

翁大宝点点头。

“他不可能跟我一样，因为我们的阅历不同，眼界也不同——因此，我着眼于五湖四海，而他经营的却是个人地盘，也就是人们常说的‘土围子’。这种土围子的突出特征就是以自我为中心，坚决地排除异己。”

“就是说，即便徐宝库不聚众上访，他也不会容得下他？”

“是这样的。”王书记对这个话题很感兴趣。他说，在中国农村，有许多像徐宝法这样的人物。他们有头脑，有干劲，有突出贡献，有广泛影响，而且他们也能清廉自守，不贪污，不受贿，甚至也不为金钱美色所动，在外人看来，他们不愧为共产党的好干部。但是，他们有很强的自我意识、“头人”意识甚至救世主意识，他们不买别人的账，甚至是上级领导的账，他们搞自己的独立王国——他们把整个村寨看成是自己的私人领地或私有财产，以自己的意志进行封闭式经营。他们经营得井井有序，颇有成就：集体经济实力相当雄厚，老百姓的生活也比别的地方富裕。因此他们沾沾自喜，自以为是，俨然是这个“国度”的领袖，个人崇拜到了可笑的程度。比如南方有个村的支部书记，在村部和村民的家中，把自己的画像和毛主席的画像并排挂在一起，两边的条幅上写着：翻身不忘毛主席，幸福不忘×××（他的名字），村里每天早晨要播放写有歌颂他业绩的“村歌”，每到国庆、元旦和春节等重大节日村里要升国旗，甚至也要组织个检阅仪式，那个“三军”仪仗队分别由村联防队员、内部保安和预备役军人（民兵）组成。还有个村的支部书记，由于村里拥有自己庞大的农、工、商一体化的产业集团，富得流油，便在村里搞“一大二公”，统一住宅模式，统一分配方式，甚至村民的个人存款情况都要统一张榜公布。村民不仅没有自己对生产、生活方式的选择权，而且连自己的隐私权都没有。哪个村民不服从管理，哪个村民就会被孤立，就会被“调教”，劳动就业和生产经营就寸步难行，让你成为富庙里的穷和尚。北方有个村，村里甚至还拥有军队，拥有自己的“司法”体系，村里人在外边触犯了法律，公安部门到村里依法拘捕，还要经村里的支部书记点头同意，否则就会惹出很大的麻烦。这些人有一个共同的特征，就是他们只按自己的“规则”办事。上边的政策和政令如果跟他们的规则发生矛盾，他们会阳奉阴违、百般抵触。所以，县乡领导要实现自己的决策意图，还要看他们的脸色行事，如果得不到他们的支持，就很难推动工作。同时，这些人都有很强的政治头脑，绝不在原则问题上犯糊涂，也绝不公开与现行政策和法律法规唱反调，他们进退有据，轻易不会让你抓住他们的短处。所以，即便你心中有十分的不快，对其也无可奈何。如果你非要跟他们叫板，他们会说，我们最敬爱的伟人都说过，发展是硬道理，我把村子发展得这样好，治理得这样好，何错之有？

因此，我这些年来常常思考着这方面的问题。如果我们把干部贪赃枉法、以权谋私、经济犯罪叫作腐败的话，那么，这种把村政资源、村民自治权利私有化，把老百姓的村寨视作自己的一亩三分地，独断专行，奴役他人，以满足自己的权力欲望、统治欲望的做法，是不是也是一种腐败？

虽然有许多问题我还没想清楚，但是有一点，我是看准了的，那就是：这种“土围子”如果不打掉，村民就没有自己的民主权利，村民自治就会成为一句空话，就会严重阻碍农村的民主政治建设进程！

王龙群书记十分激动，趁翁大宝不注意，把碗中的酒一饮而尽。然后他接着说，说到徐宝法与徐宝库，我对徐宝库这个人物是十分欣赏的。他想当支委有什么不好？他有那么强的组织能力和群众基础，怎么就不能当个支委？我就纳闷儿，怎么在残酷的战争时期，我们那么强烈地欢迎人民群众参加革命，如果有人能出来，敢冒着杀头的危险当抗日村长、农会主席、妇救会长，就被视为有革命觉悟，是对民族的贡献，而取得政权之后，我们的群众有参政议政的愿望，就被看作是个人野心了呢？我们的民主政治建设，没有群众的积极参与，叫哪门子民主政治？徐宝法的说法不是在讲什么政治原则，而是以个人利益画圈儿。徐宝库为了参与村政事务努力了那么多年，弄得一贫如洗，真是可感可叹。这样的群众，在农村不是太多而是太少，我们应该像种子一样加以保护，不能再施以冷眼进行打击了。

翁大宝兴奋极了，不停地点头。王书记给他注入了一股强劲的精神力量，他觉得自己原来的想法没有错，大可不必畏首畏尾。从王书记身上，他还得到了一个启发：作为领导干部，光有一身正气、满腔的工作热情是不够的，应该有较高的政治境界，善于在复杂的工作局面中做理性的思考，形成自己的信念——坚定的信念，可以使人勇往直前；而凭感情做事，往往会左右摇摆，患得患失。

“回去之后，我一定要跟老徐好好谈谈，争取起用徐宝库。”翁大宝说。

“跟徐宝法谈话，你一定要讲究点艺术，不要发生正面冲突，他在你们那个地区，根基可比你深得多哟，做行政长官也要考虑行政成本的问题。”王书记说。

听到行政成本这样的字眼，翁大宝心中一动：“这又是个新的理念哩。”他想当然地说：“起用徐宝库，就会争取一大片人，至少是那些上访告状的人，从降低了行政成本考虑，也是应该走的一步棋哩。”

“可以这么说吧，”王书记应道，但又很快就摇了摇头，“你这样简单地理解未免有些实用主义。从根本上讲，还是应该着眼于机制的保障——还是要从土地确权、建立土地银行上进行考虑，那么，乡政府与农民的土地纠纷问题，就会迎刃而解。”

翁大宝没有接话，只是嘻嘻地笑个不停。

“你笑什么？”王书记问。

“我喝多了。”翁大宝随口说道，但是还是笑个不停。

“嗯？恐怕不是那么简单吧。”

“哼，说啥不代人决策，您这不还是代人决策了嘛。”

“哈哈，翁大宝，你现在变得狡猾了。”

“王书记，我有个小小的请求。”

“什么请求？”

“请您把我们乡搞土地确权，建立土地银行的事儿向我们县的主要领导吹吹风。”

“我从不干预地方事务。”

“这不叫干预地方事务，只是告诉他们您有在我们乡搞试点儿的想法哩。”

“这对你有什么用处？”

“用处可大哩，您随意的一句话就可以降低我很多的行政成本。”

“真有那么厉害？”

“当然，这符合中国国情哩。”

……

上方山是京西的名胜风景区。它不仅有遮天蔽日的广阔山林，还有崎岖对峙的峭壁山峰和九曲迂回的自然溶洞。更令人叹佩之处是在山林扶疏的碎影中，掩映着群星荟萃般的寺庙群——当地人称之为“七十二庵”，而且庵庵有水，波光幽奇，郦道元的《水经注》又把其称为“圣水峪”。于是，珍木、百鸟、药草、天梯、古寺、溶洞、幽潭……把上方山造化得神秘而缥缈，便有遮掩不住的诱惑，诱人深入。

人们对上方山的印象，从《京西方志·艺文卷》上收录的赵之燮的一首诗中可见一斑——

绿荫深处口停骖，
选胜先登接待庵。
峭壁压檐朝耸翠，
清溪绕户晚拖岚。
逢人共说奇又险，
欵客频聆尘尾谈。
到此行酬应小住，
无边妙境须徐探。

万明全本来是为造林而来，没想到这个地方竟是一处人间仙境和风水宝地，游人都像醉了一样流连忘返，他便庆幸自己的选择。“真是老来得福哩。”他美滋滋地说。

上方山的原始森林虽然葳蕤，但每年都有不少树木因各种原因而悄悄死去，所以后人造林基本上是为了维持原有的繁茂而进行补栽。所以，先行而至的老战友于青虽然承包了六百亩山场，付出了三十多年的心血，栽下了十三万棵的树木，但是都淹没在浩瀚的林海中了，外人看去并不能感受到他的惊天壮举。

这几天，于青拉着万明全把六百亩山场都转到了，把自己造下的林木指给他看：“那些矮小的树木都是咱栽的。”

万明全看到，那些小树依傍在高大粗壮的原生林木跟前，像爷爷身边的小孙子。“这简直是爷孙林哩。”他笑着说。

“就是叫爷孙林哩，”于青点点头，“尽管旁人弄不清哪些是咱付出的心血，但一听到爷孙林这个称呼，咱心里就特别舒坦。为啥？有爷爷有孙子的家庭才是个后继有人的家庭哩，一想到上方山的绿色是靠咱延续下来的，咱就美在心上哩。”

万明全被于青动情的话打动了，说：“人为啥有时感到凄惶？就是因为尝不到美在心上的滋味儿哩。”

由于万明全的户口不在上方山所在的岳各庄乡，不能从乡政府拿到独立的山场承包权，所以他只能在于青承包的山场上造林。于青便跟他开玩笑说：“老万啊，你在上方山造多少林可都是在我于青的名下，你即便是累死在这里也不能显山露水哩。所以，你可得想好了，别后悔。”

万明全呵呵一笑，说：“咱俩才说过，这人活着就是图一个‘美在心上的滋味儿’，完了你就说这种话，瞧不起我咋的？”

“瞧得起，瞧得起哩，”于青放眼望了一下无边的山场，“咱俩都这么大岁数了，等有一天腿儿一蹬，所有的树都给国家撂下了，没有一棵是咱自己的。要是为了图个名啊利啊啥的，谁也不会干这种傻事儿，你说是不是？”

“是哩，”万明全指了指眼前的一座庙，“你看这些和尚，整天侍弄那些香火，他们是为了啥？他们是为了修行，是为了超度。咱虽然不点香火，但咱是实实在在地积阴德，真要是有超度那码子事儿，咱们比他们超度得远哩——他们的香火一股风就吹散了，咱们的香火可是一代接一代地受用哩。”

“嘿嘿，旁人说咱傻，其实咱一点儿都不傻哩，咱是不住庙的和尚。”于青笑得跟孩子似的。

当了玄武村支部书记的张家瑞对万明全说：“老万，你还是不要去上方山了，我刚接了这个乱摊子，你得帮衬我一把哩。”张家瑞是想让万明全当村长。

“我都这把年纪了，还能帮衬个谁？家瑞你别跟咱开玩笑了，你也知道，我别无留恋，只是想跟吴惠珍过几天清静的日子哩。”

张家瑞摇摇头，说：“老万，你别净想着自己，也想想咱玄武村的老乡亲们。”

“那是你的事儿，跟咱有啥关系？咱天生的一个懈松鬼，哪儿当得了官儿？你就饶了我吧。”万明全明白张家瑞的难处，便说，“治理个村子也没啥难的，只要心术放正了就成。”

“这咱还不知道。”

“光知道不成，还得真的那么去做。家瑞，我可把丑话说在前边，你要是做的不是那么回事儿，小心我第一个反你。县委翁书记可跟咱说了，他的大门是随时向我敞开的。”

张家瑞嘿嘿一笑，说：“还甭说，你这个人肯定能做得出来。”

万明全颇有些得意，说：“治理村子其实跟拾掇酒菜差不多，只要精心，再一般的配料也能做出不一般的花样儿来，这一点，你老婆龙超敏就是现成的制子[1]。再说，还有李乡长对你的支持，你这个支部书记，好干得很哩。”

---

[1] 制子：京西方言。（一）丈量用具，如尺子，标杆；（二）模具，参照物；（三）榜样，样板。

这个李乡长就是县委的李秘书。翁大宝觉得他有亲民情结，人品又好，便把他外派到玄武乡当了乡长。李秘书能体会到领导对自己的用心，一到了玄武乡，就把刘文存铺在乡长办公室里的红地毯撤了，他要跟老百姓打成一片。所以，玄武乡现在的干部配置是个干实事的架势，在万明全的眼里，张家瑞的担忧是多余的。

万明全与吴惠珍大大方方地结了婚。吴惠珍儿女没有出席他们的结婚仪式。万明全把喜糖主动送上他们的家门儿，对他们说："吴惠珍在你们的眼里有再多的不是，可她是你们的亲生母亲——做儿女的，哪有不盼着自己的母亲幸福的？你们也绝不例外哩。她自己孤苦伶仃地生活了这么多年，你们说她容易吗？当然不容易哩。念她已经一大把年纪了，你们就应该对她好一些，不然的话，等她有一天突然蹬了腿儿，你们有天大的孝心也来不及哩。至于我，你们也别为难，愿意叫爹，我不反对；不愿意叫爹，就叫我老万，叫老万头儿也行，只要能叫应了就成。既然是一家人了，我也就不说外话，我明明白白地告诉你们，从今以后，吴惠珍的衣食住行不用你们管，你们只管一件事儿，就是给她一个笑脸儿，管她叫妈。"

万明全虽然是用调侃的方式说了这番话，吴惠珍的儿女们还是凄惶不已，他们都抹了泪，说："万大伯，瞧您说的，她从来就是我们的娘哩。"

"这就好，这就好！"万明全也情不自禁地抹了抹眼泪。

去上方山的时候，吴惠珍的儿女们给他们雇了一辆车，车上装满了锅碗瓢盆等生活用品。车子就要启动的时候，他们终于说了一句让吴惠珍心安的话："娘，在那里您要是待不惯，就及早回哩。"

由于来得太突然，吴惠珍愣在了那里。一路上，吴惠珍满脸的忧伤。

万明全说："吴惠珍，你应该高兴才是哩，你没听他们说，你要是在山里待不惯就回去，他们要养活你哩。”

吴惠珍阴郁地笑笑，说：“我哪儿都不去，就待在山上。”

“为啥？”

“我越是待在山上，他们心里就越有我。”吴惠珍说。

王小翠听后竟哧哧地笑了起来。

“闺女，你笑个啥？”吴惠珍问。

“不为啥，我就是想笑。”

“这个鬼丫头！”吴惠珍看了一眼万明全，自己也笑了起来。

万明全和于青一起挖了一个树坑。由于他们暗暗地较着体力，那个树坑比以往的规模大了许多。

于青的大儿子于得亮见状，笑着说道：“看看你们老哥儿俩，树坑挖得这么大，有劲儿没处使咋的？”

两个人面面相觑，嘿嘿地笑个不停。

万明全心里说：王立平啊王立平，你想看我万明全的笑话，真是枉费心机哩，国家的地盘儿这么大，咱真要是想种地，到处都能讨到营生哩。

由于心里欢畅着，他居然对王立平产生了一丝类似同情的东西：这个王立平，到底是个农民，不可一世了半辈子，到了还放不下那几亩土地，他可真可怜哩。

返回住地的路上，他们老远就闻到了一股炖肉的香味儿，他们互相交换了一下眼色，觉得这日子很肥厚。

吴惠珍蹲在灶台边，淘洗着几捧干蘑菇。

王小翠则不紧不慢地往灶膛里填柴禾。

灶头上的砂锅咕嘟咕嘟地冒着热气，是一团团一阵紧似一阵的香味儿。

“哈哈，炖的是啥珍禽走兽？”万明全笑着问。

吴惠珍说：“能有啥珍禽走兽？只不过是一只傻呆呆的土鸡，愣是自己送上门来了。”

万明全对于青说：“活该咱有口福，咱爷儿仨今晚就痛痛快快地喝几盅。”

“喝就喝，”于青对于得亮说，“去，把咱缸里的腌山葱抄一碗来，跟土鸡炖蘑菇一起当下酒菜。”

在酒桌上，两个老人喝得很纵情，于得亮则很节制地一小口儿一小口儿地品，他的眼神儿不时地觑一眼对面的王小翠，只要跟王小翠的眼神儿一碰上，便立刻就垂下头去。王小翠吃饭的举止也很节制，一小口儿一小口儿地慢慢咀嚼，从不露出牙齿。

可能是被灶膛的火烤的，她的脸一片通红。

于得亮中学一毕业就跟父亲到山上来植树，都近四十的人了，还没问婚嫁。

用他父亲的话说，这孩子好像从来没这方面的愿望，只是埋头种树。到了现在，身板精壮而笔直，满腮的浓须，安安静静的。

这一切被吴惠珍看在眼里，她不露声色地笑了笑。

日子一晃就到了春节。按山里的风俗，春节里不能动土，应该好生地歇息。可是大年初一，刚吃过饺子，于得亮就要上山挖树坑。

于青不解地问：“得亮，你这是咋了？咱山里的规矩你又不是不知道——初一干活儿，全年都受累哩，你就好好待几天吧。”

“咱待不住哩。”

“为啥？”

“不为啥。”

于青不停地摇头。

为了不使父亲生气，于得亮说：“爹，要不这样，我出门放三个‘二踢脚’，如果都响了，就说明咱一年都称心，我就上山去；如果有一声不响，我就乖乖地待在家里。”

门外的三个“二踢脚”都毫无商量地响了。

于得亮便笑着上了山。

望着儿子的背影，于青说：“这孩子，咋像中了邪似的？”

万明全嘿嘿地笑着说：“咱尽管歇咱的，不要管那么多，孩子有孩子的心思哩。”

然后，他对王小翠说：“小翠，晌午的时候，想着给得亮送饭哩。”

那天夜里，旺儿拼命地跟毛品英做夫妻间的事儿，嘴角始终挂着一丝狞笑，像发泄着满腔的积怨和仇恨。

“你还把咱当人不当人？”毛品英说。

旺儿说：“你以为你还是人啊，你不过是头驴哩。”

“看来你是嫌咱了。”

“是哩，早嫌了。”

“嫌了咱就离婚，别这样糟践人。”

“你以为咱不想离？早就想哩。”

毛品英倏地升起一团仇恨，在旺儿的大腿上狠狠地掐了一把。

旺儿静静地承受着，一点儿反应都没有。

毛品英很纳闷儿：“咋，你就是个死人？”

“差不多哩。”旺儿说。

感到男人的心太硬了，毛品英绝望地哭了起来。

旺儿并不安慰他，只是兀自地叹着气。

毛品英放弃了自己的任性，死死地匝着旺儿的脖子：“孩子她爹，你即使嫌咱，咱也不放你走哩！”

旺儿把毛品英揽进怀里：“你尽管睡吧，咱不过是说说而已。”

毛品英带着满腹的委屈和忧伤睡着了。

天刚有点儿猫眼儿亮，旺儿就起来了。他仔细地刮了胡子，一丝不苟地梳了个分头，便把一身笔挺的西装穿在身上，专注地等待着个啥。

“咋，刚回来就要走？”毛品英问。

“对，走。”旺儿干脆地回答道。

“还啥时候回来？”

“恐怕不回来了。”

“你的心可真恨。”

“嘿嘿……”

老爷儿爬上梢门的时候，街上果然响起了警笛声。

“孩子她娘，你看，车接我来了。”旺儿依然坐在那里，平静地说。

还没容毛品英醒悟过来，一个警察已经破门而入，看了一眼平静地坐在那里的旺儿，问：“你就是冯景旺？”

“对，我就是冯景旺。”

警察便把手伸进腋下的公文包里。

旺儿知道他要拿啥，看了一眼愣在一边的毛品英，向警察使了个眼色：“咱出去说好不好？”

警察会意："也好。"

毛品英眼睁睁地看着丈夫跟着警察出去了，头也不回地上了警车，哼啊哼啊地走远了。

只给她留下了一团袅袅不散的迷惘的烟尘。

"冯景旺，王秀珍是不是你杀的？"在审讯室里，警察问。

"没错，是我杀的。"旺儿毫不迟疑地回答道。

"咋杀的？"

"掐死的。"

"为啥要掐死她？"

"因为咱太喜欢她哩。"

"嗯？"

"甭嗯，咱说的是实话。"

"为啥还要碎尸哩？"

"因为她太美哩，一身的好皮肉，咱舍不得让别人看。"

警察露出一脸的不屑："她美个啥？老大娘似的一张脸，五短身材，只不过皮肤白些，肉多些。"

旺儿愤怒地跳了起来，狠狠地向脚底下啐了一口痰："你他娘的还是警察呢，咋这么下流！"

警察嘻嘻一笑："你真是个土包子，啥市面都没见过，竟对一个丑八怪动感情，你说你冤不冤？变态。"

"审案你就审案，干啥那么多废话？怪不得社会治安这么差，全是你们这帮人闹的。"旺儿的腰杆儿从来没这么硬过。

"你小子敢侮辱警察？罪加一等哩。"

毛品英赶来探监，含着眼泪问："孩子她爹，你这究竟是为了啥？"

旺儿装出得意的样子，说："咱是替你把她杀了。"

毛品英咧了咧嘴："要是这样，你还不如把我给杀了呢。"

"你不配哩。"旺儿冷冷地说。

秋天，树叶黄了的时候，旺儿被作为震慑犯罪的典型，拉回了玄武村，在砖厂的采荒地上，召开了公审大会。

就因为他与前任村长王立平有关系，人们的好奇和激情被空前地激发了。那个会场被玄武村的村民里三层外三层地围得水泄不通。

这也助长了死刑犯冯景旺的豪情，在被执行枪决的时候，他居然面带微笑，唱起了《国际歌》，并高喊了一些令人心动的、只有革命先烈慷慨就义时才喊的革命口号。他不觉得自己死得窝囊——他觉得自己的行为有些为被压迫者伸张正义的味道。面对黑压压的人群，他眼里充满了怜悯：你们本地人要出口闷气，咋还得靠咱一个外地民工哩？

冯景旺身子倒下去的那一刹那，凭空就打起了一股旋风，裹挟着金黄的落叶，旋向西边的天际。

那是他老家的方向。

清明节到了。

毛品英带着女儿二丫儿爬上了自家的堰田。

在那儿亩薄地的最肥沃、最背风的一处地方，安置着旺儿的坟。坟头上有一捧被移植过来的荆丛。

在京西，平头百姓的坟上，必须要有这么一捧荆丛。那是属于草民的纪念碑。

毛品英表情麻木地往荆条上挂纸练，任风吹得招招摇摇。这代表着生人在向死人的灵魂招手。

二丫儿也学着母亲的样子，极其认真地向荆条上挂纸练；但她的表情与母亲不同，是满脸稚气的忧伤。

毛品英跪下来给旺儿烧纸钱。

但不解人意的山风总是把划着了的火柴吹灭了，毛品英不禁皱紧了眉头。

“孩子她爹，你要是还怜惜我们娘儿俩，你就显显灵哩。”她祈求道。

话音刚落，她手上的火柴就点燃了。那些纸钱都是成亿、成十亿的面值，却毫不吝惜地呼啦啦地燃烧着，纵情极了。

“孩子她爹，你活着的时候，哪儿见过这么多钱？你撒开了花也花不完哩，你就尽管花吧，别舍不得。你给自己买台彩电，买套别墅，买辆四个环儿的小卧车，再包个二奶，横竖咱也不能伺候你，你就由着性子来吧，咱不嫉恨哩。”

看到二丫儿好奇地看着自己，她生气地说：“死丫头，还不给你爹跪下。”

二丫儿一边烧着纸钱，一边流着泪，母亲的呵斥使她从好奇中回转过来：地底下躺着的不是别人，而是自己的爹哩。

女儿的眼泪让毛品英麻木的心动了起来。

她伏下身去，让整个额头扎进土里，播种下压抑不住的呜咽。

“旺儿，你个黑心肝的人哩！咱横竖也不能原谅你哩！总有一天会找你算账哩！”

毛品英哭诉的已不是满腔的悲愤，而是一个被人背叛了而又不能声讨的满腹的屈辱。

女儿用力地牵动着她的衣襟，把她从昏暗中引领到太阳的光明之中。

她看了一眼女儿无辜的泪脸儿，恨恨地说："二丫儿，你给娘记住，咱家只要还有一垄地，就不许你到外边去打工哩。"

尾声

在山区和平原的交界处，这座拔地而起的乡村小城，被四周的青纱帐包围着，就像万绿丛中的一点红，格外撩人的眸子。

让人感到，书页中的诗句，果然可以写在大地上；且一经写在大地上，便有更多的阅读趣味。

这座乡村里的都市，规划人口十二万，虽然是一座名副其实的小城，但它有健全的城市功能。学校、幼儿园、医院、电影院、文化广场、公园、体育场，一应俱全。它临街的店铺，统一制作了牌匾；建筑物的轮廓线上，都镶嵌着霓虹灯；街头的照明灯，因这个地区盛产柿子，便都做成了硕大的柿形——一到了晚间，灯火通明，五彩缤纷，人头兴奋地攒动着，他们忘记了自己的农民身份。

在它的街头和公园里，有许多现代雕塑。这些雕塑，对应着人们的审美趣味，大多都是人们珍爱的动物和农事活动的造型；再加上一个全天开放的小型农耕博物馆，居民即便是生活在城市的氛围中，也能体味到古老的农耕文化的亲切与温馨。

在每个居民区，都建有大型的农贸市场，成为农副产品和外来商品和谐交易的物流园区。人们可以凭着自己的生活习性和消费习惯，自由地挑选需要的商品，表现出亲民和便民的品格。生活区、商业区和文化区之外，这个小城，还有着一个独有的园区，即生态农业生产观光区。在这个区里，温室大棚蔬菜、无土栽培花卉、新品种果树，都生机盎然地生长着，既是跨季节蔬菜水果的产地，又是现代农业的示范园，让人们在采摘观光的过程中，领略科学技术对农民的生产、生活将带来的巨大影响。

小城里最富争议的一笔，是它的公共厕所。厕所的外形，是欧式建筑，里边的设计标准，达到了五星级宾馆的水平。有人说，眼下的居民，还刚刚开始改变蹲茅坑，用秫秸秆、玉米轴和土坷垃擦屁股的粗朴习性，你就引进了迈步就打滑的马赛克地板，透明而带香味儿的卫生纸，还有抬屁股就自动冲刷的小便器，让农民上个厕所都战战兢兢、无所适从——你是方便群众，还是讽刺刁难群众？这个城市的市政部门解释说：我们既不是讽刺群众，也不是刁难群众，而是提倡一种新型的生活方式，既方便群众，又教育群众。

城里最无可争议的一笔，是那座巨大的服装批发商贸城。因为这个地区是靠服装加工业起家的，又是在这个基础上，靠走独立的科研、设计、生产、开发之路，形成自己的服装品牌和服装产业，因而推动整个地区进一步发展的。可以说，没有服装产业，就没有这个地区迅速形成的城乡一体化的发展进程。所以，这座服装批发商贸城，是这个乡村小城被世人公认的城市标志。

无论如何，这座小城上了市报的头条，既有大幅的照片，又有全面的报道。几乎是在一夜之间，这个叫“龙岗新区”的乡村城市，出了大名。接下来，这个乡的党委书记李一清荣升县人大副主任，它的乡长翁大宝自然递进，继任了党委书记。

市委副书记王龙群同志在这个小城的影剧院里主持了全市农村小城镇建设经验交流会。

龙岗乡党委书记翁大宝作了题为《搞好土地确权，建立土地银行，是推动农村小城镇建设的重要基础》的经验报告。

这个会议形成的重要成果，使全市的农村干部统一了认识，纷纷要求市里推广龙岗乡的经验。

之后，市委、市政府下发了专门的文件。

主管农业工作的王龙群同志心花怒放，功成而退。

他接到离休通知的第二天就给翁大宝打来了电话："翁大宝书记，你们龙岗乡的生态农业观光园需要不需要农艺师？"

"当然需要。"

"那好，走走你的后门，我推荐一个。"

"王书记，您别开玩笑，他是谁？"

"这个人你认识，他叫王龙群。"

与此同时，徐宝法同志郁郁寡欢，称病住进了医院。

翁大宝带着鲜花，也带着乡两套班子的主要成员到医院里看望他。

徐宝法很激动，但激动更增加了脸上阴郁的厚度。人群往病房外走的时候，他叫住了翁大宝："翁书记，能不能耽误你一会儿，我有几句话要单独跟你谈哩。"

面对翁大宝垂询的眼光，徐宝法有些慌乱地躲避着。

"翁书记，我年龄大了，跟不上趟儿了，我请求辞去支部书记的职务。"他说。

翁大宝感到意外，沉吟了一会儿说："老徐，您先养病，工作的事儿以后再谈。"

徐宝法不顾翁大宝的劝阻，执意把他送到医院的大门口，目送他上了车。

翁大宝看到，徐宝法的眼神里有很复杂的内容。

他心头立刻产生了一丝怜惜。

老徐呀，我翁大宝可不像你想象的那样，是个小肚鸡肠、心胸狭窄的人——你尽管安安心心地做你的支部书记就是了——从民主政治的角度出发，要想科学决策，异口同声是大忌，必须要有不同意见，必须要有对立面哩。

但是，坐在车里，翁大宝的心情久久不能平静。

那次拜见完王龙群书记回来，他又郑重地拜见了一次徐宝法。

他并没有提安置徐宝库的事儿，只是就搞土地确权的想法，真诚地听取他的意见。

没想到，在他那儿，得到了激烈的反对。他说——

你搞的这玩意儿，说白了就是土地私有化，那么我们走的还是不是社会主义道路？啥？明确产权关系，就是为了保障农民不失地，给农民一个定心丸？你说的是不错，但是，农民想种地时就种地，不想种地时土地银行就给鸡巴的存着，也就是说有把儿的烧饼攥在村民手里，那么还要村政权干啥？村政权的权威，全指望着对土地的统一管理哩——本来现在的农民就不好管理，连土地这点儿把柄都抓不住，他们不更得乍刺儿？这么一来，村里想要发展集体经济，要占块地皮，咋着？还要向村民买产权？他们还不借机敲竹杠？那么集体经济还咋发展！大河没水小河干，集体经济不发展，搞啥子共同富裕？

翁大宝耐心地解释说，明确了农民的土地产权，并不意味着集体就不再拥有土地的所有权，所有权还是集体的，集体还有按规定收取村提留和代征土地税，甚至农业税的权利，只不过集体不能再任意摆布农民手中的土地，要想征用土地，必须进入产权交易环节，通过公平透明的手段，得到农民的认可，从而消除后患，化解矛盾，使我们的工作既能顺利开展，又能使群众满意。

“也就是说，跟自己的村民打交道，也还要用个时髦的市场手段？”徐宝法撇着嘴问。

“既然我们搞的是市场经济，就不能再单纯地依赖行政手段，应该把市场法则引进村政事务。”翁大宝毫不含糊地说。

“屁，我当了快四十年支部书记了，行政惯了，咱不接受你那个市场法则，管理那些刁民，咱必须使用强硬手段。”徐宝法觉得，在重大原则问题面前，也绝不能再含糊。

翁大宝努力克制住自己的情绪，说：“市里打算在咱们乡搞这方面的试点儿，跟李立元县长汇报，他也是点了头的。作为老前辈，您应该表现出应有的觉悟。”

徐宝法一愣，语气缓和下来：“既然是这样，你们乡里要搞，我不便于反对；但是，思想的问题要用思想的方式解决，你们不能在我们村强行推进，村民自治嘛，我们有这个选择权利。”

翁大宝觉得他说得有道理，便说：“我尊重您的选择，但是，您也必须支持乡里的工作。”

“你放心，这点儿觉悟咱还是有的。”徐宝法说。

“那好，这次乡里搞小城镇建设牵扯到包括徐宝库在内的几户村民，为了能确保占地纠纷能够顺利解决，这几户农民的承包地要实行确权，以便纳入乡里的补偿体系。”翁大宝严肃地说。

徐宝法无可奈何地同意了。

翁大宝突然想起了什么，但他欲言又止，因为他感到，下边的谈话，将更加困难。

长时间的沉默，让翁大宝对自己非常不满意，一个大荷包的乡长，咋这么委委琐琐?

他用了一个令自己满意的语调说:“老徐，乡里有个建议，希望你们支部能吸收徐宝库为支委，配合乡政府搞好你们村那几户村民的土地确权工作。”

“这是绝对办不到的，除非你们乡里先把我撤了，否则，咱绝不拿原则问题作交易哩。”徐宝法果决地说。

这是翁大宝预料到的，所以，他平静地一笑，说:“那好，徐宝库这个人你们村里不起用，那么就由乡里安排；不过，对乡里的决定，您不要在私下里议论。记住，这是作为一条组织纪律向您提出的。

“对那个王八蛋，你就是让我议论，我都懒得议论哩。”徐宝法恨恨地说。

把翁大宝送出门外，徐宝法说了一句意味深长的话:“翁乡长，你们石堡村出了你这么个人物，真是不简单哩。”

翁大宝一笑，回敬道:“跟老前辈比，咱还差得远哩。”

“不过，你翁大宝从今天开始，在我眼里，也只不过是一个乡长而已哩。”徐宝法阴沉着脸说。

翁大宝一愣，老人家的意思很明确，他是要从父辈的感情上跟他决裂了。

他摇摇头，依然保持着最后的笑容，说道:“老前辈，那就真的很遗憾了。”

翁大宝找到了徐宝库。

他开诚布公地阐明，因乡里占地问题你们搞了上访告状我是很理解的，县乡两级对你们的处理办法也是失当的，甚至还有违法的成分。这一切，责任都在于我，所以，我诚心诚意地向你道歉。希望你能从咱们乡未来发展的大局出发，别再计较个人恩怨。因为我们俩的出发点都是一样的，你是替百姓说话，我是为百姓做事，都不是为了个人利益，理应互相理解，互相支持。

他的话让徐宝库很受用，连连点头，说："翁乡长，你说的是心里话。"

翁大宝趁热打铁，说："老徐，你有很强的群众基础和组织能力，我很佩服，但是，我觉得你的这种能力，应该用在小城镇建设上，而不是打官司告状上，不然就太可惜了。"

徐宝库脸有些红润，说："这还不是被逼的，咱也不愿意当这种出头鸟哩；这种出头鸟，自古以来就不被人待见，遇到开明的领导还成，遇不到的话，一准儿倒霉——草民咋抗争得过官府？所以，咱打心眼儿里也不愿一条道走到黑哩。"

徐宝库说的也是心里话。像他这种人，到了最后，就是为了荣誉儿铤而走险了；内心里也期望政府能开明些，给他一个体面的台阶。

翁大宝说："我这次来，是想请你出山。"

徐宝库一愣："让我做啥？"

"乡里新成立了一个土地确权办公室，我想聘你做这个办公室的副主任。"

"我不想到乡里去，我只想在我们村里谋个位置。"

翁大宝一笑，说："恕我直言，有徐宝法在台上，他能容得下你？"

"嘿嘿，我就是想跟他斗一斗，让他感到，草民也不是能随便捏估的。"

"我看这不好，你们二徐在村里斗法，整个村子还不乱了？所以，从老百姓的利益出发，你们二位还是井水不犯河水的好。再说，你在村里干，即便当了村长，也不过是个农村干部；而到了乡里，可以吃皇粮、招工、转干、领退休工资，何乐而不为？”

“感谢领导的好意，但是我不想做公家人，就想在村里有个位置——人活着，其实不在乎实惠，最在乎的，是名声。”

“我很欣赏你的骨气，但是我又很不赞成你的做法——你看你斗了这么多年法，斗出了个啥结果？家徒四壁，一贫如洗。即便是我们的革命者，革命的目的也不是为了受穷，也是为了过上好日子，享受幸福生活。再说，你自己甘于落魄，那么你的家人呢？看到他们过得人不人鬼不鬼的，你就忍心？就不凄惶？说啥自尊，其实这是最没自尊哩。”

徐宝库面色沉重起来，陷入沉默。

翁大宝接着说：“说句实话，你的年龄很大了，不符合招工条件了；乡里能聘用你，是作为特例研究的，我是顶着很大压力的，你应该抓住这最后的机遇——光有参政议政的热情不成，也还应该有求真务实的精神；社会不给你提供舞台，你就是有天大的本事，也无非像农村土话说得那样：裤兜子里砍椽子——窝里窝囊哩。

徐宝法被打动了。别看翁乡长是一介书生，净说的是土地上的话，讲的是土地上的理，由不得你不服哩。同时他也深深感到，翁大宝不同于那些高高在上的官员，对农民，他知道心疼，知道怜惜哩。

“翁乡长，你放心，你既然信得过我，我就把土地确权这块硬骨头给你啃下来；谁再挡咱小城镇建设的道，咱就拿炸药包把鸡巴的房子给炸了。”

究竟是个农民哩，精明里，有朴实，有侠义，有粗蛮，但是，可靠，可爱。

翁大宝笑了。

别看咱的做法多少有些实用主义的色彩，但是，用好了这么一个人，能给我节约多少执政成本啊！领导艺术，不是口头政治，不是空中楼阁，而是实实在在的操持哩。

再肥沃的土地你不撒下种子，哪能长庄稼？再贫瘠的田亩，只要你播下种子，岂能没有收获？

龙岗乡的小城镇建设开始按预定规划有条不紊地向前推进。

翁大宝坐在办公桌前，面带微笑地写着他的工作日志。

门嗵的一声开了。翁振元裹挟着一团热风把自己塞进来。

他空前地发福了——厚厚的肩膀往横里扩展，圆滚滚的大肚子，把两条腿都遮蔽了；进那一扇清秀的门，便只有用力硬挤。

看到老叔驾到，翁大宝赶紧站了起来。翁振元嘻嘻一笑，就势把自己塞进翁大宝的座椅中。“嘻嘻，让咱也体会体会当乡长的滋味儿。”他说。

那个座椅在他的压迫下，发出一片吱喳的呻吟。

“老叔啊，你坐在这个位子上，一个小小的乡长岂能容得下哩，简直就是国家主席做派。”翁大宝笑着说。

“大宝，你老叔不过是个副乡长，你可不能踩咕我哩。”

“不是踩咕你，只是你太胖了，胖得让人替你发愁，你能不能紧紧嘴，控制点儿食欲？”

“想控制就能控制得住？操，这个胃，小时候喝稀粥喝怕了，遇到好吃食，就不由自主地多装哩。”

“你是过得太滋润了。”

“当然，”翁振元转了一下座椅，在吱喳声中说，“啥叫滋润？一句顺口溜儿说得好哩——当官要当副，出门要走路，穿衣要穿布，吃饭要吃素。谁让咱是副职哩。”

“可你还是咱村的支部书记哩。”

“咳，就农村那点儿破事儿，还能累得住人，搂草打兔子的工夫就干了。”这一点儿都不假，翁振元都奔五十的人了，还精力过人，从来就不知道啥是难事儿。

“无事不登三宝殿，老叔，您来我这儿，肯定是有事儿。”

“当然有事儿。”

“啥事儿？”

“这个徐宝法，这些日子不知是咋了，小气儿白囊的，好像谁该了他两斗红小豆似的，这不，昨天他突然找到我，说是让咱把大石堡建材贸易公司从他的地界儿搬出去，理由是以后集体再占地很困难了，他们自己建公司都很难弄到地皮，只能请外村的兄弟让路了。”

没想到这个老前辈这么小气，一有不和，就立竿见影，翁大宝便苦笑着说：“这个该他两斗红小豆的人，不是别人，正是你侄子我哩。”便把来龙去脉跟翁振元讲了。

翁振元听罢，说道：“要是这样，他这个人可真令人失望，咱一直敬重他哩。”

“这也不稀罕，人都是会变的。”翁大宝轻描淡写地说。

翁振元说：“不管咋变，做事儿也不能离了谱儿——他想赶咱走咱就走？没那么容易。咱跟他的合作是签了四十年协议，而且是经过公证的。他要是真的撕破脸皮，咱就奉陪到法庭上去。咱再粗糙，也知道现在是法制社会了，不再是想咋着就咋着的年头了。”

“这个老前辈的意识有问题，他现在不是想着如何为老百姓办事儿，而是把村子当成个人的财产，经营独立王国，过土皇上的瘾。你说这是不是也是一种腐败？”翁大宝说。

“腐败？”翁振元感到不解。

翁大宝便把王龙群书记的那番论述对翁振元讲了，临了说道：“一旦小城镇建设这项工程有了眉目，我就想轰一轰这个‘土围子’，做一做还政于民的工作。”

翁振元沉吟片刻，说：“我不太同意您的说法，把他说成是在经营自己的政治势力，有些严重了，他不过是一个农民，有甩不掉的农民意识而已。”

“嗯？”

“你看，像徐宝法这样的人，一辈子都生活在一个地方，一个只有巴掌大的地方，无论经历过多少个年代，无论有多大的辉煌，也改变不了他的农民地位。他拥有的十分有限，他跳不出固有的农民式的思维方式。但是，历史毕竟把他造就成了一个土地上的人物，让他尝到了权力赋予他的尊严。道理很简单哩。我为啥在村里讲究穿着，乡亲们反而觉得理所当然？而且，穿上军装，人就觉得咱像军官一样有威严；穿上中山装，就觉得咱有领袖派头？不就因为咱在台上吗？在台上跟不在台上真是不一样——你当着支部书记，穿中山装，系风纪扣，蹬大皮鞋，就气势，就牛×；如果你没那个身份，也这样穿，人们就会觉得你可笑，不知深浅，脑子里有病。所以，你在台上，即便你啥好处也不捞，啥便宜也不占，其实你所有的好处都有了，所有的便宜也都占了——权力给了一个农民想要的一切，就是你说啥都有道理，你做啥都是合理，占尽了做人上人的风光。外人一直认为农民最看重的是物质上的实惠，其实农民骨子里最看重的是自己的脸皮——能不能被人看得起，能不能被人尊重。为啥？因为农民的地位一直很低下，被人轻贱怕了。

“像徐宝法这样的人，当支部书记的年头儿太长了，他已经习惯了支配人的生活；如果你不让他支配人，他还能干啥？他啥也干不来哩。所以，你别看他表面很风光很滋润，甚至还有些霸道，但是他心里很凄惶很忧心哩，就像一个普通农民怕失去土地一样，他没有一天不承受着失去权力的恐惧。为啥？就是因为他是那个革命的年代造就的干部，不贪污不受贿，不捞取经济实惠；如果没了这个权力地盘儿，他就啥都没有了。他不甘心不落忍，无法找到心理平衡哩。

“你要是明白了徐宝法他们的心理，你就不忍心跟他们较劲了，他们也是时代的产物哩。这就给我们提出了一个很现实的问题：就是为了消除这种消极的权力迷恋，农村干部是不是也要实行职业化的问题。你像我就没有徐宝法那样的担忧，我是国家公务员，当支部书记是职务行为——让咱干，咱就认真履行职能；不让咱干，咱就去做别的工作，没有后顾之忧。为啥咱的心态就很平衡，意识也开放，啥新鲜事物都能接受？就是因为咱不需要经营个人地盘儿，只要是金子，到哪儿都能发光哩。”

翁振元的话，让翁大宝很震惊。别看老叔平时大大咧咧的，其实他对这个农村世界观察得很细致，认识得很深刻，是个很有思想的人哩。

看来，搞农村的民主政治建设，也应该着眼于乡情，遵从客观的发展规律，不应该想当然，更不能感情用事。也就是不能人为地推进，而是要建立一个机制。中央现在试行的直选村主任的办法，就是一种深受群众欢迎的机制；把支部书记的任用职业化，并纳入国家公务员的考核体系，是不是也是一种有效的机制？他暗暗地生出一个念头：作为一个年轻的党员干部，可以不当大官，但是不能不着眼于全局干大事——在龙岗乡，在这两个方面都应该做一些积极的尝试，给全国的农村工作提供一些有益的经验。

想到这儿，他情不自禁地笑了。

“你笑啥？”翁振元问。

“你这个人还真有点儿意思。”翁大宝掩饰道。

“仅仅是有意思吗？”翁振元问。

“老叔，说实话，你这个人仅仅当个兼职副乡长，真是大材小用哩，至少应该让你领导一个乡。”

“嘁，你可别给我戴高帽，咱根本就没那个政治野心；再说，咱一没学历，二又不年轻，咱有自知之明。说实在的，咱有现在这个位置就很知足了，因为它能给老百姓办许多事情。咱当官儿为了啥？不就是为了能给老百姓办点儿事儿吗？既然能达到这个目的，还争竞个人地位干啥。另外，我这个人还有个毛病，不喜欢跟当官儿的打交道，就愿意在田间地头跟农民一起混，只要一到了群众之中，我就如鱼得水，就有智慧，就有水平，就能干成事儿。”

“你这话应该跟徐老前辈讲一讲，他一有了你这个群众观点，心中的病，便不治自愈哩。”

“我是得好好谈谈，为了一个小小的大石堡建材贸易公司，咱还真不忍把他告上法庭。他历史上是有功绩的人，对咱石堡村也是有恩哩。”

这也是翁大宝所希望的，所以他鼓励翁振元去跟徐宝法搞好关系，有时候私人交谊比官场往来更有效益。自己要不是当着这个乡长职务，跟这个老前辈的交情一定是会很深的，但是就因为这个客观上的工作关系，有些矛盾，你想回避，也无法回避哩。

王龙群书记今天来“龙岗新区”落户，翁大宝要设家宴给他接风，所以，他要提前下班准备一下。

但是他刚要出门，就被李立元堵在了办公室里。他是向翁大宝借钱来的。

李立元不顾一个农业县的客观实际，执意要上那个MT生物制药项目，不仅如此，出于跟翁大宝叫板，还上马了一系列高技术含量的企业，包括：一个捷克酒型的啤酒厂，一个多糖核酸厂和一个多氨基酸碱厂。为了能统一安置下这些项目，他建了一个占地五千亩的新技术产业开发区。由于摊子铺得太大，县财政的支付能力有限，主要的资金来源是靠银行贷款。活该他时运不济，正赶上银行紧缩银根，给他留下了一个很大的资金缺口。为了堵上这个缺口，他开始向社会集资。社会集资谈何容易——老百姓刚刚解决了温饱的问题，手里有了几个现钱儿，但是还有医疗、养老等后顾之忧困扰着他们，让他们把钱从兜里掏出来，真是难上加难。于是，他借助行政手段，以发县委、县政府红头文件的形式，向党政机关、企事业单位和学校进行摊派式集资，并在开发区入口的大牌楼上挂了一个警示性的条幅：谁影响开发区一阵子，开发区就影响他一辈子。

但几年下来，由于技术难度、市场销量、生产水平和资金后劲等因素的制约，开发区没有繁盛起来，药品积压、啤酒转产、糖厂和碱厂下马。即便这样，李立元为了硬撑门面，还把各厂的厂长树为开拓先锋，表彰大会上披红挂彩。人们便编了一个顺口溜儿形容开发区："开发区里真奇怪，啤酒疲，糖厂搪，碱厂减，厂长还披红绶带。"这个顺口溜儿传到了中央电视台，《焦点访谈》节目毫不留情地给他曝了光。电视镜头单照半截子厂房、积压的产品、瘫痪的机器和成片成片的荒草，临了，有个沉重的画外音："几千亩良田被浪费了，谁给农民一个说法？"农民尚未向县长要说法，机关干部却纷纷堵在了县长的门前："我们的集资款啥时候还？我们是挣死工资的，那些钱可是我们唯一的积蓄。"李立元承受不了这种压力，四处借钱还款，他忧伤地对翁大宝说："翁书记，机关干部的钱不还上，甭说这个县长还当得了当不了，就连自己的日子也过不安生哩，他们还不挖我的祖坟扒我的皮？"

"可是，我哪儿来的钱？"翁大宝说。

"你瞒不了我，你有钱——你的服装业做大了，小城镇建设的成功又搞活了'三产'，你咋会没钱？"李立元不容翁大宝搭话，紧接着说，

“翁书记，上次老百姓打官司告状我可帮了你一把，这次，你可不能见死不救——无论如何，咱都是官场上的人，谁有点儿闪失，都关系到党的执政形象。”

到底是县长哩，即便是有求于人，也说得冠冕堂皇。翁大宝笑着说：“李县长，您尽可以把心放在肚子里，这个钱我借了。”

李立元激动得不知说啥才好，说：“大宝，本县长今晚请客，咱哥儿俩好好喝几杯哩。”

翁大宝说：“是应该喝两杯，不过，要到我家里去喝，因为王龙群书记今天刚到，我要给他接风。”

“啥？市委王书记到了，那我得去拜访一下。”

翁大宝的家现在就安置在龙岗新城。

这得感谢石堡村支部书记翁振元。是他的一个大胆的举措，才使李金橘顺理成章地进了小区的卫生院，也给了翁大宝一个过囫囵生活的“安乐窝”——

他搞了石堡村的集体搬迁，在龙岗新城给全体村民统一购买了楼房，实现了“生产区”和“生活区”的分离。他受龙岗乡的启发，在石堡村也搞了土地确权，使村民离乡不离土成为现实——愿意种地的，在石堡村的地盘儿上种地，不愿种地的，就在龙岗新城的地盘儿上打工经商。石堡村置备了集体班车，每天早晨把种地的农民拉到山区的田亩里，到了晚上再把他们拉回城中的家里。他们成了“农业工人”，既是农民，没有割断对土地的留恋；又是城市人，享受一种世世代代都渴盼享受的现代生活。

见到翁大宝身后还跟着这个县的县长，王龙群书记既感到意外，又感到兴奋，他不顾老伴儿的劝阻，多喝了两杯。兴致所至，他侃侃而谈——

“立元啊，其实你的起点比大宝要高得多，但是为什么你现在就显得很被动？核心的问题，是一个执政理念问题——是执政为民，搞民心工程；还是执政为私，搞政绩工程——理念不同，最终的回报就大不相同了。”

李立元面红如烧，不停地点着头。最后他说：“像翁大宝这样的同志应该迅速提拔到更高的领导岗位上去。”

“那是你们应该考虑的问题，我只管搞我的园艺，嘿嘿……”老人家笑得很天真，很开心。

送走了两位领导，已经是繁星满天了。但是翁大宝心情亢奋毫无睡意，他对李金橘说：“我要到街上转一转哩。”刚一出屋门，又被妻子叫住了。她给他披了一件外衣：“外边有些凉哩。”

闻到妻子身上的一股轻微的好闻的苏打水味儿，他不由得漾起了一股难以抑制的柔情，情不自禁地在她愈加饱满的胸脯上摁了一下：“你可真富有啊！”

“还大荷包的书记呢，一点儿正型都没有哩，嘿嘿……”

夜很深了，但是，街上的霓虹灯竟没有一盏熄灭。虽然住在城市，但他们毕竟是农民，新生活给他们带来的兴奋，久久难平。他们毫不吝惜地点燃着这照亮他们生活的灯。

他能感受到他们的心跳，眼前不禁出现了一个伟人的画像和人民英雄纪念碑前人山人海的涌动。心中便荡起了更广阔的柔情——

这万千屋宇下的人们，虽然都不曾相识，但是他们都与我有关，都对我寄予着期望。我别无选择，要好好地怜惜他们，爱他们！

2004年9月26日一稿，2005年11月8日二稿，2007年3月18日改定。

艰难困苦，终玉汝于成；百感交集，掩面而泣。

跋

每束阳光都有其照耀的理由

《玄武》的写作是一次长途跋涉，用了将近三年的时间，到了最后，竟至筋疲力尽，放声而哭。

这一次，我是与自己的体力、才力、心力做了最大的较量的，甚至到了一个写作者能够承受的生命极限。近五十万的字符密密麻麻地摆在字纸上，像觅食的蚁群，阵势壮阔，却卑微可怜。我不禁问自己，文字到底能给人类带来什么？

悲凉过后，我陷入麻木。因为从我指缝里挤出的文字，一旦形成规模，就有了自己的生命，你即便是个创造者，却也不再拥有支配其命运的能力。这一点，与上帝的境遇相仿佛，他虽然创造了人类，却拿芸芸众生没办法。无奈之下，上帝把拯救人类的巨大担当交给了一个柔弱的“人子”——耶和华；而给文字以新生的“人子”是谁？只能是读者。

无奈的上帝却毫不悲观，因为“上帝造人”的观念已胎记一般烙印在人的肉身之上，他巨大的身影始终覆盖着人类的生活——他与人同在。同样地，写作者的神圣位置，也正是在他创作的阴影之中——寂寞的文字，或许能触动人心最敏感的部分，诱发动情的歌哭和人性的伸展。

我的意思是说，《玄武》既然已经完成，它今后的命运——或衰或荣，或悲或喜，不再是我关注的话题。世间的荣誉是给人类预备着的，上帝不指望芸芸众生的奖项。这个比喻很蹩脚，但它指出了真相：在文坛上存活并经受评判的是作品，而不是作者；作者的使命只是“完成”。之后的自尊是什么也不说，即静观，边缘化。况且，精神之光在坚硬的现实中，从来是微弱的，所以，写作者纵然有超人的天赋和超常的感悟，也绝不会成为振臂一呼、应者云集的“王”，他只能做自己的精神之王。

《玄武》的写作之旅，之所以疲惫，是因为它涉猎了人与土地这个重大主题。

我对诺里斯的“小麦三部曲”和怀特的《人树》怀有极大的敬意，这两部书，我每年都要重新阅读一次。它们对人与土地的关系的挖掘，既有历史的脉源，又有人性的深度，几乎到了后人不可超越的地步。我称它们是关于土地的“圣经”。有了这两个标杆，我为中国文学羞愧，在近现代以至于当代，有关土地题材，中国还没有诞生出一部像样的书。所以，面对中国一些走红、获奖的农村题材的作品，作为一个以写乡土为主攻方向的作家，我并不觉得有丝毫的压力——这些作品尚未走进乡土的深处，没有形成结实的品格。相反，由于它们所具有的“伪乡土”的特征，其欺世的成分让人感到羞耻，所以，给了我一种沉静的自信，觉得“伟大的乡土叙事”对中国文学来说还是个空白，还有“填补”的机会。我写作《玄武》的勇气便由此而生。其间还不断地得到了李青女士和王升山、邱华栋、祝勇先生的点拨，又吸收了胡安•鲁尔福和埃林•彼林的文本营养，我的信心就更足了。

同时，我之于乡土写作，有着客观上的优势。我出生和成长于京西的山地，有刻骨铭心的土地记忆。走出校园之后，我一直工作在基层乡镇，从指导农民科学种植的农技员做到了能够“左右”土地的局部命运的乡官，其生活状态均是乡土的，生命的受用，也是土地上的阳光雨露和“原生态”的乡村情感。这就意味着，我的土地文字，是感同身受的，是从大地的血管里流淌出来的，而不是在封闭的书斋里的主观想象和臆造。或许它不够雅逊，不够精致，但，真实而准确。也就是说，它具有土地自身的品质。

如果必须给“土地”一个文学上的意象，那么，这个词就是“黑夜”。黑夜是个神秘而巨大的存在，它一片空茫，无边无际，有无限的可能性。它既可藏匿什么，也可呈现什么，绝不像阳光下的物事，泾渭分明、一目了然。因此，温柔与坚硬，明亮与暧昧，恩情与仇怨，贞淑与猥亵，大度与褊狭，忠诚与反目，高贵与卑下，微笑与血泪……是相伴而生的。人与人之间，人与物之间，物与物之间，不是非此即彼的关系，而是不此不彼、既此既彼。

比如说土地上的悲剧。一切的悲情与怨事，都非由“蛇蝎之人”所造成的，也非盲目的命运使然，而是由乡土中的每一个人共同制造的——他们都不是坏人，也根本没有制造悲剧的本意，他们只是本分地扮演着生活“分配”给他们的角色，每个人都有为何如此行事、如此处世的理由，每个人的理由也都符合社会确立的人情与伦理——一切都是顺乎自然的发展，无可无不可，无是也无非，既无善恶之对立，也无因果之轮回；然而，正是这种自然状况下的“无罪之罪”，这些“通常之人情”，毫无预谋地制造了一个又一个的悲剧。

再比如说土地上的坚守与堕落，也绝不像人们通常评判的那样简单。其复杂性，《玄武》的主人公之一的王立平有“切身的”说法。他说——

现在的村干部都学精了，让上边的人吃点儿喝点儿拿点儿，保住这个小小的乌纱帽，然后自己也吃点儿喝点儿拿点儿，确保幸福到老。

我承认，现在的村干部是不如从前了。

过去的村干部为啥普遍都好？让我总结，就是两句话：一穷二白，没有摊派；老死乡土，没有依赖。

现在的村干部，面对那么多朝你伸手的，你不鼓捣俩钱儿咋行？养尊处优，浑身发懒，力气活儿也干不动了，一旦把你免鸡巴了，手里再没几个钱儿，你哪儿还有幸福生活？所以，搂点儿钱，是个很现实的问题——一旦不让你干了，钱就是祖宗，钱就是你的依赖，你手中的钱既可以养老，又可以投资办企业，当个体业主，有心思的话，可以加入工商联，或者弄个政协委员当当，岂不还是人物一个？

市场经济就是好，只要手中有钱，农民可以离土又离乡；过去的干部行吗？一不让他当官儿了，他敢说此处不留爷必有留爷处吗？

……

一句话，在土地之上，每束阳光都有其照耀的理由。生活的真相，使世俗的道德标准和社会纲常常常处在无法指认、无法评判的地位。

所以，《玄武》的写作，我心血的凝聚之处，是努力挖掘、探求和呈现土地上的种种“理由”，而不是主观评判。这样的写作姿态，或许有些偏低，但与“良知”接近，与心灵的安妥有益。

我的本意还在于，用这种最“原始”、最质朴的方式，为读者提供一个超越世俗的是非、善恶的道德评价，而进入到经验的内部、人性的深度的“黑夜”一般的文本，因而在“共同的作用”下，在我们的心灵深处，建立一种道德之上的“道德”、伦理之上的“伦理”，即：土地道德，或大地伦理。

这种道德与伦理最核心的部分有两个关键词——

一是包容；二是悲悯。

或许还有第三个关键词，即自醒，或自我善化。

2006年3月12日于北京良乡石板宅